열린 사회와 그 적들

문 학 동 네
한국문학전집

0   1   2

김소진
대표중단편선

열린 사회와 그 적들

문학동네

차례

쥐잡기

입동 무렵이었다.

저녁 여섯시가 되기도 전이었지만 주위에서는 벌써 어둑어둑한 소리들이 꿈틀거리기 시작했다. 민홍은 언제부턴지는 모르지만 꼭뒤를 지르듯 자신을 압박해오는 벽시계의 초침 소리에 신경이 몹시 쓰이는 터였다. 재깍재깍. 그것은 마치 시한폭탄처럼 시시각각 정해진 운명의 순간을 향해 한 치의 오차도 없이 육박해들어가는 긴장감을 떨궈주고 있었다. 민홍은 왠지 수꿀한 생각이 들어 자신도 모르게 어깻죽지 사이로 목을 움츠렸다.

초침 소리는 벽시계 옆에 매달린 틀사진 속의 아버지와 기묘한 조화를 이루고 있었다. 아버지가 돌아가셨을 때 막상 영정에 쓸 사진을 한 장도 구할 수 없어 몹시 당혹스러웠다. 육십하고도 세 해를 넘겨 살았던 삶이건만 아버지는 그 흔한 사진 한 장 이 땅에 남기지 않았던 것이다. 그때 민홍은 알지 못할 송구함과 억울함 그리고 새삼 다가오는 인생의 허무함 같은 느낌에 휩싸여 한동안 우두망찰 맥손을 풀었던 기억이 있었다. 그러다 문득 영수증이나 고지서 나부랭이를 담아둔 류색 안에서 아버지의 사진이 들어 있는 주민등록증을 발견해내고는 그것을 올려논 손바닥으로 앙가슴을 쓰리게 부벼대며 얼마나 울었는지 모른다. 아버지의 임종 순간에도 눈물을 비치지 않았던 민홍도 그때만큼은 도대체 한 인간에게 맺힌 한이라는 게 뭔지 사무치는 바가 있었다.

그 틀사진은 주민등록증에 붙어 있던 흑백 증명사진을 부랴사랴 확대하여 마련한지라 전체적으로 우중충한 기분을 줄 뿐 아니라 윤곽마저 희미하게 어룽거려 마치 급조된 몽타주 속의 인물을 연상시켰다. 조붓한 공간 속에 갇혀 경성드뭇한 대머리를 인 채 움펑 꺼져 대꾼한 눈자위로 방안을 내려다보고 있는 아버지는 무엇에 놀랐는지 잔뜩 겁에 질린 표정이었다. 어깨까지 한껏 곱송그리고 있어 방금 염병을 앓고 난 이 같았다.

민홍은 가빠진 숨을 다스리느라 입을 딱 벌리고 아랫배에 힘을 주었다. 가게 앞길에서 쫓기듯 휘달아나는 사람들의 발소리가 들렸다. 그 발소리보다 한발 앞서 발음이 분명하지 않은 웅숭깊은 목소리가 허황기가 밴 웃음소리를 꼬리에 단 채 밀려가고 있었다.

부부싸움 잘하는 옆집 은정이네 마당에서는 짜증 섞인 설거지 소리가 들렸다. 크게 틀어놓은 수돗물 소리 때문에 확연하지는 않왔지만 이따금씩 허구한 날, 술지게미가, 사내란 것이, 웬수덩어리, 어쩌구 하는 허텅지거리가 새나왔다. 민홍은 조심스레 입맛을 다셨다. 오늘도 대낮부터 불콰한 얼굴을 한 은정 아빠가 두 번씩이나 가게로 철원네를 찾아와 외상술을 청했던 거다. 혀끝을 차며 끌탕을 하던 철원네가 벌건 대낮부터 무슨 놈의 낮술이냐고 지청구를 주어도 은정 아빠는 한 팔로 문기둥을 꼭 그러안은 채 초점 잃은 두 눈을 껌벅이며 무슨 주문이나 외듯,

"우리는 외수는 없이유. 은정 에미가 오믄 거시키 다 에워줄 것잉께."

하고는 버티었다. 은정이네가 기르고 있는 누렁이 녀석은 부부싸움이 임박한 낌새를 눈치챘는지 그 끝마당에 자신에게 닥쳐올 화풀이를 미리 앓는 듯한 간진 신음소리를 내뱉고 있었다.

철원네는 바느질집에서 맡아온 수감을 만적이고 있었다. 가끔씩 바늘을 왕청되게 꽂았는지 화들짝 손을 뽑아들고는 손가락 끝에 콧김을 쐬기도 하고 또 번다스럽다는 표정으로 희끗희끗 센 머리를 득득 긁었다. 그때마다 잇새로는 괸 침을 들이마시는 소리가 쉭쉭 새나왔다. 민홍은 가슴께에 베개를 받치고 누운 자세로 내면적 사실주의를 탁월하게 구사한다는 평을 듣는 작가의 소설집을 뒤적이고 있었다. 어른이 된 주인공이 자신이 지니고 있는 고공 콤플렉스를 해명해내기 위해서 어린 시절의 체험들을 하나하나 추적해가는 대목이었다. 단조로운 문체에서는 피의자의 자술서 같

은 냄새가 풍겼다. 그것은 빈속에 질경질경 씹어대는 껌마냥 헛헛함을 부풀려주었다. 민홍은 담요 속에 파묻어둔 왼다리를 파들파들 떨어댔다.

"애야 이게 무슨 소리니? 어디서 비행기 떴나보다."

놀라움에 휘둥그레진 눈동자가 부딪쳐왔다. 민홍은 백태가 긴 듯 부유스름한 철원네의 눈동자와 맞닥뜨리자 금세 자신의 눈동자로 껄끄러운 이물질이 스멀스멀 몰려들어 덩달아 시야가 부예지는 느낌을 받았다. 민홍은 눈을 씀벅거리며 고개를 바투 쳐들었다. 철원네의 등뒤를 곧이라도 덮칠 듯 기우듬하게 서 있는 허름한 진보랏빛 비키니 옷장이 눈에 들어왔다. 즉각적인 대답을 듣지 못한 철원네는 성마른 표정을 지으며 마른침을 삼켰다. 칠면조처럼 쪼글쪼글 늘어진 멱살이 바르르 떨었다.

"전깃줄에 바람이 스치는 소리야."

바람에 떠밀려 길바닥을 할퀴고 지나가는 비닐봉지나 휴지 나부랭이의 가르랑거리는 소리가 들려왔다. 두 귀를 곤두세우고 비죽이 오므려붙인 입술로 쏘는 듯한 표정을 짓고 있던 철원네는 긴장이 풀리는지 하품을 늘어지게 하며 혼잣소리를 내었다.

"으응 난 또 꼭 야폭 나온 삐 이십구 소리 같길래. 원 넨장할."

"아니 엄마는, 이 밤중에 난데없이 무슨 비행기요, 비행기가. 전쟁이 벌어진 것도 아닌데요."

철원네는 실밥을 끊어내느라 앞니를 누르스름하게 드러내고는 민홍을 히뜩 쳐다보았다.

"흥 전쟁이라고? 저렇게 모르는 소리라니. 너두 한번 생각 좀 해봐라. 전쟁통에 서로 피칠갑을 하고는 죽고 살기루다 뒤넘이를 쳤던 종자들이 대를 이어 이쪽저쪽 새끼를 치고는 똬리를 틀고 독을 쓰는 형국인데, 그저 언제 어디서 무슨 일이 터질 줄 알겠니."

"시쳇말로 피는 물보다 진하다고 했잖아요."

"끌끌 저런 아둔패기 같으니라고. 머릿속이 일단 물들고 나면 고것이 피보다 더 진하다니깐 그 지경이야."

민홍은 딱히 대꾸할 말이 궁해져 책갈피로 눈길을 묻었다. 결정적인 유도신문을 성공시킨 수사관처럼 고개를 뻣뻣이 치켜세운 철원네는 어느새 그 부유스름한 백태가 걷히고 초롱초롱한 기운을 뿜어내고 있는 눈동자로 민홍을 쏘아본다.

"개 칠 몽둥이도 없는 집구석에서 무슨 넘나게스리 나라일에 간섭을 하고 쩡기고 한다는 건지…… 털도 없는 강아지 풍성풍성한 격이야."

아아, 저 유려한 풍자! 민홍은 고개를 외로 꼬았다. 톱톱한 된장국 냄새가 습기처럼 피어올랐다.

"엄마 부엌에서 시래깃국이 끓나봐."

철원네는 만적이고 있던 수감을 내려놓고는 엉덩이 걸음으로 방문을 박지르며 부엌으로 내려섰다. 쿵 하고 닫히는 방문의 충격으로 형광등이 움찔하는가 싶더니 우웅하는 나지막하고 건조한 소리와 함께 형광등의 양쪽 끝의 색깔이 시퍼렇게 죽어갔다. 어느 집에선가 승압기를 사용하고 있음이 틀림없었다. 그때 민홍은 귓등이 팽팽하게 당겨지는 느낌을 받았다. 축 처진 천장을 은밀하게 제겨디디며 가로질러가는 발소리가 그를 긴장시킨 거였다. 이런 단매에 쳐죽일 놈이. 민홍은 하르르 떨리는 얄포름한 눈꺼풀을 간신히 진정시키며 천장을 올려다보았다. 나방의 비늘가루 같은 멀건 불빛이 하강하고 있었다. 얼른 눈꺼풀을 닫았다.

민홍은 요즘 쥐에 대한 노이로제에 걸린 성싶었다. 회색빛을 띤 물체가 눈에 어른거리기만 하면 그것은 여지없이 쥐의 형상으로 변했다가 사라지기 일쑤였다. 정확히 말하자면 일주일 전부터였다. 안경도 벗지 않은 채 읽던 책 위에 그대로 고개를 쑤셔박고는 뒤숭숭한 잠에 들어 있었다. 꿈결에 들려오는 불규칙한 쿵쾅거림 때문에 가슴을 옥죄는 듯한 협심증이 끊임없이 달겨들었고 귓가에 맴도는 고르지 못한 숨소리는 관자놀이의 신경줄기를 팔딱팔딱 놀뛰게 만들었다. 등줄기를 흘러내리는 찬 기운을 느끼며 눈을 뜬 민홍은 뺨 밑으로 축축하게 젖어 부풀어오른 책장을 말끄러미 바라보았다. 준비도 없이 와락 달겨드는 고적감을 처리하느라 한동안 콧등을 찡등그렸다. 천천히 고개를 치켜들자 헝클어진 머리와 옷매무새를 한 철원네의 모습이 눈에 들어왔다. 철원네는 한 손에 연탄집게를 들고 가겟방으로 통하는 장지문턱에 한 발을 올려논 자세로 민홍을 내려다보고 있었다. 민홍은 자신의 얼굴에 쏟아지는 암팡진 표정을 절망적으로 받아들였다. 그렇다면 우리는 또 그 추악한 전쟁에 말려들었단 말인가! 가게 천장 한구석에 시커멓게 입을 벌리고 있는 구멍을 보자 민홍은 머지않아 가게 안을 휘주물러놓을 게릴라 같은 존재를 의식하고는 하릴없는 나락에 떨어지는 듯한 충격을 받은 것이다.

그깟 쥐 한 마리 상대하는 것을 가지고 추악한 전쟁 운운하는 데는 어폐가 있을는지도 모른다. 그러나 민홍은 일 년 전 이맘때 홀로 힘겨운 싸움을 해나가던 아버지를 떠올릴 때마다 그 표현에는 하등의 부풀림이 없다는 생각뿐이었다. 그 싸움이 끝나자마자 느닷없이 엄습해온 겨울의 막바지에 불현듯 세상을 등진 아버지를 생각하매 더욱 그러했다. 아버지의 병명은 폐암이었다. 그러나 민홍은 자꾸만 아버지의 가슴에 자랐던 그 암덩어리가 풀리지 않은 응어리일지도 모른다는 부질없는 생각을 먹어보기도 했다.

아버지는 잘 싸우는 축이 결코 못 되었다. 민홍이 보기에는 도무지 무력하기 짝이 없는 병사에 지나지 않았다. 벌써 나흘째 가게 안을 야금야금 좀먹고 있는 생쥐 한 마리에 속수무책으로 애만 끊고 있는 게 고작이었다. 어지간하면 집안식구와 몇 마디 상의함직도 했지만 아버지라는 사람은 얼굴이 표나게 축이 지면서도 애오라지 당신의 문제로만 치부하려는 고집스러움을 보여주었다. 그 고집스러움은 무엇보다도 말없음으로 드러났다. 아버지는 실어증에 걸린 사람마냥 입을 한일자로 굳게 다물어버렸고 민홍은 그 완강함에 밀려 멀찌감치 겉돌고 있었다.

그렇다고 해서 아버지가 전혀 손을 쓰지 않은 것은 아니었다.

한번은 아버지가 골방으로 찾아왔다. 민홍의 뒤로 다가선 아버지는 한참 뜸을 들이고 나서야 맨송맨송한 손을 들어 어깨 위에 올려놓았다. 민홍은 아버지의 무르춤한 태도에 몹시 부아가 나 있었기 때문에 의자에 엉덩이를 바짝 붙이고 앉은 채 뒤돌아보지도 않았다. 손길이 스쳐간 어깨 부위에는 한동안 군시러움이 올라붙어 오글오글한 잔소름을 돋우어냈다. 손길이 한 번 더 머문 뒤에야 민홍은 아버지와 눈길을 맞추었다. 바람에 찢긴 새털구름처럼 금세라도 날아가버릴 듯한 눈썹 아래 동공이 유난히 커진 아버지의 눈동자에는 누설되어서는 안 될 비밀을 뭉겨주는 사람의 음험함 같은 게 엿보였다.

아버지는 불룩한 잠바 주머니 속으로 손을 집어넣더니 뭔가를 꺼내 책상 위에 차곡차곡 늘어놓았다. 밀크캬라멜, 빠다볼 사탕, 해태껌, 쫀드기, 세숫비누, 나하나 초코렛, 삼립 팥빵…… 그것들은 하나같이 쥐 이빨에 가차없이 물어뜯긴 흔적을 안고 있었다. 민홍이 말리지만 않았더라면 아마 아버지의 손은 하루 왼종일이라도 그 일을 해낼 성싶었다. 민홍은 북받치는 감정을 억누르며 아버지의 손목을 부여잡았다. 이 세상 어느 집구석이 쥐새끼 한 마리에 이토록 유린을 당할 수 있단 말인가. 아버지도 아버지였지만 자기 자신의 무기력함도 뼈저리게 느끼기 시작했다. 고개를 들어 자신

앞에 껑더리처럼 우두커니 서 있는 아버지를 보매 더욱 사무치는 기분이 들었다.

"아, 아버지……"

그러자 아버지는 손가락을 입술로 가져가 대며 조용히 하라는 시늉을 해 보였다. 옆방에서 칼국수 반죽을 밀고 있을 철원네를 다분히 의식한 눈초리로 조심스레 주위를 둘러보는 거였다. 하긴 이런 사실이 철원네의 귀에 들어가면 다시 한번 난리가 날 판이었다. 아버지로부터 다지름을 받는 순간 민홍은 며칠 전 쥐약에 쌀을 섞고 물방울을 떨구며 주저주저 개고 있던 아버지의 등뒤를 향해 저녁밥을 푸다 말고 밥주걱을 세차게 흔들어대던 철원네의 새청맞은 목소리가 다시금 귓전을 때리는 것 같았다.

―흥, 내 그럴 줄 알았어. 그렇게 재수없는 날을 고르고 고르더니만 뭐이가 제대로 되는 일이 있겠어 응? 이제 와서 쥐약을 놓겠다고? 그것도 가겟방에? 고런 약아빠진 쌩쥐가 무슨 열고가 났다고 진수성찬을 눈앞에 두고 그 밍밍한 쥐약을 줏어 처먹을 거야. 옘병하다 거꾸러질. 설령 먹었다고 쳐봐. 그눔이 어느 구석에 나자빠져 쉬를 슬고 있을지 알게 뭐야? 구질구질하게시리. 그래서 예부터 장사꾼의 무덤엔 슬기가 없다는 거지.

아버지는 천천히 손을 들어 책상과 벽 틈바구니에 먼지를 뿌옇게 쓰고 서 있는 기타를 가리켰다. 정확히 말하자면 한쪽 끝이 끊겨 도르르 말린 육 번 줄을 손가락으로 찍은 것이다. 민홍은 영문을 몰라 다시 한번 아버지의 얼굴을 쳐다보았다.

민홍은 그 기타를 그해 오월 이후로 손끝 하나 까딱하지 않고 내버려두었다. 삼 년 전 누나가 시집을 가면서 한창 코드 익히기에 맛을 들이던 민홍에게 물려준 거여서 좀 낡기는 했지만 그런 대로 주인의 손길을 때맞춰 타던 물건이었다. 그러던 것이 이제는 눈길이 닿기만 해도 등골이 오싹해지는 애물단지로 둔갑을 했다. 그것은 민홍이 학교에서 교문을 사이에 두고 벌어진 투석전에서 왼쪽 다리에 이 도 화상을 입고 한 달간 병원 신세를 진 사건 때문이었다.

그때만 떠올리면 지금도 머릿속이 아찔해지는 느낌이다. 교문이 좀체 뚫리지 않자 별동대로 조직된 화염병 투척조에 민홍은 끼어 있었다. 허벅지에 최루탄을 직격으로 맞고 피투성이가 되어 누군가에게 업혀나가던 후배 극채 녀석이 지르는 비명소리 때문에 민홍의 머릿속에서는 뭔가 뜨거운 불길이 치받아올랐다. 어느새 민홍은 잘록한 병허리를 거머쥔 채 잠바자락을 휘날리며 어떤 낡은 단화의 뒤꿈치를 쫓아 마침 체육관 공사 때문에 쌓아둔 골재로 둔덕이 진 교문의 측면으로 나아갔다. 그후로 기억에 남는 것이라고는 벼락치듯 들리던 최루탄 발사음과 멀찍한 아우성을 찾아 뱀의 혀를 널름거리던 불꽃 그리고 가슴팍을 종이 한 장의 두께로 깎아내리던 아픔뿐이었다. 둔덕에서 되돌아나올 때 갑자기 바짓가랑이를 붙잡고 늘어지던 불꽃을 정지화면처럼 뇌리에 아로새기며 민홍은 깊은 허방다리로 무너져내렸다. 나중에 병원 침상에서 정신을 차렸을 때 민홍은 당시 상황을 곰곰이 기억해보려 애썼지만 허사였다. 다만 추측건대 옆쪽을 파고든 별동대의 집중적 화염병 세례에 맞서 그들 또한 화력집중을 퍼부었을 거고 그 와중에서 황급한 동작을 하던 누군가의 손아귀에서 땀으로 질척이던 병이 미끈덩 빠져나왔으리란 막연한 짐작을 해보았을 뿐이었다. 그러고는 곧바로 머리를 흔들어 그런 생각을 털어버렸다.

"왜 그 자리에서 혀를 빼물고 뒤지질 못하고 이 꼴을 하고 자빠져 있냐! 이 에밀 못 잡아먹어 환장한 눔아. 오오냐 장하다, 장해. 이 민들레씨같이 곤곤히 퍼진 집안에서 하마터면 만고충신이 하나 나올 뻔했구나그래!"

기타줄은 그 어름에 잘린 것이었다. 평소 기타로 튕겨지던 몇몇 노래들이 철원네의 기대에 반하는 조짐으로 여겨졌으리란 걸 어렵지 않게 짐작할 수 있었다.

흥분한 철원네는 민홍의 소식을 듣자마자 부엌에서 식칼을 들고 나와 기타를 공격했다. 기타에 쌓인 먼지를 한 꺼풀만 벗겨내면 여기저기 어지럽게 팬 칼자국을 선연하게 찾아볼 수 있는 터였다. 그 기타의 끊긴 줄을 도대체 아버지는 어디다 쓰고자 하는 것일까.

아버지의 의도를 알고 난 민홍은 정신분열 증세일지도 모른다는 생각이 퍼뜩 들었다. 기타줄은 올가미로 사용될 것이었다. 배설

물 흔적으로 보아 통행로로 이용되고 있음이 분명한 영업용 냉장고 뒤에 그 기타줄로 된 올가미를 놓은 다음 쌀가게 백씨 아저씨네서 앙칼진 얼룩고양이를 하룻밤 빌려와 풀어놓겠다는 게 아버지의 대체적 전술이었다. 민홍은 벌어진 턱을 한 손으로 간신히 밀어붙였다. 짐승 사냥이라도 하자는 것인가!

─두구보라우. 기눔의 고양이에게 낚아채이든지 아니면 지레들뛰다 올가미에 멱아지를 졸리우든지 둘 중의 하나는 틀림없으니까니.

아버지의 단호한 표정은 무언중에 이렇게 말하고 있었다. 그러나 다음날 아침 가게문을 열어보던 아버지의 일그러진 얼굴을 민홍은 차마 바라볼 수가 없었다. 아버지의 가랑이 사이로 입술을 훔치며 날렵히 빠져나간 고양이에 의해 가게 안은 사탕쪼가리 하나 제대로 성한 것이 없을 정도로 분탕질이 돼 있었던 것이다. 어진혼나간 얼굴로 도움을 청하듯 민홍을 돌아다보는 아버지에게 철원네의 악다구니가 퍼부어졌다.

─이 씨를 말릴 함경도 종자들아.

특히 '종자'를 발음할 때 철원네의 입놀림은 기묘했다. 비곗덩어리 같은 것을 입안에 넣고 자근자근 짓씹는 모양이었는데 그 특이함으로 인해 듣는 사람으로 하여금 완벽한 시청각적 효과를 거두게 해주었다. 어려서부터 따라다니던 이 말 속에는 민홍이 자신 암질러 그 함경도 종자의 한 사람으로 싸잡혀 있음이 분명했다. 어린 생각에도 그것은 적잖은 억울함으로 다가왔었다.

내가 도대체 함경도랑 무슨 상관이 있단 말인가. 나는 함경도에서 태어나지도 않았으며 더군다나 그곳에 가보았다거나 심지어는 그곳에 대한 사진 한 장 제대로 들여다본 적이 없는 일 아닌가. 물론 나는 함경도 아버지의 아들임이 분명하다. 하지만 보라, 내 말투에 '북에서 왔수다'에 나오는 배우의 억센 사투리가 조금이라도 섞여 있는가를. 내가 '인민군'이라는 별명으로 불리게 된 것도 그렇다. 그 골치 아픈 육성회비 때문에 하루도 빠지지 않고 불려가 벌을 서곤 했던 교무실의 복도 맞은켠 게시판 '비교해봅시다' 속에 남루한 옷차림으로 삽자루를 움켜쥔 채 시름에 젖은 북쪽 아이들처럼 뻐드렁니에다 드문드문 기계총 자리가 난 이부가리 머리를 하고 있어 서로 무척이나 닮아 보인다는 사실이 그런 별명을 갖다붙이도록 한몫 거들었음을 잘 알고 있다. 하지만 정작 그런 별명의 결정적 빌미는 엄마가 만들어준 옷에서 나왔다는 사실은 세상이 다 아는 일이다. 반공생활에 나오는 따발총의 임자가 입은 옷처럼 누런 헝겊자배기를 대고 왔다리갔다리 누빈 솜옷을 늘 입고 다녔던 것이다.

아무튼 그런 참담한 실패가 있은 며칠 뒤였다.

"하이고 원 저 성깔머리 좀 봐. 질깃질깃하게도 못돼먹은 종자하곤."

불을 끄고 이부자리 속에 든 지 벌써 두어 시간이 넘었지만 아버지는 낮은 신음소리를 내며 몸을 뒤척였다. 이를 참다못한 철원네가 형광등 스위치를 딸깍 올리며 버럭 소리를 질렀다.

"그래 잡아. 암 꼭 잡아치워. 온 동네를 발칵 뒤집어놓더라도 그눔의 영감탱이가 지금이라도 당장 숨이 끊어질 듯 저렇게 사람에게 민주를 대니, 어디 한번 가불 간에 결판을 내."

아버지가 이렇다 할 말 한마디 못하고 시르죽는 데는 나름대로의 까닭이 있었다. 일진을 잘못 짚은 소치였다. 어찌된 경위인가 하니.

산동네 집치고는 마당도 제법이고 길차게 자란 나무도 몇 그루 착실하게 갖춘 빨간 기와집의 차동철씨가 이사를 가고 난 뒤 들어온 할머니는 조쌀해 뵈는 보살이었다. 곧 집안에서 목탁 소리가 울리는 걸로 봐서 법당이 마련된 모양이었다. 그러나 거무칙칙한 페인트로 새 치장을 한 철대문은 용무가 있는 사람들말고는 출입을 일절 허용하지 않았다. 처음엔 동네 사람들의 호기심을 어지간히 끌던 그 집도 서서히 사람들의 머리 한구석으로 밀려났다. 그와는 달리 이웃으로 남은 계집이 있었다. 이름이 정순이라고 했다. 워낙혀 짧은 소리를 해서 처음엔 잘 알아듣지 못했다.

"덩쥰이여, 덩쥰이."

민홍이네 가게에 곧잘 주전부리를 하러 왔다.

"듕 아저씨두 한 사람 이쩌예."

정순이는 보살 할머니가 얻어다 기른 업둥이였다. 절간의 내막

은 정순이의 입을 통해서 다문다문 흘러나왔다. 보살 할머니에게
는 오래전에 헤어진 할아버지가 있는데 가끔 연락이 되며 지독한
골초인 할머니는 꽤 두툼한 담배쌈지를 끌어안고 산다는 거였다.
그리고 법당에는 진짜 금동불상이 봉안돼 있다는 사실도 정순이
가 흘려준 거였다. 그런데 어느 날 저녁 헐레벌떡 뛰어온 정순이가
넘어질 듯 가게 문턱을 넘어섰다.

　"아즈므이 아즈므이 아프예, 막 아프예."

　"이런 수떨판이 같으니라구. 여자가 종아리를 시퍼렇게 내놓고
설랑 어딜 들뛰어다니는 거야."

　정순이는 보살 할머니가 급체에 걸렸다는 사실을 전했다. 절집
과는 반대 방향에서 뛰어온 것으로 보아 아마 야미로 주사를 놔주
는 간호사 출신 박씨 아줌마한테 우선 들렀다가 만나질 못하고 철
원네에게 뛰어든 모양이었다. 가끔 절집을 찾아오는 사람들이 가
게에서 초나 향 그리고 음료수 등을 쏠쏠히 사가기 때문이기도 했
지만 철원네가 일진이나 토정비결은 물론 당사주 등에 일견식이
있음을 알아본 보살 할머니는 평소 동지팥죽이며 떡부스러기 또
새로 나온 달력서껀 빠짐없이 건네주었기 때문에 철원네는 그냥
지나칠 수만은 없는 처지라 얼른 활명수 한 병을 거머쥐고는 치달
아 올라갔다. 얼마 동안 있다 돌아온 철원네는 정순이 못지않은 호
들갑을 떨었다.

　"아유 가보니 벌써 손발이 굳어서 얼음장같이 차가운데 명치 뒤

등뼈를 요렇게 누르는 시늉만 하여도 그냥 자지러지지 뭐야. 워낙에 늙은 양반에다 눈만 조금 흘겨도 뒤로 넘겨갈 것 같은 체격이니 겁이 더럭 날 수밖에. 거기다 떡허니 눈을 들여다보니 눈자위가 희끗희끗하게 돌아가. 안 되겠다 싶어 그 이불 호청 시치는 바늘을 찾아다간 팔을 두어 번 쓸어내린 뒤 엄지손가락 매디를 사정없이 찔러댔어. 아 그랬더니 시커멓게 죽은 피가 샘처럼 솟구치잖아. 그러고 나서야 할머니의 눈동자가 제대로 돌아오고 명치에 괸 트림이 터졌겠지. 정순이 그년은⋯⋯"

아버지는 딴청을 피우고 있었다. 철원네가 정순이를 따라나간 직후 찾아온 잡화상이 오르기 전 가격으로 드리겠다고 능치는 말에 솔깃해진 아버지는 민홍이 보기에도 약간 지나친 양의 잡화를 쟁여놓았다. 참으로 오랜만에 당반을 가득 채운 잡화 때문에 야트막한 천장까지 물건이 자라자 아버지는 잘 쓰지 않던 먼지떨이로 구석구석 흔뎅거리고 있던 거미줄이나 먼지 답쌔기를 떨어내는 시늉을 하고 있었다. 그 모습을 본 철원네의 눈초리가 치솟아오르더니 갑자기 음색이 확 째어졌다.

"아유 그래서 사람이 늘그막에 혼자가 되면⋯⋯ 아니 이 영감탱이가 망령이 들었나 하필이면 오늘 같은 날 무슨 천만금을 쥐어보겠다고 이 지랄을 했어 웅? 이 지랄을."

그날은 고초일이었다. 달력에는 빨간 사인펜으로 동그라미가 쳐진 날짜 밑에 역시 빨간 글씨로 '고'라는 표시가 되어 있었다. 그렇다면 철원네가 저렇게 입에 버캐를 물고 달겨드는 것도 무리가 아니라는 생각이 들었다. 고초일이라면 단성일 장성일 화일과 더불어 철원네가 집안의 사대 기일로 정해둔 바가 있었다. 달력만 수도승처럼 하릴없이 바라보는 아버지의 축 처진 입초리 역시 그런 사실을 수긍하는 듯했다. 뒤돌아선 아버지의 잔등은 가뭄에 우는 까마귀 소리처럼 쏟아지는 철원네의 악의에 찬 저주를 송두리째 견뎌내야만 했다.

"메밀무우욱 사아려. 찹싸알떠억."

잠이 휙 달아나 서름한 낯으로 서로 흥뚱항뚱 바라만 보고 있던 차에 특유의 구성진 목소리로 다가오는 메밀묵 장수의 외침이 여간 반갑지 않았다.

"내 좀 보라우. 거 메밀묵 장수 양반."

"어이쿠 발목이야. 이 영감이 눈이 삐었나 왜 발목은 밟고설랑……"

"히힝 보니까니 작년 이맘때 기 양반이구만. 긴데 아직은 철이 좀 이르우다."

"예에 영감님 시험 삼아 한번 받아갖고 나왔주. 지금 영감님이 마수걸이하는 셈이지유."

"기래? 기럼 인심 좀 푹 쓰라우 허허. 여보 여게, 아니 민홍아 주발 좀 개져오라."

깊어가는 초겨울의 밤이다. 아버지와 아들이 양념장을 두른 메밀묵을 도마 위에 놓고 내의 차림으로 마주앉았다. 뭔가 그럴싸한 얘기가 우러나올 듯한 분위기였다. 그러나 반나마 먹을 때까지 아무도 입을 열지는 않았다. 몇 쪽 남지 않은 메밀묵을 집으려는 젓가락질이 여의치 않자 손집게를 만들어 집어올리던 아버지는 입속으로 알아들을 수 없는 말을 중얼거리고 나서는 마치 혼잣소리를 내듯 이야기를 시작하는 거였다. 한번 이야기의 두서를 잡은 아버지는 선걸음에 고향길을 밟는 사람처럼 달뜬 기분을 내었다. 반가부좌를 틀고 앉아서는 윗몸을 양옆으로 슬렁슬렁 흔들어대기도 하고 시합을 앞둔 선수마냥 어깨와 목덜미를 이리저리 움츠렸다 풀며 긴장을 조절하는 모습이었다. 눈빛은 이미 먼 과거의 한 부분을 떠돌고 있는지 오련하게 바뀌는 중이었다.

아버지는 전쟁포로로 나온 사람이었다. 아버지는 전쟁포로라는 말 대신 피 떠블유라는 말을 즐겨 사용했는데 말끝마다 우리가 뭐 앞에 총이 뭔지나 알았겠니 하며 계면쩍은 미소를 짓곤 했다. 두 손을 바짝 쳐든 덕에 죽지 않고 포로가 되었다. 부산에서 조사를 받다가 상륙정에 실려간 곳이 거제도란 데였다. 가보니깐 허허벌판 논바닥에 엉성하게 천막을 쳐놓고는 가마때기 몇 장을 깔아논 곳이 포로수용소였다. 가시철망 너머로 불어오는 벌바람이 사람을 그지없이 스산하게 만들었다.

생각해보라우. 기때 내 나이 스물하구두 야들이었어. 고향산천 기리고 부모 처자식 모다 두고 이녘에 피 떠블유로 나왔으니 을매나 엉이없고 속이 뒤집어지갔는지를.

사람 목숨이 파리 목숨과 진배없던 시절이라 살아남기 위해선 침묵으로 일관해야 했다. 수용소 안에서의 좌우충돌로 양쪽에서 무수한 사람들이 쥐도 새도 모르게 사라지는 걸 목격한 아버지로서는 당연한 처신으로만 여겨졌다. 사상이 다른 사람들을 한울타리 안에 모아놨으니 온전할 리가 없다는 것이 아버지의 생각이었다. 그런 속사정을 알 턱이 없는 미군들은 미우나 고우나 같은 민족끼리 수용소 안에서까지 티격태격한다고 고개를 갸우뚱거렸다. 아버지는 딴것은 몰라도 그것만은 미군애들이 일리가 있다는 생각을 하였다.

아버지는 오히려 바깥보다 상대적으로 풍족함을 누렸던 기억을 특별히 간직하고 있었다.

그 아낙에서야 물자야 풍부했다. 미군애덜이 관장을 허니까 담요니 피복이니 거저 달라는 대로 집어주는 거야. 기걸 모아두었다간 몰래 바깥으로 빼돌려 그 아낙에 있으면서 장사까지 벌였다니까. 밖에선 부황이 들 판국인데두 외레 수용소 아낙에서는 고기 간스메_{통조림}국이 끓어넘치고 시레이숑 박스가 굴러다니는 판국이었으니 기런 요지경 속이 세상 어딜 가믄 또 있갔니?

그 안에서 아버지는 우연히 흰쥐 한 마리를 길들이게 되었다. 하루는 베고 있던 륙색이 좀 이상하길래 퍼뜩 열어보니 웬 흰쥐가 들어 있었는데 어디선가 된통 물어뜯겨 피범벅이 되어 있었다. 어느 집단에서건 별중난 건 환영을 못 받는 거라는 생각이 들자 불쌍한 마음이 들어 음식 부스러기를 주근주근 던져주자 맛을 들였는지 겁도 없이 찾아와서는 재롱까지 떨곤 했다. 그런데 그 흰쥐는 거제도 폭동의 와중에서 아버지를 죽음의 고비에서 구해준 당사자가 되었다.

기러니까니 내레 있던 칠삼에서두 좌익애덜이 들먹들먹하던 때이지. 어디 잠 한번 발뻗고 제대로 잘 수가 있나. 거저 워카를 신은 채 노루잠을 자는 게지. 자다보니 누가 워카 위를 슬슬 갉아먹고 있잖겠니. 기눔이었어. 픽 웃곤 다시 자려니깐 일어난 김에 소피나 보고 와야겠다는 생각이 들어서리 밖으로 나왔지. 아, 그러니깐 저쪽에선 발써 좌익애덜이 악악거리는 소리가 아수쿠러하게 들려오지 않겠니? 낭중에 숨어 있다가 막사로 되돌아와보니 아, 이만한 돌덩이가 내 자리에 날아와 뚝 떨어져 있지 뭐겠니. 내 양옆의 사람들은, 기러니깐 하는 일 없이 우익으루다 소문이 난 사람들인데 날아온 돌에 치여 머리가 처참하게……

아버지는 목덜미를 가볍게 쓸어내리며 고개를 천천히 내저었다.

휴전협상이 한창 진행되던 어느 날 아침식사 뒤 열외 한 명 없이 모두 콘세트 안에 대기하고 있으라는 명령이 떨어졌다. 그날 아침따라 유별나게 어린아이 주먹만한 고깃덩이들이 걸려서는 모두들 포식을 한 다음 담벼락 밑에 옹기종기 모여 해바라기를 하며 담배를 한 대씩 돌려 피우고 나서야 콘세트 안으로 들어갔다. 당시 수용소 안에서는 술이니 담배니 할 것 없이 다 뒷거래가 되고 있었다.

내려온 명령의 내용을 듣고는 모두들 기가 턱 막혔다. 이쪽에 그대로 남을 사람 저쪽으로 되돌아갈 사람을 가르는데 호각 소리 하나로 판가름을 한다는 것이었다. 호각 소리에 따라 복도 하나 사이에 두고 이북 갈 사람은 저쪽에 앉고 이남에 남을 사람은 이쪽에 앉으라는 소리였다.

물론 최종적으루야 빵코잽이 애덜이 내린 것이지 뭐. 국방군이야 기때 뭐 힘을 썼갔나. 창문 밖에서는 리건이라는 백인 싸즌 하나가 싯누런 이빠디를 드러낸 채 빙글빙글 웃고 있었지. 갸네들은 우리네 속사정을 잘 모르니까니 기따우 발상이 나왔을 거야. 바로 기거야. 기거이 바로 미군애덜이 두루 써먹는 사고방식이지. 속셈을 튕겨보다가 안 되겠걸랑 거저 일도양단식으로 적당히 가르는 거야. 좌우익을 한데 모아노니까니 제네바협정이니 뭐니 자꾸 말썽이 생겨서리 여론이 안 좋거들랑. 기거이 메야? 저쪽으로 가갔다는 사람이 꼭 사상이 벌개서인가 아니믄 이쪽에 남갔다는 사람이 꼭 사상이 허예서인가 말이다. 거거이 아니었단 말이디 내 말은.

벌게진 아버지의 입에서는 깨물다 만 우둘두둘한 메밀묵 덩어리가 민홍의 얼굴로 퉁겨나왔다. 그러나 민홍은 손을 들어 닦아낼 생각을 먹지 못했다.

무거운 침묵이 흐르는 가운데 문 앞의 감찰완장들 중 한 명이 앞으로 한 걸음 내달리며 퉁명스럽게 내뱉었다. 딱 십 분을 주었으니 잘 생각들해서 정하우다. 뒷짐에서 풀려나 천천히 입으로 올라가는 손가락 사이에는 태를 먹어 금방이라도 산산이 부서져내릴 듯한 허연 호루라기가 들려 있었다. 앙칼지게 불어제치는 호각 소리에 모두들 가슴이 철렁 내려앉았다. 처음엔 이것이 무슨 꿍꿍이속인가 싶어 숨들을 죽이고 있었는데 한 오 분쯤 지나자 몇 사람이 후다닥 양쪽으로 오고갔다. 그러자 서로 기다렸다는 듯 이쪽저쪽으로 뒤죽박죽 오가는데 정신을 차릴 수 없었다.

　아버지가 처음 앉았던 자리는 북으로 가는 자리였다. 머릿속이 휑뎅그렁하게 비어버려 망창히 앉아 있던 아버지에게는 창문으로 쏟아져들어오는 햇살이 그저 너무 좋다는 생각만 한심하게 다가왔다. 고개를 돌려보니 수용소 안에서 가까이 지내던 사람들이 모두 이남 자리로 넘어가서는 아버지보고 그쪽에 남으면 죽으니 날래 넘어오라구 난리를 쳤다. 갑자기 겁이 더럭 올라붙은 아버지는 시적시적 이남 자리로 옮겨갔다. 그러나 개인적 안위를 걱정할 때가 아니라는 생각이 스쳤다. 잔뼈가 굵은 고향이 있었고 거기에 살고 있을 부모처자—아버지는 이마 전쟁 전에 장가를 들었다—모습이 눈앞에 밟혔던 것이다. 그래서 이번에는 후들거리는 다리를 끌고 이북 자리로 넘어갔다. 그러나 자리에 앉고 보니 불현듯 물밑쪽 같은 신세 이제 고향에 돌아가믄 뭘 하겠나 하는 생각이 들었다. 뭐가 뭔지 알 수가 없었다.

그만 하는 소리와 함께 호각이 삑 울렸다. 아버지는 둔기로 뒷머리를 얻어맞은 사람처럼 온몸이 굳어져왔다. 저 복도는 이미 단순한 복도가 아니라 삼팔선 바로 그것이었다. 아 이를 어쩐단 말이냐. 그때 아버지는 자신의 두 눈을 의심했다. 차오르는 숨을 가누지 못해 고개를 처든 아버지의 눈동자에는 콘세트 들보 위를 살금살금 걸어가는 희끄무레한 물체가 들어왔다. 폭동의 와중에서 우연히 아버지를 깨우는 바람에 목숨을 건지게 해준 그 흰쥐가 꼬랑지를 살랑살랑 흔들며 이남 쪽으로 걸음을 떼고 있었다. 아버지의 눈에 힘이 들어갔다. 복도 사이로는 감찰완장들이 저벅저벅 걸어 들어오는 판국이었다. 아버지는 얼른 복도로 내려섰다. 너무 서두르는 통에 발목을 접질러 비틀거리자 지나가던 감찰완장 하나가 이눔이 하며 엉덩이를 걷어찼다.

내이가 왜 그랬겠니? 여기 한번 나와 있으니까니 못 가갔드란 말이야. 어딜 간들 하는 생각 때문에 도루 못 가갔드란 말이야. 기거이 바로 사람이야. 웬 쥐였냐고? 글쎄 모르지. 기러다보니 맹탕 헛것이 눈에 끼었는지두. 언젠간 돌아가갔지 하며 살다보니…… 암만 생각해봐두 꿈같기두 하구…… 기리고 이젠 모르갔어…… 정짜루다 돌아가구 싶은 겐지 그럴 맘이 없는 겐지…… 늙으니까니 암만해두.

짓물러진 눈자위를 손가락으로 지그시 누르고 있는 아버지의 어깨가 가늘게 떨렸다. 민홍은 뱃속에서 울컥하는 감정덩어리가 솟구침을 느꼈다. 비껴앉은 아버지의 야윈 잔등을 보면서 민홍은 박물관에서 본 적이 있는 고생대의 한 화석을 떠올렸다. 그 화석에 대한 일차적 기억은 앙상함이었고 그리고 가슴 답답한 세월의 무게였다. 그 누구도 자유롭지 못한.

그 다음날이었다.

"흐흥 새벽녘에 기러케 몸태질을 하드이만 이러케 출두를 하셨어."

사람이 다가서도 움쭉달쭉 못하고 겁먹은 눈동자만 굴리는 쥐를 바라보며 아버지는 코 먹은 소리를 냈다. 입가엔 득의만만한 미소가 번졌다. 아버지는 녀석의 약점을 진작에 간파해내고 있었다. 녀석이 꾸준히 입질을 하던 쫀드기 과자에 소금물까지 묻혀 먹여놨으니 제아무리 발악을 한다 해도 물을 못 먹곤 앞으로 이틀을 버티지 못하리라는 게 아버지의 계산이었다. 아버지는 날이 추워지자 철원네가 가게 진열장 밑에 들여놓은 선인장 화분을 주목했다. 그 선인장은 쥐가 허겁지겁 쏠아먹은 흉측한 밑동을 지니고 있었다. 선인장을 치우고 난 자리에 육교 위에서 구입한 끈끈한 아교를 두텁게 바른 곽딱지를 놓고 그 한가운데다 물을 넉넉히 축인 빵죽을 떨궈놓았다.

녀석은 그 덫에 여지없이 걸려든 것이다. 아교 주변에는 회색털이 너저분하게 흩어져 있어 간밤의 소리없던 필사적 몸부림을 짐작게 해줬다.

"이걸 어드러케 처치하믄 화끈하게 쥑이겠나 이걸."

마당 한가운데로 녀석을 곽딱지째로 들고 간 아버지는 뒤를 헬
끔 돌아보며 숫접은 미소를 지어 보였다. 도저히 화끈하게 죽일 만
한 인상이 아니었다. 민홍은 쪼그려앉은 아버지의 두터운 동내의
위로 불거져나온 등뼈줄기를 지켜보았다.

"야 민홍아 거 아궁지에다 연탄집게를 괄게 달궈서리 이리루 개
져와보라우."

살 타는 냄새가 자글자글 피어올랐다. 역한 누린내가 콧속을 간
지르며 스며들었다. 아버지의 코밑에서는 묽은 콧물이 질척하게
번져났고 주름잡힌 발그대대한 목덜미엔 잔소름이 막 돋아오르는
중이었다.

"에유 죽일 양이면 거저 죽일 일이지 그게 무슨 짓이우."

양동이에 물을 차란차란 퍼담아오던 철원네가 이맛살을 찌푸리
며 말했다. 전날 밤의 악다구니는 간데없는 다소곳한 말투였다.

"기럼 니눔이 가믄 어딜 가갔다는 게야. 도대체 어딜 가갔다는
게야."

"애야 이건 또 무슨 소리니?

설거지를 마치고 들어오던 철원네는 눈을 화등잔만하게 떴다.
문짝이 떨어져나가는 듯한 굉음이 들린 거다. 민홍은 은정이네 부

부싸움이 시작됐음을 단박에 알아챘다.

"어떤 놈이랑 붙어 놀아났는지 그것만 불란 말이야. 아직은 내가 두 눈을 시퍼렇게 뜨고 있응게."

"야근을 혔다 왜? 몰라서 묻는겨? 그렇게 마누라가 못 미더우면 사내가 나가서 밥벌이를 해야 여편네가 새끼를 차고 집구석에 들어앉아 살림을 하든지 말든지 헐 것 아니냐고? 나두 지발 덕분에 그래 보는 게 소원이여. 어이쿠 이 웬수야 죽여라 죽여."

갑자기 소리를 키운 연속극의 한 대목인 양 카랑카랑한 목소리가 고막을 따갑게 파고들었다. 곧이어 터진 은정이의 울음소리가 사이렌 소리처럼 머릿속을 한바탕 휘저어놓았다. 그 사이로 퍽퍽 북어 두들기는 소리가 나고 찢어져내리는 비명소리에 섞여 새어나오던 이를 응등그려 문 여인의 저주는 점점 잦아들었다. 철원네가 혀를 끌끌 차며 입을 열었다.

"에휴 대낮부텀 술을 그리 욱여넣더니만 앰헌 계집만 잡는구나. 여편네에 얹혀사니 눈에 꼬투리가 톡 씌울 수밖에. 은정 엄마가 외상술을 줬다고 내 원망을 또 을매나 헐 것이여. 허지만 외상술을 또 안 줘봐. 못 주게 혔다고 들볶을 판이니 그나저나 사내를 갈아치기 전에는 은정 엄마야 매복이 터진 거지 머. 에구 아예 사람을 잡는구먼. 내가 여하튼 술을 내준 죄가 있으니 가서 말리는 척이라도 해야지."

철원네가 끼어들고 나서도 싸움은 한동안 수그러들 줄 몰랐다.

민홍은 철원네가 열고 나간 가게문을 닫기 위해 무심코 한 발을 방문턱에 올리는 순간 흠칫 몸이 굳어졌다. 그놈, 바로 철원네가 입버릇처럼 뇌던 그놈이 아주 느릿느릿한 동작으로 가게문턱을 향해 기어가고 있었다. 철원네가 말한 용모파기와 일치했다.

　—에유 어찌된 애가 응. 기름병을 들고 불구덩이 속으로까지 뛰어들었다는 애가 그래 그깟 쥐 한 마리를 못 잡는대서야 말이 되니? 기가 멕혀서. 이젠 그놈이 새끼까지 치고 아예 눌러앉으려는지 배가 이리 불룩하고 이만하게 늙은 놈이 등허리는 비루가 먹었는지 털이 훌떡 벗겨져서는……

　민홍은 입을 조금 벌렸다. 기름병을 들고 불구덩이 속으로 뛰어들었다는 애가. 정수리 끝까지 뻗쳐오른 기운 때문에 미세한 오한에 휩싸였다. 녀석은 민홍을 슬쩍 쳐다보았으나 느린 동작에는 변함이 없었다. 저 정도면 잡을 수 있다. 녀석에게서 눈길을 떼지 않은 채 손을 가만히 내려 냉장고 옆에 세워둔 연탄집게를 들어올렸다. 이거면 족하다. 민홍은 손아귀에 힘을 주었다. 사정거리권 안으로 다가서는 민홍의 손아귀에서는 찐득한 땀이 배어나왔다. 녀석이 버거운 뱃구레를 추스르며 문턱에 오르는 순간을 일격의 시기로 잡았다. 그래 서두를 건 없어. 민홍은 손아귀에서 힘을 빼고는 일부러 딴 데를 쳐다보는 여유를 부렸다.

　"그래 죽어라 죽여. 이러고 더 살믄 뭐하니? 너 죽고 나 죽자."

　민홍의 눈이 빛나는 순간이었다.

아아, 나의 어리석음이여!

민홍은 낮은 신음을 흘리며 황급히 뒤쫓아나갔지만 허사였다. 녀석의 굼뜬 동작은 괜히 상대방을 자만하게 만들기 위한 위장술이 틀림없어 보였다. 그것은 등허리의 털이 벗겨질 만큼 오랫동안 목숨을 부지하면서 터득한 경험과 새끼를 밴 암컷의 빈틈없고 대담한 산술이었으리라. 녀석은 문턱에 오르는가 싶더니 어느새 다람쥐보다 더 민첩한 동작으로 사라지고 말았다. 민홍이 맨발로 뛰쳐나갔을 때는 골목의 어둠 속으로 유유히 빨려들어가는 꼬리만 설핏 눈에 들어왔을 뿐이었다. 민홍은 그 자리에 망부석처럼 우두망찰 서서 소리없이 웃고 있는 어둠 속을 노려보았다.

—모르지 맹탕 헷것이 눈에 보였는지두.

아버지의 늘쩡한 목소리가 귓전에 와 달라붙었다. 민홍은 찬찬히 고개를 가로저었다. 골목 저편에서 비닐봉지와 함께 다가온 바람이 이마 위로 흘러내린 머리칼을 달싹이고 갔다. 민홍은 입을 굳게 다물어보았다. 그냥 그렇게 서 있고 싶었다. 불끈 쥐어본 주먹에는 연탄집게가 알맞춤하게 들어 있었다. 왠지 느꺼운 감정이 밀려오면서 저만치서 채 시작되지도 않은 겨울의 출구가 보이는 듯했다. 그쪽은 맨발이었다.

(1991)

열린 사회와 그 적들

"아따, 목젖이 따땃해짐시러 가슴이 후끈허고 붕알 밑까지 다 노글노글헌 게 이제사 내 몸띠이가 오붓이 내 거 같네그려."

담벼락에 바투 지펴올린 화톳불가로 다가선 브루스 박이 엉거주춤 자세를 잡으며 너스레를 떨었지만 아무도 돌아보거나 대꾸를 하는 사람이 없다. 불가에 에둘러 앉은 사람들의 얼굴에 월렁월렁 끼얹어지는 불기운 때문에 눈동자에는 이글이글한 눈부처가 섰다가 사라지기를 되풀이하고 있다. 씻지 않고 말린 대낮의 땀자국이 번들거려 무표정한 사람들의 얼굴은 마치 가면을 둘러쓴 양 질겨 보인다.

"코피는 역시 목젖이 확 뒤집어 번지도록 따끈할 때 빨아뿌는 게 제맛이어라우."

브루스 박은 종이컵에 담긴 커피가 뜨거운지 한 손씩 번갈아 들며 귓불로 손을 갖다댄다. 그는 자칭 '색소폰의 명수'로 밤무대 악사로 뛰는 사내다. 옷차림에서부터 이미 딴따라 냄새가 풍긴다. 한때는 초원의 집 무대에서도 반주를 넣었다고 은근히 자랑삼아 떠벌리곤 했는데 그 말을 믿는 사람은 아무도 없었다. 백구두에 흰나팔바지, 그리고 가슴팍에 요란한 꽃술 장식이 돼 있는 분홍색 블라우스가 왠지 주변 분위기에 잘 어울리지 않는다. 반죽이 좋아서 아무 사람들하고나 잘 어울린다. 사수대 학생들, 일반 시민들, 대책위 관계자들, 백병원 환자들, 심지어는 낮에 한가로울 시간이면 대치중인 전경들한테도 접근해 엉너리를 쏟아내며 어느덧 구면지기처럼 시시덕거리는 품을 여러 번 보였다. 종이컵에 얻어온 커피도 학생 사수대가 직접 끓인 걸 받아온 게 틀림없을 성싶다. 어쩔 땐 그의 속없는 너울가지가 역겨울 때도 있었지만 그것을 버르집고 나오는 사람은 별로 없었다.

새벽 한시를 넘은 시각이지만 병원 앞마당은 구석구석 서린 팽팽한 긴장감으로 초롱초롱하기만 하다. 규찰대에게 경찰의 동태를 묻는 소리, 삼삼오오 앞으로의 진행사항을 숙의하는 모습, 간간이 터지는 구호와 졸음을 쫓는 듯한 노랫소리. 여러 가지 정황으로 봐서 오늘 새벽 경찰이 전격적 행동을 취할 낌새는 보이지 않는다. 병원 앞 도로 양쪽에 쌓아둔 바리케이드를 지키는 학생들이 교대를 하기 위해서 정문을 들어서는 모습이 보인다.

"우리 땜에 저그 밖에서 밤새는 갱찰은 모다 몇이나 될꼬?"

표천식씨가 혼잣소리로 묻는다.

"글씨 한 천오백쯤 될끄나?"

"그럼 여긴 학생이고 으른이고 다 따져설랑 삼백도 채 안 되고 말이야. 근디 왜 당최 쳐들어오지를 못한디야?"

"웬 봉창 뚜딜기는 소린. 아, 열사가 있응게 그렇제."

"그려 그런가부지. 열사 한나가 천군만마를 당해내는겨."

"그렇치도 않은 거 같구먼. 먼젓번에 안양 거시기 병원에서는 거기두 박 머시기라는 열사가. 아무래도 배 만드는 노동자라구는 해쌓는디, 거긴 여기부덤 나긋나긋한 학생두 아니구 툽툽한 노동자들이 몇백 명씩 떼루다 지켰는데두 모다 성한 데 없이 얻어터지고 열사 몸뗑이두 빼앗겨 갈갈이 찢겼다는디. 건 뭐가 되는겨. 위치된 일인지 갈피를 잡기 에려워설랑."

화톳불을 둘러싸고 있던 사람들은 옹송그린 자세로 얼굴을 구우려는 듯 불가로 바짝 고개를 들이밀었다. 커피를 다 마시고 난 빈 종이컵을 화톳불 위로 내던진 브루스 박은 어느새 왼손목이 잘려 외팔이로 불리는 강종천씨 뒤에 깔린 스티로폼 위에 몸을 모로 뉘고 팔베개를 한 채 풋코를 곤다.

"재복이 뭘 혼자 그렇게 맛있게 먹나그래 응."

표천식씨가 가슴에 고개를 쑤셔박고 있다가 입맛을 쩍쩍 다시며 눈을 뜨는 정재복을 보며 농지거리를 지른다.

"먹긴 무얼 먹었다구 그 야단이구만. 아저씨두 참, 도시긴 엄연히 돌았나봐유. 아, 오늘 낮부텀 여그 사람들 달라진 눈빛을 아저씨두 뻔히 보시면서 그런 말로 각통을 지르고 그래유? 민주불량배구 거리시위꾼이구 어찌된 건지 끄나풀이라구들 난리를 치드만. 얻어먹을 건덕지가 무에 있다구설랑."

"그럼 영각쓰는 암소처럼 그렇게 되새김질하듯 입아구 좀 놀리지 말라구. 그렇잖아두 속에서 회가 끓는지 헛헛한 게 생침이 솟구치는구만. 그리구 난 도둑은 절대 아녀. 그게 워치크롬 도둑질이여. 난 말이여……"

표씨의 아래턱이 불쑥 튀어나오며 입이 홀끗 옆으로 돌아간다.

"으이구, 징혀 저 인간. 또 그 씨나락 까묵는 소리여 잉? 저승사자는 도대체 뭘 허는 건지. 직무유기야 직무유기."

강종천씨는 혀를 끌끌 차며 자리를 박차고 일어나 병원 현관 앞으로 왜죽왜죽 걸어간다. 표씨는 어깨를 짓누르는 밤기운을 흠칫 밀려오는 몸서리로 털어내며 가늘게 찢은 눈을 들어 뿌연 밤하늘을 바라본다. 구멍난 구름 사이로 미끄럼을 탄 달빛이 담장 밖 가로등 어깨 위로 새벽안개처럼 축축하게 쏟아진다.

끙이야 깡이야.

표천식씨는 달빛을 받으며 묏자리의 굿을 꾸리던 그날 일이 생각났다. 그는 밤늦게 운구가 돼 하관시를 놓친 무덤을 헤설픈 달구질로 다지고 있었다. 엎친 데 덮친 격으로 운구 행렬이 도중에 교통사고를 당해 예정된 시간이 턱없이 넘어버려 밤을 도와 서둘러

하관 작업에 임했던 거다. 웬만하면 달구질 때 치는 선소리를 빠뜨리는 법이 없건만 시간이 시간인지라 대충대충 생략하고 넘어갔다. 산등성이까지 송판으로 짜인 관을 목도로 옮기는 바람에 처진 어깨를 추스르느라 들이부은 막걸리 기운 때문에 속이 활활 달아올랐다. 그 와중에서도 관을 털었을 때 망자의 옆구리에 꿰인 귀금속 두루주머니가 눈앞에 어른거렸다. 손끝에 스친 염낭쌈지는 묵중했다. 아, 이것이 그대로 땅에 묻혀 녹이 슬고 만단 말인가. 그는 명치끝에 괴어 있는 묵은 한숨을 빨아들였다. 흥흥, 여보 노랑털이 벗겨지지 않은 황소의 누린내 나는 뒷다리 사골을 푹푹 고아먹으면 살 것만 같아요. 부황이 들어 천장만 멀뚱멀뚱 쳐다보며 나자빠져 있는 마누라의 노랑꽃 핀 얼굴 위로 검은 흙덩이가 쏟아졌다.

그는 그날 새벽 아직 떼도 입히지 못한 그 묏등을 찾아 허위단심 산등성이를 밟았다. 땀이 밴 고무신 안에선 늘노는 발바닥 때문에 마치 밤새 내린 첫눈을 밟는 듯한 소리가 새나왔다. 어느덧 하늘은 맑게 개 있었고 이곳저곳에서 살별이 부싯돌 불똥 모양 떨어졌다. 땀이 흘러 눈 속으로 들어가는 바람에 시야가 자꾸 흐려졌다. 망자의 엉덩이 살을 한 삽 찍어내고 나서야 염낭 주머니를 찾아냈다. 그러고는 삽을 그 자리에 버려둔 채 된비알을 어빡자빡 내달렸다. 그이 입에서 꾸역꾸역 새나온 기다란 신음이 발목에 자꾸 되감겨왔다.

　—나는 도둑이 아니라고 했지만 무서운 순사 아저씨들은 내 말

을 믿으려 하지 않았어. 그렇게 경을 치는 분들은 아마 머리나 가슴 어느 한구석이 무쇠일지도 몰라. 숙직실에서 곡괭이 자루가 두 개나 부러져나가고 나서야 난 내가 어쩜 도둑놈일지도 모른다는 생각이 들었어. 그 무서운 아저씨들이 하자는 대로 다 했는걸 암. 내 삼날에 찍혀 걸레처럼 해진 너덜너덜한 살덩이가 눈앞에 팔랑 거리고 정말 사람 미치겠더라구.

"당신들 밥풀때기들 때문에 민주화시위가 일반 시민들한테 얼마나 욕을 먹는 줄이나 아쇼? 당신들 도대체 누구, 아니 어느 기관의 조종을 받고 이런 망나니짓을 하는 거요?"

병원 현관 쪽에서 볼멘소리가 들렸다. 외팔이 강종천씨가 웬 사내와 드잡이를 하고 있었다. 병원 마당의 모든 시선이 그리로 쏠렸다.

"그래 우리는 밥풀때기다. 근데 당신이 뭐 보태준 거 있냐고 썅."

"당신들이 뭔데 초대되지도 않은 곳에 끼어들어서 감 놔라 배 놔라 판 깨는 짓거리를 하냔 말이오."

서로 단단히 멱살을 거세게 틀어쥐는 바람에 단추 두엇이 바닥에 떨어지며 곧이라도 종주먹을 들이댈 기세였다. 강씨의 멱살을 거머쥔 사내는 뜯어말리는 주변 사람들에게 서부투자금융 홍보실 대리라는 신분증을 제시했다.

"아, 그러잖아도 병원 관계자들로부터 강력한 항의를 받아 조심 조심하는 판국에 왜 갑자기 병원을 향해 돌을 던지고 침을 뱉는 행위를 하느냔 말이죠 난. 이건 분명 우리 학생들과 대책위의 위상을 떨어뜨리려는 저의가 있는 고의적 행동임이 틀림없다 이겁니다. 이제는 우리 시민들이 나서서 저런 밥풀때기에 대해 분명한 선을 긋고 마침 검찰에서도 수사 의지를 밝힌 만큼 적극 수사에 협조해서라도 정화를 하든지 해야지 여론도 계속 우리 쪽으로 끌어들일 수 있는 거 아닙니까?"

흰 와이셔츠의 팔소매를 걷어붙인 사내는 허릿장을 지른 채 버티고 서서는 연설조의 푸념을 털어놨다. 학생들과 주변 사람들에게 밀려 화톳불가로 떠밀리다시피 다가온 강종천씨는 바닥에 마른침을 세게 뱉으며 뇌까렸다.

"니기미 씨펄, 그래 시민, 시민 해쌓는데 느그덜 판이 을매나 오래갈는지 두고보자고."

"어따 웬일이여. 가뜩이나 우리덜얼 바라보는 눈길들이 점점 사나워지는디 쌈박질까지 하고 나서면 워쩌자는겨?"

"얼룩이 성님은, 말이라두 고로케 창알머리 없게 허믄 내가 섭하지라. 조것들 말하는 뽄새 좀 보고도 그라요? 같이 민주화투쟁하며 기껏 고생함시러도 시상에 밥풀때기가 뭐라요. 얼퉁 터지게. 사람이 입성이 누추하고 행동이 거칠다고 그렇게 깔보는 경우가 제대로 된 경우라요? 아 우리가 뭐 기생충이라? 싸가지 없는 것들 같으니라구. 민주화투쟁 허기 전에 저런 고상짜들하고 먼저 와장창 한판 붙어야지라."

얼룩이 성님이라고 불린 전을룡씨는 은평구 일대에서 고물 줍기를 하는 사람이었다. 비슷한 처지의 거렁뱅이 두엇과 함께 천막 생활을 하는데 오른쪽 눈가에서 뺨자위까지 시커먼 기미로 뒤덮여 별명이 얼룩이였다.

"애초에 왜 병원에다 대고 돌을 던진감? 이 안동답답이야."

"그건 제가 잘못했지라. 근디 저그 오줌 좀 싸려고 백인제 선생인가 뭔가 하는 동상 앞을 지나려는데 현관 벽에 뭔 동판이 붙어 있어서 보니, 거시키 '산업재해보상보험 지정 의료기관'이라는 글이 써 있더라구요. 그게 눈에 띄는 순간 가슴에서 불꽃이 파바박 일어납디다."

흰자위가 많아진 강씨의 눈에서는 수은등 불빛이 퍼렇게 되비쳐나왔다.

그의 표현을 빌리자면 '프레스 밥'이 된 왼쪽 손목을 멋도 모르고 회사 관리직원의 사탕발림과 은근한 협박에 녹아 알지도 못하는 종이짝에 오른손 엄지를 꽉 눌러주곤 돈 오백만원에 팔아먹었다. 그 통에 산업재해 지정을 받지도 못했고 받은 돈은 치료비 빼고 나니 기껏 길거리 완구노점상 차릴 밑천만 달랑 남았다. 그나마 시작한 지 일 년도 되지 않아 일제 단속 정책 때문에 밑천마저 홀랑 날렸다. 그때 강씨가 노점 손수레에 쇠사슬로 목을 연결하고는 처연하게 버티는 사진이 몇몇 신문에 나기도 했지만 허사였다. 자연히 술로 보내는 시간이 많아졌고 삶의 의지를 잃은 그를 두고 아직 애도 없고 혼인신고도 생략한 채 동거를 하던 마누라가 밤봇짐을 쌌다.

─거 이상하더라고요. 손이 없어지고 나서는 마누라랑 그 짓을 하려고 해도 꽝이더라고. 물건이 말을 안 듣는 거야, 좆도. 나는 열심히 마누라의 속살을 쓰다듬어주고 있다고 생각하고 있는데 문득 보니 뭉턱 잘린 왼손이 허공을 긁고 있는 거야. 그러고 보면 그년의 자궁은 용접한 철제 금고처럼 잠기고 몽뎅이에는 오동잎 지는 찬바람이 일고 그렇더라구. 그러니 그런 놈팽일랑 어떻게 뭐 빨게 있다고 따르겠냐고. 더구나 원체 색이 센 여자라놔서 밤마다 등허리를 활등처럼 휘어뜨리고는 도지개를 트는데 미치겠더라구. 그런데두 정작 도망질을 치니깐 눈깔이 뒤집어지더라구. 언 년이 그러는데 그 화상이 이 백병원에서 부엌데기로 일하고 있는 걸 봤다구 찔러주드만. 그길로 댓바람에 달려왔지만서두 그런 년은 없다구 허드구만. 정은순이란 년은 듣도 보도 못했다잖아.

"쟤 숨소리가 왜 저리 거칠다냐? 여 재복아 상선이 좀 깨워봐."

상선은 브루스 박의 본명이었다. 그는 스티로폼 위에 새우처럼 허리를 돌돌 말고는 사레가 든 사람처럼 불규칙한 숨을 토해내고 있었다. 재복은 쭈볏쭈볏 일어나 다가가서는 잠자는 사람의 발뒤꿈치를 툭툭 찼다. 그러자 브루스 박은 고개를 슬그머니 쳐들고는 거슴츠레한 눈으로 무슨 일이냐는 표정을 지어 보였다.

"상선 형, 죽은 거유, 산 거유? 낮에는 그렇게 타잔 뺨치게 팔팔

뛰며 다니더니 서리 맞은 가을 살무사 모양 뭔 꼬라지유."

"괜찮여, 증말로 난 괜찮여. 아무 걱정 말라구들 혀. 잠깐 졸려 서 그런 것뿐이여."

브루스 박은 고개를 힘없이 늘어뜨리면서도 허공에 대고 손사 래를 치며 다시 잠을 청하려는 듯 사추리 사이로 두 손을 깊숙이 찔러넣고는 끙 하는 신음을 깨문다. 그러나 곧 가슴을 쥐어뜯듯 쓸 어안고는 고통스런 기침을 한 바가지 쏟아놓는다. 재복은 자신이 입고 있던 카키색 작업복을 벗어서는 상선의 상체를 덮어준다. 기 침을 참고 있는지 상선의 어깨가 몹시 들썩거린다. 윤곽이 뚜렷이 드러난 엉덩이께에는 벌써 며칠째 뭉개고 지낸 때문인지 흐릿한 얼룩이 묻어났다.

재복은 호주머니를 뒤져 구깃구깃한 휴지를 꺼내들고는 물코를 요란하게 풀었다. 그러고는 휴지에 묻어 있는 최루탄 가루에 코끝 이 매워져 억지로 재채기를 서너 번 해댔다.

재복은 날품팔이 인력시장에서 만난 상선을 떠올린다. 특이한 복장으로 항상 모인 사람들의 이목을 끌었다. 그는 즉석 투전판을 벌여놓고는 가끔씩 날품팔이들의 얄팍한 호주머니를 터는 모양이 었다. 그러면서도 상선은 자신이 비록 인력시장을 떠도는 신세지 만 막일꾼들하고는 차원이 다른 예술인이라고 흰소리를 쳐댔다. 그러나 재복뿐 아니라 모든 사람들은 그의 말을 믿지 않았다. 그가 어쨌거나 정말로 악기를 켜며 밥그릇을 뽑아내는 사람이라면 그를 청계천 6가 동화시장 뒤나 남대문의 북창동 어귀에서 만날 까닭이 없는 거다. 그가 악사 자리를 구하려면 낙원상가 이층에서 오후 4~6시에 볼 수 있어야 한다. 동화시장은 봉제기능공 시장이고 북창동 어귀는 중국집 주방장이나 배달원 또는 요리사 들이 자신의 노동력을 파는 곳이 아니던가. 그가 만능 기능인이 아닌 바에야 그는 기껏해야 하발이 시다나 잡역부, 짐꾼에 불과할 거다. 재복이 토요일이나 공휴일께 가끔 새벽시장에서 허탕을 쳐 이삿짐센터 짐꾼으로나 하루를 죽일까 싶어 남대문시장 퇴계로 어귀께로 가보면 어김없이 거기서 짤짤이판을 벌이고 죽때리고 있는 상선을 만날 수 있었다. 그는 어디서나 눈에 잘 띄었고 반죽이 좋아서 그런지 잘 떠들어준 대가로 생면부지의 사람들한테도 심심찮게 순두부나 사발면을 얻어먹곤 했다. 재복도 그에게 몇 번인가 말품을 팔아준 대가로 김이 모락모락 나는 순두부를 사준 적이 있었다. 그러나 그가 어딘가로 팔려가는 걸 본 적은 아직 한 번도 없었다. 혹 재복이 조건이 맞은 사람의 봉고차를 타고 갈작시면 상선은 한없이 부러운 눈길로 입가에 떨떠름한 미소를 베어문 채 우두커니 바라보거나 손가락을 까댁이며 인사를 하곤 했다. 한번은 너무 안됐다 싶어 재복이 자신을 데리고 가던 털수세이 건축현장 오야붕에게 저기 전봇대에 기대선 남자도 같이 데리고 가면 안 되겠냐고 은근히 근중을 떠봤더니 시동을 건 채 창문으로 고개를 빼고 상선 쪽을 힐끗 바라본 다음 쿵쿵 코웃음을 쳤다.

─하하, 저 양반은 안 되겠시다. 여기가 뭐 딴따라 시장도 아니고 말이우다. 데려다놔도 어디 지대로 품삯을 치러내겠습디까?

재복은 흔들리는 봉고차 안에서 어디 가서 짱이라도 박혀야지 드러워서 다시는 이 날품팔이 인간시장을 기웃거리나 봐라 하는 오기를 어금니 위에 올려놓고 지그시 깨물었다.

영안실에서 나온 몇 사람이 화톳불가로 걸어오는 게 보였다. 걸어오면서 학생들에게 이런저런 지시도 내리고 고개를 끄덕이며 학생들의 말을 경청하는 걸로 봐서 대책위의 간부로 보였다.

"안녕하세요. 뭐 불편한 점은 없는지요. 제가 대책위 집행위원으로 있는 현대영입니다."

삼십을 갓 넘었을 듯한 얼굴의 사내는 한 표를 부탁하는 선거철 입후보자처럼 깍듯이 인사말을 건넸다. 이목구비가 뚜렷하고 눈썹이 유독 진한 얼굴이었는데 두터운 입술에다 사모턱이 져서 그런지 뚝심깨나 있어 보였다. 멀쑥한 덩치에 사수대 티셔츠를 입은 학생 하나가 자꾸만 흘러내리는 뿔테안경을 치켜올리며 그의 곁을 지키고 있었다. 현대영씨는 야자수 그림이 그려진 사파리 남방 윗주머니에서 88라이트 담배를 꺼내 한 개비씩 두루 정중히 권했다. 담배는 빠른 속도로 뽑혀나갔다.

"대책위 간부님이라니까니 한말씀 올리겠는디 오늘 낮 같은 경우는 지가 세상 살아가며 어처구니없는 일일랑 한두 번 당한 게 아니지만서두 개중 기가 막히고 복장 터질 일이라."

전을룡씨가 두런두런한 말투로 입을 열었다. 그러나 그 말꼬리는 사뭇 떨려 나왔다. 현대영씨는 두 손으로 감싼 라이터를 전씨의 입가로 들이대며 그저 고개를 끄덕였다. 라이터 불 때문에 전씨의 얼굴이 순간적으로 발그스레 달아올랐다가 시퍼런 낯빛으로 돌아왔다.

"야, 저기 숨겨둔 두 살짜리 두꺼비 하나 모셔 내오라구. 그래두 이렇게 손수 오셨는데 뭘 변변한 대접은 아니라두 쓴 쐬주 한잔은 디려야 헐헐. 아니, 아니 그렇지 그 화단 덤불 뒤 시멘트 종이에 싼 거, 그렇지."

"원래 이 병원 마당에서는 질서 유지를 위해서 화톳불이나 음주는 금지돼 있습니다만. 경건한 분위기 때문이기도 하지만 워낙 병원 입원 환자들의 항의가 엄중할 뿐 아니라 여론도 그걸 파고들면서 대책위를 곤란하게 만들어놔서요. 여러분들 이미지에도 별로 안 좋을 듯싶습니다만. 그리고 전 가톨릭 신자여서 되도록이면 술을 삼가고 있죠."

"그럼 댁은 신부라도 되려는 거요? 보니깐 술 담배 골초인 신부도 내 억수로 봤시다. 난 종교에 대해선 개뿔도 모르지만 뭐 전생 따지고 후생 따지고 썰 풀라치면 아예 때려치우쇼. 씨도 안 먹힐테니. 우린 그저 이 소주 한 모금이면 전생이고 후생이고 나란히 목구멍을 타고 뼈근히 녹아드는데, 안 그렇소 형님?"

강종천씨가 이빨 사이로 소주 뚜껑을 뱉어내고는 그대로 병을 쳐들고 하늘을 보며 깡소주 나발을 불어제친 뒤 전을룡씨에게 건네주었다. 현대영씨의 짙은 눈썹이 꿈틀거리며 이맛살에 깊은 주름이 스쳤지만 곧 사라졌다.

"오늘 지냑에, 누가 쓰기 시작한 말인지는 모르지만 소위 밥풀떼기라고 불리는 우리 같은 축들을 학생인지 아니믄 대책위 사람들인지가 손가락 끝으로 백골단에 찍어주는 바람에 달려갔시다. 그래도 뭔가 같이 이뤄보자고 싸우던 사람덜인데 그래도 되는 것인지 모르겠구만요. 듣자니 대책위 쪽에서 백병원과 시위 현장에서 민주 시민을 가장한 폭력배들이 온갖 행패를 부리며 폭력을 선동하는 등 대책위의 입장을 곤란하게 하고 있는데 규찰대를 조직해 이를 막고 배후를 밝히겠다는 성명을 냈다고도 허는데 정말 몸 둘 바를 모르겠다."

"우선 그런 일이 일어난 데 대해 유감스럽게 생각하고 있습니다. 하지만 대책위에서 알아본 바에 따르면 누구누구를 찍어준다거나 하는 일은 논의된 바도 지시한 바도 없음을 확인했습니다. 전혀 우발적인 사건이라고 봅니다만, 어디까지나……"

관자놀이께에 힘줄이 불끈 솟구쳐오른 강씨가 결기 때문에 잠겨버린 목소리로 외쳤다.

"쓰레기통의 고등어 대가리같이 썩고 무능한 정권 아래서는 인간적인 생활을 할 수 없다고 생각돼 몇 년 전부터 야당이 개최하는 집회를 쫓아다녔수다. 그러나 야당 사람들도 우리 편이 아니라는 것을 깨닫고 학생들의 시위로 옮겨왔는데 우리들이 학생들과 달리 움직인다고 해서 기층 민중인 우리를 이렇게 대접할 수 있는가, 이 말이우다."

"그러게 첨부터 눈 먹는 퇴끼 얼음 먹는 퇴끼 따루 있다 이거 아닙니까."

현대영씨는 몹시 곤혹스러운 표정을 지었다.

"처음에는 대책위의 얼굴에 먹칠을 하기 위해 정보기관에서 꾸미는 공작이 아닌가 하는 의혹도 생겼지만 그렇지 않다고 결론지었습니다. 또한 솔직히 말씀드리자면 우리 대책위는 검·경으로부터 아마도 여러분들을 일컫는 말인 듯한데, 과격 폭력 시위를 일삼는 이른바 밥풀때기들의 수사에 협조해달라는 제안을 정식으로 받았습니다. 그러나 우리는 경찰에 여러분들도 김귀정 열사의 죽음을 애도하는 조문객임이 분명하므로 연행에 협조하는 것은 도리에 맞지 않는다는 공식 입장을 밝힌 바 있습니다."

"그럼 공식 입장 따루 안으로 꼬불쳐둔 입장 따루 이렇게 따루 국밥집이라고 차려서 그렇게 허나사나 같이 투쟁하는 동지들 등에다 칼을 꽂는답디까?"

재복은 가슴팍을 펑펑 두들기며 울부짖었다.

"같이 애써주시는 건 충심으로 고맙게 여기고 있지만 어디까지나 하나의 조직이 꾸려진 이상 그에 걸맞는 규칙과 체계가 있는 법이지요."

"누구한테서 고마움 사려고 투쟁을 했던 건 아니니까요, 공치사는 허실 필요 없시다. 어떤 사람들은 좀 빼뚤하게 행동한 게 사실이쥬. 뭐 대가나 바라고 싸우는 듯이 음식을 달라 어쩌라 하는 얼빠진 치들도 있었고, 아무 허락도 맡지 않고 병원 사무실이나 빈 입원실에 몰래 들어가 떼잠도 잤으니깐 영락없이 꼴사나운 부랑아 행티를 낸 거죠. 지들도 잘 알아요."

바닥에 펼쳐놓은 신문지 쪼가리를 간신히 더듬던 표천식씨가 실성실성한 목소리로 끼어들었다.

"헌디 꼬르비초빠가 당최 뭐하는 치가? 이크, 요 입초사. 사진 봄시러 먼젓번 대통령 아닌감?"

"천식이 형님은 좀 국으로 가만히 있으시소 마. 절대루다 개안심더."

"그래 말이다이. 그분이 그래도 명관이었지. 끽소리 없이 해치우는 게 보통 수완이가?"

"그런 것들이 사소한 문제 같지만 그렇지가 않습니다. 오늘만 해도 옷차림 보니깐 저기 누워 계신 분인 듯싶은데 저 명동성당 앞 공중전화 박스를 깨뜨리고 그 유릿조각으로 자해 소동을 벌이고 하면 모두가 정말 난처해집니다. 어제 검사들과 부검 의사들이 병원 구내로 들어왔을 때 일부 사람들이 거친 행동을 보여서 언론에는 봉변 운운하는 기사가 나갔지만 생각해보십시오. 그것은 그들이 진짜 부검을 하기 위해서 들어온 게 아니고 차후 병력 투입을 합리화하기 위한 명분 축적용이었습니다. 이렇게 볼 때 그 사람들 대충 혼내주는 건 단순한 화풀이 이상의 아무것도 아니며 오히려 그들의 의도에 말려드는 결과를 낳습니다. 민주화운동 세력은 일반 국민이나 시민 들과, 말하자면 물고기와 물의 관계를 맺고 있습니다. 물고기가 물을 떠나서 살 수 없듯 우리 민족민주 세력은 대중의 지지 없이는 존립할 수 없죠. 그런데 자신과 의견이 맞지 않는다고 아무한테나 심한 욕설을 퍼부어서 토론 분위기를 망치거나 국민대회가 다 끝났는데도 계속 지나가는 차량에 돌을 던지며 시민들의 일상생활에 불편을 주는 것, 그리고 같이 죽자는 말로 공포 분위기를 부추기는 일이 솔직히 많지 않았습니까? 심지어 어떤 분은 한국은행을 불태우러 가자는 얼토당토않은 발언도 하시더군요."

"낮에 핏방울 튄 런닝구 입구 댕기다가 주의를 받은 친구가 바로 저기 누워 있는 상선이가 맞기는 허지만 자해헌 거는 아뉴. 최루탄 파편이 살 속을 파고든 거라니까유. 아, 남은 거라곤 몸땡이밖에 없는 사람들이 워치케 지 손으로 몸을 상허게 허겠슈."

자신을 가리키는 손가락 끝을 의식했는지 상선은 가는 한숨소리를 길게 내쉬다 말고 잠꼬대를 몇 마디 주절댔다.

"나두 델고 가…… 더두 말구 이만원…… 응 좋다구."

"은행을 불싸지르러 가자는 말은 지가 했구만요."

강종천씨는 사위어가는 화톳불을 쏘삭거리며 느럭느럭 입을 뗐다.

"까놓고 야그하자면 지가 뭐 은행에 알토란처럼 묻어둔 통장이 있남요 아니믄 새록새록 붓는 적금이나 주택부금이 있는감요. 거미줄 한 올 같은 인연도 없어라. 한여름 더위를 먹다 못해 은행에 들어가보면 괜히 은행강도 취급을 하는지 청원경찰들이 폐쇄회로 켤라 두 눈 부라리며 사납게 눈치 주는 턱에 괜히 켕기는 신세다보니……"

"아, 지금 비난을 하기 위해서 그런 말을 꺼낸 건 아닙니다. 다만 그런 과격하고 충동적인 발언은 지금 우리의 투쟁에 아무런 도움을 주지 못한다는 점입니다. 우리 사회에는 두 가지 측면이 있습니다. 긍정적이고 부정적인 것 이렇게 말이죠. 폭압적인 반민주적 통치기구, 고질적 악법과 불평등한 제도 등이 그것입니다. 그런 것들은 의당 철폐돼야 하지만 예를 들어 은행 같은 제도는 그것과 다르다 이 말씀입니다. 그것은 시민사회의 고유한 제도요 핵심적 현상이기 때문이죠. 파출소를 기습하는 것과는 또다른 의미입니다."

"어려운 말 허지 마슈. 내가 보시다시피 외팔이 빙신이다보니 겨우내 일자리도 못 찾고 세종대왕님이 그리워 껄떡거릴 때도 은행 창고에는 돈이 썩어났시다. 그게 억울하다는 말이 아니라, 그러면서 은행이 배고픈 사람 구제하는 건 고사하구 재벌들 돈 대줘서 땅투기나 허게 하고 알 만한 사람에게 떡고물 잔치나 베푸는 데루다 밑구멍 틀어막는, 그따우 마름 노릇밖에 헌 게 뭐가 있었냐 이 말이우. 그리구 막말루다 우리 사회가 돈으루다 돌아가는 자본주의사회 아니유? 그렇다믄 문제는 돈이지. 독재도 칼자루 쥔 놈들끼리 잘 먹고 잘살려고 허는 거고 민주화투쟁은 그와는 다른 맘에서 잘 먹고 살려는 건데 그 와중에서 돈줄을 거머쥔 은행을 호령할 수가 없다믄 되레 없애는 게 뭔가 시상이 변하는 데 보탬이 될 거란 밑천 짧은 생각을 먹어봤던 거우다."

"아무튼 저희가 입수한 정보에 따르면 경찰이 여러분들이 삐삐에다 일당 운운하는 걸로 봐서 조직적 배후가 있다고 몰아치며 시경 특수대까지 긴 전담반을 편성해 전원 검거할 계획이라니깐 나름대로 신변 안전에 각별히 신경쓰셔야 할 줄로 압니다."

"허허, 삐삐요? 애, 덕길아 천식이 허리에 있는 그 고장난 삐삐 좀 보여드려라. 시위 현장에서 주운 건데 망가져서 먹통이야요. 저 천식이란 사람이 실성기가 좀 있어서 아마 장난으로 가지고 놀기는 했어도…… 그리고 아 누가 일당 받고 이런 짓거릴 허겠우? 그거야말로 유서를 대신 써줬다는 괴상망측한 억지하고 수법이 똑같은 건데 왜들 그러는지…… 날품팔이들이야 어디든 모이면 일당 얘기 아니냐구요. 아, 이바구를 어디서 듣겠남? 이 시위가 언제 끝날지 모르는데 제까닥 밥그릇 찰 수 있도록 짬짬이 일거리 잡도리를 해놔야죠."

"근디 집행위원의 말씸이 쪼까 요상시럽네요 잉. 갱찰에서 우리덜얼 때래잡으려고 작정을 오지게 해뻔졌으니깐 더이상 대책위

쪽도 신변안전을 보장헐 수 없으니 알아서들 토껴라 이것이어라? 그것이 갱찰을 풀어서 손 안 대고 코 좀 풀어보겠다는 심산이 아니고 무엇이어라?"

"그래 그렇게 계속 억지를 부려들 보쇼."

현대영씨는 짐짓 화가 난 표정으로 자리를 박차고 일어났다. 그 서슬에 꾸벅꾸벅 턱방아를 찧으며 졸던 표천식씨가 눈을 휘둥그레 뜨고는 갑자기 영문도 모른 채 현대영씨의 발아래 무릎을 꿇고는 읍소를 시작했다.

"애고 행님, 그저 목심만 살려줍쇼. 이렇게 손이 발이 되도록 빌 겠심더. 하모 제가 훔쳤제라. 그거 하나도 빼쓰지 않고 여기 있제라. 어어, 분명히 여기 있었는데 이게 어디로 갔지. 애고 나는 이제 영락없이 황천길이다. 사잣밥을 덜미에 짊어졌네 응."

표씨는 양짓녘에서 서캐를 뒤지는 동냥아치처럼 자신의 허리춤을 이리저리 까발리면서 끊임없이 구두덜댔다. 거기에 화답이라도 하는지 브루스 박 상선도 암만 몸을 흔들어대도 질기디질긴 잠꼬대를 푸닥지게 쏟아냈다.

"저놈 잡아라…… 적이다 적…… 난 시민이야…… 문 좀 열어달라고…… 나 좀…… 헉헉…… 내게도 열어줘…… 아으……"

"제발 그만둬, 이 바보 멍충이야. 열리긴 뭐가 열렸다는 거야. 다 닫혔어, 다 닫혔다구."

재복은 갑자기 머리를 두 손으로 감싸고 쥐어뜯으며 고래고래

소리를 질렀다. 때맞춰 정문을 들어서는 구급차의 전조등이 무대 조명처럼 들이닥쳐 그를 어둠 속에서 파내갔다. ˙

전날 오후 백병원 구내에서는 시국 대토론회가 열리고 있었다. 둥그렇게 모여앉은 오륙백 명의 시민 학생들은 발언권이 주어지는 대로 한가운데로 나와 핸드마이크를 받아 쥐었다. 새벽에 있었던 경찰의 바리케이드 기습 철거 사건 때문인지 핸드마이크를 타는 목소리들은 자못 격앙된 음조를 띠고 있었다.

"민주화투쟁을 반대하는 건 아닙니다만 우리 입원 환자 일동은 나름대로의 쾌적하게, 아니 쾌적하지는 않을망정 시달리지 않으면서 치료를 받을 권리도 존중되어야 하며 이는 생존을 위한 최소한의 권리 주장으로서 마땅히 그리고 즉각적으로 관철돼야 한다는 주장을 하는 바입니다. 이것은 우리 사회가 건전한 시민사회이냐 아니냐 또한 민주화운동이 건전한 방향으로 가고 있느냐 그렇지 않느냐를 판단하는 중대한 지표로서 간주되리라 확신합니다. 지금 각종 신경계통 질환을 겪는 환자들도 그렇지만 더욱 우려되는 것은 이 백병원 이층 정신병동의 오십여 정신 질환자들이 곧이라도 소음 발작을 일으킬 것 같다는 담당 과장의 소견이 이미 나와 있다는 것입니다. 모쪼록 잘 헤아려주시기 바랍니다."

입원 환자를 대표해서 나온 듯 오른다리에 석고붕대를 한 스포츠형 머리의 사십대 남자는 차분하게 마무리를 한 뒤 핸드마이크를 사회자에게 넘기고는 목발을 추스르며 빠져나왔고 잔잔한 박

수가 그의 뒤를 따랐다. 시국 대토론회는 거의 정리 단계에 들어선 듯했다. 사회자는 더이상 발언해줄 사람이 있는가를 찾는 눈치더니 자, 그럼 오늘 이 자리에서 나왔던 얘기들을 하나하나 정리해보도록 하겠습니다 하면서 분위기를 가다듬기 시작했다.

"애국 시민이 아니면 꽃을 보낼 자격이 없다니깐."

영안실 쪽에서 와자한 고함이 터져나오며 돌연 시골 난장이라도 선 듯 왜자해졌다. 몇몇 사람이 큼직한 화환을 땅바닥에 태질을 치고는 그 위로 작신작신 짓뭉개느라 널을 뛰는 게 보였다. 서너 사람이 곁에서 그들을 말리느라 진땀을 빼는 모습이었다. 뭐야, 뭐 하면서 사람들이 순식간에 그리로 답쌓여들었다.

"삼당야합의 장본인이며 현 시국 불안의 주범 가운데 한 사람인 변절 정치인의 화환이 어떻게 무자비한 공권력에 무참히 숨진 우리의 순결한 동생 귀정이의 영안실에 버젓이 세워질 수 있겠습니까? 안 그렇습니까 여러분?"

"밥풀때기들이잖아."

둘러선 사람들 속에서 누군가 속삭이듯 뇌까렸다.

"그 말에 반대를 하고 싶지는 않지만 그래도 그러한 행동은 너무 과격이오. 우리는 어디까지나 평화적으로 우리의 의사를 표현하기로 이미 의견을 모은즉슨 앞으로는 그러한 감정적 행위를 삼가주기 바랍니다."

머리에 희끗희끗한 새치가 섞인 오십대가량의 사내가 점잖게 오금을 박고 나왔다. 그러자 여기저기서 동조하는 말들이 간간이 터져나왔다.

"지금은 열사의 주검을 지키는 일이 급선무인데 그런 쓸데없는 일로 저들의 감정을 자극하고 여론에 빌미만 제공해서는 안 되지 않습니까?"

사수대 셔츠를 입은 대학생이 한마디로 간추려 대답을 했다.

"무슨 소리야. 가장 앞장서서 싸워야 할 대학생들이 시신 사수에만 정신이 팔린 나머지 시위를 해서 싸울 생각은 안 하니 그게 바로 문제가 아니고 뭐란 말이야. 싸우기가 겁나는 놈들은 당장 이 자리를 뜨라구."

"아무렴, 백골단이 귀정이를 죽였으니 너희들도 의당 백골단을 죽여야 아퀴가 맞아떨어지지 않냐 이거야. 아, 안 그래? 내 말이 틀렸냐구?"

그러나 그 목소리는 별다른 반향을 얻지 못했다. 화환을 짓밟았던 사내들을 중심으로 사람들은 한 발짝씩 더 죄어들었다.

"여기에 모인 사람들은 그 어느 누구도 그러한 단세포적 복수 심리를 갖고 모이진 않았소. 우리는 또다시 누구의 피를 보자고 그러는 게 아니란 말이오. 분명히 말해두지만, 우리는 다만 자유와 평등 그리고 평화를 위해서 싸우려 할 뿐이란 말이오."

"아, 그러니깐 그런 걸 위해서라도 열심히 싸워야 한다는 거 아뇨? 아무도 용감하게 나서서 싸우지도 않는데 누가 거저 나서서 그런 자유와 평화를 선뜻 돌리듯 집어준답디까? 이마빡이 터지도록 허벌나게 싸워도 될까 말까 한데……"

"그렇게 책임성 없는 말이 어디 있소? 모든 걸 적대시하고 파괴하려고만 하는 건 기회주의자의 또다른 측면일 뿐이오. 민주화시위도 이제는 마구잡이식으로 하는 게 아니고, 그렇다고 딱히 이렇다 할 규칙이 있는 건 아니지만, 아무튼 어느 정도 룰을 지켜야 하는 경기나 마찬가지란 말이오."

"뭐요? 그러면 이게 무슨 심심풀이 고스톱판이오 아니면 섰다판이란 말이오 잉? 목심을 걸고 뛰어든 판인데. 그러면 내 말 좀 듣소. 저쪽은 항상 단풍잎 두 장짜리 장땡 들고 판쓸이를 헐려고 대드는 판국인데 그깟 룰인지 뭔지 지켜감시롱 시위는 애당초 혀서 뭣헐라까나 잉? 아, 안 그렇소? 지 말이 틀렸으면 으디가 틀렸는지 꼬잡아 좀 주소."

메기처럼 커다란 입을 가진 사내는 답답한지 그 자리에서 쿵쿵 발을 구르며 한 발짝 성큼 사람들 앞으로 다가섰다.

"세계가 돌아가는 것을 봐도 그렇고 그간 우리가 쌓아온 경제·사회적인 역량을 보더라도 우리 사회가 열린 사회의 구조로 접근해가고 있는 것은 아무도 부인할 수 없는 흐름이잖소. 이제 그 흐름의 물꼬를 정치 쪽으로 돌리려는 과도기적 진통을 지금 겪는 것으로 보면 될 것이오."

"무슨 비 맞은 중의 염불소리런가 잉. 사회가 무슨 대문짝이어라? 열리고 닫히게?"

"여기서 열린 사회라는 건 계급이나 종족 그리고 이데올로기라는 신화가 더이상 개인에게 굴레가 되지 않고 개개인이 사회의 진정한 주인으로서 질적으로 더 많은 자유와 민주주의, 물질적 풍요와 평등을 이룰 수 있는 마당이며 소수에 의한 지배가 아니라 이성적으로 눈뜬 다수에 의한 착실하고도 양심적인 사회 운영이 기본 원리로 받아들여지는 사회를 가리키는 것이오."

"당신네들 지금 자꾸 어려운 말을 씀시롱 머릿속을 헷갈리게 하는데 한번 물어나봅시다. 우리, 우리 하는데 도대체 거기에 낄 수 있는 축은 누가 되는 거요? 이데올로기의 신화니 이성적 원리니 하며 거창하게 빚어내는 사회라면 우리 같은 못 배우고 빽줄 없는 떨거지들은 여전히 찬밥 신세를 면치 못할 게 불 보듯 뻔한데 뭐가 진정한 사회란 거요?"

"그건 기회의 문제인데 그 기회의 범주는 갈수록 넓어……"

"필요 없다. 기회를 따지는 놈들이야말로 바로 기회주의다. 우리에게 토론은 더이상 필요 없어. 당장 청와대로 가자."

밥풀떼기로 불린 사내들은 들고 있던 각목으로 시멘트 바닥을 두들기며 구호를 외치기 시작했다.

"살인자들을 타도하자!"

"도둑놈들을 몰아내자!"

그러자 그들을 둘러싼 사람들은 험상궂은 표정을 지으며 포위망을 압축시켜왔다. 기세가 등등해서 구호를 외치던 사내들은 분위기가 심상찮게 돌아가는 듯싶자 머쓱한 표정을 지었다.

"그만들 두지 못해! 이게 뭐하는 짓거리야. 더이상 두고볼 수가 없다구. 이따위로 나오면 우리는 당신들을 적으로 규정할 수밖에 없어. 어서 그 각목을 바닥에 놓고서 순순히 물러서라구. 아니면 이후로 당신들이 어떻게 되든 우리 책임이 아냐."

긴 침묵의 대치 끝에 시멘트 바닥에 네댓 개의 각목이 나뒹굴었다. 사람들이 물러가자 한 사내가 넋이 나간 듯한 표정으로 바닥에 주저앉아 멍하니 푸른 하늘 한구석빼기만 후벼파고 있었다.

화톳불이 사윈 지는 오래되었다. 가끔씩 밤바람에 소스라쳐올랐던 숯덩이들이 서로의 몸뚱이를 부비는 소리만 푸시식 귓가를 스칠 뿐이었다. 초여름이긴 했지만 옹송그린 채 밤바람을 고스란히 맞기에는 몸 한구석 어디쯤에 이미 은절을 먹어 체온이 휘딱휘딱 가신 사내들의 기력이 너무도 부쳤다. 사내들은 화톳불이 사그러져가는 정도에 비례해서 더욱 작은 원을 그리며 서로에게 바짝 다가들었다. 벌써 밑바닥까지 바싹 말라버린 소주병을 누군가가 쪽쪽 소리를 내며 빨았다.

"깼니? 뭐하간?"

"별 세."

—미친놈.

"재복아. 여긴 별로 안 보이는구나."

재복은 상선에게 힐끗 일별을 던지고는 다시 고개를 돌렸다.

"재건대 마을엔 어릴 적 별두 많았는데. 별이 빛나는 밤이라구 했지. 후후, 웃기지 마. 관할서 백경장이 붙였어. 우리 동네엔 옥살이를 한 사람이 많아서 그런지 그치는 동네 순찰을 나오기만 하면 이러는 거야."

—아, 요 다 합쳐봐야 열댓두 안 되는 게딱지 동네에서 땅별이 백 개는 뜨는구나. 하니 밤중에 댕겨도 뭔 후라시가 필요허겄어? 별이 빛나는 밤의 마을이라. 멋져, 완전히 한 편의 시야 시.

"어쩌다 일제 단속 때는 심심찮게 사람 사냥이 벌어지는 동네였어. 툭하면 백차를 앞세우고 경찰을 잔뜩 태운 트럭이 들이닥쳐서 거기서 뛰어내린 푸른 제복들이 동네를 에워싸고는 곤봉을 꼬나잡았어. 동네의 어지간한 남정네들은 모두 가을철 메뚜기 뛰듯 뒷산으로 파고들었지. 나두 무서우니깐 엉겁결에 이리저리 뛰는 거지. 벌집 쑤신 듯한 아우성, 애와 아낙이 뒤엉켜 울부짖는 소리, 짤막짤막 끊어지는 무전기 소리 속에서…… 헉헉, 왜 이렇게 가슴이 답답하지. 큰 은빛 잎사귀 두 장이 올라붙은 견장을 떠받치고 있던 색안경은 사냥감이 어느 정도 엮어지면 이렇게 무전을 날리지."

—토끼 몰이는 성공적이다 독수리들은 퇴로를 열어주고 돌아와 산토끼들의 가죽을 벗겨라 오버.

"사람들은 경찰이 물러간 뒤에도 밤이 이슥토록 산을 내려오지 않았어. 풀벌레 울음소리가 커지면 산마루에서 동네를 내려다보는데 그러면 하나둘씩 등불이 켜지지. 그 등불이 그땐 얼마나 그립고 포근하게 느껴지던지…… 우리는 먼길에서 막 돌아온 길손 같고……"

아무도 상선의 말에 귀를 기울이는 사람은 없었다. 모두들 막막한 자신의 앞날을 부여안고 어떻게 하면 날이 새기 전에 병원을 빠져나갈까를 궁리하는 표정들이었다.

—천막에 웬 놈들이 들어와 자리 차지나 하고 있는지 모르겠구만. 터가 기운이 다됐어. 옮길 때가 마땅찮은데 큰일이로고.

—이 드런 화냥년을 어딜 가믄 찾을꼬나. 공사판 함바집이나 한번 사그리 훑어볼까. 지년두 어지간히 박복한 신세 그저 단념할끄나 어쩔끄나.

—피곤하다. 우선 어디 쩔쩔 끓는 구들장이라도 지고 등짝이 물러지도록 지지면서 잠이나 늘어지게 자봤으면.

—육덕 좋은 그 송탄댁에서 그저 불목하니 노릇이나 꺽실히 잘헐걸. 나 겉은 허랑한 눔을 또 누가 받아주려고.

—드러운 세상. 이젠 떠돌면서는 못 살겠네. 붙박이로 살려면 전공을 정해야겠는데 뭘로 한다? 봉제공? 보일러공? 주방장? 한번 비계공으로 나서볼까. 오야붕을 하나 잡아서 말이야. 여의찮으면 내가 오야붕으로 나서지 뭐. 그쪽이라면 이미 어느 정도 판수가 익은 터니. 일산이나 분당 쪽은 사람이 달려서 아우성이라는데.

그 다음날 이른 아침 ㄷ일보 경찰 기자가 백병원 경비실의 전화를 붙들고 악을 써가며 두 줄짜리 기사를 부르고 있었다.

"예, 중부서의 김승일이라구요. 예 변사입니다. 타살이냐구요. 그냥 실족사로 보입니다. 지금까지 확인된 바에 따르면 무직자인 것 같은데, 저 백병원 근처에서 노숙을 하던 밥풀때기인 것으로 보입니다. 예, 그럼……

31일 새벽 세시 삼십분께 서울시 중구 저동 백병원 앞의 저동 건물 신축공사장에서 박상선씨, 괄호 열고, 이십팔 무직 주거 부정, 괄호 닫고, 가 이 건물 지하 사층 바닥에 떨어져 이마 등에 피를 흘리고 숨져 있는 채 발견됐다. 줄 바꾸고, 경찰은 이날 새벽까지 근처에서 시민, 학생 등 삼십여 명이 모닥불을 피우고 밤을 새우고 있었다는 목격자의 진술에 따라 함께 있던 박씨가 땔감을 구하기 위해 공사장 담을 넘다가 지름 삼 미터의 환기통에 발을 헛디뎌 미끄러지는 바람에 실족사한 것으로 보고 박씨를 처음 발견한 성균관대생 설경훈군, 괄호 열고, 이십이 유교학과 삼년, 괄호 닫고, 을 불러 정확한 사인을 조사중이다. 예, 이상입니다."

(1991)

춘하 돌아오다

그녀 이름이 춘하春河인 줄 안 것은 바로 며칠 전이었다. 동네 사람들이 모두 춘화, 춘화네 하고 불렀기에 언뜻 봄꽃 정도를 떠올리게 하는 춘화春花로 알아듣기 십상이었다. 춘하는 누구에게 부탁을 한 건지 자신과 상호의 한자 이름과 생년월시가 큼지막히 적힌 십육절지 모조지를 철원네 앞으로 디밀고는 두 주먹을 그러모아 치마폭에 깊숙이 담갔다. 택일을 받으러 온 것이다.

"처녀 총각들도 아닌데 날을 받아 뭣헐러구? 그저 맘만 화합하고 꿍심 있게 잘살아가믄 그게 최고구 더이상 없지 뭐."

철원네는 돋보기안경 너머로 흰자위를 치뜨며 타박 아닌 타박을 놓았다. 춘하는 대꾸 없이 가만히 웃었다.

"저야 헌 계집이니깐 그렇다 쳐두 상호씨 맴이야 어디 그런감유?"

64

철원네는 한때 밥줄이었던 『천세력』의 낡은 갈피를 뒤적이며 이 골이 난 점바치처럼 고개를 건성으로 주억거린다. 그러더니 책장을 다짜고짜 덜퍼덕 덮고 만다.

"볼 것 없이 이번 일요일로 날을 잡으라구. 그저 그러구러한 날인데 아주 날을 맞추자면 해를 넘겨야 허구. 그런데 보니깐 궁합이 기막히게 좋아. 이것 봐, 떡허니."

철원네는 주황색 표지의 『당사주요람』을 단박에 펼쳐들곤 신명나게 읊조리기 시작한다. 춘하도 귀가 솔깃한지 입술을 종그리며 무릎을 철원네 쪽으로 움찔해 보인다.

"봐, 남자가 금金이고 여자가 수水 궁宮이니깐 서로 상생격相生格인데, 가만있자 옳지 여기 있군. 사마가 짐을 얻은 격이라고 나와 있네. 사마는 말 네 마리가 끄는 수레니깐 그게 짐을 얻었으니 다 돈이 되는 일이거든. 가만 더 들어봐. 금은 물을 생허니 부부 화목허고 길이 넉넉허며 겨울을 지난 초목이니 자손이 가득하여 효도하고 영화가 끊이지 않으리라. 됐다, 합격."

당사주 책을 탁 덮은 철원네는 짐짓 걸장을 야무지게 한 대 내리쳤다.

그러자 약간 느꺼운 감정이 북받쳤는지 상기된 표정을 짓던 춘하는 털을 뽑은 생닭 한 마리를 등뒤에서 끌어당겨 복채로 내놓고 갔다.

춘하와 상호는 최복덕방 옆 김장시장과 함께 어느 날 갑자기 나타났다. 상호를 끝으로 본 지도 십 년이 훨씬 넘은 일이었지만 춘하는 그보다도 더 오래전에 자취를 감췄었다. 정확히 말하자면 춘하는 십육 년 전에 동네를 떴다. 그것도 야반도주로 말이다. 대추나무에 연 걸리듯 주렁주렁 매달린 빚더미에 치이다 못해 그 전날 밤까지만 해도 색동 베갯잇을 박아내는 일을 새로 벌이게 됐다고 너스레를 떨며 동업자를 꼬온다. 달러변을 낸다 이집저집 저녁상머리에 견본품을 들고 동네방네 종종걸음을 치던 춘하가 다음날 저녁 무렵에야 밤봇짐을 싼 사실이 드러났다. 온 동네가 벌컥 뒤집힌 것은 물론이고 알게 모르게 쌈짓돈을 열어주었던 사람들이 슬리퍼 바람으로 춘하네 대문을 들이쳤을 땐 세간살이를 고스란히 둔 채 동굴처럼 묵묵히 시커먼 아가리를 벌리고 있는 미닫이 방문짝만 그들을 맞이했다.

병문도 그날 그 마당에 고동색 체육복 차림으로 우두커니 서 있었다. 빚쟁이로서가 아니라 구경꾼으로서. 저녁 밥상에 올릴 고등어자반을 문 구리적쇠를 화덕 위에 올려놓고 굵은소금을 훌훌 뿌리며 이리저리 뒤집던 철원네는 방바닥에 시금치를 다듬느라 펼쳐논 신문지 쪼가리 위로 벌겋게 달아오른 적쇠를 아무렇게나 던져놓고는 돌쩌귀가 들썩거리도록 부엌문을 박차고 나갔다. 애당초 못 받겠거니 하고 묻어둔 거였지만 철원네도 일금 만여원을 저당잡히고 있는 터였다. 눈깔이 희멀건 고등어의 푸르고 희끄무레한 몸통에 담금질당한 듯 선명한 적쇠 자국이 어지럽게 나 있었다.

방문을 통해 들여다본 춘하의 방안 세간살이는 금방이라도 주인이 들어와 어루만질 듯 질서정연했고 왠지 모를 활기마저 머금고 있었다. 춘하가 평소 앞에 앉아서 얼굴을 매만지던 빨간 자개장경대는 감히 방안엔 들어갈 엄두를 내지 못하고 마당에서만 서성대는 사람들의 얼굴을 그럴 줄 알았다는 듯이 고개를 깔딱 젖히고 내다보았다. 저 오만불손한 겨울. 병문은 오줌이 몹시 마려운 아이처럼 사타구니를 배배 꼬며 마당가를 깨금발로 찔룩거렸다.

맨드라미가 시들어가는 마당 한구석 화단에는 울긋불긋한 상표가 그대로 붙은 박카스 병들이 올망졸망 키재기를 하며 허리께까지 파묻혀 있었다. 화단 벽돌 대용인 듯싶었다. 병문은 신경질적으로 그중의 하나를 뽑아들었다. 사오 년 전쯤 아버지가 쓰레기 손수레를 등짝으로 버팅기며 류산부인과 옆 비탈을 내려오다 힘에 부쳐 손살을 푸는 바람에 전봇대와 수레 사이에 팔이 끼고 발등이 깨져 자리보전을 했을 때 철원네가 아버지 약가심으로 사온 박카스를 처음으로 구경했다. 나중에 빈병의 밑둥을 거꾸로 탁탁 치니 다쓰고 난 건전지 꼭지를 빨 때처럼 알싸한 몇 방울의 액체가 혀끝으로 흘러들었다.

예상과는 달리 어른들은 춘하의 세간살이에 손끝 하나 대지 않고 뿔뿔이 흩어져갔다. 그들의 얼굴에는 체념의 표정이 역력했다. 알 수 없는 야릇한 미소까지 주거니 받거니 하면서 약세 본 싸움닭처럼 슬몃슬몃 고개를 가슴팍에 파묻고 되도 않는 콧방귀를 허투루 펑펑 날리면서 등을 보였다.

—어따, 광수 자넨 해우채 한번 오지게 뜯겼네 응?

—이눔아, 지금 사둔 넘 말 하지 말어. 제수씨헌테 코떼이지 말고설랑. 아예 아갈잡이를 시키기 전에 조동아리 조심하라구.

—반신불수인 중풍쟁이 남편을 어떻게 그리 소리소문 없이 떠들쳐가지구 내뺐는지 그게 생각해보니 용하네그랴.

춘하에게 돈을 빌려준 사람치고 그녀의 단속곳 너머에서 풍기는 비릿한 내음을 벌룸벌룸 맡지 않은 사람은 없었을 것이다.

병문은 어금니를 사려물었다. 그러고는 손아귀에 쥐어져 있던 박카스 병에 온 힘을 실어 어둑신한 방안에서 춘하의 은이빨처럼 반짝거리고 있는 경대 거울을 향해 집어던졌다.

힘없이 고개를 떨궜다. 추첨번호 14, 보성중학교. 추첨번호 14, 보성중학교. 작년 이맘때 라디오에서는 암호문을 해독해주는 듯한 아나운서의 들뜬 목소리가 흘러나왔다. 그리고 몇 번의 예비소집일과 가정통신문, 교복과 체육복, 누런 금단추와 모표—그는 그것들을 광약으로 닦아서 눈이 부시게 만들었다—가 달린 모자와 학년 배지. 철원네는 중학 삼 년간은 입어야 한다며 강력제분 곰표 밀가루 포대자루같이 호졸근한 교복을 미리 입혀놓고는 병문을 와락 끌어안았다. 중핵교만 나오면 옛날 면서기지, 지금도 동서기는 헐 수 있어. 병문도 괜히 콧등이 시큰해져서 눈가에 찔끔 물기를 내비쳤었다.

그러나 그 푸근했던 꿈은 너무나도 일찍 물거품이 됐다. 이불보따리 안에 깊숙이 앙궈둔 노란 봉투가 쥐도 새도 모르게 없어져버린 것이다. 시간도 촉박했을뿐더러 십만원짜리 자기앞수표의 분실이라는 현실 앞에서 집안은 단박에 절망의 나락으로 추락을 계속했던 것이다. 아버지나 철원네 국량에 이틀 안에 등록금만큼의 돈을 여투어내기를 바라는 건 곤소금에 곰팡이가 피기를 기다리는 것과 똑같았다. 한 일주일쯤이었던가, 병문은 그때 첫 가출을 시도했었다.

김장시장 철이 끝나자 춘하와 상호는 연탄배달을 나섰다. 상호는 투박한 탄지게를 졌고 춘하는 유모차를 개조한 손수레를 끌었다. 병문은 춘하와는 모르쇠를 붙이고도 어영부영 얼굴치레를 할수 있었지만 상호와는 그럴 수가 없는 처지였다. 그는 병문네 식구가 철원에서 올라와 처음 짐을 푼 꽁이네 무당집에서 오륙 년간 바람벽 하나를 사이에 두고 산 이웃이었다.

상호는 그때 막 월남에서 해병대로 현지 제대를 한 스물한 살의 떠꺼머리총각이었다. 얼굴 전체가 온통 부삽으로 떠낸 자리 같은 곰보인데다 얽으면 검지나 말지 하는 말도 있듯이 감때 사납게 거무튀튀한 얼굴 때문에 사람들이 쉽게 부접 못하는 위인이었다. 그러나 갓 국민학교를 들어간 병문 또래 아이들한테는 우상과 같은 존재였다. 월남전에서 베트콩 잡은 무용담과 밀림의 원숭이 사냥담을 걸쩍하게 풀어놓아 머루 같은 땅꼬마들의 눈동자를 자신의 입술로 함빡 집어삼키곤 했다. 그가 훈장을 달아주길 바라며 아이들은 그 얼마나 군대놀이에 열심이고 또 용감했던가. 병문도 그의 말문이 열리길 바라며 아버지 담뱃갑에서 쏠락쏠락 개비 도둑을 해서는 그에게 달려갔다. 더구나 국민학교 이학년 때 병문이 한번은 왼쪽 이맛머리에 속 깊은 종기가 잡혀 사경을 헤맨 적이 있었다. 이 종기가 어찌나 돌곰겼는지 눌러보면 쿨렁쿨렁한 게 마치 낙타가죽으로 만든 물주머니를 만지는 느낌이었다. 병문은 쇳덩이를 이마에 매달고 있는 듯한 고통에 시달리다가도 이내 혼곤한 잠에 빠지곤 했다. 동네 어른들은 곪은 게 밖으로 빠지지 못하고 안으로 흘러들면 생명이 위험할 것이라고 수군거렸다. 날품을 팔며 근근이 서울생활에 잔뿌리라도 내려보려고 발버둥치던 부모들은 허둥지둥 맘만 급했고 언감생심 동네 의원에라도 데려가볼 엄두를 내지 못했다. 참으로 딱한 처지였다.

그때 나선 이가 상호였다. 그는 다리를 쭉 뻗고 앉더니 병문의 머리를 끌어당겨 살포시 눕혔다. 그러고는 병문에게 눈을 감으라고 명령했다. 둘러선 사람들은 고개를 갸웃거렸다. 그는 아무런 도구도 갖추지 않고 맨손으로 병문의 이마를 짚고 있을 뿐이었다. 눈을 감고 있던 병문은 코끝을 스치는 상호의 손바닥에서 풍기는 독한 댓진내를 맡았다. 병문은 나중에 축농증을 심하게 앓아 후각이 완전히 마비됐으나 이상하게도 이때의 기억 때문에 다른 냄새는 다 잊어버렸지만 유독 그 댓진내만은 생생히 떠올리는 버릇이 붙었다. 상호는 종기 부위를 이리저리 눌러보더니 그래도 제일 몰캉해 보이는 곳에다 기다란 엄지손톱을 세우고 지긋이 누르다 와락 칼처럼 내리그었다. 병문은 세상이 두 쪽 나는 듯한 통증에 눈꺼풀을 무의식적으로 걷어올렸고 정말 무섭게 일그러진 채 바짝 들이 댄 상호의 얼굴을 보았다. 너무도 엄청난 아픔이 비명조차 삼켜버려 병문은 입만 쩍 벌렸지 아무 소리도 지르지 못했다. 피고름이 분수처럼 솟구쳐 상호의 눈동자를 쏘았지만 그는 외눈 하나 꿈쩍 않고 뒤미처 종기 터진 자리에 입을 댄 채 한입 가득 고름을 빨아냈다.

"상호 형."

병문 자신도 이렇게 부르고 나니 좀 쑥스러운 기분이 들었다. 나이 삼십이 바로 낼모레이긴 했지만 막상 상대가 사십줄을 훨씬 넘긴데다 반백까지 두른 사내고 보니 좀 그랬다. 하지만 딱히 달리 부름직한 호칭이 떠오르지 않았다. 방앗간과 복덕방 사이의 연탄 창고 옆에 지게와 유모차를 부리고 난 두 사람은 땅바닥에 그대로 퍼더버리고 앉아 시커먼 자장면으로 허기를 때우는 중이었다. 상호는 면발만 거듬거듬 볼이 미어져라 밀어넣고는 부시시 일어났다. 춘하는 설핏 몸을 돌려 내외를 하고는 춘장 국물을 질벅거렸다.

"이리 늦게 출근해도 괜찮은 기가?"

"예, 원고가 오후에 나와서요. 날씨도 추운데 고생이시죠?"

"고생이야…… 뭐, 어디 가겠나 싶다카이. 그리 생각하자믄 한이 없는 기라 마. 그래 거 머라드라, 신문사라 캤제? 그래 잘 다녀오거라이."

상호하고는 철원네가 김장배추를 들여올 때 얼추 인사를 트고 몇 마디 안부를 주고받은 뒤로 가끔 부닥치면 눈이라도 맞추고 고갯짓이라도 보내는 처지지만 춘하하고는 그게 잘 되지 않았다. 이상하게도 그녀의 얼굴만 보면 갑자기 가슴 한구석에 울컥하는 감정 덩어리가 고였다.

요구르트 돌리는 은하네 집 앞 허튼 계단에서였다.

간지間紙는 미리 판을 짜 윤전기에 걸기 때문에 그 면을 맡은 날은 아침 일찍 집을 나서야 했다. 그날도 마침 간지가 걸린 날이어서 병문은 아침도 거른 채 털레털레 허튼 계단을 올라서려는데 춘하가 예의 그 유모차를 끄느라 뒷발에 한껏 힘을 주고 내려오는 게 보였다. 병문은 고개를 푹 꺾고는 담벼락에 바짝 붙어 올라섰다. 춘하는 헐렁한 푸른색 추리닝바지에다 위에는 낙하산 무늬가 어지럽게 새겨진 고등학생 교련복을 걸치고 있었는데 옷자락이 짧아 들썩할 때마다 허리의 불그레한 비곗살이 비어져나왔다. 입에는 껍질도 채 벗기지 않은 날고구마가 물려 있었다. 층계를 다 오르고 심호흡을 한번 하려는 순간 뒤에서 어이쿠 하는 비명과 함께 요란한 소리가 뒷덜미를 덮쳐왔다. 돌아다보니 춘하가 유모차를 끌어안고 뒹굴고 있었다.

몸을 돌돌 만 채 숨죽이고 있던 춘하가 허청허청 일어나더니 허물어지듯 전봇대를 끌어안고 어깨를 들썩이며 느러터진 울음을 토하기 시작했다. 그러자 각본이라도 짜진 양 아래쪽에서 배달을 마친 상호가 왼쪽 어깨로만 삐딱하게 지게 멜빵을 걸친 채 지겟다리 장단에 맞춰 휘파람을 불며 나타났다. 그는 느럭느럭 춘하에게 다가가 어깨를 감싸안으며 쭝덜거렸다.

"됐다, 고만 울어싸라 이 여자야. 연탄이 깨져두 연탄이제, 지가 어디 가겠나?"

"무릎이……"

춘하는 돌아서서 종아리를 걷어 보이고는 다시 늘껴 울었다. 상호는 춘하의 무릎에다 입김을 몇 번 세게 쏘이고는 깨지고 생채기 난 연탄조각들을 주섬주섬 지게 위에 챙겼다.

"괜찮다카이, 집에서 빨간약 바르면 곧 난다카이."

병문은 그 자리에 붙박여 그 광경을 망연히 내려다봤다. 그의 눈길은 한 과녁만 겨누고 있었다. 참외 속처럼 뽀얗게 드러난 춘하의 종아리가 그의 시선을 사정없이 빨아들이는 거였다. 오금이 저릿저릿해서 금세라도 허리가 푹 꺾일 참이었다.

종아리와 허벅지.

병문은 머릿속에서 올챙이처럼 서로 꼬리를 물고 떠오르며 숨바꼭질을 계속하는 두 단어를 쫓아내느라 머리를 세차게 흔들었다.

그가 동정을 버린 것은 방위생활중의 첫 휴가를 보낼 때였다. 친구 홍수가 마침 비밀과외 월급으로 이십만원을 받은 터라 상규와 셋이서 신림시장 순대 뷔페 골목에서 소주와 맥주를 이마까지 차도록 섞어 마시고는 근처 신림장에 들어가 여자를 샀다. 그러나 너무 긴장을 했던지 병문의 물건은 안타깝게도 일어나주지를 않았다. 나름대로 성의를 다하던 상대도 지쳐 포기를 하고 전등을 켰을 때 이부자리 위로 훤히 드러난 여자의 희디흰 허벅지는 순식간에 그의 앙가슴에 뜨거운 불길을 댕겼고 덩달아 물건도 맹렬히 꺼들거리기 시작했다. 그는 성기를 엉뚱하게도 여자의 허벅지에 대고 허겁지겁 문지르기 시작했고 그만 거기다 사정까지 하고 말았다. 여자는 멀뚱한 표정으로 변태가 아니냐는 눈빛을 던졌다. 그런 일은 그뒤로도 기회가 닿을 때마다 빚어졌다.

─그게 바로 호모 증세 아냐? 일종의 변형된 비역질 같아.

이렇게 빈정거리는 축도 있었다.

그 희디흰 허벅지. 그건 다름아닌 춘하의 것이었다.

그렇다. 바로 가출을 한 다음날이었던가. 하룻밤을 정신없이 지새운 병문은 성 베네딕트 수도원 근처를 어스렁거리고 있었다. 그 높다란 담벼락에 기대 해바라기를 하기도 했고 쪽문에서 수녀가 나올 땐 얼른 앞으로 다가가 그 안을 기웃거렸다. 점심때가 되었기에 끼니 걱정이 고개를 쳐들었다. 오늘이 중학교 등록 마감일이니깐 내일이면 집으로 들어갈 셈이었다. 어제는 운이 좋아서 짐수레를 밀어주고 얻은 돈으로 빵을 사먹을 수 있었지만 지금은 빈털터리였다. 그는 길음천을 건너서 아리랑고개 쪽으로 가보기로 작정했다.

수도원 담벼락이 막 끝나고 골목길로 접어들려는 순간이었다. 웬 여인이 부아를 끓이는 소리가 빈속을 헤집고 들어왔다. 귀에 무척이나 익은 음성이었다. 설마하니 바로 춘하였다. 소리가 나는 방향으로 고개를 돌리는 순간 그는 눈을 휘둥그레 뜨고 말았다.

거기는 담뱃가게도 겸한 구멍가게 평상이었다. 사람들이 히물히물 웃으며 멀찍이 에둘러서서 팔짱을 낀 채 구경거리를 바라보고 있었다. 소주잔을 앞에 두고 앉은 춘하가 어떤 사내를 인정사정없이 닦아세우고 있었다. 가끔씩 사내의 낯짝을 후려치는 것도 보였는데 그때마다 대머리가 까진 사내는 이마를 짚으며 눈물을 훔치는 처량한 시늉을 했다. 그 사내는 바로 아버지였다.

수염이 듬성듬성 솟은 까칠한 턱주가리 때문에 더욱 초췌해 보이는 아버지는 사타구니에 두 손을 모두어 찌른 채 중죄인처럼 내 죄를 내가 알겠습니다 하는 식으로 고개를 조아렸다. 잔을 반쯤 비우다 만 춘하가 연득없이 남은 술을 사내의 얼굴에 끼얹었다. 병문은 꼭뒤에서 뜨뜻한 습기가 확 피어오르는 걸 느꼈다.

─이 드런 놈아, 그래 그렇게 니 노리개가 실컷 돼주고 고작 받

은 돈으로 이 쌍가락지 하나 해꼈는데 이제 와서 뭐? 아가리에다 똥을 퍼부을까부다 그냥. 어디서 그걸 돌려달라는 말을 쳐치냐, 쳐치길. 어림도 없다 이놈아, 내 손가락을 잘라가기 전엔.

춘하는 치맛단을 허벅지까지 걷어붙이고는 쌍가락지를 낀 손끝으로 허공을 찌르다 말다 손바닥으로 연신 포동포동한 허벅지를 내리쳤다. 벌건 손자국이 애벌레처럼 꿈틀거리는 허벅지 위로 사람들의 눈길이 일제히 달라붙었다.

—춘하네, 그게 없으면 우리 막내 중학교고 뭐고 다 허살세. 제발 이놈 낯짝에 침이라도 세우 뱉고 선처해주시게나. 그러면 어떤 것도 다 감수허겠네. 이보시게 춘하네, 이 늙은 놈 목심 한번 살리시게나.

—아니 이눔이 엇따 손을 올리고 그래 응? 아직 뜨거운 양을 덜 봤나보네그래. 맛 좀 봐라. 어이 시상 사람들, 내 말 좀 듣소. 아 글쎄 이눔이 지 막내둥이 등록금을 몰래 가지고 와서는 날 구워삶고 지랄을 뻗다가 이제 와서 딴소리를 쳐치는 모양인데 벼룩이두 낯이 있다구 이런 작잔 이번 기회에 혼뜨검을 내야 되잖수들? 인간으로서 가치가 없당게. 거기가 그렇게 근지러우면 아예 뱀 아가리에다 그걸 쑤셔넣는 한이 있어도 아들내미 생각해서라두 말아야지, 그걸 휘둘러놓고는 이제 와서 없던 일로 하고 엄연히 치른 값을 되돌려달라구? 예끼.

—에이구, 늙마에 용마루 벗겨지는 줄 모른다더니 쯧쯧, 망신이

로고.

　—헹, 얼굴상 하며 용마루 차고 삶직한 행색도 아니구먼.

　주위에서 누군가가 고개를 돌리며 혀를 찼다. 병문은 등짝으로
식은땀을 줄줄 흘리고 있었다.

　—꼬마야, 너 어디 아프냐? 아니, 여기 누구 아는 사람이라도
있니?

　분꽃 무늬가 요란한 한동치마를 펄럭이며 곁에 서 있던 거푸수
수한 파마머리가 야살스런 말씨로 물었다. 병문은 고개를 멀리 던
져버리기나 할 듯 입을 벌린 채 흔들고 또 흔들었다.

　—아니에요. 나는요 아무도 모릅니다. 그리고 여긴 생전 처음
와보는 곳이에요. 정말이에요. 맞아요.

　도대체 그 자리를 어떻게 빠져나왔는지 모른다. 한 열 발짝 정
도는 이를 부득부득 갈며 무릎으로 엉금엉금 기었던 기억이 어렴
풋이 났다. 그러나 머릿속은 온통 춘하네의 그 하얀 허벅지로 꽉
차 있었다. 누렁이가 앞을 가로막았다. 누구라도 엉금엉금 기는 자
신의 엉덩이를 걷어찬다면 눈물겹게 큰 소리로 우짖고 싶었다. 무
조건 아버지라는 인간을, 아니 그 말 자체를 이 세상에서 지우고
싶었다. 그 위에 칼을 물고 고꾸라져 죽고만 싶었다. 그리고 춘하
의 그 허연 살덩이를 한칼에 베어 으적으적 씹고 싶은 충동적 허기
에 이후로 끊임없이 시달렸다. 마른 등짝에 식은땀 흐르는 꿈속에
서, 차창 밖으로 빨려드는 멍한 공상에서, 방독면 없이 쫓겨들어간

군기교육대 가스실에서, 그리고 꽃병 투척조로 뛴 후텁지근한 가투에서.

춘하와 상호가 부부의 인연으로 홀연히 나타났을 때 동네 사람들은 갖가지 상상력을 동원해 쑥덕거림의 참맛을 포식했다. 그도 그럴 것이 그 둘이 마련해준 토양은 너무 무궁무진하고 비옥한 것이어서 아무 씨앗이나 뿌려도 무럭무럭 자랄 수밖에 없는 판이었다. 타고난 얼금뱅이로 삶을 망치고 세상 밖으로 떠난 사내가 어쩔 수 없는 화냥질과 빚에 휘감겨 밤도망을 친 여인을 만나 십 년이라는 나이차를 뛰어넘어 하필이면 옛 동네를 다시 찾아왔다. 그러니 그 사내에게 전과자, 인신매매범, 히로뽕쟁이, 문둥병자, 사기꾼, 에이즈꾼 심지어 고정간첩이라는 혐의가 따라다닌들 일단은 하나 어색할 게 없는 형편이 됐다. 그 점에서는 춘하 쪽으로도 진배가 없는 처지였다. 그러나 둘은 이렇다 할 해명이나 증거를 속시원히 까발리려는 몸짓을 보인 적이 한 번도 없었다. 아예 처음부터 끝까지 침묵으로 일관했다. 그리고 그들이 그런 소문 위에다 덧씌우는 침묵의 무게는 연탄 한 짐만큼이나 묵직해서 덫을 숨기고 있는 소문들은 그때마다 제풀에 지친 단명으로 끝났다.

한소끔씩 끓어오르며 달포쯤 기승을 부리던 소문이 약간 너누룩해진 형세였다. 그만큼 춘하와 상호가 이제는 제법 길음동 1269번지에 낯설잖은 풍경으로 자리를 잡았다는 반증이기도 했다. 이번에 나돌기 시작한 소문은 종전과는 영판 다른 갈래였다. 춘하가 연탄 개평을 나눠준다는 내용이었다. 몇백 장을 들여놓으면 거기다 몇십 장을 슬쩍 돈 더 달라는 소리도 않고 끼워준다는 거였다. 그 사실을 제일 처음 알아내고 퍼뜨린 이는 주사 박씨였다. 그녀는 야미로 주사를 놔주고 받는 품삯으로 두 남매를 데리고 사는 과부였다. 십오 년 전에 일찌감치 과부가 돼 여자몸으로 살길을 걸터듬으려니 자연 상소리가 입에 붙어다녔다. 전쟁통에 집안이 폭삭 망해 남동생을 데리고 강원도 인제에서 고아원밥을 한 십 년 먹었다. 눈썰미가 있어 고아원에 순회진료를 돌던 군의관 김대위의 눈에 들어 뒤치다꺼리를 해주면서 배운 주사 기술이 평생 밥그릇 노릇을 톡톡히 해주었다. 그렇다고 뭇 사내들이 박씨를 업신여기지는 못했다. 오히려 박씨는 그동안 이삼 년 주기로 사내를 서너 명씩이나 갈아치운 것이다. 사내들은 내침을 당하면서도 박씨의 야살한 성격을 아는지 별로 찌그렁이를 붙는 일 없이 얌전히 자취를 감추곤 했다. 박씨는 아예 처음 만날 때부터 중동무이로 당신 나랑 한 이 년 살면 되겠네 하며 까놓았다. 한번은 몇 해 전에 선글라스에다 평안도 사투리를 쓰는 중씰해 뵈는 영감이 일 년 반쯤 박씨와 함께 살았는데 그만 나가라는 말에 어쭈 이것봐라 하고는 덤벼들다가 외려 빨랫방망이로 치도곤을 당해 이마빡이 깨지고 동네 조리돌림까지 당한 뒤 꽁지가 뻗뻗해져 줄행랑을 놓은 적이 있었다.

"할머엄, 나 빨리 박카스 하나 줘라해."

박씨는 가겟방 안의 걸상에 털퍼덕 몸을 던지며 철원네에게 고함을 질렀다.

"그래도 주사쟁이가 벌이는 제일 낫네 응?"

"말두 말어. 사타구니에서 없는 요령 소리가 딸랑딸랑한다구. 새벽부텀 저 상계동에 어떤 여편네 궁둥짝에 주삿바늘을 세 대나 분질러주고 와서 부엌에 쪼그리고 앉아 짠지를 걸어 밥술이나 푸려니간 이번엔 요 방앗간 너머 어떤 눔이 뭘 처먹었는지 급체로 다 뒈져간다고 전화가 왔어. 이번 탕까지 뛰면 아침부터 그냥 만원이 굳는다, 굳어."

"힘 있을 때 벌어야지. 나중에라도 자식새끼들 설움 안 받지. 오가다가 진득한 영감탱이라도 있는지 잘 눈여겨보구."

"미쳤수, 내가? 사내들 그 쉬어터진 냄새는 죽으면 죽었지 더는 못 맡어. 야, 춘하야 여기 와서 박카스 한 병 빨아라."

도리질을 치며 웃고 지나가는 춘하의 모습이 유리창 밖으로 비친다.

"옛날에 흔전만전하던 춘하가 아니야. 여간만 직심한 여편네가 된 게 아냐. 주지도 않고 받지도 않고 오랑캐 떼놈만치로."

"첨엔 무슨 개수작인가 했지 뭐. 나두, 저 불여시가 전에 그 이발사 출신 중풍쟁이 서방을 엇다 잡아먹고 열 살이나 어린 눔을, 그것도 한동네 살던 남정네를 꿰차구 왔나 했지 뭐. 역시 사람은 지내봐야 하는 게 맞아. 할멈, 저 엿공장 아래 세 사는 함경도 뚱때

이 할멈 알지? 아, 그 집에 춘하가 연탄 백 장하구 황석어, 왜 요즘 청량리시장 가면 지천으로 깔린 조기새끼, 그걸 한 두름 사다 걸어 줬다잖아. 첨엔 속으로 저 요물이 흑인 상사하고 눈이 맞아 미국으로 들어간 그 할매 딸이 부쳐오는 돈을 알겨먹으려고 떨어대는 너스렌가 의심도 해봤는데 암만해도 그건 아냐. 신기해."

"그런가 어쩐가. 나두 임자 말 듣고 탄광을 조사해봤더니 아닌 게 아니라, 우리 아궁이가 하루에 연탄 두 장을 먹는데 남은 연탄이 좀 넘쳐. 새 연탄이 조금은 더 들어온 것 같아. 그게 춘하가 준 개평인가?"

"틀림없단 말씨, 내 말이. 빚도망칠 때 엔간히도 떼처먹었다더니 그 죄닦음이여 뭐여 도대체. 상호란 놈도 미쳤지 이제 오십줄이 훌뜩 벗겨진 년을 뭘 핥을 게 있다구설랑 에잉. 그 흐벅진 어깻죽지가 아깝다. 정말 아까워."

"빨랑 가봐. 체했다는 양반 송장 됐겠다."

병문은 막차를 타는 버릇이 있어서 자정을 훨씬 넘겨 새벽 한시가 다 돼서야 삼선교에서 지하철 막차승객을 받고 뜨는 25번 좌석 버스에 운좋게 비집고 올라탔다. 이상난동이니 어쩌니 쩧고 까불어대도 겨울바람이 내뿜는 한기는 숨을 턱턱 막히게 했고 달빛 한 조각 내리지 않는 전선줄을 젖은 빨랫감처럼 쥐어짜는 듯했다. 그의 입새에서 마지막 한 점 남은 체온을 끌어올리려는 허텅지거리가 터졌다. 한길에서 진선미미장원을 돌아 막 아래로 꺾어지는 길목에 들어서는데 무지근한 요의尿意가 느껴졌다. 미장원 옆 전봇대 밑에는 손 뻗으면 닿을락 말락 한 높이까지 중세의 성채처럼 가지런히 올라간 시커먼 연탄더미가 흐릿한 보안등 불 아래 버티고 있었다. 그는 주위를 휘둘러본 다음 바지의 지퍼를 내렸다. 성채의 밑둥을 겨냥하고는 오줌발을 휘두르기 시작했다. 흔들흔들 중심을 잡느라 눈을 지긋이 감으니 싱글벙글 웃는 낯으로 자신을 한바탕 비꼬고 가던 문화부 신현수 기자의 얼굴이 어른거렸다.

—이 고갱이 당신이 고친 거지?

—예, 좀 이상합니까?

—이건 죽은말 아닌가? 뭐하러 이런 죽은말을 군이 갖다붙일 필요가 있을까? 그냥 진수, 진수를 보여줬다, 진수를 보여줬다, 해도 독자들이 다 알아들을 것을. 표병문씨는 꽈배기를 만드는 장기가 있나보다, 아마?

—제가 보기엔 고갱이라는 말은 죽은말이 아니라는 겁니다. 분명히 아직까지 고등학교 국어교과서에 실린 박두진의 그, 3월 1일의 하늘인가 하는 시에서도 나오는 말이고, 또 실제로 그런 말을 쓰는 사람 많이 봤어요.

신선배가 건성으로 고개를 끄덕이며 돌아서서 내뱉은 말이 표병문의 명치에 밤송이를 안겼다.

—고갱이인지 고쟁이인지 누가 알겠어.

"그래, 그걸 누가 안다구 하더냐? 쓰발. 하지만 우린 말이야, 어릴 적에 울 엄마가 배추 다듬으면 서로 무릎걸음으로 몰려들어 배추고갱이 나 좀 달라고 얼마나 댕겼는지, 신현수 니가 알기나 하냐? 쓰발."

한창 끗발이 오르던 오줌발이 잦아들면서 밀려오는 쾌감 때문에 잠시 눈앞이 흐려지고 으스스를 예감할 찰나 걸쩍한 욕지거리와 함께 밤공기를 출렁이는 호통소리가 뒤통수에 냅다 달라붙었다.

"웜매, 어느 시러배 아들놈이 얻다 대고 좆대가리를 함부로 꼬느고 지랄이여. 연탄 다 젖갔는디. 어디 그 싸가지 없는 놈 붕알을 톡 따서 회 좀 쳐먹도라 잉."

어마 뜨거라. 등짝이 서늘해지면서 물건이 형편없이 짜부러들었다. 요도가 찢기는 듯했지만 쿵쿵거리는 발소리가 꼭뒤를 지르는 통에 바지 지퍼부터 더듬었다. 금세 사타구니가 뜨듯미지근해 왔다. 병문은 엉겁결에 미장원집 쓰레기통 뒤로 몸을 숨겼다. 한밤중에 동네 조리돌림이나 안 당하면 다행이다. 그런데 웬 퉁어리적은 여편네지. 가끔 달빛에 발가벗고 춤도 춘다는 사이비교에 미친 안선생 마누란가. 재수 완전히 옴 붙어버렸구만 이거. 그는 온 신경을 그러모아 쓰레기통 너머로 보냈다.

연탄더미로 다가선 여인은 고개를 숙여 자기 영역을 확인하는 잡종개들 모양 코를 큼큼거리며 냄새를 맡는 기색이었다. 여인은 손가락 끝으로 연탄을 쿡쿡 찔러보기도 하고 들입다 어루만지는 시늉을 하기도 했다.

"따뜻한 구들목을 덥히는 은공을 생각해서라도 이리 홀대를 혀
뿔면 안 되지라. 에잇 몹쓸 것…… 지린내가 풀풀 진동해쌓네. 가
만있그라…… 가설나므네, 둘 니엣 야스 야들 얄 웅, 또 둘이니깐
두루 가설나므네, 빈 데는 없지러."

그녀였다.

불빛 아래 오련히 드러난 그 여인은 춘하였다. 병문은 어느새
자리에서 일어나 시커먼 고무장갑을 끼고 출석을 부르는 국민학
교 여선생처럼 일일이 연탄 하나하나를 짚어가며 진양조 가락을
섞어 점검하는 춘하의 뒷모습을 멀거니 바라보고 있었다.

"얄두울에다 거시키 닐곱을 하믄 몇 장이드라…… 아무튼 요
거이 모다 천하구두 야들 장이 넘는댔으니깐두루 장당 이문을 칠
십오환으로 때래잡으면 가설라므네 흐흥, 칠만오천환이 넘어설
랑……"

춘하는 셈을 대충 마치자 호주머니에서 뭔가를 꺼내 바지춤에
썩썩 문대고는 입으로 서걱 베어물었다. 그때 춘하와 병문의 눈이
딱 마주쳤다. 그녀가 어깨를 약간 움찔해 보였다. 아마 병문의 기
세가 밤중이라서 등등하게 비치는 것 같았다. 그녀는 장갑을 벗어
전봇대에 탁탁 털어내고는 휘적휘적 미장원 뒤쪽으로 걸어들어갔
다. 병문은 자신의 입안에서 벼락치듯 빠져나오는 소리를 들었다.

"춘하, 당신 허벅지를 내놓으라, 그렇지 않으면 불구대천이야."

춘하는 걸음을 멈추고 뭔가를 한참 생각하는 눈치였다. 쪽 째진

눈불이 파랗게 비치는 밤고양이 한 마리가 성에가 번득이는 방앗간 양철지붕 위를 조심조심 제겨디디며 춘하를 향해 어린아이 울음소리를 갸날프게 냈다. 춘하는 다시 날고구마를 으적으적 씹기 시작했다.

"훠이, 이놈의 괭이. 어서 가그라이. 오늘 자네 몫은 없구만이라. 새끼덜 꼬옥 품고 잠 잘 자거라 잉."

눈이 오려는 하늘이었다. 방금 새로 튼 이불솜처럼 몽실몽실한 구름들이 하늘을 가득 채우고 있었다. 인양노인정 앞터에는 동네 사람들이 몰려들어 막걸리잔들을 나누며 와자지껄한 분위기를 돋우는 모습이 푸근한 날씨만큼이나 정겨웠다. 택시운전사 권씨네 변소 앞에는 커다란 업소용 양은솥이 두 개나 걸렸다. 하나는 밥솥이고 다른 하나는 소내장이며 허파, 도가니 등 막고기를 한데 넣어 펄펄 끓이는 솥이었다. 노인정에서 불목하니 노릇을 도맡아 하는 꽥꽥이 영감은 잘 마른 장작개비를 고르게 쪼개 솥 밑으로 집어넣었다. 딱딱 희나리 튀는 소리가 불붙은 장작의 불땀머리를 더욱 사납게 만드는 듯했다.

춘하와 상호의 혼례식이 동네잔치로 시작되려는 순간이었다. 노인정 안에는 벌써 고기 접시가 돌고 막걸리도 서너 순배 돈지라 일찌감치 거나한 분위기였다. 밖에 있는 사람들은 신랑 신부가 노인정 마당에 드는 모습을 놓치지 않으려고 옹기종기 모여서 굵은 소금이 묻은 고기를 한 점씩 입안에 털어넣고는 우물우물 오래도록 씹었다. 아이들이나 젊은 축들은 노인정 앞의 평상에 자리를 차리고 열심히 접시를 비워댔다.

"어라, 그예 눈발이 비치네. 정작 대설인 어젠 감감무소식이더니."

"색시, 잘살겠다. 눈이 오면 복이 많다는데."

꽥꽥이 영감이 부러 흥감 넘치는 큰 소리로 덕담을 쏟아놓았다.

노인정 안에서는 바로 인접한 삼양동의 재개발사업 시행이 한참 입에 오르내리는지 풍치지구 해제니 임대아파트니 하는 말들이 뒤섞여 들린다.

"요 마루터기 행길 하나 사이로 개발이 되고 안 되고 갈라지는 갑대. 징혀. 이런 아싸리판에 그저 눈먼 분양 딱지라두 하나 걸려들 패가 안 되니."

길음국교 뒷문 물역가게에서 모랫짐을 지면서 찬바람이 들면 방구들 뜯어고치는 일로 한겨울을 나는 쌍용이 애비가 침을 튀기며 목울대를 부풀린다.

"이제부터라도 땅 이름을 잘 살펴보더라고. 석 삼에다 태양 양 자라고 했어. 삼양동이 해가 세 개나 드는 동네란 말여."

"그렇게 다지면 길음동은 어때? 길헐 길자에 소리 음인데. 머잖아 좋은 소식 들리겠구먼? 임자 풀이에 따른다믄. 저 우리 오야붕께 누구 막걸리잔 좀 가득 채워도고. 앞으로 저그 공사판 벌어지면 내 목에 걸린 밥줄을 조였다 풀었다 헐 양반이니께. 아 안 그렇소

행님?"

쌍용 애비가 나름대로 문자풀이를 그럴듯하게 하면서 제 흥에 겨워 새수난다는 표정을 지으며 엉덩이를 들썩거린다.

"하면, 이젠 좀만 기다리면 우리네덜 같은 허릅숭이헌테도 너두 나두 와달라는 일자리가 펑펑 쏟아질 테니. 일만 가구나 짓는 굿판이라구 했으니 한번 두구보자구. 옛말에 굿을 보더라두 계면떡이 나올 때까지 보라구 했잖여?"

쌍용 애비가 오야붕이라구 지목한 사내가 눈썹을 꿈틀거리다가 상체를 앞으로 약간 갸우듬히 기울이며 말문을 연다.

"아매도, 이 서울하고도 한강 이북 하늘 아래 딱 하나 남은 달동네가 바로 삼양동인데 그기 인자 엄청나게 변하는 기라. 말이 일만 가구지 생각 좀 해봐라 마. 보거라, 저 25번 종점을 사타구니맨키로 껴안고는 양쪽으로 북한산 줄기 두 자락이나 갉아먹고 들앉은 동네니 집터로는 그만이잖구. 맞다이, 서울에서는 이런 공사판은 노가다 삼십 년에 마지막이자 실제. 몇 년 죽때리고 앉아서 궁뎅이도 덥히면서 한밑천 뽑고 해야지 아암."

"그런 의미에서 다들 잔들 드세요. 어서들."

"앗따, 정말 좋네 잉. 그렇잖아두 이번 겨울 들어 괴기 구경을 못해 소증素症이 치밀어 환장허던 차에 이렇게 맘껏 묵고 잡은 대로 욱여넣으니 하늘이 그저 뇌란 돈짝만헌 게 세상 더이상 보고 자실 것 없다 야. 누가 이런 생각을 냈디야?"

"춘하가 함바집을 헌 경험이 있나보던데? 그 솜씨래나 어쨌대나."

"으응, 함바라……"

"상호는 이제 연탄 지게 놓으면 으떡할라나? 뭔 계책이 있남?"

"상호는 이 오야붕한테 물어봐야 쓰제. 상호가 아조 쓸 만한 철근쟁이잖구. 난 그치가 하루 연탄 이천 장을 지게로 져낼 때 따로 짐작이 있었다구."

사람들은 상호가 하루 연탄 이천 장을 날랐다는 말에 혀를 내둘렀다. 오야붕은 상호와 다시 손잡고 일해보기 위해서 찾아왔다고 말했다. 그가 철근에 관한 한 그 바닥에서 도꼭지 대접을 받는다는 것이었다.

"아아, 그래서 저 가겟집 철원댁 아주마이가 상호와 춘하의 궁합이 금과 수의 상생격이라구 했구먼."

"거, 뭔 소린고?"

"자, 여기서 금은 쇳덩이고 수는 물이란 말야. 철근공은 쇳덩이 만지는 일이구 함바집은 결국 물로 하는 장사 아니냔 말여? 그러니 두 사람 궁합이 찰떡궁합이지 뭘 그래?"

사람들이 손뼉을 치며 배꼽을 잡는데 밖에서 누군가 신랑 신부 입장한다고 소리치자 어디어디 하면서 우르르 몰려나갔다.

상호가 자기가 메던 지게에 깨끗한 라면상자로 발채를 놓고는 그 위에 춘하를 태운 채 예전에 춘하가 넘어졌던 허튼 계단을 성큼

성큼 내려오는 게 훤히 다 보였다. 춘하는 위아래 연분홍 한복을 곱다시 차려입었고 상호도 어디서 났는지 감청색 양복을 말쑥히 걸친 차림이었다. 병문은 사람들 틈바구니에서 까치발을 서서 상호와 춘하의 앞뒤로 따라붙은 아낙네와 조무래기 들을 바라보았다. 철원네도 함박웃음을 피우며 뒤따르는 게 눈에 띄었다.

"야, 저렇게 차리니깐 나 어린 신랑보다 신부가 더 젊어 보인다. 정말 태깔이 곱다 야."

남정네들의 벌어진 입새에서 감탄이 터져나왔다. 병문은 언뜻 춘하의 젊었을 적 모습이 생각났다. 그녀의 실물이 떠오른 게 아니라 다만 시장 어귀에 근동을 통틀어 하나 있는 허바허바사장 앞에 전시용으로 내걸린 액자사진 속에서 살포시 웃고 있는 춘하의 젊었을 때 모습이었다. 병문은 어릴 적 사진의 오른쪽 입술에 앉은 점을 파리똥으로 잘못 알고 오가며 손끝으로 따작거리기도 했었다.

첫눈치고는 제법 굵은 눈발이 흩날리기 시작했다. 상호와 춘하의 곱게 빗은 머리 위로 그리고 뒤늦게 맺어진 두 사람을 축복해주기 위해 모인 많은 이들의 머리 위로 하얀 눈이 수북이 깔렸다.

아무 형식이 없는 예식이었다. 신랑 신부는 사람들에게 둘러싸이자 지게에서 내려 사방을 향해 큰절을 올렸을 뿐이고, 꽥꽥이 영감이 합환주 대신 갖다준 막걸리잔을 돌려 마신 뒤 한마디씩 하는 것으로 모든 절차를 마감했다.

"그저 서로를 구제한다는 마음에서 이리된 건데. 제가 보아하니 이 지겟다리가 둘이듯, 하나로는 제구실을 못하는 것이니깐 아무쪼록 합심해서 사는 날까지 넘 신세 안 지고 살겠습니다."

"여, 늙은 신부도 한마디해보도라고."

"지는 아무 헐말이 없어라우. 다만 지금 한지게를 타구 여기 들어왔듯이 앞으루두 한지게루다 잘살아볼랑께……"

"그럼 두 지게 탈 속셈이었나?" 하객들이 모두 고개를 뒤로 젖히며 웃어제꼈다.

조무래기들이 시키지도 않았는데 부른 노래가 합창이 됐다.

퍼얼펄 눈이 옵니다
하늘에서 눈이 옵니다
하늘나라 선녀님들이
송이송이 하얀 송이
자꾸자꾸 뿌려줍니다
자꾸자꾸 뿌려줍니다

"춘하 니년은 그래두 나보다 백배는 낫다, 잉. 진짜야. 난 냉수한 그릇 못 떠놓고…… 으잉, 사내 손으로 머리 올려주는 게 그게 어딘데…… 할머엄, 오늘같이 좋은 날 내가 왜 이래. 드러운 년의 팔자……"

방금까지 재미있다고 깔깔대던 주사 박씨가 뜬금없이 옆에 서 있던 철원네의 어깨에 풀썩 얼굴을 파묻고는 어리광 같은 푸념을 쏟아낸다.

　사람들은 내도록 눈을 맞으려는 듯 아무도 꼼짝 않고 서 있기만 했다.

(1992)

그리운 동방

산의 노인은 알로아딘이라고 불리는 사람으로 원래는 마호메트교의 신도였다. 그는 두 높은 산으로 둘러싸인 아름다운 골짜기에다 아주 호화로운 정원을 만들어 각종 과수와 모을 수 있는 모든 화초와 향목을 심어 가꾸었다. 또한 크고 작은 여러 가지 양식의 궁전을 여기저기에 여러 개 세워 전부 황금과 단청으로 아름답게 장식하였으며 실내는 훌륭한 비단으로 둘러쌌다. 그리고 궁정 안 도처에 작은 관을 통해 술 우유 꿀 맑은 물 등이 어디서든 흘러나오는 것이 보이도록 꾸며놓았다.

이러한 궁전에 사는 사람들이래야 모두 나이 젊고 아름다운 여성들뿐이었다. 그들은 모두 노래를 부르고 춤추며 악기를 잘 탔고 특히 그 교태와 치정痴情은 이루 비할 바가 없었다. 그들은 아름다운 옷을 입고 정원과 궁전에서 계속해서 즐겁게 잘 논다.

이 대목은 마르코 폴로의『동방견문록』제1편 23장에 나오는 구절이다. 마취제를 이용해 젊은이들을 인공낙원으로 끌어들이는 어떤 추장에 대한 이야기이다.

나는 국민학교 시절 만화로 된『동방견문록』을 고물상에서 우연찮게 찾아 읽고 이 대목에서 무척이나 강렬한 인상을 받은 기억이 생생하다. 그래서 무슨 보물지도나 되는 것처럼 그 책을 책상 한구석에 깊숙이 숨겨두고 이따금씩 꺼내 보았다. 책에 나오는 이야기처럼 그런 지상낙원이 이 세상 어디쯤엔가 있으리라 생각하며 터질 듯 설레는 가슴을 주먹으로 쓱쓱 비비곤 했다. 우연의 일치인지는 몰라도 실제로 우리들이 동방이라고 부르는 곳이 있었다. 고철 부스러기를 주우러 떼지어 나대던 곳의 지명이 바로 동방이었다.

신쭈.

그 얼마나 오금이 짜릿짜릿한 말인가. 난 축 늘어진 고압선을 떠메고 우뚝 솟은 동방의 철탑 중턱까지 오르는 깡다구를 보여준 다음 광수 형이 이끄는 패거리의 일원이 됐다. 광수 형은 그때 고철을 줍는 꼬맹이들을 거느린 왕초였다. 특히 비가 잦은 때를 맞이해 하천으로 휩쓸려내려오는 각종 허섭쓰레기를 헤집어 꽤 짭짤한 수입을 올리는 눈치였다. 그 가운데 신쭈는 하천 뒤지기의 알파요 오메가였다. 고철이나 다른 폐품덩어리는 한 자루를 메고 고물상에 가도 강냉이나 두어 됫박 얻어걸리기가 일쑤였다. 그러나 신쭈는 달랐다. 왼종일 허탕을 치거나 농땡이를 치더라도 막판에 그거 한 쪼가리라도 건지면 그날 벌이는 그거로 땡이었다. 그러면 우리는 일제히 시장 골목으로 몰려들어가 튀김이며 쑥개떡, 인절미 등을 푸닥지게 해치웠다. 물론 그사이 고물상에 흥정을 다녀온 광수 형이 모든 걸 계산했고 우리 꼬맹이들에게도 떡고물이 얼마씩 떨어졌다. 한석이는 그걸 여퉈두었다가 육성회비를 두 달 치나 냈다고 떠벌렸다.

그러나 절통하게도 그 행복했던 기간은 내게 오래가질 못했다. 한두 달쯤 됐을까, 나는 하천 뒤지기를 하다가 깨진 유리병에 발뒤꿈치를 뭉턱 베였다.

형, 난 아직도 형의 부하지 그치?

난 천변 모래판에 누운 채 피가 철철 흐르는 뒤꿈치를 헝겊쪼가리로 처매고 있는 광수 형에게 비감한 표정으로 물었다. 변함없는 충성을 맹세하는 눈빛으로. 형은 차가운 표정으로 고개를 가로저었다.

넌 다신 동방에 오면 안 돼. 이건 명령이야.

명령?

나는 갑자기 발뒤꿈치를 후벼파는 고통에 까무러치듯 잔허리를 활등처럼 휘어뜨렸다.

아내의 유산 때문에 집안에는 썰렁한 분위기가 흐르고 있었다. 유산을 한 아내는 일주일째 밥통에다 싯누런 구릿줄타래를 삶은 물을 마시고 있었다. 애를 떼고는 허해진 몸을 보하느라 한약을 많이 지어들 먹더구만. 내가 이렇게 말하자 아내는 세차게 머리를 흔들었다. 그러고는 내 말을 정정해주었다. 애를 뗀 게 아니고 자연유산을 한 거예요. 나는 아무 말 없이 눈만 씀벅거릴 수밖에. 난 아내의 유산─그래 유산이라고 해두자─에 적잖은 충격과 당혹감을 느끼고 있었다. 아무런 낌새도 눈치챌 수 없었는데다 남편인 내게 일언반구도 상의가 되지 않은 일이었다. 그건 누가 뭐래도 치떨리는 배반 행위였다. 더군다나 원치 않던 유산을 한 여자의 얼굴이 어떻게 그리 무표정할 수 있단 말인가. 그날 아내가 내 앞에서 여봐란듯이 뒤집던 그 희디흰 사기그릇이 자꾸 눈앞에 어른거렸다.

일에서 돌아와 걸근걸근 저녁상을 받는데 왠지 아내의 몸가짐이 허천해 보였다. 얼굴빛도 좀 창백해 뵈길래 그저 몸이 좀 안 좋은가보구나 싶었다. 그런데 아내가 상을 물리는가 싶더니 주방에 서서 뭔가 냉수 같은 걸 흰 사기그릇에 담아 탕약처럼 훌훌 불어가며 들이켜는데 느낌이 섬쩍지근했다. 흰 사기그릇엔 좋지 않은 기억이 묻어났다. 어릴 적 아랫동네에 홀아비 폐병쟁이가 살았는데 그 집 앞에는 항상 깨진 사금파리들이 지천으로 널려 있었다. 우리 꼬맹이들은 그 집 대문을 지날 때면 왼손으로 코를 싸쥐고 오른손을 왼팔 오금 위로 얹어놓아 코끼리코를 늘어뜨리고는 사금파리를 밟고 서서 고추 먹고 맴맴을 세 번 돈 다음 땅바닥에 침을 세우뱉곤 했다. 그래야 병균이 옮지 않는다고 믿었다. 아내의 손에 들린 사기그릇에는 바로 그때 그 흰빛이 묻어났던 거다.

당신 그게 뭐야. 나는 쉰 듯한 거친 목소리를 냈다. 아내는 눈을 내리깔고 아무 말도 않다가 재차 다그치자 심드렁한 말투로 구리 삶은 물이에요 하는 것이었다. 무슨 소리야, 갑자기 그 중금속은 왜 삶아먹어. 목소리가 좀 떨려나왔다. 아내의 몸에 무슨 이상이 있구나 하는 직감이 잡혔고 그건 아내의 임신과 곧바로 이어졌다. 그제야 내 눈길은 아내의 아랫배 부분을 내리훑기 시작했고 억장이 덜컹 주저앉았다. 팽팽하던 아내의 아랫배가 어느새 바람 빠진 풍선처럼 쭈글쭈글해 보였다. 그사이 아내는 맑은장국 마시듯 훌훌 다 들이켠 다음 마지막 한 방울이라도 놓칠세라 사기그릇 주둥이를 쭉쭉 빨아먹는 거였다. 유산을 하고 나서 구리 삶은 물을 마시면 지혈도 되고 몸에 아주 좋대요. 아주? 그 말을 듣는 순간 왜 그리 맥이 빠지고 피로는 온몸을 엄습해오는지 도무지 감당할 수가 없었다. 그래서 나는 잠바때기를 움켜쥐고 밖으로 꾸물꾸물 기어나왔다. 신발을 더듬어 꿰차던 내가 약간 비틀거렸는지, 아내는 현관 문턱을 허위단심 넘으려는 날 부축하는 시늉을 하며 겨드랑이에 손을 넣으려 했다. 난 단호히 뿌리쳐버렸다. 포장마차, 포장마차 생각이 간절했다. 가짜 소주가 나돈다는 소문이 맞는지 그날 저녁 가슴에 들이부은 소주는 싱겁기 짝이 없어 마음 한구석에 몽글려 있는 응어리의 도수를 찍어누르진 못했다. 그러니 참새 눈물만큼도 안 취할 수밖에. 자꾸만 황량해져가는 한 여인과 한 사내에 대해서 그리고 이 세상에 해맑은 얼굴을 디밀었으면 한 얼마나, 혹 딸이면 아람이라고 불렀을 흐물흐물한 태아에 대해 생각하면서 나는 소주를 눈물로 꾸역꾸역 바꿔냈다. 나 같은 놈에겐 절망도 아까워. 옆에서 맥주를 홀짝이고 있던 젊은 남녀 두 명이 어리둥절한 표정을 지으며 서로 눈을 맞추더니 재수없다는 말을 웅얼거리고 훌쩍 자리를 떴다. 옆방 광수 형을 불러내려다 그만두었다.

광수 형을 다시 만난 건 서울 나와서 한 일 년쯤 돼가는 바로 지난해 초겨울이었다. 근 십팔 년 만의 해후였다. 이렇다 할 직업 없이 지내던 시절을 마감하고 운전대를 잡은 지 얼마 안 되는 때였다. 다행히도 아쉰 대로 따놓은 운전면허증이 있어 일손이 모자라 택시의 삼분의 일가량이 논다는 때에 밥자리 걱정은 면할 수 있었다. 그동안 가끔 알음알음을 통해서 번역거리를 몇 번 맡아 하기도 했고 두어 달 출판사에 나가 원고 정리를 도와주기도 했지만 시원찮은 돈벌이 때문에 항상 쪼들려 지내야만 하는 나날의 연속이었다. 울산에서의 나름대로 저돌적이었던 신혼생활에 비하면 천당과 지옥이었다. 우린 결혼을 하고 석 달쯤 밍기적거리다 울산으로 발길을 잡았다. 거기서 주인집 아주머니를 잘 만난 것도 좋았던 추억을 되살려주는 이유 중의 하나가 되었다. 암만 신혼이라 캐두 너무들 고로케 붙어 지내믄 살이 마, 다 해져 달아뿔고 말끼다카이, 하면서 곰국거리 암질러 동치미 국물이나 총각김치서껀 한 그릇씩 거저 떠다주었다. 얼굴이 살짝 얽어서 곰보네라는 간판을 내건

설렁탕집을 운영했는데 얽은 구멍에 슬기 든다는 옛말 그대로 곰 살궂기가 두루춘풍에다 손끝도 보통 여문 게 아니었다. 때문에 식당에는 정말 뚝배기보다 장맛을 알아보는 진국 손님으로 항상 그들먹했다.

아내와 나는 장충동에 있는 재야운동단체에서 첫 대면을 했다. 아내는 해고 노동자 출신이었다. 그 살벌하던 5공 초기에 유일한 민주노조로 버티다 그예 결딴이 나고 만 ㅇ모방에서 노조 대의원을 지낸 경력의 소유자였다. 그때 나는 현장 경험이 별로 없는 학삐리 출신이라 운동 감각에서는 아내가 여러모로 한 수 위었다. 아내의 학력이래봤자 중학교 졸업에다 일찌감치 따놓은 대입검정고시 합격증이 고작이었다. 나는 아내의 씨억씨억한 성품과 생활력 강해 보이는 꺽짓손에 몹시 끌리고 있었고, 아내도 어느 구석이 맘에 들었는지는 몰라도—아내는 나중에 내가 웃을 때 패는 송편을 문 듯한 보조개에 어처구니없게 반했다고 말한 적이 있다—나를 탐탁하게 여기는 티를 굳이 숨기려 들지 않았다. 그런 진솔함이 아마 나의 소심함에 용기를 살짝 발라준 게 아닌가 하는 생각이 든다.

동지, 구속담배 한 개비만 석방합시다.

아내는 내가 담배를 피우지 않는다는 사실을 너무도 쉽게 그리고 잘 잊어버렸다. 우리 둘은 신문 제작을 맡고 있었기에 항상 얼굴을 맞대고 붙어살다시피 했다. 격주 발행의 타블로이드판 팔 면짜리였지만 일감은 차고 넘쳤다. 취재는 원고를 물어다주는 사람이 많아 되레 고민이긴 했지만 원고청탁 편집 교열 인쇄 포장 발송 등등 일체의 과정을 도맡아 해야만 했고, 그러다보니 같이 밤을 지새우는 일이 다반사였다. 아내는 나보다 한 살 위였지만 강단이 있어서 그런지 커피 한 잔으로 날밤을 꼬박 패고도 별로 피곤한 기색을 보이는 적이 없었다. 창문이 희붐해질 무렵이면 스르르 두 손을 탁자 아래로 늘어뜨린 채 원고더미 속에 코를 처박고 세상 모르게 곯아떨어지는 나와는 영 딴판이었다.

그 운동단체에서 나온 건 5·3 인천사태 직후였다. 당시 뿌려진 유인물 중 내용이 급진적이라고 당국이 점찍은 것의 제작과정에 참여했다는 혐의를 받았다. 4·13 호헌선언 이후 정권의 말기적 무도함에는 별도의 설명이 필요 없으리라. 연행된 다음의 고초는 이루 말할 수 없었고. 그러나 나는 일주일 뒤에 불기소처분으로 풀려나올 수 있었다. 그런데 까마귀 날자 배 떨어진다고 내가 풀려난 다음날 단체 핵심 동지 서넛이 간신히 수배를 피하고 있던 수유리 아지트에서 한 두름에 연행됐던 거다. 그 거처를 알고 있는 사람이래야 다섯 손가락으로 꼽을 정도인데 물론 나도 그중의 한 사람이었다. 나에게 쏠리는 의혹의 화살은 너무 치명적이었다. 내 나름대로 수사기관에 외로이 맞서 조직방어투쟁을 하다 나왔는데 위로는커녕 희뜩머룩한 눈초리들이라니. 그러던 차에 조직에 새로운 변화가 밀려왔다. 당국의 탄압을 받아 조직 자체가 타격을 입기도 했지만 새로이 태동한 '민주헌법쟁취국민운동본부'에 남은 조직 역량을 집중시키기로 결정이 남에 따라 기왕에 했던 일과 조직은 자연히 발전적으로 해소解消됐다.

동지를 팔아먹은 놈. 왜 그런 말이 처음 나돌 때 암만 허탈하고 속절없는 배신감이 끓어오르더라도 발싸심으로 나서서 해명을 하지 못했을까.

결혼하고 얼마 되지 않았는데 울산에서 노동사목을 하느라 개척교회를 세운 야학 선배한테서 연락이 왔다. 생수 대리점 운영권이 하나 났는데 맡아줬으면 하는 부탁이었다. 말이 부탁이지 나의 곤궁한 처지를 전해들은 뒤 억지로 수소문을 해서 자리를 마련한 눈치였다. 나는 달리 선택의 여지가 없었다.

서울로 다시 올라온 건 올림픽 물결이 장마물 넘친 계곡처럼 휩쓸고 지나간 그해 초겨울이었다. 울산에서 벌여놓은 생수 대리점이 올림픽이 끝나자 갑자기 경기가 사그러졌다. 외국인 때문인지 한동안 뜸했던, 아니 묵은 방조까지 해오던 보건당국이 눈치볼 일이 없어졌던지 그동안 이곳저곳 난립했던 생수 대리점을 서서히 숨으려 들 낌새를 드러내기도 했지만 원래 겨울은 생수의 비수기이기도 했다. 이곳에서의 인연도 이게 다인가 싶기도 해서 일단 서울로 가보기로 작정했다. 그곳에서 노동문제상담소를 들락거리던 아내도 뿌리내리기가 녹록하지 않았는지 나의 서울 복귀 제의에 별 이의를 달지 않았다. 난 역시 현장 체질인가봐. 이 사람 저 사람

맞장구나 쳐주고 도움말이라고 되도 않는 희떠운 말이나 씨부렁 거리다보니 사람만 괜히 병신되는 것 같아, 큭큭. 아내는 상경열차 안에서 귀엣말로 이렇게 속닥거렸다.

두어 달 뺑뺑이를 도니깐 어섯눈이 조금 열리는 듯했다. 주간근무 같으면, 얼추 새벽 대여섯시쯤 남대문시장 근처에서 얼쩡거리다 아침 해장은 서울역 근처나 면목동 같은 데서 해치우고 혹 공항 들어가는 손님이라도 태우면 신월동 종점구역 기사식당에서 늦은 점심을 때운다. 오후에는 주로 강남 지역에서 싸돌아다니며 한강 다리를 넘지 않는 게 먹을알이 있고 그리고 교대시간 임박해서는 강남화물터미널이나 고속버스터미널 쪽을 한번 휙 돌아나오는 게 쏠쏠하다는 물리를 어렴풋이 깨닫기 시작할 즈음 되니깐 슬렁슬렁 주위를 챙길 괘념이 서는 거였다. 노조에서 섭외부장이라는 한직을 맡아 노조 사무실에 들락거리면서 『억만운수노보』 창간 일에 손대기 시작했다.

낄낄. 아따, 날 잡아잡수쇼 하는데 그걸 그냥 지나쳤다니 천부장도 어지간혀요 잉. 댕기다보면 그런 짓거릴 허는 축들이 심심찮아부러. 세상이 갈 데까지 가불라는 건지.

대머리 노조 사무장은 다리를 둥개고 앉아 나무젓가락으로 사발면을 말아올리며 대수롭지 않다는 듯 토를 달았다. 방배동 카페 골목에서 꼭두새벽에 마수걸이로 태운 여자 승객이 말썽이었다. 생각도 않았는데 먼저 더블을 주겠으니 광명까지 가자고 해 고개를 끄덕였다. 널찍한 뒷자리를 놔두고 옆자리를 파고드는 여자의 엉덩이는 유난했다. 코뚜레처럼 걸린 귀걸이는 떨렁거리고 가면처럼 두터운 화장기 냄새에 코끝을 씰룩거리는데 무의식중에 클러치를 밟으려니깐 술내가 풍덩 끼얹어왔다.

속력을 약간 줄여야겠다는 생각이 들었다. 나는 왼쪽 발가락 끝을 꼼지락거렸다. 그날따라 안개가 많이 껴서 그런지 차체가 많이 흔들렸다. 짐을 짜부가 되도록 쟁여 싣고 남부순환도로를 내달리는 십 톤짜리 화물트럭들이 옆을 긁어대듯 스치고 지나갈 땐 등짝에 소름이 쫙쫙 끼쳤다. 엔장, 빨리 중형으로 바꿔 몰든지 해야지. 이럴수록 어깨힘을 빼야 돼. 짐에 짓눌린 화물차가 고꾸라질 듯 고개를 디밀고 결승선을 통과하는 단거리 육상선수 모양 끊임없이 곁으로 달겨들었다.

빌어먹을, 내가 밟은 건 브레이크가 아니라 액셀러레이터였다. 다행히 반사적으로 운전대를 비틀어 사고는 면할 수 있었다. 그 커다란 화물차 뒷바퀴가 갑자기 눈앞으로 커다랗게 확대될 땐 정말 저승사자에게 손목을 홱 낚아채인 듯한 느낌 때문에 의식이 까무룩해졌다. 이…… 씨앙, 나는 이를 응등그려 물고 옆을 돌아보았다. 그 여자가 느닷없이 내 어깨를 우악스레 잡아당기는 찰나 내가 깜빡 운전대를 놓치고 왕청되게 액셀러레이터를 건드린 것이다.

당신 정신이 있어 없어?

그래요, 그렇다구요. 이젠 아찌 맘대로 하세요.

여자는 뜬금없이 코 먹은 소리를 내며 모로 기우듬히 내 어깨를 베고 훌쩍거렸다. 나는 당장 길턱에 차를 세우고는 그 여자를 그대로 내버린 채 반대 방향으로 들입다 몰았다.

그날은 팬시리 우둔이가 들려 회사 입금액은 고사하고 제 돈을 꼬나박았다. 입사한 이후로 처음 교대시간보다 일찍 차를 몰고 와 입고시킨 것이다.

층계가 예순넷이어서 64계단이란 이름이 붙은 곳을 헐떡이며 올라섰다. 요즈음 속이 많이 글러졌는지 마지막 계단만 디디고 나면 꼭 신트림이 올라왔다. 차를 몰다보면 제때제때 밥을 챙겨먹지 못하는 일이 허다했다. 명치끝을 바늘로 콕콕 찔러대는 듯한 느낌이 들었다. 회사 동료들과 오징어볶음을 안주 삼아 마신 소주가 위장 한구석에 얌전히 괴어 있는 듯 더부룩했다.

선생.

신트림이 터지자 목 안에서 올라온 시큼시큼한 생목이 씹혔다. 아내는 또 파김치가 돼 푹푹 쓰러지는 날 얼마나 끌탕을 하며 바라볼 것인가. 혹 내가 엄살을 피우는 걸로 생각하는 건 아닐까. 하지만 물먹은 솜처럼 잦아드는 데는 정말 당해낼 재간이 없었다.

선생.

그제야 뭔가 자신을 향해 날아오는 짧은 외침이 있다는 걸 깨닫했다. 자라처럼 깊숙이 찔러두었던 머리를 빼들고 주위를 둘러보았다. 문짝이 반쯤 떨어져 잦바듬한 방범초소 앞에 놓인 군고구마

수레를 등지고 털벙거지를 지그시 눌러쓴 헌걸찬 덩치의 사내가 나를 보고 빙그레 웃고 있었다. 나도 어설픈 미소를 지으며 다가갔지만 상대가 누군지 퍼뜩 떠오르지 않아 머릿속이 생게망게했다. 누굴까. 사내의 옆에는 정부미 쌀부대가 미어져라 담긴 고구마들이 뾰족한 이마를 맞대고 누워 있었고 그 반대편에는 채 마르지 않은 장작개비들이 차곡차곡 쌓여 있었다. 주변에는 장작을 뽀갤 때 생긴 날카로운 지저깨비들이 너저분하게 흩어져 있었다.

나 광술세. 모르겠나. 여기로 전입온 지 얼마 안 되네그려.

아, 맞아요. 광수 형.

광수 형의 솥뚜껑 같은 손이 계급장을 달아줄 듯 내 어깨 위로 얹혀졌다. 문득 떠오르는 작대기 두 개짜리 일등병 계급장. 군대잡기를 할 때 광수 형은 대장이었고 나는 그의 졸따구였다. 그 친숙한 몸짓 하나가 그만 우리 사이에 켜켜이 지층을 이루고 있던 열여덟 해의 세월을 일거에 뚫어버렸다.

어이구 형, 그런데 저한테 무슨 선생이야요, 선생이.

나두 첨엔 긴가민가했구. 그리고 언젠가 소문을 듣자니 대핵교 나와서 훈장 노릇 한다는 말을 듣기도 한 것 같아서 말이야, 후후.

나는 대답을 않고 웃고만 있었다. 장작개비의 희나리가 터지는지 탁탁 튀는 소리가 드럼통을 개조해 만든 화덕 문틈에서 새나왔다. 나는 무슨 말인가 해야 한다고 생각했지만 입이 쉽게 떨어지지 않았다.

광수 형 아버지는 똥 푸는 사람이었다. 양철초롱 대신 굵은 나무때기를 엮어서 철사로 테를 메워 만든 똥장군을 단 물지게를 지고 돌산 기슭의 똥구더기로 인분을 퍼나르기도 하고 자드락밭 주인들의 부탁이 있으면 밭고랑에다도 갖다 붓곤 했다. 애나 어른 할 것 없이 그저 광수 애비라고 부르는데도 아무런 언짢은 내색이 없었다. 술을 좋아해선지 얼굴을 항상 말고기 자반처럼 발그대대하게 만들고 다녔다. 쿵쿵거리며 코웃음을 칠 때면 빠진 앞니 자리가 새카맣게 드러났다. 땟국물이 짤짤 흐르는 와이셔츠 남방을 일 년이면 예닐곱 달 한가지로만 줄기차게 입고 다녔다. 단추가 두엇만 달랑거리는데다 걸핏하면 단춧구멍을 엇갈리게 꿰는 통에 한쪽 어깨가 갸우뚱 기운 곰배팔이처럼 어딘지 허술해 뵀지만 친근감을 주는 구석도 있었다. 술 탓에 성대를 상우었는지 말소리는 신작로를 구르는 말똥처럼 텁텁한 편이었다.

그렇다고 광수 애비가 마냥 홀대를 받은 건 아니었다. 언제 어디서 익혀뒀는지는 모르지만 그는 침술과 지압에 능할뿐더러 환자의 증상을 보면 무슨 약을 지어다 먹어야 하는지 족집게처럼 짚어내곤 했다. 나도 몇 번 급체에 걸렸을 때 광수 애비의 구완으로 위기를 넘긴 고마움을 여지껏 간직하고 있을 정도다. 그런데 이상한 건 약방이나 병원을 찾아갔더라면 하얀 가운을 입은 약사나 의사에게 쩔쩔맸을 사람들이 부랴나케 광수 애비를 찾는 판국이면서도 결코 공손한 태를 보이진 않는다는 사실이다. 이보우 광수 애비, 아 뭘 해 사람이 기가 넘어간다니깐. 얼른 뒤를 쫓지 않구설랑. 오히려 닦달을 해대도 그 좋아하는 술자리를 아무런 불평 없이 박차고 일어나서는 집구석에 아무렇게나 처박아둔 보퉁이를 옆구리에 끼곤 냅뜰성 있게 따라붙었다.

빈방이 하나 있다는 말을 듣고 광수 형은 머뭇머뭇 자신이 그 방에 월세를 들 수 없냐고 물어왔다. 아내도 두말없이 좋다고 승낙했다. 사실 광수 형이 내건 조건이 너무 파격적이었다. 물론 보증금은 걸지 않는 조건이었지만 한 달에 십만원씩 내겠다는 거였다.

방 얘기가 나왔으니 한마디 안 거들 수가 없다. 한마디로 운이 좋았다. 암만 지하실집이지만 방 두 개가 딸린 걸 전세보증금 겨우 팔백에 얻었으니. 기적에 가까운 행운이라 해도 조금도 지나친 말은 아니다. 사람이 살다보니 이렇게 새수나는 경우도 생기고 그래서 대한민국이라는 나라가 그럭저럭 버텨가는 모양이라는 생각이 절로 들었다. 공기가 좀 쿨렁쿨렁한 게 그렇잖아도 기관지가 약해진 내게 옥에 티라면 티였지만 그런 걸 가지고 불만이랍시고 입만 삥긋하는 시늉이라도 했다간 백주의 광화문 네거리에서 양심불량을 한 세 번쯤은 큰 소리로 복창함이 옳지 않은가.

하나 그런 혜택의 날도 이제는 얼마 남지 않았다. 전세보증금이 딱 갑절로 올랐다. 그 생각만 하면 자다가도 관자놀이가 울끈불끈 놀을 뛰어 일어나 냉수라도 한 사발 마셔야지 속이 가라앉았다. 그게 싫으면 전세를 사글세로 바꿔서 다달이 십팔만원씩 내라나 어쩌라나. 마른하늘에 날벼락이 따로 없었다. 그렇지만 날벼락으로만 치부할 순 또 없었다. 언젠가 그런 상황이 오리라 미리 예상하고 진작에 마련을 두지 못한 나의 무능력과 요행주의를 먼저 호되게 질책해야 순서고 도리였다. 온 세상이 전셋값 때문에 발칵 뒤집어진 때였다. 이윤을 찾아 흐르는 자본의 철칙, 평균이윤율 법칙에 나라고 예외일 수는 없잖은가. 신문이나 방송에서는 이게 웬 기삿거리냐 싶었던지 전셋값 때문에 자살까지 하는 사람들의 내력을 줄줄이 들춰내며 마치 미친개 친 몽둥이 삼 년 우려먹을 듯한 기세로 나왔다.

─여보 당신은 내게 천사였소. 우리 이 세상에서는 집 한 칸 없이 쫓겨다니던 신세로 한 맺혀 떠나가지만 그럴 걱정이 없는 저세상에서는 절대루다 우리의 행복이 이렇게 하이에나처럼 물어뜯기는 일일랑 없을 게요. 당신에게 마지막까지 털어놓고 싶은 말은 고달픈 세상에서나마 당신이 있었기에 나는 진정 행복했다우. 그리고 우리는 우릴 이 지경으로 만든 세상을 원망하진 맙시다. 나도 이젠 정신이 흐려지오~ 가스에 취한 우리 경진이의 얼굴이 오늘따라 왜 이리 귀여운지 모르……

한숨만 폭폭 새나왔다. 어느 신문에 실린 연탄가스 자살 일가족의 가장이 휘갈긴 유서였다.

지금 세 들어 있는 집은 사정이 복잡했다. 말하자면 주인이 셋씩이나 되는 셈이었다. 삼층 연립주택의 지하인데, 원래는 위의 세

개층 세대를 위한 공동 지하창고로 지어진 것이 개조되어 어엿한 전세방으로 둔갑했다. 그래서 집 호수가 B01이었다. 여기서 B는 영어로 지하실을 뜻하는 베이스먼트의 머리글자인 듯싶었다. 아무튼 그 셋방의 주인이 세 명이나 되는 웃지 못할 상황이 벌어진 것이다. 상전이란 많을수록 섬기는 쪽에선 하등 유리하달 게 없는 법이지만 이 경우는 오히려 그 반대였다. 확실한 단독소유가 아니다 보니깐 주인들 사이에 권리의식이 흐리마리해져서 별다른 간섭을 받지 않았다.

그래서 남들이 다 겪는 셋방살이 설움일랑 당분간 모르고 살 수 있었다. 물론 불편이라면 불편이랄 수 있는 점도 없진 않았다. 한번은 연탄보일러 온수통이 망가졌길래 주인에게 고쳐달라고 말을 하긴 해야 하는데 도통 누구에게 깐을 떠보아야 할지 고개가 갸웃거려졌다. 때맞추어 천수탕에서 어렵사리 풋낯을 익힌 이층집 사내를 출근길에 만나 말을 붙여보았더니 혼자서 결정할 문제가 아니라며 저희들끼리 상의해보겠다고 얼버무린 게 꼬박 여드레째 감감무소식이었다. 결국 내 돈 쳐들여 고치긴 했지만 왠지 찜찜했다. 하지만 그런 정도야 문제랄 수도 없다고 곧바로 마음을 고쳐먹긴 했지만.

한때 정치권 일각에서 고대 그리스의 유명한 철학자이자 수학자인 피타고라스가 발견해낸 황금분할이란 수학정리가 살살 꼬리를 치고 다닌 적이 있었다. 나는 이 지하실집이야말로 셋방의 황금분할이 아니냐는 생각이 들었다. 그런데 역시 황금분할은 오래갈 수가 없는 운명인 모양이었다. 어느새 요 세 주인나리들이 작당들을 해서는 때가 되나 시가 되나 하다못해 그 흔한 이만원짜리 동원 참치 선물세트 하나 들고 문안드리러 오는 법이 없는 그런 본데없는 아랫것을 눈에 불이 번쩍 나도록 징치하기로 맘먹고 나선 것이다. 그러니 하릴없이 당할 수밖에. 그나마 지금 들어가 있는 보증금도 거의 절반은 이자도 솔찮게 먹히는 남의 생돈인데.

같은 집에 살게 됐지만 광수 형과 그리 자주 얼굴을 맞댈 기회를 갖지 못했다. 광수 형도 날이 슬슬 풀리자 노가다판을 찾아나서서 집구석에 잘 붙어 있질 않았고 나도 주마다 낮밤 교대를 하느라 부러 짬을 내 코빼기를 디밀기가 쉽지는 않았다. 그런데 내게 궁금한 게 하나 있었다. 바로 명희 누나에 대한 거였다.

형이랑 그때……

껄껄, 그래 명희랑 야반도주를 했었지.

그 다음날 살그머니 광수 형네 대문 틈새로 들여다본 장면이 지금도 눈에 선하게 잡힌다. 하늘색 페인트가 가뭄에 갈라진 논바닥의 엉그름처럼 쩍쩍 벌어진 대문짝 너머에는 고요한 적막만이 꽉 닫힌 방문 앞을 서성댔다. 휑뎅그렇한 마당에는 숨죽인 햇발만 그득히 쌓이는데 한켠에는 멜빵이 끊어진 채 담벼락에 기댄 똥지게가 한쪽 팔이 부러진 상이용사처럼 갈고리팔을 맥없이 늘어뜨리고 있었고 그 옆에는 형편없이 찌부러진 똥장군이 굴러다녔다. 그리고 모잽이로 벌렁 드러누운 광수 애비의 찢어진 흰 고무신 한 짝. 이제 신쭈를 같이 주우러 다니던 광수 형도, 살결이 희디흰 인형 같은 폐병쟁이의 딸 명회 누나도 다시는 못 보게 되겠구나.

그 여시같이 해사한 자발머리없는 년이 지 애비 거꾸러져나간 다음 얼씨구나 하고 허우대 멀쩡한 광수를 후리고 내뺀 거지 뭐. 동네 사람들의 시큰둥한 촌평.

일찍 죽었어. 모진 놈 만나서 고생만 드럽게 하고 말았어. 몸이 워낙 약했잖아. 애기집에서부터 벌써 죽은 첫아이를 돌려내기는 했는데…… 산후더침에 옹근 약 한 첩 변변히 쓰질 못하다가 파르르 눈꺼풀 닫으니깐 그길로 그만이더라구.

아내는 광수 형에게 몹시 호의적인 감정을 지니고 있었다. 광수 형의 일이란 게 들쭉날쭉이다보니깐 공치는 날엔 가끔 함께 지내기도 하는 모양이었다. 이따금씩 밥상에 과일사라다 반찬이 올라오는데 아내가 하는 말을 언뜻 들으면 바로 광수 형을 주려고 만들었던 것 같았다. 오늘은 광수씨가 왼종일 제 일을 도와줘서 점심때 사라다를 만들어 상을 봐줬더니 잘 자시던데요. 밍밍해서 싫어할 줄 알았는데. 힘이 장사예요. 묵은 김장독을 파내는데 그냥 한 손으로 번쩍 들어올리던데요. 이 비싼 조기가 어디서 났어 당신? 나는 물에 만 밥을 집적거리면서 아내의 씀씀이에 비해 좀 과하게 여겨져 입덧을 달래려는가 싶어 지나가는 말투로 데면데면 물었는데. 광수씨가 사가지고 왔더라구요. 산후조리를 잘못해서 돌아간

부인이 있었다며요. 제가 그분을 많이 닮아서 그때 생각이 난다며 건네주는데, 참 받기도 뭣하고…… 거탈은 감사납게 생긴 분이 속은 영판 비단결 같은 구석이 있더라구요. 모든 일에요. 나는 입안의 밥알갱이를 질겅질겅 으깼다. 왠지 내 눈빛이 깜빡 흐려짐을 느꼈다. 얼래, 질툰가?!

어느 날이던가, 공휴일이었는데 점심때 오른 손님이 집 근처까지 가자고 하자 내친김에 점심이나 먹으려고 집으로 차를 댔다. 보통 임신을 하면 신 음식을 많이 밝힌다던데. 청과상에 들러 풋과일을 한 꾸러미 꿍쳐들고는 문 앞에 섰는데 발록하게 벌어진 문틈새로 웬 두런두런거리는 소리가 새나오는 거였다. 별생각 없이 문짝을 열어젖혔더니 아내와 광수 형이 두 손을 서로 맞잡은 채 심각한 표정으로 서 있었다. 이별에 앞서 포옹이라도 하려는 연인 사이처럼. 그럴 리야 없겠지만서두. 그런데 날 보더니 황급히 손을 푸는 거겠지. 어색해진 내가 전대주머니를 달랑달랑 흔들며, 응 마침 저 현대시장께 손님을 태우고 왔다가 점심이나 먹으려고 들렀어, 하며 함박웃음을 지어 보였다.

"……"

"……"

나 배고파.

광수 형은 나와 서로 눈길이 마주치자 서름한 낯빛을 짓고는 제 방으로 훌쩍 들어가버렸다. 점심상 머리에 앉은 아내는 변명 비슷한 걸 늘어놓았다. 광수 형님이 혼자 라면을 끓여먹다 사레까지 드는 게 안돼 보여 김치하고 찬밥 몇 덩어리 챙겨드렸더니 고맙다며 호주머니에서 뭔가를 꺼내주길래…… 받아보니 칫솔로 깎아 만든 건데 일종의 부적이래요. 다산성을 상징한다는데 가무잡잡한 남미 쪽 원주민 인형이 어찌나 괴기스러운지. 나보고 자꾸 가지라기에……

내 전대 어딨지?

나는 아내의 군말을 참지 못하고 이렇게 중동을 무지르고는 밖으로 나와버렸다. 그러면서 즉시 후회스런 감정을 되작거리고 있었다. 나도 참 드러운 소갈머리를 지녔군.

아내가 광수 형이 머물던 방에서 만원짜리와 천원짜리가 뒤섞여 십만원을 채운 봉투를 발견한 것은 그가 자취를 감춘 뒤 이삼일이 지나고 나서였다. 그나마 방문의 손잡이에 방 열쇠고달이가 덜렁거리는 걸 보고서야 알았다고 했다. 나는 내 앞으로 디밀어진 흰 봉투를 맹숭히 바라만 봤다. 그러면서 내가 광수 형을 일부러 불편하게 해서 쫓아낸 건 아니라는 생각을 굳이 해봤다. 어차피 우리도 이달 안으로 짐을 싸야 하는 처지 아닌가. 그러고 보니 광수 형은 요 얼마 동안 떠나겠다는 암시를 내게 몇 차례 뚱겨주었다.

내가 한곳에서 두 철 이상을 머물러본 적이 없어야. 그놈의 지랄맞은 역마살 때문에 말이야. ……동해안으로 한 바꾸 뺑 돌았으면 속씨언허겠는데…… 오징어 열뒤 축만 걸뜨리고 다니믄 걱정

없어야. 노가다 뛰며 꼬불친 돈두 술찮고.

사람의 온기가 싹 가시고 난 방안은 지하실 특유의 벽지 썩는 냄새와 더불어 습기가 밀려와 살갗을 오싹 좁아붙게 만들었다. 열려진 벽장 속을 힐끔 들여다보니 빈 소주병 하나와 씹다 만 오징어 다리 몇 가닥 그리고 구겨진 스포츠신문 위에 반쯤 접혀진 정수기 선전용 광고지가 눈에 띄었다. 나는 뒤돌아서려다 말고 무심코 광고지를 끌어당겼다. 뒷장에는 그림 낙서와 숫자놀음을 한 흔적이 남아 있었다. 동해, 주문진 낙산상회 박문수. 그리고 오징어 몇 축 단위로 셈한 본전에다 대충 손익을 잡아보느라 이리저리 곱셈 나눗셈을 했는지 깨알 같은 숫자가 지남철에 올라붙은 쇳가루처럼 알알이 박힌 종이짝이었다. 낙서 위에 정밀하게 그려진 오징어 그림이 있기에 대번에 숫자의 내용을 가늠할 수 있었다.

이래저래 풀이 죽은 아내를 지켜본다는 일은 썩 유쾌한 일이 못 됐다.

─당신 어때요. 좋은 세상이 오긴 꼭 오겠죠?

아내는 내 귓불을 살짝 잡아당겼다. 우리는 방 보러 다니다 지쳐 파근한 다리를 이끌고 집으로 돌아와 바로 옆 놀이터의 헌 타이어 위에 앉아 화단의 사루비아꽃 속으로 꿀벌이 기웃기웃 파고드는 모습을 맥없이 지켜보는 중이었다.

후후, 좋은 세상? 너무 까발리는군. 오겠지 뭐.

나는 이렇게 단순한 질문을 던지는 아내가 몹시 갸륵하다는 생각이 들었다. 그리고 뭔가 대답을 해줘야 할 것 같은 의무감이 들었다.

아내는 대통령선거 이후 운동권이 갈가리 찢기고 떨어져나갈수록 그리고 소련을 비롯한 동유럽에서 불어닥친 개혁 열풍이 드세질수록 더욱 헷갈리게 펼쳐지는 현란한 변혁 이론의 무도회를 발치에서 기웃거리다 끝내는 제물에 물러앉고 말았다. 그 발그림자 따라잡기에 지친 나머지 아예 홀로서기로 맘을 굳힌 모양이었다. 스스로를 현장 체질이라 일컬으며 민주노조 강화론에 자신의 이론적 텃밭을 일구었다.

서너 달 준비를 하더니 아직 노조가 서지 않은 대림동의 한 조명등 공장에 취직을 했다. 현장에서 일하는 사람이 모두 오십여 명밖에 안 되는 샹들리에 전문의 소규모 공장이었다. 내가 야간근무일 때는 그쪽 사람들을 데리고 와서 머리를 맞대고 밤새 너구리를 잡을 듯한 뿌연 이야기판을 벌이고 심지어는 내가 있는 것도 아랑곳 않고 우리 둘 사이에 떠꺼머리 총각을 몇씩 끼워넣고 잠을 재웠다. 어떨 땐 정상적인 부부생활을 하기가 어려울 지경이었다.

자본론이나 정치 팸플릿 같은 걸 사람들이랑 함께 공부하는 건 어때? 더 효과적이지 않을까?

아내는 내 말을 지체 없이 기각했다.

그거야말로 깡그리 척결돼야 할 인텔리 잔재라구요. 현실사회주의가 자본론이 없어서 무너지나요? 지금 보면 우리 운동가들 중에서도 이론은 현실에서 다시 뭉쳐진다는 자명한 진리를 그저 건성으로 주워섬기는 작자들이 태반이라구요. 이론이란 언제나 명쾌한 속성을 갖게 마련인데 이게 바로 지식인들을 홀리는 함정인 줄 모르구설랑. 지식인들이란 항상 현실을 처음부터 끝까지 다 틀어쥐고 욕심을 부리려 들잖아요. 이론이라는 집을 지어놓고 모든 현실이 그 안에 들어와 살림나기를 바라지만 그건 어디까지나 머릿속에서만 존재하는 허구의 집이죠. 모두들 구체적이지 않으면 안 돼요. 당신도 두고보세요. 난 이 삼선조명을 완벽하고도 구체적인 변혁의 한 기지로 만들 거예요. 어설프게 기습적으로 노조설립 신고부터 하고는 이런저런 장애물에 치여 나자빠지는 한탕주의의 전철일랑 되풀이하지 않을 작정이니깐.

아내의 공작은 상당히 성공적인 걸로 내겐 비쳐졌다. 스스로도 은근히 만족하는 눈치였다. 아내는 현장의 거의 모든 사람과 끈끈한 인간적 유대를 맺는 데 일정한 성과를 거뒀다. 공장 사람들은 지하실집을 무시로 들락거리면서 점심도 해먹고 거리낌없이 모임의 장으로 활용했다.

열렬한 동조자들이 아내의 주변에 집결하기 시작했다. 일 년 남짓 아내가 애써 들인 공력 또한 도저히 만만히 볼 수 없는 거였다. 그중에서 명덕이라는 청년의 경우는 좀 특이하달 수 있었다. 얼굴이 여자처럼 해끔하게 생긴데다 머리에 무스깨나 처바르고 다니는 품이 왠지 진득함을 덜 주는 친구였다. 한번은 아내가 주도해서 대여섯 명이 잔업이 없는 토요일을 택해 수원 근처 어느 유원지로 하룻밤을 새우며 엠티라는 걸 간 모양이었다. 평소 아내에게 음심을 품고 있던 명덕은 밤이 이슥해지자 은근히 아내를 불러 개인적 고민 운운하며 대화를 청했고 무심코 따라나선 아내를 한참 이 얘기 저 얘기로 둘러치며 끌고 다니다 갑자기 덮쳐왔다는 것이다. 아내가 그렇게 호락호락하지 않다는 건 내가 잘 안다. 아무튼 명덕이란 친구가 된통 물리고 뜯기고 깨진 모양이었다. 그러나 아내는 서울로 돌아와서는 그를 깨끗이 용서하고 굳게 손을 잡아주었다. 고개를 떨구고 머쓱해하던 명덕은 그뒤 더욱 아내의 일에 협조적으로 나왔다.

아내는 때가 무르익었다는 판단을 내렸다. 조건은 너무 완벽하게 조성되었다. 오히려 현장 사람들이 뭔가 빨리 해치우자는 닦달을 해올 지경이었다. 식사를 도맡아 아우르는 아주머니 한 분만 갑자기 신부전증으로 병원에 입원하는 바람에 그녀를 빼고는 모두 노조 가입원서까지 받은 상태여서 싸움은 이미 시작하나 마나가 아닌가 싶었다. 그때 사장은 마석에 신축중인 십층짜리 이른바 러브호텔의 로비에 매달 샹들리에 계약을 따내기 위해 동분서주하던 참이어서 얼굴 본 지가 가물가물했다. 아내는 사장이 그 계약을 공식적으로 따내는 바로 그때를 행동개시 시점으로 잡았다. 그 계약을 따내고 무리 없이 공사만 성사시킨다면 큐Q 품질마크 업체로 지정받기로 관계기관과 얘기가 진작에 끝나 마음에 고무풍선을 단 사장에게 아내는 버젓이 노조설립대회 일시를 내용증명으로 송달했다. 그러고는 밀린 빚 받으려는 사람처럼 여러 가지 요구사항을 명문화한 문서를 첨부했다.

당신이 졌다고 생각해?

모르겠어요. 판단을 잘못한 부분도 있고…… 지독히 운이 나쁜 부분도 있었던 것 같고.

그랬다. 아내는 상대를 잘못 만난 셈이었다. 삼선조명의 사장인 이요섭씨는 삼십대 중반으로 맨바닥부터 올라온 위인이었다. 을지로에 자신의 공장에서 나오는 조명기기를 직접 내다파는 판매점까지 갖춘 알짜였다. 국졸의 학력으로 내내 그 바닥에서 유릿조각을 밟으며 큰 사람이라서 그런지 현장의 분위기를 누구보다도 훤히 꿰고 있었고 부리는 사람의 심리파악도 뛰어났다. 한 달에 한번씩 꼭 자신의 독산동 집으로 온 직원들을 초청해 저녁식사를 같이했고 그때는 자기 마누라가 특별히 담근 술을 내놓았다. 돌아가는 길에는 일부러 봉송용으로 만든 음식을 한아름씩 안기기도 했다. 그런데 그건 별로 문제가 아니었다.

한 달 전에 콩팥이 나쁘다며 병원에 입원한 식당 아주머니가 놀랍게도 멀쩡한 얼굴로 다시 출근을 한 거다. 사람들은 병문안 한번 못 가 미안해선지 모두들 계면쩍은 표정으로 뒤통수를 벅벅 긁으며 축하인사를 건넸다. 그런데 그 아주머니의 입에서 나온 소리는 더욱 사람들을 놀라게 했다. 사장 이요섭씨가 자신의 생명의 은

인이라고 밝히는 거였다. 자신의 콩팥이 다 썩어들어가 하릴없이 죽을 때만 기다리고 있는데 마침 그 딱한 사정을 알아본 사장이 수술비 일체를 자기 돈으로 떠맡으면서까지 자신의 콩팥을 떼 아주머니에게 이식시켜주었다는 얘기였다. 가족들의 반대도 무릅썼다는 말엔 모두들 입을 쩍 벌렸다. 아니 우리 사장이 그런 사람이었던가. 그러나 그건 사실이었다. 못 믿겠다고 뺑 둘러선 사람들에게 아주머니는 우리지역소식이라는 지역신문의 복사본을 팔랑팔랑 흔들어 보여줬다. 거기의 '미담현장 탐방'란에는 '혈육의 정으로 맺어진 노사, 삼선조명을 찾아서'라는 제목 아래 서로 병상에 나란히 누워 손을 맞잡고 환히 웃는 사장과 아주머니의 얼굴 사진이 박혀 있었다. 그 일로 인해 상황은 한순간에 뒤집어졌다. 이런 사장 밑에서 무슨 노조냐 하는 회의론이 일었고 공은 공이고 사는 사라며 이에 반대하는 아내는 오히려 사람들한테 피도 눈물도 없는 냉혈한으로 따돌림받기에 이르렀다. 당일로 사람들은 아내에게 몰려와 가입원서를 되찾아가서는 모두 북북 찢어버렸다. 이런 기막힌 일이 세상에 어디 있단 말인가. 더이상 어떻게 해볼 기력을 잃은 아내는 두 손을 바짝 들고 현장을 나와버렸다. 그야말로 십 년 공부가 도로아미타불로 되는 순간이었다.

　—이 교활한 자본가라니! 그리고 줏대도 자존심도 없는 노동자들 같으니라구!

　그렇게 피 토하듯 절규를 하면서 아내는 이사오고 나서 아직 집

118

을 풀지도 않고 처박아둔 라면상자 속의 책들을 꺼내 다시 차근차근 읽어나갔다. 『무엇을 할 것인가』『일 보 후퇴 이 보 전진』『레닌 이론의 기초 I』 같은 책들에 두세 번씩 밑줄을 그어대며 정말 곁에서 지켜보기에 눈물겨운 독서를 수행하는 모습이었다.

책에는 뭐라고 써 있어. 새롭게 읽히는 게 있어?

아내는 피식 웃더니 한참 있다 입을 열었다.

그냥 재미로 술술 읽었어요. 당대 사람들의 열정이 부러웠어요. 열정이 없이 그런 책을 읽는다는 건 무척 죄만스런 일이에요. 솔직히 말하자면 난 좋은 세상이란 오지 않을 거란, 아니 그런 건 있지조차 않은 게 아닐까 하는 쪽으로 내 생각을 굳히고 있는 중이야요.

그렇다면 지금 이 세상이 이미 충분히 좋은 세상이라는 뜻도 되는 건가?

오히려 그 반대죠. 충분히 나쁜……

……

그랬을 때, 즉 좋은 세상은 오지 않는다, 그런데 지금 이 세상은 충분히 나쁘다 하는 비극적 상황에서 우리들 삶을 버티게 하는 건 뭐지?

그건…… 자존심 같은 게 아닐까요?

자존심?

예…… 그런 게 필요할 때라는 생각이 들어요.

그렇다면 그건 일종의 허영 같은 거와 겉모습이 비슷하겠지……

그럴는지도 또 모르구요. 일종의 환상이랄지……

나른한 오후의 눈부신 햇발이 자꾸만 우리의 색 바랜 무릎으로 쏟아져들어오고 있었다. 사루비아의 길쭘한 꽃대롱 속으로 너무 깊이 몸을 담고 꿀샘을 빨아대던 꿀벌 한 마리가 뒤늦게 몸을 빼기 위해 버둥거리는 게 보였다. 한참을 그렇게 버둥거리던 벌은 꽃이파리 끝을 쩔끔 미어뜨리고는 간신히 몸을 빼내 달아났다. 목덜미 위까지 파르라니 깎아올린 단발머리에 얼굴을 가린 아내는 잠자코 모래밭 위에 손가락 낙서를 하고 있었다.

나는 요즘 되풀이해서 꾸고 있는 꿈에 대해서 아내에게 말해주고 싶었다. 그것은 어릴 적에 학교의 우중충한 창고에서 한 번 꾸었던 것이었다. 육성회비가 몇 달 치나 밀려 가뜩이나 그 벌로 방과후에 변소 청소를 하던 나는 사육장에서 칠면조의 알을 훔치다 들켜—그건 미국 샌타바버라로 이민을 간 교장의 사위가 기증한 거여서 담임은 자신의 특별구역 관리를 소홀히 했다는 이유로 나중에 교장 앞으로 시말서를 썼다—담임에게 귀때기를 잡힌 채 체육 부교재가 가득한 창고에 갇혔다. 담임이 깜빡 잊고 퇴근을 하는 바람에 나는 꼬박 하룻밤을 거기서 지새워야 했다. 그때 두터운 매트리스 사이에 새우처럼 몸을 구겨넣은 채 나는 자꾸만 토막이 나는 어두운 시간을 잠으로 메우기 위해 학질 앓는 이처럼 질긴 신음을 입꼬리에 매달고 버티느라 몹시 애를 썼다.

열려라, 열려라 동방.

달빛은 교교했다. 골짜기에는 각종 과일나무와 화초 그리고 대리석으로 꾸며진 정원이 있다. 남녀 구분 없이 망토를 늘어뜨린 사람들. 그 큰 바위들이 돌이 아니라 설탕보다 달다는 사카린 덩어리라고 했다. 손을 뻗는 곳마다 황금 술잔이 잡히고 키 큰 미루나무들이 빙 둘러쳐진 공터에는 화톳불이 타오르고, 그 불꽃 위에는 입에서 똥창까지 막대기로 꿰진 통돼지가 빙글빙글 돌아갔다. 장작불 위로는 돼지기름이 끊임없이 흘러내려 푸지직 끓는 소리가 귓가를 간질렀다. 표범 가죽을 뒤집어쓴 추장이 북을 울리자 사람들은 원무를 추었다.

나는 어느새 나비가 돼 있었다. 얼굴과 몸체는 사람이었으나 눈썹은 기다란 더듬이로 변했고 여럿 매달린 가느다란 팔뚝에는 꽃가루 같은 게 잔뜩 묻은 털이 숭숭 솟아 있었다. 겨드랑이께에는 커다란 천으로 된 날개가 펄럭거려 내 맘대로 날아다닐 수 있었다. 나는 날아다니는 데 익숙한 나비처럼 자유자재로 여기저기 꽃봉오리 사이를 노닐었다.

파란 날개를 지닌 나비 여인이 소매를 끈다. 어디선가 많이 본 얼굴이지만 기억이 나질 않는다. 계곡 한구석 꽃밭에서 둘은 널찍한 꽃이파리를 찾아 나란히 눕는다. 하늘에 떠가던 달이 구름 속에 얼굴을 가리운다. 가슴이 갑자기 마구 뛰기 시작한다. 여인은 바로 명희 누나임이 분명해진다. 여인의 촉감 좋은 날개가 온몸을 포근하게 휘감아온다. 그리고 밀려오는 격정의 파고. 빳빳해진 내 꼬랑지는 여인의 우묵한 꼬랑지 속으로 깊숙이 빨려들어간다. 나는 내 몸안에서 이물질처럼 축축한 뭔가가 맹렬히 빠져나가는 걸 느낀다. 나른하다. 너무나 불쾌한 첫 몽정이었다.

나는 아내의 손을 이끌고 타박타박 집을 향해 발짝을 떼기 시작했다.

(1992)

용두각을 찾아서

　수원 토박이라면 쉽게 짚어낼 수 있겠지 생각했다. 한번은 탯줄을 묻은 집에서 아직껏 살고 있는 같은 교열부의 우순재 선배에게 용두각을 아느냐고 넌지시 물어보았다. 그랬더니 한참 동안이나 고개를 외로 꼬고 머릿속에서 수원 시내 구석구석을 톺아나가던 그는 그예 머리를 절레절레 가로저었다. 자기가 알고 있는 한 그런 이름을 지닌 누각이나 땅은 수원엔 없다고 잘라 말했다. 그러면서 덧붙이길, 변두리나 시계市界 밖에 아직도 남아 있을 법한 자연촌에서 성황당 같은 걸 저희들끼리 부르는 속칭일 수도 있잖냐고 의논성 있게 되물어왔다. 듣고 보니 그럴 성싶어 고개를 주억거리며 맞장구를 쳐주었다.

　한데 그 용두각을 운좋게시리 겨우 두 번의 다리품만 팔고도 널름 찾아낼 수 있었다. 어디든 기를 쓰고 찾아다니는 데는 영 젬병인 나는 그야말로 안방통수 체질이다. 달포 전에 처음으로 궁싯궁싯 수원역에 내린 것은 밤새 야근을 한 다음날 아침이었다. 그때도 용두각을 찾겠다는 마음은 애시당초 없었고 마음속으론 그저 수인선 협궤열차나 한번 타볼까 하는 생각을 되작거리고 있었다. 둔황의 소설가 윤후명이 누렸던 그 낭만적 운명의 사랑이 섬세한 보고서로 엮어진 협궤열차이긴 했지만 나에겐 또다른 욕구가 간직돼 있었다.

야근일을 마치고 이른 새벽까지 소주와 맥주를 두서없이 들이부은 내 속은 개운한 해장거리를 바쳐 걸근거리고 있었다. 숙직실에서 두어 시간 눈까풀을 붙이는 둥 마는 둥 뒤척이다 이부자리를 걷어차고 나와 대충 눈곱만 떼내는 낯씻음부터 해치웠다. 갈증을 삭이느라 물안골표 생수통에서 밍밍한 냉수를 네 번이나 뽑아먹고 나니 목구멍 속에서 누릿한 쇳내가 풍겼다. 근래에 드문 폭음이었다. 시내용 5판 강판이 끝나자 편집위원장석 옆의 접대용 탁자에서 모처럼 술꾼들의 조촐한 술판이 벌어졌다.

"내가 전에 있던 신문사에서 경찰서 돌 땐데."

"아이고, 그런 유의 얘기는 귀에 못이 박이도록 들어서 당최……"

"그래도 한번 안주 삼아 들어봐. 그때 우리 시경 캡의 신조가 뭐고 하니, 얘기가 되든 안 되든 무조건 하루에 한 건씩 부르라는 거야. 근데 그날은 정말 부를 게 없더라구. 그래서 만만한 게 홍어좆이라고 형사계로 불쑥 들어갔는데 피의자 보호실에 웬 얼빵진 사내가 있길래 당직 반장한테 뭐냐고 물어봤지. 절도래. 달걀 열 판을 훔쳤대."

"그럼 완전히 개털이구먼."

"자신이 배달일을 봐주는 가게에서 상습적으로 자전거에 달걀을 몇 판씩 때려싣고 선술집 내빼선 술값으로 쑤셔박았다는 거야. 만땅고로 취해 집에 가서는 아들내미를 쥐패고. 마누라가 일찌감치 가출했다거든. 그러다 결국 주인에게 꼬리가 잡힌 거야. 내가 곁에서 조서를 뒤적이니깐 반장이 귀찮았던지 아무것도 아녀, 그냥 에미 없는 아들이 불쌍해서 계란프라이 좀 해주려고 그런 거야 하면서 두둔을 해주더라구. 그 말을 듣는 순간 내 머릿속에서 뭔가가 오만 촉광으로 반짝했지. 이크. 초만 잘 치면 기삿거리는 몰라도 가십거리는 되겠다 싶더라구."

"초 치면 기사 안 되는 게 어딨어? 죽은 이승복 소년도 벌떡 일어나 나는 공산당이 싫어요 하고 외쳤다는 거 아냐."

"아무튼 전화기를 들고 촬촬 불렀지. 가출한 엄마를 부르다 배고픔에 잠든 아들에게 프라이를 해주려고 훔친 달걀 때문에 쇠고랑 찬 애틋한 부정, 뭐 이렇게 최루성으로 화끈하게 뽑았지. 그랬더니 그 다음날로 사회 각계에서 온정의 물결이 쇄도하는데 신문사에만 기백만원의 성금이 쏟아지더라구."

"젠장. 배고프다고 프라이를 열 판씩이나 부쳐 먹어? 너무하는군."

"그 성금 어쨌대?"

"도로 돌려줘야 하는 거 아냐?"

"웬걸, 국민우롱죄가 어딘데? 시경 캡이 똥 씹은 얼굴로 경찰서로 직접 찾아가 전달식을 근사하게 했는걸."

사회부 야근 기자의 취재 뒷얘기부터 시작하여 차를 새로 뺀 선배의 교통문화 저질 시비 등등 가벼운 화제로 출발한 얘기가 어울리지도 않게 풍수지리설로 옮겨갔다. 올해 들어서 편집국 안에서만 대형 교통사고가 두 건이나 일어난 걸 두고 새 사옥에 들어올 때 성주풀이굿을 잘못한 탓이 아니냐는 종작 없는 말을 주고받은 뒤끝이었다.

—모든 명승지나 명당은 자고로 여인의 음부를 닮는다.

그럴듯하게 운을 뗀 사람은 편집부 강종천 선배였다.

"좌청룡 우백호가 말하자면 여자 양 허벅지에 해당하는 거지. 그 오묘한 사잇길에 음기가 넘치는 땅이 바로 길지야. 그러니깐 풍수를 제대로 보려면 우선 여체를 보는 감각부터 길러야 하겠지 히힛."

"그래서 감각을 많이 길러봤어?"

평범하다면 평범한 얘기였다. 나도 웬만한 육두문자에는 어느 정도 장단을 맞출 만큼의 이골은 붙은 놈인데 그날따라 웬일인지 혐오스럽고 치욕적인 느낌이 불끈 솟구친 것이다. 나는 맥주가 가득찬 잔을 들어 바닥이 드러날 때까지 목젖을 꿀꺽거렸다. 야근 들어오기 전부터 중국집 금문도에서 배갈 반병을 비운 전작이 있어 그런지 술기운이 뭉근하게 뻗어올랐다. 여인의 국부라니! 그 말을 듣는 순간부터 탕개가 확 풀린 짐꾸러미처럼 허물어져 목덜미를 덮쳐오는 이상한 감정의 덩어리를 주체할 수 없었다.

어슴푸레하게 동이 터오는 편집국에 하릴없이 퍼질러앉아 있던 나는 뜬금없이 소래포구를 떠올렸다. 그곳에선 갈매기가 높이 날며 끼룩끼룩 울어제낄 것 같았다. 아니, 그보다는 시커먼 추젓 도라무깡에서 짭짤하게 곰삭은 새우젓을 한 손꾸락지 혓바닥 위에 올리는 순간 속이 저절로 확 풀릴 것만 같은 해망쩍은 생각이 든 것이다. 그러자 마치 그런 생각이 들기를 기다리기나 했다는 듯 건몸이 후끈 달아오르기 시작했다.

수원역 광장은 서울행 출근길로 휩쓸려들어가는 직장인들로 북적거렸다. 수인선을 어떻게 타냐고 기어드는 목소리로 던지는 물음에 날파람 소리를 내며 스쳐가는 사람들은 별 한갓진 놈 다 보겠다는 식의 콧방귀만 삐뚜름히 날릴 뿐 상대조차 하려 들지 않았다. 서너 차례 사람들의 퇴박을 맞자 주눅이 들 대로 들어 코가 석 자는 쑥 빠지고 말았다. 역전 광장 주위를 판돈 날린 노름꾼처럼 몇 번인가 어정어정 맴돌다 근처 해장국 전문 대중식당에 들어가 우거지탕으로 해장 겸 아침을 때웠다. 어느새 소래포구의 짭짤한 새우젓 맛을 보겠다는 생각은 온데간데없이 사라지고 그 자리를 용두각에 대한 생각이 슬금슬금 들어와 차지해버렸다.

1번 시내버스를 타고 가다 사람들이 떼지어 우르르 내리는 데가 종점이려니 싶어 엉겁결에 따라 내려보니 경기대학교 어귀였다. 옛날 갱개미라고 불렸다는 수원시 상수도 광교 수원지 둑방이 바로 눈앞에 보였다. 거기서 발원하는 개천이 영화동과 연무동을 가르는 경계가 되어 흘러내렸다. 갱개미와 용두각이 그리 멀지 않은 거리라고 했겠다. 나는 고개를 두리번거리다 부동산중개업 입간판이 내걸린 건물 앞을 가로막고 섰다. 복덕방은 지하층을 쓰는 모양이었다. 오십고개는 훌쩍 넘김직한 중늙은이가 돋보기를 코끝에 걸친 채 층계를 올라섰다. 시적시적 다가가 그의 곁을 빼앗았다.

"저, 말씀 좀 묻겠습니다. 혹시 이 근처에 용두각이라고 아시는지요?"

"뭐, 용두각? 거긴 왜 찾우? 여그서 쬐금 더 꺾어져들어가믄 용호각이라곤 있긴 있는데."

"아 그래요. 근데 거기가 뭐하는……"

"뭐긴? 이곳 단골 청요릿집인데 면발 아주 곱게 잘 뽑아. 탕수육도 제법이잖고."

맥이 풀려 더이상 따따부따 수소문해볼 엄두가 나질 않았다.

경기대학 쪽으로 오르다 왼쪽 도로로 꺾어지자 갱개미 저수지가 한눈에 들어왔다. 수원지라 그런지 사람의 접근을 막느라 둘레를 철책이 죽 둘러싸고 있었고 군데군데 경고판도 세워놓았다. 철책 앞으로 바짝 다가갔다. 둑방 저만큼 끝에는 빈 초소가 보였고 그 근처에 사람의 발길이 닿지 않아서 그런지 오리떼가 여유롭게 떠다니며 야단스레 울어대고 있었다. 꾸엑꾸엑 꽥꽥. 쉰에서 서너 마리쯤 빠질까. 나는 눈을 감고 두 손을 뻗어 철책을 움켜쥔 채 오리 울음소리에 귀를 내주었다. 그래, 그때 주영이가 내지르던 비명소리와 비슷하다. 그것은 내 마음속에 거대한 사보텐처럼 우뚝 선 황량한 기억이었다.

자, 하나부터 열까지 세봐요. 하나 둘 셋 네엣 다아서엇 여, 여어서엇…… 수술실에 들어간 주영은 곧바로 되알진 비명소리를 뽑아올렸다. 마취가 덜 된 걸까. 손에서 진땀이 나 쥐고 있던 유순하의 소설집 『사슴꿈』의 표지가 미근덩거렸다. 오리가 자맥질치는 모습이 보였다. 나는 철책에 이마를 기댔다. 낭패한 신음소리가 입가에 질기게 매달렸다. 우리는 전철역에서 만나 질책처럼 정수리로 내리꽂히는 뙤약볕 아래를 지나 근처 시장께 골목으로 아무 말 없이 따로따로 걸어들어갔다. 한 굽이 돌자 불쑥 간판이 떠올랐다. 박필수산부인과. 주영은 간판을 바라보다가 갑자기 된장찌개가 먹고 싶다고 했다. 아주 달게 밥 한 그릇을 다 비우는 그녀의 모습을 지켜보자니 왠지 고맙다는 마음과 함께 눈물이 핑 돌았다. 둘은 또다시 쫓기는 사람들처럼 진한 색으로 코팅이 된 병원 현관문을 열고 몸을 쑤셔넣었다. 산부인과는 이층이었다. 꺾어지는 층계참에 커다란 괘종시계가 둔탁한 추를 떡메처럼 느릿느릿 휘두르고 있었다. 우리는 학교에 지각한 아이들 모양 조심조심 층계를 제겨디디며 올랐다. 열여섯 계단을 올라가는 동안 시계추가 스물세 번이나 몸을 뒤챘다.

눈을 감은 주영이는 간호사에게 어깨를 맡긴 채 질질 끌려나왔다. 간호사는 포도당 정맥 링거를 꽂아준 뒤 나갔다.

주영아 할말이 없다.

어지러워. 수술대에 두 손목을 붙들어맨 줄이 풀리면 형을 죽이려 맘먹었는데 지금은 형이 너무 불쌍해.

나는 발작적으로 철책을 잡아 흔들었다. 그러자 오리 울음소리가 더 크게 귀청을 후볐다. 꽥꽥꽥……

주영이와 첫관계를 갖던 날이던가. 공교롭게도 그녀의 월경 첫날이었다. 날짜 계산을 잘못했는지 몹시 당황한 표정을 지었다. 그 반대로 나는 묘하게도 감격스러운 표정을 짓고 있었던 모양이었다. 나라는 인간이 물론 그 핏자국을 처녀막이 터진 흔적으로 믿을 만큼 어리석거나 이기적이지는 않았다. 그녀는 월경 사실을 강조해서 내게 되풀이 환기시켰다. 그러나 나는 뭐라고 주절거렸던가? 죽은 피가 묻은 손바닥을 얼굴 가까이 치켜들며 아, 어머니 핍니다, 순결한 붉은 핍니다, 했었다. 거의 무의식적인 행동이었다. 왜 하필 어머니라는 단어가 그때 내 입에서 새나왔을까?

형은 그 사실이 무섭지도 않아? 내가 뭐 산 채로 신전에 제물로 바쳐진 희생물도 아니고…… 생각날 때마다 역겨워서 미치겠어. 주영은 나중에 격렬한 항의를 해왔어. 형은 정말 이상해. 언젠가 동시 상영 극장에서 무슨 추리영화를 함께 보고 났을 때로 기억하는데, 내게 형의 어머니에 대해서 영화 속의 주인공처럼 살인충동을 종종 느낀다고 진지하게 털어놓은 적이 있어. 기억날 거예요. 그땐 난 그게 농담인 줄 알았거나 아니면 잘 이해하지 못했거들랑. 근데 요즘 와서 가만히 생각해보니 형은 지독한 모성강박관념에 빠져 있는 사람 같아. 흔히 말하는 오이디푸스콤플렉스 말이야. 형, 난 알아요. 왠지 형을 대할 때면 경건한 탑 앞에 마주선 것처럼 묘한 기분을 숨길 수가 없어. 그 탑을 쌓아올린 신화를 허물어내지 않는 한 우린 기껏 허깨비 노릇에 불과해.

주영이를 불쑥 집에 데리고 왔을 때 어머니는 가타부타 아무런 내색을 비치지 않았다. 그저 화기로운 얼굴로 한 상 깔끔하게 차려주고는 잘 놀다 가라는 말뿐이었다. 며칠 뒤에 몇 마디 던지기는 했지만, 결국 내가 알아서 할 바라는 투였다. 궁합은 그러구러한 편이야. 너랑 세 살 터울이면 병오생인데 그러면 천하수궁이거든. 네가 금박금궁이야. 금과 수는 상생격으로 볼 수 있단다. 좀…… 입술이 두텁고 약간 퍼런 기가 도는 게 옛날 어른들 같으면 색을 밝혀 서방 잡을 상이라 하겠지만 요즘에야 도통……

아무 준비 없이 두번째로 용두각을 찾아나섰을 때도 귀찮아하는 이 사람 저 사람 붙들고 물어보다가 끝내 허탕인가 싶어 돌아설

마음이 오락가락하던 참이었다. 국가유공자 주택단지라는 정양원 뒤쪽의 벽산아파트 앞을 지나다 포대기를 두른 할머니에게 공손히 물어보았다. 그 할머니는 가는귀가 먹었는지 말을 잘 알아듣지 못하는데다 말소리는 코맹맹이였다. 등에 잣바듬히 올라붙은 계집아이는 제 할머니 등짝에 요구르트를 질벅질벅 쏟으면서 홀짝홀짝 던적스레 빨고 있었다.

허리를 기울여 귀를 바짝 댄 끝에 가까스로 건져낸 단어가 화룡문이었다. 그리고 손가락 끝이 가리킨 방향으로 눈길을 돌렸다. 나는 아쉬운 대로 화룡문이라고 짚어준 데라도 들러보리라 맘먹었다. 그러면 혹 어떤 실마리가 잡힐지도 몰랐고, 최소한 구경거리 맡아놓은 셈 치면 될 일이었다. 가다보니 미심쩍은 데가 있어 아파트단지 앞 구두 수선점 주인에게 잼처 물어봤다.

"화룡문이 아니고 아마 화홍문인 게지. 쭉 가다 오른쪽으로 꺾어져서 개천 따라 내려가보슈."

화룡문은 물론 용두각이 아니었다. 그러나 먼발치서부터 화홍문 위쪽에 우뚝 솟은 누각이 용두각임을 대번에 알아채고 나는 가슴속을 뻐근히 휘젓고 올라오는 설렘을 서서히 아우르고 있었다.

방화수류정訪花隨柳亭:조선 정조18년, 1794에 착공한 수원성 축성 때에 세워진 정교하고 아름다운 팔각의 정자이다. 동북각루東北角樓라고도 하는 이 정자의 이름은 중국 송대의 학자 정명도程明道의 유명한 시에서 딴 것이라고 하는데, 그 이름도 아름답거니와 화홍문華虹門, 용지龍池와 어울려 하나의 승경勝景을 이루고 있으며, 또한 이 정자의 건축미와 예술적 가치는 조선 후기 건축미를 대표하는 것이다.

바깥에는 용연지龍淵池가 있고 용머리바위와 주위의 버드나무가 어울려 각루角樓로서의 군사적 기능보다는 호화로운 운치를 풍기는 정자로서 더욱 널리 알려지게 된 것이다.

용두각은 바로 방화수류정이었다. 누각의 지붕에는 사방팔방으로 용머리 조각이 붙어 있어 용두각으로 불리게 된 연유를 짐작케 해줬다.

과자 부스러기와 빵봉지 등으로 어질러진 누각 층계참 앞에서 팔짱을 끼곤 턱주가리를 부드럽게 어루만졌다. 한데 이곳이 나와 무슨 연관이 있는 걸까. 가령 처음 수인선 협궤열차를 타고 싶다는 욕구를 느낀 건 소래포구를 떠올린 때문이고 소래포구를 떠올린 건 그 짭짤한 새우젓 맛이 문득 해장거리로 그리워진 때문이었다. 과연 용두각에도 짭짤한 새우젓 맛 같은 그 무엇이 있어 내 발길을 끌어들인 것일까.

굳이 말하자면 그 낡고 텅 비어버린 사향주머니 때문이 아닐까. 이미 오래전에 그 냄새의 흔적은 한 톨도 남김없이 날아가버린 사향주머니 속의 방향을 일순간 되맡아볼 수도 있지 않을까 하는 턱

없는 생각 말이다.

범띠인 누이가 서른이 넘도록 시집을 못 가자 어머니는 애달캐 달 직성을 못 풀어 속에 시커먼 그을음만 더께로 들어앉혔다. 당신의 근력은 하루가 다르게 부쳐만 가고 표표하던 누이의 얼굴도 근년 들어서는 눈에 띄게 처지고 이울어져가는 걸 지켜보자니 더욱 애가 탔다. 그동안 맞선도 예닐곱 번씩이나 봤지만 좀체 연이 맺어지질 않았다. 누이가 선을 보러 가는 날엔 손에 아무런 일이 잡히지 않는지 그저 귀가 닳아빠진 화투패로 하루 운세를 떼보며 황황히 지내기 일쑤였다.

"엄만 왜 구접스럽게 이따위 것을 핸드백 속에 집어넣고 그래? 제발 이런 짓 좀 그만두라구요. 흉흉해서 될 일도 안 되겠다구!"

누이가 앵도라진 얼굴로 손가방 속에서 벌레 잡아내듯 뭔가를 손가락 끝으로 끄집어내 어머니 앞에 태질을 쳤다. 어른 손가락 하나쯤이 간신히 들어감직한 색동 두루주머니였다. 물이 하도 빠져 색동인지 아닌지 가리사니가 안 설 정도였다. 옷을 갈아입은 누이가 미장원에 간다고 횡허케 나가자 슬그머니 두루주머니를 걷어들인 어머니는 고개를 깔딱 젖히고 문득 울가망한 표정을 지었다. 텃구렁이가 되려고 하남…… 나도 저간의 사정은 대충 알고 있었다. 어머니는 누이가 맞선에서 번번이 실패하자 언제부턴가 맞선을 보러 가는 날이면 아무도 몰래 누이의 손가방 틈서리에 그 주머니를 껴놓곤 한 것이다. 그 주머니가 남자의 마음을 끌고 결국은 맞선을 성사시켜주리라는 믿음을 갖고 있었다.

그 주머니의 내력에 대해서 불광동 작은이모에게서 꼭 한 번 귀 띔을 받은 적이 있었다.

"으응, 옛날 수원에서 피난살이할 때 내가 시청 호적과에 임시 직으로 다니지 않았겠니? 전쟁통에 훼손된 부본을 다시 쓰는 일을 할 무렵이겠지. 그때 아마 월급으로 쌀 한 가마 값을 쳐서 받았으 니깐 화폐개혁한 돈으로 한 칠판천원쯤 되겠다. 근데 시청이란 델 다닌답시고 하니깐 그것도 빽이 되는 줄 알고 개성에서 유명짜한 기생질허다가 피난온 일가가 청탁을 하더라구. 옛날엔 기생오라 비란 말도 있듯이 집안에서 기생이 하나 나면 모두들 일은 안 하고 거저 들어앉아 뜯어먹으려고만 들었다는데…… 피난민 수용소에 들어와 집칸이나 배당받고 안남미 배급쌀이나마 얻어먹으려면 기 류계가 있어야 했거든……"

"기류계가 뭔데요?"

"임시 주민증이나 마찬가지지. 피난민들은 그게 있어야 신분 보장도 되고 눌러살 수가 있었거든. 아, 그걸 알아서 해달라고 하 면서 참 별일이지, 사향주머니라는 걸 갖다주더라고. 그냥 부탁해 도 되는 걸 가지고…… 개성 사람들은 셈이 바르긴 한데…… 난 왜 또 그걸 덥석 받았는지 몰라. 그걸 니 엄마한테 갖다줬어. 집안 일에 치여 고생을 많이 하고 있었거든. 좋아서 눈물까지 글썽거리 더라."

외가 쪽은 1·4 후퇴 때 본향인 철원을 등지고 내려와 전라도 전주 근방에서 삼 년 동안 근근이 피난살이를 한 뒤 55년에서 그 이듬해까지 이태간 수원에서 구호민 배급을 타먹고 지냈다. 바로 용두각 아래 갱개미에서 흘러내린 개천가의 피난민용 진흙집에서였다.

작은이모가 수원 용두각 시절에 찍은 거라며 보여준 낡은 흑백 사진 두 장 속에는 어머니의 젊은 시절 모습이 함초롬히 담겨 있었다. 스물다섯 안팎의 처녀 나이면 활짝 필 때지만 바위너설 아래 한 줄로 소도록이 모여 선 사진 속의 처녀들은 대부분 영양 상태가 별로 좋지 않아서 그런지 거무뎅뎅한 얼굴빛을 하고 있었다. 송자라는 옛 고향 친구와 다복솔 옆에 어깨를 보듬고 단둘이 앉아서 찍은 사진도 있었다. 거기서 어머니는 먼산바라기를 하며 벙시레 웃고 있었다. 그런데 웃고 있는 얼굴이 왠지 몹시 남상지르다는 느낌이 들었다. 그것은 눈가와 입가에 난 흉터 때문이었다. 사진에서는 기미처럼 칙칙하게 보이는 부분이 바로 화상 흉터가 잡힌 곳이었다.

"히햐, 울 엄니한테도 한창 고운 때가 있었구나."

"쟤는? 너희 엄마가 어릴 때 얼굴을 그렇게 지져놓지만 않았다면 지금쯤 어떤 팔자로 살고 있을는지 그건 아무도 모른다니깐. 결국 하나 마나 한 소리지만서두 헹."

불광동 이모가 어림없는 소리 말라는 듯 꼭뒤를 지르고 나섰다.

어머니는 배밀이 갓난아기 때에 호롱불이 켜진 방안에 홀로 뉘어
잠들어 있다 깨어나 호롱불을 건드리는 바람에 얼굴에 기름불을
흠뻑 뒤집어썼다. 횃불을 밝힌 마당에서는 온 동네 여인들이 죽들
둘러앉아 허연 허벅지를 내놓고 낮새껏 삼굿에서 쪄낸 삼대 껍질
을 훑고 있었다. 외할머니가 문창호지가 붉게 물든 것을 보고 뒤늦
게 방문을 박차고 들어갔을 땐 때가 한참 늦어 있었다. 아기는 뱀
혀처럼 낼름거리는 불길로 뒤덮인 얼굴을 감싸쥐고 기함한 채 방
바닥에 나뒹군 처참한 모습이었다.

"이름이 모두 두 번이나 바뀌었다지요?"

"그랬지. 애초 부모한테서 받은 이름은 암전岩全이었는데 보통
학교에 입학하고 나서야 큰언니 음전音全과 호적상 이름이 바뀐
걸 알았다는 거야. 글쎄 센세이상선생님이 학적부를 펴들고 일학년
으로 갓 들어온 학생들 이름을 처억 부르는데 니 엄마 차례가 되어
선 느닷없이 김온쟁이 하고 불렀다니깐. 아무튼 그때 어른들이 얼
마나 무심했는지를 알 수 있지 뭐. 그뒤론 하는 수 없이 큰언니와
이름을 바꿔 가졌어. 지금의 영혜라는 이름은 수원 피난생활을 마
치고 철원 수복지구로 되돌아왔을 때 일제 호적 정리를 하면서 고
쳐 올린 이름이라구."

"용두각이라는 데는 사진에 없네?"

"안 나왔지. 근데 그 근처 바위틈서리에서 찍은 사진이 틀림
없어."

"그런 궁핍한 피난 시절에 뭘 사진기가 있어서 이렇게 한껏 나들이까지 가서 사진을 박고 했을까?"

"거기 니 에미랑 둘이 끌어안고 찍은 사람이 송자 언니야. 우리게 창도에서는 그래도 지 아버지가 청부업자 하면서 무척이나 부자로 살았었는데 공화국 들어서면서 허예이로 몰려 쫄딱 망했지."

"근데 이 사진 누가 찍어줬어요?"

"아마 함선생이었을 거야."

"함선생?"

"응, 함민복이라구. 그 사람도 처음엔 혼자 나왔지. 얼굴이 계집처럼 해사한 안경잽이었어. 다리엔 절음이 나 걸음새가 살름살름했지. 우리가 김화군 근북면이고 함선생이 근동면이었는데 그곳에서 인민학교 선생을 했어. 나도는 말로는 국방군 지원 나왔다가 파편 맞았다지 아마. 그때는 돈 멕이고 된 상이군인도 꽤 많았으니깐 또 모르지. 그 사람이 우리 식구 편의를 그래도 많이 봐줬단다. 내가 수원시청 호적과에서 부본 정리하는 임시 직원으로 들어간 것도 그이가 다리를 놔준 거지. 그리고 수시로 일가, 그래 그땐 배급을 일가라고도 했는데 뭔 뜻인지는 모르겠어, 그것도 함선생이 많이 따줬지. 함선생이 글자깨나 깼다구 난민 수용소에서 총무를 했거든. 그땐 세월이 말이 아니다보니 하다못해 산에서 낭구를 하더라도 빽이 있어야 했다구. 밑바닥에서 기는 사람들 언저리에서는 상이군인 빽이 젤이었지. 산에서 묶어 머리에 이고 내려오는 낭구더미도 상이군인 가족들이 중간에서 채뜨리면 허투루 뺏기는 거지 별수가 없던 시절인걸."

"고마운 사람이었네요."

"그렇지? 한때는…… 니 엄마하고 잘돼갈 뻔했는데…… 나중에 함선생 처자가 뒤미처 찾아오는 바람에."

"뭐가 잘돼요?"

"이런 얘긴 무덤까지 가져가야 할 텐데. 암만해도 내가 주책인가보다마는, 형부도 고인이 됐고 언니도 환갑진갑 다 넘었는데다 너희도 머리가 굵을 대로 굵었으니 국량 있게 새겨들어줘. 니 엄니하고 함선생하고 사실은 그때 혼담이 오갔단다. 함선생이 무척 적극적이었지. 그래도 집안에선 니 엄마가 얼굴에 흠집이 좀 가서 그렇지 새파란 처년데 재취 자리가 뭐냐며 반대들을 했지. 근데 니 엄마가 나서서 집안 형편도 어렵고 얼굴도 그러한데 어디 그리 헐한 혼처가 있겠느냐며 모쪼록 허혼을 해달라고 우겨서 외할아버지도 결국은 마음을 누그러뜨렸지. 폭격 맞아 죽었다는 함선생 처자가 조금만 더 늦게 나타났어도 혼사는 성립되었을 터였는데……"

불광동 이모는 그 대목에서 말을 끊었다.

나는 누각에 올라 서성거려보았다. 날이 저물면 몰래 나와 서답 빨래 같은 걸 했다는 천변가에는 배추나 열무 등의 푸성귀가 자라고 있었다. 특별한 감회가 있을 리 없는 평범한 정자였다. 구태여

의미 부여를 하자면 지금으로부터 삼십칠팔 년 전에 구 년 뒤면 나를 낳아 모자의 인연을 맺게 될 여인이 고향 쪽 하늘로 수심 어린 눈길을 보내거나 자신의 고달픈 삶의 곁을 쓸쓸히 어루만지며 불안하게 서성거렸을 그런 곳이었다.

수원성은 알려진 대로 정조가 뒤주 속에 갇혀 비운의 죽음을 당한 제 아버지인 사도세자를 좀더 가까이 봉양하기 위해 지은 성이다. 말하자면 정조의 효심이 일궈낸 성이었다. 성이란 성은 모두 견고한 법이다. 그걸 바라보는 사람의 마음도 조금은 그 견고함에서 위안을 받았으리라. 동쪽 등성이를 따라 구불구불 뻗어나간 성벽을 지그시 바라보았다. 멀지 않은 성벽가에서는 동네 아이들이 병정놀이를 하는 모양이었다. 띠용띠용, 입으로 총소리를 내면서 오르락내리락했다.

"야, 너 죽어 임마. 내 총 맞았어."

"웃기지 마. 계급도 낮은 놈이 쏘긴 뭘 쏴?"

한 아이가 억지를 부렸다. 계급?

—당신 이제 프티로 계급적 상승을 하는 거야 응?

한때는 시를 썼다는 그러나 지금은 언어를 잃어버렸다고 엄살을 떠는 같은 부 이정한 선배가 내 어깨를 두드리며 격려용으로 던진 말이었다.

나는 두 달여 전에 경기도 고양시 일산 택지개발 지구 내 10-3블록 (주)대우아파트 102동 405호의 분양권을 당첨받았다. 당첨 직후 사십여 회를 부은 청약 저축을 해약하고 집안의 돈이란 돈은 다 긁어모아 계약금 구백십팔만원을 마련하는 데 성공했다. 계약은 하자 없이 성립됐다. 앞으로 중도금 여섯 번과 잔금을 남겨두고 있는데 오늘이 바로 첫번째 중도금을 납부해야 하는 날이다. 지금 내 나이 겨우 삼십임을 생각해보자. 세상에, 대한민국에서 삼십이라는 나이에 벌써 집 장만의 길에 확고히 들어선 것이다. 그동안 새 도시에서만 분양 신청을 세 번 했다가 떨어진 경험이 있었다. 신청하는 날은 보통 한나절 이상 줄을 서곤 했다. 내 앞뒤로 초조한 모습으로 줄을 선 사람들은 나보다 나이가 적게는 오 년 많게는 십 년씩이나 많아 보였다.

"임대 아파트라도 들어가고 봐야지 잉?"

아이를 등에 업힌 아내까지 데리고 나온 가죽잠바는 우쭐우쭐 주위 사람에게 말했다. 구비 서류를 제대로 챙기지 못해 퇴짜를 맞는 사람들은 발을 동동 굴렀다. 앞이마가 훤히 벗겨진 사십대 남자도 나와 같은 이십삼 평형을 써넣곤 주위를 힐끗거리며 막판 눈치를 보았다. 만일 한 사람이 살아온 세월의 두께나 가슴앓이, 울분, 격정, 한숨, 그리고 알면서 속아준 횟수 따위를 저울에 달아 다시 줄을 세운다면 나는 맨 꽁무니에 달라붙어야 하지 않을까 하는 생각이 가슴을 답답하게 눌렀다.

용두각은 경비 초소인 각루답게 전후좌우 전망을 빈틈없이 확실하게 틀어쥐고 있었다. 잘 꾸며진 용못을 발치에 두고 있는 용두각은 본래부터 풍류용으로 지어진 게 아닌지 새삼 의심스러울 지경이었다. 바람이 건듯 불자 누각 아래 연못가에 머리를 감는 아낙인 듯 휘늘어져 있던 버드나무 가지들이 일제히 출렁거렸다. 시원한 광경이었다. 나는 어머니 역시 그 황폐하고 야속스럽기 짝이 없는 전후의 폐허 속에서도 이런 모습을 지켜보며 에는 가슴을 달랬을지도 모를 일이라는 부질없는 생각을 해봤다.

그게 꼭 부질없다고 치부만 할 일일까. 전쟁의 여진 속에 속절없이 시드는 처지였지만 아무래도 몸도 마음도 주체할 수 없이 피는 한창때일 것이었다. 회갑이 들던 작년 그러께, 어머니는 당신의 회갑 운세가 병갑病甲에 들었다며 잔칫상을 마다했다. 그러나 그래도 운세를 피하긴 어려웠는지 보름 뒤에 끝내 맹장염에 걸려 수술까지 받았던 어머니가 회복기의 병상에서 수원 피난 시절을 떠올리면서 숟가락에 얽힌 여행담을 털어놓았다.

……지금은 살 만큼 다 살았고 또 별의별 험한 꼴도 다 당한 끝이긴 하지만 아직도 그렇게 남 앞에 척 나서는 숫기가 도저히 생길 것 같지가 않아. 뭔고 하니. 수용소촌에 이발소 최씨가 있었는데, 딸이 아주 잘났지. 너희 외삼촌 호송이를 사위로 넘겨짚고 있던 참이라서 그 양반이 한밑천 잡고 평창으로 옮겨가 사는데도 연락이 닿은 거야. 그때 울 아버지가 내 꼬락서니가 당신 보시기에 하도 답답하니깐 이쪽저쪽 보는 사람마다 은근히 나에 대한 말을 놨겠지. 내가 북쪽에서 여학교를 나와서 선생질도 몇 해 하다가 피난을

나왔는데 어디 삐치고 들어갈 자리가 없겠냐고. 아, 그런데 평창으로다 들어갔다는 그 이발소 최씨가 소개장을 떠억 보내온 거야. 마침 윤 아무개라고 평창교육청에 장학사로 있는 양반이 이웃에 산다는 거야. 자신이 말막음은 얼추 해뒀으니 이력서만 들고 수일 내 일차 왕림하십사 하고 써 있었어. 같이 피난살이를 하던 김 아무개 여식 중에 여차여차한 사람이 있는데 고만한 자리가 없냐고 물었더니 일단 보자고 했다는 거야. 참으로 얼마나 고마운 일이야 응? 사람이라는 게 눈앞에서 멀어지면 제살붙이도 그만인 세상인데, 더구나 그런 피칠갑 난리굿이 채 수그러들지 않은 마당에 말이야.

그때는 평창을 어떻게 갔는지 아니? 서울로 일단 올라간 다음 서울역에서 기차 타고 제천까지 갔다구. 거기서 도라꾸 타고 평창엘 들어갔어. 평창이 지금도 여실히 촌이지만 그때만 해도 숯불로 밥을 해먹는다는 포실한 촌이었어. 아 그래서, 이력서에 김화보통학교, 철원여중 졸, 창도인민학교 부임, 근북인민학교 전근이라고 써가지곤 혼자 길을 떠난 거야. 암만 전쟁통이라 해도 졸업장이나 하다못해 졸업 사진이라도 한 장 지니고 있었더라면 일은 무척 수월히 풀렸을 텐데, 참 사람 일이…… 해방 뒤 북한의 학제가 바뀌어 철원고녀가 철원여중하고 철원여고로 갈리면서 우리는 그길루 다 졸업이랍시고 하고 도교원 양성소에 들어갔지. 난 공부하기 싫었는데 옳다 잘됐다 싶었지. 양성소가 철원사범에 있었어. 걔네들도 이 년짜리는 양성교육 받으러 들어오더라구. 근데 나중에 보니 어쨌거나 대우가 달라. 사범 출신은 초급이 천오십원이고 우리 양성소짜리들은 천원이었어. 로스케 돈으로. 오십원 돈이면 컸지. 참나무 장작 한 단에 몇 원 했더라⋯⋯

하여튼 서울에서 하룻밤을 유하는데 아는 사람이라곤 딱 한 사람 있었거든. 수용소의 그 좁다란 공동 부엌을 같이 쓰며 엉덩이를 맞닥뜨리던 춘자 에미밖엔 더 있겠니. 그때 춘자 에미가 충정로 입구 어드메쯤 되는 대원호텔 주방에서 허드렛일을 해주며 자취생활을 하고 있었거든. 간다는 노문도 안 띄우고 덥석 찾아갔는데도 반색을 짓대. 일 마치자 자기가 사는 동네에 가서 방을 하나 빌려주는데 아이구, 첨 보는 찻잔에다 차라고. 아마 요즘의 코피쯤 되는 모양이지, 건건찝찝한 걸 타오더라구. 그 차스푼이 지금도 기억에 생생해. 금빛이 번쩍번쩍하고 귀티가 철철 넘치는 게. 정작에 한숨 자려는데 웬 사람들이 그렇게 떠들고 싸우는지 노루잠으로 홀깍 샜지. 호텔에 새벽같이 나서는 춘자 에미를 따라나서서 서울역으로 갔지. 주소만 갖고 소개장에 써 있는 대로 꾸역꾸역 잘도 찾아간 걸 보면 지금도 신통한 생각이 든다고. 아무튼 평창까지 그럭저럭 갔아. 정말 최씨가 있대. 아닌 게 아니라 싸전을 크게 냈더라구. 윤장학사가 아직 퇴근을 안 했다며 내일 아침에 들르겠다는 기별을 해놨으니 자기가 소개하는 집에 가서 자라는 거야. 자기네 싸전에서 쌀을 대다가 밥장사를 한다는 할머니 집인데 손녀딸이 하나 있더라구. 그런 궁벽진 동네에 뭔 길손이 든다고 밥장사인

144

지 원. 아무튼 몽당숟가락이 놓인 산채 밥상엘 가니 그 집이 또 마침 조반중이잖아. 그래도 대고 들어오라고 하길래 염치 불구하고 들어갔지. 그런데 그때 보니 요즘 우리 민정이나 민주 또래나 됐음직한 서너 살박이 계집아이 둘이 은수저를 각기 들고 지 어미가 놔 주는 반찬을 오막오막 받아서 밥을 떠넣더라고. 아유, 그 은수저가 어찌나 앙증맞고 귀염이 가는지 참 좋았어. 볼 만했지. 그때 처녀 데도 언감생심 애를 배고 싶다는 생각이 부끄럼도 없이 처억 들지 뭐겠니? 호호.

나는 누각 바닥에 신문지를 깔고 엉덩이를 올려놓았다. 잠바 주머니 속의 손가락은 색동 주머니를 주물럭거리고 있었다. 문득 그 주머니를 꺼내 코앞에 들입다 붙이고 숨을 크게 들이쉬며 냄새를 맡아보았다. 아무런 느낌이 없었다. 나는 계속해서 큼큼거리다 갑자기 코에서 손을 뗐다. 어렴풋이 무슨 냄새가 스쳐간 때문이었다. 그러나 그것은 사향과는 거리가 먼 아주 기분 잡치는 비릿한 내음이었다. 나는 이맛살을 찡그렸다.

나는 일찌감치 성에 눈을 뜬 셈이다. 국민학교에 들어가기도 전에 시쳇말로 출산의 비밀을 알고 말았다. 가시와 버시가 성기를 합쳐야 된다는 추악한 사실을. 내가 국민학교 들어가기 직전에 형은 오학년생이었다. 형 친구들은 서로들 패지어 몰려다니며 군입질할 거리들을 찾아 눈에 불을 켜고 다녔다. 쓰레기장을 뒤지고 짐수레 뒤를 밀어주기도 하고 고물상에 팔 만한 것들을 끌어오기도 하고 더러는 반반한 물건을 일부러 훔쳐내기도 했다. 그들에게는 성인 만화책들도 심심찮게 걸려들었다. 비가 오거나 공치는 날에는 한군데 처박혀 만화책에 파묻혀 지냈다. 그리고 그들의 결론은 매한가지로 뻔했다.

—이거를 해야지 아기를 갖는대잖아 씨팔.

얼굴에 쓰레빠로 얻어맞은 자국이 선명한 기대 형이 누런 이를 드러내고 겸연쩍게 웃으며 엄지손가락을 검지와 중지 사이에 끼운 채 주먹을 쥐어 보였다. 그러더니 나의 눈치를 힐끗 살폈다. 난 짐짓 모른 척하기는 했지만 웬걸, 그것의 정확한 의미를 제대로 알고 있었다. 나는 국민학교 들어가면서부터 또래 아이들을 대할 때 그런 비밀도 모르는 젖비린내 나는 자식들 하며 속으로 내내 한 수 아래로 깔봤던 기억이 있었다.

그런데 내겐 아직도 쉽사리 떨쳐버리지 못하는 고약스럽다고밖엔 말할 수 없는 기억이 있다. 당신이 사내라면 딴사람도 아닌 당신을 낳아준 어머니의…… 나는 아직 이 순간까지도 그 기억에서 결코 자유롭지 못하다. 국민학교 삼학년 여름이었을 게다. 나는 좁디좁은 부엌 바닥에 돗자리 깔고 서늘하게 배를 대고 누운 채 산수 숙제를 하고 있었다. 저녁 끼니때가 돼오자 어머니는 방에 있는 쌀자루에서 쌀을 몇 주먹 꺼내 안치느라 나의 이마빡으로 치맛자락을 차란차란 스치며 오갔다. 나는 마침 숙제도 다 돼가는지라 공책을 덮고 굳은 어깻죽지를 펴느라 등을 대고 돌아누웠다. 그때 또 어머니가 지나갔다. 치마 속이 훤히 들여다보였다. 그때 단벌뿐인 광목 팬티를 빨아너느라 어머니는 홑치마 바람이었다.

나는 얼굴이 빨개져서 아무 말도 하지 못했다. 그때의 비릿한 내음을 두고두고 잊을 수가 없었다. 나는 속으로 끊임없이 되뇌었다. 나는 아무것도 보지 못했다. 나는 오직 산수 숙제를 하고 있었을 뿐이었노라. 그러자 내 머릿속은 금세 어떤 공식과 숫자로 가득 차는 것이었다. 윗변 곱하기 밑변 나누기 둘은 면적, 육 곱하기 칠 나누기 둘은 이십일 제곱센티미터, 아아 좀더 빨리, 원주율 파이는 삼 점 일사일오구이륙오삼오팔구칠구삼이삼팔사륙이륙사삼삼팔 삼이칠구……, 헉헉 반올림을 어디서 하지.

결국 내 눈앞에서 중요한 터부가 깨져나갔다. 그렇게 일찍 터부가 깨지고 난 세상이란 도대체 뭣이란 말인가. 그것은 한갓 무질서고 공포고 허무요 구토일 따름이었다. 그리고 그때부터 이따금씩 불현듯 몸서리를 치며 어쩔 줄 몰라하거나 아무도 알아들을 수 없는 허텅지거리를 와락 쏟아놓는 버릇이 생겨났다. 또 길거리를 걸을 때나 버스를 타고 가면서나 눈에 띄는 것들을 후다닥 헤아려두어야 마음이 편해지는 버릇이 굳어졌다. 가로수나 가로등의 수, 택시나 길거리 간판의 수, 마주치는 여자의 수효, 창문이나 건물의 층수, 제과점 진열창 안의 케이크의 수나 지하철의 창문 수 등등. 그들의 수효를 파악해두지 않으면 왠지 불안했다. 그렇지 않으면 그들은 나의 통제를 벗어나 나에게 적대적인 어떤 풍경이 될 듯한 불안감 말이다. 때문에 그들을 헤아린다는 행위는 일종의 점호 행위로 상대방을 제어하려는 의식의 발로였던 것이다.

그 시절 어머니는 자식들한테 무척이나 영악했다. 보통 손에 잡는 맷감이 빨랫방망이 아니면 연탄집게였다. 내가 염불이 빠져라 벌어 먹여도 소용이 없다니깐! 내가 이 말뜻을 제대로 알아챈 것은 나중에 대학에 들어와 습작을 한답시고 『새우리말큰사전』을 뒤적거릴 때였다. 염불=여자의 음문 밖으로 자궁이 병적으로 비어져나온 것. 어머니는 파출부 다닐 때 얻은 병으로 훗날 하혈이 매우 심해 고생을 치렀다. 똥통에 마개를 덮은 병을 집어넣어 모은 똥물을 마시고 시골 재래식 변소의 지붕을 이은 지푸라기를 구해 푹푹 삶아먹는 게 치료약의 고작이었다.

내가 죽으면 너희들은 거지 중에서도 아주 상거지가 된다. 차라리 그렇게 사느니 서로 쥐약이라도 먹고 일찌감치 몰사죽음을 하는 게 여러모로 깨끗하다. 어머니는 이런 말을 입버릇처럼 붙이고 살았다. 나도 속으로 그게 참으로 맞는 말이라고 생각했다.

어머니가 말하는 죽음이란 항상 깨끗하고 아쌀한 것이었다. 그 시각과 장소를 결정할 수 있는 권한은 두말할 것 없이 어머니에게 있는 걸로 생각되었다. 어느 날이고 반찬이 잘 차려진 저녁상을 받으면 왠지 불안해졌다. 누군가가 그러는데 무슨 일이 있기 이전에는 부러 잘 먹인다고 한 말이 떠올랐기 때문이었다. 만일 그런 사태가 진짜로 온다면 나는 막내라는 점을 이용해 엄마에게 이런 통사정을 할 작정이었다. 날 제일 먼저 죽여달라고. 그래서 공포의 시간을 최소한으로 줄여달라고.

이런 걸 모두 어린아이의 황당무계한 공상으로만 몰아붙일 순 없는 이유가 있었다. 그건 온 식구가 치른 죽음의 제의 때문이었다.

엄마 밥 줘. 부엌문을 열었을 때 방문 쪽 툇마루 아래 어빡자빡 뒹구는 수북한 신발더미와 닫힌 방안의 정적이 사뭇 낯설게 느껴졌다. 엉겁결에 던져진 내 목소리는 그 완강한 정적에 부닥쳐 헤식은 밥알처럼 산산이 흩어졌다. 방안에 들어가보니 한쪽에 아버지는 혈압이 올라 자리보전을 한 채 길게 누워 있고 어머니는 방문 쪽으로 등을 돌리고 앉아 있었다. 그 앞에 형과 누나 둘이 쪼르륵 하얀 사기그릇을 하나씩 차고 무릎을 꿇은 채 창백한 표정으로 앉아 있었다. 나는 학교가 파하고 난 뒤 돌산 옆의 친구네 집에서 코 밑이 거무튀튀해지도록 쥐불놀이 깡통을 돌리며 진탕 놀다 오느라 좀 늦어져 속이 뜨끔해졌다.

"잘 왔다. 너두 들어와 맨 끝에 앉거라."

잘근잘근 짓씹어 던지는 음성이 내 뒤꼭지를 눌러앉혔다. 나는 손아귀에서 가방을 맥없이 떨궈뜨리고 형 옆으로 다가가 풀썩 주저앉았다. 형의 얼굴은 차마 마주보기 민망할 정도로 결딴이 나 있었다. 내가 들어오기 전에 이미 어머니의 푸닥거리에 걸려 그 지경을 당한 것이었다.

나중에 알고 보니 형은 학교 화장실에서 담배를 몰래 피우다 들켜 정학을 맞고 오는 길이라고 했다. 석주네 가발 공장에서 일하던 어머니는 먼지 답쌔기가 올라붙은 머릿수건을 채 풀지도 못하고 학교로 불려가 아들 단속을 잘못한 잠도리를 선생님한테 실컷 당했다는 것이다. 어머니의 눈에는 서슬 푸른 쌍심지가 돋워져 있었다.

"이제 대가리에 피도 안 마른 중학교 이학년짜리가 담배를 피운다고…… 허허 지 애비는 풍으로 쓰러져 저 지경이 되어 썩어져가고 에미는 여자 몸이 되어 북두갈고리 손으로 먼짓가루 풀풀 날리는 공장 안에서 하혈을 죽죽 하면서도 살아보겠다고 발버둥쳐쌓는데 그 속에서 내질러진 애새끼는 뼈골이 녹아나도록 신탄진을 피우고 그랬구나…… 더 살 필요가 없다."

아버지가 옆으로 돌아누우며 끙 하는 신음소리를 냈다.

"그래 너희들도 이 고생들을 하며 더이상 살 필요가 무에 있겠니. 가만히 생각하면 너희도 부모 잘못 만나 모진 풍상 다 겪는다. 내 안다."

부엌에 갔다 온 어머니의 손에는 은빛으로 빛나는 쥐약 봉지가 들려 있었다. 부엌문을 친친 동여매고 들어오자마자 방문도 겹겹이 붙들어맸다.

"다들 눈감아라. 허튼소리는 내지 마. 에미가 다 책임진다."

까칠한 손이 머리 위를 스치고 지나갔다.

"다들 눈떠라."

쥐약 봉지는 가위로 싹독 잘린 채 빈 봉투로 나뒹굴고 있었고 그 내용물은 네 남매 앞에 놓인 하얀 사기그릇에 골고루 녹아들고 있었다. 나는 눈앞이 아득해졌다. 혹시 이 그릇의 쥐약 탄 물을 냉수처럼 들이켜라고 하는 것은 아닐까. 그 예상은 여축없이 맞아떨어졌다.

"이 에미가 하나 둘 셋까지 세면 앞에 있는 사기그릇의 물을 천천히 다 마셔야 한다. 알겠지?"

"엄마 그, 그러면 우리 모두는 다 죽고 말아요."

형이 뒤로 주춤 물러서며 겁에 질려 울음 섞인 목소리로 말렸다. 어머니는 단호하게 고개를 끄덕일 뿐이었다. 나는 명치께가 갑자기 꽉 저려왔다. 죽음, 아 죽음이로구나. 그것은 한 그릇 회색물로 고여 지금 내 앞에 놓여 있는 것이다. 누나들이 먼저 울음소리를 냈으나 눈을 부라리며 가위를 쩍 벌려 눈앞에 들이대는 어머니의 서슬에 밀려 울음소리는 속으로 잦아들었다.

"우선 마시기에 앞서 마지막 소원들이 있으면 말해봐. 이 자리에서 들어줄 수 있는 건 이 에미가 어떻든 해볼 테니."

"민수 너부터."

"어머머 흐흐흑…… 제발 용서……"

"없구나…… 문자, 문숙이는? 너희는 직접 잘못은 없다만 우린 살아도 같이 살고 죽어도 같이 죽어야 하기 때문이니 너무 억울해하진 말거라. 기성회비 못 내 맨날 쫓겨다니는 학교에 이젠 정나미가 떨어질 만도 하지 않냐?"

"그럼 막내는? 이럴 줄 알았다면 어디 복지재단에 양자로 입양
이라도 시키는 건데."

"⋯⋯"

"뭐 먹고 싶은 거도 없단 말이야 이것아?"

"⋯⋯있어요. 모찌떡이요."

"그게 그렇게 먹고 싶었어?"

어머니는 내 말을 듣고는 자신의 아랫입술을 피가 나도록 깨물
었다. 그러더니 머리를 손갈퀴로 대충 가린 다음 숫자를 헤아렸다.

"자 그럼 헤아린다. 하나⋯⋯ 둘⋯⋯ 세엣."

나는 숫자 헤아리는 소리가 들려오는 동안 바로 옆 벽지에 씹다
가 붙여놓은 껌을 부러운 듯 멍하니 바라보고 있었다. 그놈이 그
렇게 부러울 수가 없었다. 아, 나는 죽는다. 넌 나의 죽음을 지켜볼
테지.

그러나 아무도 약사발을 들이켠 사람은 없었다. 그러자 어머니
는 곁에 놓인 가위를 들어 형의 허벅지를 정통으로 찔렀다. 형은
날카로운 비명을 내질렀다. 그다음엔 칼을 집어들고 나를 향해 달
겨들었다. 이 드러운 종자들. 그렇게 죽는 게 무섭든? 그러고는 뭉
특한 칼자루로 내 이마를 사정없이 짓쪼았다. 그 칼자루는 도마 위
에 마늘을 놓고 다질 때 쓰던 부분이었다. 그래서 그런지 이마에
불룩 솟은 작은 혹에선 마늘 냄새가 나는 듯했다.

"정 그렇다면 이 에미가 먼저 마셔. 너희들도 곧 따라 마시길 바래. 이 에미가 없어도 살 만하다고 생각하는 아이는 마시지 않아도 좋아. 하지만 평생 상거지로 밑바닥을 굴러다니다보면 오늘 이 자리에서 이깟 물 한 그릇 눈 딱 감고 후루룩 마시지 못한 걸 반드시 후회할 날이 있을 게다. 자 그럼 좋은 세상에서 보자꾸나……"

어머니는 우리가 말릴 겨를도 없이 한 대접이나 되는 약사발을 들어 벌컥벌컥 들이켜는 것이었다. 형과 누나가 울부짖으며 달려들었고 난 빈 대접으로 방바닥에 뒹구는 어머니의 약사발을 보고는 얼떨결에 내 앞의 그릇을 들어 몇 모금인가를 입안으로 흘려넣었다. 끝장이다. 귀에서 바람이 쉭쉭 새는 소리가 들렸다. 그러고는 눈을 하얗게 까뒤집고 정신을 잃었다.

지독한 악몽의 연속이었다. 무엇한테인가 끊임없이 쫓기는 꿈이었다. 동네 사람들은 무리를 지어 어디론가 향해 가고 있었다. 그들의 뒤를 따르려 애썼지만 번번이 낙오를 해야만 했다. 아무리 그들의 이름을 불러도 그들은 알은체를 하지 않았다. 내가 조용히 눈을 뜬 것은 아버지가 누워 있던 보료 위에서였다. 댓진내가 지독하게 풍겨왔지만 다른 날처럼 싫지는 않았다. 나는 한동안 천장을 맥없이 바라보았다. 방 한구석 책상에는 형이 곱다시 앉아서 언제 그랬냐는 듯 흥얼흥얼 영어단어를 외우고 있었다. 나는 눈을 씀벅거리며 형의 얼굴을 살펴보았다. 그 상처투성이는 여전했고 내 이마빡의 혹도 그대로였다. 그렇다면 여태껏 환상 속을 헤맨 게 아님은 틀림없었다. 부엌에서는 엄마를 도와 저녁밥을 짓는 누나의 낭랑한 목소리가 들려왔다. 아버지가 끼니때마다 혈압에 좋다며 사발째로 떠먹는 오리알 찜이 아궁이에 가로질려진 연탄집게 위에서 바글바글 끓는 고소한 냄새가 코를 찔렀다. 꽁치 굽는 냄새가 꼬리를 물었다. 그제야 비로소 내가 살아 있다는 실감이 들었다. 방문이 벌컥 열리더니 어머니가 들어왔다. 나는 어머니의 얼굴을 물끄러미 바라봤다.

"엄마, 우리 안 죽은 거야?"

"싱건 놈. 죽긴 왜 죽냐? 호랭이도 제 새긴 물어 죽이지 않는 법이다. 이 에미가 암만 모질어도 새끼들을 죽이기야 하겠니? 그래도 에미 따라 죽겠다고 쥐약이라고 속인 숭늉을 마신 놈은 막내 하나뿐이구나. 갸륵하긴 갸륵하다 에이구. 옛다, 찐고구마나 하나 먹어. 잔입이니깐 꼭꼭 씹어먹어야 해. 사잣밥이 될 뻔한 모찌떡이라 생각하고 먹어라. 명 길어지겠다."

갑자기 머리로 피가 몰려드는지 관자놀이가 울끈불끈 뛰었다. 열병앓이의 징조였다. 나는 누각 안의 기둥에 기대앉아 하염없이 연못 속을 내려다보고 있었다.

—그 신화를 무너뜨리지 않는 한 우린 허깨비예요.

새된 목소리가 용못의 변죽을 살짝 긁고 지나갔다. 나는 손바닥을 펴 입을 틀어막았다. 공설운동장 야간조명탑 꼭대기부터 걸치기 시작한 저녁놀이 용못 안으로 더금더금 기어들자 내 눈에는 영락없는 황금연못으로 비쳐졌다. 아침 비를 부를 듯이 선연한 저녁 놀이었다.

─뭔 소리니? 아무렴 한 집안을 쥐어짜는데 그깟 넉 장이야 안 나오겠니? 너도 원, 딱하긴. 아 그래, 시작이 반이라고 계약금까지 문 걸 거시기 두 쪽 찬 놈이 하냥 아퀴를 못 짓고 무른 배 꼭지 떨어지듯 나가자빠진단 말이냐? 그런 소릴랑 내 앞에선 잊고 꿈에도 하지 마라. 이 에미가 해볼 데까진 해볼 요량이니……

─그 커다란 탑에 짓눌려 형은 한 발짝도 내딛지 못할걸.

나는 학질을 떼는 아이처럼 후득후득 몸을 떨었다. 그때였다. 금박물을 푼 듯한 용못 속에서 기다란 탑 그림자가 황홀하게 일렁거리는 것이었다. 아무리 눈을 크게 부릅뜨고 바라보아도 그건 반듯한 옥개석이 켜켜이 올라간 석탑이었다. 흐흑, 짧게 끊어지는 숨소리가 가슴에 얹혀졌다. 꺼칠한 혓바닥을 마른 입술 위에 포개며 초조하게 두 눈을 비벼댔지만 아스라이 출렁거리는 탑 그림자는 더욱 세차게 눈동자를 파고들 뿐이었다. 나는 자꾸만 목구멍을 벗어나려는 단어를 질기게 잇새에 가둬두고 있었다. 아, 어머니. 나는 그 단어의 *끄트머리*를 응등그려 물고 놔주질 않았다. 그러고는 손에 쥐고 있던 조그마한 돌멩이를 색동 주머니 안으로 서둘러 밀어넣기 시작했다.

한순간 노을은 사위고 용두각을 향해 땅거미가 함성을 지르며 몰려들고 있었다. 나는 들숨으로 한껏 가슴을 부풀린 뒤 탑 그림자

가 가라앉아 있는 그 얇은 어둠 속으로 돌멩이가 든 주머니를 힘껏
뿌리쳤다.

(1992)

처용단장處容斷章

　—토껴!

　지하철 이호선 동대문운동장역에서 내려 사호선으로 갈아타기 위해 내리막 층계참을 막 돌아서려는 순간 득돌같이 내 귀청을 후빈 외마디 소리였다. 어금니가 새곰새곰 시려오도록 앙칼지게 불어제끼는 호루라기 소리에 뒷덜미가 휘감긴 사내 서넛이 큼직한 가방과 귀퉁이만 간신히 움켜쥔 보따리를 감싸안은 채 아금받게 층계를 치받아오르고 있었다. 그 뒤를 지하철 구내 청원경찰이 삿대질을 해대며 따라붙는 시늉을 했다. 지퍼가 열린 가방과 귀가 벌어진 보따리 틈새에서는 남자용 지갑이나 여자용 액세서리 등속이 헤실바실 떨어져나와 바닥에 함부로 나뒹굴고 있었다.

　나는 층계를 내려오던 발걸음을 멈추고 추격을 당하는 사내들처럼 뒤돌아서서 등을 곱송그리며 경중경중 내달렸다. 그러나 곧이어 물밀듯 쏟아져내려오는 사람들에게 떠밀려 옆구리로부터 시작해서 허벅지서껀 어깻죽지께며 가릴 것 없이 늘씬하게 쥐어박히는 처지가 되었다.

　―조것 싸게 잡아뿌러. 놓쳐뿔믄 낭패 봉께로.

　한 사내가 매몰차게 닫히려는 전동차를 손가락 끝으로 가리킨 채 숨이 바짝 차오른 턱을 흐느끼듯 까부르며 외쳤다. 그러자 파키스탄 불법체류자 모양 검은 가죽옷에 거무뎅뎅한 콧수염을 반지빠르게 기른 이가 자신의 보따리를 머리 위로 치켜들고 엉덩이께가 한껏 부푼 청바지가 미어져라 뛰어가더니 문 틈새로 보따리를 던져넣었다. 닫히던 문이 주춤하면서 다시 열리는 순간 사내들은 어빡자빡 굴비 두름 포개지듯 몸을 일제히 전동차 안으로 쑤셔넣었다. 그 와중에서 엉거주춤하던 나의 옷자락을 잡아채 밀어넣어준 사내가 내 귀에다 대고 나지막이 그르렁거렸다. 형씨, 칠 년 묵은 굼벵일랑 회쳐먹었수? 따라지 신세끼리 민폐는 서로 끼치지 말아야 도리잖겠수 이거. 고개를 돌려보니 하관이 두루뭉술한 게 막걸리깨나 축냄직한 넉넉한 구멍새를 지닌 사내가 희고 고른 잇바디를 고스란히 내밀고 있었다. 나는 말없이 일어나 손을 툭툭 털며 겸연쩍은 웃음을 지어 보였다.

　앞뒤로 옷매무새를 고치는 내내 나는 나의 이 예상찮은 행동이 못마땅해 견딜 수가 없었다. 이 무슨 어처구니없는 짓이란 말인가. 나는 입속에서 자꾸 빠져나가려는 단어를 붙들어 토껴, 토껴

하고 짧게 끊어쳐 되뇌보았다. 그러자 온몸에서 맥이 쑥 풀려 오금을 추스를 수가 없었다. 그 말 한마디에 그토록 허랑하게 휩쓸려 무너지다니. 가령, 토껴가 아니고 도망쳐라든가 아니면 속된 말로 '튀어라'나 '발라' 같은 말이었다면 사정은 영판 달라졌을 게다. 나는 아마도 추적자와 도망자의 스릴 넘치는 추격전의 한 장면을 기왕이면 육박전까지 기대하면서 팔짱끼고 느긋하게 구경했을 것이다. 그런데 하필 토껴라니……

대학 삼학년, 5월의 가리봉오거리가 불현듯 떠올랐다. 가투가 시작된 지 오 분도 안 돼 시위대는 포위를 당하고 뒤늦게 찾아낸 좁은 샛길은 포장마차가 가로막고 있었다. 선배가 먼저 통과할 수는 없었다. 질서, 질서를 외치며 후배와 여학생 들을 먼저 보내다가 코앞에 들이닥친 전경들과 각목을 휘두르며 대치했다. 열차강도처럼 입가를 뒤로 처맨 손수건 사이로 최루가스가 마구 헤집고 들었다. 그 와중에서 뭔가가 발목을 잡아채는 바람에 넉장거리로 나가떨어졌다. 내 밑에는 겁에 질려 퇴로를 찾아 밀려든 학생들이 실지렁이처럼 한데 뒤엉킨 채 넘어져 아비규환의 연옥을 이루고 있었다. 한 놈도 남김없이 작살내! 고참인 듯한 전경 하나가 짧게 부르짖었다. 머리 위로 방패가 쎅쎅 칼바람 소리를 내며 스쳐지나 갔다. 나는 뒤통수를 두 손으로 감싸며 깐을 보기 위해 고개를 살며시 쳐들었다. 그 순간 잘 구워진 식빵 덩어리처럼 뭉툭한 전투화 코가 크게 확대돼 보이는 듯하더니 내 의식 속으로 무수한 불꽃놀이 파편이 쏟아져 박히는 느낌이 들었다. 전투화 끝이 내 안경 쓴 오른쪽 눈두덩을 파고든 것이다. 야, 저 짜식 뻗는 거 봐라. 안 되겠다. 이쯤 하고 이분대 전원 토껴라, 토껴. 그때 입은 안구파열로 난 오른쪽 눈이 실명까지는 가지 않았지만 고도약시로 떨어졌다.

그깟 것 가지고 식은땀 줄줄 뽑는 걸 봉께 형씨도 속으로 은절은 에지간히 먹은 모양인게벼? 쯧쯧, 한잔헐라우? 전동차칸 연결통로에서 마주보고 선 사내는 가슴팍에서 종이팩 소주를 꺼내 귀때기를 물어뜯고 한모금 쭉 빨아올린 다음 종주먹을 들이대듯 손을 불쑥 내밀었다. 내가 고개를 가로젓는 걸 기다리기나 했다는 듯 사내는 고개를 빨딱 젖히고 편도선을 심하게 요동치며 팩을 말끔히 짜냈다. 커어, 하며 목젖에 묻은 소주를 털고 나더니 왼쪽 호주머니에서 아오리 사과를 하나 꺼내들었다. 이거 죄송함다. 아까 짐에 형씨 안주머니에서 칼을 소인이 잠시 허락 없이 실례했음다.

사내가 호주머니에서 꺼낸 칼은 내 것임이 분명했다. 아직 한번도 쓰지 않아 가죽 칼집에 곱다시 넣어갖고 다니던 칼이었다. 그는 칼을 빼들어 두 눈동자가 가운데로 몰리도록 코앞까지 바짝 치켜든 다음 먼지 알갱이라도 불어내려는 듯 칼날에 호 하고 입김을 쐬었다. 그러더니 사과를 찔러 한쪽을 내게 권했다. 나는 군말 없이 사과를 받아들었다. 칼을 품고 다닐 만한 사연이라도 있는게벼? 이녁 얼굴이 허여멀쑥헌 걸 보니 내 어림짐작에 형법 제삼백삼십일조나 삼백삼십사조를 어길 사람 같지는 않아 보이고……

삼백삼십일조나 삼백삼십사조가 무엇인데요? 나는 일부러 내숭을 한번 떨어봤다. 허, 내가 시답잖은 전문용어를 씨부렀나. 고것이 바로 유전무죄 무전유죄라는 말을 싸질러뻗진 절도와 강도죄에 해당하는 법조문이라우. 이러믄 나 이력이 다 뽀롱나는디 말이여…… 고건 고렇고 이녁은 도나캐나 지집 문제 쪽이로구먼? 지집은 개구락지나 용수철과 같아서 당최 어디로 튈지 모르는 법이라우. 댁이나 나나 그놈의 신세가 알쪼외다. 뜨거운 한숨을 뿜어내던 그의 눈동자가 실성한 사람처럼 희끗희끗 흰자위 쪽으로 치우쳐 돌아갔다. 고년이 내가 큰집에 잠시 잠깐 다니러 간 새를 못 참고 또 으떤 쇳가루 풍기는 개아덜놈이랑 배때기가 맞아떨어졌더구먼 잉. 고년이 아무튼 쇳가루 냄새 맡는 데는 인자 아조 도사 다 돼뻐졌어라. 허나 지가 뛰어봤자 베룩이지. 내가 도부꾼 행색으로 댕기지만 맡을 냄새는 다 맡음시롱 댕긴단 말씨. 이젠 머잖아부렀어. 요마적 들어선 이년의 냄새가 근방에서 폴폴 나부러 아암. 이번엔 아조 결딴을 내뿌리고 말랑께. 후유, 내가 왜 초면인 형씨 앞에서 그 돼먹지 않은 지집을 들먹거리며 넉장뽑은 소리를 줴치고 있는 건지…… 그는 벌써 도망친 마누라의 개께 마른 멱살을 한모숨에 틀어쥔 듯 힘이 들어간 손아귀를 바르르 떨었다.

그 사내가 왜 내게 자신의 가방을 내던지듯 떠맡기고 갔는지 알 수 없는 노릇이다. 그는 차창 밖을 멍하니 바라보다 문득 저이 씨앙, 하면서 가방을 횡허케 내게 안기며 전동차 밖으로 쏜살같이 뛰쳐나가는 것이었다. 혹시 사람들 속에 뒤섞여 지나가는 도망친 마누라의 뒷모습이라도 눈에 띈 것일까.

결과적으로 내 칼을 갖는 대신 물려준 가방을 열어보니 그 안에는 만원짜리 지폐를 컬러로 확대복사해 코팅까지 한 복돈다발이 그득히 들어 있어 한참 동안이나 실소를 자아내게 했다. 그년이 첫가루를 맡는 데는 아조 도사거든…… 그가 내뱉은 말을 되새기던 나는 그가 자신의 마누라와 흥감스런 재회를 열렬히 꿈꾸고 있는 것은 아닐까 하는 생뚱맞은 생각을 퍼뜩 떠올렸다. 애증愛憎! 집으로 향하는 내 가슴이 몹시 답답해졌다.

언제부턴가 아내가 블렌딩을 하는 날이 부쩍 잦아졌다. 삘릴리 리릭……, 자지러지며 뒤채는 아내의 전화벨 소리가 울리면 웅덩이에 고여 있는 듯 나른한 오후가 보자기처럼 얌전히 펼쳐진 네모진 방안의 한 귀퉁이를, 누군가 홱 낚아채 뒤흔들어놓는 느낌이 들곤 했다. 영태씨 미안해요, 느닷없이 스케줄이 내려와서……, 저녁일랑 거르지 말고 꼭 챙겨드세요. 그녀는 마치 철부지 생떼꾸러기라도 앞에 세워놓고 존조리 타이르듯 사근사근한 목소리를 갑자기 낯설어진 귓속으로 떠넣었다. 알았어. 근데 그 블렌딩은 낮근무엔 하면 안 되는 거야? 정말, 영태씨 왜 그러세요, 오늘따라. 지금이 바로 우리 회사에서 일 년간 공들인 각고의 노력 끝에 탐스러운 옥동자 탄생을 눈앞에 둔 중요한 시기 아녜요? 그때쯤이면 난 벌써 수화기를 들고 있지 않았다. 아마 수화기 저편에서 느닷없이 통화가 끊겨 무안해진 아내는 동료들에게 우셋거리가 되지 않기 위해서라도, 그럼 알았죠? 후후, 순순히 그렇게 나와야지요, 전화 끊어요, 어쩌구 하는 정도의 귀머거리말을 그럴싸하게 수화기에 대고 욱여넣고는 뒤돌아섰을 게다.

아내는 내로라하는 술 회사의 주류연구실에 근무하는 주류연구원이다. 그곳에서는 신제품 개발이나 기존 제품의 개선 따위를 주업무로 삼는다고 했다. 식품영양학과를 나온 아내로서는 더할 나위 없는 직장인지도 모른다. 또 원래 그녀는 소주 한 병인 내 주량의 두 배가 넘는 술꾼이기도 했으니깐 도랑 치고 가재 잡는 격이기도 할 터였다.

아내가 요즘 죽자꾸나 하고 맡아서 씨름하는 분야는 기타재제주였다. 일 년간 그것도 연구랍시고(혀끝으로 술타령이나 하며 오사바사하는 연구라면 나라고 못할 게 무에 있겠는가) 매달린 끝에 십이 도짜리 매실주를 내놓으려는 막바지 작업에 들어간 단계다. 보다 순하고 자극이 적으며 숙취는 되도록 없는 술이어야 된다니까…… 그게 까다로운 요즘 사람들의 취향이라는군요. 그것에 맞추다보니 독특한 향과 부드러운 뒷맛이 특징인 술을 연구과제로 잡은 거예요. 이번 제품은 당신도 진짜 한번 기대해도 좋을 거예요. 아내는 자신이 손수 개발하는 술에 대한 자부심이 대단히 높았다. 벌써부터 술 이름 사내 공모를 염두에 두고 있는지 나보고도 한번 좋은 이름 있으면 톺아보라고 은근히 닦달을 해올 정도였다.

나는 아내가 블렌딩을 한 다음날 이른 아침이면 아무 불평 없이 홍약국으로 숙취 깨는 약을 사러 가는 보람을 놓치고 싶지 않은 착한 남편이기도 했다. 밤새 술에 보께 뒤척이던 아내가 입가에 는지렁이처럼 끈끈한 침을 매달고 잠이 든 그 시각에 까치발을 제겨디디며 아내의 머리맡을 조용히 지나다녔다. 원액과 첨가물의 배합 비율에 따라 술맛은 천차만별이기 때문에 블렌딩을 하는 날이면 종일 술맛을 봐야 하는 아내를 위해서. 물론 아내가 블렌딩한 술을 목구멍 안으로 넘기는 건 아니다. 취하면 감각이 둔해져 정확한 술맛을 알 수 없기 때문에 혀끝으로 도르르 굴리다가 삼킬 듯 삼킬 듯 그대로 비커에 뱉어내야 한다. 그러니 블렌딩 때문에 아내가 취할 일은 전혀 없는 것이다. 그러나 블렌딩을 하는 날이면 아내는 이따금 맨정신으로 귀가를 하지 않는다. 억병으로 취해 물먹은 솜처럼 흐느적거리면서도 용케도 집까지 찾아와서는 눈꼬리가 말려 올라간 채 현관문을 따주는 내 품에 새끼줄 풀린 짚단처럼 넉살 좋게 풀썩 쓰러지곤 했다. 당신도 한번 어디서 혼자 취해가지고 술냄새를 풍덩풍덩 끼얹으며 들어온 아내를 품에 안고 서 있어봐라, 기분이 어떨지. 나는 번번이 한구석이 하릴없이 싸늘히 식어가는 가슴을 썩썩 부비며 따스한 체온을 돋워내려고 무던히도 애썼다. 그런 내 심정은 아랑곳없이 아내는 건주정까지 들이대 나를 영 소갈머리 없는 남편으로 만들곤 했다.

하이고, 우리 영태 서방님이 잠두 안 주무시고 소첩을 이렇게 기다려주셨네요. 허헝, 눈물겹고 황송하기도 해라. ……근데 나는 요, 나는 말예요…… 당신도 알죠? 삐조새예요(내가 알기로는 그 새는 민물가마우지이다). 왜 당신도 알 거예요. 중국인가 일본인가 어디선가는 왜, 그런다잖아요 끄윽. 어부가 배 타고 나가서 적당히 굶겨논 그 새의 목에 노끈을 숨막히지 않을 정도로 동여매어 풀어놓으면 그 새는 호수를 떠다니다 자맥질치면서 고기를 마구 잡아먹는 거예요. 마구마구 바보처럼…… 근데 목을 노끈으로 죄어놨으니 그게 위장까지 들어갈 리가 없지…… 팔짱만 끼고 있던 어부의 손이 목덜미를 싸늘하게 쥐어짜면 삼킨 물고기를 도루 다 그대로 게워놓는 불쌍한 새 알죠 당신두? 당신은 사법고시도 이차까지 문제 없이 패스한 수재니깐 알 수 있을 거예요 암. 우린 결국 그런 새의 운명을 타고난 건지도 몰라요. 난 그게 두려워. 그래서 오늘도 또 깡술을 마셨어요. 집에 오는 길에…… 삐조새가 되기 싫어서.

예끼, 불효막심한 사람아, 자네 모친 살았을 때 그렇게 애공알이를 말려 돌아가시게 하지 말고 진작부터 철들어 이런 장한 모습 보여줬으면 여북 좋아. 됐네, 젊었을 때의 방황은 누구나 다 한번씩 해보는 거 아냐? 이젠 세상살이에 대해 어섯눈이 좀 뜨이는 게지. 아, 막말로 똑똑헌 눔치고 젊어서 맑시스트 한번 안 해보면 그것도 병신이래잖아요. 아, 그런데 혹 면접에서 말이야 동티가 나

공든 탑이 도로아미타불 되뿔면 으짜지? 동티가 나다니? 아, 영태
가 거 뭐시냐 나랏밥 신세를 진 적이 있잖남, 그것도 시국사범으루
다. 에헤, 염려를 꽉 잡아 붙들어매놓으라니깐두루. 뭐 질깃한 악
어백줄이라도 잡았남? 그게 아니고 요즘 돌아가는 분위기가 한번
거시키 해본 친구들이 전향하고 나서는 더한다는 거 아녀. 무얼 더
해? 각설하면, 예전에는 죽일 눔 살림 눔으로 싸잡아 매도하며 타
도의 대상으로 넘겨짚던 축들의 사타구니에 코를 쑤셔박곤 그곳
이 조청이라도 처바른 절편인 양 알랑알랑 핥고 빨 기세라는 거 아
냐. 에잉 그런감. 저쪽도 그런 저간의 사정을 아니깐 여봐란듯이
생색을 내며 좀 천한 표현으루다 개섭에 보리알 끼듯 구색 맞춰 방
을 붙이는 것 아니겠어? 나의 사법고시 이차합격 소식을 듣고 친
지들이 흥감에 겨워 등을 퍽퍽 두드려주며 한마디씩 보탠 말들이
었다. 물론 그들에게는 나의 고시합격이 권력의 곁불을 쬐러 들어
가는 행위쯤으로 비치는 게 어쩌면 당연한 일일 터였다. 나는 까닭
모를 모멸감으로 얼굴이 벌겋게 달아올랐지만 잠자코 데면데면
고개만 주억거려주었다.

블렌딩을 한 다음날이면 아내는 오후 출근을 한다. 느지막이 일
어나 오랫동안 뜨거운 물로 샤워를 한 뒤 냉장고에서 포장된 어묵
을 꺼내고 냄비에 무와 대파를 쑹덩쑹덩 썰어 마른 북어 부스러기
를 한 움큼 넣은 밍밍한 해장국을 끓인다. 식품영양학과를 나왔다
는 여자의 손끝 재간이 겨우 그 정도였다. 물론 난 결혼 뒤 아내에

게서 용트림을 꺽꺽 쏟아놓을 정도로 변변한 해장국 한번 얻어먹은 기억이 없다. 딴 사내들도 다 그럴 것인가. 하긴 다른 음식을 버무려내는 데도 아내는 타고난 손방이니 새삼 엉성한 해장국 솜씨를 버르집고 나올 까닭은 없을 터였다. 하지만 아내는 콧잔등에 송글송글 땀방울이 나났도록 한 대접을 게걸스레 다 비우곤 했다. 그런 모습을 지켜볼 때의 내 참을성은 가장 취약해진다. 때로는 식탁 위로 숟가락을 거칠게 내던지곤 했다.

그러나 아내는 언제나 당당했다. 집안에 들어앉으라니요? 고시에 된 사람은 영태씨지 내가 아니잖아요. 뭐야, 이 여자가 보자 보자 하니깐. 당신이란 사람 원래 그렇게 이기적이지 않았잖아요. 분명히 알아둬. 원래 어땠는지는 몰라도 사정이 변했으니깐 지금부터라도 달라져야겠어. 아내는 숫제 한심하다는 표정을 지었다. 몇 년간 애오라지 당신 뒷바라지만으로 한 세월 보냈어요. 그것으로도 모자라요? 지금 오기라도 부리겠다는 거야, 뭐야. 내 직장생활은 순전히 밥벌이 수단이었다고요! 근데? 지금은 그게 거꾸로 유일한 목적이라도 됐어? 목적도 아니고 수단도 아니고 그저 내 삶의 한 부분이 됐지요. 당신이 정 그렇게 내 삶의 본질적인 부분까지 다시 손대겠다고 나온다면 우린 불가피한 선택의 기로에 직면할 뿐이야. 선택의 기로?!

혁명운동가가 될 것인가, 아니면 혁명운동가의 아내가 될 것인가. 아내는 학생운동 시절 술자리에서 햄릿의 절체절명의 독백체를 흉내내던 말투를 그대로 재연해내고 있었다. 그때는 그게 아내의 놓칠 수 없는 매력이었는데 지금은 왜 그리 역겹게 비치는지 알 수 없는 노릇이었다.

나는 갑자기 전의를 상실했다. 이런 식의 말싸움이 돼서는 곤란했다. 사실 내가 하고 싶은 말은 그게 아니었다. 단둘이 사는 집안에 무슨 일이 그리 많이 쌓이겠는가. 빨래나 설거지 같으면 차라리 스트레스 해소용으로 해치울 수도 있는 문제였다. 사태의 핵심은 부부관계였다. 그동안은 내가 고시 준비를 위해 극도의 절제된 생활을 하느라 다른 부부처럼 일정한 수준과 원만한 횟수를 채울 수 없었다손 치더라도 이제는 상황이 달라졌지 않은가. 닫힌 화덕처럼 억눌려온 아내의 내연하는 욕구의 출구를 활활 열어젖히고 힘찬 풀무질을 해줄 의무가 내겐 있다고 느껴졌던 것이다. 그런데 현실은 생각 먹은 대로 잘 돌아가주질 않았다. 우린 뭔가 주파수가 서로 맞지 않았다. 나사산이 헤먹은 볼트와 너트처럼 겉돌았다. 아내가 신호를 보내오는 날엔 까닭 없이 내 몸이 착 가라앉아 말을 듣지 않았고, 그리고 난 그것을 만회하기 위한 신호를 보낼 기회조차 점차 박탈당하고 있었다. 왠지 몸이 가볍고 속에서 뭔가가 쿨렁거리는, 말하자면 끼가 도는 날이면 난 새벽바람부터 아내에게 넌지시 이태리 때수건을 달래서는 대중사우나탕에 가서 구석구석을 정성껏 쓰다듬어냈다. 냉탕 온탕 번갈아 들락거리며. 그러곤 아침 식탁머리에서 아내를 향해 어색한 웃음을 실실 흘렸다. 하지만 오후에 아내에게 귀가를 서두르면 영락없이 그날은 황당하게도 블렌딩 스케줄이 맞춰진 날이어서 꼼짝없는 거절을 당하곤 했다. 아내한테서 서너 번 그런 퉁바리를 맞고 나니 우연의 일치치고는 아닌 게 아니라 정말 공교롭다는 느낌이 들지 않을 수 없었다.

아내와의 관계는 점점 심각해지고 있었지만 나는 진정 파경을 원치 않았다. 꼬인 상황이 잘 풀릴 때까지는 자칫 무책임한 파국을 부를 수도 있을 만큼 웃자란 감정이 곳곳에 파놓은 함정을 잘 걸터 듬어나가야 한다는 생각을 똘똘 뭉쳐 수전노 손아귀의 엽전처럼 그러쥐고 있었다. 그러기 위해서라도 난 탈에 자주 가야만 했다. 아내의 블렌딩 횟수에 비례해서.

탈은 그저 흔해빠진 맥줏집이다. 녹두거리 맞은편 이팔구번 버스 종점에서 서울대학 쪽으로 한 백여 걸음쯤 걷다가 문득 주위를 둘러보면 얼추 예닐곱 걸음 지나친 곳에 멀쩡히 서 있을 것이다. 그 술집은 온통 시커멓다. 문짝이나 겉벽이 콜타르를 진하게 먹인 널빤지를 촘촘히 엮어놓은 것이어서 첫 느낌부터가 우중충했다. 안도 밖과 별다를 게 없었다. 사뮈엘 베케트의 『고도를 기다리며』 무대풍의 식어빠진 사진 판넬이 몇 점 걸려 있는 사이로 듬성듬성 탈바가지가 네댓 개 걸려 있는 게 바깥하고 다르다면 다를까. 마치 탈바가지 안에 들어선 듯 갑갑하면서도 한편으로는 아늑한 느낌을 주는 곳이었다.

일학년 때 잠깐 서클을 같이 하던 권희조權嬉祚를 다시 만난 건 바로 그 술집에서였다. 그는 입학하던 해 이학기 초에 반정부 유인물 소지 혐의로 경찰서에 끌려가 이십구 일간 구류를 산 일이 있었다. 일본의 역사교과서 왜곡 사건이 뜨거운 이슈로 떠올라 학내가 들끓던 때였다. 그날 나는 한시 오 분 전을 향해 초침이 움직이는 걸 초조하게 곁눈질하며 오동과 칠동 사이의 사회대 잔디밭에 앉아 있었다.

시위는 주동자가 한 치의 오차도 없이 오동 교수연구실의 창문을 깨고 나와 예정대로 이루어지는 듯했다. 유인물이 뿌려지려는 순간 등산모를 쓰고 교내에 상주해 있던 짭새들도 눈치를 채고 우르르 떼지어 몰려들고 있었다. 9월의 쨍쨍한 하늘로 노란 색종이가 흩날려졌다. 학우여, 학우여. 창문틀에 올라선 선배는 호루라기를 빽빽 불며 어서 스크럼을 짜라고 독려했다. 그때였다. 부조리 연극의 한 장면처럼 희조가 괴성을 지르며 나타나 품안에서 황급히 꺼내 뿌리느라 둘둘 말린 채 바닥에 떨어진 유인물 뭉치를 향해 달려들었다.

—돈다발이다! 이힉, 돈다발!

나는 순간 먹먹해진 내 귀를 의심했으나 희조는 분명히 그렇게 외치고 있었다. 경찰들이 몰려들기 전에 스크럼을 짜고 대오를 형성해야 될 마당에 모두들 갑자기 맥이 죽들 빠져 어리둥절해 있었다. 뒤미처 들이닥친 경찰 사복조는 희조를 주동자로 잘못 알고 뒤쫓았다. 우리는 스크럼 한번 짜보지 못한 채 흩어져 시위는 흐지부지되고 그해 처음으로 주동을 뜨고도 잡히지 않는 희귀한 사례를 남겼다. 붙들린 희조를 경찰 쪽에서 아무리 조사해봐도 일학년인 데다 시위나 서클 활동 경력도 드러나지 않은지라 구속은 하지 않고 구류 이십구 일을 때렸고 학교 쪽에서는 한 학기 유기정학 처분을 내렸다.

내가 희조가 사는 곳을 찾아간 것은 그가 구류에서 풀려나온 뒤 일주일쯤 지나서였다. 그간 면회 한번 가지 못한 게 미안해서인지도 몰랐다. 그는 청량리 근처의 전농동 달동네에서 자신의 고향 출신인 어느 독지가가 자기의 아호를 따서 이름 지은 청암의숙이라는 데 머물고 있었다. 묻고 또 물어 겨드랑이에 땀이 뽀독거릴 정도로 헤맨 다음 찾아간 청암의숙은 뒷골목 전당포로 썼으면 맞춤할 정도로 낡고 좁은 쇠창살 창문이 썩은 이처럼 듬성듬성 뚫린 붉은 이층 벽돌건물이었다. 페인트물이 다 빠진 나왕목 간판에는 '靑岩義塾'이라고 돋을새김돼 있었다. 그 고장 출신의 근로청소년이나 고학생 들에게 잠자리만 제공해주는 노릇을 하는 곳이었다.

이백팔호라는 호수가 찍힌 팻말 앞에 섰다. '두드려라, 그러면 열릴 것이다.'

문짝에는 흰 도화지에 굵은 매직으로 명토를 박듯 또박또박 쓴 검정 글씨가 흔뎅거리고 있었다. 문을 두드리기도 전에 틈새가 빼꼼 열려 있는 게 보였다. 희조의 방에는 한켠에 이층침대가 있고 맞은편 구석에는 책상이 하나 놓여 있었다. 마침 희조는 이층침대칸에 담요를 뒤쓰고 옆구리께에 구멍이 뻥 뚫린 낡은 런닝구 바람으로 누워 무슨 책인가를 읽다가 내가 들어서는 걸 보더니 몹시 놀라는 표정을 지었다.

놀랐지? 그는 우물쭈물 대답을 하지 않았다. 그 대신 갑자기 목에서 사레라도 들었는지 걀걀거리며 암탉이 알겯는 소리를 냈다. 몸이 안 좋은 모양이구나. 감기 들었니? 그는 고개를 세차게 가로저었다. 그러더니 변비 걸린 사람처럼 얼굴이 빨개지고 관자놀이께 힘줄이 도드라지도록 간힘을 쓰더니 물위로 솟구쳐 테왁을 껴안은 해녀처럼 가쁜 숨을 몰아쉬었다. 도대체 왜 그러는 게야? 정말 아무 소리도 못 들었니? 소린, 무슨 소리? 그의 눈에 실망한 기색이 역력했다. 그래……, 그럴 거야 아아.

그는 이층침대칸에서 내려와 책상에 한쪽 엉덩이를 걸치고 앉으며 창문을 마저 활짝 연 뒤 담배를 한 개비 꺼내 나에게도 권했다. 그새 기독교에 귀의했남? 문짝에 웬 성경 구절이야? 아, 그거……, 유치장으로 교화설교 나온 새파란 전도사의 말이 어쩌나 눈물겹던지. 그랬어? 그런 데선 사람들이 단순해지더구만. 아마 설교 전에 나눠준 단팥빵 때문이었을 거야. 당분간 붙여둘 거야. 여기 머무는 데 얼마니? 하루 백오십원꼴이야. 밥은? 매식으로 때우고.

영태야, 나 방금 뭐하고 있었는지 아니? 글쎄. 너 들어올 때까지 복화술 연습하고 있었다. 나는 기껏 복화술로 인사를 한다고 했는데 네가 한마디도 알아듣지 못하는 것 같아 좀 실망했는걸. 복화술? 그게 뭔데. 왜 있잖아. 입을 벌리지도 않고 뱃속으로 말하는 거 말이야. 그게 가능해? 그럼 얼마든지. 그런 걸 왜 배우지? 내겐 현실적으로 필요해. 현실적으로? 아암, 바로 익명성이지. 말이라는 게 부담스러워졌어. 말이란 곧 굴레야. 복화술을 익히면 난 존재의 굴레에서도 완전히 놓여날 수 있을 거야. 그의 표정은 더할 수 없이 진지했고 표독스럽기까지 했다. 창문으로 비껴드는 햇살을 받아 그의 눈동자는 투명한 수정체를 눈 밖으로 와락 쏟아놓을 만큼 형형한 빛을 띠고 있었다. 나는 등줄기를 훑고 지나가는 한줄기 서늘한 한기를 느꼈다.

그가 공동취사장에 가 안주로 삼을 인스턴트 자장면을 끓이는 동안 난 책상 앞으로 다가가 손바닥만한 사진틀에 갇힌 오종종한 여인을 들여다보았다. 어머니인가? 사진사가 가필을 한 듯한 흔적이 엿보였는데 포동포동한 입술이 한눈에 보아도 색기가 흘러넘쳤다.

이만하면 성찬이다. 그는 뒷발로 방문을 꽝 닫으며 소리쳤다. 곧이어 이층침대칸 위에 올라가 사 홉들이 진로소주 한 병을 권커니 잣거니 다 비우면서 희조는 자신의 지난 내력을 조금씩 털어놓기 시작했다.

그의 아버지 권가權哥는 우시장의 쇠살쭈였다. 소를 사고파는 흥정마당에 뛰어들어 얼르고 뺨 치며 될 흥정 안 될 흥정 싸잡아

붙여주는 게 그의 일이었다. 어따, 어금니가 뭉개진 걸 보니 다된 소구만 뭘 그려 잉? 이눔이 어금니 뿌렝이는 이래도 뼈대허구 털의 윤기를 한번 찬찬히 보더라고. 그러다가 좀 헐하게 흥정이 이루어졌다 싶은 쪽에서 얼마간의 구문을 받고 암만해도 박하게 됐다 싶은 쪽에서는 탁배기값이나 챙기면 그만이었다.

그런데 그에게는 천형天刑의 습벽이 있었으니 바로 노름벽이었다. 어렵사리 호주머니에 돈푼깨나 모였다 싶으면 고무신 뒤축을 꺾어신고 노름방으로 달려갔다. 물론 번번이 털리고 새벽녘에야 노름방 삽짝문을 열치고 나와 희멀건 달빛 아래 애꿎은 오줌발이나 들입다 세우며 아침 해장국값으로 얻은 개평이나 속절없이 만지작거리는 게 고작이었다. 게다가 희조의 어머니는 근동에서 호가 난 화냥년이었다. 오죽하면 뭇 사내들 사이에서 '권가년 치마끈 말아쥐듯'이라는 말이 무슨 일이든 겉시늉으로만 처리함을 비유하는 유행어로 떠돌 정도였다. 그러나 아버지 권가는 마누라를 몰아붙이지 않았다. 그의 노름판 판돈이 그녀의 치마 말기에서 나오기 때문이었다. 그녀의 비릿한 홑단속곳이 그에게는 마르고 닳지 않는 화수분 구실을 해주고 있는 셈이었다.

희조는 외간남자들이 시도 때도 없이 들락거리는 집이 싫어 권가 쪽을 택했다. 장터와 노름방을 쫓아다니는 게 그래도 먹을알이 붙고 심심찮아 좋았다. 원체 노름에는 재간이 없는 권가인지라 판돈을 꼬나박다 못해 언제부턴가 노름방에서 눈속임을 쓰기 시작했다. 처음에는 그게 먹혀들어가 어쩔 때는 가보낭청을 연달아 외치며 쑬쑬한 판돈을 긁어갖고 나오는 적도 있었다. 권가는 속임수에 점점 재미를 붙여갔다. 희조는 그 속임수 놀음의 조연급 노릇을 했다. 그는 어린애였지만 특별히 노름방 출입이 허용됐다. 권가의 등에 얹혀사는 아이임이 인정됐기 때문이었다. 더군다나 술심부름 같은 잔심부름이나 망보는 아이로 세워두기도 좋아 모두들 군말이 없었다. 눈썰미가 남달랐던 희조는 아버지 권가의 어깨 너머로 노름판이 돌아가는 판수를 어느덧 익히고야 만 것이다. 그가 아버지의 등 위로 우뚝 서면 판세가 일목요연하게 잡혔다. 그는 이따금 아버지의 눈짓에 따라서 권가의 등뒤에 찰싹 붙어 있다가 결정적일 때 남몰래 허리춤에 화투짝을 한 짝씩 찔러주곤 했다.

그러나 그게 그렇게 오래갈 리가 없었다. 소 한 마리값 판돈이 걸릴 정도로 판이 커졌다. 노름이라면 이골이 났다는 노름방의 도꼭지격인 짝눈도 육통이 터질 노릇이라며 손을 턴 뒤 뒷손을 짚고는 물러나 앉았다. 어린 희조 자신도 노름판에 너무 정신이 팔린 나머지 아버지가 끝까지 남은 상대방을 한 끗 차이로 누를 만한 패를 허리춤에 찔러주는 데는 성공했으나 그새 터질 듯한 오줌보를 끌어안고 나갔다가 들어온 험상궂은 짝눈이 그의 등뒤에 다가와 서 있는 것은 전혀 눈치채지 못했던 것이다. 이런 쥐알봉수 같은 눔덜 보겠나. 눈앞에서는 불통이 튀었다. 노름판의 불문율은 엄했다. 희조는 핏발 선 눈에 살기가 번득이는 먹장승 같은 노름꾼들에게 둘러싸였다. 개중 한 사람이 양손가락으로 희조의 입어귀를 꿰고는 바른대로 말하지 않으면 평생 말 못할 언청이를 만들어버리겠다고 으름장을 놓았다. 새파랗게 질린 희조는 아버지 권가가 시켜서 한 일이라고 토설했고 그 즉시 짝눈의 눈짓에 따라 방안에 작두가 차려졌다. 권가의 입에 재갈이 물려지고 엄지와 검지 두 손가락이 잘려나갈 때 그의 한껏 부풀어오른 흰자위가 뒤집어질 듯 희번덕거리는 게 보였다. 희조는 비명을 내지르며 눈을 질끈 감았다.

그가 끝끝내 닫아두느라 촉촉해진 눈까풀을 천천히 열었다. 그때 내 어린 영혼은 돌이킬 수 없는 상처를 받은 거였어. 아버지의 잘린 손가락이 튀어간 방석 위에는 선연한 핏방울이 아슴아슴 스며들고 그리고 아버지는 피투성이가 된 손으로도 그들이 부정탔다고 놔두고 간 뇌리끼리한 돈다발을 움켜쥐고는 희열에 들뜬 신음을 내지르고 있었던 거지 후훗. 소주잔을 집어든 그의 손가락이 와들와들 떠는 바람에 차란차란하던 소주가 잔 밖으로 움찔움찔 넘쳐흘렀다. 팔랑거리는 유인물 속을 가로지르며 짐승처럼 뛰어들던 그의 모습이 눈 속으로 아리게 밟혀왔다. 그의 과거와 그 행동 사이에는 석연하지는 않지만 아스라한 줄이 연결돼 있을 것만 같았다.

—몰라. 어떤 긴장감 때문에 그렇게라도 하지 않고는 배길 수가 없었어. 아무튼 그 자리에선 희생자가 나 하나밖엔 나오지 않았잖

아. 그럼 됐어.

　나는 두 번이나 깨어나 토악질을 쥐어짜며 속을 말끔히 헹궈낸 끝에 그 이백팔호 이층침대칸에서 희조와 땀범벅이가 돼 뒤엉킨 채 생시인지 꿈인지 모르게 덧들린 하룻밤을 묵고야 말았다.

　전공이 뭐야?

　나는 갑자기 생각났다는 듯 희조에게 다그쳐 물었다. 그는 국문과 대학원을 진학해 박사과정을 밟는 중이었다. 문학이야, 고전문학. 그래, 좋은 일이야. 좋긴? 거기도 분야가 있을 거 아냐? 있지, 향가를 전공해. 야아 향가! 향가라면 나도 몇 수 외우지. 선화공주님은 남그스기 얼어두고, 맛둥방을 밤에 몰래 안고 가다. 어때, 쓸 만해? 그러자 그는 심각한 표정을 지었다. 그런데 아무래도 잘못 짚은 거 같아. 뭔 소리야. 얼마나 뜻깊은 분야인데 그런 말을 해. 우리 고대문학의 엑기스가 담긴 것들 아냐. 그래서 그런지 내가 그 길에 들어섰을 땐 앞선 연구자들이 이미 물어뜯고 살을 발리고 뼈를 추리고 요리를 다 해놔서 후학이 건드릴 곳이 없는 거야. 너 알다시피 우리나라에 현전하는 향가는 이십오 수밖에 안 되잖아. 그것도 『균여전』에 전하는 열한 수는 주제로 보나 형식으로 보나 한 수라고 봐도 될 정도고. 그러니 어디 한 군데 오롯이 우려먹을 데가 있겠냐고? 문헌도 한정돼 있고. 야, 듣고 보니 그것도 아닌 게 아니라 문제긴 문제다 응? 그래 어쩔 셈이야? 이제 와서 다른 우물 파기도 뭣한 일 아냐? 그는 힘없이 고개를 끄덕였다.

……여보 나예요. 저녁 무렵 거냉去冷이 되지 않아 서늘한 집에 들어가 자동응답전화기의 예약된 비밀번호를 누르자마자 불쑥 튀어나오는 아내의 갈라진 듯한 목소리를 듣는 일이 제일 섬쩍지근했다. 아내라는 존재의 실체가 거처하는 유일한 공간이 바로 자동응답전화기가 아닐까 하는 착각이 들 정도였다. ……미안하지만, 다름이 아니라 저……, 블렌딩 때문에요. 제가 없더라도…… 잊지 마세요. 잊지 말라구, 낄낄낄. 아아, 블렌딩이여, 나는 찬 벽에 이마를 붙인 자세로 가만히 서 있곤 했다.

아내가 블렌딩을 하는 날 저녁이면 자연스레 발걸음이 탈로 향했다. 한번은 학원에서 막 돌아와 몸살기 때문에 쉬고 싶다는 희조를 억지로 탈로 불러낸 적이 있었다. 그는 생계수단으로 일찌감치 입시학원 강사로 뛰고 있었다.

오늘은 맥주 대신 블렌딩한 칵테일을 한잔 마시고 싶은걸. 어뭐? 너 지금 뭐라고 했냐? 마, 이 촌놈아, 블렌딩이라고 했다, 왜? 블렌딩? 그랴. 희조는 내가 블렌딩이라고 말하는 순간 표정을 묘하게 일그러뜨렸다. 그러더니 뭔가를 골똘히 생각하는 품이 역력했다.

내가 요즘 사런邪戀에 빠져 있는 거 너 아니? 뭐라고 사런? 사런 좋아하고 자빠졌네. 처녀 총각이 만나는 데 사런이고 자시고가 어딨어? 쉬운 말로 불륜의 관계지. 희조 니가 정말로? 응. 그럼 유부녀랑 말이지? 하긴 너란 놈은 일찍부터 여복이 있었던 놈이지. 상대는 누군데? 고향 후밴데 남편하고는 일이 잘 안 되나봐. 누구는 좋겠다. 나는 조금 빈정거리는 말투로 대꾸했다. 영태 니가 블렌딩을 주문하니깐 떠올랐는데, 우리가 서로 거시키를 하자고 할 때 쓰는 암호가 뭔지 알아? 암호? 응, 그렇지. 여러 가지로 놀고 있네, 그래 뭔데? 그게 바로 블렌딩이지. 하하, 블렌딩합시다, 이렇게 말이지. 말하자면 그런 식이지. 거 되게 세련됐네. 블렌딩이 아마 영어로 치면, 물론 슬랭일 텐데, 흘레붙는다는 뜻도 지니고 있는 모양이야. 그래? 어디 보자. 술을 술수리술술, 설서리설설 섞다보면 살사리살살 살을 섞는 쪽으로 가게 된단 말이지? 흐흐흐, 거 말 되네.

나는 겉으로는 아무렇지도 않은 듯 엉너리치는 말을 뿌리고 있었으나 온몸에 거머리가 들러붙은 듯한 칙칙한 예감에 사로잡혀 굵은 소름 알갱이를 부르르 돋워올리는 중이었다. 오늘……, 블렌딩을 하는 날이에요…… 불길한 예감은 서늘한 기운이 되어 내 이마빡을 갈라치고 있었다. 그날 밤 내가 어떻게 집에 돌아왔는지 기억이 잘 나지 않았다. 다만 블렌딩이라던 아내가 생각보다 일찍 집에 돌아와 다소곳이 날 기다리고 있는 것마저도 칙칙한 뼈대에 살만 더 보태줄 뿐이었다.

영태 너, 이 술집에 걸린 탈바가지 중에 처용탈이 있는데 알아맞춰볼래? 글쎄 어디 한번 코빼기라도 구경해본 적이 있어야 말이지. 귀신조차 넌더리를 내고 물러갔다니깐 좀 우락부락한 모습이 아닐까. 처용이 우락부락하다고? 왜 그렇게 생각하지? 그는 당대의 가객 아냐, 가객. 신화 속의 인물인데 가객은 또 무슨 얼어죽을 가객이야? 영태 네가 그 신화의 껍데기를 한풀 벗겨내보면 흥미로운 점을 발견할 수도 있을 텐데 말이야. 어디 국문학을 했다는 희조 네가 한번 벗겨보렴.

바로 저치야. 희조는 개중 반반한 탈바가지를 가리켰다. 마누라 때문에 오쟁이를 탄 작자치고는 제법 결때가 있어 봬는 친군데. 역신을 물리쳤다는 친구가 왜 저리 역병을 앓은 듯이 얼금뱅이 상을 뒤쓰고 있지? 역설이지. 근데 너도 알다시피 입시학원이란 데는 제도권 학교와는 달라. 물론 다들 지식을 팔고 사는 시장이라는 점에선 본질적으로 같지만 학원이 그런 점을 좀더 노골화하고 있는 셈이지. 그날그날의 강의에 대한 품평회가 이루어지고 그건 직접적으로 권희조라는 상품의 가치를 결정하는 잣대야. 이거하고 여축없이 연결되지. 그는 엄지와 검지를 둥그렇게 맞대 아래위로 흔들어 보였다. 매번 강의 연단 아래가 낭떠러지라는 절박한 심정으로 마이크를 잡지. 어디 간들 다 마찬가지지 뭐 별달라? 그렇겠지. 그런데 가끔가다 학생들한테 미안해져. 그들에게 갑자기 값싼 지식의 거래가 아닌 다른 대화를 하고 싶은 생각이 들 때가 있거든. 그런 환상일랑 애진작에 집어치워. 아니야. 가능성이 없진 않아. 남한테는 뭣 팔려서 여태껏 말은 안 해왔다만 나 저기, 『겨레문학』이라는 삼류 문학계간지에 희곡 부문 신인상을 받고 재작년 가을호에 데뷔를 한 적이 있거든. 비록 원고료로 책만 삼십 권 팔아오라는 어처구니없는 봉욕을 당하긴 했지만. 그랬어……? 희곡으로 요즘 쓰고 있는 게 하나 있는데 그 실마리를 어떤 수강생에게서 얻었다니깐. 그래? 그 수강생이 어떻게 했길래? 들어봐. 아, 이 녀석이 고전문학 부문 향가에 대해서 예상문제를 죽 훑어보려는 참인데.「처용가」, 주제는 불교적 체념으로 승화된 세계, 이것이 정답입니다 하는 식으로 말이야. 난데없이 선생님 질문 하나 해도 돼요, 하지 않겠어? 뭐고, 물었더니.「처용가」에 대한 설화를 보면 역사상의 사실과 틀리는 점이 많습니다, 하더라고. 고 녀석 얘기의 요점은 이거야.

『삼국유사』의 제이권 처용랑 망해사조의 첫머리를 한번 보라고. 이렇게 시작하지. 제사십구대 헌강대왕대는 서울에서 동해변까지 집들이 맞닿았으며 담장이 서로 이어졌고 초가는 한 채도 없었다. 길가에 음악이 끊이지 않고 풍우가 사철 순조로웠다. 여기서 서울이란 당시의 경주를 말함인데 아무튼 더할 나위 없는 태평성대를 구가하고 있는 걸로 묘사돼 있는데 이건 완전히 생구라가 아니냐 이렇게 나오는 거야. 생구라? 아무렴. 당시는 신라시대의 말기로서 골품제도의 모순과 왕권의 몰락, 대권쟁탈전으로 말미암은 지배층의 분열과 상쟁 그리고 육두품과 도당유학생과 지방호족 들의 발호, 또 지식인들은 두 손을 놓고 노장사상과 같은 허무주의에 빠진 상황이었거든. 게다가 농민은 수탈을 당하다 못해 농토를 잃고 유민화하거나 도적떼로 변하고 있던 아주 극도로 혼란한 사회였단 말이야. 그 똑똑한 녀석이 어찌나 깐깐하던지 아주 역사적 문헌기록까지 들이대면서 조목조목 따지는데 오랜만에 호적수를 만난 듯 짜릿해지는 거 있지. 듣고 보니 기특하게 여길 만하네. 그 녀석이 글쎄 이래요.

헌강왕의 바로 전대인 경문왕대만 하더라도 역병이 두 번, 흉년이 네 번, 모반 두 번, 천재지변 다섯 번, 불길한 징조가 네 번 나타난 걸로 삼국사기엔 기록돼 있는데요. 그리고 처용설화가 꾸며지던 헌강왕 오년 팔백칠십구년만 해도 일길찬一吉飡 신홍信弘이 쿠데타를 일으켰다가 실패해 주살됐으나 민심이 크게 동요하고 있었다는 기록이 문헌에 버젓이 나와 있거들랑요.

그러면서 자기가 보기엔 처용이 말하자면 지금의 대중가수와 비슷한 존재가 아니냐는 거야. 비근한 예로 조용필이나 서태지 같은. 서태지? 우하하 기발한 생각이네. 예나 제나 대중에게 가무의 위력이란 대단하잖아. 더군다나 신라 당대에는 달리 즐길 만한 매체가 없는 형편이니 더욱 그러했을 테고.

희조는 열을 올려가며 자기 얘기에 스스로 도취한 듯한 표정을 지었다. 그러면서 자신이 처용의 생애를 다룬 희곡을 쓰는데 제목을 '처용단장'으로 붙였다고 일러주었다. 내친김에 그 처용단장이라는 희곡 작품의 말미에 들어갈 향가 하나를 자기가 손수 지었다며 디미는 것이었다. 뭐야? 향가를 네가 지어내? 그 말에 나는 약

간 흥미가 당겼다. 어디 한번 보자. 별 희한한 얘기를 다 듣네. 극
중 리얼리티를 높이기 위한 장치지 뭐. 그가 보여준 향가는 격식만
큼은 제대로 갖추고 있었다.

望海居士의 妻

腹飢烏隱達阿羅之叱食乙置	비골픈 온 ᄃ르르윗 바블두
奪叱去乙	아ᅀᅡ거늘
物北所音叱國盼有叱下	믓슴 나라히 잇시리
智理是多亦都波加尼	智理이 하히 都波더니
阿邪郎也伊底亦所只毛冬乎	아으 郎ㅇ 이데셩 모ᄃ온뎌
月良尸明期隱深隱夜矣	둘 불근 기픈 밤ㅇ
哀反社鵑	셜븐 졉동새
去隱圭盼追良哭乃行伊叱等邪	간 님흘 좇초아 우니다닛 다라

언뜻 보기에 팔구체 향가 같은데 이게 도대체 무슨 내용이야?
나는 맨 끄트머리 부분만 무슨 뜻인지 짐작이 갈 듯하고 나머지는
도무지 맹문일 수밖에 없었다. 그리고 망해거사의 처는 또 어떤 인
물인고. 「공무도하가」를 지은 백수광부의 처는 알아먹겠는데 말이
야. 희조는 알기 쉽게 뜻풀이를 해줬다.

배고픈 중생의 밥마저/빼앗거늘/무슨 나라가 이런고/지혜로운

자들이 많이 떠나 도성이 깨지더니/아아 낭이시여 아직껏 모르는가/달 밝은 깊은 밤에/서러운 접동새/떠난 님을 좇아 울며 다니는구료

님타령으로 봐도 되나? 글쎄…… 지은이로 돼 있는 망해거사의 처는 처용설화에 나오는 망해사 건립 부분과 연결이 되고 지리다도파, 즉 지혜로울 지, 다스릴 리니깐 지혜로써 다스리는 사람들이란 뜻인데 누구겠어? 당시 육두품들을 중심으로 한 지식인 계층이지. 육두품이란 게 대관절 뭐야? 신라 골품제도 때문에 원천적으로 정치적 신분상승의 길이 막힌 사람들 아냐. 때문에 개인의 능력을 인정받을 수 없는 사회에서 출중한 능력의 소유자들인 이들은 처음엔 학문적인 식견에 의해 정치적인 참여의 길을 걷지만 좌절을 겪고 그래서 당연한 귀결이지만 당대 사회의 가장 비판적인 집단으로 떠오른 것 아니겠어? 다도파란, 많을 다, 도성 도, 물결 파인데 결국 많이 도망들을 가니깐 껍데기만 남은 왕성이 깨지리라하는 말인데 당시 항간에서 불렸던 정치풍자의 도참요圖讖謠라고봐도 무방하지. 그럼 처용이 육두품 출신이란 말이야? 웬걸, 내가보기엔 진골 출신이었던 것 같아. 설화에도 처용이 동해용의 일곱아들 중 막내로 나와 있거든. 용이란 존재는 당시 매우 숭앙되던대상인데다 신라 제삼십대 왕인 문무왕이 죽어 경북 월성군 앞바다의 수중릉인 대왕암에 묻히면서 동해대룡이 됐다는 데서도 알

수 있듯이 동해용의 아들인 처용은 왕족의 피가 섞인 진골 출신으로 추정해볼 수도 있는 거 아니겠어?

어쩌면 황당하기 그지없이 꾸며낸 얘기일 수도 있었다. 나는 문득 그의 이야기가 나를 겨냥하고 있을 수도 있음을 깨달았다. 그는 그뒤로 몇 번 만날 때마다 자신이 거의 탈고해간다는 처용단장의 줄거리를 귀띔해주었다.

처용은 진골 출신 왕족의 후예로 본래 이름은 자윤慈允이었다. 일찍이 풍운의 뜻을 품고 화랑에 입문한다. 그는 화랑에 입문하면서 흔들리는 계림鷄林의 국풍을 바로잡는 동량으로 자라날 것을 굳게 맹세한다. 그러나 화랑 입문 전에 우연히 당진 근처를 유람하다 만난 고운孤雲 최치원崔致遠이라는 동갑내기 소년의 말이 가슴에 가시처럼 와서 박혀 언제나 개운찮은 기분을 가질 수밖에 없었다. 소년 최치원은 당나라로 유학을 떠나기 위해 당진에서 나당무역선이 뜨기를 기다리는 중이었는데 처용과 객사에서 만나 첫눈에 서로 보통이 넘는 인물됨됨이를 알아보고는 밤새 세상사를 토론하며 하룻밤을 지새운 것이다.

그렇게 써서 잘도 팔리겠다. 암만 처용과 최치원이 동시대 사람이라고는 하지만 아무런 필연성도 없이 둘의 만남을 가정하는 게 과연 현실성이 있을까? 너무 비약된 상상력 아니냐구? 그러자 희조는 점직하게 생각하는 눈치였다. 그러나 곧, 현실은 우리의 상상보다 더 어처구니가 없고 기괴할 수도 있는 법이야 하며 얼버무렸다. 아닌말로 너와 내가 이런 몰골로 만나게 될 줄이야 누가 처음부터 상상이나 했겠니? 우리 몰골이 지금 어디가 어때서? 아냐, 그게 아니고……, 넌 몰라. 희조는 갑자기 연거푸 술잔을 비워댔다. 녀석, 참 싱겁긴…… 나는 술잔을 연달아 채워주며 끌탕을 했다. 아무튼 희조의 역사적 상상력에 따르면 최치원과 처용은 다음과 같은 대화를 나누었을 가능성이 있다는 거였다.

─진골인 자윤 앞에서 이런 말을 하는 게 어떨지 모르겠지만 난 골품제도 때문에 출세의 길이 막혔기 때문에 당나라로 유학을 가서 그곳 빈공과 과거에 급제하고 문명을 떨친 뒤 돌아오겠어. 아버님은 내게 십 년 안에 급제하지 못하면 아들로 여기지 않을 테니 열심히 공부하라고 하셨거든.

─계림이 변해야 한다는 것은 두말할 나위가 없겠지. 나는 곧 화랑에 입문하게 돼. 고운은 당에서 열심히 학문수양을 하고 난 이곳에서 절차탁마하여 실력을 기른 다음 훗날 계림을 위해서 할 수 있는 일을 함께 찾아보자고. 우린 반드시 다시 만날 수 있을 게야. 목숨보다 소중한 다짐을 두세.

그러나 처용이 발을 들여놓은 화랑은 이미 예전의 화랑이 아니었다. 기강은 문드러질 대로 문드러졌고 삼국통일기의 그 늠름하던 기품은 눈을 씻고 찾아보려야 말짱 도루묵이었다. 도덕수련과 정서함양에 힘쓰고 명산대천을 찾아다니며 신체단련에 여념이 없어야 할 화랑들이 주색잡기와 자리다툼 그리고 민폐 끼치는 걸 예삿일로 삼았다. 화랑 중에서도 특히 타의 모범이 되어야 할 우두머리 화랑인 화판花判들의 행패는 한결 심했다. 심지어는 화랑들 사이에 입에 담기 어려운 남색男色관계를 맺는 일이 허다하다는 말도 공공연히 나도는 판이었다. 처용은 크게 실망한 나머지 마음 둘 곳을 찾지 못해 그저 명산대천을 떠돌며 심신을 단련하고 허한 가슴을 달래기 위해 시가詩歌에 열중했다. 그러나 목구멍에서 각혈이 나오도록 단련을 해도 완성된 목소리를 얻기란 좀체 쉽지 않았다. 전국 방방곡곡을 돌아다니다보니 서라벌에서 주지육림에 빠진 귀족들이 벌이는 호화판 향연과는 달리 백성들은 초근목피로 연명하면서도 갖은 부역에 시달리는 등 그 참상이 이루 형언할 수 없었다. 처용의 가슴속에는 백성들에 대한 연민으로 묵직한 응어리가 굵직한 똬리를 틀어갔다. 밑으로부터 변화의 기운이 뻗치지 않으면 절망이야.

한번은 날이 이슥할 무렵 금강산 경계를 지나 남하할 때였다. 어느 마을 어귀를 지나려는데 다 쓰러져가는 초가집에서 두 양주의 구슬픈 곡성이 나지막이 새어나오고 있었다. 처용은 그 집의 다 헝클어져가는 울바자 앞에서 발걸음을 멈췄다.

"주인장, 주인장 계시오?"

처용이 주인을 청하는 소리를 넣자 울음소리가 뚝 그쳤다.

"지나가는 길손인데 하룻밤 유하도록 허하시면 고맙겠습니다."

"길손도 보시다시피 방바닥은 파이고 벽은 바람이 제집처럼 마음대로 들락거리며 천장으로는 흘러가는 구름이 방안을 들여다보는 처지니 손을 들이기가 매우 어려울까 합니다. 집안에 남세스런 춘사椿事도 겹치고 하였은즉……"

처용이 속으로 혀를 끌끌 차면서도 벅벅이 우겨 자리를 잡은 뒤 알아본 사정은 더욱 기가 막힐 노릇이었다. 절량이 된 지 이미 오래전인 두 양주는 부황기가 골수에 미치게 되자 할 수 없이 열 살 난 딸을 백 리 상거인 파진찬 김홍댁에 노비로 팔기로 하고 마지막 밤을 서로 부둥켜안고 울며 보내는 중이었다.

"그게 뭡니까?"

처용은 젊은 남정네가 들어왔는데도 등허리를 까들추고 맨살을 내놓은 채 죽은듯 엎어져 있는 계집아이를 가리키며 물었다. 그 어미 되는 이가 나무꼬챙이를 젓가락 쥐듯 들고 앉아 있었기 때문이었다. 처용은 주인장에게서 아이의 등허리에 핀 부스럼에서 구더기를 파내고 있는 중이라는 말을 듣고 땀구멍이란 땀구멍은 모조리 열리는 듯한 기분에 와락 휩싸였다. 아아, 이 현실이 도대체 뭐란 말인가. 계림의 창맹들이 이런 처참한 생활을 하는데 일신상의 벼슬은 뭐고, 영예와 부 그리고 아름다운 아내란 다 무에 소용이 있더란 말이냐. 처용은 자리를 박차고 나왔다. 어느덧 서산에는 시리도록 푸르고 둥근 달이 덩두렷이 떠올라 가난한 산하를 고즈넉이 비추고 있었다.

어쭈, 희조 너 그동안 완전히 노가리만 늘었구나. 만날 때마다 신물이 나도록 들으니 이젠 처용이라면 귀에 못이 박이겠다. 아냐, 아직 단대목은 나오지 않았어. 야아, 이제 그만 때려치우고 딴 얘기 하자. 글쎄, 지멸이 있게 앉아서 더 들어봐. 우리 시대에 바로 처용 같은 이들이 많이 나오고 있잖아. 너도 그중 한 사람이라는 생각이 안 드니? 어떤 의미에서? 아, 얼굴 붉히지 말고. 내 말의 방점은 처용이 팔불출이어서 마누라로 말미암아 오쟁이를 탔다는 데 찍혀 있지 않단 말이야. 당시에는 지식인이 오늘날처럼 중간계층이 아니라 바로 지배계급 쪽에서 나올 수밖에 없는 상황이잖니? 문자 이꼴 권력이었으니깐. 그럴 때 당대의 모순에 온몸으로 고민했던 처용이라는 한 지식인의 고뇌와 결단 그리고 좌절과 변절의 역정을 살펴보는 것도 나름대로 의미가 있다는 생각이 안 들어? 나는 처용단장이라는 희곡에서 그걸 더듬고 싶었어. 흐흠, 지식인 처용이라…… 좋아, 계속해봐. 나는 턱주가리를 어루만지며 귀를 종긋거렸다.

당시 신라인들은 향가에 열광적으로 미쳐 있었다. 말하자면 향

가는 요즘의 대중가요인 셈이었다. 경주 지방을 일컫는 사뇌야詞腦
野에서 불리는 잘 정제된 십구체 향가는 특별히 사뇌가라고 이름
했고 귀족 사이에서 유행했다. 지방에서는 사구체나 팔구체로 된
향가가 나타나 백성들 사이에서 크게 풍미했다. 그 와중에서 많은
가객들이 나타났다 사라졌다. 그중에서도 계림 전체를 통틀어 제
일 인기 있는 가객은 처용이었다. 우리나라 역사상 최초의 전국적
대중가객의 출현이 이루어진 것이다. 그는 고혹적인 미성과 사람
들의 고달픈 삶을 어루만지고 서리서리 맺힌 곳을 찾아 그 응어리
의 뿌리를 움켜쥐고 풀어주는 노래로 대번에 전국적 명성을 획득
했다. 그가 미성을 유지하기 위해서 거세까지 했다는 소문과 함께
진골 출신 가객이라는 점이 세간의 흥미를 배가시켰다. 물론 처용
은 그의 가문에서 지체 없이 출문黜門 조처를 당했다. 그러나 백성
들의 변덕은 끓는 팥죽처럼 들이가 없었다. 대중가객으로 온 백성
의 사랑을 한몸에 받던 그도 언제부턴지 인기가 시름시름 잦아들
기 시작했다. 대중은 좀더 자극적인 남녀상열지사男女相悅之詞 풍의
향가나 현실을 잊고자 내세 지향적인 피안의 향가세계 속으로 빨
려들어갔다. 사회성 짙은 처용의 향가세계는 그닥 큰 주목을 받지
못할 처지에 빠졌다. 그게 바로 대중가객의 일반적인 운명이기도
했다. 많은 사람들의 머릿속에서 처용이라는 이름은 잊혀져가고
있었다. 백성들 속으로 뛰어들어 그들의 한 맺힌 가슴을 어루만져
주며 살자고 다짐했던 처용은 크게 흔들리지 않을 수 없었다. 처용

의 방황은 그때부터 비롯되었다. 주색을 함부로 가까이하는 날이 많아짐은 물론 자신의 결단이 잘못된 것은 아닌지 하는 회의마저 슬그머니 마음 한구석에 고개를 쳐들기 시작한 것이다. 그렇게 비틀대는 처용에게 회복 불능의 일격을 가하는 소식이 날아들었다.

나당무역선이 뜨기를 기다리던 당진의 한 객사에서 만나 의기 투합하였던 육두품 출신 소년 최치원이 학문에 용맹정진한 끝에 드디어 당나라 과거인 빈공과에서 장원급제를 해 이름을 금방金榜에 걸어 계림의 위의를 선양했을 뿐 아니라 탄탄대로의 벼슬길을 시원스레 열어젖혔다는 것이다. 처용의 삶은 걷잡을 수 없이 무너져내렸다. 백성의 아린 가슴을 노래로써 쓰다듬어주겠다던 나의 생각은 잘못된 것이 아니었을까. 그는 번민을 거듭했다. 비록 거친 입성과 음식일망정 마다않고 짚북데기 속에서 새우잠을 잔대도 이 땅과 그 불쌍한 백성을 위해 목구멍에서 피를 쏟도록 노래를 부르고 다니는 걸로 만족해왔다. 계림은 아래로부터 변할 것이었다. 한 번도 사내곡댁思內曲宅이라고 일컫는, 사뇌가가 곡으로 불리는 귀족들의 집에서 산해진미를 갖추고 두둑한 행하行下를 내걸고 그를 불러도 들르지 않는 절개를 지켜왔었다. 백성들을 위한 대중가객이라는 이름 하나만을 부여안게 된 것만도 고마울 따름이었다. 그러나 지금 그 한때 열광했던 백성들이 이제는 날 잊어가고 계림의 국풍을 다시 일으켜세우자고 하냥다짐을 두었던 고운은 지금 드넓은 중국대륙에서 갈수록 문명을 떨치고 있으니 처용의 가슴은 갈가리 찢기는 아픔에 미어지는 듯했다. 자신의 어느 한구석에 한 방울이라도 남아 있을지 모를 기득권 의식을 털어내기 위해 자청했던 거세 때의 고통이 헛되지나 않을까 생각하매 눈앞이 캄캄했다.

이때 나름대로 영민했던 헌강왕은 진작부터 처용의 효용가치를 눈여겨보고 있었다. 왕권을 노리는 세력들의 불온한 기운은 표면상으로는 잠잠해진 것도 같지만 언제 무슨 일이 일어날지 모를 일이었다. 민심은 점점 이반되고 있었다. 헌강왕으로서는 처용의 뛰어난 가무가 통치술의 하나로 필요했다. 올여름만 하여도 믿었던 신하인 신홍의 모반을 가까스로 진압하지 않았던가. 이러한 체제 위기를 해소하고 왕권을 강화하며 불만에 찬 백성들을 순치시키기 위해서는 처용과 같은 절세의 대중가객의 협조가 필요했다. 그의 가무를 통해 은근히 왕권의 절대적 신성함을 유포하고 각박한 현실로부터 사람들의 인식을 멀찌감치 떨어뜨려놓을 필요가 있었다. 그 일에 처용은 하늘이 내린 적임자였다. 헌강왕은 재빨리 손을 썼다. 처용이 은거하고 있다는 영취산으로 밀사를 파견했다. 그동안 절개를 지킨답시고 목꼬대가 뻣뻣했던 처용도 권력의 일부를 손에 쥐여주겠다는 데는 거미줄의 나비처럼 빨려들었다. 후후 그러면 그렇지. 왕은 손바닥으로 무릎을 치며 허공을 향해 너털웃음을 뿌렸다.

처용이 왜 맘을 돌려먹었을까? 결국은 권력의 양짓녘이 그리워져 변절을 한 게지. 변절이라고까지 말할 수는 없어. 영태 너처럼 현실적인 자기 영역을 찾은 거라고 봐야지. 물질적인 고달픔을 피하는 개인적 이유말고도 왕실의 권능을 등에 업고 대규모 연희를 가질 수 있었을 게야. 야인 시절에는 그게 어디 언감생심 꿈이라고 꿔봤을 일이겠어? 정교하게 장치된 무대에 올라 수많은 동원된 대중 앞에서 훨씬 효과적으로 가무를 보여줄 수 있었겠지. 이미 한 사람의 예인藝人이 돼버린 처용에게는 그게 아마 참을 수 없는 유혹이 되었을 테지. 상상할 수 있잖아? 그런 배려 뒤에는 헌강왕의 계산된 의도가 숨겨져 있었다며? 대중조작을 통해 대항 세력을 진무하고 백성들의 현실감각을 무디게 만들려는. 그것은 어디까지나 처용이 제 하기 나름 아니겠어? 어차피 현실적 타협을 한 만큼 그 정도는 감수해야지. 안 그래? 글쎄 듣고 보니…… 헌강왕 밑에 들어간 처용은 문헌에서 보더라도 급간이라는, 비록 높은 벼슬은 아니지만, 관직도 제수받고 산호궁이라는 대저택은 물론 아름다운 미인을 아내로 맞이했다는 거 아냐. 희조 네 말에 따르면 처용이 기득권을 포기하기 위해 거세까지 했다고 미리 복선을 깔아놨으니 비극적 결말이 예정돼 있는 거로구나? 역시 서당집 개가 대장간집 개보단 뭐가 달라도 다르구나 응? 처용단장은 결말을 향해서 점점 나아가고 있었다.

왕이 처용에게 내려준 교선喬音이라는 여인은 그야말로 경주 제일의 절세미인이었다. 처음에 처용은 극구 사양하려 했으나 왕의 뜻이 너무 완강해 그대로 받아들이기로 했다. 그러나 자신의 거세된 남성 때문에 처용은 부인과 잠자리를 한 번도 같이해본 적이 없었다. 오직 밖으로 나돌면서 피 토하듯 펼치는 연희에만 몰두했다. 처용의 헌신적 노력 덕에 왕권은 점점 안정돼가는 것처럼 비쳐졌다. 백성들은 대중가객 처용의 재등장에 두 손을 들어 환호작약했다. 화려한 무대 위에서 백성들의 당장의 입맛에 맞는 향가를 써서 불러제꼈다. 도탄에 빠진 백성의 가슴에 응어리진 고통의 뿌리를 어루만지겠다는 처음의 맹세는 어디 갔는가 하는 자책이 일지 않는 건 아니었다. 하지만 세상이 변했으니 이런 식으로라도 백성을 일단 무대 앞으로 불러모으는 일부터 해야 한다. 처용은 이렇게 자신을 합리화해나갔다. 처용이 대규모 연희의 열기에 휩싸여 깜빡 정신을 잃을 정도로 대중 인기의 최면에 탐닉하는 나날이 흘러갔다. 아, 이게 바로 권력의 맛이로구나. 처용은 자신이 일찍이 혀끝을 대보지 못했던 권력의 감미로운 단물을 경계하려 의식하면서도 제정신을 가누기가 무척이나 어려웠다. 그러던 어느 날 평소보다 연희를 서둘러 끝내고 집으로 돌아온 처용은 무심코 오늘도 적적한 하루를 보냈을 부인에게 위안의 말이나 던질까 싶어 규방의 방문을 열어보았다. 그런데 아, 이게 무슨 일인가. 아내는 웬 외간남자와 벌거숭이가 된 채 남편이 들어온 줄도 모르고 비단금

침 위에서 운우지정雲雨之情의 경계를 오락가락하느라 열락의 신음소리만 거칠게 토해내는 중이었다. 당신이 암만 거세된 남자라 하더라도 이 순간 어찌했을 것인가. 연놈을 단매에 쳐죽이기 위해 두 주먹을 불끈 쥐고 방안으로 뛰어드는 게 인지상정 아니겠는가. 그러나 처용은 도저히 그럴 수가 없었다. 그가 널리 알려진 대로 가슴이 남달리 넓은 사내라서 그런 것이 아니었다. 자기 아내의 벌거숭이 몸뚱이 위에 엎어져 뜨거운 숨결을 내뿜고 있는 사내는 다름아닌 권력의 화신 헌강왕이었다. 처용에게 권력의 단맛을 뵈준 왕이었단 말이다. 처용은 등짝이 땀으로 번질번질해져서 여자의 몸에서 내려오는 사내와 눈길이 딱 마주쳤다.

처용단장의 절정은 이 대목이야. 희조는 입술을 침으로 축이며 말했다. 이때의 처용의 마음을 적절하게 읽은 육십년대의 시인이 있었지. 그게 누군데? 두말할 것도 없이 시인 김수영이지. 그래? 그가 시론을 논하면서 응축해놓은 비수 같은 말을 처용의 입을 통해 되풀이한다면 이렇게 될걸. 아아, 향가여 침을 뱉어라, 풍자가 아니며 해탈이다. 이 비극적 상황, 자신의 변절로 이미 돌이킬 수 없는 권력의 늪에 깊숙이 휘둘린 걸 안 처용은 분노의 주먹 대신 체념의 춤을 출 수밖에 없었을 테지. 이 노래처럼 인간의 희로애락을 극적으로 표현한 시가란 동서고금을 막론하고 세계 시사詩史 어느 갈피에서건 찾아보기가 쉽지 않을 거야. 희조의 목소리가 사뭇 떨리고 있었다.

> 서라벌 밝은 달 아래
> 밤새도록 노닐다가
> 들어와 자리를 보니
> 가랑이가 넷이로구나
> 둘은 내 사람 것이 분명한데
> 둘은 도대체 누구 것인가
> 원래 내 사람이던 이를
> 빼앗아가니 낸들 어쩔 것인가

여자를 사이에 둔 질투심에는 세간의 필부와 군왕이 다를 바가 무엇이겠는가. 정작 처용은 체념을 하고 모른 척하려 했으나 헌강왕은 불안했다. 그의 연희에는 보통 기천 명 많으면 일만을 헤아리는 숫자가 모인다고 했다. 만약 왕궁 근처에서 그런 연희가 열린다고 가정을 해보자. 왕은 고개를 절레절레 흔들었다. 처용이 언제 앙심을 먹고 자신의 대중적 인기를 이용해 민란을 선동할지도 모를 일이었고 또 어느 지방호족이나 육두품 출신의 반중앙정부적 불만세력과 짝짜꿍이 돼 붙어날지 모를 판국이었다. 그동안 정국 안정에 진력한 결과 왕이 보기에도 왕권은 많이 안정된 듯이 보였다. 그러면 어차피 처용의 효용가치도 수명이 다한 셈이며 효용가치가 사라진 대상은 쥐도 새도 모르게 하루빨리 처치하는 게 후환을 없애는 지름길이라는 걸 그간의 궁중 암투생활은 웅변으로 보여주고 있는 것 아닌가. 게다가 그래야지만 남몰래 내연의 관계를 맺고 있던 처용의 처 교선도 버젓이 궁 안으로 불러 놀아날 수 있지 않겠는가. 후원을 가로지르는 자객의 쩔렁거리는 패검 소리를 듣자 신변의 안전에 위험을 느낀 처용은 몸만 빠져나와 밤도망질을 놓았다. 왕궁에서 도처에 비밀군사를 풀어놔 처용의 도망길은 각다분하기 이를 데 없었다.

이리저리 떠돌아다닌 끝에 닿은 곳이 지금의 경상남도 양산梁山 근처의 영취산靈鷲山이었다. 그가 처음 헌강왕이 보낸 밀사와 만나 담판을 짓고 끝내 변신을 결심한 곳이었다. 그는 웬지 그곳에 가서 자신의 영욕으로 뒤엉킨 일생을 되돌아보고 싶은 생각이 든 것이다. 바다가 훤히 바라다보이는 동쪽 기슭에 망해거사라고 불리는 사람이 꾸리는 주막집이 있었다. 드문드문 찾는 길손에게 국밥이나 말아주고 탁배기나 얹어주는 허름한 주막집이었다. 그 집 주인 내외는 찾는 이가 없으면 바위에 올라 아스라한 바다만 바라보다 구성진 노랫가락을 뽑아올리기에 사람들은 남자 주인장을 망해거사라고 불렀다. 사흘 밤 사흘 낮을 잠 못 이룬 채 그 집 주막 앞에 다다른 처용은 가물거리는 의식 속에서 앞마당에 쓰러졌다. 망해거사가 얼른 대궁밥을 내다 대접했다. 꿀맛이었다. 지금까지 먹어본 그 어느 산해진미보다 더 달았다. 어느새 한 그릇을 다 비워냈다. 그때 문을 열고 처용을 측은한 눈길로 바라보던 망해거사의 처가 쌀바가지에 국밥을 또다시 이드거니 말아가지고 나오면서 노래를 불렀다. 그 노래를 듣고 난 처용은 목구멍에서 선짓빛 피를 토하며 수챗구멍에 얼굴을 꼬나박았다. 자신의 존재를 대번에 날려버리고도 남을 회한이 폭풍처럼 밀려온 것이다.

굶주린 백성의 밥마저
빼앗거늘
무슨 나라가 이런고
지혜로운 자들이 많이 떠나 도성이 깨지더니
아아, 낭이시여 아직껏 모르는가
달 밝은 깊은 밤에
서러운 접동새
떠난 님을 좇아 울며 다니는구료

이상하게도 아내의 블렌딩 작업이 얼마 전부터 뚝 끊기고 말았다. 그와 더불어 그토록 엉망이던 아내와의 주파수도 예전과는 달리 잘 맞아돌아가는 편이었다. 양주를 한 잔씩 걸치고 하룻밤에 다섯 번의 격정에 휩싸이고 나서도 우리는 장딴지 근육이 팽팽한 채 그대로였다. 그것은 어쩌면 섹스가 아닐지도 몰랐다. 뭐가 달라진 것인가. 갑자기 고분고분해진 아내가 사실은 두렵게 느껴진 것이다. 블렌딩을 하며 돌아다니던 아내였을망정 어쨌든 풋풋함만큼은 꾸준히 내 곁에 두고 지켜봐온 게 사실이었다. 그런 풋풋함마저 사라진 지금의 아내는 잘 빚어진 밀랍인형의 파삭파삭한 껍데기처럼 점점 얇아져만 가고 있었다.

그렇다면 나는 과연 이 고요해진 생활을 계속 그대로 수용할 참인가. 내가 스스로를 용납할 수 없는데도 말인가. 나는 지금도 자동응답전화기의 비밀번호를 눌러 예전에 녹음된 아내의 목소리를 되풀이해서 듣곤 한다.

영태씨 저예요. ……미안해요. 다름이 아니라 또 그 스케줄이 잡혀서요. 블렌딩 말예요. 내가 없더라도…… 꼭 거르지 말고…… 잊지 마세요. 아셨죠?

주체 못할 눈물이 쑤욱 빠져나오려 했다. 아암, 어떻게 잊을 수가 있단 말인가. 아아, 산산이 부서진 이름이여. 부르다가 내가 죽을 이름이여, 블렌딩이여. 또 헛웃음이 키들키들 터져나왔다. 라·윤·미. 아내의 이름을 나지막이 불러보았다. 참으로 오랜만에 새겨보는 이름이었다. 나는 그 이름을 설움에 겹도록 불러보고 싶은 충동에 휩싸였다. 그래 우리는, 우리는 이젠 더이상은 안 돼. 나는 내 목소리를 의심했다. 하지만 분명 내 입에서 흘러나온 목소리였다.

나는 처음에 희조가 처용단장을 떠벌릴 때부터 어떤 직관에서 한 발짝도 벗어나질 못했다. 희조가 사련의 관계를 맺고 있다는 여인이 혹시 아내가 아닐까. 물론 나는 이 직관이 사실이 아니길 바라며 골백번도 더 부정해왔다. 하지만 그 한 통의 전화는 나를 깊고 깊은 수렁으로 밀어넣기에 충분한 것이었다. 처음엔 한 옥타브 고조된 사내의 목소리가 들렸다. 여보세요…… 그것은 흡사 컴퓨터 같은 기계로 합성을 해낸 목소리처럼 오싹하게 들렸다. 소름이 화라락 목덜미에 달라붙는 것이었다. 예, 누구를 찾으세요. 한동안 잠잠하던 저쪽 너머에서 당황한 낌새가 느껴지더니, 거기 혹시 동률이네 집 아닙니까 하고 되묻는 거였다. 그쯤에서 나는 전화를 끊었어야 옳았다. 왜 내 입에서는 예, 맞습니다만 하는 데퉁맞은 말이 불쑥 튀어나왔을까. 그러자 수화기를 든 사내는 갑자기 떠듬거리는 목소리로 돌아가 그, 그럴 리가 이, 있습니……, 하며 수화기를 놓친 모양이었다. 바로 그 목소리의 장본인을 난 잘 알 수 있었다. 사실 그후부터 나와 희조는 어떤 게임을 하고 있는 것이나 다름없었다. 난 그저 게임의 룰을 깨뜨리지 않기 위해서 짐짓 모르쇠를 잡아떼며 언구럭을 부리고 있었던 건지도 몰랐다.

희조는 저 남도 끝 여수 어딘가에 있는 수산전문대에 전임 자리가 나서 내려가게 됐다며 떠나기 바로 전날 한번 만나자고 했다. 그러더니 날 보자마자 두 손을 부여잡고 눈물부터 펑펑 쏟는 거였다. 야, 임마 권교수, 울긴 왜 울어? 너무 잘 풀려서 그런 거냐? 그는 무조건 미안하다는 말만 되풀이하며 고개를 떨궜다. 대충 눈자위를 추스르고 난 희조는 굳은 결심이라도 한 듯 아랫입술을 지그시 깨물며 입술을 달싹였다. 그가 무슨 말을 하려고 입술을 떼는 순간 나는 저돌적으로 손을 뻗어 그의 입을 틀어막으며 힘줘 말했다. 말하지 마. 다 알어 임마, 알고 있었다고. 그러니 암말 말고 처용단장 마무리나 잘해. 희조는 눈만 휘둥그레 뜨며 날 망연히 바라볼 뿐이었다.

가짜 돈다발이 그득먹한 어느 이름 모를 사내의 가방을 떠메고 터덜터덜 집으로 돌아오는 오늘따라, 난 나를 천년 세월 저편의 처용으로 만들어놓고 남도 땅끝으로 꽁꽁 숨어버린 친구의 얼굴이 불현듯 보고 싶어 건몸이 달아올랐다. 희조, 네가 먼저 이 세상에서 물러설 이유는 없었다. 이상하게도 그가 밉다는 생각이 전혀 들지 않았다. 오히려 뭔지 알 수 없는 느꺼운 감정이 명치끝으로 막 밀려드는 거였다. 그러자 이제 산다는 것의 서러움을 조금은 알 듯한 나이를 먹어버렸다는 생각이 뜬금없이 들었다. 그래, 나는 서른 살 나이의 처용이다. 쓰발.

하지만 오늘밤을 넘겨서까지 질질 끌어서는 안 될 일이었다. 나는 아내에게 한 가지 분명한 소식을 전해줘야겠다고 맘먹었다. 삐조새의 목에 감긴 줄을 비로소 풀어주겠노라고. 우리는 더이상 안 돼, 정말이지…… 암만 애써도.

집으로 돌아가면 아내는 정성 들인 저녁밥상을 차려놓고 날 기다리고 있을 것이다. 흰 앞치마 속으로 두 손을 파묻은 아내는 청실홍실주를 눈짓으로 가리키며 헤설피 웃을 테지. 아내가 이번에 새로 개발해낸 뒷맛이 부드러운 매실주의 이름은 청실홍실이었다. 부부 금실의 상징이었다. 아내는 그 술 이름을 제안한 덕으로 거금 오십만원의 상금을 거머쥐었다. 금실 좋은 부부들만이 마셔야 할 그 청실홍실주가 우리의 밥상에 오른다는 것은 왠지 어색한 일이긴 했으나 그것은 아내의 신호이기도 했다. 그 병마개를 비틀어 따느냐 마느냐는 전적으로 나의 소관이었다. 나는 병마개를 비틀면서 매번 아내가 삐조새라고 부른 민물가마우지에 대해 생각했다. 아주 짧은 순간이었지만.

내가 청실홍실병을 거머쥐고 슬그머니 식탁 아래로 내려놓으면 아내는 어두운 표정을 지을 것이다. 나는 대문이 보이는 길목으로 접어들자 우뚝 발걸음을 멈췄다. 풍자냐, 해탈이냐. 나는 그 숨막히는 길목에 오늘도 우두커니 서 있는 셈이었다.

그래, 나는 서른 살의 처용이다. 하루에 한 번쯤은 해탈을 할 나이다. 그런데 해탈은 어떻게 하는 거지. 나는 짐짓 힘차게 대문을 주먹으로 쾅쾅 두드리며 소리내어 아내의 이름을 길목이 떠나갈 듯 크게 불러제꼈다.

—라·윤·미, 나오라! 서·영·태 왔다!

(1993)

개흘레꾼

대학 서클 동기인 장명숙張明淑한테서 넘겨줄 것이 있으니 만나자는 전화가 걸려왔을 때 난 문득 그녀가 원고뭉치를 들고 와 출판을 검토해달라고 할지도 모른다고 생각했다. 때마침 내가 어느 작가가 맡겨온 원고를 읽고 있던 차라 그런 생각이 났는지도 몰랐다. '우리들의 사육제'라는 제목이 무색하지 않을 만큼 내용도 땀에 젖은 남녀의 몸뚱어리 냄새로 가득 채워져 있어 나는 흥미 반 걱정 반의 심정으로 원고를 훑어내려갔다. 내가 술김이라면 형이라고 못 부를 것도 없을 정도의 알음알이가 있는 그 작가는 문단에서 비교적 정통문학을 한다고 알려진 터라 나의 보수적 문학관에 비춰 당혹감이 일었던 것이다. 읽어갈수록 상업주의 쪽으로 발가벗고 뛰겠다는 의도가 확연히 드러났다. 그가 원고를 검토해달라면서 하던 말이 떠올랐다.

솔직히 대학에 자리를 잡고, 등 따시고 배부르니깐 문학이 안
되더라고. 톡 까놓고 얘기하자면 대중적으로 적당한 허명虛名이나
좀 세우자고 하는 거니깐 김형 출판사에서 어려우면 딴 데라도 톺
아주쇼.

하긴 그가 예전처럼 진지하게 쓴 거라면 우리 출판사로 올 리가
없을 원고였다.

여보세요. 거기 청솔출판사죠?

수화기를 들자마자 들려오는 첫마디만 듣고도 난 그 목소리의
주인공이 누군지 단박에 알아챌 수 있었다. 왜 모르겠는가. 그 여
걸女傑 장명숙을 모른대서야 인문대 팔이학번으로서 말이 되는가.
그녀는 활동이나 학습, 그리고 인간관계에서 어느 누구에게도 뒤지
지 않았던 모범적이면서도 탁월한 학생운동가였으니깐. 헌신성과
대담성은 물론이고 쇳소리가 쩌렁쩌렁하게 울리는 그녀 특유의
열정적인 선전 선동은 여학생은 물론 남학생들 사이에서도 타의
추종을 불허한다는 정평이 나 있었다. 나는 당시 그녀와 같은 문학
운동 서클에서 일하고 있었다.

아 예, 그렇습니다만…… 그러면 혹시, 아니 너 뺑수 맞지 그
지? 으응, 그래 너 명숙이로구나. 야, 어찌된 일이야 이거, 전활 다
주고. 근데 내가 이 출판사에 다니는 건 어떻게 알았어? 왜, 좋은
책들 많이 내잖아. 그건 그렇고, 일언이폐지하고 오늘 저녁때 시간
좀 나지? 잠깐이면 돼. 길어도 안 될 건 없지. 후후, 듣기엔 좋군.

근데 정말 웬일이야. 너한테 뭐 전해줄 것도 있고. 전달? 뭔데? 글쎄, 보면 알 거야. 그래? ……참, 너 등단했더라, 신문 보니깐. 축하한다고. 가작인데 뭘……

올림픽이 열리던 88년에 졸업을 하고 나서 한 번도 대면하지 못했으니 거진 오 년 만의 만남이 될 자리였다. 가끔 대학 동기들을 만나서 간접적으로 단편적 안부를 전해듣긴 했지만 최근에는 그나마 근황을 물어볼 기회도 갖지 못했다. 그러던 것이 지난해 말인가 어느 신생 신문에서 공모한 희곡 부문 가작 등단자 이름이 장명숙인 것을 보았다. 신문에 나온 주소대로 연락을 해본다는 게 마음뿐이었던 모양이었다.

신촌 어디쯤으로 둘이 알 만한 곳으로 약속 장소를 정하자고 했더니 자기가 시내에서 선약이 하나 있는데 그것이 언제 끝날지 장담할 수 없다며 나보고 아예 내 사무실에서 죽치고 있으라고 하였다. 전화에다 대고 내 사무실 위치를 손짓발짓을 섞어가며 가르쳐주었더니 다 듣고 나서 피식 웃으면서 근처에 몇 번 가본 적이 있다고 했다.

코끝이 알싸하도록 석유난로를 자글자글 켜둔 사무실 구석의 소파에 외투를 걸친 채 홀로 앉아 있기도 뭣해서 옆 건물 지하층에 신장개업한 슈퍼마켓에서 백오십 미터에서 퍼올린 지하천연수를 만들었다는 맥주를 서너 병 사다놓고 홀짝거리며 그녀를 기다렸다. 그러다가 얼른 생각이 났다는 듯 지난달 치 신문철을 뒤져 그녀의 희곡 당선작 제목이 '실로폰 소리에 맞춰서'임을 확인했다. 눈으로 줄거리를 좍 훑어보니 대충 어느 아파트에서 한 젊은 유부녀가 우연히 잘못 집을 찾아든 남자와 상대하는 내용이었다. 글 쓰는 축들은 자기가 쓴 글의 내용을 읽은 척하고 되풀이 들려주면 사족을 못 쓰는 법이잖은가. 원활한 대화를 위해서는 이런 기초 조사가 필요했다. 근데 내가 왜 이리 서두르는 걸까. 옛 애인이라도 찾아오는 중이란 말인가.

나는 문득 집을 나와서 고등학교 동창녀석과 한 네댓 달 같이 썼던 장승백이의 지하 자취방이 떠올랐다. 천장으로는 붕대 같은 천을 친친 동여맨 보일러관이 얼기설기 지나가는 을씨년스런 방이었다. 경찰서에서 구류를 살고 타박타박 돌아와보니 그녀가 방에서 늘어지게 잠을 자고 있었다. 하긴 엠티를 가서나 합숙에 들어가 좁다란 방에서 남학생들 대여섯 명과 어울려 한방을 쓰고 어빡자빡 포개져 칼잠을 잘 때도 하등 아랑곳없던 그녀였기에 방문을 열어본 나는 발을 씻는 둥 마는 둥 하고 주저 없이 걸어들어가 벌렁 드러눕고는 이내 코를 드르렁 곯았다. 그러곤 몸을 흐득흐득 떨며 아버지에 대한 개꿈을 꾸었던 것 같았다.

아버지는 마치 신바람난 골목대장인 양 활갯짓으로 바람을 잡으며 우줄우줄 앞장서서 세찬이네 골목으로 암내를 잔뜩 풍기는 누런 황구 한 마리를 구슬려 끌고 나갔다. 몇 올 남지 않은 머리카락이 바람에 헝클어져 쑥대강이처럼 너울너울 춤을 췄다. 윗동네 아랫동네 할 것 없이 한덩어리가 된 조무래기들이 실성한 뒤를 쫓듯 킥킥거리고 손가락질을 하며 아버지의 뒤를 따랐다. 나는 조무래기들보다 대여섯 발짝 뒤처져 걸었다. 맞은켠에서 맞닥뜨린 아낙네들은 코를 싸매쥐고 길가 벽으로 바짝 붙은 채 이마빡에 주름살 깊은 인상바가지를 일그러 붙였다. 암캐인 황구의 사추리에서는 검붉은 액체가 이따금씩 떨어져 방울방울 땅을 적시고 있었다.

뒤따르던 조무래기들 가운데 짓궂은 녀석 몇이 일부러 연탄재 쪼가리를 내던졌다. 꼬리를 뒷다리 사이로 한껏 끌어당겨 틀어막은 황구는 아버지 발치 앞으로 쪼르르 달려가 애원하는 눈초리로 쳐다봤다. 아버지는 허릿장을 지르고 험상궂은 표정을 지으며 뒤돌아서 조무래기들을 쏘아보았다. 순간 조무래기들은 움찔거리며 제자리에 섰다. 그러나 겁먹은 표정들은 아니었다. 하관이 빤 턱에는 덜 뽑은 돼지비계의 그것처럼 까칠한 털이 숭숭 솟아 있고, 동굴처럼 벌어진 시커먼 입속으로 움푹 빨려들어간 양볼에 위엄 따위가 서릴 만한 구석은 조그만치도 없었다. 게다가 흰자위가 검은자위를 덮어버릴 만큼 후뜹 두 눈은 어릿광대의 표정처럼 우스꽝스럽기조차 해 아이들이 겁을 집어먹기는커녕 주먹쑥떡을 먹이는 놈들도 있었다.

그나마 내가 뒤따르고 있지 않았다면 아버지는 또 한번 아이들의 놀림감이 되었을지도 몰랐다. 조무래기들은 아버지보다도 내 눈치를 더 살피는 기색이었다. 나는 짐짓 외면을 하고는 딴전을 피

웠다. 그 자리에 슬그머니 주저앉아 운동화끈을 들메는 시늉을 했
다. 조무래기들이 와자하게 앞으로 쏠리는 소리에 맞춰 몸을 일으
켰다. 그러나 그때까지 아버지는 흘끗 뒤를 바라보고 서 있었다.
그 순간 아버지와 내 눈이 마주쳤다. 둘은 아주 무표정한 눈길을
주고받았다.

아, 아버지! 당신이 정녕 나의 아버지이십니까.

나는 나도 모르는 새에 두 주먹을 불끈 쥐었다. 그때 아버지 손
에서 황구의 목줄이 풀리더니 갑자기 내게 돌진해들어오는 거였
다. 비린내가 나도록 말라 보이던 황구 대신에 어느새 집채만한 몸
집을 지닌 시커먼 셰퍼드로 변하여 내게 달려들었다. 그 개의 입언
저리에는 부걱부걱 일어난 거품이 잔뜩 물려 있었고 눈에는 퍼런
인불이 일어 살기마저 번득거렸다. 그러나 아버지는 저만치 서서
미친 사람처럼 웃어젖히고 있었다. 나는 소리를 지르려 했으나 몸
이 말을 듣지 않았다. 가슴에 천근만근 되는 쇳덩이를 얹어놓은 듯
답답했다. 나는 안간힘을 다해서 눈을 떴다. 그와 동시에 누군가
의 품에 안겨 흐느끼면서 헛소리를 내고 있는 나 자신을 발견했던
것이다. 나는 부끄럽게도 명숙의 품에 안겨 어린애처럼 울고 있었
다. 그것도 그녀의 젖가슴에 콧잔등을 한껏 파묻은 채였다. 명숙이
는 마치 다정한 엄마처럼 내 등을 토닥거리고 있었다. 그때 내 코
는 진한 이성의 냄새를 맡고 있었다. 아련한 분냄새였을까 아니면
짙푸르게 벙그러진 방초꽃 내음이었을까. 나는 그 상태에서 한숨

더 자고 싶었지만 그녀가 내 얼굴을 살포시 밀어내었다. 그러곤 평소의 그녀답게 일갈을 하는 거였다.

그러게 너 같은 병신은 암만해도 안 된다니깐, 왜 연득없이 나서고 육갑이냐! 주동을 아무렇게나 뜨는 건 줄 알아?

어떻게 알았는지 아버지가 혼자서 경찰서 유치장으로 면회를 왔다. 내가 면회실로 들어서자 흐릿한 아크릴판 너머의 아버지는 자리에서 엉거주춤 일어섰다.

"쯧쯧, 아버질 생각해서라도 자네가 그러면 못쓰지 아암."

나를 조사한 형사는 나를 데려다주면서 아버지의 행색을 살피고 난 뒤 끌탕을 하며 말했다. 나는 아버지의 손에 들려진 하얀 봉투에 눈길이 먼저 가 달라붙었다. 직감적으로 난 그것이 빵봉지라는 걸 알았고 그것은 틀리지 않았다. 아버지는 예의 그 어설픈 미소를 지으며 다가왔다. 한여름만 빼놓고는 내도록 입는 감청색 작업복 어깻죽지에는 비듬이 싸락눈처럼 허옇게 내렸고 누비 솜바지는 군데군데 솔기가 터져 인조솜이 비어져나와 있었다. 그것은 흘레를 붙이는 과정에서 성깔 사나운 수캐들이 아버지에게 달려들어 물어뜯은 흔적들이었다.

"아직도 흘레를 붙이고 다니세요?"

"……"

아버지는 아무 말도 없이 물끄러미 날 쳐다보았다. 내가 이렇게 수치스러움으로 벌겋게 달아오른 목소리로 물어오는 데 대해 약간은 당황해하는 표정이기도 했다. 내가 이마빡을 아크릴판에 대고 호전적으로 다시 한번 물어보려고 하는 순간 면회록을 작성하고 있던 젊은 전경이 고개를 아래로 쑤셔박고 킬킬거리며 웃었다. 아버지는 날 외면한 채 머리를 끄덕였다.

나를 절망적이고 자포적인 몸짓으로 인도했던 것은 바로 아버지의 이런 행위들이었다. 수치스러웠다고 고백해야만 한다. 개흘레꾼이라니! 바로 내 아버지 얘기인 것이다.

가투가 있던 날 나는 델몬트 상자에 돌멩이를 가득 넣고 시내로 향했다. 그날 시위의 성격이 어떤 것인지, 시위를 어떻게 이끌 것인지, 또 마무리 정리는 어떻게 할 것인지도 모른 채 나는 주동이 뜨는 시각에 한 발 앞서 도로로 뛰쳐나갔다. 그리고 이십 초 만에 체포조의 가죽 주먹세례에 묵사발이 되어 어깻죽지가 뒤로 꺾인 채 닭장차에서 주민증을 빼앗기고 곧 백차로 옮겨져 경찰서로 직행했다. 차라리 감옥에나 갔으면 하는 심정이었다. 그러나 생각과 달리 구류 십오 일이 떨어졌다.

나는 아랫입술을 지그시 깨물었다. 나의 데면데면한 표정을 읽은 아버지는 쭈뼛거리는 모습이었고 그 바람에 두 손을 앞으로 죽 내밀자 빵봉지가 불쑥 솟구쳤던 것이다. 그때 내 눈앞에는 국민학교 일학년 운동회 때 학교 후문을 통해서 빵과 사과가 든 봉지를 철문 틈새로 넣어주던 아버지의 모습이 겹쳐져왔다. 누군가 내 어깨를 톡톡 건드리면서 후문 쪽에서 누군가 나를 찾는다는 거였다.

반신반의하며 가보았더니 검은 물을 들인 군복 윗도리에다 귀를 덮는 개털모자를 쓴 아버지가 배시시 웃으며 철문 사이로 봉지를 전해주는 거였다. 그때 아버지는 쓰레기를 치우는 청소부 생활을 하고 있었는데 일하는 도중에 학교를 지나치는 중이었는지 온통 먼지투성이에다가 몹시 추레한 모습을 하고 있었다. 나는 주위 애들한테 부끄러운 마음이 앞서 잘 뛰어보라는 아버지의 말이 채 끝나기도 전에 빵봉지를 후닥닥 채뜨리고는 얼른 변소 뒤쪽으로 해서 빙 돌아 응원석으로 되돌아왔다. 그러고 나서 내가 그 빵봉지를 열어 안에 든 것을 꺼내 먹었는지는 분명치 않다. 아무튼 면회실에 흰 봉지를 들고 선 아버지를 보니 불현듯 옛날 운동회 때 생각이 갑자기 난 것이다.

"뭐하러 오셨어요? 며칠 있으면 나갈 텐데."

"내 간수들한테 맡겨둘 테니 안에서들 노나 먹으라."

그러고서는 할말이 없어졌는지 아버지는 입술을 굳게 다물고 있다가 불룩한 잠바 호주머니에서 필터 없는 새마을 담배 한 개비를 뽑아내 물었다. 그러자 전경이 볼펜 끝으로 공책을 툭툭 두드리며 면회실에서 흡연은 안 된다고 경고했다. 오 분의 면회 시간이 대충 지나갈 때쯤 내가 먼저 입을 열었다.

"엄마는 좀 어떠세요?"

"많이 축이 갔었드랬는데, 요즘은 좀 나아졌지. 니 에미레 불쌍한 사람인데…… 너 여기서 나오면 허나사나 집엘 들어와서리 부대끼더라도 함께 살아야 되지 않겠니. 그게 사람의 근본이지 않겠니?"

우리에게 무슨 근본 따위가 있겠어요! 난 하마터면 이렇게 소리를 지를 뻔했다. 그러나 아무 말도 입 밖에 내지 않고 돌아섰다. 난 아버지와 화해하고 싶은 마음이 도무지 없었던 것이다. 굳이 변명하자면 내가 대학생활을 보냈던 팔십년대는 움직일 수 없는 냉전체제 아래였다고나 할까. 그것이 내 사고방식을 크게, 그리고 분명히 규정했으리라.

그때 당시의 내 심사를 잘 대변해주는 글을 나는 구십년대로 넘어가서야 비로소 우리 문단 비평의 희망봉으로 내게 우뚝한 어느 노회한 평론가에게서 보는 편이 되었다.

……우리 현대소설은, 알게 모르게 냉전체제와 그 논리를 구축한 이항대립이란 이름의 고전적 형이상학에 바탕을 둔 것이 아니었던가. 일제강점기의 "아비는 종이었다"의 명제가 그러하였고, 해방공간에서부터 팔십년대 전 기간을 은밀히 울렸던 "아비는 남로당이었다"의 명제가 소설의 혼을 이루었을 뿐 아니라 소설과 결합시킬 수조차 있었던 것이지요……

그가 말하는 소설이란 결국 세계관의 다른 이름이었다. 다시 말하자면 나의 아비는 숙명의 종도, 그리고 권력투쟁에서 패배한 남로당이었다고 외칠 만한 위치에 있지도 못했기 때문에 나는 또다른 가슴앓이를 해야 했던 것이다. 그렇다고 다시 "아비는 군바리였다"거나 "아비는 악덕 자본가였다"라고 외칠 처지는 더욱 아닌데 나의 절망은 깃들어 있었다.

그런 의미에서 아버지는 테제도 그렇다고 안티테제도 아니었다. 그저 하릴없이 암내 난 개 목에 낡아빠진 개줄을 걸고 다니며 상대 수캐를 고르고 한적한 돌산 같은 데로 올라가 흘레를 붙여주는 일을 보람차게 수행하는 사람일 뿐이었다. 그러니 내가 나가야 할 출구를 아버지가 미리 다 막아놓은 셈이었다.

장명숙의 아버지는 해방공간에서 사회주의활동을 한 이력이 있는 사람인 모양이었다. 고향에서 여운형의 건준에도 주도적으로 참여했다는 말을 언뜻 들은 적이 있을 정도로 비중 있는 활동을 했다고 한다. 그 바람에 집안이 피질 못하고 우그러들었다는 소리를 술 취한 명숙의 입을 통해 몇 번 들을 때마다 그녀의 아버지는 그녀에게 하나의 테제였다. 그리고 졸업 뒤 결국은 명숙과 결혼까지 한 서클 선배 석주 형의 경우는 어떤가. 난 처음에 석주 형네 집에 갔을 때 그렇게 잘사는 집구석에서 왜 운동을 하는지 의아스러워질 정도였다. 그러나 석주 형은 아버지가 마련해준 기득권의 토양을 거부하고 나섰다. 형이 머릿속에 그리는 좀더 나은 사회를 위해서 자본가적 잉여가치를 취하는 한 아버지는 극복 대상일 수밖에 없다는 형의 논리 앞에 나는 얼마나 기가 죽었었던가. 그때 석주 형에게 아버지란 존재는 안티테제일 수밖에 없었다. 그러나 내게 아버지란 존재는 이도 저도 아닌 개흘레꾼에 불과했다. 그러니 내가 절망하지 않고 어찌 배길 수 있었을까.

결국 구류를 살고 난 뒤 나는 당분간이라도 집으로 돌아와 쉬는 시간을 가졌다. 우선 학교 근방을 떠나보고 싶었다.

나는 그동안 개홀레를 붙이러 먼지바람 속에 뒷돌산으로 가는 아버지의 뒤를 쫓았지만 대부분 그 장면을 끝까지 참아내질 못하고 중도에서 산을 내려오곤 했다. 얼굴에 찬바람을 맞으며 내려오면서 나는 손아귀에 들려진 짱돌을 풀숲에 던져버렸다. 어느샌가 내 손에는 푸석푸석한 돌멩이가 쥐어져 있곤 했다.

아버지가 개홀레를 붙여주고 난 다음에 그 개가 새끼를 낳으면 한 마리쯤 수고했다고 가져다주는 사람들도 있었지만 대개는 입을 싹 씻고 말았다. 그도 그럴 것이 누가 붙여달라고 부탁한 것도 아니었고 아버지가 어떻게 알았는지 암내 난 개들이 있는 집을 용하게도 알아내서 찾아가 홀레를 붙여주겠다고 굳이 자청한 일이었으니 수고비를 내든 안 내든 탓할 바는 없을 터였다. 어쩌다 입이 잰 두익 애비가 갑석이네 가게 앞 평상에 목발을 부려놓고 엉덩이를 걸치고 앉아 술잔을 꺾으며 자발머리없이 떠벌리는 옆을 지나칠 때가 난 영 젬병이었다. 나를 보는 순간부터 그는 더욱 두터운 입술을 부풀리며 큰 소리로 나발을 불었다.

"원, 동네 개들이란 개의 씹은 죄다 그 영감탱이가 다 붙여주니 암만 이 풍진 꼴 난 세상이라지만 차마 눈뜨고 못 볼 지경이 아니잖구! 그것도 적선임에는 틀림없고 보면 저승에선 부처님 앞으로 가게 될지도 모르겠군, 흥."

"아따, 이 사람아. 그렇게 대놓고 욕하는 게 아닐세."

"아, 사실이 그런 걸 낸들 어쩌나그려? 자라는 아이들 교육적인 거시키도 생각함시롱 주착을 떨어도 떨어야지 응. 그 나쎄에 그거이 도대체 뭐이야? 생각할수록 내 낯이 다 뜨뜻해져설랑 에잉. 어떻게 개흘레꾼하고 남세스러워서 한동네에서 상판때기를 마주하고 산단 말이여. 그냥 콱."

두익 애비가 나무 평상을 주먹으로 내리치는 바람에 막걸리잔이 움찔하며 술이 넘쳐났다. 나는 그러나 독 오른 가을뱀처럼 고개를 빳빳이 세우며 천천히 가게 앞을 지나쳤다. 가슴 한구석에서 뭔가 뜨거운 기운이 풀무질하듯이 치솟았지만 딸꾹질을 참을 때처럼 명치끝을 지그시 누르고 있었다.

"에이 쌍. 세상 한번 왈칵 뒤집어지지 않고 뭐하는지. 개흘레꾼은 열심히 흘레를 붙이고…… 그러다보면 누군가 갸륵히 여겨 외입질이라도 한 빠구리 시켜줄지도 모르는 일이겠고 말이야 응? 늙은 말이 콩 마다는 법 없다는 옛말이 있잖아. 대주라구, 허벌나게 대주라구들 큭큭큭."

두익 애비는 반미치광이처럼 고함을 질러댔다. 그가 공사장에서 등짐을 지다 실족해 다리를 다치는 바람에 집안에 들어앉은 사연을 모르는 사람은 없었다. 다리를 다친 것보다 더 문제가 된 것은 낭심이 벽돌에 치여 그만 성기능 장애를 일으킨 것이다. 그러니 머잖아 두익 엄마가 안 하던 분칠을 회 뿌리듯이 하고 밖으로 나돌아다니는 모양이었고 그러니 자연 가정불화가 끊일 새가 없었다. 솔찮이 받은 산재보상금만큼은 꽉 틀어쥐고 있어 아예 동네 구멍가게 평상을 세내듯이 꿰차고 앉아 오고가는 사람들을 불러모아 술잔을 돌리며 외로운 곁을 달래보지만 그렇다고 허전함이 가실 리는 없을 것이었다.

"내가 가만히 앉아서 따져본 것만 해도 벌써 몇 건이여? 하루 걸러 개흘레를 붙여준다고 해도 가설라므네…… 그 영감이 만든 개아덜이 한 백오십 마리는 넘겼는데 젠장. 그놈의 개아덜놈들이 밤이면 밤마다 아부지, 아부지 하면서 울어젖히는 소리들이 귀에 쟁쟁하다니깐."

두익 애비가 내뱉는 말에 주위의 술꾼들이 배꼽을 잡고 목젖이 찢어져라 웃어젖혔다.

아버지는 결코 아무렇게나 흘레를 붙이진 않았다. 이를테면 아버지의 머릿속에는 가근방 개들의 족보가 그려져 있는 모양이었다. 우선 에미와 새끼 간은 물론이고 같은 항렬끼리는 상관시키지 않았다. 사람들은 개판, 개판이라고들 하지만 개들 사이에서도 궁합이 있다는 게 아버지의 믿음이었다. 궁합이 맞지 않으면 좋은 수태가 될 수 없고 좋은 수태가 이뤄지지 않으면 난산이 된다는 거였다. 가령 경상도집 쬐순이가 발정을 한다면 그 상대로는 아버지 머릿속에 당연히 요구르트집 누렁이가 점찍혀 있었다. 종의 상대는 당연히 이발소집 꼬맹이였다.

아버지가 어떤 기준으로 개들의 궁합을 가려내는지는 잘 알 수 없었다. 다만 개의 관상이나 겉모양 특히 생식기 부위를 집중적으로 살피는 걸로 봐서 나름대로의 기준이 없진 않다는 생각이 들었다. 워낙 개를 좋아하는 양반이라 그런지 처음 보는 개들도 몇 번 안면을 익히면 꼬리를 사리고 들 정도로 개를 다루는 데는 이골이 나 있었다. 혹시 암내 난 암캐의 음수陰水를 묻혀가서 수캐들의 혼을 지레 빼놓는가 싶어 넌지시 지켜봤지만 꼭 그런 것만도 아닌 듯 싶었다.

동네에서 암캐를 기르는 집이라면 모두들 쌀가게 임씨 아저씨네 맏이인 원이 형이 키우는 송아지만한 셰퍼드의 씨를 받고 싶어 했다. 임씨의 맏아들 원이 형이 키우는 그 개의 이름은 희한하게도 히틀러였다. 아침나절 그가 잠시 돌산에 산책을 시키러 끌고 나올 때 한 번씩 그 위용을 자랑하곤 했다. 동네에서 웬만큼 사납다고 호가 난 개들도 히틀러가 지나가면서 자기 집 앞의 전봇대에 가랑이를 쳐들고 실례를 해도 찍소리를 못하고 흰자위만 뱅그르르 돌릴 뿐 기를 펴지 못할 정도였다. 사람들은 은근히 아버지에게 히틀러의 씨 좀 받아달라고 추근거렸다. 그러나 원이 형은 사람들한테서 그런 제안을 받을 때마다 마치 큰 모욕을 당한 사람처럼 얼굴이 벌게졌다. 히틀러를 아무 잡종한테나 함부로 붙여줄 수 없다는 거였다. 그래서 개를 잘 다루는데다 임씨 아저씨와 친분도 남다른 아버지를 내세운 것이다.

"김영감, 어디 말이나 한번 넣어보지그래."

"내 보기엔 말이오, 댁네 메리하고는 애당초 궁합이 안 맞는다
는데도 대구 그러면 거 어쩌라구…… 괜한 쌩이질 치지 말고."

"우리 메리가 어디가 어때서? 이거 무시하지 말라구."

혜정이네 개가 우연히 히틀러의 씨를 뱄다가 새끼를 일곱 마리
나 낳았는데 종자가 어떻게나 좋던지 젖을 떼자마자 한 마리에 만
원씩에 팔려 그 집에 거금 칠만원을 안겨준 사례가 있어서 더 그러
는 건지도 몰랐다.

"이것저것 따질 것 없이 덩치를 보믄 알쥰데 말이야……"

"뭔 소리여? 덩치로 따질 것 같으면 교미를 할 땐 다섯 배까지
는 감당할 수 있는겨. 아, 안 그래? 내가 새끼덜 톡톡히 밴 게 확
인되는 즉시로 김영감한테 섭섭잖게 턱을 낼 테니 너무 그러지덜
말어."

상대방이 입에 거품을 물고 달겨드니깐 아버지가 한 걸음 물러
서는 척하긴 했지만 끝내 확답은 하지 않았다. 이름 그대로 폭군
모양 불뚝거리는 놈이라놔서…… 평소 아버지는 그 히틀러를 맘
속에서 완전히 내놓고 있었다. 아버지 표현에 따르면 아주 돼먹잖
은 놈이라는 거였다.

개들한테도 강간이라는 게 있단 말이에요?

기럼 그거이 왜 없겠니.

아버지는 주먹을 불끈 쥐어서 내보이며 확신에 차 말했다. 나는 하도 어이가 없어 그저 입을 벌린 채 웃고만 있었다. 그러나 아버지는 진지했다. 그게 어째서 강간인지를 설명하는 거였다. 저 이발소 은정 애비네 꼬맹이 있잖니? 그거이 당했지.

어떻게요?

내 말을 한번 귀담아 잘 들어보지 않겠니. 그놈은 우선 발정이 나지 않은 것한테도 틈만 나면 마구 달려들어 그 짓을 한다니깐. 어지간히 양기가 뻗쳐서는 그러기가 보통 힘든 일이 아닌데 말이다. 짐승들은 사람과 달리 발정기가 따로 있는 거 아니겠니. 그런데도 그놈은 그 자연의 법칙을 어기고 있는 게지. 아주 흉물스런 놈이야, 보믄 볼수록. 꼬맹이가 뒤를 덮친 그놈 때문에 그토록 깨갱거리다가 한 며칠간은 기두발도 못한 걸 네 아네? 그런 놈이지. 히틀러라는 놈은. 에잉, 이름도 어디서 괴상망측하게 지어개지구설랑.

그런데 히틀러가 사라진 사건이 일어났다. 아마 원이 형이 집에 있었더라면 그런 일은 일어나지 않았을 것이다. 원이 형 아버지인 임씨가 아버지에게 와서 히틀러를 메리와 흘레 좀 붙여달라고 부탁했다.

"우리 아이가 지금 외출하고 없어서 그러는데 이 동네에서 그놈의 개를 다룰 수 있는 사람이라면 우리 아이말고 김영감밖에 누가 또 있겠수? 그러니 수고 좀 해줘야겠어. 차씨가 어찌나 성화를 붙

여쌓는지 그 등쌀에 배겨날 장사가 어디 있겠수? 우리 아이가 알
믄 큰일날 일이니깐 없는 사이에 얼른 좀 치러주구랴."

차씨는 메리한테 히틀러의 씨를 받아주기 위해 임씨 아저씨 쌀
가게에서 일부터 경기미 두 가마를 사서 집으로 날랐다. 아버지는
통장이기도 한 임씨에게 밉보여 좋을 게 없음을 잘 알고 있는 탓인
지 입맛을 쩍쩍 다시면서 신발을 미적미적 찾아 꿰신었다. 그러나
그 흘레는 성사되지 못했다. 오후 늦게 산으로 올라간 아버지는 해
가 뉘엿뉘엿 질 무렵 히틀러의 개줄만 달랑 손에 쥔 채 넋이 빠진
사람처럼 털레털레 내려왔다. 그러곤 아무 말이 없었다. 히틀러는
끝내 모습을 드러내지 않았다.

"김씨 말 좀 해보구래, 어찌된 일인지나 알아야 이 갑갑증을
풀지."

오히려 임씨 아저씨가 통사정을 하고 나왔으나 아버지는 완강
하게 도리질을 치면서 죄송하게 됐시우 하는 말 외에는 입 밖에 내
지 않았다. 어쨌든 이만저만한 사건이 아니었다. 그때까지 저 양반
이 망령이 들었나 하고 속만 끓이며 별 간섭을 안 하고 있던 어머
니가 봇물 터뜨리듯 악다구니를 퍼붓고 나섰다.

어디 가서 모두먹기패랑 어울려 한 상 두리기로 해처먹었단 말
이야! 이, 씨를 말릴 함경도 종자들이 끝내도록 애를 먹인다고, 애
를. 애새긴 지 에미애비 고혈을 짜다간 기껏 콩밥이나 석죽이다 나
오질 않나 애비란 작자는 구질구질허게 개씨받이 노릇을 하다가

못해 남의 집 황소만한 개를 모꼬지판에 갖다바쳤는지 어쨌는지. 아이구 이내 기박한 팔자를 어떻게 하늘이 모른단 말이야! 나는 그날 아버지에게 달겨들어 등짝을 후려패듯이 철꺽철꺽 후리는 어머니를 처음 보았다. 아버지는 예의 그 묵묵부답이었다. 아버지가 입을 열지 않아서 히틀러의 종적은 오리무중이 되었다. 어디다 팔아치웠는지, 도망을 쳤는지, 아니면 어머니 억측대로 몇몇이서 아버지와 작당을 하고 한 상 두리기로 때려 먹어치웠는지 알 수 없는 노릇이었다. 어머니는 사람 이세理勢가 그런 게 아니라며 흥분이 가라앉자 단돈 몇만원이라도 챙겨 쌀집엘 올라갔었는데 거기서 히틀러의 몸값이 거의 이십만원대에 육박한다는 말을 듣고는 얼굴이 하얗게 질려서 갖고 간 만원짜리 지폐 서너 장은 펼쳐 보이지도 못하고 손아귀에서 담에 흠뻑 젖도록 쥐고 있다가 돌아왔다.

원이 형은 거의 정신병원에 입원할 지경이 되었다. 돌산 한구석 시커멓게 그을린 바위 아래에서 웬 개뼈다귀를 주워와서 히틀러의 것이라며 밤새 울고불고 훌쩍거리는가 하면 김포 쪽으로 히틀러를 끌고 가는 사람들을 봤다며 집을 나가서는 며칠씩 들어오질 않았다. 나는 아버지 대신 형에게 사과를 하기 위해 쌀집 뒷곁에 있는 다락방으로 찾아갔다. 그 다락방은 원래 허드레 물건을 쟁여놓은 창고였다. 지붕과 천장 사이인 더그매였는데 사람이 앉으면 딱 정수리에서 한 뼘가량 남았다. 형은 거의 쥐들과 같이 생활하는 셈이었다. 집안으로는 그 다락방에 이르는 통로가 없었다. 그래서 뒤란에서 벽장처럼 문을 딴 입구까지 열 칸이 넘는 사다리를 놓고 오르내렸다.

내가 사다리를 반쯤 오른 뒤 벽장문을 몇 번 두드렸으나 기척이 없었다. 살그머니 문을 열어젖히자 어둠컴컴한 구석의 앉은뱅이책상 앞에 쭈그리고 앉은 형이 고개를 쑤셔박고 뭔가를 열심히 헤아리고 있었다. 삼천이백쉰야들, 삼천이백쉰아홉…… 형은 온 정신을 쏟아 그 작업을 진행시키느라 내가 들어온 줄도 모르는 모양이었다. 형, 저 왔어요. 삼천이백예순…… 원이 형은 날 한 번 흘끗 본 다음 다시 숫자를 헤아리기 시작했다. 나는 벽장문을 닫은 뒤 어둠에 익숙해지기 위해 눈을 감았다. 그러곤 어깨너머로 책상 위를 넘겨다봤다. 거기에는 왼편에 쌀과 보리가 섞인 쌀더미가 둥덩산 모양 쌓여 있었고, 오른편으로는 쌀과 보리를 가려서 따로 모아놓은 쌀더미가 있었다. 갑자기 숫자의 끝자락을 놓친 탓인지 가만히 앉아 머리를 젖혀 보꾹만 쳐다보던 형이 날 보고 흘끗 웃었다. 미안하다, 언제 왔니? 방금요. 아버지 대신 사과드려요. 뭘……, 난 아무 일두 없다니깐. 히틀러는 꼭 돌아올 거야. 아주 빵빵한 놈이니깐. 형은 갑자기 책상 위의 몇 안 되는 책들 가운데 한 권을 뽑아들었다.

그것은 조악하게 제본된 너덜너덜한 『나의 투쟁』 번역본이었다. 히틀러가 뮌헨 폭동이 실패한 뒤 뮌헨 감옥에서 구술한 것을 그의 심복 헤스가 나중에 기록한 책으로서 반민주주의적이고 전체주의적인 나치 사상의 성전이었다. 그 책 갈피마다 형이 연필로 새카 맣게 줄을 친 흔적이 보였다. 개의 이름을 히틀러로 지은 것도 우연의 소산은 아닌 듯싶었다. 나는 할말을 잊은 채 형의 얼굴을 멍하니 바라볼 뿐이었다. 형은 어떤 힘을 갈구하고 있음이 틀림없었다. 자신의 허약한 육체로 인해 맛봐야 했던 수많은 좌절과 절망감을 보상해줄 강력한 힘이 필요했던 것인가.

메인 깜푸나의 투쟁! 속제목 좀 봐. 청산이야. 쓰레기 같은 인간들은 아주 깨끗이 쓸어내버리겠다는 거야. 속이 다 후련하지? 인간들은 크게 천재와 기생충으로 나눌 수 있다잖아. 내 주변에서 껄렁거리는 놈들은 죄다 썩었어. 알량한 근육 힘 자랑이나 하고 머릿속은 텅 비어들 가지고 말이야. 그래가지고선 아무 일도 안 돼. 더욱 강력하고 순수하며 조직적인 사상으로 먼저 무장하는 일이 필요해. 그런 의미에서 히틀러를 독재자랍시고 마냥 나쁘게만 볼 수만은 없더라고. 그는 순수하고 강한 제국을 건설하고자 했던 위대한 사람이었어. 강력한 게 다 정의로운 건 아니지만 그것이 없는 정의로움이란 무의미해. 나는 이 말에 동의한다구. 약한 자들은 곧잘 엄살을 떨지. 난 그게 싫어. 매일 아침 일어나서 제일 먼저 히틀러의 희고 강인한 이빨을 보면 삶의 의욕이 어느 정도 솟는데……

히틀러 사건이 난 다음부터 아버지는 이러저러한 등쌀에 집에 붙어 있을 수가 없었다. 돌산 어드메쯤 가서 멀거니 혼자 앉아 있다 돌아오곤 하는 모양이었다. 나는 저벅저벅 아버지의 뒤를 밟았다. 아버지는 처음부터 그 사실을 알고 있었지만 이렇다 할 내색을 하지 않고 당신의 길만 걸었다. 나는 가다가 얼른 구멍가게에 들러 사이다 한 병과 비스킷 한 봉지를 샀다. 이럴 때 아버지가 술을 할 수 있었으면 한결 얘기는 잘 풀릴 수 있었을 테지만 아버지는 중풍을 앓은 뒤로는 술을 끊은 터였다. 아버지는 앞이 툭 트인 돌산의 한 바위 위에 올라가 앉았다. 내가 말없이 사이다병을 따 비닐컵에 그득 따라주자 벙시레 웃으며 받아들었다. 수염이 까칠한 코밑 자락으로 콧물이 질펀하게 흐르고 있었다.

너두 내가 히틀러를 어쨌다고 믿을 테지.

나는 고개를 가로저었다.

그렇진 않지만 어떤 연유인지는 듣고 싶어서요.

그럴 게야. 하지만 나도 어안이 벙벙해서리 잘 모르갔어. 분명 히틀러를 잘 구슬러서는 저 뒤 너머 있지? 아카시아 많고 우묵한 데 말이야. 거기까지 갔는데 그만 소피가 마렵지 뭐이겠니. 차암 내, 일이 어드르케 그리되려니깐 말이야. 첨엔 그 자리에서 아래춤을 까고서리 거저 갈기려고 했는데 왠지 꿉꿉한 생각이 드는 게야. 그래서 나무에다 개줄을 단단히 붙들어매놓고 아래참으로 조금 기어내려왔어. 그런데 오줌을 누고도 쭈그리고 앉아서 담배 한 대 피울 참쯤 지나서 올라갔더니 개는 온데간데없고 개줄만 덩그러니…… 그 덩치 좋고 영악한 놈이 누구한테 끌려를 갔는지 도통. 고기에다 낚시갈고리를 파묻어 던져줘서 먹어치우면 그 갈고리가 목에 걸려 고걸 끌고 가면 천하 없는 놈도 꼼짝없다는 말을 들긴 했지만서두……

앞으로도 개흘레를 계속 붙이실 참인가요?

아버지는 긍정도 부정도 않고 한동안 말이 없었다. 하지만 난 긍정 쪽으로 감이 잡혔다. 가슴이 답답했다. 도대체 왜일까? 나는 그것에 대한 아버지의 답변을 침묵으로 강요하며 지긋이 앉아 이빨 끝으로 강아지풀 대궁을 잘근잘근 씹고 있었다.

아주 오래된 얘기지, 아주. 내 나이 스물하고두 야들이었으니깐.

아버지의 입이 열리기 시작한 첫마디였다. 아버지가 스물여덟 살 때 도대체 무슨 일이 있었단 말인가. 그때 아버지는 거제도 포로수용소의 평범함 포로였다. 언젠가 아버지는 내게 이렇게 말을 한 적이 있었다.

내레 앞에총이 뭔지나 알았겠니?

그 말은 당시의 아버지에 대해 거의 모든 것을 표현해주고 있었다. 아버지는 애초부텀 사상 따위와는 거리가 먼 사람이었던 것이다. 앞에총이란 대관절 무엇이었을까. 그것은 단순한 군사훈련의 기본동작만은 아니었을 것이다. 아버지가 단지 서툰 병사였다는 의미 이상의 그 무엇이 담긴 말이었다. 어느 체제든 자기식의 사상에 순치되지 않은 사람에게 무기를 쥐여주는 법은 없는 일이다. 그 총구를 거꾸로 돌리는 날에는 체제 자체가 파멸이기 때문이다. 따라서 앞에총의 의미란 최소한 총구를 누구에게 겨눠야 하는지를 가르쳐주는 기본동작이자 사상, 즉 이데올로기의 첫걸음이었던 것이다. 아버지는 심지어 그것조차 몰랐다는 것이다. 물론 아버지가 전투요원이 아니었고 또 북쪽에서 급하게 병력을 징발하느라 신병교육이 허술하기도 했을 저간의 사정은 짐작이 가는 일이다. 피복 군수물자 담당요원으로 깊숙이 남하했다가 영천 어디쯤인가에서 선을 놓쳐 미군의 포로가 된 사람이었다. 북에는 부모님과 갓 결혼한 아내, 그리고 경성에 계신 두 양주분에게 작명을 여쭌 게 늦게 도달하는 바람에 미처 갓난 아들의 이름조차 확인하지 못하고 내려온 사연이 있었다. 아버지는 그런 처지에 있는 스물여덟 살의 청년이 남쪽에 남을 수밖에 없었던 당신의 내력의 일단을 내비치고 있는 중이었다.

내레 돈 간수 하나는 무척 잘했거든. 그러니 그 수용소 안에서 같이 지내던 패거리들이 내게 전부 돈 간수를 맡겼지. 우리레 정말 회계라믄 일절 낙자 없었다구. 원래부터 군수요원이었으니끼니. 수용소 안에서 이쪽저쪽 모두들 갈려서리 싸운 얘기는 전에두 내가 몇 번 한 기억이 나는데. 그렇다믄 그건 걷어치우고. 얘기를 길게 할 것도 없이 문제는 돈이었다. 돈만 있으면 정짜루 뭐이든지 다 되었으니까니. 그 아낙안에서 여자까지 샀다믄 게서 말 더 해 무슨 소용이래 있갔니? 가끔 노역이라구 해서 미군 싸즌들이 인솔해가지구 철조망 밖으로 나가는 일이 있는데 그때 뭔가를 국방군 보초한테 넌지시 인정을 푹 찔러주면 다 눈감아준다구. 싸즌이 전부 감독하는 데는 원체 한계가 있어서라. 그럼 정해둔 민가로 가서 여자를 사는 게야. 물론 피난민 에미나이들이지. 지금 생각하믄 굴왕신들처럼 추레하고 굼드러웠지. 심지어는 염병을 앓으면서도 거저 몸을 파는 게야. 먹고살아야 했거든. 늦봄 지난 김칫독처럼 시큼한 군둥내가 풀풀 풍기는 사타구니를 대줘도 살에 굶주린 사내들이 이것저것 돌아볼 여유가 있었나 뭐. 허겁지겁 그러고 나면 병 걸리는 사람도 많았지만 미제 다이아찡이 워낙 좋아서 그런지 까땍없었지. 나 말이니? 손가락도 까땍 않고 쳐다보지두 않아서. 정말이다 아암. 허어. 이런 얘기를 내가 너에게 해도 되는 건지. 하긴 너도 머리통이 이만치 굵었으면 다 큰 거다. 아암.

아버지는 남로당과는 점점 거리가 먼 얘기들만 했다. 한데 난 왠지 자꾸만 그 얘기 속으로 주책없이 빨려만 드는 거였다. 바람이 드세졌는지 젠장, 자꾸 눈시울이 시어지는 바람에 아버지 쪽을 바라볼 엄두는 내지도 못했다.

그때는 아침에 깨어나서 자기 목을 한번 쓸어보고서야 아항, 살았구나 하는 실감을 할 수 있을 만치 행펜없는 시절이었으니. 어느 날 아침에는 철조망에 아무개 반동 아니면 악질 빨갱이의 목이라고 써붙인 모가지가 서넛쯤 걸리는 날도 있었으니…… 이쪽저쪽에서 서로들 반동이라고 했지. 섞어논 데가 그런 건 더하지. 차라리 팔삼이나 칠육처럼 완전히 갈라놓으면 알아서들 적응하게 돼 있거든. 팔삼, 칠육이 뭐냐구? 기건 수용소 남바지. 그게 또 이름이더랬어. 내레 있던 칠삼처럼 섞어놓으면 문제가 되는 게야. 누가 그러는데 내가 반동으로 찍혔다잖니. 그건 일종의 궐석재판 같은 거고 반동은 사형선고인 셈이지. 아이코나 죽었구나, 생각하며 밤잠도 못 자고 전전긍긍했지. 그간 꿍쳐둔 돈이고 뭐고를 다 어쩐다지. 이따우 걱정 하면서. 갖다바칠 데라도 있으면 손 탁탁 털고 갖다바치기나 하지. 좌익 쪽에서는 내가 자본주의 물이 머릿속에 꽉 들어서 구제불능이라는 소리였는데…… 정작 당하기는 우익들한테 당했지.

그때 감찰완장들은 거개가 우익들이 찼거든. 감찰완장이라믄 어느 정도 수용소 쪽의 신임을 얻어서 수용소 내 물자 배급이나 치안 유지 같은 일을 도맡았지. 잠결에 어마지두에 얼굴을 보자기로 확 뒤집어씌워서는 어디론가 끌고 가는데 정신이 아뜩했지. 아, 이게 이젠 마지막이로구나 싶었지. 그러고는 어느 만큼 가서는 입에 재갈을 물리고 웃짱 윗옷을 홀렁 까제끼더니 들입다 몽둥이하고 발길질 세례를 안기는데 초죽음이 돼서 벌써 사람혼이 저만치 떠가는가 싶더라구. 기절하니깐 양동이 물을 쫙 끼얹고. 그러곤 재갈을 풀어주면서리 막무가내로 어느 편이냐고 대라는 게야. 말인즉슨 이쪽에 남겠다 그랬는지 도루 가겠다고 했는지 불라는 건데 첨엔 다짜고짜로 끌려와서리 눈까지 척 가리고 나니 어드메 편에서 끌어다냈는지 도무지 알 수가 있어야지. 맞출 기회는 반반인데 기거이 목숨이 걸린 판국이니 아흔아홉 대 일이래두 살이 불불 떨릴

텐데 말이야. 어디 입이 떨어지갔니? 일단은 버티고 보자고 대꾸
않는다고 쏟아지는 매를 견뎠지. 결기도 생기고 해서리 고함이레
고래고래 질렀지. 놈들이 놀고 있는 깐죽을 보니까니 왠지 죽일 것
같지는 않은 생각이 들었지. 한청 애들 같기도 했고. 수용소 안에
서도 방공포로 골수 애덜이 대한청년단이라고 조직해서는 위세가
떠르르했디. 결국엔 애덜이 개수작하는 꼴을 보니 내가 간수하고
있는 돈보따리를 내놓으라는 게야. 솔찮이 모인 걸 다 안다믄서.
내레 목숨과도 바꿀 수 없다고 버텼지. 그게 어디 내 거이든가. 여
러 동지들이 한데 모둔 것이지. 그제야 가네덜이 눈가리개를 풀어
주는데 천막 안이었어. 역시 아니나 다를까 한청 애덜이었구. 그러
더니 아랫도리마저 벗기겠지. 휘장을 슬쩍 들치니깐 집채만한 셰
퍼드가 침을 잴잴 흘리며 들어와. 그게 바로 독일산 경비견이지.
감찰들이 끌고 온 게야, 일부러. 그러더니 갸들이 뭔 짓을 했는지
니 상상이나 허겠니? 그 보따리를 숨긴 델 불지 않으면 개를 시켜
서 이거를 물어뜯겠다는 게야. 세상에……

　아버지는 길쭘한 차돌멩이를 곁에서 집어올리며 소리 죽여 '이
거를' 했다. 성기를 입에 올리기가 좀 민망했던 모양이었다. 나는
그런 아버지 모습이 우스꽝스럽기도 해서 하마터면 웃음을 흘릴
뻔했으나 아버지의 표정이 너무나 진지해 얼굴을 잔뜩 굳히고 있
었다.

　너라면 어찌했겠니? 이……걸…… 떼주갔니, 아니믄 동지들의

피땀인 보따리를 내놓갔니?

아버지는 내 대답을 기다리지 않았다.

재물이라는 게 그렇게 무서운 것인 줄 난 그때처럼 처절히 깨달
은 적이 없어. 생사람의 눈에도 명태 껍질을 발라놓는 그 재물이라
는 게 결국 요물단지가 아니고 무어란 말이야. 이북에 처자식이고
두 양주어른이고 다 두고 내려온 놈이 말이야. 정신을 어데다 뺏기
구설랑. 아무튼지 그것을 뺏기고서는 어차피 죽은 목숨이겠다 싶
어서 이판사판으로 뻗대잖구. 내가 길래 입을 열지 않으니까니 놈
들이 성이 새파랗게 오른 개를 정짜로 옆으로 데려오더구만. 그래
도 버텼지. 그 셰퍼드가 으르렁거리는데 날카로운 이빨이 하얗게
빛나고 있었어. 나는 흰자위를 까뒤집으며 입에 거품을 문 채 몸
을 뒤채려 했으나 워카 발로 목을 꽉 조이고 있으니까니 움쭉달싹
을 할 수 있어야지. 딱 열을 세겠다고 하더구만. 열이 지나가자 진
짜 이……걸…… 개 아가리에 집어넣구 다시 열을 헤아리는 거
야. 이 애빈 아랫도리에 이상한 통증을 느끼며 혼절을 했지. 다행
히 나중에 목숨은 건졌지만 온전치를 못했어. 이……거……이.
그땐 정말 불구가 된 줄 알았지. 하지만 끝까지 나와 그리고 동지
들의 보따리를 지켜낸 것이 은근히 맘을 위로해주는 게 참, 인간
이라는 건…… 그땐 나도 모르는 독기가 막 절로 나더라고. 고향?
두 양주와 처 또…… 다들 있었지만…… 말이 좋아 휴전선이 터
지믄 고향으로 다음에라도 올라간다였지, 실은 못 갈 각오도 돼 있

었지. 아마 못 갈 줄 알긴 알았을 게야. 궁상스런 변명이레 필요 없지. 사람들이 그때는 부모형제고 뭐고 간에 그렇게 독했던 거야. 그리고 그렇지, 사내구실도 제대로 못하게 됐다는 자책감 때문에 고향이고 뭐고 다 잊어뿌리게 만든 모양이지, 아마? 그러곤 어언 삼십 년 세월이 흐른 거야. 사람의 맘을 사람 힘으로 어쩌지 못할 때가 있어. 요즘의 내가 아마도 그랬었나부지.

아버지는 그 차돌멩이를 돌산 아래로 힘없이 뿌렸다.

장명숙이 내게 전해주겠다고 한 것은 숄로호프의 『고요한 돈강』이었다. 보자기로 싼 책들을 톡 건드리며 내가 어이없다는 듯 말했다.

겨우 이걸 전해주려고 만나자고 했던 거야? 겨우라니? 글쎄 겨우일 수도 있겠지. 겸사겸사해서 니 얼굴도 오랜만에 좀 보려고 했지 뭐.

그 대하소설은 그녀가 노동현장에 들어간다며 남의 주민등록증을 위조한 것이 사문서 위조로 걸려 집행유예로 나올 때까지 감방살이를 할 때 내가 면회를 가서 차입시켜준 것이었다. 그후로는 나도 그 책에 대해서 까마득히 잊고 있었는데 그녀가 이런 식으로 뜬금없이 보자기에 싸서 가져온 것이다.

출판사를 벌어먹이는 책이 요즘 뭐니? 글쎄 컴퓨터 관련 서적하고 기타 등등. 그런데 이 원고가 당분간 그 역할을 떠맡을지도 모르겠어. 몇 대목 보진 못했지만 내용이 좀 그렇다 응? 입장은 확실하잖아, 낄낄. 슈퍼마켓에서 술을 한 봉지 더 사왔고 대부분 내 잔에 채워졌다. 빈속이라서 그런지 올라오는 취기는 아주 명징한 것이었다. 나는 그 때문인지 말수가 많아졌다.

어때? 남들은 환금換金작물 효과가 높은 소설 쪽으로 장르를 바꾸는데 말이야, 넌? 환금작물? 그래 막말로 돈이 되는 거 말이야. 난 또 무슨 말이라고. 뭐 아주 의향이 없는 건 아니지. 지금 준비하고 있는 것도 있고. 좋지. 근데 말이야, 네가 지금 소설 나부랭이를 쓰고 있다면 말이야. 내가 그 소설의 첫 문장쯤 알아맞춰봐도 좋을까? 하하. 그거 희한한 말인데, 네가 무슨 족집게라도 되냐? 아니, 맞출 수 있어. 맞추면 어쩔래? 내 부탁 하나 들어줄래? 뭐든지. 유부녀보고 유부남이 안아달래도? 물론이지. 그렇다면…… 아비는 남로당이었다…… 어때? 틀렸어? 방향은 짚어낸 것 같은데, 어떻게 생각해냈지. 뻔하지 뭐. 너 같은 애가 베껴먹을 거라곤 네 애비밖에 더 있겠어? 밖에 나가서 한잔 더 하지. 아하, 그 보따린 그냥 거기 둬.

그날 나는 아버지가 개홀레꾼이었다는 얘기를 명숙이에게 다 해버리고 말았다. 그 때문에 내가 받아야 했던 마음의 상처와 콤플렉스에 대해서도 털어놨다. 그러나 그다음 얘기는 그예 하지 않았다. 그토록 뻗치는 취기 속에서도. 아버지가 결국은 개에 물려 죽은 것 말이다. 그 개는 아랫마을에서 족방수제 구둣방을 하는 이차랑씨네 셰퍼드였다. 족방 일꾼들이 먹다 남긴 짬밥을 얻어먹어서 그런지 뒤룩뒤룩 살이 쩐데다 묶어놔 길러서 성질마저 포악한 놈한테 아버지가 왜 접근했는지 몰랐다. 아무튼 아버지는 정강이뼈가 허옇게 드러날 만큼 된통 물려서 사람들의 부축을 받고 집으로 돌아와 인수약국에서 약까지 지어 먹었다. 그러나 그뒤로 아버지는 시름시름 앓는 기미를 보였다. 상처보다는 마음이 더 놀란 탓이었다. 물론 돌아가신 당일에 입맛이 당긴다며 잘못 먹은 찹쌀떡이 얹혀 급체 증세로 갑자기 숨을 거두긴 했으나 난 왠지 아버지의 운명이 개에 물려 죽을 팔자가 아니었나 하는 생각이 들었다.

그런 사실마저 다 까발리면 난 기운이 죽 빠져버리고 말 것 같았다. 두말하면 잔소리겠지만 사실 나도 이제는 이런 명제로 뭔가 얘기 좀 해보고 싶었던 거다. 이런 명제로……

아비는 개흘레꾼이었다. 오늘도 밤늦도록 개들이 짖었다.

(1994)

늪이 있는 마을

바람 한 점 없이 타오르던 한낮의 불볕 더위가 채 사그러들지 않은 7월의 늦은 오후였다. 그 동네 사람들 몇이서 내몰리기나 한 듯이 방죽 끄트머리에 올라 우세두세 서성거리고 있었다. 방죽 근처에는 그늘을 드리워줄 만한 나무나 가건물 하나 보이지 않았다. 먼지분을 곱다시 뒤집어쓴 앙상한 왜소나무 한 그루가 꾸불텅한 모습으로 박혀 있었지만 그 손바닥만한 그늘 안에는 한쪽 눈이 불구인 노인 한 사람이 오래전부터 지팡이에 턱을 괴고 무표정하게 앉아 방죽 아래를 물끄러미 내려다보고 있었다.

"이놈의 더위가 몇 사람 더 결딴을 내지 않고는 순순히 물러갈 성부르지가 않구먼, 도통."

배불뚝이 동남정육점 주인 황씨가 러닝구 바람으로 서 있으면서도 땀에 젖어 살갗으로 자꾸만 휘감겨오는 러닝구 자락을 뜯어내느라 연신 건짜증을 부렸다. 그가 아예 러닝구 말기를 가슴팍께까지 올려붙이자 머루처럼 까만 젖꼭지가 드러났다.

"저그 북쪽에서 초상 한번 오부지게 터져버리지 않았는감. 그래서 더 거시키헌지도 모르지."

아람슈퍼의 백씨가 시사에 밝은 척 유식을 떨며 맞장구를 쳤다. 그러나 아무도 귀를 기울이고 있지 않은지 별 반응이 없자 백씨는 자신의 발치에 있던 찌그러진 봉봉오렌지 깡통을 공중으로 차올렸다. 깡통은 포물선을 그리며 날아올라 늪가 풀수펑이 속으로 빨려들어갔다.

"거시키헐 일도 많다 힝."

"뭔 거시키?"

"더운데 자꾸 말꼬리 잡고 늘어질겨?"

"음머, 이제 자동차 본네또가 진흙 속으로 완조온히 가라앉게 생겼어라."

비디오가게 씨네마천국의 점원인 도리우치가 손가락으로 방죽 아래를 가리키며 호들갑을 떨었다. 그는 젊은 나이에도 정수리까지 올라붙은 대머리를 위장하느라 항상 007 첩보물 시리즈의 단역배우처럼 항상 도리우치를 덮어쓰고 다녔다. 그러나 그가 대머리라는 사실을 모르는 사람은 한 사람도 없었다. 도리우치 자신만이 마을 사람들이 다 알고 있는 사실을 모르고 있을 뿐이었다.

"저 늪이 을매나 깊은지 아무도 몰랐는데, 하마 저 차가 완전히 잠수헐라 하는 걸 보니 깊긴 어지간히 깊은 모양일세그래."

　논배미로 따지자면 서너 마지기는 됨직한 너른 늪 한가운데서
는 겉보기엔 멀쩡한 중형 승용차가 고개를 쑤셔박고 서서히 가라
앉는 중이었다. 그 늪을 에둘러싼 방죽의 높이는 어른 키 한 길가
웃은 돼 보였다. 행정구역상으로는 율현동으로 돼 있지만 마을 앞
을 지나는 마을버스 이마빡에는 방죽마을로 표시돼 있었다.

　"저 차가 언제부텀 저기 저렇게 코를 쑤셔박게 됐는가?"

　"누가 츰부터 본 사람이 있어야 대답을 해뿔제."

　"아, 어린애들이 공차기를 허다 똥뿔을 내질러서 앰헌 공 하나
를 빠뜨린 것도 아닌데, 이 훤한 대낮에 저 큰 차가 곤두박질을 쳤
는데도 본 사람이 아무도 없단 말여? 아따 세상 참 징혀."

　"그러게 말씨."

　"저 영감님한테 물어보면 알잖겠남? 낮에 물건 하러 농산물시
장 갈 때부텀 돌부처마냥 저러고 앉아 있던데."

　"소용없을걸. 귀먹은 노인네여."

　"눈은 번연히 뜨고 있는데, 청맹과니인가."

　"그게 아녀. 몇 해 전부터 풍을 맞아가지고 잘 듣도 보지도 못
하고 하냥 저 털 뜯긴 닭 날갯죽지 같은 왜소나무 아래서 체머리
만 흔들고 있는걸 뭐. 아마 뭔가 보긴 했을 테지만 알아낼 도리가
없지. 뭘 물어볼라치면 체머리를 어떻게나 완강하게 흔들어쌓는
지……"

"여태껏 이 방죽마을 생기고 난 다음에 저 늪에 빠진 쓰레기치고는 최고로 큰 걸 거야."

"겉보기에는 멀쩡한 차 같은데 뭘 쓰레기라고 그래? 당신이 모는 차보다 백배는 낫다. 내가 보기엔. 적어도 이삼 년은 더 몰겠건만."

"힝, 영 탐나면 이녁이나 종아리 걷고 들어가 건져내오지그래?"

"예끼!"

한가로운 우스개들이 오고가고 있었지만 늪을 쳐다보는 사람들의 눈에는 왠지 피하기 어려운 두려움이 뿌옇게 서려 있었다. 늪 한쪽에는 가뭄을 타지 않은 어린애 키만한 풀들이 갈대밭처럼 우거져 있었다. 스티로폼이나 라면, 빵봉지 따위의 가벼운 것들은 늪 표면에 듬성듬성 그대로 떠 있었다.

"저 늪엘 누가 감히 들어가겠다고 생념을 낼꼬!"

사람들은 약속이나 한 듯이 고개를 절레절레 흔들었다. 뒷짐을 진 채 슬그머니 뒤로 물러나 사람들 사이로 몸을 숨기는 이도 있었다. 늪 거죽이 화산의 용암처럼 방울을 서너 개 머금다가 터뜨려버렸다.

"참으로 뜨거운 날씨야. 저 안은 아예 부글부글 끓는감?"

"끓기는? 땡볕에 데워지기는 하겠지만서도."

"그럼, 저 방울들은 뭐고?"

"아마, 저 목욕탕 때문일걸. 저그서 자꾸만 뗏국물을 무단 방류

하니깐 이 늪으로 쏟아져들어와서는 물이 더 걸쭉해져서 저렇게
방울을 내물고 그러는 것 아니겠냐고?"

"무단 방류면 불법 아냐?"

"불법이든 물법이든 늪이 넘쳐나는 일은 없으니깐 일없제."

"하긴."

"어쩜 저게 살아 있는 짐승 같지 않나! 시상에나 자동차를 먹이
삼아 꿀떡 집어삼키는 것맨치로 여유작작하게 빨아당기는 것 좀
보소."

누군가 어깨를 좌우로 흔들며 진저리를 쳤다.

"겁이 많기는."

"하긴 경찰들도 함부로 못 뒤졌다는 거 아이가?"

"경찰?"

"그랬제. 저그 놀이터 옆집에서 살인강도 나가지고 말여. 범인
잡아개지고 쇠고랑 채워설랑 현장검증인가 뭔가 나왔을 때 말이
야. 그놈이 범행에 쓴 흉기를 이 방죽 위에서 저 늪 아래로 버리는
시늉을 하지 않았는가? 한데 찾아내긴 뭘 찾아냈나 말이다. 저 깊
은 늪에다 작대기만 깔짝거리며 겉핥는 시늉만 하다 그쳤을걸."

"그뿐인가. 마약밀매잔가 뭔가 하는 친구들이 대낮에 경찰하고
숨바꼭질을 벌였을 때도 말이야. 그 마약 봉다리를 여그 늪에다 던
졌다고 하는 바람에 한바탕 소동이 벌어지지 않았는가?"

"경찰말고도 장대로 은근히 늪가를 쑤시고 다닌 사람을 내가

알제."

"개새끼."

도리우치가 짐짓 고개를 돌려 먼산바라기를 했다. 엷게 쌍꺼풀
이 진 그의 눈가에 한줄기 경련이 스치고 지나갔다.

도리우치는 챙을 더 깊이 잡아당겨 눌러썼다.

형, 내 꿈은 진짜 오리지널 뽕을 맘껏 빨아보는 거야, 허엉.

그, 그러기엔 너는 너무 어려. 몸에도 해롭고.

동생은 부축을 받고 이부자리 위에서 간신히 일어나 벽에 몸을
비스듬히 기댔다. 도리우치는 삭정이처럼 말라붙은 동생의 몸뚱
어리에서 눈길을 뗐다. 그러고는 가방 속을 뒤적거렸다.

이건 새로 나온 건데 아주 볼 만한 거야. 선전 문구부터가 진짜
그럴듯해서 일부러 가져왔어. 자, 어때? 놈은 절대 죽지 않는다.
다만 변신을 할 뿐이다. 지옥의 끝이라도 뒤져서 마빡에 바람구멍
을 내주마.

또 그렇고 그런 폭력물이군.

어어, 폭력물이 아니라니깐 자꾸 그러는구나 넌.

됐어, 형.

폭력이 넌 싫니? 응, 그렇겠지. 그럼 이건 어떠니? 아주 끝내주
는 에로물이야.

포르노는 이젠 싫어. 구역질이 나거든.

그걸 이 형이 모를 것 같니? 근데 이건 외설이 아니라 예술적인

거다 너, 예술. 너도 조금만 보다보면 아마 생각이 달라질걸? 나랑 내기할래?

내기할 시간 없어, 형. 이제 삼십 분 뒤면 고통이 찾아올 거야.

그래그래. 그때까지 이걸 감상하면서 니 머릿속을 말끔히 비워놓으라구. 그러면 그사이에 형이 주사를 놔줄 테니.

요즘 들어 갈수록 주사기 약발이 떨어지는 것 같아, 형.

그럴 거야, 개새끼. 어디 장사 한두 번 하나 씨팔. 그저 싼 맛에 내가 석죽어서 대가리 숙이고 들어가니깐 얕보고 순 핫바리로만 준다 이거지, 쌍. 으이그 그저 콤포지션 포만 한 통 있어도 그런 쓰레기 같은 놈은 이 지구상에서 흔적도 없이 날려버릴 수 있는 건데.

흥분하지 마 형. 콤포지션 포는 또 뭐야?

왜 있잖아? 고감도 액체폭약 말이야. 정말 끝내주지. 아참, 그걸 네가 아직 못 봤던가? 그렇다면 내일 당장 내가 가져올게. 사람이 마시면 바로 움직이는 인간 폭탄이 되잖니. 그러다 분노하면 폭탄이 저절로 터지게 돼 있는데 거 제목이 뭐더라. 그래가지고 몸수색을 유유히 피해서 침투해서는 깡그리 날려버리잖니.

비디오 화면에서는 남녀의 정사가 끈적끈적하게 이어지고 있었다. 동생은 게슴츠레한 눈빛으로 묵묵히 화면을 응시하고 있었다. 한 열 번은 더 본 건지도 몰랐다. 그러나 다른 방도가 없었다. 동생의 체력의 한계를 훨씬 넘는 고통의 엄습이 있기 전에 어서 혈관

속으로 일회용 주사기를 밀어넣어야만 한다.

도리우치는 동생의 오른쪽 팔뚝을 잡았다. 팔뚝 위에는 주삿바늘 자국이 어지러이 널려 있었다. 이미 쓸 만한 혈관은 다 써먹었다. 동생이 워낙 야윈 탓도 있으리라. 도리우치는 아기 기저귀용 노란 고무줄로 팔뚝을 묶었다. 한 오 분쯤 지나자 살가죽을 밀치고 혈관이 희미하게 솟아올랐다. 도리우치는 야릇한 미소를 지으며 바늘 끝을 혈관 속으로 깊숙이 밀어넣었다.

이번엔 꼭 처치해야 한다.

도리우치는 끝없는 몽혼 속으로 빠져들어간 동생의 얼굴을 들여다보며 웅얼거렸다. 아아, 좀더 차갑게 내뱉는 발성법을 익혀야 할 텐데. 소름이 좍좍 끼치도록 말이야.

이번엔 틀림없이 보내야 한다. 고통을 느낄 겨를조차 없이.

이번에는 좀 흡족한 편이었다. 관자놀이께가 팽팽히 당겨졌다.

도리우치는 두 손아귀에 힘을 모았다. 그러고는 동생의 얼굴을 다시 바라보았다. 너무도 평온한 얼굴이었다. 그 평온함을 뚫고 이따금씩 고통의 그림자가 일렁거리는지 이맛살이 경련하듯 좁혀지곤 했다.

잠든 놈은 운이 좋다고 봐야지. 죽음보다 더 깊은 잠을 자고 있으니깐.

야, 이거 오늘 대사 되는데.

도리우치는 나지막하게 휘파람을 불었다.

동생이 맞고 있는 주사는 병원에서 흔히 모르핀 대신 쓰이는 강력 진통제인 누바인이었다. 돈만 있으면 얼마든지 합법적으로 살 수도 있지만 처방전 없이는 어렵기 때문에 주로 암거래되는 물건을 구입했다. 표준가격의 열 배만 주면 얼마든지 살 수 있었다. 도리우치는 주인 몰래 '문화 테이프'를 꼬불쳐두었다가 단골들 위주로 돌렸다. 그런 부수입이 있기 때문에 근근이 동생의 주사기 비용이나마 건질 수 있었다.

　도리우치는 가끔 잠든 동생의 얼굴을 바라보다가 우리가 진짜 형제지간인가 하는 생각을 먹곤 했다. 고아원 시절부터 원장 아버지가 그렇다고 일러주니깐 그런 줄 알 뿐이었다. 자신은 포대기에 그리고 동생은 대바구니 속에 나란히 넣어져 대문 밖에 버려져 있었다는 것이었다. 하지만 그 사실만으로는 혈육지간임을 증명할 수는 없었다. 실제로 둘은 얼굴 형태가 많이 달랐다. 동생은 얼굴 구녕새가 넓적하고 광대뼈가 많이 불거졌지만 도리우치는 쌍꺼풀이 진 얼굴에다 하관이 빨았다. 나이 규정에 걸려 고아원을 나올 때 동생을 무작정 데리고 나왔다.

　동생은 한때 그의 희망이었다. 동생이 낮에는 식당가를 돌고 밤늦게까지 세차원 노릇이나 연예잡지팔이를 하면서도 기어이 대입 검정고시 합격증을 자신 앞에 내밀었을 때 도리우치는 갑각류의 껍질처럼 딱딱하게만 느껴지던 세상에 기분좋은 균열이 가는 걸 느꼈다. 동생이 대학생이 된다? 하하하. 이 세상에도 길은 있구나!

형설! 안녕하십니까? 저는 형설 청소년 장학재단 소속으로, 오직 배우고자 하는 일념으로 주경야독의 꿈을 실현하고자 이렇게 선생님들의 화기애애한 자리에 끼어들게 되어 죄송합니다. 잠깐 여흥이 깨진 점은 널리 양해해주시옵고 배움의 길에 목말라하는 한 청소년을 위해 심심풀이라면 심심풀이일 수 있는 이 잡지를 구입해주시기 바랍니다. 일금 천원에 모시겠습니다. 형설!

짓궂은 취객들에게 걸려 눈두덩을 얻어맞고 오는 날도 썼지만 동생의 얼굴에는 웃음이 가시지 않았다. 도리우치도 하루하루가 보람 있고 왠지 먹지 않아도 배가 부를 것만 같은 나날의 연속이었다.

그러던 동생이 다리에 힘이 완전히 빠지고 온몸의 근육이 서서히 마비돼가는 이름도 알 수 없는 희귀한 병에 걸렸음이 판명됐을 때 도리우치는 세상을 주무르는 보이지 않는 손의 잔인함에 몸을 떨었다. 차라리 꿈이나 꾸게 하지 말지!

"자, 금강산도 식후경이라는데 얼음보숭이나 좀 깨물고들 구경을 허든지 말든지 허지 뭘."

아람슈퍼 백씨가 봉지에 빙과를 잔뜩 넣어가지고 와서는 주위 사람들에게 돌렸다.

"거 얼음보숭이가 원래 북한말 아니던가?"

"누가 그래?"

빙과를 나눠주던 백씨가 눈을 부라리며 웬 놈이 딴죽을 거는가 싶은 표정으로 북한말 운운한 사내를 쏘아본다. 그러더니 앞으로 슬쩍 내밀어진 사내의 손을 비켜가면서 비아냥거렸다.

"물론 얼음보숭인지 아이스께낀지 잘 구분해서 써야 되겠지만 우리네야 어차피 그게 더울 때 빨아묵는 것으로 알아듣기만 하면 그만 아니냐고."

사내가 내밀었던 손을 머쓱한 표정을 지으며 거두어들인다.

"남으면 저그 영감님한테도 좀 돌리지 왜."

"나두 마누라 눈치보면서 한 봉다리 가져온 건데 그렇게 선떡 돌리듯 넙죽넙죽 집어준다고 시답잖게 생각하믄 섭하지."

"사람하고는. 나이든 이 앞에서 젊은것들이 아이스께끼나 쪽쪽 빨려니 면구스러워서 그런 거지 뭐, 내가 남의 집 공짜 떡으로 생 색을 내자고 하는 게 아니란게."

백씨는 도리우치를 시켜서 빙과 하나를 왜소나무 아래의 노인 에게 갖다주도록 했다. 노인은 도리우치의 얼굴만 빤히 바라볼 뿐 받지 않았다. 피식피식 웃으며 노인 앞에 서 있던 도리우치는 노인 의 무르팍 위에 빙과를 얹어두고는 돌아왔다. 그러자 노인은 몹시 성이 난 표정으로 자신의 무르팍에 얌전히 올려진 빙과를 집어 늪 한가운데로 던졌다. 그러고는 자신의 앙상한 지팡이를 거꾸로 꼬 나잡고는 어디서 힘이 솟구쳤는지 곧이라도 휘두를 듯 적의에 찬 눈동자로 주변을 노려보는 것이었다.

"쯧쯧쯧."

배불뚝이 동남정육점 주인이 혀를 끌끌 찼다.

"저러니 큰아들한테 구박이나 받다가 둘째아들 집에 와 저 고생을 하며 살지. 젊었을 적엔 저 노인네도 성깔 한번 드러웠겠어."

"누가 아니래우?"

"그래두 미쟁이 일 하는 둘째아들 양한수씨가 없는 살림에서도 효성 하나만은 지극하다 해서 접때 구청에서 사람들이 나와서 이름도 적구 뭔가 호구조사 비스끄름하게 하고 가지 않았소? 그만하면 복받은 늙은이지 뭐유?"

노인은 마치 그 말을 다 듣고 있는 듯했다. 그나마 백태가 잔뜩 낀 눈이었지만 나머지 한쪽 눈에서는 순간적이나마 광채를 뿜어내고 있었다.

용천리 칼눈 하면 한때 우는 아이도 울음을 그칠 정도로 공포의 대상이었다. 하지만 그도 처음에는 홀어머니를 모시고 사는 순박한 소작인 청년이었다. 지주인 최주사가 마름들을 시켜 됫박질을 사납게 하며 추수마당을 얄망궂게 헤집어놔도 탁배기 한 순배에 입가를 허물고야 마는 어진 이였다. 해방되던 해 부엉재 너머 밤골에서 색시를 데리고 오던 날 밤 한바탕 춤판이 벌어진 잔치마당에서 처녀를 내주게 돼 심술이 난 그 마을 청년이 왜 자꾸 자신의 발등을 짓이기는지도 몰라 간간이 실랑이는 벌였지만 끝내 판은 깨지 않을 만큼 심덕이 너그럽기도 했다.

간밤에 아무개 집에 산사람이 다녀갔다며. 생사람 잡지는 않았다던가봬? 자고 일어나면 하루가 다르게 뒤숭숭해지는 분위기가 되었다. 치안대에 가입을 해도 산사람에게 남몰래 귀한 양식을 몇 줌 건네줘도 불안하기는 매한가지였다.

하필 그가 죽창 하나 메고 치안대 번을 서러 동구 밖으로 나간 날 새벽 마을에서는 경찰과 산사람 들과의 치열한 교전이 벌어지고 십수 채의 초가가 불에 탔다. 그는 잿더미가 된 자신의 초가 앞에서 허탈하게 퍼더버리고 앉아 있었다. 노모도 색시도 잿더미 속에서 걸어나올 리는 없었다. 다행히 양식 문제도 있고 해서 외가 쪽에 데려다놓은 아들 종구는 살릴 수 있었다.

어느 쪽의 소행인지는 알 도리가 없었다. 다만 그날 밤 치안대 번을 섰다는 점 때문에 그는 왠지 산사람 쪽에 의심이 더럭 갔다. 그러곤 그 의심은 곧 굳어졌다. 그의 치안대 활동은 더욱 광적인 것이 되어갔고 그것에 비례해서 그가 토벌 작전에서 혁혁한 전과를 올렸다는 소문들이 들려오기 시작했다.

대처에서 사회주의 물깨나 들었다는 방앗간집 아들 한수 애비가 산사람이 된 것은 온 마을이 다 아는 사실이었다. 곧 그 방앗간집은 치안대에 접수를 당했고 사람들이 많이 다쳤다. 그는 치안대장으로서 한수 에미를 조용히 불렀다. 아직도 함초롬한 처녀티가 남아 있는 젊은 여인이기도 했지만 시집오기 전부터 보통학교는 나온 학식에다 미모가 근동에 알려진 이였다. 그네는 그를 보자 어떻게서든 한수만은 살려달라고 매달렸다. 그는 싸늘하게 웃었다.

토벌작전중에 다쳤다는 외짝 눈이 실룩거렸다.

길은 없수다. 나로서도 어쩔 수 없고.

제발, 무슨 일이든 하겠어라우.

치안대원들의 눈에 핏발이 선 모습을 보고도 그러시오?

제발, 무슨 일이든……

무슨 일이든지……?

예에……

약속을 하는 거요? 그렇다면 내 아내가 되는 것말고는 달리 방도가 없지 않겠소? 그렇다면 아무리 눈에 핏발이 선 치안대원들이라 해도 저거들 대장의 아내 된 이와 자석을 함부로야 허겠소?

그, 그래도 그건……

왜? 싫소?

그, 그게 아니고……

싫으면 관두시구료. 하는 수 없지러.

아 아니오, 크으흐흐, 한수 애비요! 어훙, 이를 우쩌크롬……

그는 우선 세숫대야에 물을 한가득 떠오게 해 그네에게 자신의 고린내 나는 발을 씻으라고 명령했다. 그네는 체념한 표정으로 머뭇머뭇 고개를 외면한 채 다가앉아 세숫대야에 손을 담갔다. 그러자 그는 발로 세숫대야를 차 뒤집어엎었다. 물벼락을 뒤집어쓴 그네가 눈을 휘둥그렇게 떴다.

그 상호허구 성의가 지금 한 사내의 지어미가 된 여인이 드리는 것이어라?

　그런 행위를 되풀이하기를 세 번이나 하고서야 그는 만족스런 표정으로 그네에게 자신의 발을 맡겼다.

　몸이 허약했던 한수 애비는 얼마 버티지 못해 다른 빨치산 여섯 명과 함께 그의 손에 붙들리고 말았다. 대원들은 곧 즉결 처형할 준비를 갖추기 시작했다. 한수 애비는 이미 소문을 들어 알고 있었는지 반쯤 깨진 안경 너머로 증오감에 이글거리는 눈빛을 그에게 쏘아붙이고 있었다.

　이 반동 좌익새끼덜은 내가 직접 처리하겠어.

　그는 자신의 미제 권총 끝에서 풍기는 진한 화약 냄새를 맡으며 대원들에게 주검에 돌을 매달아 용두레배미에 던져넣으라고 명령했다. 용두레배미는 속 깊은 늪지대였다. 돌이 매달린 일곱 구의 주검들은 생각보다 빨리 늪 속으로 완벽하게 흔적없이 빨려들어 갔다.

　노인은 자꾸만 늪 속에서 자신의 눈길을 빨아들이는 듯한 느낌이 들었다. 그럴수록 체머리는 더욱 완강하고 빈도수가 높아져갔다. 그때 마침 도리우치가 빙과를 들고 다가섰던 것이다. 노인은 순간적으로 길쭘한 빙과가 흉기로 비쳤다. 도리우치 청년이 자신을 테러하러 오는 것만 같았다. 약간의 두려움이 앞서긴 했지만 그는 스스로를 방어해내야 한다는 순간적 판단이 들었다. 그는 일단 자신에게 던져진 차가운 흉기를 용기 있게 집어 내던져버렸다. 그러고는 자신이 몸을 의탁하고 있던 지팡이를 쥔 손에 힘을 잔뜩 넣었다. 그러자 자신에게 적의를 띠고 있던 한 무리의 사람들이 움찔하면서 물러서는 기색이 완연했다. 노인은 자신의 젊었을 적 기백이 되살아난 것 같아 마음이 흐뭇해졌다.

"어떤 미혼모가 혼자 애를 낳고는 기겁을 해서는 비닐봉다리에 싸가지고 와서 저 늪에 던진 건 우쩟고? 신문사에서 기자들이 나오고 난리를 직였지. 그때 그 봉다리 누가 건졌나?"

"몰러. 그때 이후로 도둑고양이가 늪가를 맴돌면서 우째 어린아아 울음소리를 그리 똑겉이 내며 다니는지 학교 댕기는 아아들이 무서워서 근처를 못 다니겠다고 난리도 아니었지 차암."

방죽 옆 율곡탕에서 때밀이를 하는 고수머리가 해끔한 얼굴로 정육점 주인 배불뚝이를 지그시 노려봤다. 그러고는 입안에서 크악 하고 가래침을 돋아 방죽 아래로 세우 뱉었다.

어휴, 끔찍했어. 이젠 이 동네를 떠버려야지 그 생각만 하면 도통 끔찍해서.

고수머리는 미스 송 생각을 떨쳐버리기 위해 머리를 세차게 흔들었다. 그는 겉보기엔 하얀 살성과 수려한 용모를 지닌 미소년 스타일이었다. 그런 그에게 율곡미용실의 미스 송이 반한 건 어쩌면 지극히 당연한 건지도 몰랐다. 주변에서는 그런 용모의 고수머리가 왜 하필이면 목욕탕에서 남의 사추리 밑의 때나 밀어주며 사는가 의아해 마지않는 사람이 꽤 되었다.

그의 애무하는 듯한 리드미컬한 때밀이 동작은 방죽마을 사내들 사이에서 이미 정평이 나 있었다. 어떤 이는 징그럽다고도 했지만 많은 사람들이 은근히 고수머리의 손길을 바라고 몸을 맡겨왔다. 몇몇 사내들하고는 아주 망측한 관계까지 갔다는 소문도 없지 않았다.

고수머리는 한 청년하고 연애를 하고 싶었다. 그 청년은 명문대 졸업반이라고 했는데 럭비부라서 그런지 균형 잡힌 몸매에다 근육의 융기가 조각품처럼 아름다웠다. 그 청년이 욕탕에 들를 때마다 고수머리는 가슴이 몹시 설레었다.

때 안 미세요?

됐어요, 다음에.

개운하게 잘 밀어드릴게요.

됐다는데두……

그 비 오는 날의 '실연'만 없었더라도 그런 끔찍한 실수를 저지르지는 않았을는지도 몰랐다. 고수머리는 그 청년의 집 앞 골목길에서 몇 시간이고 비를 맞으며 지키고 서 있었다. 입안에서 도로 토해내는 입담배를 네댓 개비쯤 허비했다. 고수머리는 전봇대에 매달린 보안등 불빛 아래서 서성이면서 방수용 바바리코트 호주머니 속의 미끈둥한 립스틱을 만지작거렸다. 아예 입술에다 연하게 칠해버리고 얘기, 아니 고백을 해버릴까. 아냐, 첨부터 그러면 너무 놀랄지도 모르지. 아아, 사랑이란 다 이렇게 애가 바짝바짝 타고 죽고 싶은 것이겠지. 이런 게 없다면 다 가짜 사랑이지 뭐. 아마 이런 걸 두고 행복한 고통이라고 하는지도 몰라.

빨간색 스쿠프 자동차가 비 내리는 골목길을 조용히 굴러들어오고 있었다. 청바지 차림의 그 청년이 책가방을 들고 황급히 우산을 펴면서 내렸다. 차 안에서는 청년의 애인쯤 됨직한 준수한 용모의 여인이 운전대 위로 앙증맞게 손을 흔들고 있는 모습이 빗물에 흐리게 비쳤다. 그때 고수머리는 질투 비슷한, 아니 강렬한 질투 때문에 몸이 석고상처럼 굳어버렸다.

그렇게 산성비를 오래 맞고 서 있어도 되나? 어지간하면 우산이라도 같이 받읍시다.

청년은 그냥 지나치려다 고개를 돌려 다가왔다.

……

댁이 왜 그러는지 상관할 바는 아니지만 엔간하면 몸 생각 좀 허지 그러슈. 그럼……

청년은 어깨로 고수머리를 제치기라도 할 듯 가까이 스쳐지나가고 있었다.

할말이 있단 말예욧!

고수머리는 울부짖었다. 청년은 영문을 알 수 없다는 몸짓으로 어깨를 추스르며 고개를 갸웃거렸다.

나한테 말이오 형씨?

둘은 마을 어귀로 나와 도로를 건너 화원 지역 옆의 한 찻집으로 들어갔다. 청년은 고수머리에게 물어보지도 않고 따끈한 커피를 시켜줬고 자신은 녹차를 주문했다. 고수머리는 커피잔 따위는 거들떠보지도 않았다.

난 그쪽을 사랑해요.

고수머리는 빗물에 몸이 젖은 찬 기운 때문인지 아니면 고백을 앞둔 긴장 때문인지 몸을 몹시 떨었다.

누구? 나 말이오 형씨?

청년은 찻집 안에 자신말고 '그쪽'이라고 지칭될 만한 존재가 있는지 둘러보고는 어이가 없다는 듯 웃음보를 터뜨렸다.

진심……

청년이 말머리를 틀어막았다. 그러고는 정색을 짓고 말했다.

이거 미안해서…… 한데 나 그런 데 흥미 없는 사람이외다. 형씨를 경멸할 생각은 없지만 그런 짓거리에 대해서 약간은 혐오감도 갖고 있는 사람이니 그리 아쇼.

제발……

지금 형씨의 죽통을 날려버릴까 어쩔까 궁리중이니 너무 치근덕대지 않는 게 서로 이로울 듯한데……

청년이 찻값을 치르고 나간 다음 한동안 멍하니 앉아 있다가 허둥지둥 빠져나온 고수머리는 도로변에서 마침 퇴근길에 우산을 받고 나서는 노란 투피스의 미스 송을 만났다. 그네는 사실 밉지 않은 여자였다. 그에겐 퍼뜩 그런 생각이 들었다. 그는 자신의 남성이 꿈틀대는 걸 느꼈다.

어때? 오늘밤은 내 곁에서 나를 좀 지켜줘.

그 며칠 동안 남성으로서 타올랐던 욕망은 또 눈 깜짝할 새 사라지고 말았다.

나 애 뱄어요.

나하고 무슨 상관이에요.

당신 애니깐……

저질! 협박하는 거예요 뭐예요? 나한테 그런 공갈은 안 통한단 말이야!

미스 송은 애를 떼지 않고 끝까지 버텼지만 배를 천으로 너무 친친 감고 다녀서 그런지 유산인지 출산인지 모르게 나와버린 아이가 겁이 났다. 그래서 정신없이 늪으로 달려갔던 것이다. 그러나 그네는 영아 유기 혐의로 쇠고랑을 차면서도 끝내 그 아이의 애비가 누군지 말하지 않았다.

"아아, 그래 그렇게 쭉쭉 빨아들여라 응!"

고수머리는 자신도 모르게 새나온 푸념에 사람들의 눈총이 쏟아지자 콧잔등을 묘하게 일그러뜨리며 주춤주춤 뒷걸음질을 했다.

"아참, 누가 경찰에 연락은 했남?"

통장일도 겸하고 있는 아람슈퍼 백씨가 그제야 자신의 할 일을 깨달았다는 듯 일을 주장하고 나서려는 낌새를 보였다.

"아따, 경찰은 왜 끼워넣고 그려? 경찰이 은제부텀 한가롭게 쓰레기 청소까지 해줬남?"

"왜긴? 정신머리들 좀 보소. 아따 우리가 왜 이리 불볕더위가 식지도 않았는데 여기에 모여들었겠어?"

"얼래? 말 듣고 보니 그게 요상시럽네 잉?"

"요상시러울 것 한나또 없어. 첨에 말 낸 사람이 누구여? 저그 자동차 안에 사람이 든 것 같다고 헌 사람이?"

"아참, 그렇제. 그렇담 이거 보통 급헌 일이 아닌데 말여."

"꾸민 말일 수도 있잖아. 날도 더운데 한번 웃겨볼려고."

"어느 시러베아들놈이 그따위 수작질로 사람을 웃기려 들어 응? 이런 비상시국에."

"비상시국?"

"암만 비상시국이잖고. 너나없이 사람들이 핵이다, 전쟁이다 하는 야그로 정신이 없는 판에 헛힘 쓰게 헐 일이 있냐고?"

"얘기인즉슨 맞지만 좀 시세가 없는 것들만 주워섬겼구만그려."

"뭔 시세?"

"북쪽 초상이니, 핵이니 하는 것들은 이미 한물가부렀지. 요즘 유행하는 레파토리는 뭐고 하니 예전에도 이따금씩 매스컴 좀 탔던 옴두꺼비 인상의 거시키 대학 총장이 주사파를 모다 때리쥑이야 한다고 헌 것 때문에 온 나라가 벌집 건드려놓은 것맨치럼 난리법석인데 언젯적 핵 얘기를 허고 있단 말시."

"긍게 주사파가 뭔 뜻이랑가? 옛날 중국 진시황 시절에 술주정 잘하는 사람은 불문곡직허고 다 쥑이란 칙령을 내렸다는 말은 들어본 것 같은데 설마 그건 아닐 테고. 아무래도 대학 총장씩이나 된 이가 헌 말이니깐 거 무엇이냐, 심오한 거시키가 있을 것 같은데 말이여."

"나라고 고걸 어떻게 시시콜콜히 다 안단 말인감. 그저 텔레비 같은 데 보니깐 고것이 말 많으면 공산당식으로 대학생들 때려잡는 것하고 뭔 연관이 된 것만은 틀림없어 보이는구만."

"쪼매만 기다려보면 우리 통장님 백씨가 어련히 알아서 동사무손가 거시키 무슨 협의회에선가 뭔 얘기를 듣고 오시겠지. 그라믄 또 앰헌 누렁이를 잡으라든지 아니면 똥개 훈련을 시키든 아무튼 그때까지 기다리면 가부간에 결론이 날 것 가지고 입만 아프게 종알거릴 게 무에 있다고설랑, 쯧쯧."

모여 선 사람들이 웃음보들을 터뜨렸지만 통장 백씨만은 벌레 씹은 표정으로 땅바닥만 처다봤다. 그것은 한 달 전쯤 한창 전쟁 위기설이 위력을 떨칠 때 사회 전반을 휩쓴 사재기 열풍 때의 일이었다. 때가 때이니만큼 통장의 입에서 나온 말은 커다란 공신력이 있었다. 백씨는 유사시 비축물자 리스트를 작성해가지고 반상회에서 회람을 돌렸고 동네 주민들을 독려했다. 그 바람에 방죽마을에서도 사재기 열풍이 일었던 것인데 그 소동의 와중에서 어수룩한 고물장수 김씨가 뜬금없이 자신이 기르던 황구 한 마리를 용감하게 때려잡아 때아닌 막걸리에 개고기 잔치를 벌였다. 김씨는 어차피 통장 얘기를 듣고 있자면 곧이라도 전쟁이 일어날 듯한데 그러면 사람 몸 피하기도 바쁜 판에 짐승 챙길 겨를이 어디 있겠냐는 것이었다. 전쟁 전에 몸보신이나 해두자는 것이었는데 결국 애꿎은 황구의 목숨만 몇 달이라도 앞당겨 요정냈을 뿐이었다.

동남정육점 주인 황씨는 몇 달 전 늪 한가운데서 늑골을 훤히 드러내고 썩어가던 개의 주검이 어른거려 은근히 고개를 빼돌려 하늘을 바라보다가 가래침을 캭 긁어올려 방죽 아래로 뱉었다. 그 개는 옹달샘 위의 지붕이 뾰족한 집에서 기르던 개였다.

개도 주인을 따라서 죽은 걸까. 황씨는 뒤가 하도 께름칙해서 눈꼬리가 자꾸만 꼬여가는 마누라 몰래 병원에 들러 그 에이즈인가 뭔가 하는 검사를 받기도 했다. 미모의 그 집 여주인과 치른 정사가 아무래도 꿉꿉하게 여겨졌던 것이다.

그 여주인은 거의 팔순이 다 된 노모와 함께 살았다. 이 동네로 이사온 지 이태가 다 돼가지만 동네 사람들과는 거의 왕래가 없었다. 식료품 따위도 농수산물시장에서 직접 구입해 88년도 구식 쥐색 스텔라 뒤트렁크에 채워온 것만을 사용했다. 송파구 어드메쯤 아파트단지 옆에서 음악원을 한다는 말이 나돌았지만 아무도 그것을 확인한 사람은 없었다. 울 안에는 몹시 사나운 암캐 두 마리가 주야로 철통같이 지키고 있어서 낯선 사람은 근처에 얼씬도 할 수 없었다.

황씨는 바로 이웃에 사는 동생댁이 기르는 닭이 벌써 다섯 마리
째 요절이 나자 하는 수 없이 변상을 요구하기 위해 그 여주인을
찾아나설 수밖에 없었다. 그 여주인이 기르는 개들이 가끔 뒤란에
있는 닭장 근처를 야수며 돌아다니다 한 마리씩 채뜨리고 가는 걸
몇 번 목격했기 때문이다.

　너무나 죄송하게 됐습니다. 당연히 변상을 해드려야죠.

　보일러가 고장나 손 좀 보다 나오는 길이라며 기름투성이 면장
갑을 벗는 여주인은 겉보기완 달리 앙칼진 구석이 별로 없어 보
였다.

　변상 때문에 온 게 아니고 동네 청년들이 그런 사실을 알면 그
개들을 가만 놔둘 성싶지 않아서 말입니다. 동네 청년들이 좀 성질
들이 괄괄하거든요.

　예, 고맙습니다.

　황씨는 그때 직감적으로 여자에게 결핍한 것이 뭔지 단박에 알
아챌 수 있었다. 그래, 원래 꼭꼭 닫는 문이 더 허술한 법이 아닌
가. 그는 한번 인사를 튼 다음엔 여자들만 사는 집이라 허술해진
집구석을 이따금씩 손봐주곤 했다. 물론 그때마다 그 집에서는 인
사치레 삼아 아롱사태나 제비추리, 갈매기살 따위를 한두 근씩 주
문해 들여갔으나 그중 절반 정도는 황씨가 먹어치우곤 했다. 가끔
씩 노모가 집을 비워주는 것 같아 이상한 느낌이 들기는 했지만 깻
이파리 떡잎이 한 뼘가웃쯤 자란 텃밭을 지나 숲가 풀밭에서, 또

그뒤로 몇 번은 집안에서 그런 일이 있은 뒤 황씨는 갑자기 그네가 죽었다는 말을 들었다. 원래 폐가 좋지 않았다는 말이 떠돌긴 했지만 황씨는 갈고리가 목덜미를 그러당기는 것 같아 한동안 안절부절못해 병원까지 찾았던 것이다.

"아따, 이젠 번호판도 반밖에 안 보이네."

"뭐? 후딱 번호를 외우라구!"

"글렀어…… 벌써 다 묻혔고만."

"그걸 여지껏 빤히 쳐다보고도 못 외웠어 이 돌대갈빡아!"

"말조심혀! 이녁은 누구 말대로 가죽이 모자라서 눈구멍이 뚫렸는가? 나도 이제 츰 봤구만 괜히……"

"아, 숫자를 한 자리도 못 봐뒀어?"

"끝자리가 삼하고 오인 건 봤는데…… 자신이 없어설랑."

"됐네 됐어. 지 일 아니라고 그렇게 건성일 수가 있어? 어쩌면 저기에 진짜로 사람이 정신을 잃고 타고 있을 수도 있는데? 그럼 도대체 우째되는 거야?"

"나는 꼭 사람이라고는 안 혔어!"

"그럼?"

"그러니깐…… 츰엔."

"오호라, 츰엔 뭐? 아까 물어봤을 땐 왜 암말 안 했냐?"

"왜긴…… 나만 본 게 아니잖아. 다들 보고선 괜히…… 난 마네킹이 아니냐고 했잖아, 애당초부터. 얼핏 보니간 옷 입은 게 안 보이더라고. 살색깔만 설핏 비치는 게 암만해도…… 남녀가 대낮부텀 차 안에서 그 짓을 헐 리도 없고 말이야. 그래서…… 다들 그소리에 귀가 솔깃해서 모여들고설랑 왜 이제 와서 딴소리들인지몰러, 젠장."

"만에 하나라도 사람이면 어떻게든 확인을 해야지. 이렇게 눈깔들 번히 뜨고 지켜만 보다니 도리가 아니지!"

"그래 오지랖이 너처럼 열두 폭이 못 돼 드럽게 미안허다, 미안해. 난들 뭐 속이 편하냐?"

"그래 사람이 아닐지도 몰라. 아니 아닐 거야…… 어떤 미친년놈들이 이런 비상시국에 차 안에서 그 짓을 하다가 차가 늪에 빠지는 줄도 모르겠어?"

"아무튼 저 먹성 좋은 늪이 차를 거진 다 삼켜버렸으니 더이상이러쿵저러쿵 입방아 찧어도 소용없게 됐네."

"어째 이 마을의 주인은 사람들이 아니라 저 늪 같은 생각이 든단 말이야."

누군가가 등을 돌리며 불안하게 속닥거렸다.

그때 사람들 뒤로 승용차 서너 대가 요란하게 들이닥쳤다. 그러더니 여남은 명의 사람들이 죽들 방죽께에 에둘러섰다. 그중 선글라스를 낀 사람이 제일 윗사람인지 그를 중심으로 몇 마디씩 주고받았다.

"단장님 이번 퍼포먼스는 아주 성공적이고 또 유익했습니다."

선글라스도 대답은 하지 않았으나 아주 흐뭇한 표정을 지으며 고개를 끄덕거렸다.

"이번 퍼포먼스의 제목으로는 레퀴엠이 좋을 듯싶습니다. 방죽 가에 둘러선 사람들의 표정 하나하나가 그렇게 실감 있게 드러날 줄은 애초 기획자인 저도 상상하지 못했거든요. 오히려 일류 배우들이 할 수 있는 표정연기보다 더 실감나고 자연스런 표정들이었잖습니까?"

보다 못한 백씨가 슬그머니 앞으로 나서서 물어보았다.

"저그, 선생님들 시방 뭐라고 말씀들 나누시는 게요? 퍼, 퍼푸 맨즈라니 그게 도대체 뭔……"

"아, 그거요? 퍼, 포, 먼, 스란 일종의 현장에서 이뤄지는 행위예술 개념입니다. 행위예술이라고 들어보셨나요?"

백씨는 뒤통수를 긁적거렸다.

"글쎄올시다."

"우리의 삶 속에서 구체적으로 보여주는 현재적 예술이라면 쉽게 이해가 되시나요?"

"그럼 저 늪 속의 자동차를 저렇게 일부러 빠뜨려놓은 게 거시키 뭔 예술이라는 거요?"

백씨가 어처구니가 없다는 듯이 손가락으로 늪 한가운데를 가리키며 물었다.

"예, 바로 그겁니다. 폐차에 남녀 마네킹을 집어넣고 늪에 빠뜨린 이 모든 것이 다 우리가 예술의 목적을 이루기 위해 장치한 소도구입니다. 이 작품은 당분간 며칠 정도는 이런 상태로 여러분들에게 전시가 될 겁니다."

"칫, 전시? 밥 먹고 헐 일도 꽤나 궁했던 모양이구먼. 와 이리 덥노 쌍."

도리우치가 가래침을 긁어모아 바닥에 뱉으며 이죽거렸다. 사람들이 흐물흐물 허물어지듯 흐트러지기 시작했다. 방금 포식을 끝낸 늪이 만족한 듯 커다랗게 웃고 있는 표정을 사람들은 끝내 외면하고 있었다.

(1994)

자전거 도둑

　자전거에 도둑이 생겼다. 정확히 표현하자면 나 몰래 훔쳐 타는 얌체족이었다. 내 골반뼈 높이에 맞춰놓은 자전거 안장이 엉덩이 밑선으로 밀려가 있었고 바퀴 틈새에는 방금 묻어난 것 같은 황토 물이 군데군데 배어 있곤 하는 게 바로 그 증거였다.

　누군지는 몰라도 현관문 밖의 도시가스 연결 파이프에 쇠줄로 붙들어매놓은 자전거의 자물쇠를 풀고 몰고 다닌 다음 내가 퇴근해 돌아오기 전에 얌전히 제자리에 갖다놓곤 하는 모양이었다. 신문사 일이라는 게 저녁 늦게 끝나기가 일쑤인데다 퇴근 후 술자리를 워낙 좋아하는 나로서는 낮에 무슨 일이 일어나는지 알 도리가 없었다.

　가만히 생각해보니 자전거를 산 지 얼마 되지 않아 자전거를 고정시킬 쇠줄의 열쇠 하나를 잃어버렸다. 하지만 살 때부터 열쇠를 세 개씩이나 받아뒀기에 이내 그 사실을 잊어버리고 지냈다.

나는 내 자전거를 훔쳐 타는 범인으로 일찌감치 이웃집 아이인 봉근이를 찍고 있었다. 맞벌이부부인 그 집 부모는 하루종일 집을 비우기 일쑤였다. 봉근이 아버지는 공치는 날이 더 많은 도배공이었고 엄마는 봉재공이었다. 둘이서 벌어들이는 수입이 여간 쏠쏠치 않을 텐데 어찌나 무섭게들 움켜쥐는지 외아들인 봉근이가 그토록 졸라대는 눈치건만 헌 자전거 한 대 마련해주질 않았다. 자존심까지 구겨가며 다른 또래 아이들 자전거를 빌려 타거나 자기보다 힘이 약한 아이 같으면 종주먹을 들이대는 시늉을 해 뺏아 타는 그애의 모습을 몇 번 본 적이 있었다.

새도시에서는 자전거가 몹시 요긴했다. 곳곳에 자전거 전용도로가 잘 닦여 있어 운동기구로도 쓰임새가 좋을뿐더러, 은행이나 할인판매점 같은 편의시설들이 걷기도 차 타기도 어정쩡해 자전거가 없으면 허드레 다리품을 팔 일이 잦은 곳이 바로 새도시였다.

처음에는 새로 뺀 자동차 못지않게 걸레질도 가끔씩 해가며 사뭇 귀염을 받던 자전거였다. 그러나 몇 달이 지나자 어느덧 그 자전거는 소박맞은 이처럼 문 옆에서 다소곳이 먼지 답쌔기를 뽀얗게 뒤집어쓴 채 서 있어야만 했다. 그러다가 출퇴근 때마다 후닥닥 곁을 스치고 지나가는 나의 시큰둥한 눈길에 밟히는 처지가 되고 말았다.

자전거를 건드리는 손은 봉근이가 아니었다. 어느 날 몸이 아파

신문사에 조퇴보고를 하고 돌아온 날 그 의문은 우연찮게 풀렸다. 약방까지 자전거를 타고 갈까 싶었는데 이미 누군가 쇠줄을 풀고 한 발 앞서 자전거를 끌고 나가버린 거였다. 나는 경의선과 나란히 뻗은 자전거 전용도로 쪽으로 나가보았다.

텔레비전 광고에 나오는 모델의 방금 샴푸한 것처럼 하늘하늘한 머리채와 몸에 착 달라붙는 하얀 옷자락을 휘날리며 유유자적하게 자전거를 모는 사람이 눈에 띄었다. 누굴까? 나는 먼 거리에서도 그 자전거가 새로 장만한 내 자전거임을 알 수 있었다.

내 자전거 위에 허락도 없이 올라탄 사람은 뜻밖에도 젊은 여자였다. 까만 타이츠 바지 차림에 흰 남방셔츠를 입고 있어 늘씬한 몸매가 훤히 드러났다. 자전거 페달을 밟는 엉덩이와 허벅지의 굴곡에 탄력이 붙어 보였다.

멀찍이서긴 했지만 난 내 앞을 바람처럼 스쳐지나가는 그 아가씨의 얼굴이 낯설지 않다는 생각이 들었다. 이사온 지 얼마 되지 않아 아파트 관리업체지정 변경에 관한 결의를 한다고 해서 불려나간 반상회 자리였을 것이다. 나중에 아주머니들이 수군거리는 말을 얼핏 귀동냥하니 문촌마을 스포츠센터에서 에어로빅 강사를 한다는 거였다. 바로 내 위인 꼭대기층에 산다고 들었다. 어쩐지 이따금씩 거실에서 에어로빅 연습을 하는지 콩콩거리는 소리가 규칙적으로 울리곤 했다.

흐흠, 자전거 도둑이라!

그날 저녁 난 묘한 흥분감에 사로잡혔다. 손깍지로 머리를 감싸고 거실바닥을 뒹굴던 나는 불현듯 이차세계대전 종전 뒤에 유럽을 휩쓸었던 네오리얼리즘 운동의 대표적 영화로 꼽히는 이탈리아 비토리오 데 시카 감독의 〈자전거 도둑〉에 나오는 장면들을 떠올렸다. 그러다가 상체를 벌떡 일으켰다. 오늘밤도 그 비디오를 한번 더 볼까? 나는 테이프를 손가락으로 콕콕 찍으며 잠시 망설였다. 그러다가 어느새 반나마 남은 발렌타인 십칠 년짜리 병목을 휘어잡았다. 잔 속에서 빛나고 있는 육면체의 투명한 얼음 조각들 위로 사십 도의 뜨거운 원액을 끼얹고는 허겁지겁 빈속으로 쏟아부었다. 젠장, 난 이 영화 앞에서 왜 이리 갈피를 못 잡는 걸까. 위잉…… 철커덕.

……이차대전이 끝나고 페허로 변한 로마. 오랫동안 직업을 구하지 못해 헤매다니던 안토니오 리치는 어느 날 일자리를 구하게 된다. 길거리에 포스터를 붙이는 일이다. 그 일에는 자전거가 필수적이다. 오랜만에 일자리를 구하게 돼 당당히 아내 마리아 앞에 선 안토니오는 그녀를 설득해 몇 안 되는 헌 옷가지를 전당포에 맡기고 드디어 자전거를 구한다. 어린 아들 브루노는 출근하는 아버지를 따라나선다.

그러나 어느 모퉁이에서 잠시 자리를 비운 사이 누가 자전거를 훔쳐 타고 달아난다. 안토니오는 쫓아가다 실패하고 경찰에 신고 하지만 경찰은 그런 하찮은 일에 신경쓸 겨를이 어디 있냐는 듯 시큰둥한 반응을 보인다. 허탈해진 안토니오는 자전거포를 뒤지다 어느 젊은이가 자기 자전거를 타고 달리는 것을 목격한다. 기를 쓰고 쫓아가지만 또 허사이다. ……우여곡절 끝에 자신의 자전거를 훔친 젊은이의 집을 기어코 찾고야 만다. 하지만 안토니오는 빈민가에 있는 그 젊은이의 허름한 집을 보고 절망에 빠진다. 자신처럼 가난한데다 젊은이는 그를 보자 충격을 받았는지 간질을 일으키며 길가에 나뒹굴어 버둥거린다. 경찰이 왔으나 딱 부러지는 증거도 없다. 안토니오의 우유부단한 태도에 실망한 아들이 그와 다투다 없어진다. 안토니오는 강가에서 어린애가 빠졌다는 얘기를 듣고 불길한 예감에 사로잡혀 황급히 아들을 찾아나선다. 그러나 아들은 다친 데 없이 다시 그의 앞에 나타난다.

　……스쳐지나가려는데 경기장에서는 축구경기가 한창 무르익고 있다. 안토니오의 눈에는 경기장 밖에 즐비하게 세워놓은 자전거들이 한가득 클로즈업돼 들어온다. 아들 브루노에게 먼저 집에 가 있으라고 이르고는 자전거 한 대를 잽싸게 훔쳐 달아나지만 곧 주인에게 붙잡힌다. 어디선가 경찰이 온다. 아들의 면전에서 봉변을 당하는 안토니오의 처지를 가련하게 여긴 자전거 주인이 선처를 베푸는 바람에 안토니오는 철창신세를 면하고 풀려난다. 긴 그림자가 드리워지는 석양의 거리를 아들은 뒤따르고 안토니오는 어깨가 축 늘어진 허탈한 모습으로 하염없이 걸어간다……

이 영화를 볼 때마다 난 무엇보다 외로움을 느꼈다. 아들이 지켜보는 앞에서 아버지의 권위를 깡그리 무시당한 안토니오의 무너진 등이 견딜 수 없어 콧등이 시큰해졌고, 그보다는 무너져내리는 아버지의 뒷모습을 목격해야 하는, 그럼으로써 평생 씻을 수 없는 내면의 상처를 끌어안고 살아갈 어린 아들 브루노 때문에 나는 혀를 깨물어야 했다.

왜? 왜냐고? 그건…… 빌어먹을, 내가 바로 또다른 브루노였으니깐……

이 망할 놈의 기억, 저 비디오테이프를 찢어버려야 하는 건데…… 나는 다시 거칠게 발렌타인의 병목을 잡아챘다.

한 평도 채 안 되는 구멍가게는 중풍으로 쓰러져 정상적 건강상태가 아니었던 아버지의 유일한 수입원이자 생존 이유였다. 때문에 그 구멍가게에 대한 아버지의 몰두와 자존심은 각별했다.

한번은 내가 아버지가 가게를 잠깐 비운 사이에 겉에 허연 인공설탕가루를 묻힌 '미키대장군'이라는 캐러멜을 하나 아무 생각 없이 널름 집어먹은 적이 있었다. 하나에 이원, 다섯 개에 십원이었다. 잠시 뒤에 돌아온 아버지는 단박에 그 사실을 알아채고는 불같이 화를 내며 내 목덜미에 당수를 한 대 세게 내리꽂는 것이었다. 그 캐러멜갑 안에 미키대장군이 몇 개 들어 있는지조차 훤히 꿰차고 있는 아버지였다.

　—이런 민한 종간나래! 얌생이처럼 기러케 쏠라닥질을 허자면
이 가게 안에 뭐이가 하나 제대로 남아나겠니, 응?

　그러고 나서는 좀 머쓱했는지 입이 한 발쯤 튀어나와 뾰로통해
서 서 있는 내게 미키대장군 네 개를 집어 내미는 거였다. 어차피
짝이 맞아야 파니까니, 하면서 억지로 내 손아귀에 쥐여주었다. 나
는 그 무허가 불량식품인 캐러멜 네 개가 끈끈하게 녹아내릴 때까
지 먹지 않고 쥔 채 서 있었다.

　—닐큼 털어넣지 못하겠니, 으잉?

　목덜미에 아버지의 가벼운 당수를 한 대 더 얹은 다음에야 한입
에 털어넣고 돌아서 나왔다. 아버지도 가게일을 수월하게 보려면
잔심부름꾼인 나를 무시하고는 아쉬울 때가 많을 터였다. 워낙 짧
은 밑천으로 가게를 꾸려가자니 아버지는 물건 구색을 맞추느라
하루에도 많을 때는 세 번까지 시장통 도매상으로 정부미 포대를
거머쥐고 종종걸음을 쳐야 했고, 막내인 나는 번번이 아버지의 뒤
로 팔을 늘어뜨린 채 졸졸 따를 수밖에 없었다.

　그땐 그게 죽도록 싫었다. 하마 시장통에서 야구 글러브를 끼거
나 조립용 신형무기 장난감 상자를 든 반 친구를 만나거나, 심지어
과외나 주산학원을 가는 여자아이들을 만나는 날에는 정말 그 자
리에서 혀를 빼물고 죽고 싶은 생각뿐이었다. 더군다나 아버지가
주로 물건을 떼오곤 하는 수도상회 혹부리영감의 손녀는 2학년인

268

가, 3학년 땐가 우리 반 부반장을 지냈던 나미라는 여자아이여서 서로 안면이 없지도 않았다. 어쩌다 그애가 헐렁한 동냥자루 같은 포대를 손아귀에 틀어쥐고 멀뚱히 계산대 옆에 서 있는 내 앞으로 모른 체하며 스쳐지나갈 때면 나는 사팔뜨기인 양 뒤틀어진 눈을 아래로 깔아야 했다.

그러잖아도 머리통만 몸집에 비해 컸다 뿐이지 선병질적인데다 깡마른 내가 엄마가 군데군데 왕바늘로 기워줄 만큼 낡은 정부미 포대에 잡동사니 같은 물건들을 쓸어담아 어깨에 늘어뜨린 채 동화 속의 당나귀처럼 혀를 빼물고 헉헉거리며 가파른 산동네길을 오르는 정경을 떠올릴 때면 지금도 처연한 감정을 모면할 길이 없다.

어느 날이었다. 아버지와 나는 앞서거니 뒤서거니 하면서 그 정부미 자루를 날라왔다. 그런데 집에 도착해 한숨을 돌린 뒤 자루를 풀고 물건을 정리해보니 스무 병이 와야 할 진로소주가 두 병이 모자란 채 열여덟 병만 온 것이었다.

아버지의 얼굴은 맞보기가 민망할 정도로 금세 하얗게 질렸다. 왜냐하면 그 덜 온 두 병을 빼고 나면 나머지 것들을 몽땅 팔아봤자 결국 본전치기일 뿐이었기 때문이다. 아버지는 내 등을 떼밀어 물건을 받아온 수도상회의 혹부리영감한테 내려보냈다. 아버지는 말주변도 말주변이었지만 중풍 후유증 때문에 약간의 언어장애가 있어 일부러 나를 보냈던 것이다.

―뭐하러 왔네?

가게 안에 북적거리는 손님들에게 셈을 치러주느라 몇 번이고 주판알을 고르는 데 바쁜 혹부리영감의 눈길을 잡아두는 데 성공한 나는 더듬더듬 자초지종을 말했다. 그러나 귓등에 연필을 꽂은 채 심술이 덕지덕지 모여 이뤄진 듯한 왼쪽 이마빡의 눈깔사탕만 한 혹을 어루만지며 듣던 혹부리영감은 풍기 때문에 왼쪽으로 힐끗 돌아간 두터운 입술을 떠들쳐 굵은 침방울을 내 얼굴에 마구 튀겼다. 애초 자기 눈앞에서 까 보이지 않은 것은 인정할 수 없다며 막무가내였다. 나중엔 아버지까지 함께 내려가서 하소연을 해봤지만 돌아온 대답은 정 그렇게 우기면 거래를 끊겠다는 협박성 경고뿐이었다. 거래가 끊긴다면 아버지한테는 큰 타격이 아닐 수 없었다.

혹부리영감은 아버지한테 무슨 큰 특혜를 내려주듯이 거래를 터준다고 허락을 놓았다. 같은 함경도 동향이기 때문이라는 말을 덧붙이면서. 하긴 혹부리영감한테는 매번 소주 열 병 안짝에다 새우깡 열 봉지, 껌 대여섯 개, 빵 예닐곱 개 등 일반 소매가격 구매자보다 더 많은 물건을 떼어가지도 않으면서 부득부득 도맷값으로 해달라고 통사정을 해쌓는 아버지 같은 사람 하나쯤 거래를 끊어도 장부상 거의 표가 나지 않을 것이었다.

결국 아버지는 자신의 과오를 인정하지 않을 수 없었다. 당신의 자그마한 구멍가게로 돌아와 나머지 열여덟 병의 진로소주를 넋 나간 사람처럼 쓰다듬던 아버지는 기어코 아들인 내 앞에서 눈물을 보이고 말았다. 아! 아버지……

한 닷새쯤 지났을까. 아버지와 나는 다시 그 수도상회로 물건을 떼러 갔다. 아버지는 또 고만고만한 물건들로 구색을 맞춰 골랐고 혹부리영감은 일일이 헤아린 다음 우리 부자가 가져온 정부미 자루에 집어넣으라고 손짓을 했다. 아버지와 나는 허겁지겁 물건들을 자루에 휩쓸어 담았다. 평소와 달리 아버지의 손은 약간 떨려서 헛손질을 많이 해 일부러 나한테 훼방질을 놓는 사람 같았다.

내가 그 이유를 모를 리가 있겠는가. 아버지는 그 혹부리영감의 눈을 속여 미리 진로소주 두 병을 은밀히 자루에 더 넣어두었던 것이다. 셈을 치르고 문턱을 가까스로 나서려는 순간, 이게 무슨 운명의 조화런가. 혹부리영감이 우리를 불러세우는 것이었다.

거 영감, 이보우다. 그 포대 좀 풀어 다시 한번 헤아려봄세. 계산이래 안 맞아.

나는 그때 겁에 질린 송아지처럼 눈에 흰자위가 유난히 많아진 아버지의 눈동자를 지금도 똑똑히 기억한다. 아버지는 어린 아들인 내가 무슨 구세주라도 돼주었으면 하는 간절한 눈으로 내 얼굴을 쳐다봤던 것 같았다. 그러나 난들 달리 뾰족한 수가 있을 턱이 없지 않은가.

결국 혹부리영감은 두 병이 더 들어간 것을 밝혀냈고 아버지에게 해명을 요구했다. 나는 내가 희생양이 돼야 함을 느꼈다.

예, 맞아요. 그건 말예요. 제가 영감님 몰래 넣은 건데요…… 왜

나하면 접때접때 우리집에서 사실 두 병을 빠뜨리고 갔기 때문에 응, 쌤쌤이어서요……

나는 이상하게도 맘이 편하고 당당했다. 나도 모르게 입가로 번져나온 미소를 단속하느라 손바닥으로 입을 몇 번인가 틀어막기도 했다. 혹부리영감은 얼굴에 별다른 표정을 짓지 않고는 고개를 끄덕거렸다. 일단 직접적 책임을 모면한 아버지는 헤설픈 표정으로 날 쳐다볼 뿐이었다.

그러나 한편으로는 그 혹부리영감이 당신과는 이제 거래 끝이야 하고 선언할까봐 전전긍긍하는 얼굴이었다. 아버지처럼 이북 출신인 그 영감은 시장통에서 신용 하나는 보증수표나 다름없었지만 성질이 불같고 매몰차기로 소문이 자자한 위인이었기에 그런 상황은 쉽게 상상해볼 수 있었다.

내레 이까짓 걸루다 당신하고 거래를 끊지는 않갔어. 다 물정 모르는 아이들이 저지른 짓인데 으잉?

아유, 고맙습네다 영감님. 그저 어떻게 헤헤…… 우리 아이가 평소에는 그렇게 민한 애가 아닌데 어쩌다……

단……

혹부리영감이 아버지의 말끝을 가로챘다.

내 앞에서 저 아이를 호되게 가르치는 꼴을 뵈주라우. 내가 그깟 술 두 병이 아까워서 기러는 게 아니야. 하지만 기렇게 따끔하게 가르치는 건 바로 자식에게 말이야, 부모 된 도리를 다하는 것

272

아니갔슴매? 내 이 자리서 이녁이 하는 깜냥을 두고보고서리 까짓 것 그 술 두 병은 거저라두 주갔어. 내 이제껏 남한테 콩알 반쪼가리도 거저 준 적은 없지만서두, 이건 경우가 다르다우 아암.

호되게라믄…… 어떠케?

쯔쯧, 이녁도 함경도 아바이 출신이믄 부랄값도 못하는 자식이 잘못을 저질렀을 때 어드러케 다루는지는 알 만하잖소? 그걸 왜 내게 묻소 으응? 아 안 그렇소?

야! 간나야. 니 다시는 이런 민한 짓이래, 하갔니, 안 하갔니? 어서 말 좀 해보라우.

짐짓 호령을 하는 아버지의 손이 부들부들 떨며 허공 높이 허우적거렸다. 단 한 대에 내 뺨은 무섭게 부풀어오르며 감각을 잃어갔다.

길티…… 기게 바로 진짜 교육이야.

혹부리영감의 격려를 받은 아버지는 고개를 돌려 그에게 굽신거린 다음 또 한차례 내 뺨을 기세 좋게 올려붙였다. 그러나 이 지독한 연극을 지켜보면서 나는 아픔을 거의 느끼지 못했던 것 같다. 머릿속에서 뭔가가 맑아지는 느낌뿐이었다. 그러곤 투시해버리고 말았다. 어린 나이에도 아버지의 눈 속에 흐르지도 못하고 괴어 있는 눈물을. 차라리 죽는 한이 있어도 애비라는 존재는 되지 말자. 아마도 나는 그때 그런 끔찍한 다짐을 했는지도 모른다.

"저, 혹시 위층 천이백사호에 사시지 않으세요?"

경의선 서울역발 막차를 타고 오던 나는 능곡역을 지날 때쯤 읽고 있던 신문을 주섬주섬 챙긴 다음 앞에 앉은 아가씨에게 조심스레 말을 걸었다. 바로 그 에어로빅 강사를 한다는 여자였다. 퇴근길인 모양이었다. 창가 쪽에서 눈길을 거둔 그녀가 씨익 웃어 보였다.

"예, 저도 뵌 적이 있어요. 인사가 늦었네요."

"헤헤, 그렇죠 뭐, 다들 바쁘니깐…… 어딜 다녀오세요?"

"주부들 좀 가르치는데, 여기말고 신촌에서도 저녁에 한 타임 뛰고 있어요."

"요즘도 에어로빅 많이들 허긴 허죠……"

나는 갑자기 목이 컬컬해졌다. 백마역에서 내려 고개를 숙인 채 또박또박 마을버스 쪽으로 걸어가는 그녀에게 다가섰다.

"저, 어떠세요? 실례가 아니라면, 간단히 목이나 축이며 인사나 나누죠?"

역광장 둘레로 불을 환히 밝힌 포장마차가 서너 군데 눈에 띄었다. 여자가 느닷없이 킥 하며 웃음을 참는 시늉을 하는 바람에 난 긴장이 확 풀리고 말았다.

"그러시죠, 뭐."

"여기 우선 맥주 두 병부터 주시고요, 골뱅이 하나 무쳐주세요."

"맵지 않았으면 좋겠어요, 아주머니."

"정식 인사도 드리기 전인데, 이런 말씀 드려도 어떨지 모르겠네요."

"……?"

"다름이 아니고. 자전거를 아주 잘 타신다고요. 헤헤."

여자가 얼른 손으로 입가를 가리며 웃었다. 벌어진 손가락 틈새로 가지런한 잇바디가 비쳤다.

"호호. 고맙네요. 인사가 늦었어요. 자전거 도둑 서미혭니다."

"아, 서미혜씨요? 아무튼 이거 반갑습니다. 전 김승호라고 합니다."

"범인이 뜻밖이라서 놀라셨겠다? 제가 오후에 강습을 나가느라고 빈 시간대에 잠깐잠깐 허락도 맡지 않고 그동안 실례를 했어요. 언짢으셨다면 늦었지만 용서를 구할게요."

"아유, 용서라뇨? 천만에요. 이거 너무 기분이 좋더라고요. 이런 미인이 제 자전거를 길들이고 계실 줄이야. 제가 참, 자전거가 못 된 게 그렇게 유감이더라구요."

"어머, 보기보담 유머를 잘하시네요. 기자시라며요?"

"제가 써붙이고 다녔나요?"

"말투를 들어보니 그런 것 같고…… 또 아파트 사람들이 다 알고 있던데요 뭐."

"말투가 어때서요?"

"왜 그런 것 있잖아요? 말꼬리가 왠지…… 암튼, 자전거가 맘에 쏙 들었는데 당분간 제가 좀더 길들여도 되겠죠?"

나는 그녀의 호감을 느낄 수 있었다.

"암요. 감히 바라던 바죠. 전 자전거 도둑을 좋아하거든요, 원래. 내가 좋아하는 비디오 중에 자전거 도둑이라는 제목이 있어요. 아마 언제 한번 보시면 재밌을 거예요."

나는 순간 그녀가 얼굴 한구석에서 낯빛을 고쳐잡는 걸 놓치지 않았다.

"이거 자전거 도둑이 된 제 입장에선 아주 흥미로운 제목인데요. 꼭 보여주실 거죠?"

"물론입니다. 그리고 제 것은 새 자전거니깐 길을 아주 순하게 잘 들여주세요."

"첨엔 아주 늙수그레한 아저씬 줄 알았어요. 맨날 허겁지겁 역으로 뛰어나 다니고."

"이것 땜에요?"

나는 벗겨진 내 이마를 장난스레 손바닥으로 훑어내렸다.

"하지만 내가 딴사람보다 머리숱이 적은 게 아니라구요. 보시다시피 머리 면적이 넓다보니 밀도가 떨어져서 듬성듬성해 보일 뿐이거든요. 그렇게 이해하시는 편이 훨씬 쉽고 논리적일걸요?"

여자의 하얗고 고른 잇바디가 또 드러났다.

—〈자전거 도둑〉 나왔나요?

현관바닥에 떨어진 메모가 뒤늦게 눈에 띄었다. 나는 메모지를 주워 읽은 다음 손아귀에서 구깃구깃 둥그렇게 뭉쳐 휴지통에 던

저녁었다. 대충 씻고 나온 다음 라면이라도 끓여먹으려고 냄비 따위를 덜그럭거리던 참이었다. 거실 한가운데 바짓주머니에 두 손을 쑤셔넣은 채 입맛을 쩝쩝 다시며 우두커니 서 있다가 후닥닥 운동화를 꿰찼다.

딩동, 딩동디잉.

초인종을 눌렀는데도 한 십여 초간 응답이 없었다.

사람을 불러놓고 어딜 갔나?

나는 뒤돌아서서 백마역 쪽으로 서서히 진입을 하는 경의선 막차의 불빛을 바라보았다. 그냥 갈까? 마침 안에서 슬리퍼를 찍찍 끄는 소리가 들렸다. 신발 끄는 소리가 그쳤다. 아마 올빼미눈처럼 뚫린 외부 감시구멍으로 보는 모양이었다. 나는 일부러 그 구멍 앞에서 양볼에 바람을 잔뜩 넣고 눈동자를 부릅뜬 장난스런 표정을 지어 보였다. 안에서 킥 하고 웃음을 터뜨리는 소리가 들렸다.

"어머, 오셨어요? 아유, 내 정신 좀 봐. 손님을 초대해놓곤 집안이 이렇게 엉망이어서……"

"이거 참…… 다음에 다시 올까요?"

"아뇨! 잠깐만 기다리…… 아니 일단 들어오셔요."

서미혜는 연습중이었는지 몸에 착 달라붙는 에어로빅 옷차림에다 수건으로 머리를 감싸고 있었다.

"식사는 어떻게……?"

"아 예, 대충 그럭저럭……"

"아직 안 드셨을 것 같아, 제가 생태찌개를 끓여놨는데."

"아 뭐, 그렇다면야 염치불구하고……"

나는 뒤통수를 긁적긁적하며 계면쩍다는 표정을 지었다.

"와우, 거울 한번 되게 크네요?"

공깃밥을 비우고 난 뒤 거실 벽 한 면을 차지한 유리 앞에 다가서며 내가 탄성을 지르자,

"밑에서 좀 콩콩거리는 소리가 들려 신경쓰이시죠? 제가 집에서 가끔 연습을 하거든요."

"괜찮아요. 수면제 삼아 들으니까요, 뭐."

"어머, 무덤덤하신 성격인가봐. 술도 한잔 하실래요?"

"한잔? 좋죠. 와우, 발렌타인 십칠 년짜리네요, 쩝쩝. 내가 제일 좋아하는 건데 이거."

"접대용이에요. 근데 그건 뭐죠?"

"아, 이거요? 저번에 얘기한 〈자전거 도둑〉 비디오테이프요. 관심이 많은 것 같아서 봬드리려고요."

"아, 드디어 빌리셨군요."

"빌린 건 아니고…… 얼음 많이 넣지 마세요. 밍밍한 칵테일은 질색이거든요. 이런저런 이유로 제가 하나 장만한 거예요. 세계 영화사의 십대 명화 중 하나로 꼽히거든요."

"어느 나라 거죠?"

"전후 이탈리아의 네오리얼리즘이라고……"

"네오리얼리즘? 러브스토린가보죠?"

"그런 건 아니구요. 뭐랄까? 사회성이 짙은 고발주의 영화라고 나 할까요."

"고발주의요? 에이 따분하겠네요. 하지만 승호씨가 골랐다니 한번 봐야지요. 예의상으로라도 말예요. 커튼 칠까요?"

"좋을 대로요."

비디오를 보기 전부터 난 얼근한 기분을 느끼고 있었다. 특히 목덜미. 〈자전거 도둑〉을 한두 번 본 것도 아닌데 내가 왜 이리 처음 보는 영화처럼 설레고 있을까? 내가 테이프를 비디오 안에 밀어넣고 화면을 처음으로 돌려놓는 사이에 미혜는 옷을 갈아입고 나오겠다며 얼른 안방으로 들어갔다. 거실 한구석에 멀쑥하게 서 있는 스탠드등에 볼그족족한 불이 들어왔다. 안방에서 나오는 미혜는 피에로처럼 두리벙한 옷차림이었다. 나는 내 곁으로 다가오는 그녀를 향해 도발적인 눈길을 던졌다.

"이상해요?"

"뭘……?"

"아니, 그냥. 그럼…… 됐어요."

소파에 비스듬히 몸을 누이고 발렌타인 십칠 년짜리 황금빛 원액이 그득히 담긴 칵테일잔을 기울이다 말고 입술을 뗀 나는 들릴락 말락 한 짧은 신음을 터뜨렸다. 카학.

미혜는 과일을 담은 큰 쟁반을 들고 다가와서는 내 옆에 나란히 다소곳이 앉았다. 나는 물어보지도 않은 채 리모컨의 플레이 스위치를 힘주어 눌렀다. 흑백 화면이 돌아가기 시작했다. 그러나 내 머릿속은 내내 혼란스러웠다. 무슨 함정이 있는 건 아닐까? 나는 눈동자를 이리저리 돌려 방구석을 둘러봤지만 걸리는 게 없었다. 스탠드와 비디오 겸용 텔레비전 한 대. 그리고 이 인용 소파가 전부였다. 미혜가 졸린 듯한 자세로 옆이마를 가만히 내 어깨 위로 포개왔다. 누군가가 떨고 있었다. 내 어깨가 아니면 그녀의 관자놀이인 듯했다. 화면에서는 도둑맞은 자전거를 뒤쫓던 안토니오가 범인으로 찍은 빈민가의 젊은이가 길가에 쓰러져 몸을 비틀고 있었다.

"재미없죠?"

미혜는 대답 없이 고개를 빤히 쳐들고 내 눈을 바라본 다음 빙긋이 웃었다.

"재미없죠?"

나는 또 뜸을 들이다가 건성으로 물어봤다. 왜냐하면 그건 너도 다 본 것이잖아. 이 말이 목젖까지 치솟았지만 발렌타인 원액을 따라 식도를 타고 흘러내려갔다. 나는 갈수록 차분해지는 기분이었다. 왜냐하면 난 화면을 보면서 딴생각에 몰두할 수 있었기 때문이다. 딴생각이란……

혹부리영감에겐 도무지 어울리지 않는 그의 손녀딸 나미가 떠올랐다. 피부가 투명하리만큼 희고 티 한 점 없이 깨끗한 얼굴.

내가 아버지와 함께 혹부리영감한테서 그 된경을 치르는 사이에 그애는 마당으로 난 쪽문을 열고 나와서 힐끗 아버지와 날 번갈아 쳐다본 다음 고개를 홱 돌리고는 진열장에서 초콜릿인가 캐러멜인가를 집어들고는 다시 그 쪽문을 통해 다람쥐처럼 뛰어들어갔다. 그렇게 빨리 사라져준 것이 그때는 얼마나 고마웠는지……

—죽이고 말겠어!

나는 혹부리영감에 대해 그렇게 이를 갈았다. 그리고 그의 죽음을 재촉하는 데 일조를 하고 말았다.

"재밌군요."

이번엔 미혜가 코맹맹이 소리로 물어왔다. 나는 그녀의 어깨에 팔을 걸쳤다. 의외로 맞춤하게 품안에 들어왔다.

"난 저 영화를 보면서 꼭 누구를 생각하거든."

나는 어느새 미혜에게 말을 놓고 있었다. 그녀도 그것을 자연스럽게 받아들였다.

"헤어진 애인이라도 있으세요?"

"이런, 저기 무슨 여자들이 나온다고 그래?"

"그럼요?"

"내가 어렸을 적에 죽음으로 몰아넣은 사람이 있었지. 혹부리영감이라고."

"예에?"

나는 일부러 장난기를 얹어 말했을 뿐인데 그녀는 몸을 후드득 떨며 깜짝 놀라는 시늉을 했다. 그 바람에 그녀의 어깨 위에 얹힌 내 팔에 순간적으로 힘이 들어갔다. 감촉이 좋았다.

"왜죠?"

"왜, 내가 사람을 죽였다니깐 무서워져?"

"그게 아니라요…… 왠지 궁금하잖아요. 그럴 것 같지 않아 보이는 사람인데……"

"사람 죽이긴, 생각하기 나름인데……"

나는 피곤한 듯이 엄지와 검지로 두 눈두덩을 지그시 누르고 있었다.

내가 그 혹부리영감에게 복수를 하는 방법은 딱 한 가지가 있을 뿐이었다. 그 영감탱이가 그토록 애지중지하는 수도상회를 분탕질내는 수밖에는 없는 것이었다.

그러나 의심 많은 혹부리영감은 가게로 들어가는 모든 출입문에는 자물쇠를 두세 개씩 걸어놓았다. 더군다나 그 수도상회는 바로 파출소 앞에 있어서 한밤중이라고 해서 함부로 문짝을 뜯거나 해서 들어갈 수가 없었다. 여차직하면 파출소에서 순경들이 빠따 방망이를 들고 뛰어나올 판이었다.

그러나 나는 수도상회의 급소를 알고 있었다. 혹부리영감이 번개탄이며 목탄창고를 짓느라고 원래 가게의 처마밑으로 자그마하게 의지간을 한 칸 들여놓았다. 그 밑으로 바로 하수도 맨홀이 지나가고 있었다. 학교 앞 도랑물이 인수천으로 흘러들도록 연결된 맨홀이었다. 그 입구는 물론 학교 뒷문 문방구점 앞에 있었다. 그 길이는 장장 사오십 보는 족히 되었다. 그러나 그걸 마다할 내가 아니었다. 하수구 통과에 관한 한 몸집 작고 참을성 많은 나는 챔피언감이었다. 아직도 동네에서 나보다 더 깊숙이 하수구 안으로 들어갔다 나온 아이는 전체 학년을 통틀어도 없었다.

그리고 얼마나 많은 연습을 했던가! 나는 라면상자 같은 협소한 공간에 들어가 어떨 땐 반나절씩 꼼짝 않고 참는 연습을 되풀이했다. 심지어는 내 허리에도 오지 않는 빈 항아리에 뚜껑을 덮고 들어앉아 잠을 자기까지 했다. 그 안에서 호흡을 참는 연습도 했다. 왠지 하수구 안은 공기가 부족할 것 같아서였다.

그리고 어느 날 나는 칠흑처럼 어두운 밤 팬티만 남기고 옷을 홀라당 벗어 봉지에 넣은 다음 문을 닫은 문방구집 대문 쓰레기통 옆에 놓았다. 그러고는 머리 위로 비닐 정부미 포대를 뒤집어쓰고 으슥한 밤을 택해 아가리를 잔뜩 벌리고 있는 학교 뒷문 쪽 하수구 속으로 기어들어갔다. 기어들자마자 거미줄이 얼굴을 덮치는 바람에 등짝으로 소름이 쫙 훑고 지나갔다.

고개를 두 무릎 사이로 한껏 쑤셔박고 오리걸음으로 한 발짝씩 떼었다. 악취가 코를 찔렀고 바닥은 생각보다 미끈덩거렸다. 하지만 내 입가에는 야릇한 미소가 떠나지 않았다. 급히 꺾이는 길목인 것으로 보아 천우약국 앞쯤으로 짐작되는 곳에는 쓰레기하고 토사물 들이 두텁게 쌓여 있어 직접 손으로 헤쳐내고 엉금엉금 기어 나가야 했다.

술 취한 몇 사람인가가 비틀거리는 발걸음으로 머리 위를 저벅저벅 밟고 지나갔다. 답답했다. 속이 차츰 메스꺼워지면서 이마가 어지러워졌다. 어쩌면 이 안에서 죽을지도 모른다는 생각이 퍼뜩 머리를 스쳤다. 그러자 그동안 자신만만하던 복수심 대신에 시커멓고 덩치 큰 공포심이 밀려들었다. 몇 번이고 본능적으로 머리를 쳐들다가 둔중한 시멘트 맨홀에 머리를 찧었다. 아버지와 함께 그 숯탄창고에 드나들 때 보니 그곳을 지나는 대여섯 개의 시멘트 맨홀 중 하나가 두터운 합판과 비닐장판으로 뒤덮여 있는 걸 보았다. 나는 손을 머리 위로 쳐들고 자꾸 휘저어보았다. 드디어 딱딱한 시멘트 대신 몰캉한 판대기가 감촉됐다. 나는 자신도 모르게 벌떡 일어섰다.

수도상회 안에 가득 쟁여 있는 물건들이 무방비 상태로 가지런히 놓인 채 나를 기다리고 있었다. 나는 속에서 뭔가가 지글지글 끓어오르는 것을 느꼈다. 그러나 시간이 그리 많지 않을 터였다. 나는 내가 생각해봐도 믿어지지 않을 만큼 차분하고 침착했다. 조금만 무슨 일이 닥쳐도 얼굴이 빨개지고 가슴이 두근두근하는 새 가슴이었지만 웬일인지 가슴조차 평온한 맥박을 유지하고 있었다.

나는 혹부리영감이 허구한 날 깔고 앉는 얄팍한 꽃무늬 방석을 집어올렸다. 그러고는 방석을 덮어씌운 채 병따개를 이용해 진로 소주는 물론이고 이상하게 생긴 양주병 마개들을 소리나지 않게 따거나 비튼 다음 진열장 위아래 가릴 것 없이 부어댔다. 그렇게 한 십 분간 소리나지 않게 돌아다닌 것으로 수도상회 물건의 대부분이 절딴이 났다. 이제는 다시 도망쳐야 할 시간이 되었다는 생각이 들었다.

그러나 왠지 성이 차지 않았다. 아랫배에서는 꾸르륵거리는 소리가 연달아 났다. 나는 진열대에 발을 올려놓고 대들보에 매달려 있는 '수도상회'라고 씌어진 한글 간판을 끄집어내렸다. 그 간판은 혹부리영감이 월남을 하기 전에 자신의 고향에서 역시 대물림으로 벌이던 잡화점을 꾸릴 때 쓰던 전통 있는 간판이라는 말을 들은 바가 있었기 때문이다. 아무튼 영감탱이가 애지중지하는 물건은 다 작살을 내야만 했다. 나는 떼어낸 간판을 하수구 안으로 깊숙이 내던졌다. 생각 같아서는 그 자리에서 뽀개버리고 싶었지만 그러자면 그 소리 때문에 영감탱이네 식구가 잠을 깰지도 몰랐다.

막 돌아서려는 내 눈에 혹부리영감이 만날 보물단지처럼 끌어안고 사는 시커먼 돈궤가 들어왔다. 물론 당일 벌어들인 그 안의 돈들은 이미 영감이 다 계산을 마치고 나서 텅텅 비어 있었다. 나는 꾸르륵거리는 아랫배를 움켜쥐고 그 궤 쪽으로 다가섰다. 그러고는 한동안 참았던 굵직한 대변을 그 위에 질펀하게 싸질렀다. 하수구 냄새 때문에 잠깐 감각을 잃었던 내 코였지만 어린애답지 않게 굵게 늘어진 똥줄기에서는 몹시 구린 냄새가 진동했다.

하수구를 되짚어나와 학교 뒷문 개구멍을 통해 수위 아저씨들이 가끔씩 사용하는 비품창고 안으로 들어간 나는 세면대에서 몸을 대충 씻었다. 집에 돌아와서도 수돗가에서 계속 비누칠을 해대며 살갗을 수세미로 빡빡 문질렀다. 혹시나 남아 있을 하수구 냄새를 걱정해서였다.

아버지가 내 등멱 소리에 선잠이 달아났는지 부엌 앞 나무의자에 나와 앉아 담배를 빼물었다.

─더위를 먹었니?

─……!

─중복 되기 전에 인절미라도 해먹였어야 하는데…… 후유.

─주무세요, 아부지.

─내일 비라도 오려나…… 하수구 냄새가 솔솔 코끝을 스치니……

─……!

그 다음날부터 시장통이 한바탕 난리를 겪은 것은 말할 것도 없었다. 사람들은 모였다 하면 수도상회가 절딴난 얘기를 주고받았다. 평소 주위 사람들에게 곰살궂게 대하지 못해서 그런지 혹부리 영감이 당한 것에 대해 고소해하는 사람들도 꽤 되었다.

─물건엔 손을 하나도 대지 않았다는대두. 글쎄 어떤 놈 성깔인지 똥이 한 바가지였대 낄낄.

―뭔 조홧속이런가 잉?

―그 영감 얼굴이 충격깨나 받았는지 축이 가서 말이 아니더라
구. 한편으로 그 고린 영감 잘코사니라고. 쾌재도 나지만 당하고
나니까 안쓰럽데 거……

열흘 남짓 문을 닫고 있던 수도상회가 다시 문을 열었지만 그
걸걸한 혹부리영감의 목소리가 들리지 않아서 그런지 가게에 활
기가 돌아 보이질 않았다. 마침 펌프장 돌아 교회 올라가는 모퉁이
에 슈퍼마켓인가 하는 커다란 가게가 새로 생겨 플라스틱 바가지
며 비누통을 공짜로 사람들에게 나눠주고 값도 허턱 싸게 매겨버
리는 바람에 더욱 그러했는지도 몰랐다.

장사에 뜻이 없어 놀고먹는 아들한테 맡긴 가게가 시원찮게 돌
아가자 얼마 만에 혹부리영감이 다시 가게에 나오긴 했지만 예전
보다 입이 더 돌아가고 눈에 총기도 사라지고 가끔씩 계산도 틀리
게 한다는 소문이 들리더니 한 해를 넘기지 못하고 혹부리영감이
며칠 자리보전을 하다 돌아간 이후 아예 문을 닫고 말았다.

"정말이에요? 정말…… 차암, 재밌다, 그치?"

여자는 그렇게 말하면서 눈물을 글썽이고 있었다. 화면은 꺼져
있었다.

"……!"

나는 갑자기 눈물을 흘리는 여자의 얼굴을 보고 있자니 걷잡을

수 없는 기분이 돼버렸다. 술기운이 일시에 목덜미로 뻣뻣하게 밀려들고 있었다. 그때 내 손아귀 안으로 도톰한 살덩이가 한가득 미끄러져들어왔다. 나는 짧은 숨을 토하며 고개를 천천히 옆으로 돌렸다.

"무슨 생각을 하지?"

나는 땀기운이 솟은 등을 지고 돌아누운 자세로 물어보았다.

"승호씨, 그 청년 생각나?"

"누구……?"

"그 꼬마의 아버지가 뒤쫓아갔을 때 길가에서 간질병으로 나딩굴던 창백한 청년……"

"으응, 자전거 도둑? 그런데?"

"많이 닮았다…… 울 오빠……"

"오빠를……?"

그녀의 목소리가 축축이 젖어가고 있었다.

"오래전에 죽었어요. 아니 죽였지, 내가."

"……?"

미혜는 자신의 오빠에 대해서 내가 듣든 말든 주저리주저리 엮어갔다.

……손이 귀한 집안이라서 오빠가 태어나자 온 집안이 경사났다고 법석을 떨었다고 하더군요. 사진 봤죠? 민석 오빠 사진. 아직

288

도 내 수첩 속에 소중히 들어 있는 거. 귀엽고 눈빛이 초롱한 아이였는데, 학교 들어가서 얼마 안 돼 간질이 도졌대요 그만…… 집안엔 그런 내력이 없는데 옥수수 튀긴 강냉이를 잘못 집어먹고 그랬다는 말도 있고, 유전이라는 말도 있고…… 그때부터 집안에는 내내 음울한 기운이 떠나질 않았어요.

오빠 어릴 적부터 아버지 자전거를 무척이나 잘 탔어요. 짐칸 달린 묵직한 자전거 있죠? 어린 날 태우고도 잘 달렸으니까. 한번은 안장을 두 손으로 붙잡고 자전거 뒤에 매달려 가는데 오빠가 자꾸 부들거리면서 이상해지는 거예요. 고개를 뒤로 깔딱 젖혀 마치 나를 보려고 하는 듯하다가도 술 먹은 사람처럼 비틀거리며 페달을 밟고. 그게 간질발작 징후인지는 나중에 알았죠. 오빠 갑자기 자전거 핸들을 놓쳤고 나는 길가에 나둥그러졌어요. 사람들이 몰려들고 입에 버글버글 게거품을 문 오빠는 사지를 죽어가는 개구락지처럼 비틀고, 아주 끔찍했거든요. 나는 어쩔 줄 몰라 구경꾼처럼 서 있기만 했어요. 팔꿈치하고 무릎이 다 까졌지만 난 아픈 줄도 몰랐어요. 누군가 오빠의 입에다 손수건을 갖다 물리더군요. 혀 깨물지 말라고.

그게 발작의 시초였고, 이후로 어머닌 남부끄럽다며 오빠를 다락 속에 몰아넣고 키웠어요. 자라면서 가위를 많이 눌렸어요. 벽장 속에서 온몸에 털 난 짐승이 기어나와 내 목을 조르는 꿈이었거든요. 물론 그 짐승은 민석 오빠였죠. 아마 무의식에 그렇게 자리잡

앉을 거예요. 학교 다니면서 반 친구 아이들을 집에 데리고 온 적이 없어요. 뒤뜰이 넓어 여름철에 평상을 나무 그늘 속에 갖다놓고 둘러앉아 얘기하면 정말 좋은 곳인데……

밤중에 벽지를 사그락사그락 긁는 소리 있죠? 아버진 그 소리에 신경이 닳아 끊어져 술을 가까이하시다 결국 오래 못 사셨어요. 그다락 속의 오빠는 콜라만 보면 기가 넘어가도록 환장을 했어요. 콜라는 바깥세상의 맛을 다 뭉쳐놓은 것 같았나봐요. 톡 쏘는 그 맛때문이었을 거예요. 엄마는 기가 승해지면 더 발작을 해 안 된다고, 반찬에다 자극적 양념을 일절 쓰지 않은 상을 봐서 하루에 두끼씩 굶어죽지 않을 만큼의 양만 올려보냈지요. 오빤 밥도 콜라에 말아먹고 어쩔 땐 며칠씩 콜라만 비운 채 상을 벽장 밖으로 물리곤 하더라구요.

스무 살이 넘었지만 성장을 멈춘 것 같은 민석 오빠는 웅크리고 앉으면 꼭 어린애 같았어요. 하루에 한 번씩 휠체어를 타고 뒤뜰을 천천히 돌면서 햇빛 구경을 하거든요. 어쩔 땐 그 휠체어의 뒤를 내가 밀었어요. 뒤뜰에 있는 우물을 그냥 지나치려면 난리를 떨었어요. 우물 앞에서 고개를 숙여 한동안 우묵한 속을 들여다보곤 했죠. 질질 새는 침이 우물 속으로 빠지는 모습을 지켜보자면 그냥 휠체어를 우물 속으로 밀어넣고 싶은 충동을 느낄 때가 한두 번이 아니었어요.

……나이에 따른 몸의 호르몬 작용은 속일 수 없었나봐요. 이

성에 대한 그리움 같은 감정도 없진 않았을 테고…… 아마 다락 틈새로 눈을 박고…… 그랬을 거예요. 그날은 학교에서 돌아온 내가 체력장 때문에 너무 피곤해서 가방을 방에 내던진 채 그대로 잠이 들었나봐요. 꿈결인지 어쩐지 자꾸 숨이 가빠져서……

눈을 떠보니 그 오빠의 일그러진 얼굴이 바로 내 코앞에서 떠오르는 거예요. 깜짝 놀라 와락 밀치고 일어나보니 내 몸에는 벌써 실오라기 하나 얹어 있지 않았거든요. 그때의 그 수치심이란…… 나는 내 발가벗은 몸뚱어리를 훑어보며 몸을 비비 꼬고 있던 민석 오빠에게 물건을 닥치는 대로 집어던지며 소리를 고래고래 질렀어요. 오빠도 그제야 제정신이 돌아왔는지 얼굴이 빨개져 허겁지겁 다락으로 기어올라가려 했지만 번번이 미끄러지면서 버둥거리는 거예요. 마침 내 비명소리를 듣고 달려온 엄마가 함께 죽고 말자며 휘둘러대는 다듬이방망이질에 녹신하게 얻어맞고 며칠간은 곡기마저 끊고 지냈어요.

하루는 엄마가 친정일로 고향에 가시면서 오빠 밥을 잘 차려주라고 신신당부를 했어요. 무서우면 친구들을 데리고 와서 자라고 하더군요. 다락문을 잠그는 자물쇠와 열쇠를 건네주면서, 밥을 줄 때를 빼고는 절대 열어주지 말라고 했어요. 나는 밥때뿐만 아니라 한 번도 다락문을 열어주지 않았어요. 왜냐하면 친구를 불러 와서 잔 게 아니라 내가 아예 친구네 집에 가서 일주일을 보냈거든요. 민석 오빠는 하루에 한 번쯤은 마당에 나가 햇볕을 쬐어야지만 살 수가 있는데……

　일주일 뒤에 돌아온 엄마가 다락문을 열어보니 걸레처럼 축 늘
어진 민석 오빠가 뒹굴어져나왔어요. 아직 숨이 끊어지진 않았지
만 며칠 못 갔어요. 내가 죽인 거나 다름이 없죠 뭐. 다락 벽지 안
쪽이 손톱에 긁혀 남김없이 거덜나 있었어요.

　그 이후로 난 그 집이 견딜 수가 없었어요. 그래서 가출을 시작
했죠……

　"듣고 있어요?"

　"으응."

　"졸린가봐……"

　"아냐…… 나 가볼게. 내일 아침까지 넘겨야 할 기사가 있어서.
미안해."

　도망치듯 서둘러 빠져나온 뒤론 거진 달포쯤 그녀를 만나지 못
했다. 사건이 많이 터져 신문사 일에도 바빴고 왠지 그녀를 찾고
싶은 마음이 생기질 않았다. 그때 들은 오빠 얘기 때문인지, 자꾸
만 그녀가 나에게 함정을 파고 있을 것 같다는 생각이 들었다. 그
러다가 어느 일요일 아침 내 자전거 안장에 손가락을 한번 그어
보았더니 먼지 덩어리가 새까맣게 묻어나는 거였다. 나는 새까매
진 손가락 끝을 입김으로 몇 번 분 다음 바짓가랑이에 쓱쓱 문질렀
다. 자전거 길들이기가 끝났나?

철로변 자전거 전용도로 쪽으로 눈길을 줬다. 나는 눈을 크게 떴다. 마침 그녀가 그 긴 머리칼을 휘날리며 페달을 힘차게 밟는 모습이 눈에 들어온 것이다. 나는 발끝으로 바닥을 톡톡 쪼며 바지춤을 한껏 추슬러올렸다.

나는 자전거 전용도로의 경계석 위에 엉덩이를 걸치고 앉았다가 그녀가 나타나는 순간 몸을 일으켰다. 바짓주머니에 손을 찔러넣은 채, 그녀가 가까이 오면 손을 흔들며 인사말을 건넬 요량이었다.

—미혜, 오랜만이야.

아냐! 너무 싱거워. 좀 야하게 할까.

—섹시한 아침이군! 낄낄.

그런데 그녀가 날 발견하지 못한 걸까? 아니, 그럴 리가 없지. 갑자기 청맹과니라도 됐다면 몰라도 내가 분명히 손까지 번쩍 들었는데……

그녀는 분명 나를 봤지만 아주 차가운 눈길로, 아니 차갑다기보다는 낯선 사람을 대하는 눈길로 스쳐갔다. 실수였을까?

그러나 난 그녀가 타고 스쳐간 자전거에 물끄러미 눈길이 닿는 순간 퍼뜩 깨달았다. 나는 호주머니에서 나와 그녀를 향해 움직이려다 중동무이로 멈춰버린 내 오른손바닥을 뒤집어 맥없이 바라봤다. 자꾸 헛웃음이 나오려 했다. 아하! 그렇구나. 그녀에게 또다른 자전거가 생겼구나. 그렇지! 다른 자전거를 훔치는 도중이군. 내가 그걸 왜 몰랐을까.

나는 서둘러 허둥지둥 자전거 전용도로를 벗어나 달아나기 시작했다.

(1995)

원색생물학습도감

"물고기를 아주 좋아하시는군요?"

앞자리에서 누군가 알은체를 했다. 나는 고개를 돌리지 않았다. 보나마나 『자연과 건강』이나 『신비의 식품세계』 등 건강 관련 책자나 무슨무슨 기 수련회를 소개하려는 사람이 아니면, 신도시 근처에 난립한 신흥교회에서 영적 체험의 놀라운 은혜를 받으라고 꼬드기러 나온 사람들이기 십상이기 때문이었다.

병원의 약국 창구에 처방전을 접수시킨 나는 대기실 한쪽 벽을 장식하고 있는 커다란 수족관 옆에 앉아 있었다. 수족관의 좁은 공간에는 어른 팔뚝만큼 살진 잉어 일곱 마리가 비둔한 몸뚱어리를 꿈틀거리고 있었다. 은빛 잉어가 다섯 마리, 황금빛 잉어가 두 마리였다. 나는 황금빛 잉어가 나를 향해 큰 입을 쩍 벌릴 때마다 되도록 목구멍 안을 깊숙이 들여다보기 위해서 엉덩이를 들썩이며 옆 이마를 수족관 유리에 대곤 했다.

"아니면 구멍을 좋아하시는지요……?"

"……!"

이 도발적인 말에 나는 무심코 고개를 번쩍 들었다. 앞자리에는 어린이 교육용 책자 꾸러미를 잔뜩 부려놓은 까무잡잡한 사내가 등산모를 벗지 않고 앉아 있었다. 나의 관심을 끄는 데 성공한 게 그지없이 기쁘다는 듯 그는 누런 대문니를 드러내며 히물쩍 웃어 보였다. 사실 나는 물고기를 보면서 은근히 길을 거슬러올라가는 정자의 움직임을 연상하고 있던 참이었다.

"큰 물고기를 이렇게 가까이서 관찰하기도 처음이어서요."

"움직이는 동물을 오랫동안 지켜볼 줄 아는 사람들은 대부분 성품이 선량해요. 장담합니다."

사내는 호주머니에서 은단통을 꺼내 사그락사그락 가볍게 흔들었다.

"몇 알 땡기시죠."

곤충이 까놓은 알처럼 푸른 기가 도는 흰 은단알을 혀끝으로 들이마시듯 후루룩 찍어낸 사내는 은단알이 올려진 손바닥을 내게 디밀었다. 나는 웃으면서 정중하게 거절했다. 사내는 나머지 은단알을 도로 자신의 입안으로 털어넣었다. 오도독 소리에 이어 향긋한 은단내가 코끝으로 밀려왔다.

좀 전에 면담을 하고 나온 신경외과 의사도 은단 중독환자 같았다. 환자에게서 옮겨올지도 모를 병원균을 은단이 막아주기라도 하는 듯이 아주 부지런히 손바닥을 핥았다.

"할머니, 육식을 좋아하세요? 고기?"

"좋아하긴요? 거저 있으면 먹는 편이지, 밝히는 편은 아녜요. 몸이 이렇게 비둔하니깐 선생님이 내가 고기를 밝히는 체질인 줄 아시는지……"

"아뇨, 그런 게 아니라. 나이든 분들 중에 육식을 유달리 좋아하는 사람한테 이따금씩 이런 딱딱한 이물질이 연골조직 사이에 뭉쳐지곤 하거든요. 그래서 물어본 것이에요. 일종의 결석증상이긴 한데…… 그러면 언젠가 무릎을 크게 다친 적이 있는가요?"

오른손으로 턱을 어루만지며 엑스레이 필름을 들여다보던 의사가 보호자로 따라들어간 나를 돌아보며 물었다. 그 필름에는 어머니의 무릎관절 부위가 드러나 있었다.

"크게 다치신 적은요? 없어요?"

"저어, 애야…… 아마도 선생님이 그 일을 물어보시는 게지?"

조심스레 입을 연 어머니는 눈빛을 반짝거리며 손가락 끝을 낚싯대처럼 구부린 다음 허공을 휘저어 기억을 낚아채오는 시늉을 했다.

"왜, 있잖니, 그해 늦장마 들었을 때. 비가 어찌나 왔는지 땅바닥이 다 물러졌는데도 싱거빠진 토마토 한 봉다리 들고 너를 앞세워 산길을 부득부득 가려고 했던 일 말이야. 기억이 안 나니, 그래? 젊은 애가 기억력이…… 머릿속이 다 녹슨 이 에미도 구메구메 생각이 솟는데."

"아 예, 알죠. 그때 길이 무너지는 바람에 붉은 토마토가 다 으깨지고 어머니도 무릎을 크게 다치고 했는데…… 그럼 그 상처가 다시 덧난 건가요?"

의사는 만년필 끝으로 책상을 톡톡 쳤다.

"에, 그러니깐 의사로서의 제 소견은 말이죠…… 사실 나이들면 젊었을 적 상처들이 어느 정도 도지게끔 마련이고 하니깐, 할머니가 내가 지어드리는 약 타다 드시고 웬만큼 견디시든가 아니면……"

"아니면……?"

"아니면 차제에 말끔히 수술을 통해 뿌리를 제거하시든지."

"수술요? 아니, 뭘 제거해야 하는데요, 선생님?"

"보시다시피 여기 희끄무레한 것 뵈죠? 이것이 돌조각인지 쇳조각인지 모르겠지만 바로 그 문제의 이물질인데, 다쳤을 당시 제대로 치료를 하지 않고 무릎 속에 그대로 둔 채 아물렸기 때문에 이제야 염증을 일으켰어요."

의사가 라디오 안테나 같은 지시봉 끝으로 찍어주는 곳에는 강낭콩알만한 허연 점이 박혀 있었다. 어머니는 양 입초리를 아래로 길게 늘어뜨리며 끔찍하다는 표정을 지었다. 결국 수술은 포기하고 일단 약을 타다 먹으며 견디기로 했다.

"이 정도 크기면 월척감이죠?"

"그런 셈이죠. 흐흥, 잉어라. 잉엇과에 딸린 민물고기. 몸은 방추형이며……"

사내는 의자를 타고 넘어올 듯 윗몸을 기울인 채 잉어에 대해 백과사전적 지식을 주체할 수 없다는 듯 기계적으로 옮겨놓기 시작했다.

"남미와 호주를 제외한 온 세계에 널리 분포하며 양식도 많이 함. 산란기는 오월경. 음머, 지금은 벌써 지나부렀네. 한 번에 일이만 개의 알을 낳음."

"기억력이 썩 좋으시네요."

사내는 손사래를 쳤다.

"웬걸요. 기억력이 좋긴. 먹고살자니 다 욇어지더라구. 이거 좀 보쇼. 서적 외판을 하고 있거든요."

포장지를 슬쩍 들치자 딱딱한 표지로 된『신원색생물학습도감』이 드러났다. 표지에는 텔레비전에서 동물의 생태를 소재로 꾸민 퀴즈 프로그램에 자주 등장하는 파충류의 한 종류가 보였다. 땅 표면에 발이 닿지 않을 만큼 재빠른 발놀림으로 우스꽝스럽게 뛰어다니는 목도리도마뱀이었다. 그는 내게 친근감을 느꼈는지 나를 노형이라고 부르며 지분지분 말을 계속 붙여왔다.

"푸우, 노형 근데…… 저 잉어 입을 좀 자세히 들여다보시겠수."

"……?"

"저 잉어의 빠끔거리는 입이 왠지 외설스럽다고 느껴지지 않우?"

"외설이라뇨……?"

"좀더 까놓고 얘기하자면 섹시하다 이 말인데…… 정말 닮아도 거기하고 너무 닮았어요, 젠장."

"거기……? 그렇던가요?"

나도 순간적으로 그런 생각을 하고 있었기에 약간 놀란 표정으로 그 사내를 돌아다봤다.

"처음 보는 사람이 이런 말을 붙인다고 노형이 딴 오해를 할 수도 있겠지만, 난 그렇고 그런 잡놈은 아니니 맘 푹 놓으슈."

나는 그의 말대로 어두컴컴한 구멍 같은 잉어의 입속을 깊숙이 들여다보기 위해 고개를 약간 숙인 채 이마를 수족관 유리에 갖다 댔다.

"특히 저 눈빛이 음탕한 황금빛 잉어녀석을 보세요. 옛날 어느 화냥년이 윤회의 고리를 끊지 못하고 다시 환생한 건지도 모르죠."

"상상력이 풍부하시네요."

"……형씨 사실 말씀드리자면 난 거기가 새서 왔거든요. 여긴 내 단골 병원이니까. 마누라가 애새끼 버려둔 채 도망친 지 벌써 삼 년이 넘었시다. 그런 사정을 안다면 형씨도 내 도덕심을 찾고 양심이 어떻고 하는 어설픈 탓은 하지 않을 게요. 그래서 모처럼 만에 몸 좀 풀기 위해서 새로 점을 찍어둔 황금연못이라는 찻집엘 갔죠. 물론 자칭 황금잉어라는 별명의 늙다리 논다니와는 처음 살을 섞게 된 건데, 아 이것이 싸가지 없게스리 그 몹쓸……"

갑자기 당혹감이 몰려와 얼굴이 벌게질 지경이었다. 마침 전광판에 내가 손에 쥐고 있는 번호표의 숫자가 떴다.

"얘, 미쳤니? 그거 어디서 났냐? 뭐하러 사니? 어쩌면 집에도 그냥 있을지 모르는데."

주사실에서 엉덩이께를 누르며 기신기신 빠져나온 어머니는 부축하러 일어서는 내 옆구리의 생물도감을 거들떠보고는 한마디 거들었다.

"집에도 있어요? 어디요? 이거 돈 주고 산 거 아네요. 거저 준다 길래……"

어릴 적 집에도 『원색생물학습도감』이 있었다. 사람의 손길이 하도 많이 스쳐서 앞장과 뒷장이 대여섯 장씩은 떨어져나간 그 낡은 생물도감은 형이 중학생이던 시절 학교 도서관에서 빌려와 끝내 반납하지 않은 것이었다. 중학생이 된 내가 형한테서 물려받아 쓰던 유일한 책이기도 했다. 그 책은 제1부 동물편, 제2부 식물편, 제3부는 인류편으로 돼 있었다. 요즘의 크라운판 크기로 약 백오십 쪽쯤 되는 두께였는데, 아버지에게는 일종의 메뉴판 구실을 했다.

그 『원색생물학습도감』의 도움이 없이는 당시 아버지가 즐기던 육식의 내용을 제대로 떠올릴 수가 없다. 육식肉食!

아버지의 육식은 벌써 몇 년째 사육제처럼 그렇게 주기적으로 시작되곤 했었다. 한때 중풍기로 쓰러진 적이 있는 아버지에게 기름기가 있는 고기는 물론 절대 입에 대서는 안 될 금물이었다. 때문에 동물성 단백질 보충을 위해 밥상에 오르는 것이라곤 부뚜막의 두꺼비집 위에서 익혀 굵은소금을 몇 알갱이 떨군 오리알찜 사발이 고작이었다. 그러나 아버지는 일 년에 한두 번씩 보름이건 달포건 간에 곡기를 끊고 아주 소량의 육식만으로 견뎌내곤 했다. 그것도 아무런 뒤탈이 없이.

하지만 그것을 두고 꼭 육식이라고 하기에는 뭔가 어울리지가 않았다. 왜냐하면 아버지는 사람들이 흔히 먹는 닭이나 소, 돼지고기 또는 개고기 따위를 뜯는 게 아니었다. 한마디로 아버지는 닥치는 대로 먹어치우는 것이었다. 내 정신상태가 정상인 한 나는 당시 개미에서부터 시작해 각종 애벌레들, 메뚜기, 잠자리, 벌, 땅강아지, 각종 거미 등 지표 및 지상 이 미터 범위에서 꿈틀거리는 모든 것들은 예외 없이 아버지의 표적이 되었음을 기억할 수 있다. 사실 아버지는 집짐승의 살점은 부작용 때문에라도 먹을 수도 없었거니와 또한 푸줏간에서 고기를 사다 먹을 형편도 못 되었다. 아무튼 육식을 해서 그런지 비썩 말라들어가긴 했지만 곡기를 끊은 사람답지 않게 아버지의 얼굴에는 화색이 돌았다.

육식에 들어가기에 앞서 아버지는 밥상머리에는 얼씬도 않은 채 한 사흘 정도는 골방에 누워 일절 아무것도 입에 대지 않으며 단식을 했다. 그저 냉수 몇 모금만으로 입술을 슬쩍 축이며 뒤집어진 물방개처럼 누워 천장을 멀뚱멀뚱 쳐다보는 게 고작이었다.

　처음엔 아버지를 위해 일부러 평상대로 고봉으로 퍼담은 밥그릇을 떠놓던 어머니도 며칠이 지나고 나서는 아예 포기를 하곤 했다. 그렇게 며칠을 버티다가 자리를 털고 일어나 새벽 일찌감치 집 안 쓰레기 봉지를 들고 나간 아버지는 아침 설거지가 끝난 뒤에야 슬그머니 모습을 드러냈고, 저녁때는 밤이 이슥하도록 나타나지 않거나 어쩔 땐 집에 들어오지 않을 적도 있었다. 어머니도 아버지가 육식 기간을 맞이할 때만큼은 예외적으로 외박을 인정해주었다. 물론 아버지가 집에 들어오지 않을 때 지내는 곳은 따로 정해져 있었다. 외도와는 엄연히 다른 것이었다.

　아버지가 틀어박혀 있다 오는 곳은 숲 언저리에 들어선 외딴 폐가였다. 돌산 옆 채석장을 빙 둘러가면 으늑한 한구석에 류씨 성을 가진 한 석수장이가 한동안 살림집으로 쓰던 빈집이 있었다. 한쪽 다리가 성하지 못한 류씨는 채석장에서 깨온 화강암으로 정원이나 묘지에 쓰이는 수호신이나 동물 들 조형을 쪼아내던 사람이었다. 몇 해 전부터 흉가처럼 변해버린 그 집은 겉보기에 좀 낡긴 했지만 지붕이 내려앉거나 문설주가 기울어질 정도는 아니었다. 어느 장항아린지 그제껏 장이 반나마 남아 있을 정도로 장독대도 허물어지지 않고 멀쩡했고 두터운 왜식 다다미를 깐 방안도 먼지더께만 조금 쓸어내면 당장이라도 사람이 들어가 살 만한 그런 곳이었다.

진작부터 떠돌이꾼이나 동네 양아치 들의 소굴로 변해버리기 맞춤했지만 그 집은 귀신이 들끓는 흉가로 소문이 나는 바람에 드나드는 사람은 그리 많지가 않았다.

애초 마지막까지 그 집을 지키고 살던 류씨 가족도 일가족 세 명이 몰사를 당했었다. 부인과 아이가 남편이 휘두른 흉기에 목숨을 잃었고 류씨 자신은 다음날 새벽 돌산 밑에서 주검으로 발견됐다. 나중에 동네에서는 행실이 흐리멍덩했던 류씨 마누라 때문에 그런 사단이 벌어졌다는 소문이 돌았다. 그전에 살던 집주인도 사타구니를 뱀에 물려 시난고난 앓다 죽었고, 그 전전 집주인이던 홀아비 넝마주이는 마당의 떡갈나무에 목을 매 자살을 했다. 아버지에게는 아주 더할 나위 없는 흉가였다.

처음엔 누가 볼세라 입을 우물거리던 아버지는 차츰 아들인 내가 보는 앞에서도 스스럼없이 호주머니에서 뭔가를 집어내 점심용으로 입안에 털어넣곤 했다. 그때 내가 그런 아버지를 비난하고 경원시했던 것은 어쩌면 자연스런 일이었다. 어느 아들이 곤충을 밥먹듯이 잡아먹는 엽기적인 아버지에게 항의를 하지 않을 수 있단 말인가.

이런 것들은 집짐승과는 달리 기름기가 없으니 몸에 하등의 부담도 없고 조금만 익히면 담백하니 기래서 더욱 괜찮다. 수두룩하니 돈도 안 들고.

돈이 안 든다고 그 징그러운 벌레를 씹어요?

……!

배가 그렇게 고프세요? 집에 밥도 얼마든지 있잖아요. 사람들이 식구들 보고 뭐라고 손가락질하겠어요, 제발. 도저히 사람으로 살아가는 한 벌레를 먹을 순 없어요!

너는 버러지가 무어라고 생각하니? 차분히 들여다보면 그것들도 너희들처럼 움직이고 뭔가를 결정하고 기분좋고 언짢은 것도 똑같이 느끼는 한 생명체라는 사실을 알게 될 게야.

하지만 벌레들은 무조건 더럽고 추하고 밟아죽여도 시원찮은 것들이잖아요?

어떤 생명이든…… 만약에 조물주가 계시다면, 그런 쓰잘데없는 건 애초부터 만들지도 않았을 게다. 버러지는 우리 인간의 눈에만 버러지 같은 거지.

그럼 그런 생명체를 왜 잡아먹어요?

원래 생명이…… 생명을 먹고…… 그것이 또 생명을 낳고……

아버진 아들의 닦달에 지쳤는지 염불처럼 횡설수설하며 고개를 돌렸다. 나는 중학교에 입학해 침을 꼴깍 삼키며 춘화를 처음 돌려봤을 때도 그 정도까지 수치심을 느끼진 못했다. 왜 내 몸뚱어리에선 비늘이나 짐승털이 솟지 않는지 의아스러울 지경이었다. 나는 어쩌면 사람의 아들이 아닐지도 몰라, 씨팔! 유전의 법칙이 어떻고 저떻고 떠든 멘델은 진짜 개새끼야, 좃도!

그러나 내가 흥분하지 않고 멀리서 바라볼 때면 아버지는 『원색 생물학습도감』을 보면서 그날의 요리를 연구하고 있는 노련한 요리사 같기도 했다. 어쩔 땐 왼종일 생물도감을 들여다보며 하루해를 다 보냈다. 나는 그 갈피에다 내가 보다 남은 화끈한 춘화들을 일부러 끼워넣기도 했다. 분명 그것을 펼쳐보았을 아버지였지만 내게 아무런 반응을 보이지 않았다.

아버지가 생물도감을 들여다보는 몇 가지 이유에 대해서 이야기해준 적은 있었다.

산란기에 든 암컷하고 어린것 들은 돌려보내줘야지. 그리고 원래 독이 있는 것도 가려내야 하지 않겠니? 교미중인 것도 좀 그렇고…… 다는 알 수 없지만 그래도 말이야, 이 책이래 그런대로 아주 좋은 길잡이 구실을 해주는 게 아니겠니? 둘레에서 매양 보는 것들 중에서도 안 나온 게 몇 가지 있어서 아쉽긴 하지만……

나는 나중에 아버지가 최초로 벌레를 혹은 어떤 딱딱한 곤충을 집어먹었을 상황을 상상해보지 않을 수 없었다. 그 최초의 희생물은 어떤 종류였을까? 배추벌레였을까? 개미였을까, 아니면 거미였을까? 설마 처음부터 벌레임을 알고 손가락 틈새로 날렵하게 포착하지는 않았으리라.

어쩌면 혼자 나앉은 돌산 마루에서 바라본 노을이 기가 막히게 타고 있었을지도 모른다. 산밑에서는 저녁밥 짓는 마을의 움직임이 손에 잡힐 듯 보이고 아버지는 잔뼈가 굵은 함경도 고향 마을을 닮았을지도 모를 그 노을을 바라보며 서서히 자신을 잊기 시작한다. 어디서 억센 산동네 아이들이 뛰노는 소리가 아스라이 들려온다. 삼팔선을 사이에 두고 양쪽에서 거의 비슷하게 약 이십몇 년간의 세월을 보낸 자신의 짐승과도 같은 삶이 가이없이 느껴지는 숨막히는 순간을 맞이한다.

나는 버러지 같은 인생이야! 지금 뒤집어쓰고 있는 이 사람의 형용은 내가 아니다. 껍데기다. 아욱, 차라리 버러지가 되고 싶다. 저 버러지의 꿈틀거림을 따라 하고 싶다. 이 인생의 길 없음이여! 아버지는 발작적으로 손을 뻗어 땅 위를 훑어 무언가를 집어삼켰다. 그것이 최초의 희생물이었으리라. 아버지는 생각보다 고소한 내음에 취해……

어머니가 무릎을 다친 것도 아버지의 그 육식과 무관하진 않았다.

그해의 변덕스런 늦장마는 유별났다. 동네에서 장항아리에 구더기가 끓어대 집집마다 하수구가 수북이 넘치도록 장을 떠내 버릴 정도로 질기디질겼다. 그 와중에서 아버지는 집을 떠나 있었다. 원한을 품고 죽은 형의 넋과 만나 화해하기 위해서는 그래야 한다는 무당 꿈이 엄마의 말이 있었기 때문이었다.

아버지가 쓰레기 손수레를 밀어주다 언덕바지에서 미끄러져 다친 것도, 어머니가 얼굴에 노랑꽃이 피도록 하혈을 해대는 것도 다 저승에 편히 가질 못하고 구천에서 맴도는 형의 넋을 제대로 위로해주지 못했기 때문이라는 거였다. 집안 우환에 시달리다 못한 어머니가 빚을 내 벌인 안택굿에서 버선발로 경중경중 뛰던 꽁이 엄마는 형의 말을 대신 전한다며 엄마를 앞으로 썩 불러내서는 공수받이를 하라고 준엄하게 일렀다. 무당의 목소리는 어느덧 생전의 형 목소리를 닮아 있었다.

……엄니, 내 이대로는 저승길을 못 갑니다. 구만리 같은 젊음을 어디 두고, 너무 원통하고 억울하고 한이 맺혀 발걸음이 안 떨어집니다.

그래그래, 이 에미다. 네 억울한 죽음은 다 아는 일이니, 어서 그저 맘 정해묵고 편히 황천길을 떠나야 남아 있는 사람들 편치 못하게 왜 맨발로 굽이굽이 떠돈다는 게니, 이 불쌍한 놈아! 이승에서도 그렇게 고생을 못 면허더니……

어머니가 주저앉을 듯 허리를 구부리며 구슬픈 울음소리가 섞인 소리를 쏟아냈다. 그 울음 뒤끝에 갑자기 꽁이 엄마가 땅바닥에 쓰러져 침 맞은 지네처럼 몸을 격렬하게 뒤틀었다. 주변에서 구경하던 사람들이 다들 놀란 표정을 지었다. 맨 앞자리에 무릎을 포개 안고 구경을 하던 나는 바로 발치까지 다가와 간질병 환자처럼 나

뒹구는 꽁이 엄마의 무당옷자락 바람에 코를 벌름거리고 있었다.

애비가 원수로다, 날 낳은 애비가 원수로다!……

동네 사람들 입에서 어이쿠, 저런 하는 허텅지거리가 와르르 쏟아져나왔다. 시상에 낳아준 애비가 원수라니! 이게 우쩐 일이여. 말셈가? 하늘이 다 알아볼 징존가보구먼.

붉은 속이 드러난 수박이 있는 제상 앞에 엉거주춤한 자세로 서 있던 아버지는 핏기가 싹 가신 핼쑥한 표정을 지었다. 어쩔 줄 모르는 모습이었다. 사람들은 일제히 그런 아버지를 눈에 힘을 모아 쏘아봤다. 마치 무당의 말이 사실이라는 듯. 그러나 나의 눈길이 쏠리는 대상은 다름아닌 무당 꽁이 엄마였다. 내 앞에서 버르적거리는 바람에 갈라진 무당복이 마구 흐트러져 언뜻언뜻 허연 종아리며 단속곳이 올라간 허벅지살이 드러났다. 나는 오줌이 마려운 아이처럼 힘을 주어 사타구니께를 잔뜩 오므렸다. 무릎을 껴안은 손깍지에서 스르르 힘이 풀려나갔다.

꽁이 엄마는 아버지에게 특별한 징후가 보일 때까지 집을 떠나 혼자서 있으라는 처분을 내렸다. 아무도 거역할 수 없는 결정이었다.

형이 군대에서 한줌의 재로 돌아온 것은 바로 그 지난해 겨울의 일이었다. 그것은 나를 막내에서 대번에 장남으로 격상시킨 사건이었다.

물론 형은 장렬히 전사한 게 아니었다. 만약 그랬다면 집안의 셈평이 그때부터 훨씬 펴기 시작했을지도 몰랐다. 보상금도 나왔을 테고 각종 구호 지원도 받았을 테고 말이다. 그런데 지금 와서 생각해보니 아마 개죽음 쪽이었던 것 같았다.

스포츠가리를 한 젊은 아저씨들이 전해준 사망통지서를 받아들고 그들과 함께 나갔다 들어온 아버지는 내내 어두운 표정이었다. 엄마는 남이 들을세라 재봉틀 옆에 쌓여 있는 헌 뜯게와 기운 양말 더미 속에 얼굴을 푹 파묻고는 소리없이 울음을 깨물고 있었다.

나중에 자연스레 알게 된 바로는 형이 그냥 단순사고의 희생자는 아니었다는 확신이 들었다. 그때 수색작업중 통로를 이탈해 거의 군사분계선 근처에서 갈기갈기 찢어진 채 발견된 형의 주검에서는 북쪽에서 뿌린 한복 입은 여자 사진이 박힌 신변안전증이 나왔다고 한다. 일명 월북증이라는 것이었다. 물론 그거야 불온전단 습득신고를 위해 호주머니에 간수하고 있었을 수도 있지만 군방첩대에서는 일찌감치 형을 현실불만자로 분류하고 정기적인 성분검사를 진행중이었다는 것이다. 주변 동료에게 나는 신세를 조진 놈이라며 다른 세상에서 새로운 삶을 시작하고 싶다고 여러 차례 말해왔다는 것이다. 형의 절망이 아버지의 육식과 어떤 식으로든 관련돼 있을 터이지만 난 잘 알 수 없었다. 형은 군대가기 전까지만 해도 내게는 독재자였다. 하루에 영어단어 스무 개를 못 외운다고, 또 수학공식을 까먹었다고 두들겨패거나, 교회 마당에 올라가 나는 앞으로 개같이 살기로 했다고 외치게 만들었다. 그런 형의 죽음에 나는 커다란 관심을 못 가졌던 게 사실이었다.

더군다나 형이 죽자 내 장사는 이상하게도 불 일듯이 잘되었다. 형이 군대를 가고 난 무렵부터 나는 은밀하게 춘화 장사를 벌이고 있었다. 춘화뿐 아니라 음란만화나 소설책 등을 모두 다루었다. 이 장사는 걸리면 무조건 맡아놓고 퇴학이어서 위험성이 높은 만큼 수익성도 보장이 되는 해볼 만한 사업이었다. 거의 투자한 액수의 열 갑절은 보장이 되었다.

이 장사의 제일 생명은 죽었다 깨어나도 보안성이었다. 보안이 유지되지 않는 한 백년 공부 도로아미타불이 되는 게 이 장사의 속성이었다. 왜냐면 이런 장사는 한창 호르몬이 왕성한 고만고만한 또래 사이에서는 흔히 있는 일인 만큼 선도부 학생주임선생의 실적 올리기 표적이 되기도 쉬웠던 것이다.

그다음으로 중요한 것이 풍부한 상품의 확보였다. 애들이 싫증을 느낄 겨를이 없도록 속도감으로 밀어붙이는 게 말하자면 요체였다.

상품 도매상은 지금은 덧씌우기를 해서 알아보기 힘든 삼선교 근처의 한 허름한 헌책방이었다. 그 집 주인은 머리를 길게 기르고 뺨에 기다란 칼자국이 흉터로 남은 청년이었다. 그리 크지 않은 평수의 가게였지만 양옆으로 책을 얼마나 빽빽이 가렸는지 무

슨 어두컴컴한 암벽 틈새를 빠져나가는 기분이 들었다. 거래 암호
는 '아저씨 생물도감 있어요?'였다. 그는 고개를 끄덕였고 나는 생
물도감 책갈피를 뒤져 물건을 인수하고 대금을 지불하면 그만이
었다.

새벽같이 집을 나선 나는 호떡집이 즐비한 미아리고개를 넘고
돈암동 로터리를 지나 삼선교까지 한달음에 내처 달려갔다. 그 시
각쯤 가게 주인은 함석문을 반쯤 열고 농심라면을 끓이고 있거나
삼선교 둑방 위에서 맨손체조를 하고 있었다.

처음에 내가 그 집에 들른 것은 순전히 완전정복이나 뉴스터디
시리즈 참고서를 사기 위해서였다. 다른 데서는 보통 백삼십원씩
하는 헌책 값이 그곳에서는 보통 백원 미만에 팔렸다. 그리고 책들
도 비교적 깨끗했다. 또한 무엇보다 주인의 눈을 피해 당시 은어로
뽀리치기훔치기가 수월했다. 『젊은 베르테르의 슬픔』하고 『호밀밭
의 파수꾼』도 사실은 거기서 훔친 거였다. 내가 헌책 더미 옆에 서
서 이 책 저 책 쑤석거리는데 어느덧 그 청년이 등뒤에 다가서 있
음을 알았다. 그의 뜨거운 입김이 내 목덜미를 간질인 것이다.

아아, 너는 참 레지스탕스 같은 아이구나. 아주 비밀스럽고 은
밀한 표정을 지닌 아이라구, 아아!

칭찬 같기도 하고 비난 같기도 한 말을 불쑥 내던진 그 청년은
상기된 얼굴로 의자에 엉덩이를 풀썩 던졌다.

다음에 다시 올게요. 왜 책 살 돈이 없니? 약간 모자라서 생각

좀더 해보구요. 더 생각해보구 자시고 할 것 없다. 얘야. 내가 그 책은 거저 줄 테니, 이리 와서 내 말 좀 들어보렴.

나는 귀가 솔깃했다. 그가 나한테 장사를 제의한 것이다. 첫 한 달간은 돈을 받지 않고 거저 물건을 대줄 테니 그것으로 우선 애들부터 꼬셔보라는 것이었다. 그 대신 무슨 일이 생기면 끝까지 자기를 불지 않을 자신이 있냐고 다짐을 두었다. 나는 그것은 식은 죽 먹기보다 쉽다고 말해줬다.

아저씨도 내가 그럴 것 같으니깐 레지스탕스 같다고 한 것 아네요?

청년은 고개를 끄덕였다. 그는 학교 근방에서 이런 장사를 해본 경험이 많은지 나에게 애들을 꼬시는 법을 비롯해 은밀한 판매망을 짜는 법을 가르쳐주었다.

이런 걸 점조직이라고 하는 거야. 알았니, 얘야? 꼭 간첩들 흉내를 내는 것 같네요. 그보다 더 은밀해야 한단다. 아무튼 그렇게 따라서 할게요.

그는 절대로 한 다리 건너서는 누가 물건을 대는지 알 수 없도록 하라고 신신당부를 두었다. 그렇지 않으면 나중에 피라미 한 마리가 걸렸을 때 멱살을 잡아당기면 고구마줄기 줄줄이 따라나오듯 모든 판매망이 일거에 와해된다는 것이었다.

춘화나 음란만화를 필요로 하는 녀석이 있으면 나는 결코 직접 만나서 거래를 하지 않았다. 어쩔 땐 그 녀석 필통이나 책갈피에

메모를 남겨놓기도 했다.

　—방과후 고등학교 제4화보도서 열람실『한국전쟁사』네번째권 150쪽을 펼쳐볼 것. 회비는 백원.

　예를 들면 이런 식이었다. B급은 주로『한국전쟁사』시리즈 화보 갈피를 이용하고, C급은『세계문명을 가다』시리즈, 그리고 국내인들이 모델로 등장하는 A급은 예외 없이『원색생물학습도감』시리즈를 이용했다.

　나는 언제나 생물학습도감을 겨드랑이에 끼고 다녔기 때문에 생물 선생이자 학생지도주임인 깜상이 머리털이 닳도록 쓰다듬어줄 만큼 각별한 총애를 받을 수 있었다. 너같이 생물 과목을 좋아하는 놈은 교단생활 이십 년 만에 처음이다. 정말 눈물겹지 뭐냐? 명치끝의 십 년 체증이 다 쑤욱 내려가는 기분이다. 뭘요! 그런데 어떻게 해서 이렇게 생물 과목에 관심을 갖게 됐지? 집안에 생물학자라도 계시니? 없어요. 정말 그냥이에요. 깜상은 고개를 갸웃거렸다.

　내용물만 가져가고 회비를 남겨놓지 않는 더러운 놈들이 많이 생기기 시작했지만 그런 놈들은 철저히 응징함으로써 명랑한 거래풍토가 자리잡게 했다. 물론 그런 애들을 응징하는 데 내 주먹은 턱없이 허약해서 남의 주먹을 빌리지 않을 수 없었다.

　나는 애진작에 이 장사에는 주먹이 필수적임을 깨달았다. 회비를 걷는 데도 그렇고 어설픈 녀석들이 집적거리는 것을 막는 데도 울타리가 필요했다. 그런 면에서 학교에서 아이스하키부 애들도 함부로 건드리지 못하는 칠교 패거리를 끌어들이게 된 건 참으로 다행스런 일이었다.

칠교는 사실 내 또래보다 두 살이나 위였고 덩치도 보통 애들보다 머리통 하나쯤은 더 컸다. 생선함지를 이고 떠돌이 행상을 하는 홀어머니 밑에 있던 칠교는 중3 들어서는 아예 방을 하나 따로 얻고 자기 똘마니들의 아지트로도 쓰고 있었다. 나는 칠교 패거리에게 수익의 절반을 갖다주었다.

그러나 그것은 나의 큰 오산이었다. 여우를 피하려다 사자를 만난 격이었다. 나를 제치고 장사의 전면에 나서려고 맘먹은 칠교 패거리한테 린치를 당한 날 저녁 난 간신히 몸을 추스려 아버지가 머물고 있던 그 빈집을 찾았다. 만신창이가 된 내 얼굴을 본 아버지는 당연히 몹시 놀라는 표정을 지었다.

너 민세구나! 근데 이게 웬일이냐? 크게 당했구나 응!

나는 여닫이 방문을 잡고 늘어진 채 고개를 끄덕였다. 나를 방으로 부축해 들여간 아버지는 부엌에서 얼른 찬물 대접을 내왔다.

마셔! 그리고 말해보라우. 어떤 짓쳐죽일 놈들한테 당한 게니, 도대체?

아버진…… 날 도와줄 수가 없어요. 그저 한숨 자게만 해주세요.

눈을 질끈 감은 내 눈에서 액체가 흘러넘쳤다.

체육관 겸 강당 뒤쪽으로는 주로 겨울용 석탄이나 땔감을 보관

하는 말굽형으로 뚫린 기다란 동굴이 있었다. 우리는 그 동굴을 석굴암이라고 불렀다. 여름철에도 그 안에 들어가면 소름이 돋을 정도로 서늘했다. 나는 칠교가 시킨 애들한테 두 팔이 뒤로 꺾이고 말았다. 나는 싸늘한 냉기가 뿜어져나오는 석굴암의 철문 앞에서 뒷발에 힘을 주며 버텼다. 그러자 정강이를 걷어찬 목소리가 내 귓불을 잘근잘근 씹으며 말했다.

죽을래? 죽고 싶지 않으면 빨리 겨들어가, 짜샤!

삐쭈름히 열린 석굴암 안으로 반발짝도 내딛기가 무섭게 안에서 내 소맷부리를 잡아당기는 손이 있어 나는 블랙홀에 걸린 유성처럼 맥없이 빨려들어갔다. 그 안은 깜깜한 어둠뿐이었다. 그리고 그 어둠을 휙휙 소리나게 가르는 장갑 낀 주먹 소리뿐이었다. 한 손이 내 뒤통수를 끌어당겨 밑으로 꺾자 등판을 팔꿈치 끝이 찍었다.

개새끼, 죽여버려!

칠교, 왜 이래? 정말 나한테 이럴 수 있는 거야? 뭐가 잘못된 거야? 나 속임수 친 거 없다구!

어둠은 묵묵부답이었다. 이어서 묵직한 무릎이 명치끝에 와 박혔다. 어둠 속에서도 주먹과 발길질은 한 치의 오차도 없이 내 급소들을 오갔다. 어둠에 약간 익숙해진 내 눈이 희부융하게 빛나는 모자의 모표를 감별해내려는 순간 또다시 주먹이 명치끝을 파고들었다. 나는 숨이 막혀 입을 크게 벌렸다. 어둠 속에서 씩씩 거친

316

숨을 고르는 소리가 들렸다.

사, 살려줘.

살고 싶지!

누군가 뒤로 젖히고 있던 팔을 놓아버리자 나는 석탄 더미 위에 썩은 짚둥처럼 고꾸라졌다. 내 뒤통수를 어느 구둣발이 자근자근 밟고 비벼댔다. 그러자 입안으로 매캐한 석탄가루가 밀고 들어왔다.

너 같은 놈 하나 죽여서 여기 석탄 더미에다 파묻어버리면 그만이야 짜샤, 알았어?

그만!

누군가 뒤쪽에서 점잖게 타이르는 목소리가 은은하게 퍼졌다. 나는 내 편을 들어줄지도 모를 그 목소리가 얼마나 고마운지 눈물이 글썽거릴 정도였다. 잠깐 라이터 불빛이 반짝거렸다. 담뱃불을 붙이는 칠교의 얼굴이 잠깐 눈앞에 흔들렸다. 그는 담배연기를 한 모금 동굴 천장에 내뱉은 뒤 다가와 내 등을 몇 번 토닥거려주었다.

자 아프지. 손수건으로 얼굴 좀 닦아. 우리도 너를 이렇게 손대고 싶지 않아. 진심이야. 앞으론 이렇게 손대지 않을 테니 내 말 잘 들어!

나는 고개를 푹 숙인 채 끄덕였다.

우리가 직접 장사를 하고 싶어……

그, 그건……

왜? 이거 똑똑한 놈 줄 알았는데 돈맛을 단단히 본 놈이로군.

나는 마지막 발악을 하듯 대답을 하지 않았다. 그리고 그 대가는 가혹했다.

이제부터 네 몸에 털끝 하나 손대지 않겠어. 그 대신 새로운 맛을 보여주지.

그는 애들을 시켜 내 팔뚝을 걷게 한 다음 피우고 있던 담뱃불을 갖다댔다. 나는 이를 악물고 견디다가 잠깐 정신을 놓기까지 했다. 그러나 내 뺨을 쳐서 정신을 들게 한 칠교는 이번엔 애들을 시켜 내 아랫도리를 까내리라고 말했다. 아랫도리로 찬바람이 훑고 지나갔다.

너 춘화를 많이 봤을 테니 이게 무슨 구실을 하는지는 빠삭하겠지? 후후, 어때 평생 그 짓을 못하도록 해줄까, 어쩔까?

칼날이 허벅지를 십자가로 그었다. 허벅지를 뜨겁게 긁고 올라온 칼날의 감촉이 생식기를 슬쩍 건드렸다. 그때까지 이를 갈며 버티던 나는 너무나 비참한 심정으로 흐느끼기 시작했다. 울 수밖에 없었다. 그것도 어린아이처럼. 그러고는 고개를 끊임없이 끄덕거렸다.

진작에 그러지 이 친구야. 서로 피곤하지 않게 말이야. 아, 좀 좋아?

이 장사도 이젠 끝이었다. 첫 거래가 이뤄지던 날이 생각났다.

나는 늦게까지 운동장에 남아 야구부 애들의 연습장면을 지켜봤다. 철봉 위에 걸터앉아 하염없이 뭔가를 바라보고 있었다. 호주머니 속에는 첫 거래로 벌어들인 이백원이 가끔씩 쩔렁거리는 소리를 내고 있었다. 땅거미가 지기 시작하자 내 눈에서는 눈물이 자꾸만 슬금슬금 나오려고 했다. 춘화를 구경하는 것하고 그것을 팔아 돈을 버는 것하고 어떻게 다른지는 나도 잘 알고 있었다. 더러운 짓이라는 걸 알고 있었다. 나는 야구부도 철수하고 없는 어두운 운동장의 철봉 위에서 호주머니 속의 동전 두 개를 꺼내 모래밭 위에 떨궈뜨렸다. 내 알량한 양심과 자존심을 이 동전에 실어 버린다! 나는 모래가 서걱거리는 교복 소매로 눈시울을 훔쳤다.

내가 만신창이가 된 몸을 이끌고 그 빈집을 찾아간 것은 우연이었다. 마침 그때는 아버지의 육식이 시작된 시기였지만 아버지가 거기에 있을 거라는 확신은 없었다. 아무래도 상관없다는 생각이었다. 이 몸을 하고는 도저히 집으로 들어갈 수 없다고 생각했다. 나는 학교에서 그 집까지의 기나길었던 치욕의 거리를 도저히 잊을 수가 없었다. 내 운명은 아마 이제 창녀들 뒤치다꺼리나 하는 길밖엔 남아 있지 않은지도 몰라. 난 완전히 버린 몸이야.

그날 밤 아버지는 개 헛바닥처럼 내 상처들을 핥아주었다. 나는 죽은듯이 누워 너덜너덜해진 천장을 구경하고 있었다. 아버지는 침이 말라 혀가 까칠해지면 냉수 대접을 기울여 방 한구석에 푸우 하고 물보라를 내뿜고는 계속해서 나를 부드럽게 쓰다듬어주었다.

아버지…… 죽고 싶어요.

아무 말 하지 말라니깐 그러네 응?

세상이 너무 무서워요, 아버지. 가르쳐주세요.

나는 내가 아버지한테 무엇을 가르쳐달라고 조르는지 스스로도 알지 못했다. 어쩌면 아버지가 내게 고통 없이 죽는 법을 알려줄지도 모른다는 생각이 들었다.

사내란 모름지기 한때는 웅크리며 견디는 법을 배워야 한단다. 말하자면 풍뎅이처럼…… 알간? 그게 필요할 때가 있는 게 인생이야. 그렇게 해서라도 살다보믄 거저 맹탕으로 걷어치우는 것보담 낫단다. 버러지가 돼도 좋다는 데까지 가봐야 한다이.

그럼 나한테도 그 벌레들을 주세요!

아버지는 고개를 세차게 가로저었다.

무당인 꽁이 엄마가 지정해준 그 폐가로 들어간 아버지의 밥주발 나르기는 자연히 내 몫이 되었다. 이번에는 육식을 위해서 그 빈집에 들어간 게 아니기 때문에 밥을 날라야만 했다. 형의 넋과 화해만 되면 아버지는 그 빈집을 나올 참이었다. 나는 눈을 비비며 일어나자마자 엄마가 뜨끈뜨끈하게 퍼넣은 찬합과 단무지 종지를 보자기로 겹쳐 싸날랐다.

어떨 땐 채 안개가 걷히지 않은 그 길을 선잠이 덜 깬 채 걷기도 했다. 다시는 이런 심부름을 하지 않았으면. 그러나 아버지는 매번 귀신처럼 살아 있었다. 간밤을 날로 지새운 사람처럼 아버지는 형형한 눈빛을 내게 겨누며 바람벽에 등을 기대고 앉아 있었다. 방안에 습기가 많은 탓인지 아버지의 눈두덩은 떼꾼해져 있었다.

뭘 또 그걸 개져오니?

……

나는 대꾸를 하지 않았다. 창호지가 반쯤 너덜해진 방문 옆에 놓인 빈 찬합을 들 때마다 덜커덕거리는 소리가 들리면 왠지 손아귀에서 힘이 쑤욱 빠져나갔다. 또 다 비웠구나.

그 빈집 바로 아래로 송자네 집이 있었다. 송자와는 국민학교 때 줄곧 같은 반이었다. 그애는 좀 모자라는데다가 집안 형편이 어려워 끝내 중학교 진학을 못하고 딱성냥공장엘 나가고 있었다. 졸업하던 해에 마침 그애 아버지가 죽은 것이다. 그애 엄마는 낯은 새초롬한 게 허여멀쑥했지만 몸이 몹시 약해서 그런지 일도 못 나가고 딸애가 벌어오는 돈으로 구찌뺀이루주나 바르는 여자였다. 입가에 언제나 살랑거리는 미소를 머금고 있는 걸 보고 동네 남정네들은 색기가 승한 여자라고들 말했다.

나는 새벽녘마다 찬합 보자기를 나르다가 새벽오줌을 누기 위해 나온 송자의 세수도 안 한 쌍판과 몇 번 상면을 하였다. 송자는 풀숲에서 엉거주춤하게 앉은 자세로 질척거리는 길 아래에서 까치발을 뛰며 올라오는 날 보고 히죽 웃어주곤 했다. 나는 그때마다 찬합 뚜껑으로 송자의 얼굴을 후려치고 싶은 욕구를 느꼈지만 꾹 참고 그 빈집 마당으로 들어섰다.

사흘째 되던 날인가, 아무튼 매듭이 느슨해진 찬합 보자기를 들고 비트적거리며 그 길을 오르는데 아니나 다를까 그 자발머리없는 송자년이 또 오줌질을 하고 있는 게 아닌가? 쌍년 같으니라고! 나는 입술을 종그리며 나지막하게 욕을 싸질렀다. 그런데 엉덩이 밑에서 뜨거운 오줌발을 받던 개구락지라도 놀라서 점프질을 하며 박치기를 해댔는지 앉은자리에서 폴짝 뛰어오르는 게 아닌가? 함지박만한 방뎅이가 불쑥 솟구쳤다 떨어졌다. 에그머니나! 속으로나마 소리를 지른 쪽은 되레 나였다. 그 바람에 그러잖아도 헐렁해진 매듭이 스르륵 풀려나가 찬합이 비탈의 진흙창 위에 나뒹굴었다. 그 안에 떡이 져 들어 있던 밥덩어리도 몇 동가리가 나서 흙과 범벅을 이루었다. 나는 망연자실해 어쩔 줄 모른 채 서 있었고, 어느새 치마를 추스른 송자년은 뭐가 재미있는지 헤벌쭉 웃으며 저만치 서 있는 것이었다.

나는 이마에 김이 모락모락 오르도록 비탈 아래로 뛰어내려갔다. 아버지가 하루종일 굶는 것은 더이상 문제가 아니었다. 자칫 엄마한테서 매타작이 떨어질지도 모를 일이었기 때문이었다. 빈손으로 돌아오는 내게 엄마는 빈 찬합은 묻지도 않았다. 나는 그길로 가방을 챙겨서 학교로 뛰어갔다.

그날 밤 나는 다음날 아버지한테 들고 갈 찬합이 모자란다며 걱정을 하는 엄마 말을 듣고는 용기를 내 그 빈집을 찾아가기로 맘먹었다. 아버지는 그 집에서 자기까지 하는데 뭐. 마침 달도 훤히 밝은 게 다행이다 싶었다. 채석장 어귀에서 주운 기다란 작대기로 땅바닥을 톡톡 두드리며 걸었다. 그 집은 금세였다. 달이 참 밝은 게 다행이었다. 아버지는 벌써 잠이 들었는지 그 빈집은 어두컴컴했다.

원래 뱀이 많이 나오는 집이라고도 했었지. 나는 일부러 소리나게 작대기를 휘두르며 아주 천천히 다가섰다. 그때 그 집에서는 이상한 침묵이 배어나오고 있었다. 나는 그 침묵이 웬지 어색하고 거추장스럽게 느껴졌던 것이다. 그래서 더욱 작대기질을 세게 하면서 다가섰는지도 모를 일이었다. 나는 드디어 허물어진 삽짝 앞에까지 와 섰다.

무엇 때문인지는 모른다. 갑자기 어리광부리는 아이처럼 울음을 터뜨리고 싶어졌다. 아버지…… 저 왔어요. 왔다니까요. 히힝. 나는 문득 그 집이 입을 벌리고 있는 어떤 살아 있는 괴물 같다는 느낌이 들었다. 마치 나를 비웃기나 하는 듯한. 아버지…… 제발 나오세요. 그러나 이 말은 입 밖으로 새나오질 못했다. 나는 빨려들듯이 그 집 마당으로 들어섰고 규칙적인 발걸음으로 아버지가 기거하는 방문 앞으로 다가섰다. 사그락거리는 소리가 들렸다. 달빛이 휘영청 밝았다. 나는 이미 뭔가를 예감하고 있었다.

그 안에서는 마치 허물 벗은 뱀처럼 벌거숭이가 된 두 사람이 뒤엉켜 몸부림을 치고 있었다. 나의 벌어진 입구멍을 처마밑에서 불어온 바람이 틀어막았다. 나는 몇 번이고 눈을 깜박거려보았지만 눈앞에 펼쳐진 광경은 지워지질 않았다. 아버지와 송자 엄마였다.

어디선가 부엉인지 뻐꾸긴지 모를 새 울음소리가 귓전을 때렸다. 귀에서는 말벌이라도 든 듯 갑자기 웅웅거리는 듯한 소리가 들렸다. 나는 뒤를 돌아보았다. 변소를 가리고 있던 가마니때기가 바람에 풀썩이며 입을 크게 벌렸다. 이건 아마 꿈일 게야. 한바탕 뛰고 나면 깰 그런 꿈일지도 몰라. 허공중에 몸이 붕 뜨면서 오줌을 찔끔거리다가 또는 그 몽정인가 뭔가 때문에 빤스를 축축이 지리며 깰지도 몰라. 나는 슬로모션에 걸린 사람처럼 천천히 일어나 내달리기 시작했다. 히힝, 제발들 그만두라구요.

그래 아버진 여기서 며칠 몇 날 밤을 새우며 형을 만나봤나요?

나는 아버지를 추궁하기 위해 다음날 그 빈집을 다시 찾았다. 아버지는 의외로 고개를 순순히 끄덕이는 게 아닌가?

기럼, 니 형이 내게로 왔었지. 바로 어젯밤.

아버지는 호주머니에서 담뱃갑을 더듬어 담배를 한 개비 뽑아 물며 눈살을 살짝 구겼다.

어떻던가요?

나도 처음엔 꿈인가 했었거든. 근데…… 기거이 정짜로 꿈이 아니더래어. 너희 형은 아주 훌륭한 투구를 쓰고 왔었단다. 천군만마를 호령하는 장수들이 쓸 것 같은 누런 황금빛으로 빛나는 투구를 니 잘 알겠지? 이 애비는 너무 황홀했단다. 너희 형은 온몸이 이미 황금빛이었어. 저, 저기 보이는 창문 있디? 거기서 이렇게 곧바로 날아와 문밖으로 나섰다가 다시 천장으로 올라갔지.

나는 혹시 내가 너무 대들어서 아버지가 돌기 직전이 아닐까 싶어 더럭 겁이 났다.

그런데 그거이 인두겁을 쓴 사람 모양은 아니더구나. 한 뼘은 족히 돼 보였는데 날개가 달렸더구나. 내가 이렇게 손을 뻗으니깐 순순히 손안으로 들어와 나를 빤히 쳐다보지 뭐겠니? 보통 미물 같으면 지 죽으려고 감히 사람 손안에 들어오겠니? 나는 아뜩해져 정신을 잃을 뻔했지만 기를 쓰고 말을 걸었단다. 그리고 서로 껴안고 방안을 온통 나뒹굴었단다. 너무 흥감스러워서리……

나는 울고 있었다. 갑자기 어젯밤에 본 장면에 자신이 없어서였다. 그게 혹시 헛것이 아니었을까? 도무지, 도무지 자신이 없어지는 것이었다.

……그렇게 도로 날아갔단다. 이 애빈 그것이 바로 너희 형의 혼이 씌인 날것이라는 걸 알아챘지. 그런데 그 잘난 생물도감인가 뭔가를 아무리 찾아도 그놈이 나와 있질 않으니 어떻게 된 일이냐? 비슷한 걸 하나 찾긴 찾았지. 장수풍뎅이라고. 그런데 빛깔이 틀려. 그놈은 분명히 온몸이 아주 휘황한 순금빛이었거든. 그런 거무칙칙한 빛깔이 절대루다 아니었거든. 몸집은 얼추 비슷하더구나. 머리의 투구 모습도 비슷하고.

애, 송장 치우러 가자!

그러고도 며칠 뒤 꿈결에 나는 분명히 그렇게 들었었다. 너무 놀라 벌떡 일어났을 때 엄마는 벌써 떠날 채비를 마치고 있었다.

뭘 해, 송자네 집에 같이 가자니깐!

아, 예에!

방 한구석에는 토마토 봉지가 세워져 있었다.

그 집에 벌써 끼니가 떨어진 지가 꽤 된다는데 이 물난리에 뭐 주워먹을 게 있겠니. 그래도 우리 형편이 걔네보다는 지렁이 오줌만큼은 나은 편이니 이거라도 들고 가보는 수밖에.

나는 왠지 송자 엄마가 집에 있지 않을 것이라는 예감이 들었다. 그렇다면 혹시 빈집에…… 부슬비를 맞아가며 앞장서 걷고 있던 나는 등짝에 왕소름이 돋아날 지경이었다. 아버지와 송자 엄마가 함께 있는 모습을 엄마가 목격하는 장면을 상상만 해도 숨이 턱턱 막혀왔다.

그 집으로 가자면 가파른 경일중학교 뒷담을 따라 난 산길을 타야 했다. 그 길은 장마비 때문에 몹시 물러터져 있어 발을 잘못 디디면 흙이 한 덩어리씩 까마득한 아래로 떨어져내려갔다. 이 길만 지나면 그다음부터는 길이 좀 질척거리기는 해도 그 집까지 가는 데 별다른 장애물은 없는 셈이었다.

한 발을 내딛는 순간 감촉이 이상했다. 직감적으로 허방다리처럼 내려앉을 곳이라는 느낌이 들었다. 나는 서너 발짝씩 뒤떨어져 따라오는 엄마에게 주의를 주기 위해 고개를 돌렸다.

어, 엄마, 거기……

니나 앞서 잘 걷기나 해, 이 빙충아.

그게 아니고……

나는 입이 떨어지질 않았다. 서너 발짝을 더 내딛던 엄마는 토마토 봉다리를 껴안고 흙더미와 함께 그대로 아래로 휩쓸려내려갔다.

어, 엄마!

가까스로 소리를 질러 아랫동네의 몇몇 남정네의 도움을 얻어 무릎을 크게 다친 엄마를 집으로 모셔올 수 있었다. 상처를 본 동네 사람들이 모두 신풍의원으로 갈 것을 권했지만 엄마는 재호 아빠가 약방에서 구해온 주사 한 대와 연고를 바른 채 달포를 버티며 상처를 아물렸다. 그때 제대로 치료를 받지 못해 무릎관절에서 미처 제거하지 못한 돌조각 등이 늘그막에 다시 염증을 일으킨 것이었다.

"아예 수술을 한다고 할 걸 그랬어요?"

어머니는 고개를 설레설레 저었다.

"그때 송자네 집에 간다고……"

좌석버스에 오른 어머니는 차창 밖만 바라보며 내내 말이 없다가 입을 떼었다.

"송자네가 아니었지……"

"무슨 말씀이세요? 내가 그걸 기억 못해요? 송자네가 아버지도 없이 끼니가 간데없다고 하시면서 그때 내가 앞장섰잖아요. 어쩐지 그때 그 길에서 예감이 안 좋더라니깐."

"아냐…… 송자네가 아니라, 그 위에 빈집이었지."

"그 폐가 말이야요?"

"……!"

나는 당혹스러움을 느꼈다. 아마 그때 어머니는 아버지가 그 빈집에서 무엇을 하고 있었는지 이미 다 알고 있었던 게 아니었을까 하는 생각이 갑자기 뇌리를 스친 것이다. 그런데 차마 아들을 앞세워 가는 길, 그 길에서 믿고 싶지 않은 사실을 두 눈으로 확인하고 싶기는 했지만 그게 너무 끔찍했을까?

그렇다면 그 푸석해진 흙더미를 밟고 무릎을 다친 것도 혹시 고의적인 선택이 아니었을까? 아주 자연스럽게. 나는 어머니의 옆얼굴을 새삼 돌아다보았다.

"차라리 그 돌멩이를 뺀다고 할 걸 그랬어요."

"빼긴 왜 빼니? 한 몸뚱어리 살 속에서 그렇게 이십 년 가까이나 그렇게 오랫동안 머물러 있었으면 그저 뼈가 다 된 것으로 알고 구순히 받아들여야지. 이게 그냥 놔두면 죽어서 사리가 될지도 모를 돌멩이잖니?"

(1995)

328

경복여관에서 꿈꾸기

　이 시대에 아내와 불화하기란 참으로 쉬운 일이 아니다. 어떻게 감히 아내라는 여자와 불화할 생각을 먹는단 말인가? 차라리 시대와 불화한다면 몰라도. 시대와의 불화라……? 거참, 멋들어진 말이긴 한데 유감스럽게도 지금은 딱히 뭐라고 이름 붙일 만한 시대도 아니질 않은가. 설령 요즘이 무슨 시대라 해도 그것에 관심을 기울일 염念이 없으니 불화 운운하긴 역시 어쭙잖다.

　대체 당신은 뭐하는 놈이길래 이런 실없는 공처가식의 푸념이나 늘어놓느냐? 그러고도 제대로 밥술이나 뜨고 사느냐? 이렇게 물어올 사람이 있다 해도 내가 당당하지 못할 하등의 이유가 없다. 난…… 그래 난, 소설가이며 번역가이자 기획저술가이다. 이것말고도 잠깐씩 거쳐간 무슨무슨 에디터 따위의 허드레 직함까지 적어넣자면 자그마한 명함이 온통 깨알만한 글씨로 뒤덮일 판이다.

그러나 이런 거창한 직함들에 전혀 아랑곳없던 이번 겨울은 뜻밖에도 내게 유례없이 혹독하다. 기상청에서 예년에 없던 따뜻한 겨울이 될 거라고, 정말 예년에 없이 딱 맞아떨어지게 예보한 바가 있는데 무슨 객쩍은 소리냐. 너희 동네에만 기상이변이라도 벌어졌다는 것이냐. 이런 고지식한 질문을 던질 친구는 없을 것 같지만 내 맘은 심란하기 그지없다.

기왕 얘기가 나온 김에 까발리자면 저간의 내 사정이란 이렇다. 입동이면 아직 푸근한 날씨지만 그때부터 겨울이 시작된 걸로 치고 입춘이 며칠 뒤로 다가온 오늘까지 근 석 달 동안 내가 집에 벌어다준 수입은 대략 원천징수액 빼고 칠십사만원쯤이다. 어느 계간 문예지에 오랜만에 실은 단편소설 「그대 늙었을 때」의 원고료 사십팔만여원, 편두통에 잘 듣는 알약 암포르탈로 유명한 삼화제약 사보에 실은 콩트 「이브의 경고」 원고료 십육만여원 그리고 대학 후배가 편집장으로 있는 바둑잡지에 나한테 가장 큰 영향을 끼친 책을 소개해주는 글 「수호지로 가던 마음」을 쓰고 받은 구만여원이 고작이다.

이 돈으로는 아마 아내가 몰고 다니는 새 자동차의 아직 끝나지 않은 할부금을 비롯해 석 달 치 차량 유지비의 절반 정도는 충당했지 않나 싶다. 아, 미처 얘기를 꺼내지 못했는데 아내는 전직 대통령 비자금 사태 초기에 그 양반의 뭉칫돈이 왕창 묻혀 있다고 알려져 한때 야단법석을 떨었던 그 은행의 바로 그 지점에 다닌다. 뭉칫돈이 있다는데 그게 사실이야? 내가 물어보니 아내는 은행에 뭉칫돈이 있는 게 뭐가 이상해요 하며 오히려 나를 이상한 눈길로 바라봤다. 생각해보니 맞는 말이었다. 아니, 그게 아니고…… 비자금 말이야. 아내가 혀를 끌끌 차며 끌탕을 하였다. 뼈엉신 짜아식들─일개 은행 대리라도 그렇게 돈관리를 허술하게 하진 않을 걸 가지고 말이야. 그런 치들이 주먹 부르쥐고 정권을 떡 주무르듯이 했으니 나라가 이 모양 이 꼴이지. 나는 할말이 없어져 목을 자라처럼 집어넣고 빙글빙글 돌려 우두둑 소리를 낸 다음 냉장고에서 물병으로 쓰는 오렌지주스 병을 꺼내 입을 대고 냉수를 벌컥벌컥 들이켰다. 아내는 이름표 달린 유니폼을 입고 창구 앞에서 돈을 세는 행원이 아니었다. 은행의 꽃이라고 하는 대부계의 실세 대리였다. 이쯤 떠벌리면 내가 챙기지 않아도 집안 생계가 저절로 굴러가게 돼 있는 사정쯤은 대충 눈치챌 수 있을 것이다. 지금 살고 있는 신도시의 삼십삼 평짜리 아파트를 마련하는 데 보탠 나의 기여도라는 것도 사실 보잘것이 없다. 이런저런 수속을 밟느라 다리품을 좀 판 것을 빼곤. 물론 아파트가 명실상부하게 아내의 명의로 돼 있어 이런 점을 특별히 강조할 필요는 없다.

하지만 원래 이번 겨울이 그렇게 혹독하도록 예정돼 있지는 않았다는 사실을 분명히 강조하고 싶다. 그것은 정말 뜻밖의 횡액이었다. 한마디로 운이 없었다. 잘만 풀렸으면 내가 번역한 책이 한 권에다 기획저술한 책이 상, 하로 두 권 이렇게 모두 세 권 분량의 책이 늦어도 지난 성탄절까지는 나오도록 일정이 잡혀 있었다. 그 번역 원고의 매절 원고료나 기획서의 칠 퍼센트 인세만 챙겨도 이번 겨울은 잘하면 계획대로 강원도 쪽 스키장에서 아내나 친구녀석들과 함께 한 보름쯤 개기며 스키도 배우고 눈빛에 살갗을 구릿빛으로 그을릴 절호의 기회가 될 터였다.

그런데 왜 이렇게 어긋났을까? 그것만 생각하면 지금도 열이 받쳐 관자놀이께가 욱신거린다. 거진 육 개월가량 소설쓰기를 전폐하고 컴퓨터와 씨름하며 이백자 원고지로 이천 장에 가까운 분량의 원고로 뒤바꿔놓은 책이 바로 『인간과 상징』이었다. 정신분석학 쪽을 조금이라도 기웃거려본 사람이면 대개 알겠지만 이 책은 칼 구스타프 융이 주도하여 죽기 직전에 기획하고, 그의 제자들이 공동으로 집필에 참여하여 완성한 대중적인 편저였다. 아무리 대중적으로 쉽게 썼다고는 하나 정신분석에 관한 한 대학 교양과정의 심리학개론 시간 때 몇 마디 귀동냥한 에고니 리비도니 잠재의식이니 성적 욕망이니 하는 진부한 단어들뿐인 나로서는 그야말로 악전고투가 아닐 수 없었다. 그동안 작살을 낸 신라면만 해도 거진 열 상자는 될 정도였다. 정신분석학에 대한 기초 공부를 따로 병행하면서 구메구메 번역을 마치고 원고를 넘기자 출판사의 기획실장이 사장이 저녁이나 함께하자고 부른다며 연락을 해왔다. 원고를 넘기고 나면 으레 있는 위로만찬이겠거니 생각하니 마음이 즐거웠다.

출판사 사장은 성이 홍씨인 사십대 후반의 여자였다. 성이 추씨인 남편이 자신의 이름을 딴 유명한 추산부인과 병원을 강남에 차려 떼돈을 긁어모으고 있다는 풍문을 귀동냥해 들은 적이 있었다. 요가식 호흡법과 남편을 동참시키는 추병원의 독특한 분만 프로그램은 장안의 중산층에 선풍적인 인기를 끌고 있는 모양이었다. 때문에 나도 전부터 그 홍사장을 만나는 자리가 마련되면 은근히 아내 얘기를 꺼내 예약을 해둘 심산이었다. 그렇게 하지 않으면 그 프로그램에 참여할 수가 없다는 말을 들어서였다. 지금이야 생활 때문에 그렇다 치고 언젠가는 아내도 애를 갖는 데 동의할 것이 아닌가?

남편의 병원은 그렇게 잘나갔지만 부인이 운영하는 출판사는 베스트셀러는 고사하고 눈에 띌 만한 변변한 책조차 몇 권 내지 못한 형편이었다. 물론 남편이 대주는 돈줄로 어려움 없이 굴러간다고는 했다. 홍사장도 한때는 소설을 써 자신의 출판사에서 책으로 펴낸 적이 있었다. 안 읽어봐서 자세한 내용은 모르지만 신문이나 잡지에서 마약 섹스 불륜 등 굉장히 자유분방한 내용을 다룬 소설이라고 소개한 짤막한 기사를 본 기억이 있었다.

—그렇다면 무척 끼 있는 여자겠구먼.

이 정도 예비지식이면 저녁 한끼 시간쯤 대충 때우고 올 수 있을 것 같아서 털레털레 출판사로 갔다. 돈 많은 여자라니 혹시나 책 나오기 전에 한목에 원고료를 선불로 끊어줄지도 모른다는 일

말의 기대가 은근히 피어올랐다.

젊다는 것보다 젊어 보인다는 게 또 얼마나 색다른 이미지와 강렬한 느낌을 불러일으키는지를 나는 그 여자에게서 절절히 깨달았다. 먹물 냄새 나는 말로 둘러친다면 가짜 이미지가 진짜 이미지보다 더 실감난다고나 할까. 아무튼 난 강남의 고급스런 카페에 그 사장이라는 여자와 선을 보는 총각처럼 마주보고 앉았다.

여자는 적어도 세 겹 정도의 껍데기는 둘러야 직성이 풀리는 족속임에 틀림없었다. 나를 자신이 단골로 가는 듯한 카페로 이끌어간 여자는 살이 충분히 찐 소파에 앉기 전에 턱밑에서 발목까지 몸뚱어리에 착 달라붙어 있던 무스탕 가죽 외투를 벗겨내었다. 나는 일부러 고개를 살짝 틀고 눈길을 비스듬히 꼬았지만 그 여자의 모습이 눈가에 어른거렸다. 가죽 외투를 벗고 나서도 또 한 겹의 잘 무두질된 가죽이 몸을 가리고 있었다. 앞이 깊이 팬 가죽 조끼에 초미니 가죽 스커트를 입은데다 가죽 장화까지 신고 있었다. 눈이 원래 나쁜데다 카페의 희미한 조명 아래서 조금 당황하기까지 한 나는 여자의 초미니 아래가 맨살인지 살색 스타킹인지 바로 알아낼 수가 없었다. 나중에 그것이 맨살임을 알았을 때 난 하마터면 딸꾹질을 할 뻔했다. 젊어 보인다는 것도 가끔은 누구한텐가 죄가 될 수 있다는 생각이 스쳤다.

이거 늦었습니다. 진작 김선생님을 뵙고 조촐한 식사 대접이라도 하면서 인사를 드렸어야 하는 건데.

아 예, 제가 먼저 드려야 할 말씀을 사장님이……

여자는 다리를 천천히 들어올려 꽈배기처럼 꼬며 담배부터 집어들었다. 유리판이 덮인 탁자 아래로 부풀어오른 살찐 허벅지를 억제하느라 거의 찢어질 듯 팽팽해진 가죽 미니스커트가 내 눈에 안쓰럽게 비쳤다.

김선생님도 소설을 쓰시니 아실 테지만…… 저도 소설을 조금 쓰다보니깐 정신분석학에 관심이 많아요.

겨우 창작집 하나 내고 개점휴업한 지가 언젠데요. 저는 지금은 소설 쓴다고 할 처지도 못 됩니다.

호호호, 한번 소설가면 끝까지 소설가지요 뭘. 운명의 길 아네요? 한데 죄송스럽지만 제가 아직 김선생의 소설집을 구해서 읽어보질 못해서요. 정말 미안합니다.

아휴, 잘하셨어요. 저는 도통 소설 쓰는 재주가 메주라서요……

거진 마주앙 한 병을 혼자 다 비우다시피 하며 안심스테이크를 곁들인 저녁은 한마디로 근사했다. 갑자기 그 카페에 대한 내 인상을 몇 마디 주절거리고 싶은 생각이 든다. 겨울에도 한여름처럼 후텁지근한 그 안은 마치 아열대 식물원을 연상케 했다. 이국적 풍취를 물씬 풍기는 각종 활엽수들로 빼곡히 우거져 있어 바로 옆자리 사람들도 넓적한 이파리들에 가려 보이지 않을 정도였다. 나는 술기운 탓인지 내가 숲속에 들어와 있는 한 마리 야수 같다는 착각에 불쑥불쑥 빠지곤 했다. 양미간을 옥죄고 있던 긴장의 빗장이 살금

살금 풀어지기 시작했다. 눈앞의 여자는 점점 평원을 가르는 야수의 훌륭한 단백질원인 가련한 초식동물 톰슨가젤을 닮아가고 있었다. 여자가 이따금씩 고개를 젖히고 웃을 때마다 투명한 잠자리 날개처럼 하늘하늘 속이 비치는 조끼 속의 블라우스 너머로 역시 검은 가죽으로 만든 듯한 브래지어가 찔끔 넘쳐났다. 그럴 때마다 나도 엉덩이를 들썩거렸다.

아무튼 번역을 잘해주셔서 사장 된 처지에서 무어라 감사의 말씀을 드려야 할지……

무슨 말씀을요? 되레 저한테 번역의 기회를 주신 사장님께 제가 고맙다는 인사를 드려야 할 판인걸요.

겸손도 하시군요. 근데 전 특히 제3장 있잖아요? 넘기신 원고를 읽다보니깐 폰 프란츠 박사의 개체화 과정이라는 그 장 말예요. 그게 정말 가슴에 와 닿고 좋더군요. 김선생님의 번역 문체도 거기서 최고조의 리듬을 타고 말예요.

그렇다고 할 수 있죠. 그 장은 꿈의 역할에 관한 것 아닙니까? 융 학파한테 꿈이란 에고가 자아와 의식적으로 타협을 하면서 이뤄나가게 되는 인격 발달의 핵심이니까요. 중요하죠.

속으로 혀가 오늘따라 왜 이렇게 잘 돌아가지 하고 생각하는데 여자가 꼰 다리를 풀었다. 몸을 앞으로 당겨 팔꿈치로 탁자를 괴더니 색기가 넘실거리는 눈초리로 술잔을 들어 건배를 속삭였다. 나는 갑자기 명치끝이 후끈 달아올랐다.

그런데…… 황금 엉덩이 있죠?

아, 황금 엉덩이요? 있었죠. 아니마를 설명하는 대목이었죠. 저도 그 대목이 아주 흥미로웠어요.

아니마anima는 남자의 심리에 있는 모든 여성적인 심리적 경향들이 인격화된 존재로 나타나는 것을 가리킨다. 주로 에로틱한 환상의 형태를 띠고 나타나는 아니마는 밤의 여왕이나 요정, 여사제, 아리따운 처녀 등이 그 대표적인 예이다. 남자들은 그런 내부의 여자를 통해 무의식적 인격의 많은 부분을 현실생활로 가져오게 되고, 그럼으로써 자신의 존재를 더욱 성숙시킨다고 설명돼 있었다.

그 부분이……

예, 좀 어렵다면 어려운 대목인데 이렇게 생각하면 이해도 빠르죠. 예를 들어 남자들은 가끔 성인이 돼서도 이런 꿈을 잘 꾸거든요. 무슨 꿈인가 하니, 꿈속에서 누군가에게 쫓기는 거예요. 식은 땀을 뻘뻘 흘리면서 죽자사자 막 쫓기는데 자신을 쫓는 사람이 사실은 파멸적인 로렐라이 언덕의 처녀거나 원한을 품은 아리따운 처녀라는 둥 이런 식이죠. 그런데 쫓기고 있던 자신이 어느새 과감하게 돌아서서 그 여자와 맞서는 거예요. 그럼, 무엇으로 맞서느냐? 하하, 결국은 섹스로 맞서게 돼 있거든요. 그때 남성이 발기하게 되고…… 보통 그런 식인데, 이것도 일종의 아니마의 출현으로 볼 수 있다…… 아니마긴 한데…… 그럼 무슨 뜻이냐.

나는 거의 내 말에 내가 취해가는 형국이 되었다.

무슨 뜻이죠?

여자가 턱을 뒤로 쳐들고 두 손으로 거머쥔 머리카락을 목 뒷덜미 쪽으로 모으며 말했다. 하얀 귀밑 뺨이 드러났다. 눈을 찌르는 창처럼 까만 점이 박혀 있었다. 나는 내 앞의 술잔을 재빨리 낚아채 입술에 붙였다.

섹스의 이중성입니다.

섹스의 이중성이요……?

그렇죠. 아니마는 바로 그것을 경험하는 남자들의 어머니에 의해 잠재적으로 형성되고 결정되지요. 한 남자의 최초의 성적 파트너는 바로 그의 어머니가 아닙니까? 어머니의 성기에서 빠져나온 이후 품안에 안겨 살을 맞대고 젖꼭지를 빱니다. 이게 바로 인간이 최초로 경험하는 섹스입니다. 이런 어머니에 대한 기억 때문에 남자한테 섹스란 터부, 즉 금기라는 원초적 기억 속에 각인돼 있는 겁니다. 그러나 본능적으로 추구해야만 하는 것이 바로 섹스고, 이것이야말로 섹스의 이중성이라고 명명할 수밖에 없지요. 이건 순전히 학문적 차원의 얘기입니다. 자신을 뒤쫓는 섹스어필한 마의 처녀. 공포스러우면서도 또 격렬히 인터코스하고 싶은 대상으로서의 아니마는 이런 식으로 나타나기 일쑤입니다.

나는 내가 뭐라고 떠드는지도 알 수 없는 지경이 되었다. 나 스스로도 처음 듣는 얘기를 내 입으로 잘 알고 있는 사람처럼 지껄이고 있다는 사실에 속으로는 몹시 놀라면서도 후회가 되었다. 여자는 소파 안으로 몸을 깊숙이 파묻은 채 나를 멍한 표정으로 바라보다가 갑자기 야릇한 미소를 지었다. 나는 잠시 유리잔을 어루만지다 말을 강요당하는 사람처럼 떠듬떠듬 몇 마디 더 엮어갔다.

방금 말씀하신 황금 엉덩이 있잖아요? 그 유명한 황금 엉덩이의 작가 아풀레이우스의 꿈에 나타나서 그를 더 높고, 더 영적인 형태의 삶으로 이끈 이시스 여신의 역할이 바로 그런 게 아니었을까요? 작가 아풀레이우스는 바로 여신의 엉덩이를 목격한 것입니다. 추측이긴 합니다만 거의 틀림없을 겁니다. 여신의 엉덩이야말로 눈부신 황금빛이었을 테니까요.

최소한 이쯤에서 끝마쳤어야 판을 깨지 않고 사태를 수습할 수 있었을 것이었다. 어렴풋이 그걸 느꼈지만 나를 제어할 브레이크를 끝내 찾아낼 수가 없었다. 나는 후회하는 선을 넘어 마구 울고 싶은 심정이 되었다. 눈물을 펑펑 쏟고 싶었다. 이건 뭔가 마가 끼어서 잘못된 것일 거야. 어쩌면 함정에 빠졌는지도 몰라. 저 여자는 왜 나를 구해주지 않을까? 이런 생각이 머릿속에 뒤범벅되어 나를 혼돈스럽게 만들었다. 나는 아예 파국을 맞이하기로 작정했다. 그게 맘 편한 일인 듯싶었다.

남자가 흘린 정액이 찔끔찔끔 묻은 여자의 엉덩이는 더이상 황금빛일 수가 없지요. 그것은 단순한 살색이며 또 그래야 마땅합니다. 황금빛 엉덩이, 그것은 바로 순결성의 상징이자, 관념의 결정체이기 때문입니다. 그래서 이 땅덩어리 위에 황금빛 엉덩이는 존재하지 않으며 오직 아니마의 형태로 우리의 관념이나 꿈의 머리맡을 들락거릴 뿐입니다.

그때 그 여자가 서서히 일어나서 가죽 외투를 집어올렸다. 나는 겁먹은 눈으로 여자를 올려다보았다. 엉거주춤 무릎관절을 폈다. 내 뺨은 느닷없이 날아올지도 모를 손바닥을 맞을 만반의 채비를 갖추고 있었다.

김선생님의 말씀 잘 들었군요. 끝으로 제가 한마디드릴게요. 제가 지적하고 싶었던 것은 그 황금 엉덩이가 바로 황금 당나귀의 오역이라는 점입니다. 결정적이고도 명백한 오역!

황금 당나귀요? ……그럴 리가?

나는 아련히 무너지고 있었다. 황금 엉덩이의 원문은 'Golden Ass'였다. Ass의 첫번째 의미는 물론 당나귀였다. 내가 그 정도도 모를 만큼 번역의 초보자는 아니었다. 나도 긴가민가해서 사전을 여러 번 뒤적거렸지만 전후 맥락상 두번째 ass 2) 항목의 뜻풀이에 눈길이 가 박힌 것이다.

―1) 궁둥이 2) 항문(종종 여성의 성기) 3) 성교, (성교의 대상으로서의) 여자……

여자는 내게 그것을 확인해보라는 말과 함께 그 분야에서 권위자인 듯한 사람의 연락처가 적힌 쪽지를 내밀고는 숲속으로 사라져갔다. 팽팽한 엉덩이께의 가죽 스커트 표면이 전등빛에 반짝거렸다. 나는 쪽지를 우그러뜨려 주머니에 넣은 다음 병에 남은 술을 잔에 따라 천천히 마시기 시작했다. 한 오 분쯤 뒤에 나도 역시 숲을 헤치고 빠져나왔다. 나는 밖의 찬바람을 쏘이면 내가 무엇을 잘못했는지 분명히 알 수도 있을 것 같아 마음이 조금은 편해졌다. 삶이 언제 내 계획대로 맞아떨어진 적이 있었나 뭐. 이게 유일한 위안이었다.

계산하셔야죠?

카운터에 한쪽 팔꿈치를 괴고 서 있던 젊은 사내가 비척거리는 내 팔을 부축해주는 척하며 말했다.

계산이요? ……그 아줌마가 안 했어요? 제길, 얼만데요?

그날 이후 내 원고는 편집부 책상 서랍 안에서 푸근한 겨울을 났다. 출간 보류가 된 것이다. 나도 속으로 화가 나지 않은 건 아니었지만 오해에는 다소간의 시간이 약이라는 생각에 짐짓 모른 척하고 지내온 것이다. 지난겨울의 실패담은 이쯤에서 그치는 게 좋을 듯하지만 내가 기획저술가라는 직함을 입증하기 위해서는 간략한 설명이 더 필요한 것 같다. 정말 짧게 얘기하자. 내가 일 년간의 자료 수집과 또 그에 버금가는 시간을 투자해 쓴 원고가 『그리스·로마 신화를 통해서 본 유럽 문명』이었다. 큰돈 벌겠다고 쓴 건 아니었고 대학입시 후 공백기를 맞은 예비 대학생들이나 대학

교양과정의 부교재 정도를 염두에 두고 시작했었다. 그래서 그리스와 로마의 신화를 각종 문학작품이나 미술품 등 예술작품을 통해 재해석하면서 신화 속의 '인간적 신'들이 오늘날 어떻게 부활하는지를 현대적인 관점에서 접근도 해보았다. 예를 들면 이런 식이었다.

그리스신화에 나오는 프로메테우스는 신으로부터 불을 훔쳐 사람에게 선물했다가 신의 노여움을 사 카프카스 산의 바위에 묶여 독수리에게 간을 쪼이는 벌을 받았다. 그를 어떤 의미에서 인류 최초의 지식인으로 볼 수도 있지 않은가. 인류 공영의 사회적 책무를 잊지 않는 대가로 평생 신산스러운 삶을 살아야 했던 프로메테우스적 지식인으로 마르크스나 김남주 같은 인물들을 들 수 있다. 또 태양을 향해 거침없는 날갯짓을 하다 밀랍으로 붙인 날개가 녹는 바람에 추락한 이카로스는 사람들이 보편적으로 갖고 있는 상승욕구의 원형이다. 우리나라의 70년대의 야심만만한 청년 기업가들의 벤처 캐피탈이나 흑인 해방운동의 지도자 말콤 엑스 등을 그들의 실패와 좌절에도 불구하고 가치 있는 도전의식을 지닌 현대판 이카로스에 비유할 만하다. 우리 사회에 자신을 이카로스에 비유하고 싶은 사람이 오죽이나 많을까?

이렇게 듣고 보면 정말 괜찮은 기획이 아닌가? 근데 어떻게 된 일인지 이 원고도 끝내 빛을 보지 못할 운명이 되고 말았다. 출판계약까지 맺은 출판사 사장이 알아본 결과 이와 비슷한 원고가 어느 경쟁 출판사에서 이미 필름 작업까지 진행돼 있다는 거였다. 제목도 뭐라고 했더라…… '거꾸로 사고하는 그리스·로마 신화'라고 했지 아마. 그러니 책을 내봤자 중복 출판이라는 말만 들을 게 뻔하다는 거였다. 사장의 말투에는 내가 그쪽 기획을 훔치거나 표절한 게 아니냐는 뉘앙스도 은근히 묻어났다. 애먼 두꺼비 떡돌에 치인다고 나는 입만 떡 벌릴 수밖에 없었다. 짧게 얘기하려 했었는데 본의 아니게 길어졌다.

이렇듯 을씨년스러운 겨울에 아내의 빨간 자동차가 없었더라면 난 과연 어떻게 버텼을까? 그것은 상상하기조차 싫다. 난 아침마다 아내가 출근하기 전에 아파트 지하주차장으로 일찌감치 내려간다. 시동을 미리 걸어놓고 차를 닦기 위해서였다. 차에 대한 나의 애정은 내가 생각해도 각별하기 짝이 없었다. 우리의 재산목록 이호인 자동차가 보험료율 문제로 내 명의로 돼 있어서가 아니었다. 나는 자동차가 아내의 몸뚱어리라도 되는 양 온 정성을 다해 씻고 닦고 문질러 마지막 남은 먼지 한 톨마저도 다 털어내야 직성이 풀렸다. 그래서 한 마리의 미끈한 암말로 만들어내는 그 일은 고역이 아니라 내가 자청한 낙이자 거역하기 어려운 황홀경의 체험이었다. 나의 이런 노력으로 차가 따뜻하게 달구어지면 아내가 지하주차장으로 내려온다. 아내는 흡족한 표정으로 가속기를 밟고 후면경을 통해 나를 바라보며 건성으로 장갑 낀 손을 흔든다. 나도 부랴사랴 면장갑을 벗어 손을 주춤거리며 선서하는 대표선

수처럼 어깨 위로 올리는 시늉을 한다. 어, 그러나 누구한테? 나의 눈길은 내가 조금 전까지 애무하던 자동차의 뒤쪽에 매달려 있기 일쑤이다. 그 눈길이 축축하다. 마치 어느 젊은 여성의 미끈한 엉덩이를 훔쳐보는 것처럼.

나만큼은 아니지만 나 못지않게 자동차를 아끼는 사람이 또 있었다. 우리하고 대문을 맞보고 있는 1704호에 사는 여자였다. 항상 긴 외투자락 밑으로 청바지가 드러나 보이는 그 여자는 처녀인지 이혼녀인지 아무튼 혼자 사는 여자였다. 가끔 엘리베이터 안에서 마주치는 일이 종종 있었다.

"또 닦으러 가세요?"

부러 천장을 쳐다보며 내외를 하려던 나는 엉겁결에 허리를 굽신거리며 허파에서 바람 빠지는 듯한 웃음을 실실 흘렸다.

"아 예…… 헐헐."

"저도 차를 잘 닦아주는 편인데 아저씨에 비하면 택도 없는 것 같아요. 차를 애인 다루듯이 하시는 편이잖아요? 저도 지금 차 닦으러 가는 길이에요."

여자는 건강을 의미하는 붉은 혈색이 도는 잇몸을 드러내며 웃고 있었다. 긴 머리를 뒤로 한목에 묶은 여자의 얼굴은 까무잡잡했지만 뭔가 끌리는 기가 느껴졌다.

"아, 예…… 헐헐."

오층에서 누군가 타는 바람에 둘 사이에 대화가 끊겼다. 나는 그 여자의 이름을 물어보진 않았지만 오미란이라고 확신했다. 작년에 아이들 방학이 시작되기 직전 미술이나 글짓기를 다년간 유경험자가 성실 지도를 한다는 종이가 아파트 입구 게시판에 내걸렸다. 종이의 밑쪽은 가위로 문어발처럼 오려놓고 전화번호를 하나씩 뜯어갈 수 있게 만들었다. 구공사에 사팔육구. 그때는 왜 그 전화번호가 머릿속에 쏙 들어왔는지는 몰랐지만 몇 발짝 걷다가 난 그녀의 전화번호가 아내의 차 끝자리 번호와 일치한다는 사실을 깨닫고는 손바닥으로 이마를 올려붙였다.

그러나 그 여자의 직업에 대한 아내의 견해는 달랐다. 내가 게시판에 붙여놓은 종이로 미루어 그 여자가 아마 학원 강사 출신의 대졸 여성인 것 같다고 하자 아내는 그것이야말로 이웃의 눈을 속이기 위한 가증스러운 술수가 틀림없다고 강조했다. 우선 미술과 글짓기를 동시에 가르친다는 것이 수상쩍다는 거였다. 미술은 말하자면 예체능 쪽이고 글짓기는 인문학 쪽인데 서로 갈래가 다른 두 영역을 함께 가르친다는 게 말도 안 된다는 거였다. 듣고 보니 그럴듯했다. 전화번호를 줄줄이 적어둔 종이를 떼간 사람은 해가 바뀌도록 하나도 없었다. 유일하게 하나가 뜯겨나갔지만 그것은 사실 내 주머니 속 어딘가에 꾸깃꾸깃 뭉쳐 있다가 짤순이를 겸하는 세탁기 속에서 흔적도 없이 사라졌을 터였다.

그 여자의 본업은 딴 거예요. 보아하니 외간남자들이 들락거리더라구요.

아내는 목소리를 낮췄다. 나는 무심한 듯한 표정으로 소파에 앉아 텔레비전에 눈길을 박았지만 순간 귀를 솔깃 세웠다.

당신이 직접 봤어?

뻔하지 뭐. 다 아는 수가 있지. 방안에서 이상한 짓을 하는 소리가 그대로 들리는걸 뭐.

다 들려? 어떻게?

다 아파트가 부실한 덕이지 뭐. 벽에 틈새가 생긴 게 점점 더 벌어지나봐. 허구한 날 떠들어봤자 관리사무소나 시공회사는 꿀 먹은 벙어리고 차암…… 옆집 전화벨 소리는 물론이고 심지어는 코고는 소리까지 다 들리는 판국이니 이것도 집이라고 나참. 빨리 딴 데로 이사를 가든지 말든지 해야지.

나는 틈새라는 말을 들으면서 어깨를 털며 한바탕 으스스를 쳤다. 당장이라도 아파트가 와그르르 무너져내릴 것 같은 느낌이 들었다. 나처럼 지독한 고소공포증 환자가 십칠층이나 되는 고공에서 체류한다는 사실이 참으로 가당찮은 일이었다. 어느 정도 심한가 하면 어지럼증 때문에 베란다를 제대로 나갈 수 없을 지경이었다. 그런데 거기다 틈새까지 벌어져 있다는 생각이 들자 갑자기 숨이 차고 오한이 나기 시작했다. 나는 엉덩이에 힘을 주고 소파 깊숙이 몸을 푹 담갔다. 나의 통제를 벗어난 발가락들이 배배 꼬여 제멋대로 꿈틀거렸다. 발가락 끝이 주책없이 거실바닥의 과일 접시를 건드리는 바람에 사과 조각이 바닥에 흩어졌다. 나는 얼굴을 감싸쥐었다. 곧이라도 아파트가 뒤틀려서 무너져내릴 것만 같았다. 삼풍! 그래 삼풍 때 어땠지! 생존 공간, 생존 공간이 될 만한 구석이 어딜까? 다용도실일까? 무슨 소리야 십칠층에서 무너져내린다면 모든 게 다 콩가루가 될 판인데 생존 공간이고 뭐고가 무슨 소용이 있을라구! 나는 소파에서 미끄러지듯 내려와 거실바닥에 개구리처럼 넙죽 엎드렸다.

당신 뭐해요?

으응…… 정말 밑층에서 애 우는 소리가 솔솔 다 들리네. 바닥에 귀를 대니깐.

그렇다니깐. 지겨워…… 정말 지겨워……

아내는 지겹다는 말을 서너 번이나 되풀이했다. 나는 거실바닥에 옆얼굴을 댄 채 일어나지 않았다. 불현듯 오미란이라는 여자의 까무잡잡한 얼굴이 생생하게 떠올랐다. 텔레비전에서는 신세대 드라마의 재방송 화면이 나오고 있었다. 나이트클럽에서 젊은 남녀가 어울려 선정적으로 몸을 흔들고 비벼대는 장면이었다. 육감적으로 부풀어오른 엉덩이가 화면을 덮쳤다가 멀찌감치 물러났다. 오미란을 닮은 여자가 추파를 던져왔다. 나는 입초리로 넘쳐나온 침을 얼른 후루룩 빨아들였다. 화면 속의 오미란. 그것은 단순한 머릿속의 상상이 아니었다. 나는 그 여자를 실제로 화면을 통해서 본 적이 있었다. 텔레비전 화면은 아니었지만.

한 달쯤 전이던가, 내가 경비실로 내려간 때는 늦은 오후쯤이었을 것이다. 잘 기억이 나지 않지만 무슨 영수증 나부랭이에 석연찮은 내용이 있어 확인을 해보려고 손에 쥐고 있었다. 부녀회에서 전달 관리비 중에 뭔가가 더 계산돼 나온 것을 밝혀내 이번 달에 가구별로 일제히 환급을 받게 돼 있었는데, 아내의 말로는 생각보다 우리집의 환급액이 적다는 거였다. 위아래층보다 거진 만원이나 차이 난다고 투덜거렸다. 그런 쪼잔한 일로 경비실을 찾아가자니 맘이 내키지 않아 아주 조심스럽게 경비실 문을 잡아당겼다. 경비 아저씨는 한 오십대 후반쯤 돼 보이는 사람이다. 축농증 때문인지 약간 코맹맹이 소리를 내었다. 왕년에 밤무대에서 기타 좀 쳤다는 얘기를 가끔 하는 양반인데 평생 궂은일은 해본 적이 없는 사람처럼 손이 아주 작고 부드러웠다. 지난 연말 관리사무소 지하에 있는 에어로빅 연습장에서 열린 부녀회 망년회에서 왕년의 기타 연주 솜씨를 유감없이 선보여 큰 인기를 끌었다.

왕년의 기타리스트는 의자에 비스듬히 앉아서 모니터에 푹 빠져 있었다. 그래서 내가 문을 빼꼼히 열고 들어서는 것조차 모르고 있었다. 나는 그의 어깨를 툭 건드리려다 말고 허공에 손을 멈춰 세웠다. 늙은 기타리스트 앞에는 지하주차장을 집중적으로 감시하는 성능 좋고 화질이 뛰어난 폐쇄회로 화면이 네 개나 설치돼 있었다. 낮시간이라서 그런지 지하주차장은 노는 차 십여 대를 빼고는 휑뎅그렁하였다. 사실 아파트의 지하주차장은 집중 감시할 필요가 있는 공간이었다. 가끔 아침에 누군가 시동을 걸어놓고 잠깐 집에 들어간 사이에 차를 몰고 가버리는 사건이 일어나질 않나, 또 여자들한테는 지하 공간이라는 게 아무래도 뜻지 않은 봉변을 당할 가능성이 높은 곳이었다. 특히 날이 추워지면서 뛰어놀 공간이 부족해진 아이들이 지하주차장으로 들어와 놀다가 지상에서 막 진입해들어와 눈이 아직 어둠에 충분히 적응되지 않은 운전자와 충돌하거나 후진하는 차량에 받히는 일도 있었기 때문이다. 따라서 아파트의 안전관리를 책임진 경비원으로서는 지하주차장을 항상 신경써서 살펴보아야 할 의무가 있었다.

쳇, 암만 그래도 이 아저씨는 완전히 연속극 보듯 푹 빠져버리고 말았는걸.

기타리스트의 옆에 멀뚱히 서서 같이 모니터 화면을 바라보던 나는 고개를 갸우뚱거렸다. 그 모니터에 어떤 여자의 모습이 잡혀 있는 것이었다. 고개를 빼고 자세히 들여다보니 바로 옆집 여자였다. 여자는 꽉 조이는 청바지에다 티셔츠를 받쳐입은 헐렁한 블라우스 차림으로 팔소매를 걷어붙인 채 차에 매미처럼 딱 달라붙어 있었다. 물청소는 끝난 것 같고 차체에 왁스를 바르고 융으로 광을 내는 듯했다. 차 옆에 서서 본네트 위에 융을 대고 힘을 줘 밀고 당길 때마다 여자의 유난히 큰 가슴이 출렁거렸다. 우연인지 아닌지 네 대의 모니터는 모두 마치 주요 용의자인 양 그 여자의 앞 뒤 옆으로 집중돼 있었다.

그 여자의 뒤쪽에서 잡은 화면에는 무릎을 굽혔다 펼 때마다 엉덩이가 밑에서 위로 야하게 씰룩거렸다. 나는 나도 모르게 입을 조금 벌렸다. 청바지가 미어질 듯 팽팽하게 부풀어오른 엉덩이는 늘씬한 다리와 잘 어울렸다. 누군가가 침을 꼴깍 삼켰다. 아마 난지도 몰랐다. 나는 막 방귀가 터지려는 것을 괄약근을 오므려 간신히 참았다. 앞에서 잡은 화면에서는 약간 흐트러진 블라우스 안쪽이 들여다보였다. 땀이 나는지 여자가 팔소매로 이마를 훔쳤다. 윰으로 광내는 작업이 거의 끝나가는 모양이었다. 여자는 차의 뒤꽁무니를 닦기 위해 다가가서는 자신의 옆 엉덩이를 교태스럽게 슬쩍 부딪쳤다.

기타리스트의 숨소리가 막힌 코 때문인지 좀 거칠어져 있었다. 이십사 시간 전기난로를 켜놓는 경비실 안은 사실 좀 건조했다. 그는 바지 호주머니에 두 손을 찔러넣고 두 다리를 쭉 편 상태로 앉아 있었는데 사타구니 쪽으로 뻗어 있는 호주머니 속의 두 손이 불규칙하게 꿈틀거렸다. 나는 갑자기 당황스러워졌다. 기타리스트를 부르기도 그렇고 그냥 나가자니 그것도 부자연스러웠다. 나는 하는 수 없이 꾀를 내어 뒷걸음으로 몇 발짝 소리나지 않게 떼어 문 앞에 선 다음 문소리를 일부러 크게 내어 내가 방금 들어온 것처럼 보이게 하려고 했다.

"아이구, 어서 오세요!"

기타리스트는 깜짝 놀라는 표정으로 자리에서 벌떡 일어났다. 그의 눈은 벌겋게 충혈이 돼 있었다. 나는 호주머니에서 슬그머니

구겨진 관리비 영수증을 꺼냈다.

혹시 나도 그런 칙칙한 눈길에 감시당해온 건 아닌가 생각하니 찜찜하기 짝이 없는 노릇이었다. 그래서 그 이후로는 자동차 시동을 걸려고 지하주차장에 들어갈 때마다 그 폐쇄회로가 어디 있나 고개를 이리저리 돌리는 버릇이 생겼다. 그런데 얼마 되지 않아 나를 자동차에서 결정적으로 격리시키게 될지도 모를 일이 터졌다. 아침마다 지하에 내려가 조개처럼 꽉 무는 틈새에 열쇠를 꽂아 기를 불어넣고 털이개나 걸레, 와서액 등으로 쓰다듬어줄 필요가 사라지게 될 위기에 봉착한 것이다. 바로 맥스콘 B803-DX라는 녀석 때문이었다. 맥스콘은 원격시동 장치의 이름이다. 아내는 어느 거래처 고객이 선물한 것이라며 원격시동 장치 교환권을 파산 고지서처럼 내게 디밀었다.

내가 어지간해서는 고객들한테 들어오는 선물을 잘 받지 않잖아요. 그런데 이 원격시동 장치 교환권만큼은 당신을 생각해서 여러 번 생각하다 그냥 받아왔어요. 이번 겨울에 당신이 자동차에 미리 시동을 걸어놓는다며 십칠층이나 되는 고층에서 지하주차장까지 후닥닥거리며 뛰어다니느라 얼마나 고생을 했어요? 비록 겨울이 이제 얼마 남지 않아 늦은 감은 있지만 이제라도 달아서 당신의 수고를 조금이라도 덜어야죠. 여름에도 에어컨을 미리 켜놓게 돼 쓸모가 짭짤하대요.

그게 뭐 수고야? 엘리베이터 타고 쓰윽 내려갔다 쓰윽 올라오는 건데……

　남 보기에는 그래도 그게 아네요. 얼마나 쑥덕거리는 줄도 모르고…… 이게 원격시동뿐 아니라 도난경보 장치도 겸용이거든요. 이래저래 잘됐지 뭘 그래요?

　그래 잘됐어. 누가 아니래나. 근데 이거 얼마짜리야?

　몰라요. 한 돈 십만원 하지 않겠어요?

　십칠층 꼭대기에서 지하주차장까지 원격시동 전파가 먹혀들래나? 그것도 걱정이 되네. 라디오도 지하에서는 잘 안 되잖아?

　까짓것 그러면 차를 지하에서 지상으로 빼면 되지 무슨 걱정이에요? 아무 소리 말고 빨리 이 교환권에 적혀 있는 대로 애니티 정밀전자 총무과에 가서 찾아나 오라구요. 교환 기한이 삼 개월이어서 이번 달 말까지거든요. 자칫 교환권을 휴지 조각 만들지 말구요. 거기 약도 다 그려져 있죠, 뒷면에? 전화번호하고. 참 그 회사가 당신 다니던 학교 근방이어서 대충 지리는 알겠네요?

　그쪽이야 빠삭하긴 빠삭하지……

　그러나 나는 차일피일 미루며 원격시동 장치를 찾아오지 않았다. 어떻게 됐어요? 아내가 지나가는 말로 물을 때마다 그럴듯한 구실로 얼버무렸지만 말일이 내일모레로 박두하자 이런저런 핑계도 먹혀들 여지가 없어졌다.

　아무튼 오늘 안으로 찾아오지 않으면 당신 알아서 하라구요!

　알았어. 오늘은 꼭 찾아올게.

아내는 차문을 닫고 손을 흔들어준 다음 그대로 삼단기어로 지하주차장을 횡허케 가로질러 갔다. 나는 폐쇄회로를 힐끗 노려보며 지하에서 빠져나왔다. 사실 어젯밤 일만 아니었어도 난 며칠쯤 버티다가 유효기간이 지난 교환권을 슬그머니 폐기처분할 생각이었다. 최근 한 닷새 동안은 아내의 재촉도 없어 구렁이 담 넘어가듯 유야무야할 수도 있는 분위기였다. 그런데 어젯밤 같은 실수가 있고 나서야 나도 더이상 뺄 방도가 없었다.

어젯밤에는 신촌에서 심야좌석을 탈 정도로 억병으로 취해 들어왔다. 다른 이유는 없었다. 다만 공짜 술이니깐 취했던 것 같았다. 공짜 술을 사준 사람은 현철교라는 대학 서클 선배였다. 80학번이니깐 나의 이 년 선배였다. 4학년 때 군대를 갔다 와서 노동운동을 한다며 인천의 사출기 공장과 주물 공장에서 삼 년 남짓 일하다가 나와서 이 년 전만 해도 어느 기울어가는 사회과학 출판사에서 일했다.

어느 여름날 내가 계간지에 단편소설을 발표한 것을 보고 연락을 해와서 학교 근처에서 한번 만난 일이 있었다. 서울대입구역 근처의 비좁은 골목길에 있던 태백출판사 사무실 문을 열고 들어갔을 때 그는 옆구리께가 뚫린 러닝을 걸치고 교정을 보고 있었다. 귀가 상당히 어그러진 그의 철제 책상 밑에는 춘장 국물이 질벅하게 괸 자장면 그릇이 서너 개 포개져 있었다.

형, 뭐하세요?

어, 너 왔니? 아아, 이거 정말 우리 몇 년 만이냐?

접때 어느 대학이더라…… 노찾사 공연 때 얼핏 봤잖아요?

아, 맞다! 근데 그게 본 거니? 슬쩍 스쳐간 가지. 어이, 한사장 선풍기 바람 이리로 좀 돌려. 여기 손님 아냐.

나중에 알고 보니 한사장이라는 사람은 칠교 형의 대학 동기였다. 어쩐지 어디선가 한번쯤 본 얼굴 같았다.

그래도 그게 한 삼 년 안 됐냐?

그렇게 되나요?

그는 경희대인가 연세대인가 노천극장에서 열린 노래 공연 때 자신과 함께 일하는 노동자들을 옆에 데리고 왔었다. 그때만 해도 그의 눈빛은 형형했다. 너 뭐하며 지내니 하고 묻는 그의 어투는 분명한 힐난조가 배어 있었다. 나는 그저 헤헤거리는 웃음으로 그의 질문을 막아냈지만 속으로는 몹시 씁쓸했다. 그러나 출판사에 들어간 그는 그때보다 좀 변화돼 있었다.

지금 뭐 보세요?

앞으로는 논술이 중요해질 전망이거든. 내가 보기엔 그래. 이게 엄청난 시장으로 떠오를 전망이야. 그래서 고등학생들이 읽어야 할 명문들을 개화기 이후부터 정리하는 작업을 진행중이야. 돈이 좀 될지도 몰라.

그가 태백출판사에서 나왔다며 뽑아준 『이제마의 사상의학 해설』 『사업, 이렇게 하면 꼭 실패한다』 등의 책들은 표지부터가 엉성하기 그지없었다.

표지는 어디서 해요?

우리 안에서 다 소화해. 히히, 사실은 내가 대충 알아서 해.

형이요?

그래. 내가 미술에 좀 소질이 있거든. 주위에 말은 안 해왔지만. 그렇게만 알아둬. 그리고 이게 내가 기획한 책인데 그중 많이 나갔어. 삼 쇄 찍었으니 한 팔천 부쯤 소화됐다고 봐야지?

그가 내민 책은 『체질을 알면 건강이 보인다』였다.

이제 몇 년 후면 국민소득 만 달러 시대로 접어든다구. 그럴수록 건강에 대한 사람들의 관심이 증폭될 테고……

칠교 형의 집은 역에서 별로 떨어져 있지 않았다.

이 정도 위치면 전셋값이 셀 텐데요?

뭐, 그래봤자 여덟 평짜린데. 하긴 그래도 이게 이천오백이라는 거 아니냐? 이거 때문에 집안에서 말이 많았어. 내 오 년 아래 동생녀석이 군대갔다 와서 뒤늦게 의대를 가겠다고 난리를 치지 않았냐? 그래가지고 사실 올 초에 저기 지방의 후진 의대에 덜컥 붙었지 뭐야. 그런데 돈이 있어야지. 의대 등록금이 어디 남의 집 애이름도 아니고 말이야. 그런데 의외로 불똥이 내게로 튀더라구. 그녀석이 형 집을 월세로 바꾸고 등록금을 대달라는 거야. 아이고, 그거 무마시키느라고 얼마나 티격태격했는지 원. 집안에 난데없는 평지풍파가 일고…… 마누라도 난리를 짓고 차암…… 결국 또 아버님이 나서서 재개발 걸린 집 딱지를 처분해서 일단 진학은 하긴 했는데 그 바람에 서먹하던 시가 쪽하고 마누라 거리만 더 멀어져서 말이야 에잉. 마누라? 애 업고 일일시험지 돌리러 갔어.

그하고는 내가 사간 삼겹살 두 근을 집에서 구워 먹으며 이런저런 얘기를 하다 헤어졌다. 그뒤로는 칠교 형 소문을 전혀 못 듣고 있었다. 그런데 그가 어떻게 알았는지 불쑥 내게 전화를 해온 것이다.

아, 오늘 내가 널 부른 이유는 딴 게 없어. 단순히 술을 마시기 위해서야. 그러니 아무 부담 없이 나오라구. 요즘은 왜 그리 말끝마다 토를 다는 놈들이 그리 많은지……

내 앞에 있는 사람이 그 옛날의 칠교 형인가 싶었다. 내 눈썰미가 암만 젬병이어도 그가 입고 있는 옷이 적어도 유명 백화점 최고급 코너에 걸리는 양복임을 알 수 있었다.

형, 출판사 그만뒀어요?

그만둔 지가 언젠데? 한 이 년 됐을걸.

그럼……?

얘가 아주 소식이 깜깜하구나. 너 그래가지고 어떻게 소설을 쓴다고 나대냐, 나대길?

제 주특기가 원래 안방통수잖아요.

나 거기 나가잖아.

어디요?

한양학원.

아, 그래요? 그럼 돈 잘 벌겠네요. 오늘 허리띠 풀고 맘껏 마셔도 되겠네요. 정말. 어느 정도 버세요?

짜아식, 촌스럽긴. 그저 내가 한 달에 떼는 세금이 보통 봉급생활자 한 달 치 월급이라고만 생각하면 돼!

나는 벌어진 입을 다물 수 없었다. 그 보통 봉급생활자 월급의 절반이 바로 내 수입이 아니던가!

근데…… 무슨 영문인지나 알고 술을 먹더라도 먹어얄 것 아녜요?

그래? 일리가 있군…… 나 오늘 낙방했거든.

학원에서 짤렸어요?

짤리다니, 낙방했다니깐. 오늘이 대학 입시 발표날이잖아.

아니, 형이 지금 대학엘 다시 들어가요? 나이가 몇인데? 그리고 국내 최고 학원의 남부러울 것 없는 선생이 말이야! 무슨 과를 시험 봤는데요?

미술대야. 동양화 전공. 내가 수능 점수로는 한 삼사십 점 더 받았지. 한데 본고사 실기 총점이 천 점인데 수능 비율이 고작 이십 퍼센트 될까 말까 하니 도루아미타불이지 뭐.

히야, 이거 완전히 신문기삿감이네. 만약 합격했다면 형 기사로 신문이 도배질됐겠는데요?

아마, 그랬을 것 같아. 나이 서른여섯에 그것도 명문대를 나와 국내 최고의 학원 강사 노릇을 하는 작자가 뒤늦게 예술의 길을 걷겠다고 다시 대학 입학 시험을 봤다는 거 아니냐. 기사가 되고도 남았겠지. 야야, 이제 그 얘기 그만하고 술 먹으러 가자. 네가 원하는 곳으로 다 데리고 갈 테니 말이야.

칠교 형은 정말 돈을 쓸 줄 아는 사람이 되어 있었다. 나는 곧바로 형을 따라 룸이 딸린 방으로 안내되었다. 그곳에서 도수 높은 발렌타인 십칠 년산 술로 혀뿌리가 물러앉도록 마셨다. 그러나 별로 취한 것 같지 않은 기분이었다. 형이 여자를 붙일까 하고 묻길래 내가 고개를 저었다. 여자는 무슨…… 오랜만에 만났는데 얘기나 푸짐하게 하는 것도 의의가 있지 않겠수 했더니 형도 고개를 끄덕였다.

햐, 엎친 데 덮친 격이라고……

까짓것 내년에 한번 더 보면 되죠 뭐. 다 잊어뿌려요. 야술을 해야지 형의 응어리가 풀린다니깐 한 일 년 늦어진들 형 나이에 그게 뭐 대순가요?

그게 아니고 말이야, 인마. 벌써 몇 번 미루다가 말이야, 그 짜식이.

누구요?

아니 있어. 신림영업소의 그 뺀질이 짜식 정말 속터져. 오늘까지는 크레도스를 갖다놓겠다고 했거든. 근데 또 약속을 어겼어.

크레도스?

그래. 핸들링으로 말한다는 그 차 말이야. 얼마나 인기가 좋은지 벌써 신청한 지 석 달이 지났다.

형은 직접 운전을 하는 시늉을 했다.

면허 땄어요?

일주일.

일주일? 그건 얼마쯤 해요?

그게 가설라므네…… 이것저것 옵션 붙일 것 다 붙여서 한 이천오백쯤 먹혔나?

이천오백이요?

나는 그때 칠교 형이 의대에 진학한 동생이 빼달라고 우겼다는 그의 신혼 전세방 값을 떠올렸다. 이천오백이라……

형, 참 격세지감이지 뭐유.

왜? 비풍초똥팔삼 낙장불입이 아니고? 하하. 농담이다, 농담. 근데 너 지금 나 비웃는 건 아니겠지? 비웃다 못해 소설 나부랭이로 써먹는 건 아니겠지?

소설은…… 그냥…… 술맛이 너무 좋아서. 그리고 비웃긴 내가 형을 왜 비웃우? 나도 형처럼 되고 싶어 안달이 난 놈인데.

짜아식 맘에 없는 소릴 잘도 지껄이고 있네.

근데 도대체 우린 뭐유? 뭐하는 짬뽕국물들인 것 같우?

나는 취기를 빙자해 이렇게 찔러보았다.

지나간 우리의 삶은 너절했어.

형은 마치 그런 질문을 기다렸다는 듯이 거침없이 입술을 놀렸다. 나는 눈을 흡떴다.

왜냐? 우리는 지난 시절 내내 아무 이유 없이 취해 있었어. 술이래도 좋고, 정의래도 좋고, 양심이나 민족주의래도 좋고 아무튼 그런 것들 말이야. 그런 와중에서 우리는 이 세계와 시대를 제대로 들여다보는 데 실패했다는 말이야, 내 말은. 사회주의가 무너졌다느니 안 무너졌다느니, 시대가 변했다느니 안 변했다느니 떠벌리는 따위의 지겨운 논쟁을 재연하자는 게 아냐. 그런 건 다 상대주의고 경험주의일 뿐이야. 그런 잣대로는 또다시 오류의 전철을 밟을 수밖에 없는 운명이지. 그럼 도대체 어떻게 해야 할까? 내 식으로 얘기해볼까? 해답은 간단해. 상대주의가 아니라면 길은 뻔하지. 바로 절대주의로 나가는 그것이지. 그럼 절대주의란 무엇일까. 일단 예를 들어보지. 세계를 잘 아는 것은 가령 이 술의 맛을 제일 잘 알 수 있는 방법하고 유사해. 어떤 술을 수없이 많이 마셔본 사람이 그 술에 대해서 가장 잘 알 수 있는 것처럼, 세계를 제일 잘 알기 위해서는 엄청나고 다양한 경험을 맛보거나 그 현실을 설명해온 갖가지 이론을 무수히 실험해본 사람이 유리하지. 그러나 그것만으로는 안 돼. 한계가 있거든. 자기 입맛에 맞는 술이 따로 있듯이 그런 식으로는 결국 개인적 취향에 빠질 도리밖에 없는 것이야. 그래서 그것을 가리켜 우리는 퇴폐적이라고 부를 수 있지. 데카당스하다는 말이야.

데카당스요……?

그럼. 데카당스라는 말을 찾는 데 난 거진 십오 년의 세월을 소비했던 것 같아. 데카당스, 얼마나 절묘한 알리바이냐? 우리는 지난날 우리의 빤스 속을 그 어떤 거대한 손에 내맡긴 거지. 알아서 거시키를 쳐달라구 하면서. 내 말이 거슬리면 이 대목에서 날 한 대 쳐도 좋아.

혀엉……!

하하하, 술맛 좋다. 이제 본론을 말할게. 그럼 시공간을 초월하는 절대적인 잣대는 구체적으로 무엇일까? 앞으로 또 변할지도 모르겠지만 지금 이 순간에는 난 그것이 부가가치라고 잘라 말할 수 있어.

부가가치요?

그래, 아주 중요한 개념이야. 역사란 어떻게 해서든 부가가치를 많이 창출해내는 집단이나 사람에 의해 굴러왔고 앞으로도 그렇게 굴러갈 것이란 불변의 명제에 난 지금 동의해. 부가가치만이 유일한 절대주의가 될 수 있어.

형이 그렇게 얘기하니깐 우리 학교 때 마르크스의 비주류 정치경제학 세미나 같이할 때 잉여가치에 대해 공부하던 기억이 새삼 나네요.

잉여가치? 아하, 잉여가치? 자본가가 노동자에게 지불하는 임금 이상으로 노동자가 생산해내어 자본가가 수탈하는 가치 부분 말이지. 나 잉여가치론 그거 포기하지 않았어. 오히려 더 신봉하게 됐는데 왜냐하면 잉여가치가 넓은 의미의 부가가치거든. 부가가치가 많은 사회일수록 사람들이 보다 풍족하고 인간적인 삶을 누릴 수 있는 기회가 늘어난다고 봤을 때 나는 잉여가치란 증대될수록 좋다는 입장이지. 단 하나, 그 사회적 잉여가치를 꼭 자본가만이 차지한다는 마르크스의 고전적 명제를 승인하지 않을 뿐이라는 거야. 누구든지 차지할 수 있고 누구든 창출할 수 있는 사회로 가는 도중이라는 말이야. 내 말이 틀렸니? 궤변처럼 들리니?

……!

그렇게 바라봐야 해 이젠. 부가가치를 더 많이 생산하는 사회, 더 많이 창출해낼 수 있는 개인, 그 기준으로 평가하면 돼. 물론 어떤 게 과연 질 높은 부가가치인가에 대해서는 앞으로 더 논의하고 고민해야지. 영상 시대에선 이미지도 고부가가치로 대접받을 수 있고, 심지어 가상현실도 그 자리에 랭크될 수 있는 만큼 그것에 대한 고민만 제대로 정리된다면 이것이야말로 자본주의고 사회주의고 뭐고 간에 일거에 넘어설 수 있는 유일한 대안적 길이 될 거야.

형은 미술에서 어느 정도의 고부가가치를 만들어낼 수 있을 것 같아요……!

미술은…… 거기엔 아무것도 없을 거야. 나도 그걸 알지. 우리나라 프로야구의 최고 연봉자와 어깨를 나란히 하는 나는 지금 몹시 피곤해 있어. 미술은 그런 나를 부축해주는 출구 노릇만 하면 돼.

형은 드물게도 이 시대와의 불화를 이상적으로 마감한 경우네요…… 부러워요……

심야좌석에서 내려 집까지 두 블록쯤 걸어오면서 나는 가끔 고개를 갸우뚱거리며 이천오백을 주절거렸다. 아주 그럴듯한 숫자라는 생각이 들어서였다.

아저씨, 택시 타슈. 날씨도 춘데.

심야좌석 정류장 앞에 대기하고 있는 신도시 셔틀택시의 기사양반이 말했다.

얼마유?

얼마긴? 이제부턴 심야니깐 미터 꺾고 사천원은 받아야지.

이천오백엔 안 돼요?

이 양반 췌도 너무 췄군. 그냥 가슈…… 그냥 가.

나는 바바리코트 깃을 세우며 돌아서서 집까지 걸어가기로 했다.

쳇, 부가가치 이천오백이 뉘 집 애 이름인가…… 근데 어떻게 된 거야? 내가 부가가치를 챙기려고 들면 저쪽이 못 챙기고, 또 거꾸로 해도 마찬가지고 말이야. 부가가치가 소액이다보니 이런 일이 일어나나? 어허…… 날씨 한번 칩다. 치워!

아파트 앞 경비실에 환하게 켜진 불만 보고 안녕하세요 하고 큰소리를 지르며 인사를 하며 들여다보니 예의 그 폐쇄회로 화면만 보일 뿐 기타리스트는 자리를 비웠다. 현관문을 열고 들어서는데 마침 위층에서 내려온 엘리베이터 문이 열리면서 중년 부부 두 사람이 내렸다. 나는 일부러 고개를 푹 숙였다.

　망가졌다며……

　그들이 중얼거렸다. 나는 얼른 엘리베이터 안으로 뛰어들어 닫
힘 단추를 꾹 눌렀다. 그러고는 옆면의 거울에 머리를 기댔다. 취
기 때문인지 약간 어지러웠다. 잠시 후 눈을 떴을 때 나는 엘리베
이터에 이상이 생겼음을 느꼈다. 엘리베이터가 허공중에 꼼짝없
이 정지해 있는 게 아닌가. 아니, 이럴 수가! 나는 눈을 휘둥그레
뜨고는 다리를 벌린 채 엘리베이터 벽을 짚었다. 곧이라도 허공중
의 엘리베이터가 바닥으로 곤두박질칠 것만 같았다. 눈앞이 캄캄
해져 아무것도 보이지 않았다. 좀 전에 어깨를 스쳐가며 망가졌다
며…… 어쩌구 중얼거렸던 중년 부부의 말이 퍼뜩 떠올랐다. 그
러면 혹시 그게 엘리베이터를 두고 한 말이 아닐까? 낮에 한번 망
가졌던 게 다시 고장난 것일까? 근데 하필 내가 탔을 때 고장이 날
게 뭐람. 나는 공포심에 사로잡혀 두 주먹으로 엘리베이터 문을 탕
탕 두들겼다. 귀에서 바람이 새나오는지 쉭쉭거리는 소리가 계속
해서 들렸다. 사, 사람 살려…… 흐흐흑 이런 개 같은 경우가 어딨
단 말이야. 나도 모르는 사이에 가느다란 흐느낌이 새나왔다.

　그렇게 우왕좌왕하면서 시간이 얼마나 지났을까, 갑자기 엘리
베이터 문이 스르륵 열렸다. 나는 후다닥 뛰쳐나갈 자세를 갖추었
는데 뜻밖에도 열린 문으로 얼마 전에 스쳐지나갔던 중년 부부가
태연한 표정으로 다시 들어오는 게 아닌가? 그들은 나한테서 독한

술냄새가 나서 그런지 코를 몇 번 씰룩거렸다. 그럼 고장난 게 아니는가?

몇 층을 가시우?

오리털 파카 옷을 입은 남자가 물었다.

저, 혹시 이 엘리베이터 무사합니까?

나는 불안한 얼굴로 엘리베이터 문틈에 왼발을 집어넣고 문이 닫히는 것을 막은 채 연신 밖을 기웃거렸다. 그제야 난 내가 아직 일층에 계속 머물고 있었음을 깨달았다. 그러고 보니 층수 단추를 누르지 않아 그대로 서 있었던 모양이었다. 나의 얼굴 표정은 묘하게 일그러졌다.

하하, 약주를 좀 하셨군요. 몇 층 누를까요? 십육층?

아 예, 고맙습…… 십칠층입니다.

사내가 엘리베이터 단추를 누르려고 올린 메마른 손가락 사이에는 비디오테이프가 잡혀 있었다. 나도 언젠가 본 적이 있는 〈새 도랜드〉였다. 영국인 독신 노교수와 암에 걸린 미국의 젊은 이혼녀 사이의 콧등 시큰한 최루성 영화였다. 이 늦은 밤 당신들은 그렇게 울고 싶은가? 십칠이라고 씌어진 번호에 불이 들어왔다. 문이 닫히자 사내는 다시 한번 오층 단추를 눌렀다. 그런데 해프닝은 거기서 끝나지 않았다. 십칠층에서 내린 나는 아내를 깨우지 않기 위해 조심조심 아파트 문 비밀번호를 눌렀다. 그런데 아내의 차 번호인 4869를 또박또박 눌렀지만 이상하게도 문이 열리지 않았다.

술에 취해 손이 떨려 중간에 번호를 놓쳤나 싶어 다시 눌러봤지만 마찬가지였다. 나는 심호흡을 한번 한 다음 손에서 가죽장갑을 벗고 다시 시도를 해보았다. 그러나 결과는 마찬가지였다. 다시, 또 다시, 또…… 나는 나의 인내력의 한계를 시험하는 셈 치고 손가락 관절이 얼얼해질 때까지 계속 눌러댔지만 헛수고였다.

이거 내가 집을 잘못 찾았나 싶어 뒤로 한 발짝 물러서 확인해보았지만 1703이란 번호는 틀림이 없었다. 그 순간부터 난 목덜미와 뒤꼭지에서 김이 모락모락 피어나는 느낌을 받았다. 갑자기 어깨로 문짝을 들이받고 싶은 충동을 느꼈으나 간신히 자제를 하였다. 그런데 매일 4869를 누르면 얌전히 열리던 이 문이 왜 이 고집불통이 되었단 말인가? 갑자기 4869라는 숫자가 이집트 피라미드에서 발굴된 해독 불가능의 암호처럼 완강하게 보였다. 숫자란 이래서 내게 젬병이었다. 나는 한 번도 숫자들과 친해본 적이 없었다니깐! 초인종을 누르고 잠자고 있을 아내를 깨우면 쉽게 해결이 될 문제 같기도 했지만 내 속에서 왠지 억누르기 어려운 오기가 자꾸 발동되고 있었다. 나는 현관 앞 층계참을 수십 번이나 왔다갔다했다. 별 이상한 상상이 다 발동되고 있었다. 혹시 내가 나가 있는 낮 동안에 무슨 일이 있었던 게 아닐까. 가령 아내가 나 몰래 떠버리고 웬 낯선 사람이 대신 이사온 것은 아닐까. 에이, 쓸데없는 상상. 문이 아예 고장이 난 건 아닐까? 그건 일말의 가능성이 있는 것 같긴 한데. 혹시 아내가 나 몰래 정부를 끌어들여 재미를 보느라 나를 막기 위해 일부러 번호를 변경시켜놓은 건 아닐까. 나는 머리칼을 쥐어뜯는 시늉을 했다. 머리칼을 쥐어뜯던 손을 내리며 천장을 쳐다보는 순간…… 아나나 다를까 내게 또 그 고소공포증이 히죽 웃으며 엄습해온 것이다. 앗, 내가 지금 자그마치 십칠층의 고공에서 지금 이 모양으로 다람쥐 쳇바퀴를 돌고 있단 말이지! 아으, 이거 미치겠는데. 갑자기 내가 서 있는 층계참이 십육절지만하게 졸아붙었다. 다리가 후들후들 떨리고 관자놀이께가 욱씬욱씬거리고 가슴이 답답해졌다. 더욱 가팔라 보이는 층계가 내 발밑에서 불쑥 솟아올라 이마빡을 칠 것만 같았다. 참, 이게 부실 아파트랬지. 앗, 저기 금간 벽이 보인다. 저게 확 쪼개져 내 가랑이 사이가 벌어지는 건 아닌가? 나는 더이상 참을 수가 없었다. 그 자리에 주저앉아 몇 번인가 엉금썰썰 기며 뺑뺑이를 돌았다. 눈앞에 아파트 문의 손잡이가 다시 보였다. 4869! 다시 도전해보는 수밖에 없었다. 나는 하는 수 없이 나를 향해 낄낄거리며 웃고 있는 듯한 그 난해한 숫자를 번호판에서 골라 다시 찍었다.

   그런데 이게 웬일인가! 그렇게 열리지 않던 문이 벌컥 열리는 거였다. 나는 쓰러지다시피 하며 문 안으로 쏠려들어갔다. 문이 등 뒤에서 스르륵 닫혔다. 훈훈한 공기가 언 코끝을 부드럽게 감쌌다. 바지 재봉선께를 슬쩍 붙잡고 구두 뒤축을 맞대고 벗으려는 순간 나는 뭔가 이상하다는 느낌을 받았다. 현관 오른쪽에 있어야 할 거실이 왼쪽에 펼쳐져 있는 것이었다. 내가 현관을 들락거릴 때마다 슬쩍 쳐다보던 큰 거울이 이번에는 왼쪽이 아니라 오른쪽에 붙어 있었다. 말하자면 공간이 좌우로 뒤바뀐 셈이었다. 내가 이렇게까지 취했던가! 환장하겠네. 내가 집을 잘못 찾아들었다는 것을 분명히 확인시켜준 풍경은 소매가 없어 겨드랑이까지 파인 윗옷 바람으로 홀연히 내 앞에 나타난 아내가 아닌 여자였다. 짧은 반바지 때문에 고속도로처럼 쭉 뻗은 미끈한 다리가 드러나 보였다. 나는 눈을 찡그리다가 손등으로 썩썩 부비고 쳐다봤지만 틀림없이 아내가 아니고 오미란 그 여자였다. 되레 당황한 쪽은 나였다. 자다 나온 듯한 여자는 고개를 한번 갸우뚱거린 다음 태연한 표정으로 입을 열었다.

아저씨가 우리집엔 웬일이세요? 이 밤중에……

그걸 난들 어떻게 알겠는가? 나는 아무 말도 못하고 황급히 돌아서며 구두를 다시 꿰려고 했지만 정신이 없어서 그런지 구두가 자꾸 요리조리 도망을 갔다. 어차피 개망신은 맡아논 당상이었다. 나는 아무렇게나 주절거렸다.

이거 죄송스러워서…… 진짜 고의는 아닙니다. 순전히 실수…… 우연히 우리집 차 번호하고 댁 전화번호가 일치했던 모양입니다. 정말……

전 괜찮아요. 바쁘시지 않다면 아저씨한테 차 한잔 정도는 접대할 수 있는데요, 아흠.

차요……?

나는 돌아서서 멍한 표정으로 여자를 쳐다봤다.

그래요, 차요. 후후 당황해하지 마세요. 사냥꾼은 원래 품안에 들어온 참새는 잡지 않는다고 하잖아요.

내가…… 참새……?

팔짱을 낀 채 빙긋이 웃는 여자한테서는 작작한 여유감이 풍겼다.

아닙니다…… 바빠서요……

그건 최악의 대답이었다. 뱉어놓고 나서야 나도 그걸 깨달았다.

그럼 안녕히 가세요……

구두 뒤축을 구겨신고 1704호의 문을 닫는 순간 나는 엘리베이터 문턱에서 누군가를 배웅한 뒤 돌아서는 아내와 딱 마주쳤다. 나는 냉동된 인간처럼 굳어버렸다.

당신 뭐예요?

집, 집을 잘못 찾아 들어갔어. 오핸 말어. 오층에 사는 중년 부부가 비디오 빌려갖고 오다가 내가 방금 엘리베이터 타고 올라오는 것을 봤으니 내일 물어보면 알겠지만.

그 중년 부부만 아니었더라면 난 아마 그 자리에서 단칼을 받았을 것이었다. 나는 일단 가슴을 쓸어내렸다.

쯧쯧, 한심하긴…… 그래도 구미호처럼 꼬리를 살살 치는 저년을 그냥 콱 한바탕 휘어잡아서 그 잘난 꼬리탕을 해먹을까부다, 그냥!

아내는 앞집 문 앞까지 쇄도해 가서 주먹을 불끈 쥐어 보인 다음 뒤돌아서 나를 쏘아보며 혀를 끌끌 찼다.

근데 왜 사팔육구가 듣질 않는 거야. 그것 때문에 한참 뺑뺑이를 돌다가 헛갈리는 바람에 앞집 번호판을 눌렀는데 하필 그 번호가 우리랑 같지 뭐야.

아. 문이 안 열리면 벨을 눌러서 나를 찾든가 해야지.

나도 모르겠어…… 근데 방금 간 사람이 누구야?

누구긴? 경비 최씨 아저씨지.

그 사람이 왜 밤늦게 찾아왔는데?

퇴근해 돌아와보니 집에 좀도둑이 들었더라구. 그래서 경비 아저씨가 다시 한번 와보고 돌아가는 길이지 뭐.

좀도둑? 베란다로 들어왔나?

그게 아니고 문을 따고 들어왔더라구. 다행히 경대 서랍에 있던 돈 몇 푼 훔쳐가는 데 그쳤지만 이거 어디 무서워서.

도둑이 번호를 어떻게 알았을까?

몰라. 번호를 알고 열었는지 아니면 비상열쇠 구멍을 쑤셨는지. 참 무서운 세상이야. 그런데 당신은 술이나 처먹고 다니고 잘 돌아가는 집구석이다!

그렇더래도 내가 오고 나서 번호를 바꾸든지 말든지 해야지 차암…… 뭘로 했는데?

뭐긴? 차 번호에서 전화번호로 돌려놨지 뭐. 빨리 샤워나 해요.

아내는 너무 의자에만 앉아 있어 펑퍼짐해진 엉덩이를 흔들며 안방으로 들어갔다. 나는 뭔가를 알았다는 듯 고개를 끄덕거렸다.

　내일은 술 먹지 말고 꼭 그 원격시동 장치 받아와요. 알았죵!

　아내는 잠자리에서 땀기가 밴 내 등을 살짝 꼬집으며 콧소리를
내었다. 나는 잠으로 빠져들면서 건성으로 응응 하였다.

　사호 그년이 당신이 매일 아침 시동 걸러 다니는 걸 보곤 당신
을 아주 만만하게 본 건지도 모른단 말예요. 사내 잡아먹는 덴 이
골이 난 계집이 틀림없어요. 원격시동 장치를 달면 집안에서도 가
능하니깐 아침에 그년을 마주칠 일도 없을 거예요. 알았죵!

　낙성대역을 빠져나오니 눈발이 희끗희끗 비치고 있었다. 나는
파카에 달린 뒷모자를 머리에 홀떡 뒤집어썼다. 그러곤 천천히 담
배를 꺼내 물었다. 아홉시 반. 아주 어정쩡한 시간이었다. 애니티
정밀전자 총무부 사람들은 지금 출근해 있을까. 내가 쭈뼛거리며
문을 열고 들어갔는데 만약 아침 회의를 열고 있으면 어떡하지. 그
들은 나를 한번 뿌려본 교환권을 악착같이 들고 온 찐드기처럼 쳐
다보지 않을까. 복잡한 절차를 밟는 척하며 나를 구석배기에 오 분
이고 십 분이고 본숭만숭 세워놓으면 내 얼굴근육은 또 얼마나 뒤
틀릴 것인가.

　나는 교환권 뒤의 약도를 슬쩍 쳐다본 다음 안주머니 속으로 아
무렇게나 구겨넣었다. 그러고는 낙성대 쪽을 향해 느릿느릿 발짝
을 떼기 시작했다. 눈발이 비듬처럼 허옇게 쌓여가는 낙성대 뒷산
의 등성이가 낮게 엎드려 있었다. 종아리에서 자꾸만 힘이 빠졌

다. 이렇게 불쑥 이 동네를 다시 찾게 될 줄이야!

애니티의 황차장이라는 사람은 아주 친절했다. 마침 전화를 받느라 나를 이삼 분 곁에 멀뚱히 서 있게 한 것에 대해 깍듯이 사과까지 했다.

"하이고, 이거 죄송함다. 전 황차장임다. 거래처 친구들이 계약서와 달리 단가 인하를 갑자기 요청해와서요, 손님 앞에서 목청을 높이는 실례를 저질렀습니다. 가만있어봐라, 미스 송 빨리 창고에서 물건 좀 가져오지그래?"

"손수 운전하세요?"

시동장치를 가지러 간 사이에 그가 물었다.

"아, 예……"

"그럼 뭐, 교통방송의 통신원이라도 하시는지요? 이 교환권은 우리가 교통방송에 서비스한 건데."

나는 얼른 둘러댔다.

"한글날에 전화 인터뷰를 했었지요…… 전 소설을 좀 씁니다. 아는 후배가 그곳에 피디로 있어서 우리말의 장점과 바람직한 씀씀이에 대해 몇 마디, 아는 것은 없지만…… 근데 이 동네는 별로 변한 것 같지가 않네요?"

"그렇죠. 곧 재개발될 겁니다. 아, 나왔네요. 성능 한번 끝내줄 겁니다. 국내 최고를 자랑하죠."

다리미 상자 크기만한 통을 열어 내용물을 점검한 황차장은 엄지손가락을 펴 보이며 환하게 웃었다. 나도 따라 웃었다. 상자 겉에는 미끈한 스포츠카 그림이 있었다. 안테나가 반뼘쯤 상자 모서리로 불쑥 치솟아 있었다. 나는 곤충의 더듬이같이 까만 안테나의 둥글게 말린 끄트머리를 손가락 끝으로 어루만지며 애니티 전자 건물 앞에 서 있었다. 바로 옆은 이십사 시간 편의점인 LG25마트였다. 나는 그 편의점 옆으로 길게 뻗은 골목을 들여다보았다. 줄이 축 늘어진 전신주가 군데군데 줄지어 있고 미장원이나 허름한 선술집 간판들이 을씨년스럽게 서 있는 그 골목을 목을 늘인 채 바라보다가 난 하마터면 눈물을 찔끔 쏟을 뻔했다. 그러고는 단단히 맘을 먹은 듯 뒤를 한번 돌아다본 다음 골목길로 저벅저벅 걸어들어갔다. 골목 어귀 전봇대 밑에서 뒷다리를 들고 오줌 줄기를 뽑고 있던 누런 개가 다리를 절룩거리며 도망쳤다.

약간 휘우듬하게 굽어 있는 그 골목길은 중간에 시옷자처럼 갈라져 있는 모양새였다. 사층짜리 경복여관은 그 갈라지는 지점의 왼쪽 골목에 있었다. 나는 지금도 구 년 전의 그 경복여관이 설마 있을까 하는 생각에 깨금발 뛰는 아이처럼 주춤주춤 발걸음을 밀고 나갔다.

구 년 전 난 낙성대 쪽으로 후문이 난 대학을 다니다 군 입대를 기다리며 휴학중이었다. 지금은 고시촌으로 변한 신림9동 꼭대기의 연립주택 지하에서 자취를 하고 있었다. 함께 자취를 하던 고등학교 동창 오철동이 노동 현장으로 들어간다며 나가는 바람에 하는 수 없이 선불로 낸 방세의 기한이 찰 때까지 기다렸다가 근처로 방을 옮길 생각이었다. 아침은 굶고 학교 식당에서 점심과 저녁을 사먹으며 끼니를 해결하는 처지여서 두 학기 연속 휴학중이었지만 학교 근처를 완전히 떠날 수는 없었다.

송탄 양공주촌 옆 시장통에서 막걸리 쉰내가 풍기는 선술집을 하는 어머니와 소식을 주고받은 지도 거진 일 년이 다 돼가고 있었다. 하나 있던 여동생 경희가 가출을 했다는 소식 이후 끝이었다. 걔가 어떤 길을 걸어갈지 대충 짐작이 되었지만 나는 무덤덤했다. 더이상 고향집과 연락을 두며 살고 싶지가 않았다. 모든 게 다 싫었다. 학교에도 뜻이 없었고 오직 군대에 들어가 차디찬 M16 소총을 끌어안고 팔꿈치나 무릎에 피가 배도록 빡빡 기고 싶은 생각뿐이었다.

마지막으로 집을 찾은 그해 겨울 아버지는 어느 집에서 쥐약에 중독돼 하천가에 내다버린 셰퍼드를 잘못 먹고 뻣뻣해진 채 방에 누워 있었다. 일평생에 걸친 허황한 방랑의 발길을 거두고 어머니 곁으로 돌아온 지 이태가 지난 때였다. 아버지는 나를 보더니 눈동자를 몇 번 굴린 뒤 숨을 멈췄다. 오열해줄 사람도 없는 비참한 죽음이었다. 동사무소에서 영세민에게 시립화장장까지 운반해줄 영구차용으로 내주는 낡은 트럭이 시장통에 세워져 있었다. 집 앞까지는 너무 좁아서 들어올 수가 없었다. 어머니가 꾸리는 선술집의 단골 외상 술꾼인 해병대 출신의 곽씨와 반장 차씨가 제대로 염도

하지 못한 시신을 흰 천에 둘둘 말아 옻칠도 않은 얄팍한 나왕관에 담아 채소 운반용 손수레에 부렸다. 나도 달라붙어 시장통 타이탄 트럭 앞까지 밀고 갔다. 그때도 눈발이 날리고 있었다. 나는 모처럼 만에 따뜻한 눈물을 흘렸다. 뺨이 너무 얼어 있어 그렇게라도 하지 않으면 언 살이 터져버릴지도 모를 일이었으니까.

철우야, 네 애비가 약 먹기 전에 송탄댁을 무척 원망했단다. 화냥년이라구…… 그럴 리가요? 젊고 창창하던 시절을 어디다 다 쏟아버리고 쭉정이 몸으로 돌아온 아버지를 거둬준 것만 해도 엄마한테는 그게 어딘데요? 아버지가 무슨 권리로요? 말도 안 돼요. 만에 하나 엄마가 그랬다 쳐도 아버진 의처증을 가질 자격도 없어요. 하긴 그래…… 우리가 보기에도 괜한 의처증이긴 했지만서두…… 쩝쩝. 그런 세상은 나에게 아무런 가치가 없었다. 그러나 나는 세상을 저주하는 따위의 어리석은 마음을 품진 않았다. 아마 그랬다면 난 그 자리에서 미쳐버렸을지도 모를 일이었다. 나는 다만 조용히 소멸하고 싶을 따름이었다. 안 보면 되지 않는가. 내가 세상을 그리고 세상이 나를.

온기가 채 가시지 않은 잿빛 뼛가루를 야산 풀섶에 아무렇게나 흩뿌린 나는 도망치듯 서울로 올라와 지하방에서 밤낮을 잊은 채 누워 있었다. 시간 감각이 없었다. 며칠이 흐른 것 같기도 하고 한나절쯤이 지난 것 같기도 했다. 머릿속은 내내 몽롱한 상태였다. 그런데 누군가 나를 흔들어 깨웠다. 오랜만에 방안에 조명이 들어와 있어 이불 속에서 고개를 내민 나는 눈을 잔뜩 찌푸렸다.

이 짜식이 죽으려고 작정을 했나? 온기도 없는 방에서 뭐하며 뒤쓰고 있는 거야 응?

회색 파카에 검은 장갑을 낀 사내 둘이 내 겨드랑이에 손을 넣어 나를 일으켜세웠다. 내 겨드랑이에 꽂힌 사내들의 손이 무척 따듯하게 느껴졌다. 두 사내 사이에 나는 바비큐처럼 달랑 매달렸다. 다리오금이 펴지지 않아서였다.

이거 어떡하죠? 이 자식 지금 형편없는데요. 우리가 잘못 짚은 거 같아요. 괜히 저렇게 죽을 매골을 뒤집어쓰고 있는 놈을 섣불리 데려갔다가 송장 치우는 꼴 나면 골치 아프잖아요?

나 참, 그래도 상부 지시니깐 끌고는 가봐야지.

나는 아기처럼 한 사내의 넓적하고 폭신폭신한 등에 업혔다. 당장 그 등이 나를 업어다 칠성판 위에 누일지라도 체온이 와 닿는 그 등짝이 우선은 반가웠다. 그러나 그들은 나를 호되게 고문하지 않았다. 하룻밤 내복 바람으로 시멘트 바닥 위에서 잠을 재우지 않았을 뿐이었다. 물론 쇠약해질 대로 쇠약해진 나에게 그것조차도 큰 고문이 아닐 수 없었다. 중간에 나를 데려오라고 했다는 사람이 들어와보고는 혀를 끌끌 차며 엄지손가락을 아래로 꺾었다. 풀어주라는 손짓 같았다. 복도에서 그들이 주고받는 말이 다 들렸다.

아니, 그냥 풀어준단 말입니까?

그래그래, 너희들 고생했다만 저걸 으쩌냐? 몇 끼 더 멕이고 도

376

루 원위치에 갖다놔!

　우리가 자선사업가도 아니고 이거 참……

　보내기 전에 한번 물어보기나 하든지 그럼.

　예, 알겠습니다. 운이 정말 좋은 놈이네요. 여기 들어와서 똥물 토하지 않고 나간 놈이 없는데……

　나를 오랜만에 따뜻한 침대에 누인 뒤 처음엔 미음을 주더니 세 끼 착실하게 식사를 주문해주었다. 사흘째 되는 날부터 나는 기운을 차리고 사람 꼴을 회복했다. 그들은 나에게 모나미 볼펜과 갱지 한 묶음을 던져주며 대학 입학 때부터 지금까지의 행적을 낱낱이 쓰라고 했다. 책상을 쾅 내리치며 겁을 주긴 했지만 형식적으로 받아두려는 기색이 역력했다. 나는 생각나는 대로 써내려갔다. 가장 최근의 일이라는 것도 적어도 반년 이상 된 낡은 얘기들뿐이었다. 3학년 일학기부터 야학팀을 한다며 나와 있다가 그 팀이 깨지는 바람에 나는 어정쩡하게 겉돌고 있었기 때문이었다.

　너 우리 망원 봐줄 마음은 없냐? 프락치 알지? 우리가 활동비로 두툼하게 줄게. 나중에 잘만 하면 너 같은 좋은 대학 나온 놈은 우리가 기관에 추천해서 특채까지 한다 너! 기관이 밖에서 보는 것하고 정말 달라. 우리도 꼼짝 못하는데 뭘. 아주 훌륭한 대기업이라고 보면 돼. 강요는 아니다 너. 특채 구멍 보구서 우리한테 줄 서는 애들도 수두룩하다구.

　사내는 홀어머니와 자기 마누라의 불화 때문에 미치겠다는 신세타령까지 곁들여가며 쉼없이 떠들었다.

오호라, 근데 너 군대가냐? 영장은 나왔구?

자술서를 훑어보던 사내가 고개를 끄덕이며 물었다.

예······

으이그, 그 몸으로 군대가서 잘도 버텨내겠다 쯧쯧. 가기 전에 영계백숙이라도 한 스무 마리는 고아먹어야지 힘을 쓰지. 근데 너 정말 노진혁이라고 모르냐? 그애 본명이 뭔지 모르냐구?

사내의 눈이 한순간 번득였다. 혹시 있을지도 모를 소득을 놓치지 않으려는 직업적 본능이었다. 나는 눈을 껌벅이며 한참 동안 대답을 안 했다.

노진호요?

아니, 노진혁. 우리가 거시키 빠지게 찾고 있는 놈이야. 우린 네가 알고 있는 것 같아서 데려온 거지. 그놈이 뭔가 엄청난 조직을 꾸미고 있다는 정보가 있거든. 뭐라드라······ 약방의 감초인 민주주의 어쩌구 하면서 구국학생전선이래든가? 근데 운동권 애들은 거 이름들을 왜 그렇게 길게 지어? 티를 내는 것도 아니고 말이야, 에잉. 노진혁이가 거시키라며? 거 뭐라더라······ 그래, 노동계급의 진짜 혁명가의 줄인 말이라며? 걔가 내세우는 게 북쪽 김일성이의 주체사상이래나 그렇다는구면. 그게 도대체 말이나 되는 소리야! 나 원 참, 세상 어떻게 돌아가는 것인지······

그는 나를 승용차에 태워 장승백이에 내려놔주었다. 나는 거기서 신림동 꼭대기까지 걸어갔다. 그 썰렁한 지하방으로 들어가기가 죽기보다 싫었지만 어쩔 수 없었다. 그러나 부엌으로 들어서는 순간 따스한 불기가 내 뺨을 어루만졌다. 분명 잘못 들어온 건 아닌데. 방문 앞에는 눈에 익은 단화 한 켤레가 놓여 있었다. 나는 문을 벌컥 열어제쳤다. 세상 모르고 곯아떨어진 사람은 예숙이였다. 전기밥솥에 들어온 빨간 불을 보는 순간 나는 내 몸의 일부가 녹아내리는 느낌을 받았다. 내 방이 아닌 것 같았다.

예숙이는 같은 패밀리 소속이었다. 내가 야학팀으로 일찍 패밀리를 정리한 데 반해 예숙이는 패밀리 재생산을 책임지고 있었다. 여자면서도 사회과학 이론에 가장 밝고 후배 통솔력뿐 아니라 운동가로서의 자질이 뛰어나다고 보아 선배들이 그에게 조직을 맡긴 것이었다. 돈도 떨어지고 주인도 그만 나가달라는 눈치여서 이래저래 오도 가도 못하게 된 나에게 예숙은 일거에 해결 방책을 마련해주었다. 내 사정을 꿰뚫어 본 그는 뭔가 생각하는 기색이더니 다음날 다시 올 테니 짐을 싸두라고 일러두었다. 경복여관과 고등학생 과외 자리가 그것이었다.

예숙이는 대학 시절 내가 함께 자고 싶다는 느낌을 받은 유일한 여자였다. 주변에서도 선후배 가릴 것 없이 모두 예숙이를 좋아했다. 인순이를 연상케 하는 까무잡잡하고 끼 있어 보이는 얼굴, 그동안 가투에서 한 번도 달려가지 않은 뛰어난 상황판단과 그것을 뒷받침하는 늘씬하고 탄력적인 두 다리와 적당히 때가 오른 흰 운동화, 남학생 못지않은 입심과 주량, 아직 아무도 자신의 집에 초대한 적은 없지만 중산층 출신들한테 종종 풍기는 삶에 대한 넉넉하고 천진난만한 전망 등은 무엇에 비할 수 없는 그녀만의 장점이었다. 난 그 장점을 사랑했지만 그녀에 비하면 너무나 열등한 수컷이어서 꿈속에서나 예숙이를 만나는 게 유일한 행운이라면 행운이었다. 꿈속에서조차 그녀를 함부로 다룰 순 없었지만.

예숙은 경복여관이 자신의 큰외삼촌의 사촌처제 남편이 하는 곳이라고 말해주었다. 그러나 나는 경복여관의 입구 카운터를 보고 있는 모들뜨기 사내를 보는 순간 예숙의 얼굴을 퍼뜩 떠올렸다. 그리고 그가 바로 예숙의 친오빠임을 직감했다. 내가 들이민 예숙의 쪽지를 본 사내는 눈가를 살풋 구기며 나를 빤히 올려다봤다. 나는 짐짓 외면을 하며 카운터 창 위에 붙은 종이만 바라보고 있었다.

……인화성이 높은 물질을 허락 없이 소지 및 은닉한 자.

2. 용모가 불량하거나 남에게 혐오감을 주는 언행을 일삼는 자.

3. 타인에게 옮길 우려가 있는 이급 이상 법정 전염병에 감염된 자.

4. 대한민국의 국체를 부정하고 미풍양속을 해치는 불온한 사상에 물든 자로서 동 내용이 담긴 책자나 전단의 소지 및 살포, 전파의 우려가 현저한 자는 즉각 퇴거를 강제할 수 있다.

모들뜨기 사내는 내 이불보따리와 보자기로 싼 책더미를 쳐다보더니 아무 말 없이 주전자와 엽찻잔이 엎어져 있는 쟁반을 들고 나를 사층의 제일 끝방인 508호로 안내했다. 말이 여관이었지 경복여관 시설은 거의 여인숙 수준이었다. 낡은 텔레비전 한 대, 다리 하나가 기울어진 밥상만한 탁자, 그리고 윤때가 반짝거리는 색동이불 한 채가 방구석에 덩그러니 놓여 있었다. 그리고 세면장이나 화장실은 각 층마다 공동으로 사용했다.

방구들은 발바닥을 대고 오래 있지 못할 정도로 따끈했다. 얇은 벽으로 막힌 옆방에서 젊은 여자의 키득거리는 소리가 들렸다. 나는 털썩 무릎을 꿇었다. 그러고는 책보자기 속에서 부리나케 책 한 권을 툭 빼들었다. 도스토예프스키의 『지하생활자의 수기』였다. 나는 그 책이 성경이라도 되는 양 갈피 속으로 코를 들이박고 웅얼웅얼 소리내어 읽기 시작했다. 뭔가 몰두할 대상이 있어야 했던 것이다.

그러나 곧 그럴 필요가 없어졌다. 낡은 텔레비전의 화면은 의외로 깨끗했고 이십사 시간 국산 포르노를 틀어주었다. 두어 시간쯤 보니깐 진력이 났지만 며칠 뒤 나는 십여 개의 테이프가 번갈아 나온다는 사실을 알아챘다. 첫날 밤 책보자기를 베고 누워 빗자국이 알록달록 번진 천장을 바라보고 있자니 소주 생각이 간절했다. 그때 노크도 없이 뜻밖의 방문객들이 들이닥쳤다. 나는 자리에서 벌떡 일어났다.

　당, 당신들 뭐요?

　히히, 놀라지 말구요. 우린 무서운 사람들이 아니니깐.

　맥주에 감았는지 보글보글 볶은 머리칼이 뇌랗게 되고 란제리만 걸친 젊은 여자와 두툼한 광대뼈 위로 앙증맞도록 작은 철테안경을 쓴 사내가 노란 비닐봉다리를 들고 서 있었다. 사내가 입술을 걷어올리며 웃자 윗니가 두 대나 빠진 부분이 동굴처럼 우묵하게 드러났다.

　들어가도 되쥬?

　나는 대답을 안 했다.

　이 아저씨 억수로 순진해 보이네, 그차? 다름이 아니꼬 입방식 기념하는 신입식이라예.

　경상도 사투리를 쓰는 여자의 이름은 미라였고 남자는 동식이라고 자기 이름을 소개했다. 나는 갑자기 가명이 생각났다.

　난 진혁이라고 하는데……

　봉다리 속에는 사 홉들이 진로소주 한 병과 오징어 한 마리, 그리고 새우깡 한 봉지가 들어 있었다. 그것을 보는 순간 나는 긴장이 확 풀어졌다. 무릇 사람이 먹을 만한 술과 안주였던 것이다. 눈물이 왈칵 쏟아지려는 것을 참으며 나는 그 대신 그들에게 예숙이가 안겨주고 간 은하수 한 보루의 첫 갑을 미련 없이 물어뜯었다.

　사당 쪽 네거리에 있는 쥬단학 대리점에서 최고급 화장품 세트

를 당당하게 사보는 게 소원인 미라는 경복여관을 숙소로 삼는 창
녀였고 나보다 두 살 많은 동식은 경복여관의 지하방에 합숙을 하
는 창녀들이 시인이라고 불렀다. 하지만 내가 보는 첫인상으로 창
녀들에게 빌붙어 편지도 대신 써주고 주정이나 화투 상대도 돼주
고 사는 가당찮은 사기꾼 같았다.

이 시인 오빠는 나 아이믄 당장이라도 마 칵 쫓기난다 아입니
꺼. 안 그래예?

맞다, 맞아. 너 아니면 내일이라도 길거리 신세지. 니 빽 때문에
내가 생목숨을 이렇게 부지한다 하하.

미라는 자신이 열아홉이라고 했다. 얼핏 보기에도 그보다는 훨
씬 더 먹어 보였다. 나는 작년에도 그리고 내년에도 그녀의 나이가
부동의 열아홉 살이 될 거라는 걸 알았다. 마산에서 갓난아이 때
열차간에 버려져 대전 근교의 고아원에서 열네 살 때까지 자랐다
면서 어떻게 마산 지역 사투리를 정확히 쓰느냐고 물어보니, 일부
러 익혔다며 씁쓸하게 웃었다. 자기가 버림받지 않았다면 그런 말
투를 썼을 거라며 자신은 팔도 사투리를 다 구사한다고 자랑삼아
말했다. 사 홉들이 술병이 거의 비어갈 무렵 문이 또 덜컹 열렸다.
그 모들뜨기 사내였다. 사내는 담배연기가 자욱한 방안을 한참 말
없이 바라보다가 문을 도로 닫았다. 그러자 미라가 허리를 뒤로 꺾
으며 큰 소리로 깔깔거렸다. 빙신이라예, 빙신.

나중에 안 일이지만 미라는 그 모들뜨기의 정부情婦 노릇도 겸

하는 눈치였다. 동식이 몇 달 치 방값이 밀리고도 쫓겨나지 않을
수 있었던 것도 다 미라 덕인 것 같았다.

내가 경복여관에 머무는 동안 예숙이가 찾아온 것은 딱 한 번이
었다. 거의 자정이 가까운 시각이었다. 방문을 두드리는 소리가 들
려 열어보니 고동색 반코트를 입은 예숙의 뒤에 키가 구부정하고
안색이 해쓱한 남자가 따라붙어 있었다. 수염이 웃자란 그 남자의
낯이 좀 익었지만 생각이 나지 않았다.

들어가도 되니?

나는 물론이라는 말 대신 고개를 끄덕여 보였다. 나는 책을 놓
고 읽고 있던 상을 밀치고 누비요 위를 공손히 가리켰다. 목도리를
두른 남자의 몸에선 좋지 않은 냄새가 났다. 나는 그 냄새에서 갑
자기 그가 노진혁일지도 모른다는 생각이 들었다. 예숙이 멍한 눈
빛으로 나를 쳐다봤다. 나는 그 뜻을 알고도 남았다. 나는 담배만
챙긴 채 후닥닥 옥상으로 올라갔다. 옥상의 환한 네온사인 입간판
에 경복여관 네 자가 빛나고 있었다. 그러나 쪽문 앞에 선 나는 깜
짝 놀라지 않을 수 없었다. 옥상에는 나말고도 여남은 명의 사람들
이 우세두세 모여 있었던 것이다. 나는 가슴이 덜컥 내려앉았다. 무
슨 일인가? 네온사인 입간판 앞에 앉아 있던 사내가 나를 불렀다.

김형, 이리 좀 오슈!

시인이었다. 다가간 나에게 그는 소주잔을 건넸다.

한잔허슈!

무슨 일이 있습니까? 왜 사람들이 이렇게 많이 여기에……?

주인 남자가 그러는데 임검 나온답디다.

임검이요?

시인이 목소리를 낮췄다.

짭새들이 용돈이 떨어진 모양이오. 뭐 시간 있으면 될 테니 춥더라도 소주로 한기를 끄면서 기다립시다. 여기 나와 덜덜 떠는 사람들은 다 뒤가 켕기는 사람들이라오. 떠돌이 날품팔이 들이니깐. 뒤지면 장물 하나 안 나오는 방 없고 과거에 뒤 구린 일 하나 얽히지 않은 사람이 없으니깐.

사람들이 순번이라도 정한 듯 규칙적으로 시인 앞에 와 소주잔을 뒤집고 갔다. 나는 그제야 508호 방문 앞에 나와 섰을 때 복도가 왜 그리 고요하고 각 방 앞에 신발들이 게눈 감추듯 깨끗이 사라졌는지 알 수 있었다.

이게 뭔지 알우?

시인이 네온사인을 손톱으로 툭툭 건드렸다. 나는 눈을 찡그렸다. 먼지가 뽀얗게 앉은 한 곳에 누군가 매직 글씨를 휘갈겨놓았다. 한자였다.

한번 읽어보시겠수?

경, 복, 여, 관……

입으론 그렇게 읽었지만 한자가 좀 색달랐다. 고래 경鯨자에 배복腹자였다.

고래 뱃속!

후후, 맞혔군요. 여기가 바로 뱃속, 고래 뱃속이지. 세상 밖으로 쫓겨난 사람들이 모이는 곳, 바로 고래 뱃속이라우. 커어, 우리는 삼켜졌지만 이렇게 살고 있지. 세상은 우리를 버렸지만 우리는 이렇게 세상을 버리지 않았으니……

도대체 당신 누구요?

나는 용기를 냈다.

나요? 나, 고래 잡으려다 집어삼켜진 하찮은 사람일 뿐 아무것도 아니지.

물, 뜨거운 물 없소? 영 떨리고 오한이 나서리.

그때 천식이 심한 박영감이 다가왔다. 곰배팔이인 그는 종이나 고철줍기로 연명하고 있었다. 복도 끝에 커다란 온수통이 있었다. 내가 나섰다.

제가 다녀올게요. 전 뭐, 괜찮을 테니까요.

그러겠수?

나는 주전자에 팔짱을 끼고 호주머니에 손을 집어넣은 채 옥상 쪽문을 열고 밑으로 살금살금 내려갔다. 층계를 내려서 모서리를 막 도는 순간 삼층에서 올라오는 모들뜨기와 눈길이 딱 마주쳤다. 나는 고개를 까딱 흔들어 인사를 했다. 그러자 그는 난간을 잡고 뭐라고 알 수 없는 목소리로 중얼거리더니 그대로 내려가버렸다. 온수통은 바로 508호 내 방 맞은편에 있었다. 나는 〈정무문〉의 이

소룡처럼 까치발로 소리 죽여 걸어갔다. 그러나 쿵쾅거리는 심장 박동 소리 때문에 내 발소리가 울리는지 마는지 알 수가 없었다. 나는 스테인리스 온수통 앞에 물을 받기 위해 쭈그리고 앉았다. 그 때 내 방에서 무슨 소린가 새나왔다. 그게 무슨 소린지 난 지금도 정확히 기억하지 못한다. 여자의 신음소린지, 남자의 말소린지, 싸우는 소린지, 난 모른다. 더 들을 수도 없었다. 나는 아랫배에 힘을 잔뜩 주었고 온수통 꼭지를 할퀴듯 잡아채 틀었다. 주전자에 물이 넘치는 바람에 손등을 약간 데기도 했다. 그러고는 부리나케 옥상 쪽을 향해 뛰었다.

짭새가 잡습디까?

내가 숨을 헐떡거리자 누군가 물어왔다. 나는 고개를 좌우로 흔들었다. 잠시 후 누가 뒤에서 팔짱을 껴왔다. 미라였다.

나 드디어 선녀미용실에서 파마했어예!

그래, 이쁜데 헉헉.

나는 시인한테서 소주잔을 받아 연거푸 뒤집었다. 소주가 싱거웠다. 그날 새벽 나는 경복여관에 온 지 처음으로 철제 비상계단을 통해 미라의 지하방에 내려갔다. 물론 살을 섞기 위해서였다.

나는 모질게 힘을 썼다. 온 방안이 진짜 고래 뱃속처럼 축축하고 울렁거리도록. 그러고는 나동그라졌다. 그러자 보드라운 젖가슴이 땀에 젖은 얼굴 위에 얹혀졌다. 나는 의식이 가물가물해졌다.

불러, 불러어예!

귀에 대고 속삭이는 소리가 들렸다.

어, 어무이…… 흑흑……

나는 못나게도 가느다란 울음을 터뜨렸다. 숨이 막혔다.

그래 우리 애기야 또, 또오 부르거래이!

예, 예숙아!

옹야 참 착하구나. 또, 또오!

나는 까칠한 혓바닥으로 몇 사람의 이름을 더 핥아내다가 잠의 수렁에 덜컥 빠져들었다. 아주 깊고 또 단잠이었다. 그리고 그 속에서의 잠은 너무도 황홀했다. 캄캄한 통로를 지나 나는 드디어 고래 뱃속을 빠져나오는 데 성공했다. 망망대해였지만 나는 두려움이 없었다. 주위는 햇빛으로 환했다. 그렇게 환한 꿈은 또 난생처음이었다. 미끈덩거리는 내 발밑에 커다란 고래 한 마리가 바다 위로 솟구쳐나와 헤엄치고 있었다. 고래는 내 말을 순순히 따르고 있었다. 내가 고래를 잡은 것이었다. 참으로 아름다운 밍크고래였다.

내가 그 경복여관에 머문 것은 보름이 채 안 되는 기간이었을 것이다. 입영 날짜가 한 달 가까이 남아 있었고 십오만원이나 선불로 챙긴 과외 자리는 고2짜리 계집애가 가출을 하는 바람에 두 번 나가고 돈만 고스란히 굳었다. 나는 밍크고래를 잡는 꿈을 꾼 지 며칠 뒤 508호에 짐을 고스란히 놔두고 송탄행 기차에 몸을 실었다. 경복여관에 있을 땐 잘 몰랐지만 나오고 나니 내가 거기서 상당히 마음의 상처를 치유받았다는 사실을 깨달았다. 기차간에 앉은 내 무릎에는 어머니에게 줄 쥬단학 화장품 세트 선물이 놓여 있었다.

"쉬고 갈라우, 아니믄 잘 거우?"

그 카운터에는 모듬뜨기 사내도 품행 불량한 자에 대한 조악한 경고문도 없었다. 파마를 한 중년의 아주머니가 옥니를 드러내며 물었다. 오전부터 웬 여관을 찾느냐는 표정이 역력했다.

"쉬기도 하고…… 잠은 나중에 잘 수도 있고……"

"그럼 삼층으로 올라가슈. 내 곧 뒤따라갈 테니. 일단 쉬는 걸루다 하고 선불 내슈. 오늘은 대목이어서 지금부터 방 차지는 어려울 거유."

"오층은 없나요?"

"거긴 딴 데유. 손님 재우는 데 아니니깐."

경복여관 자리의 건물은 외벽에 입힌 흰 타일만 벗겨내면 옛 모습 그대로일 것 같았다. 간판은 일화장으로 바뀌어 있었고 내부 시설도 여관급은 돼 보였다.

"색시 댈라우?"

나는 고개를 끄덕였다. 옥니가 굶주렸구먼 하는 표정으로 씨익 웃었다. 나는 맥스콘 상자를 발치에 놓고 앉아 여자가 오길 기다렸다. 그러나 여자는 오지 않았다. 상자 겉에 영어로 씌어진 맥스콘의 성능과 장점을 수십 차례 되풀이 읽고 났을 때쯤 해서 카운터에서 전화가 왔다.

"애덜이 아직 잠에 취해서 암만 흔들어두 깨나야 말이쥬. 이따 열두시쯤 되믄 밥 생각들 나서 몇은 일어날 텐디, 당장 못 참을 정도로 급헌 게 아니라믄 그때 가서 방안에 있는 수화기를 드시구래."

"예……"

—놀랄 만큼 효과적인 원격 시동거리, 간단한 설치 및 조작, 전천후 작동 능력, 완벽한 경보장치, 확실한 고음의 경보음, 훌륭한 외관, 고감도 터치 센서……

아직 자동차에 장착하지 않은 맥스콘이지만 곧이라도 공중에 떠돌아다니는 전파를 흡수해 삑삑거리며 울 것 같았다. 나는 구중중해 보이는 베개 대신 맥스콘 상자를 베고 누워 억지로 잠을 청했다. 간밤에 잠을 설쳐서 그런지 벅벅하던 눈을 한동안 붙이고 있자 그런대로 소르르 잠이 쏟아질 듯도 했다. 내 목덜미에서 점점 힘이 빠져나갔다. 얼라, 이런 식의 잠은 곤란한데…… 그래, 그렇더라도 한 번만 더 그 밍크고래 꿈을 꿔보자! 어쩌면, 어쩌면……

하지만 그게 얼마나 억지인지는 누구보다 내가 더 잘 알았다. 그래도 비몽사몽간에 오사리 잡탕 꿈을 꾸다 요란한 전화벨 소리에 퍼뜩 윗몸을 일으켰다.

"인자 아가씨 올려보낼까유?"

"으음, 냅두슈. 다 쉬었시다."

방은 절절 끓었지만 이불을 덮지 않고 누워 있어서 그런지 코안이 맹맹해왔다. 감기 초기 증상인지도 몰랐다. 나는 잠결에 일어나 서둘러 신발장에서 구두를 꺼냈다. 그러고는 아래층으로 허청허청 내려갔다. 카운터를 막 지나치는 순간 맥스콘이 떠올라 주춤거렸다.

"왜 그러시우? 뭐 빠뜨렸수?"

나는 관자놀이에 검지손가락을 대고 뭔가 생각하는 척하다 그대로 몸을 빠져나왔다. 밖에 나와 보니 이미 눈발은 그쳐 있었고 언제 그랬냐는 듯 맑은 해가 비추고 있었다. 나는 아내에게 전화를 걸어야 한다고 생각했다. 길가 미니 슈퍼 옆의 공중전화를 붙들었다.

"수고하십니다. 대부계 엄대리님 부탁합니다. ……나야. 여기? 공중전환데…… 응응, 근데 내가 그 맥스콘…… 있잖아 원격시동. 그래…… 그거 찾아갖고 지하철 이호선 탔다가 깜빡 실수로 잠이 드는 바람에 서울을 한 바퀴 돌았거든…… 그래…… 놀라서 황급히 내리다가 미처 선반에 올려놨던 맥스콘을 못 챙겼어. 나참……"

나는 아내가 크게 실망해서 몹시 다그칠 줄 알았다. 그러나……

"아유, 그거 신경쓰지 말고 빨리 우리 은행 앞으로 오기나 해. 같이 타고 들어가게. 이미 떠나간 지하철을 쫓아가서 붙들 거야, 말 거야? 오늘 토요일이잖아. 빨리 이마트 가서 일주일 치 장 보고 또 오늘 친정 울 엄마 오신답디다. 당신 장모가 온다는데 준비 좀 해야지. 안 그래?"

"그래? 그야 당연하지. 잘됐네. 그런데 내가 맥스콘 잃어버렸다는대두 괜찮아, 당신?"

"당신 칠칠치 못한 게 어디 어제오늘 일이우? 내가 당신의 그 어쩔 수 없는 무능함까지 좋아하다보니 오늘날까지 이 모양 이 꼴 아니우, 호호."

아내는 무슨 일인지 몰라도 기분이 좋은 것 같았다. 다행이다 싶으면서도 나는 힘없이 수화기를 내렸다. 나의 무능함마저 사랑하는 아내라니! 그런 여자와 내가 불화한다는 것은 애시당초 불가능하다는 생각이 들었다. 하지만 불화가 불가능하다는 것, 그것이 어찌 새로운 절망의 시작이 아닐 수 있으랴! 왜일까? 내가 한때 뭔가와 불화했거나 적어도 불화하는 시늉을 했을 때, 사실 그것은 거꾸로 세상과의 화목을 목마르게 꿈꾸었기 때문이 아닐까? 경복여관에서처럼. 하지만 이제 경복여관을 또 어디 가서 찾는단 말인가!

(1996)

392

신풍근배커리 略史

　끈적해 보이는 아스팔트에서 올라오는 복사 열풍이 보도블록 위에 서 있는 사람들의 얼굴로 밀려들었다. 가로수는 잎이 제법 무성한 플라타너스였지만 그늘은 기껏 네댓 사람이 들어설 만했다. 그 안에 늦더위 때문에 기운이 빠진 사람 예닐곱 명이 옹기종기 쪼그리고 앉아 빨간 고딕체 글씨로 돌산종점이라고 새긴 마을버스 표지판을 힐끔힐끔 쳐다보고 있었다. 콘크리트를 개어넣어 배가 불룩해진 육면체의 녹슨 쇼트닝 통에 해바라기처럼 박힌 둥근 표지판 아래쪽에는 '나는 오늘 헤어센스에 간다'는 미용실의 광고문구가 있었지만 새로 생긴 탕수육 전문 체인점 광고 스티커에 가려 '헤어'자는 아예 보이질 않았다.

　조금이라도 그늘을 밟고 가려던 사람들이 가로수 밑에 죽치고 앉아 발치에 툭툭 차이는 이들을 피해 가느라 한 번씩 양미간을 찡

그랬다. 재덕은 가로수 오른편으로 네댓 발짝 떨어져 서서는 버릇처럼 몇 번이나 긴 모자챙을 지그시 다져 눌렀다. 표지판 바로 앞에는 주름치마를 입은 중년 여인이 물방울무늬가 어룽진 양산으로 햇빛을 가리고 두 발끝을 가지런히 모은 채 곧 도착할 마을버스의 첫 순서를 기다리고 있었다.

"어휴, 우리 애기 땀띠 좀 봐."

젖살이 한창 도톰하게 오른 걸로 봐 첫돌배기쯤 된 듯한 아이를 가슴팍에 안은 젊은 엄마가 아이의 목덜미를 손등으로 연신 훔쳐 종아리가 껑충 드러난 면바지의 재봉선에 닦으며 중얼거린다.

"빌어먹을 차는 왜 이리 안 온디여, 그저 확……"

가로수 그늘 아래에 남방의 윗단추 두 개를 풀어헤친 채 앉은 사내가 신경질이 잔뜩 묻어난 억양으로 투덜거렸다.

"방금 뒤꽁무니 내빼고 떠나버리는 걸 같이 봤으면서두 그래쌓네……"

잠에 빠져 고개가 자꾸 처지는 아이의 턱을 어깨 위로 추스른 젊은 여자가 사내에게 곱지 않은 눈길을 던지며 대꾸했다. 사내는 턱을 밑으로 잡아당겨 눈을 치뜨고 가래를 돋워 뱉은 다음 앉은 다리를 빼 구두 바닥으로 쓱쓱 비볐다. 남자는 광대뼈가 불거진 마른 체격이었지만 여자 쪽은 어깨가 딱 바라진데다 살푸둥이가 좋았다. 두 사람의 억양과 얼굴이 재덕에게 낯설지 않았다. 재덕은 자신과 언뜻 마주친 사내의 눈길이 목덜미께를 칙칙하게 감아도는 느낌을 받았다. 그렇지, 공작이발소에서 한 번 밥사발을 엎어쓴 듯이 촌스럽게 깎은 적이 있었지…… 공작이발소는 재덕의 할아버지 빵집에서 한길 따라서 겨우 네댓 집 아래쪽이었다.

"근디 잔돈이 호주머니에 달랑 오백원밖에 없어. 팥빙고라도 하나 사면서 구멍가게서 잔돈 거스를까봐."

"더운데 괜한 안달일랑 하덜 말어. 운전하는 신씨하고 박씨하고 우리집에서 싸비스로 면도 싹 하고 간 게 며칠 돼부렀다고 그깟 차비 갖고 실갱이겠어? 안 그래? 잠자코 나한테 맡겨둬."

"그래두……"

다소곳해진 여자가 아이의 머리를 반대편 어깨로 옮겨놓으며 땀에 헝클어진 머리카락을 가다듬어주었다. 재덕은 손목시계를 들여다보았다. 현경과 약속한 시각에서 칠팔 분이 지났다. 시내에서 볼일이 있다고 했으니 아무래도 지하철을 타고 오기 십상일 터였다. 그는 학보사 기자인 현경과 만나 따로 사는 자신의 할아버지를 찾아가려는 길이었다.

할아버지 저 재덕이에요. 옹냐…… 건강하시죠? 요즘 자주 찾아뵙지도 못하구…… 진지는 잘 드시죠? 아암, 그깟 밥이야 아직까진 어금니도 성하겠다 싱건 짠지 한쪽이면 선 자리에서 맨밥 한그릇 뚝딱 말아먹지. 지금 뭐하세요? 뭐하긴? 하루벌이 꿰맞추고 있어. 잔돈 센다구. 저, 내일 한번 찾아뵐려구요. 아무때나 오면 되지 전화는 무에…… 저번에 말씀드린 거 있잖아요……

현경이가 전화를 통해 방학 전부터 기획했다고 밝힌 시리즈의 이름은 '민초에게 듣는 이야기'였다. 평범하면서도 거친 삶을 꿋꿋이 살아온 어른들한테 녹음기를 들이대고 살아온 내력에 대한 이야기를 구술받은 다음 맞춤법만 조금 손봐서 싣겠다는 거였다.

요즘 우리 학보가 너무 팍팍한 것 같아서 말이야. 또 정보를 주는 것도 좋지만 부담 없는 읽을거리들이 받쳐줘야 되지. 말이야 좋지만…… 쉽진 않을 텐데. 처음부터 쉬운 게 어딨어? 이제 한 학기밖에 남지 않은 이 학보사 생활인데 앞으로 후배들한테 원고청탁이니 취재니 편집이니 할 것 없이 훌훌 털어서 다 맡기고 난 이거 하나, 민초에게 듣는 이야기를 위해서 녹음기 하나 꿰차고 발바닥이 닳도록 돌아다녀볼 심산이야. 나 자신한테도 공부가 될 테지 뭐. 울 할아버지한텐 별로 들을 얘기가 없을걸. 빵집을 오래하신 분이라니깐 그것 나름대로 얽힌 얘기들이 아마 모르긴 해도 한 소쿠리는 나올걸. 난 벌써 감이 오는데. 빵집은 무슨 빵집…… 그저 길거리에서 찐빵이나 삶으시며…… 그러니깐 더욱 이번 시리즈에 알맞지 안 그래? 사업에 성공한 사람의 자수성가한 이야기 같은 거라면 굳이 우리가 맡을 필요도 없잖아? 암튼…… 취재가 성사되면 알겠지만 울 할아버진 완전 우익이야, 우익. 그 정도는 알아두라구! 웬 우익? 지금 좌익 우익 따지게 됐니? 기층 민중들이 온몸으로 겪어온 우리의 삶을 그저 담담하게 이야기로 풀어보겠다는 거 아냐? 그걸 이해 못해? 나는 모른다. 말씀은 한번 드려볼게

네가 알아서 해.

할아버지에 대한 취재 요청을 받았을 때 은근히 재덕의 마음에 걸린 이가 바로 할아버지 곁에 새로 생긴 여인이었다. 노인대학에서 만나 이 년 가까이 같이 살던 푸르뎅뎅한 잠자리테 안경 할머니와는 지난해 가을 살림을 깬 모양이었다. 지난봄 홀몸으로 겨울을 난 할아버지한테 기별을 받고 다녀온 작은어머니는 그 여인이 슬하에 한 점 혈육 없이 일찌감치 혼자가 된 한산 이씨인데 재봉틀 일을 꽤 오래한 사람이라고 귀띔해주었다. 작은어머니는 그 여인이 생각보다는 곱고 조쌀하게 늙어 저번처럼 막돌아먹은 치는 아닌 것 같아 맘이 놓인다면서도, 한 가지 마뜩잖은 점은 종교생활을 하는 듯한데 약간 사이비 냄새를 풍기는 종말론파 같다는 것이었다.

그 연세에 젊은 할머니를 또 얻는 걸 보면 아버님 근력도 절륜하시기도 해. 한데, 종말론이면 이단 광신도 집단이 아닐까 재덕아? 한꺼번에 집단자살하고 그런 거 말이야. 에이 아무럼 다 그럴까요 뭐. 그래두 왠지…… 원래 기독교 교리엔 알고 보면 다 종말론적 요소가 은근히 들어 있다구요. 최후의 심판의 날에 예수가 이 세상에 다시 온다는 믿음도 새로운 게 아니라 이미 다 성경에 나와 있어요. 다만 그날을 아무도 모른다 했는데도 어떤 이들은 몇월 며칠 몇시다 하고 바람 잡고서는 호들갑을 떠는 게 사기일 뿐이죠 뭐.

재덕은 곧바로 할아버지 빵집으로 그 여인을 찾았을 때 선뜻 입이 떨어지질 않아 신풍근씨를 멀뚱멀뚱 쳐다보았다. 어깨부터 내려오는 앞치마를 두르고 있던 할아버지는 재덕의 눈빛을 알아챘을 터이지만 표정 없는 얼굴로 육자배기 같은 잡가를 흥얼흥얼거리다가 빵솥의 뚜껑을 심벌즈 연주자처럼 율동감 있게 훌쩍 열어제쳤다. 그 바람에 할아버지의 모습이 뭉게뭉게 피어오르는 김 속으로 파묻혔다.

보다시피 대접할 게 빵밖에 없어서요…… 아유, 말씀 낮추세요 새할머니. 그러시면 제가 어려워져요. 그리고 제가 빵집 손자인데요 뭘. 어릴 적부터 별명이 빵보였어요……

나이는 갓 환갑을 넘겼지만 갸름한 얼굴에 살갗은 몹시 쪼글쪼글해 살아온 나날이 신산했음을 짐작게 해주었다. 재봉일에 시력을 많이 빼앗겨서 그런지 두툼한 은테 돋보기를 쓰고 있었다.

이런 일 하시기 힘드시죠? 아, 아녜요. 힘든 거는 할아버지가 다 알아서 해주시니깐 나는 그저 빵 접시나 나르고 물이나 떠다주고…… 그런데 돋보기를 껴서 가끔씩 김이 서리면 사방을 분간 못하고 당달봉사처럼 더듬어서 그게 탈이지. 요구르트 아줌마가 준 물잔도 벌써 몇 개나 깨서 할아버지한테 여간 걱정하시는 말씀을 듣는 게 아니라구 호호.

사춘기 소녀처럼 일부러 입을 가리고 웃는 모습이 재미있어서 재덕은 자신도 모르게 웃음을 한입 베물었다. 재덕은 할아버지와 단둘이 앉았을 때 슬쩍 떠보았다.

할아버진 왜 교회 안 나가세요? 으응, 내가 왜 이 나쎄에? 새할머니 따라서요. 으응 쩝쩝…… 나도 처음엔 좀 껄쩍지근했지. 사람은 좋은데 말이야. 세상의 끝장을 보겠다는 믿음이 도대체 뭔 소린가 싶어서 말이야. 지금은 동감을 좀 하는 편이지. 어떻게요? 사람도 마찬가지지만 이 세상도 천년 만년을 이대로 흥청망청 가겠니? 어림 반푼어치도 없어. 그런 기고만장한 생각을 깨치지 못하기 때문에 사람들의 마음이 시건방지고 턱없는 욕심의 구렁텅이에서 빠져나오지 못한다는 주장에도 일리는 있어. 안 그렇니 재덕이 넌? 그건 인정하지만요…… 인정하믄 됐어. 나도 그 이상은 모르지…… 아니 알 필요도 없지. 사람 심지 굳고 경우 바르고 해서 의지할 만하면 늘그막에 게서 더이상 그만 아니겠어? 그런 게지…… 옛날 어른들이 자주 말씀하시는 것에 용화龍華 세상이라는 게 있었다구 아암. 그 세상엔 그런 게 없어. 병고나 굶주림, 마음이 괴로운 심사 같은 거 말이야. 그렇다고들 하셨지. 그런데 그런 세상이 오려면 한번쯤은 하늘과 땅이 딱 달라붙는 생난리가 한판 벌어진다는 거야. 말하자면 종말론이라는 것도 갈래는 다르지만 결국 갸륵하게 보자면 그렇게 볼 구석이 없잖지 아암. 할아버진 아는 것도 많으셔.

누군가 다가와 뒤통수에다 가벼운 꿀밤을 먹였다. 물 빠진 청바지 속에다 바둑무늬 남방을 잡아넣은 현경이였다.

"야 이거 지금 대체 몇시야?"

"그래도 맞춰 오느라고 왔다. 아는 애한테 들러 이 녹음기 좀 빌려오느라고. 이것 좀 받아줘."

재덕은 현경의 손에서 꼭지가 마른 금메달 수박통 끈을 건네받
았다.

"뭘 이런 걸."

"끝물이라 그런지 값이 만만찮아서 큰 걸로 못 골랐어."

현경은 중의 바랑 모양 어깨에 두루뭉실하게 늘어진 헝겊 가방
속에서 녹음기를 꺼내는 시늉을 했다.

"나중에 보고 빨리 줄이나 서! 늦게 타면 자리 없어."

마을버스가 도착하자 어디서 달려나왔는지 어느새 출입문 앞에
는 열댓 명의 사람들이 북적댔다. 둘은 스펀지가 미어져나온 구석
빼기 자리에 간신히 앉을 수 있었다.

"신씨 수고 많아 잉!"

"그려 나 이제 막 교대했어. 어딜 한가족이 휘돌고 와!"

"요기 한마음예식장에 잔치 보러. 돌산방앗간집 둘째아들 말
이여."

"아 그 얼굴이 살짝 얽어버린…… 근데 오늘 같은 평일날? 술
도 한잔 안 걸친 모양이네."

"평일날이니깐 내가 잔칫집에 와부렀지 뭐. 토요일이나 공일 같
은 날 이발쟁이가 대목 봐야지 나다니면 뭐 먹고 살게. 그리고 술?
말도 말어. 입두 대지 못했당게. 지금 들어가면 나도 엄청 바뻐. 물
역가게 홍씨랑 저, 거시기 수도 박씨도 면도해야 쓰겄다며 오후엔

자리 지키라고 다짐을 받아갔으니깐."

"그려 가 앉아. 출발!"

마을버스는 손님을 두 번 더 태우자 금세 콩나물시루가 되었다. 제일 뒷자리에 자리잡았던 재덕은 머리가 반쯤 센 아주머니가 굽은 허리로 사람 틈새를 파고 다가오자 일어나 자리를 양보했다. 구석배기에 앉은 현경이 머리가 천장에 닿아 고개가 꺾인 재덕을 올려다보며 어색하게 웃었다.

"뭘 웃어?"

"그냥, 힘들겠다."

"곧 내리는데 뭐."

몇 자리 건너 옆에 앉은 중학생들이 요란한 소리를 내며 새우깡을 씹었다.

"새우깡이다…… 그치?"

현경이 손바닥으로 입을 가리고 하품을 하다 말고 물었다. 재덕은 짐짓 못 들은 척했지만 현경이 다시 옷자락을 툭 잡아당기자 "너나 달래서 많이 먹어" 하며 불퉁스럽게 내질렀다. 현경한테 보냈던 시가 떠올라 새삼 쑥스러웠다. 지난달 한총련이 주최한 8·15 통일 축전 기간중 벌어진 연세대 사태에 휩쓸린 재덕은 이학년 남학생이 주축이 된 사수대로 나섰다. 그때 과학관 안에 갇혀 있던 그는 경찰이 기습적으로 독수리 작전을 펼치며 건물 안으로 밀고 들어오던 날 새벽 누군가의 ID를 빌려 어렵사리 컴퓨터 통신으로 현경에게 편지를 띄웠다. 제목은 '그 사람을 가졌는가'였다.

그 사람을 가졌는가

만리길 나서는 길/처자를 내맡기며 맘놓고 갈 만한 사람/그 사람을 가졌는가/온 세상 다 나를 버려 마음이 괴로울 때에도/저 맘이야 하고 믿어지는/그 사람을 가졌는가/탔던 배 꺼지는 시간, 구명대 서로 사양하며/너만은 제발 살아다오 할/그 사람을 가졌는가/불의의 사형장에서/다 죽어도 너희 세상 빛을 위해 저만은 살려두거라 일러줄/그 사람을 가졌는가

잊지 못할 이 세상을 놓고 떠나려 할 때/저 하나 있으니 하며 빙긋이 웃고/눈을 감을 그 사람을 가졌는가/온 세상의 찬성보다도/아니 하고 가만히 머리 흔들/그 한 얼굴 생각에/알뜰한 유혹을 물리치게 되는/그 사람을 가졌는가

찜통같은 상황실에서 28명으로 쪼갠 몽쉘통통을 입에서 녹이며 찾아낸 시를 H에게(*P. S. 무엇보다 시원한 생맥주 한 잔에 새우깡 하나만 있어도 살 것 같다)

현경은 경찰의 독수리 작전이 펼쳐지던 날 아침 학보사 편집국

사무실에서 컴퓨터를 열었다가 화면을 가득 채우며 떠오른 시구 때문에 시큰한 콧등을 손끝으로 꾹꾹 눌렀다.

재덕은 경찰서에서 조사를 받고 단순 가담자로 분류돼 풀려난 지 일주일 뒤쯤 학교 뒤의 텅 빈 노천극장 안에서 정민이라는 가명을 쓰는 운동 선배를 만났다. 그도 연세대 안에 있었지만 용케도 마지막날에 사수대 주력과 함께 진압경찰의 포위망을 뚫고 탈출에 성공했다. 청바지에 헐렁한 줄무늬 티셔츠를 입은 그는 노천극장 뒤 솔숲 주위를 멀찌감치서 돌다가 아무도 따라붙는 이가 없음을 확인하고는 방아깨비의 뒷다리를 쥐고 장난을 치고 있는 재덕 앞에 모습을 나타냈다. 그는 수배중이었다.

고생했다!

그는 재덕의 등을 일부러 힘차게 두드려주었다. 재덕은 웃어야 한다고 생각했다. 방아깨비가 디딜방아처럼 고개를 끄덕여 인사를 했다.

수배생활은 어때요? 좀 마른 것 같아요. 마르긴? 잘 먹고 잘 자고 있다. 어차피 해야 할 것 아주 즐겁게 하려고 하지. 짱박혀 있다고 해서 고립감에 빠지거나 나태해지지 않으려고 운동도 규칙적으로 하고. 애들 좀 만나보니?

재덕은 고개를 저었다.

탄압을 받고 나온 지 얼마 안 돼서 힘들겠지만 지금이 조직 재정비의 중요한 시기인 것은 잘 알고 있겠지? 이럴 때일수록 힘차고 낙관적으로 사업을 추진하는 게 바로 운동가의 올바른 품성이 잖아. 내가 언제 운동가에 속했었나요 뭐? 무슨 소리야? 우리 학교에서 연세대에 도대체 몇 명이나 들어갔어? 채 백 명이 안 되잖아. 물론 이걸로 절대적 잣대를 삼을 순 없지만 그중에서 특히 이 삼학년들은 중심적 운동가라고 봐야지. 형, 우리에겐 왜 그게 없죠? 뭔데? 위에서부터의 내부 반성이나 비판 같은 것 말예요. 내부 반성? 아니 우리가 지금 반성을 할 때라는 거야 넌?

재덕은 정민의 눈이 휘둥그레지는 걸 보며 고개를 끄덕였다.

왜 그렇게 생각하지? 넌 이번 싸움에서 우리가 진 거라고 생각하는구나. 이것이 시련임에는 틀림없지만 우리의 난관은 일시적일 뿐이지 않을까. 정권의 하수인인 언론의 이성을 잃은 광란적 보도 때문에 한때 국민 여론이 썰렁했던 건 사실이지만 시간이 지날수록 통일과 애국의 순수한 열정을 가졌던 학우들의 진실이 국민들의 공감을 사고 있다고 봐. 우리 한총련은 도덕적으로도 완벽한 승리를 거뒀다구. 다음번 대선만을 염두에 둔 이 정권은 이번 사태를 통해 비민주적이고 비인도적인 행위를 자초함으로써 스스로 문민이라는 문패를 떼고 그 파쇼적 본질을 여지없이 폭로당했어. 생각해보자. 우리의 피에 물든 근현대사가 어땠는지를. 마치 어둠이 짙을수록 새벽이 가까이 다가오는 것처럼 탄압이 심할수록 우리의 통일운동의 승리는 확정적 아니겠니?

재덕은 쌉싸래한 잔디 이파리를 하나 뜯어 이빨 사이에 넣고 깨물었다.

숭고한 제단을 생각해봐. 피비린내를 풍기지 않는 제단이란 없는 거야. 그것도 아주 순결한 이들의 피를 말이야. 좀더 단련될 필요가 있어, 우린. 동지애나 확고한 세계관이 술집의 흥청거림이나 탁상공론에서 얻어질 수 있다는 낭만적 생각은 버려야 해. 그건 말이지, 이번 싸움처럼 적들의 혹독한 탄압 속에서 굳어지는 거 아니겠니?

검은머리까치가 물수제비를 뜨는 돌처럼 톡톡 튀며 솔숲으로 들어갔다. 재덕은 손에 들고 있는 방아깨비를 풀숲 멀리 던졌다.

형! 지금 제단이라고 했어요?

……!

경찰이 들어오던 마지막날 새벽 과학관 옥상 담벼락에 둘이서 바짝 붙어서 했던 대화 생각나요? 대충 나지…… 그때 형하고 내가 얼마나 위험했는지 알아? 너뿐 아니라 거기 있던 사람들이 다들 지치고 위험한 순간을 맞이하고 있었잖아. 그것말고…… 내가 얼마나 과격했었어? 각종 화학물질이 쌓여 있다는 실습실을 털어서 진짜 무장을 하자고 주장하고 지도부에 울부짖으며 건의했던 것도 나야. 그걸 받아들이지 않은 건 지도부의 현명한 결정이었어. 백번 지당하지 형. 그날 옥상에 서서 어슴푸레하게 다가오는 새벽을 바라보면서 솔직히 얘기하자면 난 죽음을 생각했던 거야. 탈수증에 시달리는 사람 같지 않게 왠지 몸이 가벼웠어요. 아마 형도 내 눈빛에서 그걸 읽었을 거야, 틀림없이. 왜냐고요? 몰라요…… 절망 때문이 아니었을까? 내가 살고 있는 이 땅은 정말 나라가 아니라 마녀사냥이 판치는 어느 중세 암흑기의 한 군거 집단이라는 생각이 들었으니까요. 그 체제가 자본주의든 사회주의든 아니면 파쇼주의든 간에 내가 어느 한 국가가 발급해준 주민증을 가진 인간이라는 게 도무지 이해가 되지 않았거든요. 순식간에 오천 명이 넘는 젊은이들을 토끼몰이로 몰아넣고 법적 용어도 아니고 감정적 용어인 빨갱이라는 이름으로 몰아치는 것까지는 좋다 쳐요. 이에 대해 아무도 논리정연하게 옹호하거나 또는 비판하는 사람들도 세력도 없어요. 그토록 버글대던 거리와 광장이 이렇게 순식간에 조용히 텅 비어 유령처럼 사라질 수 있을까? 그래서 이 땅의 젊은이들을 불타는 바리케이드로 몰아넣고 석기시대를 방불케 하는 투석전만 강요하는 집단이나 사회는 이미 국가라고 할 수 없었어요, 결코. 그렇다면 누군가 죽음으로써 항의해야 한다는 생각이 머릿속에 가득찼어요. 잠깐 눈을 질끈 감으면 돼…… 그렇게 생각했었죠.

그런 자기 파괴적 행동은 운동에 별로 도움이 되질 않지. 열사는 양산할는지 모르지만.

그래요. 형이 그랬잖아요. 근데 평소 그렇게 엄격하던 형이 그때 갑자기 나한테 뭐라고 물었는지 알아요? 푸훗. 나보고 프렌치키스를 해봤느냐고 하면서 세상에 키스의 종류가 얼마나 될 것 같냐고 물었어요. 기억나죠?

그랬지.

그러고 나서 형이 운동에 가담하기 전에 무수히 만났던 여자들과 나눴던 키스의 종류와 감도에 대해 적나라하게 풀어놨잖아요. 나는 뭔 소린가 싶었지만 하도 진지한 표정을 짓고 있는 바람에 형 얼굴만 어안이 벙벙해져서 쳐다보고…… 또 가장 맛 좋아하는 게 뭐냐고도 물었었죠? 그때 나는 문득 할아버지가 손수 빚은 찐빵이 생각나면서 굳었던 얼굴근육이 좍 풀리는 걸 느꼈어요. 메말랐던 입안에 침이 흥건히 고이면서. 여기서 나가게 되면 우선 할아버지의 찐빵을 새삼 맛보아야겠다는 강한 식욕이 목구멍에서 갈쿠리처럼 솟구쳤어요. 그러고 나자 나는 형이 진짜 좋은 운동가라는 생각이 들었어요. 형은 내가 절망적 몸짓을 감행하고픈 충동에 시달리는 걸 간파하고는 내게 삶과 연결된 끈을 슬며시 손에 쥐여준 거라구요.

……

그때 생각 같아서는 풀려나자마자 당장 할아버지한테 오고 싶었지만 전화 안부만 여쭙고 미적거리던 터에 마침 현경에게서 취재 제의가 들어왔었다.

높다란 철책을 두른 안쪽에 위장용 얼룩무늬 칠을 한 콘크리트 물탱크 밑 한길이 바로 종점 차부였다. 방금 오르막길을 헐떡이며 기어오른 낡은 마을버스가 차머리를 반대쪽으로 돌려놓느라 앞으로 밀고 뒤로 빼고 하며 일그러진 배기통으로 시커먼 매연을 토해 냈다. 현경은 얼른 손으로 입을 가리며 고개를 돌렸다. 오른쪽으로 깎아지른 돌산이 병풍처럼 막아서 있었다. 그 절벽 아래 원래는 채석장 터였던 곳에는 돌산 정상과 이마를 맞대어 있는 고층 아파트 세 채가 들어서 있었다. 왼쪽으로는 폐타이어가 줄줄이 쌓여 있는 초등학교 담벼락을 에둘러 후문 쪽으로 구불구불 길이 뻗어 있었고 뒤쪽으로는 반대편 산동네로 가파르게 넘어가는 좁은 골목길 어귀가 보였다.

"어디야? 참 할아버지 존함이 어떻게 되신다고 했지? 신⋯⋯"

"간판을 보면 저절로 알게 돼. 거기 써 있으니깐. 저 차 앞머리가 들이받을 듯 가까이 가려서 간판이 보이지 않지만. 바로 저거라니까."

"안 봬."

재덕이 턱짓으로 공중전화 부스 쪽을 가리켰다. 마을버스 지붕 위로 낡은 이층 창문이 보였다. 차가 비켜가자 옛날 복덕방 간판처럼 흰 바탕에 빨간 페인트로 굵직하게 휘갈겨 쓴 글귀가 눈에 들어왔다.

'신풍근배커리.'

"신, 풍, 근⋯⋯?"

재덕이 고개를 끄덕였다. 현경은 저도 모르게 터지는 웃음을 손으로 막았다. 간판 밑 문 옆에는 불에 달군 쇠꼬챙이로 '자율방범대 자문위원' '청소년선도위 위촉위원'이라고 쓴 얇은 나무 현판이 매달려 있었다.

"왜 웃어? 찐빵 만둣집에 베이커리라는 간판을 다니깐 어이가 없냐?"

"아냐, 아냐. 오핸 하지 마. 베이커리면 베이커리지 배커리가 뭐야? 그리고 그 밑에 쓴 것 좀 봐. SINCE 1951이라고 써 있는 거 보여?"

"그건 나중에 내가 덧붙인 거야."

"네가?"

"응, 사실이거든. 어언 사십오 년의 유구한 전통이지."

"사실?"

"그래. 저기 또 나와 계시는구나."

재덕이 입을 굳게 다무는 시늉을 하더니 발걸음을 재게 놓았다. 현경은 얼른 웃음기를 거두고 긴장된 눈길로 앞을 바라보았다. 손갓을 이마에 붙이느라 잠시 걸음을 멈추었다. 거기 한 장의 낡은 흑백사진이 펼쳐져 있었다.

신풍근배커리 간판 위의 이층집은 아귀가 잘 맞지 않는지 반쯤 열린 채 간당거리는 낡은 여닫이 창문 때문에 앞으로 비스듬히 기울어진 느낌을 주었다. 지붕에는 시골 방앗간에서나 볼 수 있는 벌건 녹물이 슨 양철 조각을 얹어놓았다. 일층의 빵집은 대낮인데도 우묵해서인지 안이 잘 들여다보이지 않았다. 오른쪽으로는 드럼통을 삼분의 이쯤 잘라 만든 화로통이 두 개 놓여 있었다. 한쪽에는 넓적한 솥이 있고 그 옆 화로통에는 만두를 찌는 동그란 찜통이 켜켜이 쌓여 씩씩거리며 증기기관처럼 뜨거운 김을 뿜어냈다. 제 각기 모양새가 다른 문짝의 유리창에는 철 지난 입춘장처럼 귀퉁이가 닳거나 찢어진 종이짝에 찐빵 만두 분식이라고 쓴 글귀가 붙어 있었다. 문가 왼쪽에 터진 속을 청테이프로 막아놓은 소파에 앉아 희끄무레한 콧수염 사이로 파이프를 물고 있는 한 늙은이가 앉아 있었다. 한눈에 신풍근씨가 틀림없어 보였다. 머리에는 허연 광목천을 뱃사람처럼 둘둘 말아 썼고 어깨에 걸치는 긴 앞치마에다 하얀 고무신을 신고 허공을 멍하니 바라보는 늙은이의 시선은 전신주에 실타래처럼 얽힌 전깃줄에 걸려 있었다.

"할부지!"

재덕의 목소리에 한줄기 어리광이 배어났다. 담배연기가 눈 속으로 들어가 아린 듯 눈가에 주름살을 지으며 신풍근씨가 고개를 돌렸다.

"저, 저…… 뛰긴 뭘 다 와서 뛰어."

텁텁하면서도 웅숭깊게 울리는 목소리였다. 그는 머리에 둘렀던 두건을 벗으며 자리에서 일어나 두 팔을 벌렸다.

"안 바쁘세요?"

"지금 찌고 있으니까 바쁜 건 얼추 다 막았지. 기다리는 것도 일이야."

"손님은요⋯⋯?"

"짬 기둘려야지. 아직 속이 출출할 때가 아니잖남. 근디 같이 델고 온 샥신 누고?"

현경은 두 손을 앞으로 가지런히 모아쥐며 자기가 먼저 소개를 하고 나섰다.

"할아버지 안녕하세요. 전 재덕이 학교 친구구요, 이름은 이현경이라고 합니다. 대학신문사 기자인데요 이번에 할아버님이 살아오신 얘기 좀 취재하려고 이렇게 찾아뵀습니다."

"아, 옛날 얘기 듣겠다고 한 그 처녀인 모양이구먼. 그런 걸 뭐 시간을 내서 들을 건덕지가 있다구설랑 중뿔나게스리⋯⋯ 다 늙은이들 객쩍고 실없는 소리 줴치는 것일 텐데."

"제가 원래 어려서부터 어르신네들 옛날 얘기를 무척 좋아해서요."

"그런 말 있잖남?"

"뭐요?"

"이바구를 밝히면 가난하다는 말 있지. 재덕아 저기 안에서 의자 있는 거 가져다 좀 앉지그래? 일루, 일루 더운데 그늘 안으로 더 붙어. 아 보소 임자! 여기 재덕이하고 샥시 한 사람 왔다니깐 그러네! 션한 냉수 사발부터 내오구려."

"아이구 할아버진, 샥시가 뭐예요? 싫어해요."

"앤 참, 괜찮다는데도 그러네."

현경이가 재덕이를 옆눈으로 가볍게 흘겼다.

"어서들 와요. 영감님이 말씀하신 그 학생인가봐."

한산댁이 얼음을 띄운 물잔을 큰 쟁반에 받쳐갖고 나오다가 밀가루가 잔뜩 묻은 손을 색동 앞치마에 쓱쓱 문질렀다.

"예 안녕하세요? 처음 뵙겠습니다."

"손님 대접이 이래서 어쩌나 호호."

"이거 아이들이 사온 수박인 모양인데 반을 쩍 쪼개서 얼른 냉장고 안에 재어두구려. 식는 대로 임자 그 화채 솜씨 좀 발휘하든지."

"솜씬 무슨 솜씨라구…… 근데 이따가 온다고들 했어요?"

"대성 애들 말이지……?"

"예 철공소요."

"준비는 허시구려. 빵들 좋아하니 한 쟁반 두리기로 내다주면 시커먼 볼따구니가 미어져라 욱여넣겠군. 어제는 자장면을 엎어 말이로 먹었으니 오늘은 우리집으로 빵 먹으러 오겠지."

"집안으로들 드시지 그래요?"

"저희가 바쁜데 눈치도 없이 괜히 폐를……"

한산댁이 손사래를 쳤다.

"그런 게 아니고. 내가 우리 교우 한 사람 불렀으니깐 가게 걱정은 마시고 말씀들 느긋하게 나누세요 응."

"그래, 폐는 무슨 폐…… 말하자면 서로 품앗이지. 늙은이들 입에서 구린내를 가시게 하는 데는 그저 지껄이는 게 최곤데 그럴 자리가 생각보다 많지가 않아. 늙은이가 할말을 내뱉지 못하고 자꾸 꿀떡꿀떡 삼키다보면 명이 짧아지는 법이야 아암."

"어서들 이층 마당으로 오르세요. 평상 펴놨어요. 거기가 여기 보담 조용하고 시원하지."

한산댁이 안쪽으로 얼굴을 거두어갔다.

"참, 방금 전에 두리기라고 하신 게 무슨 뜻이세요?"

"으응, 여러 사람한테 한 상 푸짐하게 잘 차려주는 거. 갸네들은 한두 개로 성에 차지 않으니깐 큰 쟁반에 층층이 올려 내놔야지 아암. 한 사람에 천오백원만 내면 더 안 받아. 그 대신 남기면 천오백 원만큼 벌금이 있지. 벌금 내지 않으려고 나중엔 미주알에 힘을 주며 기 쓰고 먹는 걸 보면 가관이지. 그 나쎄엔 또 그렇게 욱여넣지 않으면 쇠를 다루는 남정네들이 옹글게 힘을 쓰겠나. 자 날 따라들 오게나."

현경과 재덕은 뒷짐을 진 신풍근씨 뒤를 좇아 빵집 문턱을 넘었다. 신풍근씨가 왼쪽 다리를 잘름잘름 절자 눈이 커진 현경이 재덕을 쳐다보았다. 재덕이 고개를 끄덕여 보였다. 회칠을 한 벽에 건 달력 위에 고정된 낡은 선풍기가 덜덜덜 돌아가며 다닥다닥 붙은 여덟 개의 탁자 위로 미지근한 바람을 일으켰다. 밀가루 포대가 켜 켜이 쌓인 옆으로 가파른 시멘트 층계가 보였다. 그 층계를 오르자 울퉁불퉁한 바위벽에 가로막힌 이층 마당이 나왔다. 처마를 떠받 치는 두 쇠기둥 사이로 비닐 장판을 깐 평상이 꼭 끼어 있었고 한

쪽에는 펌프대가 서 있었다.

"앞이 바윗덩이로 꽉 막혀 답답할 것 같지만서두 저 우묵한 돌 틈새에서 여름엔 시원하고 겨울엔 훈훈한 바람이 솔솔 일지. 한번 가까이 가서 얼굴을 들이대보라고."

현경은 평상 위에 가방을 부려놓은 다음 푸른 이끼가 두툼하게 덮인 바위 틈새로 조심조심 얼굴을 들이밀었다.

"정말 찬바람이 나와요 할아버지!"

"이 집이 돌덩이 위에 얹혀 있는 형국이기는 해도 수맥이 아래로 흐르고 있지. 저 뽐뿌를 봐도 알잖겠니? 수십 길 아래라고 하는데 빠이쁘를 참 용하게도 박았어. 가뭄에는 이 뽐뿌가 그래도 아직까지 한몫 단단히 해. 산동네는 상수도 수압이 달리거든."

현경이가 가방에서 녹음기를 꺼내 무릎 위에 얹어놓자 신풍근씨가 물끄러미 내려다보았다.

"참 야그를 채취…… 그게 아니고 아, 그래 취재하려고 왔다고 혔지? 그럼 무슨 얘기부터 주절대야 할까. 살아온 게 다들 그렇고 그렇지 뭐."

현경이가 수첩을 쥔 손을 들어 간판 쪽을 가리켰다.

"저기 천구백오십일년이요. 그게 재밌는 거 같아서요 헤헤."

"그건 니가 한번 설명해보지. 쓴 사람이 직접 해야 어울리지."

신풍근씨는 재덕을 턱짓으로 가리키며 빈 파이프를 입에서 빼 손으로 감싸안았다. 좌우 고갯짓으로 목덜미 근육을 풀고 난 그는 앞치마 옆으로 손을 넣어 호주머니에서 담뱃가루통을 꺼내들었다. 그가 궐련 담배 대신 파이프를 물기 시작한 지는 불과 삼 년 상간이었다. 재덕이 고등학교 이학년 때 설악산으로 수학여행을 갔다가 비선대 아래까지 따라온 행상에게 사서 선물을 한 것이었다. 신풍근씨는 집게손가락에 침을 퉤퉤 뱉는 시늉을 하고 비빈 다음 담뱃가루를 꺼내 파이프에 재고 엄지손가락을 곧추세워 꾹꾹 눌러담았다. 그러고는 뚜껑이 달아난 통성냥갑에서 성냥을 꺼내 불을 댕겼다. 양볼에 어린아이 주먹만한 자리가 파이도록 힘을 줘 파이프의 물부리를 빨아들이느라 관자놀이께 힘줄이 미어질 듯 불끈 도드라졌고 애벌레처럼 말린 입술 새에서는 쭉쭉 생쥐 소리가 났다. 무릎을 모은 세 사람 얼굴이 모두 한입 가득 뿜어져나온 담배연기에 휩싸였다.

"그건 증거가 확실하잖아요 할아버지. 사진도 있구요."

현경이의 하얗고 기다란 목 한가운데 박인 점을 힐끔 쳐다본 재덕이 입을 열었다.

"사진?"

"예, 그 귀퉁이가 닳아서 너덜너덜한 거 말예요."

"알지. 피란 때 항도 부산에 있던 미군부대 앞에서 털벙거지 뒤집어쓰고 찍은 거? 꼬챙이로 풀빵 굽는 거 말이지?"

"예 그거요. 거기서부터만 따져도 어언 사십오 년 아녜요? 반세기에 가깝잖아요, 이 빵집이."

"풀빵?"

현경이 수첩에 뭔가를 끼적거리려다 말고 웃음을 참는 듯한 표정으로 신풍근씨와 재덕을 번갈아 쳐다봤다. 신풍근씨는 정색을 하며 고개를 끄덕여 보였다.

"딴은 그런 셈이지. 그게 그래 봬도 그땐 대단한 장사였어. 다들 먹을 게 궁하던 시절이었으니까. 드럼통에다 빵틀을 앉히고 톱밥이나 나무 부스러기 들 있잖아, 지저깨비라고 말이야. 그런 것하고 임시 막사 뜯다 남은 허섭쓰레기 따위 같은 거 들입다 쑤셔 때설랑 풀빵을 구우면 사람들이 회가 동해서 말이야 점심참이 되면 손마다 지전을 꼬나쥐고 일렬로 나래비를 주욱들 서서 개구리참외처럼 푸르죽죽한 고개들을 옆으로 내빼고 있는 모양이 참 볼 만했었어. 아암. 천세가 났지, 천세가 났어."

"할아버님 죄송한데요 잠깐만요. 저…… 천세라고 하셨죠? 그게 좀……"

"천세? 물건이 없어서 못 판다 이 말이지."

"아……"

"야 너는 명색이 국문과에다 학보사 기자면서 그런 말귀 하나 못 알아듣냐?"

"그러는 넌?"

"나? 나야 할아버지가 맨날 쓰는 말인데 귀에 벌써 못이 박이도록 익었지 뭘 그래."

신풍근씨는 현경과 재덕이 아랫입술을 비죽 내밀고 서로에게 지청구를 주는 모습을 바라보며 물부리를 깊숙이 빨았다. 그의 양 볼이 또다시 움푹 꺼져들었다.

"그 사진들 죄다 아직 액자에 담아 걸어놨지……"

그는 아랫입술을 옆으로 돌려 담배연기를 귀밑 뺨 쪽으로 뿜어냈다.

"이따가 구경할 수 있나요?"

"기럼. 그게 최초의 우리 가족 사진이었지."

"뭘 그런 것까지 들여다보려고 해?"

재덕이가 타박을 지르고 나섰다.

"할아버지가 흔쾌히 승낙하셨잖아. 너 기자가 취재하는 옆에서 그렇게 온갖 참예를 하려 들 생각이라면 미안하지만 자리 좀 비켜줬으면 좋겠어."

"알았어, 알어. 그렇게 도끼눈을 시퍼렇게 뜨고 있어서야 이거 원 참."

현경이 외로 꼬고 있던 고개를 신풍근씨 쪽으로 돌리며 엉덩이를 들썩여 한 무릎 바짝 들여앉았다. 신풍근씨가 두 팔을 활짝 벌리며 두 사람을 다독거렸다.

"기왕 꺼낸 얘긴데 남세스러울 게 뭐 있어? 안 그렇니 재덕아?"

"아유, 제가 뭐 남세스러워서 그런가요?"

"그래 그렇지. 거기 보믄 니 돌아간 애비서껀 다 박여 있지. 한

겨울에 눈포래눈보라가 콧잔등을 쌩쌩 에며 콧물을 쥐어짜던 때니 따끈따끈한 빵틀에 죄다 솜바지들이 놀놀해지도록 바짝 다가앉아서…… 촬영기사가 대구 웃으라고 하는 통에 언 뺨을 씰룩거리느라 상들을 고약하게 찡그리고 찍었지 나 참. 그때 재덕이 네 아비가 네 살배기였구 둘째 상구가 미군부대서 나온 군용 담요 포대기에 싸여 있어서 가만있자, 돌은 지나 젖은 뗐던가? 아무튼 지금 보면 거지 중에 상거지였지만 그렇게 빵틀 주위에 매달려설랑 전쟁통을 벗어났다구. 그게 바로 육이오 나던 그 이듬해니깐 벌써 일천구백오십일년 일이야."

"저두 어렸을 적에 입천장이 데지 않는 날이 없을 정도로 국화빵 많이 먹어봤어요. 그리고 지금도 겨울에는 붕어빵 무지무지하게 좋아해요 할아버지."

"아무렴 옛날엔 그게 오롯한 끼니 대용이었다구. 마침 미군부대에서 사카린이 봉지째 쏟아져나와서 앙꼬 만드는 데 별로 힘이 들지 않았구. 나중엔 빵틀이 네댓 개나 되어서 말이야 네 애비였던 상엽이도 그 고사리 같은 손으로 빵틀을 돌렸을 정도니 알아보지 않겠니?"

"밀가루는요……?"

"거저 맘만 먹으면 얼마든지 구할 수 있었지. 배급도 나오고 야미로 빼오는 것도 있고…… 암튼 미군 애덜은 줄지 않는 화수분처럼 없는 게 없었어. 빵이 곧 목숨이던 시절에 밀가루 풀어먹이는 거 보면 놀랍지, 놀라워. 대국은 대국이지. 자고로 먹을 빵이 풍부하면 나라의 기틀이 절로 서고 그게 바로 체제고 사상이고 질서를 낳는 거 아니겠니? 빵을 많이 만들어낼 수 있는 쪽은 옳게 마련이야. 다들 거기가 좋다고 떠드는걸? 이 할애빈 그래서 미국을 좋아하게 됐어. 하긴, 걔네들이 보내준 밀가루로 만든 빵을 먹은 입에서 걔네들을 욕하기는 어려울 게야. 그런데 요즘 젊은 애덜은 이상해. 겉 다르고 속 다르니 말이야. 미국 애들 말 애써 배우고 옷도 따라가고 입맛도 따라가면서 또 어쩔 땐 욕을 하거든. 이상한 세태야 아암."

"그래도 힘드셨겠어요 할아버지."

"힘? 딴게 아니고…… 여름에는 풀빵이 잘 안 팔리니간 내가 주근주근 피엑스에서 흘러나온 럭키 스트라이크에다 거시키 카멜 따위 양담배하고 입천장에 딱 달라붙는 허쉬 쪼꼬레 암질러 또 시레이숑이라고 미군 애덜이 먹던 군용 비상식량이 있어요. 그걸 받아다가 깔고 앉은 사과상자 속에 감추고 장사를 했지. 그렇지 않으면 처자식 데리고 먹고산다는 일이 까마득했으니까 아암. 그러다보니 그런 사람들한테 각다귀처럼 붙어서 피땀을 빨아먹는 양아치 애덜이 있어요. 주먹깨나 쓴다는 건달들일 텐데 그런 애덜하고 붙으려면 무조건 깡다구가 일등이지 아암. 만주 봉천인가 어딘가서부터 피양파나 뭐 사리원파다 신의주파다 해서 패거리들이 여간하지 않은데 게다가 항도 토박이들까지 나서서 설치는데 정말

죽을 맛이었다구. 이쪽에서 아침에 손을 벌리고는 점심때 또 저쪽에서 옆구리를 찌르러 온다 이 말이야. 그럼 우린 뭘 먹고 살아? 땅 파먹는다는 지렁이도 아니고 거렁뱅이 쪽박새도 아니고? 그렇잖음?"

"아 예……"

현경이가 녹음기에 달린 마이크를 귀에 꽂아 제대로 작동되고 있는지를 점검했다. 손톱을 만지작거리고 있던 재덕이 깍지 낀 손을 뒤통수로 넘겨 손가락 마디에서 우두두둑 소리를 내며 말했다.

"양철 지붕이 달아오르니깐 후끈거리네요."

"조금 있다가 물땅끄 옆에 보면 아주까리 조르륵 심은 텃밭 있잖아. 그리로 나가자꾸나. 거름 냄새가 좀 나긴 해도 이젠 그늘이 꽤 깊어졌을 게야. 든든한 평상도 하나 있지. 아무튼 사진에 나오는 내 젊은 시절 허우대를 구경하믄 절로 알겠지만 그땐 나도 이거 한 방은 다들 괜찮았다고 했다우 허허. 기렇치 아암. 나 같은 상이군인이 믿을 게 뭐겠어? 나는 그거 하나뿐이었지. 애들도 우리들 성질을 아니깐 어지간해선 건드리지 않았어."

"울 할아버진 육이오 얘기만 나오면 끝도 시작도 없어져 항상. 해병대 출신이시거든. 인천 상륙작전 때 왼무릎에 파편이 박혀서 제대하셨대."

"상륙작전 때 그따위 눈먼 포탄에 당할 내가 아니고 말이지, 그 뒤에 말이야 서울로 선봉으로 진격하면서 마포 쪽에서 최후 저항

선을 펴고 격렬하게 저항하는 괴뢰군 잔당과 맞붙은 거야. 그놈아들 깡그리 소탕하느라 밤중에 대검 자루 하나 입에 물고 눈만 물위로 내놓은 채 한강 도하 작전을 펴다가 그렇게 된 거지. 그런데 나한테 그런 얘기 듣자고 온 거 아니야? 임자 그게 뭐야?"

한산댁이 붉은 플라스틱 바가지에 물을 가득 채워갖고 올라왔다.

"더우니까 물 좀 퍼올리려구요. 발이라도 담그고 있으면 좋지 않아요?"

"시원한 화채나 어서 치지."

"가만 계세요. 지금 얼음 새로 얼리고 있어요."

한산댁이 바가지를 기울이며 푸걱푸걱 펌프질을 하자 재덕이 얼른 대신 맡고 나섰다.

"제가 할게요."

재덕이 펌프 손잡이를 몇 번 더 움직이자 곧 꼭지로 물줄기가 터져나왔다.

"한여름에도 이 물로 멱을 감으면 이가 다 덜덜 떨려서 우리는 엄두도 못 내. 할아버지나 냉수마찰로 건강을 유지하는 덴 좋지만. 가만 얼굴에 땀 좀 봐. 내가 아예 등멱을 쳐줄 테니 바닥에 손 짚어봐 얼른."

"에이, 됐어요 할머니."

"왜? 내가 뭐 젊은 외간여자라도 되나 뭘."

"그게 아니구요. 할머닌 괜찮은데 저기 숙녀도 보고 있는

데……"

"에잉, 여름날 우물가에 나앉은 숙녀라면 그만한 건 감수해야지 뭘. 아유, 엎드려, 엎드려. 누가 본다고 그래 응?"

재덕은 하는 수 없다는 듯 윗도리를 홀렁 벗고는 팔을 몇 번 휘두른 다음 펌프 꼭지 밑에 손바닥을 펴고 엎드렸다.

"우선 애벌로 물칠을 한 다음……"

"흐학흐학…… 에푸, 이거 완전 얼음물이네요. 살려줘요 어푸 어푸."

"호호 이렇게 씻고 나면 땀이 십 리 밖으로 쑥 달아날 거야 응."

한산댁의 손이 재덕의 등을 한차례 철썩 소리나게 때리는 걸로 즉석 등멱이 끝나자 현경과 신풍근씨는 마주보며 웃음을 터뜨렸다.

"근데 할아버지 제가 하나 여쭤볼 거 있어요."

"뭘?"

"왜 밀가루 포대에 보면 강력밀가루인가, 중력분인가 하는 글귀가 있잖아요. 밀가루는 불면 다 날아가는 건데 뭐가 강력하고 중력한 건지 모르겠더라구요."

"아, 그거. 들어봐…… 옛날에 밀껌이라고 있었어. 요즘처럼 껌이 흔하지 않던 시절에 밀을 훑어서 오랫동안 씹으면 희뿌연 회색빛이 도는 찰기 있는 게 씹히거든. 그게 그런대로 질겅질겅 씹을 만하거든. 설탕이 너무 많아서 단물 빠지고 나면 맛두 없고 이빨만

썩는 요즘 껌에 비해도 씹으면 씹을수록 구수해지는 게 정말 한참 양반이지 양반. 그게 밀껌이야. 껌처럼 끈끈한 거 그거이 많으면 강력분이 되는 거지 밀가루가. 그런 건 빵이나 국수 만드는 데 제격이야, 제격. 잘 뭉치고 쫀득하니까 말이지 응. 그런 게 별로 없어서 좀 무른 건 말하자면 과자나 튀김에나 쓰는 박력분이 나오는 거지."

신풍근씨는 신이 났다. 엉덩이를 들썩이며 손끝으로 허공을 거머쥐어 반죽하듯 비틀어짜는 바람에 평상이 삐그덕거렸다.

"우리집은 학생도 눈치챘겠지만 어흠 하고 팔자걸음 걷던 그런 가문은 절대 아닌 거지. 그러니 재덕이 저 녀석도 목수쟁이 되려고 건축학관가 하는 델 갔지."

"에이 할아버진. 건축학과가 얼마나 인기인데 그래요? 어, 시원타."

수건으로 물기를 닦고 난 재덕이 손바닥으로 가슴팍을 탁탁 치며 말했다.

"골체미 자랑하는 게 아니라면 제발 옷 좀 입어줄래."

"아암 그것도 인기를 끌 만치 끌어야. 집이 없으면 사람이 대관절 사람 행색을 할 수 있겠니? 모르긴 몰라도 빵만큼이나 종요로운 것일 테지. 그건 내가 십분 인정을 하지. 우리가 보통 의식주, 의식주 이렇게 일컫는데 말이야 이거 거꾸로지. 집이 있으면 사람이 굳이 이곳저곳 가리지 않아도 살 수 있지 아암. 우리 재덕이가 데모만 안 하면 그거 이상 없는데 말이야. 그게 참…… 나이가 젊으니깐 피는 엿가마솥 물처럼 펄펄 끓지 환장할 나이지. 그 나이를 잘 견디는 게 바로 슬기로운 사람이야. 하지만 옛말에 미련 먼저 나고 슬기 나중 난다는 말이 있으니 쇠귀에 경 읽기지, 경 읽기. 근데 너 못질이나 제대로 하니?"

"건축하고 못질하고는 달라요, 할아버지."

"쯧쯧. 대목수도 기본은 다 못질에서 나오는 게야."

"근데 할아버지 기왕 말씀 나오신 김에 학생들 데모에 대해선 어떻게 생각하시는지 말씀 좀 해주세요."

"글쎄…… 난 잘 모르지. 왜들 그러는지. 어떨 땐 학생들이 어련히 잘 알아서 그럴까 싶어두 아 내 새끼가 전장터 같은 곳에 내몰린다는데 어느 부모 할애비가 좋아들 허겠어? 안 그래? 어른들이 좋아하지 않는 일은 그만둬야지 아암. 자칫하면 객기가 되기 쉬워요. 하긴…… 객기두 한번 부릴 줄 모르는 싹수없는 젊은것한테는 십전 한푼도 허투로 꿔주지 말라는 얘기가 있긴 있지. 세상살이라는 게 때와 곳을 따라서 객기를 가릴 줄 척척 알면 좋은 건데 말이야. 하지만 그게 어려운 거야 아암……"

잠시 대화가 끊어지자 기다렸다는 듯이 한산댁이 수박화채 그릇을 들고 왔다.

"임자도 잠깐 앉아요."

"앉긴요? 지금 또 꺼내야 하는데."

"내가 찜솥에서 꺼내줌세. 우린 워낙 화로를 끌어안고 사니깐 이렇게 수분을 맘껏 섭취해야 견딘다구."

신풍근씨가 화채 그릇을 들어 훌쩍 비워내며 자리에서 일어났다.

"아녜요. 두 사람은 앉아 있으래두. 찜솥만 열고 곰세 돌아올 테니깐."

"그게 아니고요. 제가 도울 수 있으면…… 물컵이라도 나를게요 할머니."

"아냐, 아냐 일없어."

"어차피 할아버지의 일손을 저희가 빼앗았으니까요. 벌충을 해야죠."

현경은 신풍근씨의 만류에도 아랑곳없이 재덕에게 가방을 맡긴 뒤 한산댁의 뒤를 따라 층계를 내려갔다.

"여기 찐빵 빨리 주세요."

"난 왕만두요."

성마른 아이들이 자리에 앉자마자 지르는 소리가 아래에서 올라왔다. 꼬마 손님들을 받는 시간대인 모양이었다.

"그래그래 잠깐만 앉아 있거라 응."

현경이 팔소매를 살짝 걷어붙이며 중간에 끼어들었다. 컵에 물 따르고 빵 쟁반을 식탁에 날라놓으면 바로 옆 식탁의 빈 쟁반을 거두어 차곡차곡 쌓아야 했다. 게다가 돈 계산까지 해주랴 현경은 이마에 흐르는 땀을 훔칠 틈도 없었다.

"그것 저를 주시고요……"

"아유, 손님이 이러면 안 되는데."

"호호 그러면 딴건 말고 접시 비우고 나가는 애들한테 돈이나 받아서 챙겨놔줘요. 여기 값 써 있는 거 보고설랑."

한산댁이 널따란 솥뚜껑 꼭지에 행주를 감은 다음 살며시 옆으로 들어냈다. 벌써 세번째 쪄내는 솥이었다. 요술 램프에서 나오는 뭉게연기처럼 피어오른 김이 문 앞 처마를 감아들며 허공중으로 사라졌다. 콧속으로 구수한 빵냄새가 밀려들었다. 솥 안에는 어른 주먹만한 하얀 찐빵이 탐스러운 알몸으로 옹기종기 모여 있었다. 한산댁이 김이 다 빠져나간 솥 안으로 고개를 쑥 들이밀고 먹이를 물고 온 어미새처럼 찐빵들을 한눈에 내리훑었다. 그러곤 신풍근씨를 향해 흐뭇한 미소를 지었다.

"터진 것 하나 없이 다들 잘 익었어요?"

"아무렴. 어느 손이 안쳤는데."

배를 채운 아이들은 아쉬운 듯이 자리에서 일어났고 그 자리를 또다른 아이들이 둘셋씩 들어와 채웠다. 빵을 다 걷어 큰 쟁반마다 수북이 쌓아놓은 신풍근씨는 밀가루가 깔린 목판 위에 미리 빚어놓은 찐빵을 가져나와 찜솥 속의 겅그레 위에 차례로 올려놓았다.

"물 빨리 더 줘요."

"여기 설탕 좀더 찍어 먹을게요. 많이 줘요, 듬뿍."

"설탕통 거기 있잖니?"

"비었어요."

"아무래도 개미가 환생을 한 모양이다, 재호 너는."

"할머닌! 설탕도 없이 무슨 맛으로 먹어요?"

"그래 듬뿍 먹어서 이빨 다 썩은 다음 나중에 이 할미처럼 틀니 나 해 낄래 응, 호호."

현경은 문턱께에 놓인 앉은뱅이 의자에 앉아 아이들이 건네주 는 동전과 꾸깃꾸깃한 종이돈을 바로 펴서 낡은 장부 밑에 모아놓 았다. 꼬마 손님들이 썰물처럼 빠져나갔다. 제일 끝에 남은 아래위 흰 운동복 차림의 아이가 다가와 한산댁과 현경을 번갈아 쳐다보 며 쭈뼛쭈뼛거렸다. 현경은 그 아이의 뻐드렁니를 쳐다보며 무심 코 손을 내밀었다. 그러자 행주로 식탁을 훔치던 한산댁이 얼른 다 가왔다.

"그래 많이 먹었니? 얼른 가봐. 이건 동생한테 주고."

한산댁은 미리 빵과 만두를 싸넣은 검은 비닐봉지를 아이의 가 방 속 깊숙이 밀어넣고 등을 두드려 보냈다.

"으응…… 걔는 우리집에서 점심 먹고 가는 애라서. 그나마 고 물상 하는 애비가 축대에서 술 먹고 한밤중에 떨어져서 꼼짝 못하 니 뭐. 도시락도 못 싼다 그러길래 그냥……"

현경은 아무 말 없이 빙그레 웃었다. 밀가루가 희끗희끗 묻어나 새치와 구분이 잘 되지 않는 한산댁의 머리 쪽으로 현경의 손이 가 려다 문득 멈췄다. 물탱크 옆 아주까리밭에 놓은 평상으로 자리를 옮긴 신풍근씨가 문밖에서 얼굴을 비죽 들이밀며 그만 부려먹고 내보내라고 우스개를 하였다.

"이거 피마주죠 할아버지? 우리 어릴 적에 씨도 막 먹었잖아요."

"요즘이야 누가 먹는다구. 너희 할망구가 짜서 머릿기름으로 쓴다던가? 샴푸를 기어코 쓰지 않으니까."

"자, 앉아요…… 앉아들. 그렇게 서 있지 말고."

한산댁이 찜솥에서 막 꺼낸 찐빵 접시를 내려놓았다. 얼음을 띄운 물통과 노란 플라스틱 컵 세 개도 따라왔다.

"솔직히 배고팠어요 후후."

"작작 먹어라 이현경."

"어머, 이제 겨우 두 개째야."

팥소가 뜨거워 입을 한껏 벌린 채 쩝쩝 소리를 내며 씹던 현경이 손바닥으로 입을 가리며 멋쩍게 웃었다.

"그래 많이 들어. 예부터 먹는 죄는 고불통_{흙을 고아서 만든 담배통}으로 하나라고 했어요. 이건 주인이 내놓은 것이니 많이 먹을수록 예의가 바른 거제 아암. 단지 너무 쩝쩝 소리를 내며 먹으면 고무락이라는 귀신이 알아들어서 가난해진다고 하니 뜨거우면 찬물을 부으며 먹으라우."

중개는 됨직한 누렁이 한 마리가 절룩거리며 지나갔다. 앞발 하나가 발목이 뭉텅 잘라져나간 개가 코끝으로 바닥을 헤집다가 문턱에서 안을 기웃거렸다. 신풍근씨가 평상에서 내려 신발을 꿰신고 빗자루를 찾는 척하며 냅따 소리를 질렀다.

"짱깨네 문 앞에서나 걸근댈 일이지 여기가 어디라고!"

"영감님 거 뭔 말이당가요? 듣기 상그러바서 마."

대뜸 시비조의 말이 날아든 것으로 보아 아마 신풍근씨가 사람을 번히 보면서 일부러 부아를 지르는 말을 한 듯했다. 현경이 돌아다보니 대머리 진 중년의 사내가 철가방을 들고 스쿠프 오토바이를 타려는 찰나였다. 종점반점이라는 붉은 현판을 내건 허름한 중국집 앞이었다. 오토바이를 타려던 대머리 사내가 철가방을 내려놓더니 문 앞의 주렴을 화풀이하듯 잡아챘다.

"개가 기름 냄새에 눈이 아조 확 뒤집혔구먼. 누가 먹다 남은 짜장 사발이라도 있으면 괜한 하이타이 설거지 할 것 없이 개나 말끔히 핥게 내비두지."

"하아, 와 또 가만있는 사람 속을 긁고 그라요?"

철가방을 다시 집어든 사내가 재덕과 현경을 설핏 훑어보다 현경과 눈이 마주쳤다. 누렁이가 갑자기 꼬리를 살랑살랑 흔들며 주렴 문 앞으로 다가서자 희고 가느다란 손이 불쑥 나와 퍼런 플라스틱 그릇을 바닥에 놓아주었다.

"멀리 놔! 개새끼가 문전에서 알랑대며 개털 날리면 하루쥉일 재수없어."

왼손에 철가방을 쥔 사내가 가랑이를 번쩍 들어 허벅지를 스쿠프 오토바이 안장 위에 올리며 소리쳤다. 그러자 홀태바지를 입고 머리를 길게 딴 여자가 나와 누렁이가 벌써 코를 쑤셔박은 그릇을 빼앗아들고는 바로 옆 할레루야교회의 대문가 화단 아래로 밀쳐 놓았다.

"짜장면 안 뽑고 어딜 내빼?"

공작이발소 이발사가 어느새 하얀 가운으로 갈아입고 허청허청 다가오며 소리를 질렀다. 중국집 주인이 힘껏 페달을 밟자 푸른 연기가 피어올랐다. 이발사가 양미간을 찡그리며 코앞에서 손부채를 활활 부쳤다.

"보는 몰러? 배달. 우린 시도 때도 없잖아. 거긴 오늘 가위질 안 혀?"

"아 여태껏 잔치 보러 갔었는데 점심도 쫄딱 굶었지 뭐야. 케이크인지 뭔지 빵 부스러기 한 상자 덜렁 손에 쥐어주고 말이야. 그런 잔치는 또 보다보다 첨이야. 두 사람 면도해주고 지금 겨우 짬내서 짜장면 곱배기라도 한 그릇 때려잡아야지 계속 가위질을 허든가 말든가 허지! 영감님 안녕하슈? 지가 오늘은 이 집으로 들어갈란디."

"일없어!"

신풍근씨가 손사래를 치며 시큰둥하게 대꾸했다.

"영감님 손자인가? 쩌그……"

"그런가보데…… 그 뭣이냐 한총련……"

이발사가 주렴을 들치고 안으로 사라지자 스쿠프가 고개를 백

팔십도로 돌리고 부르릉 방귀를 연달아 뀌더니 후문 쪽 길 아래로 달려나갔다.

"저 누렁이가 그래도 내 덕분에 이번 오뉴월을 미끈하게 넘겼지."

"왜요?"

신풍근씨가 코를 양쪽으로 벌름벌름하더니 느물거리는 웃음을 지었다.

"초복이 오기 전부터 저 청요릿집 양씨가 누렁이를 돌산으로 끌고 가 때려잡겠다고 단단히 벼르고 있었는데 내가 미리 말뚝을 박고 나왔지. 복날 전에 다리몽댕이가 분질러진 삼족구를 매달면 집 안에 동티 난다고 했지……"

"삼족구요?"

"그래 다리가 셋인 개 말이지. 발목이 뭉개졌으니 그게 삼족구지? 그걸 잡아먹으면 삼재가 든다고 엄포를 놓았더니 개 껍데기라면 입가가 늘어지고 흰자위를 까뒤집는 양씨도 그예 손을 못 대고 삼복을 그냥 넘어가데. 재작년인가 언젠가 한번 주방에 불이 나 크게 혼뜨검을 당한 적이 있으니 그럴 만도 하지. 그러잖아도 그 누렁이가 뉘 때문에 그 꼴이 됐누? 짱깨집 막내녀석이 돌산 가풀막에서 촐랑대다 미끄러져 죽을 뻔한 걸 같이 뒹구느라 다리까지 부러진 갸륵한 개니깐 말이야. 한 일 년쯤 명줄을 더 늘일 만하지 아암……"

"먹으면서 들어요. 얘기 마저 해야 하니까……"

신풍근씨가 입을 열기 전에 다시 파이프에 담배를 재기 위해 허리춤을 뒤지는 사이에 현경은 녹음기에서 테이프를 꺼내 새것으로 바꿔 끼웠다.

"그래, 얘기가 되면 들어두고 말면 잊어버리구. 그러니깐 그때가 벌써 어언 백 년 전이라고 해야겠네 응. 백 년이면 정말 긴 세월이지 사람한테는. 기억도 닳지. 닳고말고. 그래도 그때가 갑오년인 것만은 틀림없을 테지. 그렇지 않고서는 그런 얘기가 나올 수 없었을 테니까 말이야. 갑오년에 선조들이 겪었던 큰 난리 말이여. 그런 노래가 있었다지."

신풍근씨는 목을 자라처럼 움츠리고 으흠으흠 목청을 가다듬었다.

"갑오년에 가보세 가보세, 을미년에 을미적을미적하다간, 병신년에 병신 되오 하는 노래 말이야. 그게 메야? 누군들 가고 싶어서 갔겠냐 이거지. 가도 죽지만 똥눈 자리 깔고 뭉개듯 미적미적하다간 또 병신 되니깐 오도 가도 못하다가 떠도는 넋이 된 게지 아마. 해방이 됐다고 하던 해에 한 해 앞서서 돌아가신 할머니는 그 유명하신 장태장군의 샥시셨지."

"장태장군이요? 그러면 재덕이 고조할아버님께서요?"

"거봐, 내가 이래 봬도 장군의 후손이여 엇힘!"

재덕이 어깨를 으쓱하며 너스레를 떨었다. 하지만 신풍근씨의 표정은 진지했다. 그는 생담뱃가루가 입안으로 들어갔는지 혀끝으로 입술을 핥은 뒤 퉤퉤하고 내뱉었다.

"그분의 함자는 신자, 덕자, 배자셨어. 봉기에 참례하셨을 때가 스물두 살의 약관이셨다지. 어른의 출신에 대해서는 들은 바가 나도 엷다, 엷어. 다만 지금 저그 전라도 김제 출신이신 어른은 소싯적 여느 소년처럼 서당을 다니시며 글을 익히셨는데 글을 잘하고 똑똑해 모두들 갸륵하게 여겼다고 하시더라. 장성하신 다음에는 예의와 염치를 누구보다 소중히 여기시며 현실에 눈을 뜨셨다가 어느 때인지 동학에 입도했다고 하는데 아무튼 녹두장군의 첫 백산 봉기 때부텀 군사를 거느리고 달려가셨다가 이후로두 소접두로서 휘하에 적게는 이천 명에서 많게는 약 일만의 군사를 이끌었다고 하셨지."

신풍근씨는 잠깐 입을 다물었다. 재덕의 입안에서 목울대를 치며 꼴딱 넘어가는 생침 소리와 녹음테이프 감기는 소리만 들릴 정도로 침묵이 내려앉아 있었다.

"특히 어른께서는 부적의 명수셨는데, 무슨 말인고 허니 하루는 휘하의 농민군 앞에서 부적을 써붙인 수탉을 오십 보쯤 떨어뜨려 놓고 호령하시길 한번 방포질^{총질}을 해봐라, 부적이 있으니 저 수탉이 죽지 않을 것이로다 하셨대. 진짜 총으로 다섯 발을 쏘게 했지만 수탉을 맞히진 못했지. 그게 정녕 부적의 힘이었는지 아니면 총질이 서툴러서 그랬는지는 모르지만 아무튼 그 부적을 앞자락에 단 군사들이 용기백배한 결과 하동에서 관군 쪽에 붙은 포수들로 이뤄진 민포군을 깨고 한때 진주성에도 입성하셨다고 들었지. 영호남에 두루 걸쳐서 호랑이처럼 맹렬히 싸우신 게야 아암."

신풍근씨는 시선을 멀리 던지느라 눈가를 간잔지런하게 폈다.

"그분을 농민군 사이에서 더욱 유명하게 한 것은 남원 전투에서 장태라는 무기를 사용해 승리를 거둔 일이었지. 왜군의 지원을 받는 관군은 신식 무기로 무장을 해서 엄청난 불을 내뿜으며 덤벼들고 농민군은 고작해야 구식 화승총이거나 대부분 죽창 아니었겠니? 그때 어르신께서 짚과 대나무를 엮어 묶은 장태를 굴리면서 과감히 관군에게 다가가 육박전을 벌인 게지."

신풍근씨는 입에 물고 있던 파이프를 빼 앞으로 죽창을 휘두르듯 쭉 내지르며 한쪽 팔로는 재덕의 어깨를 감싸안았다. 재덕은 몸을 기울여 할아버지의 팔이 자신의 어깨에 두루 걸칠 수 있도록 했다.

"장태가 뭐에 쓰는 건가요 할아버지. 말씀 도중에 죄송한데요."

"그게 원래 곡식이나 종자 같은 거 넣어 저장하거나 말릴 때 쓰는 게여. 그러니까 농민군은 장태 뒤에 숨어 밀고 가고, 관군이 암만 총질을 해도 장태 안 짚더미에 박히거나 겉에 엮은 대나무에 맞고 튄다 이거지. 얼마나 기발해 응? 그래서 장태장군이라고들 떠받들었지."

"고조할머니는요?"

"그게 나도 열댓 살 때 처음 들어놔서 말이야. 할머니가 그때까지 끝끝내 숨겼거든. 알려지면 목숨이 달아나니깐. 장태장군하고 할머니가 처음부터 정식 혼약을 치른 건 아니고…… 농민군을 따라다니시면서 밥도 짓고 장군의 뒷수발도 들고 그랬어. 어떤 놈은 할머니께서 도망친 관비官婢 출신이라고 함부로 주둥이를 놀리는가본데 언어도단, 말도 안 되지. 관의 계집종이 어떻게 그 많은 농민군의 입을 감당하는 횟손을 발휘했겠니 응? 아니 그러니?"

"어떻게요?"

"풍찬노숙이라는 무서운 말이 있다. 찬바람이나 이슬을 무릅쓰고 한데서 먹고 자는 일 말이야. 당시 들판으로 내몰린 농민군이 딱 그 신세 아니었겠니? 항상 왜놈이나 관군, 민보군 할 것 없이 쫓겨다니는 신세니 말이야. 언제 제대로 터를 잡아서 무쇠솥을 걸고 밥을 끓여! 걸치작거려서 안 되지. 그런데 할머니께서 간편한 쇠가죽솥을 생각해내신 거야, 쇠가죽솥."

"쇠가죽솥이요?"

"아암. 쇠가죽 하나가 무쇠솥 하나를 감당하는 거지. 농민군이 진을 치면 그 자리에 바로 말뚝을 박고 통쇠가죽 끝을 걸고 물을 부은 다음 밑에서 불을 때지. 물이 절절 끓으니까 암만 밑에서 장작을 때도 음식을 끓이는 쇠가죽이 타버릴 염려는 없어. 그러고 나서 척척 보자기처럼 접으면 들고 다니기도 간편했을걸."

"정말 그랬겠네요."

"게다가 할머니께서 그 전쟁통에서도 쌀가루나 밀가루를 보면 모아다가 반죽을 해서 불로 달군 얇은 돌을 구해다가 빵인지 개떡

인지를 해서 기운을 돋우었다지. 들어봐. 그 안에다 산에서 나는 도토리나 상수리 같은 거 있잖아? 그걸 모아다 겉껍질을 벗겨서는 빻아서 팥고물처럼 만든 다음 개떡 안에 넣었다지. 솔찮은 요깃거리였을걸 아마. 그렇게 만들면 군사들이 지니고 다니기도 좋고 소화도 썩 잘되지 않았겠니? 그게 어느 기록엔가 나와 있다고 접때 날 찾아온 무슨 역사학자라는 사람이 적어주고 가기도 했는데. 그래 마마병인가보다, 마마병."

신풍근씨는 손바닥에다 한자를 또박또박 그려가며 설명을 해줬다.

"이렇게 쓰는 마마라구. 계집 녀 변에 말 마자 쓰는 거 말이야. 거 뭣이더라 옛날에 앓고 나면 얼굴에 곰보 자국 생기는 병을 마마손님이라고 했단다."

"천연두요?"

"으응, 천연두? 그래 그 병을 마마손님이라고 했어, 마마손님. 거기다 떡 병餠자 있잖남? 마마병. 기록엔 그렇게 나와 있다고 하데, 그 학자라는 사람이."

"왜 마마병이에요?"

"그건…… 그건 말이지. 에, 그러니깐 그 할머니가 그 마마손님을 맞아서 얼굴이 살짝 곰보셨거든. 그랬는지…… 아니면 그 떡…… 떡이라기보다는 빵 쪽에 가까울 텐데, 아무튼 그것의 모양이 울퉁불퉁한 게 꼭 마마손님 맞은 아이의 곰보 딱지 얼굴을 닮아서 그랬는지도 모르지."

"아항! 그 마마병의 전통이 지금 이렇게 맛 좋은 찐빵으로 다시
태어난 거로구나 히히."

신풍근씨가 재덕의 너스레에 너털웃음을 터뜨리며 등을 다사롭
게 두드려주었다. 그때 가방에서 사진기를 꺼내들고 일어선 현경
이 뒤로 주춤주춤 몇 발짝 물러섰다.

"할아버지 사진 한 장 찍을 게요. 저기 가게 앞 소파에서요."

"사진 박는다고? 거 괜스레······"

신풍근씨는 무릎 위에 놓았던 하얀 천을 몇 번 포개 머리 위에
둘러쓰며 평상에서 내려섰다.

"어이그, 그놈의 궁뎅이 땃땃도 허다 허허."

"야야 현경아, 나는 빠진다. 빠져. 어디 쪽 팔 일 있나?"

"너는 통사정해도 안 껴줘. 저리 비켜."

현경은 무릎을 반쯤 꺾은 채 사진기에 눈을 들이댔다. 줌렌즈가
달린 사진기였다. 오른손 검지를 밀자 렌즈 안의 신풍근씨가 앞으
로 당겨져나왔다. 그가 콧수염을 씰룩거리는 바람에 잇바디가 살
짝 드러났다. 현경은 콧수염에 초점을 맞춰 셔터를 지그시 눌렀
다. 그다음 검지 마디를 쭈욱 펴 렌즈 안의 그림을 넓게 잡았다. 위
쪽으로 간판이 보일락 말락 했다. 현경은 뒤로 몇 발짝 더 물러나
기 위해 일어났다.

"간판 들어가니?"

"아니, 그래서 뒤로 좀…… 엄마야."

뒷걸음질을 치던 현경이 누군가의 발을 밟았다. 종점반점에서 막 요기를 하고 나오던 이발사였다. 이미 배갈을 거나하게 마셔 눈자위가 불쾌했다. 현경은 고개를 돌리려다 이발사의 툭 불거진 광대뼈에 이마가 부딪칠 뻔했는데 그의 입에서 양파 냄새와 뒤섞여 풍겨나오는 역한 술냄새에 목을 움츠렸다.

"음머 이 아가씨 발등 깨뜨릴랴구? 사람이 뒤에 이렇게 번히 섰는디?"

"죄송해요 아저씨. 제가 모르구서……"

"미안하면 다여? 헤헤 농담여, 농담. 뒤통수에 눈깔 뚫린 사람이 있는가 뭐. 근디 영감님 이쪽 학생이 바로 거시키여?"

"뭐가 거시키여, 거시키는! 대낮부텀 어디서 남세스럽게 술주정이여, 동네 창피스러운 줄 알아야지."

신풍근씨의 콧수염이 부풀어오르면서 침 몇 방울이 튀어올라앉았다. 현경은 얼른 셔터를 한번 더 눌렀다.

"영감님도 술주정은 누가 한다고 그 야단이셔? 그냥 물어보는 거 아녜요. 영감님을 하냥 애달캐달하게 만든 바로 그 한총련이냐구. 궁금하니껜."

재덕이 고개를 홱 돌렸다. 모자챙 밑의 두 눈에 힘이 들어갔다.

"뭐가 궁금하신데요?"

"아 그러니깐 그러잖아도 경기가 나빠서 말이지 응, 사회가 뒤

숭숭허고 우리 같은 사람은 하루 벌어 입에 풀칠하기도 바쁜 판에 대학생들은 데모는 뭐할라고 허는가 이거지 뭐. 안 그려?"

"……!"

"이 사람아 자네 왜 이러나? 가서 일이나 헐 일이지 웬 시빗거리를 만들고 난리야?"

종점반점 양씨가 얼른 뛰어나와 이발사의 팔짱을 낚아챘다.

"궁금허지, 아 당신은 안 궁금혀? 더군다나 내 동생이 몇 달 뒤면 대학생들헌테 허구한 날 얻어터지는 그 전경에서 제대를 한다구."

"궁금하더라도 나중에 다시 묻든지 말든지 허라구. 웬 행패여! 나랑 한잔 더 해."

"저런 뇌꼴스런…… 끌끌."

신풍근씨는 양씨에게 끌려 주렴 속으로 사라지는 이발사의 뒷모습을 보며 양미간을 찌푸리며 끌탕을 하였다. 재덕은 호주머니 속으로 손을 집어넣어 담뱃갑을 더듬었다.

"할아버지 전 잠깐 요 위에서 바람 좀 쐬고 올게요."

"그럼, 그럼."

"그래서 그 장태장군님은 어떻게 되셨나요?"

현경은 사진기에 얼굴을 들이댄 채 말을 걸었다.

"으응, 어디까지 얘기했더라…… 가설라므네…… 그래 애초부터 살아나시기가 어려운 싸움이었을 게야. 부적 한 장 달랑 앞섶에 달고 총알비 속으로 달겨드는 싸움을 했어야 했으니. 그해 겨울 거듭된 패전 때문에 결국 일본군 손에 잡혀 돌아가셨지. 배 안에 장태장군의 씨를 겨우 보듬으신 할머님만 간신히 목숨을 건지시고. 할아버지가 애초 병기하셨던 솔뫼마을 뒷산에서 총질을 하며 쫓아오는 일본군에게 그만 뒷다리에 선불을 맞고 붙잡혔다는 소식이 들리자 할머니는 틀림없이 어른께서 돌아가신 줄 아셨지. 하지만 남몰래 지낼 제삿날이라도 알고 싶었지만 옴쭉달싹 못하고 숨어 있는 처지에 어디 그럴 수가 있나? 그래서 하루는 할머니께서 황토흙을 담은 소반 위에 밀가루를 홀홀 뿌린 다음 매일 아침 들여다봤었지. 그 얘긴 두고두고 많이도 하셨어. 아, 그랬더니 섣달 초사흗날에 밀가루 위로 새 발자국이 뚜렷이 나타나더래. 그날 이후 할아버지 제삿날이 섣달 초사흗날이야. 그 밀가루를 거둬 마마병을 만드신 다음 정화수 한 그릇을 떠놓고 울음이 삽짝문 밖으로 샐세라 삼키며 첫 제사를 그렇게 지내셨지."

재덕은 빵집 뒤 돌산 쪽으로 오르는 짧은 가풀막길을 올랐다. 시야가 툭 트인 길가에 서서 아래쪽을 내려다보았다. 삼양동이라고 불리는 산자락이 한눈에 내려다보였다. 무너진 집들이 몇 채 눈에 띄었다. 재개발 지역인 모양이었다. 재덕은 담배를 꺼내 불을 붙였다. 재개발사업이 이뤄지는 바로 옆 구와 경계선을 이루는 한 길가에 있는 할아버지의 빵집도 어쩌면 일이 년 사이에 철거가 될지도 모를 일이었다. 그러면 지금 할아버지가 근근이 손에 쥔 자금력으로 어디 딴 데다 이런 빵집을 차릴 수 있을까? 아니 그만한 근력이 앞으로 얼마나 갈 것인가?

작년인가 언젠가 한번 지나가는 말로 이민을 가자고 조른 적이 있었다. 할아버지는 입을 굳게 다물었다. 재덕 자신은 맘먹기에 따라서 얼마든지 로스앤젤레스에서 청과상을 크게 하고 있는 의붓아버지나 어머니의 초청을 받아 이민을 떠날 수 있었다.

재덕아 사람은 말이야, 그게 그러니까 말이야…… 늙을수록에는 말이야, 한 가지 정신밖에 없는 게지. 이 축축한 땅에 먼저 묻힌 조상님네한테 내가 이 망가진 육신이래두 바쳐야지. 공양을 디리야지 아암…… 아암. 이 땅에 핀 풀과 알곡을 그만큼 악착같이 뜯어먹고 훑어먹고 살았으면 껍데기 같은 육신이래두 말이지, 어데다 묻혀 흙 한줌이나마 어떻게 더 보태야 하는지 알아야 사람 값을 눈곱만큼이나마 하는 게지. 짐승도 그 정도는 저절로 하는 법인데 무슨 말을 구차스럽게 빼고 보태!

재덕은 손가락 사이에 잡히는 대로 굵은 흙알갱이를 몇 알 움켜쥐고 허공중에 뿌렸다. 길바닥이 아니었더라면 왠지 드러눕고 싶었다. 발치 밑은 사방공사를 해놓은 위로 심은 나무들이 어른 키 정도로 자라나 있었다. 국민학교 때만 해도 그곳은 루핑 검은 기름 종이으로 지붕을 인 낮은 블록벽 집이 흩어져 있었다. 아이들도 고개를 숙여야 이마를 찧지 않고 드나들 수 있을 정도였다. 그 빈민촌 중간에 모래자루를 매달아놓은 터가 있었다. 그 터 옆에는 이파리가 무성하게 오른 무밭이 있었다. 오후부터 동네 아이들이 몰려와 고무줄놀이나 치기장난을 했으며 일부는 제법 누렇게 바랜 도복을 갖춰입고 기합소리를 지르며 태권도 발차기 연습을 하였다. 가끔 교련복을 입은 형들이 올라와 아이들의 자세를 바로잡아줬다. 물론 권투 연습도 이뤄졌다. 학교 급식 빵처럼 검고 두터운 권투장갑을 낀 채 둘씩 맞붙기도 했다. 그때 재덕은 잠시 권투 도장엘 나가고 있었다. 비탈을 타고 내려가 그 마당가로 다가선 재덕에게 누군가 톡 쏘아붙였다.

너 뭐야?

구경도 하면 안 되냐?

얼굴이 까무잡잡한데다 좁은 이마 위의 머리마저 심한 곱슬이어서 튀기가 아닐까 싶은 덩치 큰 아이가 흙이 들어간 끈 없는 운동화를 털며 물어왔다. 재덕은 곱슬머리의 유난히 흰 이빨을 쳐다보며 가슴을 쭉 내밀었다.

뭐 구경? 몇 학년인데? 어느 동네서 살아?

……

어쭈 도전이야, 프러포즈야, 애교야?

사뭇 시비조였다. 재덕이 뻣뻣하게 서서 노려보자 곱슬머리는 콧방귀를 뀌며 모래주머니에 이마를 툭툭 찧고 있던 빡빡머리 아이한테 고개를 돌렸다.

야, 챔피언! 이거 별꼴이 반쪽인데.

챔피언이라고 불린 아이는 맨발이었고 아랫도리는 복숭아뼈로

한 뼘쯤은 더 올라간 깡똥한 태권도복과 위에는 갈비뼈 윤곽이 오롯이 몸에 착 달라붙는 낡은 자줏빛 폴라를 입었다. 키도 재덕이 정도의 중간키였지만 굵은 힘줄로만 이뤄진 가느다란 발목은 강인한 인상을 주었다. 챔피언이 구름을 밟는 듯 발끝으로 땅을 디디며 가뿐하게 다가왔다.

구경하러 왔으면 그저 얌전히 구경이나 하다 가지그래.

어? 이봐 챔피언 저애 도전을 안 받아주는 거야?

넌 좀 찌그러져!

챔피언이 한마디하자 덩치 큰 곱슬머리는 군말 없이 어슬렁어슬렁 태권도 연습을 하는 아이들 틈새로 끼어들었다. 챔피언은 바로 옆의 텃밭으로 발걸음을 옮기더니 팔뚝 굵기만한 무를 쑤욱 뽑아올렸다. 곱슬머리가 눈이 휘둥그레져서 쳐다보았다. 챔피언은 이파리를 훑어내 밭에다 휙 내던진 다음 이빨로 무 껍질을 벗겨 퉤퉤 뱉어냈다. 그의 입안에서 하얀 무의 속살이 으깨지면서 입가로 거품이 밀려나왔다.

우린 구경하는 건 아무도 안 말리거든.

챔피언이 씨익 웃으며 재덕의 가슴을 손가락 끝으로 콕 찔렀다. 재덕은 몸을 비틀며 손가락을 쳐냈다. 챔피언의 얼굴이 약간 일그러지는가 싶더니 바닥에 침을 탁 뱉었다. 그는 자신의 어깨 뒤쪽 너머로 손가락을 까닥까닥 움직였다. 곱슬머리가 달려왔다. 곱슬머리는 자신을 향해 포물선을 그리며 날아오는 반쪽짜리 무를 황급히 받았다.

　너 태권도 좀 하냐?

　······!

　그럼 권투로 할래?

　재덕은 말없이 곳곳에 찢어져 꿰맨 흔적이 있는 권투장갑을 집어올렸다.

　여긴 룰이 있어. 우선 삼 라운드인데 각 라운드는 이 분 싸우고 일 분 쉰다. 세 번 따운되면 자동 케이오구······ 그리고 울기 없기 또 쩨쩨하게 집에다 일러서 아까징끼머큐로크롬 값 물어내라고 하기 없기. 알았어? 그럼 야 깜상, 너 시간 재······

　경기는 정확히 이 라운드 일 분 이십칠 초 만에 결판이 났다. 운동에는 어느 정도 자신이 있다고 믿었던 재덕은 그 이백칠 초가 얼마나 긴 시간인지 뼈저리게 느껴야 했다. 챔피언의 발놀림은 현란했다. 그는 아예 맨얼굴을 바로 앞에다 대주는 챔피언의 얼굴을 단 한 대도 때릴 수 없었고 그 대신 챔피언은 정확히 평균 오 초마다 한 대씩 주먹을 날렸다. 주먹을 길게 뻗으면 어느새 귓가로 바짝 달라붙어 올려치기를 날렸었고 관자놀이께를 겨냥하고 힘껏 휘어치면 챔피언은 어느새 재덕의 품을 파고들어 이마를 맞댄 채 히죽 웃으며 옆구리를 야무지게 질렀다. 아마 재덕이가 케이오당하기 직전에 첫 다운을 당해 쓰러져 있었던 칠 초간을 뺀다 해도 대략 마흔 대쯤은 얻어맞았다. 챔피언은 친절하게도 재덕이가 맞을 부위를 미리 가르쳐주며 공격했다. 배!…… 이런 턱이 또 비었잖아…… 바디! 아니지 그쪽말고 왼쪽!…… 관자놀이! 헉헉…… 코피 조심해! 하나뿐인 글러브 젖으면 곤란하다구.

일 라운드의 절반도 지나지 않아 항복하고 싶었다. 울고 싶었다. 그러나 울 수도 없었다. 어느새 명치를 파고든 챔피언의 주먹에 숨이 막혀 목구멍까지 차오른 울음이 아랫배로 쑤욱 빨려들어 갔다.

그날은 어머니가 의붓아버지를 데리고 할아버지한테 인사를 올리러 오는 날이었다. 재덕이를 낳은 아버지는 재덕이가 돌을 넘기자마자 요절했으니 어머니는 십여 년 만에 재가를 하는 셈이었다. 며느리를 떠나보내는 할아버지는 무엇이 좋은지 입이 함지박만하게 벌어졌다. 의붓아버지는 재덕이 지레 짐작했던 가발공장 사장답지 않게 대머리도 배불뚝이도 아닌 잘빠진 인물이었다. 재덕은 마치 꿈에도 그리던 아버지가 다시 돌아온 듯한 느낌을 받았다. 진짜 울 아버지였으면! 재덕은 아랫입술을 물어뜯었다.

어르신께서 저희가 새 삶을 살아갈 수 있도록 혼인을 승낙해주십사 하고……

이 늙은이가 무슨 권한이 있다고…… 본인들이 굳게 화합해 부디 잘살기를 바라는 수밖에. 내 술 한잔 받게나.

네 살배기 아버지가 할아버지와 풀빵 기계 앞에서 찍은 사진 밑에서 어머니와 가발공장 사장은 할아버지에게 큰절을 올렸다. 재덕은 오줌을 누겠다며 빠져나와 지금 앉아 있는 자리로 올라왔었고 아래 빈민촌을 내려보다 귀밑 뺨이 발그레 상기된 채 비탈을 타고 그 마당가로 다가섰던 것이다.

재덕은 또다시 손에 잡히는 대로 굵은 마사토 흙알갱이를 집어 던졌다. 가발업이 사양길에 접어들고 심한 불황에 시달리자 과감히 공장을 정리한 의붓아버지는 미국으로 이민을 갔다. 중학교 일 학년이던 재덕은 다니던 학교나 졸업하고 가겠다며 이 땅에 남았다. 그러고는 작은아버지 댁에 들어갔다. 하지만 고등학교까지 이 땅에서 졸업하고 한 해 재수를 하면서도 바다로 건너와 대학 공부를 하라는 어머니의 청을 굳이 뿌리치고 건축학과에 입학을 했다. 잘한 건지, 못한 건지…… 가서 의붓아버지 밑에서 과일상자나 지게차로 옮겨주며 장사나 배워? 아니면…… 재덕은 손가락 끝까지 거의 타들어온 담배를 한 번 길게 빨아들인 다음 구두 밑창에 비벼 껐다.

작은아버지가 아니었더라면 자신도 구속을 면치 못했을 거라고 생각하니 착잡했다. 내가 쥐구멍으로 새듯 빠져나간 비좁은 감방 마루에선 대신 다른 학우들이 시달리고 있겠지 하는 자책감이 들었다.

지난해 가을 부산지검으로 발령이 나 혼자 부임을 했던 작은아버지가 급거 상경해 쇠파이프와 화염병을 든 모습이 사진에 뚜렷이 잡힌 주요 가담자였던 재덕을 단순 가담자로 분류하도록 손을 썼다. 경찰서에서 훈방되던 날 정문 앞에 작은아버지가 차를 대고 기다렸다.

타라. 어디로 갈까? 집으로 갈까?

재덕은 고개를 저었다. 집을 빼고 아무데나 들어가 목욕물에 몸을 담갔다가 우선 푹 자고 싶었다. 차는 강변도로를 달렸다. 재덕은 창문을 열고 쏟아져들어오는 강바람을 가슴 가득히 빨아들였다. 운전대를 잡은 작은아버지는 아무 말이 없었다. 재덕의 눈은 졸음 때문에 자꾸 쌍꺼풀이 졌다. 고개를 몇 번 끄덕였을까 재덕이 눈을 번쩍 떠보니 차가 산속으로 난 도로를 달리고 있었다. 남산으로 접어든 모양이었다. 다시 눈을 스르륵 감았다. 온몸이 젖은 빨래처럼 흐물흐물 늘어졌다. 다시 눈을 떴을 때 차창 밖으로 한강물이 얼핏 보이는가 싶더니 바로 샛길로 빠져 시내 쪽으로 접어들었다. 그 순간 멀미가 날 것 같아서 차를 좀 세워달랄까 싶었는데 마침 오른쪽에 있는 주차장으로 급히 운전대를 꺾었다.

여기서 내릴까?

외벽 주위를 담쟁이덩굴이 빈틈없이 에워싼 육층짜리 호텔이 보였다. 주차장 쪽으로 난 옆문으로 들어간 작은아버지는 지갑에서 신용카드 같은 것을 꺼내 카운터 여직원에게 내밀며 고개를 바짝 들이대고 특정한 방 호수를 일러주었다. 여직원은 뒤를 한번 돌아다보더니 고개를 위아래로 끄덕였다. 그가 열쇠를 받아들고 올라간 곳은 복도 제일 끝에 있는 605호였다. 생각보다 화려하고 큰

방이었다.

목욕부터 할래?

그러나 최루액 때문에 등이 헐어 생긴 물집이 아직 완전히 아물지 않아 따가웠기 때문에 욕조에 몸을 담글 수가 없었다. 잠깐 물을 적신 수건으로 찍어내는 게 고작이었다. 그러나 잠은 달았다. 작은아버지는 샤워를 하는 사이 밖으로 나가고 보이지 않았다. 팬티도 걸치지 않은 채 보드라운 침대 위에 엎드려 엿가락처럼 달라붙어 잠속으로 빠져들었다. 얼마나 잤을까, 눈을 떴을 땐 한강 쪽으로 난 창문에 붉은 노을이 걸려 있었다. 작은아버지는 창가의 의자에 앉아 양주잔을 기울이다 재덕이를 돌아다보았다. 한강 주변이라 습도가 높아서 그런지 아니면 착시 때문인지는 몰라도 둥그렇게 지는 해는 평소보다 절반은 더 커 보였다.

깼구나?

아 예……

평안하게 잘 자더구나.

저 때문에 심려 많이 하셨죠?

재덕은 얇은 시트 자락으로 앞을 가렸다.

속옷 갈아입지. 95호면 되겠지. 그리고 말이야, 대충 요새 애들이 잘 입는다는 셔츠하고 면바지도 사왔는데 맞을지 모르겠구나.

작은아버지가 손가락으로 소파 위를 가리켰다. 옷을 갈아입으면서 보니 식사를 주문해놨는지 둥근 덮개가 맞춰진 큰 쟁반 몇 개하고 소스 세트 같은 게 탁자 위에 놓여 있고 푸른 양주병도 눈에 띄었다.

네가 사수대일 줄은 정말 몰랐는걸.

그는 경제통으로 자리를 굳혀서 그런지 공안 부문에 대해선 잘 모르는 것 같았다.

사수대라고 해서 따로 조직이 있는 건 아니구요. 저도 원래는 단순한 통일 선봉대였어요. 하지만 움직일 수 있는 건강한 남학생들은 대부분 사수대가 될 수밖에 없었어요. 여학생도 보호하고……

사진 속의 네 모습은 너무 딴판이야. 몇 번이고 눈을 씻고 들여다봤단다. 도대체 무엇이 너를 이렇게 내몰았을까? 사상에 대해서 아니?

작은아버지는 창가의 커튼을 치고는 돌아서 다가왔다. 술잔을 채우기 위해서였다. 재덕은 그에게 자신을 닦달하거나 설득하려 할 의도가 없음을 알았다.

자신이 무슨 행동을 하고 있는지는 알아야 해. 그리고 그 행동의 동기가 희망이나 열정이라면 그게 암만 어리석은 것이라 해도 좋고…… 미흡하지만 분노까지는 이해가 돼. 하지만 절망은 안 돼. 그건 인간성 자체를 파괴하기 때문에 해악이라고 할 수 있지…… 있어.

그는 자신의 잔에 술을 따랐다. 독한 술 향내가 코를 찌르자 재덕은 머릿속이 잠깐 아찔함을 느꼈다.

네가 쇠파이프와 화염병을 들다니…… 나는 거기서 우리 가족사의 우울한 초상을 목격했다. 오욕스러운 것이지. 너도 줄거리는 대충 들어서 알고 있을 테지. 흥, 유구한 빵집의 역사…… 그 집안의 아들들 후후.

작은아버지는 피곤한 표정의 얼굴에 미소를 엷게 입혔다. 자조하는 웃음이었다.

내 증조할아버지는 아버지가 입에 침이 마르도록 상찬해 마지않는 동학 때의 반란 농민군의 한 무리를 이끌었지. 촌구석의 별볼 일 없는 집안에서 난세에 뭔가 출세해보기 위해서는 그런 분탕질의 선두로 나서는 길밖에는 달리 없었겠지. 증조할머닌 까놓고 얘기하면 뭇 아전과 사령 들의 노리개감이 분명했을 관노 출신이다. 게다가 얽음뱅이였으니 서러움은 더이상 말할 나위도 없겠지. 그 혼돈의 전장터에서 사실 상할머니가 증조부의 씨앗을 진짜로 받았는지도 확실하다고 볼 순 없어. 아버진 오기로 자꾸 우기시지만.

술 한잔할래?

재덕은 고개를 끄덕였다. 작은아버지는 냉장고로 다가가 얼음조각을 꺼내 잔에 담은 다음 양주를 부어주었다. 그가 평소에 즐겨마시는 발렌타인 십칠 년산이었다. 재덕은 혀끝을 거치지 않고 한모금 목구멍 안으로 넘기려 했다. 처음에 숨이 확 막히긴 했지만

무사히 위장 안으로 흘러들었다. 불덩이를 삼킨 듯했다. 뇌세포가
천천히 부푸는 느낌이 들었다.

상할머니가 관군이나 일본군의 눈을 피해 간신히 키웠다는 할
아버지는 어떻게 사셨는지 아니? 만주에서 일본 관동군에 붙어 그
들의 밀정 노릇으로 근근이 입에 풀칠을 하면서 독립군을 때려잡
는 일에 앞장서다가 결국 쥐도 새도 모르게 밤 골목에서 목숨을 잃
고 말았다지. 아버지 하나 남기고. 아버지가 육이오 때 해병대에
복무한 것만큼은 틀림없는 사실일 거야. 하지만 전투중 부상을 당
한 게 아냐. 보초 근무중 실족해서 무릎 골절상을 입었다고 하는
데 그 일 때문에 당시 약식 군사재판에 회부됐다는 서류가 남아 있
어. 고의에 의한 병역의무 기피 혐의가 적용됐는데 재판 결과는 무
죄로 나왔고 아버진 소원대로 바로 제대를 했어. 나의 오랜 수사
경험에 비춰볼 때 이 경우는 전쟁공포증에 의한 자해일 가능성이
아주 높아. 하긴 그건 아무 상관이 없겠지. 아버지는 내가 존경해.
평생 불구가 된 몸을 이끌고 빵을 빚어 남의 뱃속을 채워주는 일에
종사하셨으니. 그리고 너도 알겠지만 우울증으로 요절한 너희 아
버지, 내 형님이지. 그 양반이 어떻게 돌아갔는지 넌 아직 잘 듣지
못했을 거야. 하사관으로 군에 입대한 너의 아버지는 칠십일년 월
남전에 참전해서 그 이듬해 캐논 전투에서 혁혁한 전공을 세웠지.
그때 받은 훈장이라는 게 아마 어딘가 찾으면 나올 게다. 그 양반
이 원래 예민한 성격이었거든. 월남전에서 돌아와 제대한 뒤 그동

안 모은 돈으로 벽돌공장을 친구랑 동업으로 차렸는데 실패했지. 사업은 실패한데다 형님은 얼마 전에 언론에서도 크게 떠들었지만 고엽제 후유증에 과민하게 반응했단다. 형님은 당시 월남전에 함께 간 전우가 화학 부대에 있어서 고엽제에 대한 얘기를 약간 들은 적이 있는데다 과연 귀국하고 얼마 있다보니 이따금씩 만나는 옛 동료들이 원인 모를 병을 앓는 데 충격을 받은 거야. 암, 충격이었지. 그때 재덕이 네가 태어난 지 기껏 몇 달 채 되지 않았을 게다. 유달리 성홍열 같은 게 심해서 온몸에 발진이나 수포…… 설사가 끊일 날이 없었지. 점차 우울증에 빠진 형님은 그것을 고엽제의 후유증이 아기한테 유전된 걸로 오해를 하신 거야. 그때부터 형님의 눈에 광기가 비치기 시작했어. 난폭해졌지. 술주정도 심해지고, 술만 마시면 끝장내겠다고 울부짖었는데…… 어디다 숨겨두었던 권총이었는지……

그만하세요, 제발 좀 그만……

누군가의 손이 자신의 어깨 위에 놓이는 순간 재덕은 움츠렸던 어깨를 폈다.

"여기서 뭐해?"

"앉아. 취재 잘됐냐?"

"생각보다는 그럭저럭."

"다행이구나. 그리고…… 늦었는데 그날 쫓아내지 않고 재워줘서 정말 고마웠어."

"으응…… 그럼 오갈 데 없는 애를 내쫓냐 어쩌냐? 마침 쥐여서 보낼 돈도 없구. 네가 불쑥 풀려나왔다고 찾아와서 나는 이거 꿈인가 생신가 했어 정말. 근데 어딨다가 그렇게 밤늦게 왔던 거야?"

"작은아버지를 만났어."

"검사 하신다는 분 말이지?"

"응."

"……"

작은아버지와 투숙한 호텔에서 뛰쳐나온 재덕은 곧바로 현경을 찾아갔었다.

"요즘 더 힘들지? 운동에 회의도 생기고?"

"야야, 딴 얘기 하자. 내가 언제 운동했다고 그러냐? 딴 얘기 하자구. 참, 그날 밤 내가 정신이 없는 판이었는데도 네 품안에 안기니깐 거 기분 되게 삼삼하데."

"뭐야?"

"그렇잖아? 그런 경험 처음이었으니."

"그런 경험? 애 좀 봐! 남들이 들으면 무슨 일 난 줄 알겠네. 놀란 새처럼 파들파들 떠는 걸 불쌍해서 진정시키느라고 머리 좀 두 팔로 감싸안아줬더니 뭐라고?"

"농담이다, 농담! 그러게 딴 얘기 하자고 했잖아."

"근데 수업에도 안 들어간다며? 이번 학기는 휴학할 거니?"

"글쎄 아직 고민중이야."

"그만 내려가지. 토란국 끓여놨다고 기다리시는 것 같던데."

저녁으로 곁들인 반주가 좀 과한 듯했다. 신풍근씨는 재덕이 보는 앞에서 평상 바닥을 손바닥으로 두 번이나 탕탕 내리쳤다.

"여러분들은 해병대원의 긍지를 갖고 자율방범 활동에 임해야 해요. 그게 중요해. 특히 오토바이 타고 다니며 폭주족 행세하는 우리 동네 청소년들을 보면 경찰과 잘 협조하여 무사히 선도할 수 있도록 만반의……"

자율방범대 자문위원과 청소년선도위 위촉위원이라는 직함이 허울은 아닌 모양이었다. 해병대 출신으로 짜인 자율방범대의 더벅머리 청년 두 사람이 신풍근씨 옆에서 한 달에 한 번 펼치는 정기 활동에 앞서서 당부의 말을 들었다. 주걱턱을 한 청년은 반질반질한 군화에다 군복 바지를 입고 근육질의 가슴팍이 훤히 드러나는 가죽 조끼를 걸치고 있었다. 그는 좀 전에 빵을 먹으러 왔던 대성철공소의 용접공이기도 했다.

"대선배님 절대 걱정 마십쇼. 우리 저 무스탕이 중고긴 하지만 명색이 백오십 씨씨짜리임다. 낮에 철가방이나 까스통 따위를 싣고 다니던 거 주인 몰래 밤중에 끌고 나와서 설치는 아이들은 걸리기만 하면 완전 우리 밥임다."

물탱크 옆에는 보안등 불빛을 받아 번쩍이는 육중한 오토바이

한 대가 서 있었다.

"임자! 여기 자율대가 야식으로 먹을 찐빵하고 왕만두 좀 푸닥지게 싸주구려!"

"아이구, 어련히 알아서 할까요. 여기 밤더위 피해서 주무시려고 나온 사람들도 있고 하니 그만 말씀하시고 안으로 드세요. 어서요."

"그래. 하지만 이 나라의 질서는 경찰이 지켜주는 것도 아니고 그렇다고 판검사들이 지키는 것도 아니라구! 당신들 같은 젊은이가 잘해야 돼!"

신풍근씨는 재덕과 현경이 겨드랑이를 부축하자 별 저항 없이 일어서면서 판검사라는 말에 힘을 주었다. 이층 뒤꼍으로 올라와 평상에 걸터앉은 그는 허리춤에서 파이프를 꺼내 담뱃가루를 엄지로 다지며 말했다.

"그때 재덕이 네가 그 빵을 못 먹었지……"

"저 오늘 빵 원 없이 먹었어요."

파이프 물부리를 입에 문 신풍근씨가 손사래를 쳤다.

"그거말고. 너 그 대학 건물 안에 갇혀 있을 때 말이야. 이 할애비가 얼마나 가슴이 미어졌겠니? 먹을 것도 마실 것도 다 끊어버렸다는 무지막지한 소리는 떠돌지 밖에서는 중무장한 병력이 때려잡으려고 잔뜩 독을 품고 기둘리고 있지…… 평소엔 잘났다고 떠드는 놈 중에 하나 해결하겠다고 나서는 화상은 없지…… 내가 어떡하면 좋았겠냐 응?"

"할아버지 송구스럽습니다. 앞으로 다시는……"

"그런 말 듣자는 게 아냐. 들어보라구. 나는 아무것도 모르는 늙은이지만 한 가지 원칙은 있어. 원칙…… 혼찌검을 내더라도 먹여가면서 해야 한다는 게지. 사람 먹는 것 가지고 우롱하면서 집적거리고 닦달하는 놈들을 보면 그저 한심하다 못해 콱 종주먹을 안기고 싶지. 내가 그 옛날 사일구 일어나던 때도 노상 빵집 주인이었지만, 그 빵 때문에 한때 붙들려가 조사도 메칠 받았지. 거리의 시위대한테 빵을 나눠줬거든. 물하고. 이마빡에 김이 무럭무럭 나면서 뛰는 애덜이 목도 말라하고 허기도 졌길래 데모하는 걸 잘한다고 할 순 없지만 먹고는 해얄 것 아닌감? 사실 부정선거고 뭐고 간에 난 자유당 정권이 을매나 밀가루 파동을 일으키며 국민들한테 고통을 줬는지 그게 미웠지."

"예에……"

물끄러미 앉아 있던 현경이 수첩 갈피를 열고 부지런히 받아적기 시작했다.

"오일륙혁명 나던 때는 또 시청 광장에 진주한 군인들한테 빵을 쪄 날랐지. 겪어보니 민주당 정권도 부패했더라 이거야. 허구한 날 썩은 밀가루만 풀고 말이지. 근데 이번엔 그러잖아도 손자인 네놈이 그 사지에 기어들어가 있는데 내가 가만히 있을 수 있겠니? 그래서 오전부터 할망구를 닦달해서 빵을 세 찜통이나 쪄서 한 쉰댓 개 비닐에 잘 포장해서 생전 안 메던 등산 가방에 넣고는 마침 비

456

번으로 놀고 있는, 그 개인택시 하는 전라도 김씨 있다구. 그이 차
를 만원에 세를 내서 그 대학으로 가자고 했지. 오 개 사단이 깔려
도 뚫고 지나갈 길을 알 만큼 서울 지리에 빠꼼하다는 김씨도 이
골목 저 골목을 쑤시고 다니더니 혀를 내두르더라구. 자기가 광주
사태 때도 귀신처럼 시내를 쑤시고 다녔다고 한 사람인데 병력들
이 워낙 개미처럼 좌악 깔려서 막아대는 데는 두 손 들지 않을 수
없다는구먼. 그래서 돌려보냈어, 오천원 더 보태서. 그러고는 천연
덕스럽게 등산 가는 늙은이라고 둘러대며 막무가내로 들어가려 해
도 안 돼. 외국인도 막 검문을 해서 닭장차에 실려보내는 걸 보고는
그만 포기했어. 공기는 매캐하고 날은 푹푹 찌고 그랬지. 하지만 저
안에서 굶고 있는 손자놈한테 이걸 먹여야 하는데 하는 마음으로
그 무거운 배낭을 지고도 서너 시간 동안 다리를 쉬지 않았어."

"할아버지 냉수 드시고 말씀하세요."

"으, 으응…… 커, 시원하고. 아, 그래서 어떡하누? 이 더운 날
에는 빵이 오래가질 못하거든. 앙꼬도 쉬이 상하고 비닐 안이니까
빵도 다 물크러질 텐데 말이야. 애가 타서 입술은 바짝바짝 마르
지. 이건 하늘이 두 쪽이 나도 내 손주한테 먹이긴 글렀구나 싶어
서 어느 주택가 골목 목련나무 그늘에 털썩 맥이 풀려 주저앉아서
쉰다는 게 그만 전경 애들 일개 소대 옆이 되고 말더구먼. 근데 보
니 그 젊은이들도 고생 많이 하데. 하이바를 벗으니까 안경 쓴 앳
된 젊은이들뿐이야. 지들끼리 점심때가 훨씬 지났는데 식사 추진

이 안 된다며 돈 거둬서 빵하고 음료수나 사서 때우자고 한숨을 푹푹 쉬는 소릴 들었어. 그 소리를 듣는 순간 나도 모르게 배낭끈을 풀었어. 그러곤 빵 봉다리들을 하나하나 꺼냈다구. 보니 아직은 먹을 만하고…… 무전기를 들고 있는 고참인 듯한 젊은이를 손짓으로 불렀어. 그 친구 눈이 휘둥그레지더구만. 몇 번이나 고개를 굽신거리며 할아버지 고맙다고 인사를 하고…… 재덕이 네 또래만한 젊은이들이 빵을 허겁지겁 먹으며 허기를 끄는 모습을 보니 그래도 빵을 쓰레기로 버리지 않아 다행이구나 싶으면서도 왜 그렇게 눈물이 나오는지…… 너랑 맞설지도 모르는 젊은이한테 기껏 너를 주려고 갖고 갔던 빵을 먹이고는 그 꾸역꾸역 먹는 전경들 모습을 보니깐 맴이 이상해. 그래도 지금 생각해도 그것 하나는 잘한 일 같아. 내가 취했니 재덕아?"

"할아버지 안 췌셨어요."

"아냐, 난 취했어. 말을 막 하는 걸 보니."

"아니라니까요……"

재덕은 눈시울이 붉어졌다.

"그 빵은 이미 제가 먹은 거나 다름없어요 할아버지."

"왜? 어째서?"

"할아버지가 그렇게 인덕을 쌓으셨으니까 제가 그 와중에서도 크게 다친 데 없이 또 일찍 풀려나왔잖아요? 전 그렇게 믿어요."

"그렇게 생각해주니 고맙다, 고마워."

신풍근씨는 재덕의 목덜미에 손을 휘감고 앞으로 잡아당겨 이마끼리 맞대었다.

열시 반. 어느덧 마을버스의 막차 시간이었다.

"그냥 쉬세요 할아버지."

신풍근씨는 부득부득 배웅을 하겠다고 나섰다. 네 사람은 마을버스에 시동이 걸리길 기다리며 나란히 서서 잔모래 같은 불빛으로 가득찬 세상을 바라다보았다.

"재덕아!"

"예."

"재덕아!"

"예, 할아버지!"

"저 불빛들 보이지?"

"예."

"저 불빛들이 이렇게 멀리서 보면 가물가물한 게 불면 곧 꺼질 것 같지만 그 둘레에 서너 명의 식구들이 곤한 몸으로 모여 앉아 힘겹게 빚어내는 것이라는 생각 안 해봤니? 저 혼자 고립된 불빛들이란 세상에 하나도 없단다. 있을 수가 없어요."

"그럼 불빛과 불빛 사이는 모두 길이겠네요 할아버지."

"응? 그렇지 허허. 이럴 땐 호랭이가 물어갈 만큼 영특도 허지. 아무렴 끊어진 길이란 없지, 없어."

재덕은 할아버지가 무슨 말을 하려는지 어렴풋이 이해가 될 듯도 하였다.

　부르릉 부릉부릉.

　"탈 거면 빨리 타슈. 나도 빨리 한 바퀴 돌고 집에 들어가야 하니깐."

　마을버스 운전기사가 차창을 열고 소리쳤다.

　"아, 예 갑니다. 할아버지 또 찾아뵐게요."

　"할아버지 고맙습니다. 할머님도요."

　"자주 올 필요 없다니까. 너희들 길이나 열심히 가!"

　차문을 닫은 마을버스는 곧바로 내달리기 시작했다. 손을 흔들던 재덕은 신풍근배커리 간판을 한번 더 봐두기 위해 고개를 차창 밖으로 길게 빼 늘였다.

(1996)

눈사람 속의 검은 항아리

내가 겸사겸사 미아리 셋집엘 한번 다녀오겠다는 말을 꺼내자 이번에는 어머니가 펄쩍 뛰었다. 그깟 돈 삼만원 은행 온라인으로 부쳐버리면 그만 아니냐는 거였다.

"그 집 남자가 요즘은 문짝 샤씨 달러 다니는 모양이더라. 낮에 가봤자 코빼기도 구경하기 어려워서. 그 예전에 요한네 집에 세살던 오종종한 해자 엄마 있지? 웃음이 헤퍼서 남자한테 그저 얻어맞고 살던 그 여자 얼굴을 꼭 닮은 그 집 여편네도 뭘 하러 쏘다니는지 갈 때마다 아이들만 둘이서 집을 지키고 있더라구."

"그 집 전화번호 있어요?"

"저기 가방 찾아보면 나오긴 나올 텐데. 늙은이 혼자 있는 듯하니깐 아주 만만히 보고 능갈을 치는 데 이골이 났더라구. 두 젊은 양주가 안팎으로 말이야. 여다. 구, 일, 사에…… 아유 침침해."

삼만원은 입동 무렵에 연탄에서 기름형으로 바꿔 설치한 셋집 보일러가 기습 한파에 얼었다며 손을 보려 하니 보내달라고 셋집 사내가 기별한 것이었다.

"이 추위에 보일러가 아예 서버렸대요?"

"그런 건 아니고 온수통이 얼어서 따신 물을 못 받아서 쓴다는 데 원. 지 입으로도 그러더구먼. 보일러 놓을 때 보니 그 온수통께가 허전해서 온 사람들한테 뭘로 좀 덮어야 하는 거 아니냐구 했다는 거야. 근데 요즘 같은 세상에 일 더 하기 좋아하는 이가 어딨니? 그러니깐 그 사람들이 아이구 그냥 괜찮다고 그러면서 쓱싹 바르고 시브저기 가더니 그 동티가 났다는 거지 뭐. 자기도 남의 집 문짝서껀 주무르러 다니는 사람이면 눈썰미가 있어서 그런 것쯤은 기술자들이 안 해줘도 스스로 알아서 재활용도 안 되는 그 흔한 누더기 짜배기라도 덮어놔야지 그게 뭐야. 자기 집 아니라고 데면데면하고서는 그것 얼어붙어 따신 물 안 나온다고 돈타령이야. 돈타령을? 내가 자기한테 한 달에 기껏 돈 십만원 셋값 받아서 어느 구녕에 처바르는지 다 알면서 말이야. 지난달엔 재개발됩네 하니깐 이젠 관에서도 달라붙어서 토지세 내라 무슨 세 내라 하면서 거진 돈 삼백이 다 깨지게 생겼는데 말이야. 아주 낯이 맨질맨질한 사람들이야 생각할수록."

이 년 반 전에 성남 근처에서 일 년 계약으로 살던 신혼살림을 접어서 신도시에 들어갈 때 미아리 집에서 혼자 살던 어머니를 모셔왔다. 말이 모셔온 거지 집사람이 다시 직장에 나가기 위해선 아이를 봐줄 사람이 절실했다. 그 때문에 어머니는 뭔가 서운한 일이 있으면 동냥자루 타령을 하였다. 몸도 시원찮은데 애를 보자니 차라리 밥을 빌어먹는 한이 있더라도 혼자 나가서 사시겠다고 까탈 아닌 까탈을 부리곤 하였다. 어머니가 그렇게 큰소리를 낼 수 있는 배경에는 물론 그 세내준 미아리 집이 있었다. 우리가 아니래도 당신 몸 하나 거처시킬 공간은 있다고 은근히 내비치는 태였다.

"더군다나 그 보일러가 완전 새것으로 해단 건데 왜 그리 고장이 쉬 난단 말이야. 얼마나 시덥잖게 다루며 썼으면 몇 달도 채 안 돼 그 지경이 됐을라구."

처음에 셋집에서 겨울을 날 기름보일러를 달아달라는 연락이 왔을 때 어머니는 중고품을 하나 헐값에 달 요량이었다. 재개발을 앞둔 그 동네도 길어야 일 년 안에 철거가 시작될 기세여서 일 년 쓰고 버릴 것을 굳이 돈 더 얹어주며 새것으로 할 게 뭐 있냐는 생각이었다. 그래서 셋집 여자한테 알아서 중고를 하나 골라보라고 했더니 사십만원 견적이 나왔다고 알려왔다. 그러자 아버지 살아 계실 적부터 친하게 지내온 석유집의 임씨 아저씨한테 전화를 걸어 시세를 알아본 어머니는 혀를 내둘렀다.

"새것으로 해도 사십오만원이면 뒤집어쓰고 남는다는데 뭔 말라빠진 중고가 사십만원씩이야 응? 이놈의 집이 아주 작정을 해도 단단히 한 모양이야. 구 경계선인 한길 너머 미아동 쪽으로는 거진 철거가 끝나서 집집마다 헌 보일러가 남아돌아 너도나도 갖다 쓰라고 난리들이라고 그러더구먼."

"품삯이 많이 들잖을까요?"

"삯이 들어도 그렇지. 그놈의 집이 자기네한테 먼 인척이 되어 잘 아는 물역 가게에서 들여놓겠다 그러는데 그게 바로 아삼륙으로 붙어먹으려는 깜깜한 심보지 뭐야. 그래서 내가 임씨 영감한테 부탁을 해서 아예 새걸루다 달아달라고 했어. 괜히 중고로 달면 뭐가 어쨌네 저쨌네 뒷말이 많이 나올 집구석이고 그러면 내가 이 시큰시큰한 종짓굽을 이끌고 그때마다 어떻게 달려가겠니? 생각 같아서는 다시 벼룩시장에다 한 줄 싣고 싶지만 또다시 몇 번 발걸음하고 도배해줄 생각을 하니 입맛이 써서 원."

"기왕 말 나온 김에 제가 한번 다녀와본다니까요."

"거긴 뭐허러?"

"창이 형 만나서 이런저런 얘기도 들어두면 좋잖아요. 그리고 셋집 연탄광 쪽에 달아낸 작은방에서 가져올 것도 있구요."

"뭘?"

"영정으로 썼던 아버지 사진틀도 솜이불 보따리 틈새에 아직 박혀 있을 텐데……"

"그 생각은 잊고 꿈에도 하지 마라. 그 뱀의 허물 뒤집어쓴 것처럼 아물아물한 사진은 가져다 어디다 두려고? 애어멈이 그 형상을 보면 얼씨구나 하겠구나!"

말은 그렇게 했지만 어머니도 짐짓 내가 한번 재개발을 앞둔 그 동네를 후딱 살피고 왔으면 하는 눈치였다. 서너 달 전에 본격적으로 재개발 승인이 떨어지자 그곳 분위기가 급격히 달라졌다. 심지어는 현대부동산인가 하는 데서 어머니 앞으로도 딱지를 넘길 의향이 없느냐는 제안이 들어와 '넉 장'을 받고 매매를 하기로 전화로 약속까지 했다가 내가 말리는 바람에 취소한 적도 있었다. 마침 임씨 아저씨 아들인 창이 형이 재개발조합에서 간사 자리를 꿰차고 있다는 말을 들은 어머니는, 내가 평소 가까이 지내온 창이 형을 만나면 그곳 분위기나 시세에 대한 정확한 정보를 얻어듣고 오지 않을까 내심 짐작하는 모양이었다.

　　경의선 기차를 타고 나와 신촌에서 미아리행 버스에 몸을 실었다. 광화문 네거리를 지나면서 차창 밖으로 펼쳐지는 풍경이 익숙해지면 질수록 내 머릿속에는 그날 새벽의 모습이 좀더 선명히 어른거리기 시작했다. 혹시 그 종이처럼 얇은 기억이 나를 이렇게 사라져가려는 동네로 밀고 가는 것이 아닐까? 정말 그런지도 모를 일이었다. 창이 형을 만나 재개발 정보를 듣거나, 아버지 영정을 다시 꺼내오거나, 잇속 바른 셋집 사내를 만나 삼만원을 직접 건네주며 다독거려주려고 나선다는 것은 어쩌면 허울뿐이지 않을까. 나는 머리통에 난 혹을 더듬는 기분으로 손끝으로 옆머리를 짚으며 기억의 끈질김에 대해 새삼 진저리치지 않을 수 없었다. 따져보니 이십 년도 더 바랜 기억이었다. 물론 지금 내가 가고자 하는 미아리 셋집에 대한 기억이 아니라 그전에 국민학교 시절을 보낸 한 지붕 아홉 가구의 장석조네 집에 대한 기억이었다.

아마 설을 쇤 지 며칠 지나지 않은 때였을 것이다. 양말을 신은 채 부뚜막에 올라서 까치발을 하고 찬장 위에 얹어진 소쿠리 안을 휘저으면 아직도 뻣뻣하게 굳긴 했지만 부침개 쪼가리나 쉰 두부 전 같은 게 손끝에 걸리곤 했다. 내가 태어나자 큰외숙모가 엄마의 산후조리를 봐주기 위해 마른 미역을 담아갖고 올 때 쓴 것이라고 하니, 이미 십 년은 지난 그 소쿠리는 낡을 대로 낡아 테두리가 반쯤은 빠져나갔고 군데군데 풀어진 댓개비들이 날카롭게 비어져나와 자칫 맘이 급해 서둘다간 손톱 밑을 파고들거나 손등에 생채기를 내기 일쑤였다.

그 소쿠리를 더듬다가 찔린 가운뎃손톱 밑의 감각이 아직 얼얼한데다 몇 해 전에 뇌졸중으로 쓰러지기까지 한 아버지가 그동안 입에 대지 않던 쇠고기 한 점을 배즙과 함께 삼켰다가 며칠째 자리보전을 하던 중이었으니 기껏해야 설에서 사나흘 이상은 벗어나지 않았을 것이다. 어머니는 시큰한 나박김치 국물을 많이 먹으면 육식 때문에 덧이 난 아버지의 고혈압이 풀린다는 말을 어디서 듣고 왔는지 저녁이면 멕기칠이 벗겨진 양푼에 살얼음이 버석버석한 김칫국물을 담아 내왔다. 덕택에 며칠간 기름 음식에 질린 내게 그 등골이 오싹하고 인중이 고무줄처럼 늘어나도록 차가운 나박김치 국물에 국수를 한 그릇 말아먹는 맛은 별미 중의 별미였다.

그런데 밤새 장을 빠져나와 오줌보로 슬금슬금 고여든 김칫국물이 탈이었다. 평소 같으면 한밤중이나 새벽녘이나 가리지 않고 머리맡에 놓인 사기 요강에다 볼일을 보고 따순 공기가 다 빠져나가기 전에 다람쥐처럼 이부자리 속으로 되돌아오면 그만이었을 터였다. 하지만 설부터 정월 대보름까지 보름 동안은 요강을 쓸 수가 없었다. 어머니가 금했기 때문이었다. 어머니는 자신이 시집을 때 가져온 그 난초 무늬 사기 요강에 대해 엄청난 터부 의식을 갖고 있었다. 그것이 깨지거나 혹은 금이라도 가는 날이면 감당할 수 없는 커다란 동티가 생겨서 끔찍한 경우를 당할 것이라고 굳게 믿었다.

어머니가 전하는 얘기에 따르면 어렸을 적에 외할머니가 요강에 금이 간 것을 보고 걱정하시던 날 밤 소 장사를 하시던 외할아버지가 실제로 뿔이 위아래로 어긋나게 솟은 검둥이 수소를 감쪽같이 도둑맞았다. 어머니의 외가 쪽으로 촌수를 따질 수 없을 만큼 멀어 그저 사돈이라고 부르는 한 집안에서는 평소 새살맞던 며느리가 정초에 요강을 부시러 나왔다가 깬 뒤로 배냇병신을 낳고 결국 집안도 몇 년 안에 풍비박산이 되었다는 것이다. 그런 요강이기에 특히나 정초부터 대보름까지는 각별히 조심하는 게 제일이고 그러자니 아예 화선지로 덮어싸서 부엌 한구석에 모셔두고 쓰지 않는 게 상책이라고 엄마는 일러주었다.

나박김치 국물 때문에 눈을 떠보니, 아니 고개를 이불 밖으로 빼 창호지로 막은 봉창을 보니 아직 어스레한 새벽이었다. 사실은 진작에 깨서 이불 안에서 새우등을 한 채 꼼지락거리고 있었다. 어머니조차 깨어나지 않은 걸로 봐서 어지간히 이른 새벽이라는 걸 알고 있었다. 나는 겁이 많았다. 형을 깨울까 생각해봤지만 새벽잠에 유달리 약한 형이 순순히 내 부탁을 들어줄 리 만무했다. 그렇다고 누나를 깨우자니 알량한 자존심이 허락을 하지 않아 진땀을 흘리며 사타구니를 꽈배기처럼 꼬고 등뼈가 부러져라 구부러뜨렸다. 오줌이 몇 방울 질금거려 허벅지를 땃땃하게 적실 때쯤 해서 나는 욕을 바가지로 얻어먹으며 어머니를 깨울 것인가, 아니면 용감하게 혼자서 아홉 가구가 딸린 기찻집의 제일 끝자락에 서 있는 변소로 갈 것인가 결정해야 했다. 나는 홀가분하게 후자를 택했다.

"어디 가니……"

"아, 아니요……"

"근데 우와기윗도리는 왜 껴입고…… 부뚜막 옆 밥통에 미지근한 숭냉숭늉 있다."

문간 쪽에서 모로 누워 자던 엄마가 고개를 빼 뒤로 젖히며 한마디 던지고는 다시 이불을 끌어당겼다. 엄마의 입에서 하얀 입김이 뿜어져나왔다. 아마 내가 목이 말라서 일어난 줄 아는 거였다. 이불깃 위로 대머리 진 이마만 보이는 아버지가 밭은기침을 쏟았다. 또다시 따스했다가 이내 척척해진 오줌 방울이 허벅지를 타고 흘렀다.

"예에……"

뒤꿈치가 해진 아버지의 낡은 털신을 끌고 사개가 잘 맞지 않아 삐그덕거리는 부엌문을 열며 한 발짝 덜컥 내딛자 차가운 눈가루가 신발등 위를 덮쳤다. 간밤에 내린 눈이 기찻집의 기다란 마당을 곱게 덮어버린 것이었다. 눈빛 때문에 사위는 생각보다 희부윰했다. 오줌보를 미어뜨릴 듯하던 팽만감도 조금 너누룩해졌다.

나는 낡은 털신 밑에서 뽀드득거리는 소리가 나도록 성큼성큼 무릎을 들어 발걸음을 옮겼다. 그리고 아홉 가구가 함께 쓰는 변소문을 열고 문턱에 올라 두 번씩이나 푸드덕푸드덕 몸서리를 치며 오줌을 갈겼다. 이빨을 위아래로 서너 번 맞부딪치며 뽑아내는 오줌줄기가 원뿔형으로 딱딱하게 굳은 언 똥에 둔탁하게 달라붙는 소리가 들렸다. 곧이어 따스한 오줌 세례를 받은 언 똥이 물컹물컹하게 녹아내리는 소리를 눈을 지그시 감고 듣다가 김이 되어 무럭무럭 콧속을 파고드는 지린내에 코를 쫑긋거리며 돌아나온 것까지는 좋았다.

바지춤을 추스리며 김장독을 가리런히 묻어둔 곁을 어정어정 걸어나오다가 발끝으로 눈 덮인 가마니때기 밑에서 뭔가 묵직한 것을 밟았다. 가마니때기 속에 발을 담근 채 눈을 푹 뒤집어쓰고 벽에 기대 있던 그 기다란 물체는 고개를 발딱 젖히는가 싶더니 옆으로 풀썩 쓰러졌다. 눈이 털려나간 그 물체는 공사판에서 쓰는 빠루라는 연장이었다. 어른 엄지보다도 굵은 그 기다란 쇠뭉치는 지

렛대로 쓰였는데 끝이 물음표처럼 생겼고 또 갈래가 져서 대못 같은 것을 빼는 데 아주 쓸모가 있었다. 그런데 그 빠루가 넘어지면서 하필이면 땅속에 묻지 않고 그냥 바깥에 놔둔 조그마한 짠지 단지를 스치자 뚜껑은 두 동강이 나 떨어졌고 몸통에는 왕금이 좌악 그어졌다. 금은 갔지만 그 짠지 단지가 당장 두 쪽으로 갈라질 것 같진 않았다. 하지만 그 갈라진 틈새에서는 시금털털한 김치 냄새를 풍기는 국물이 쨀끔쨀끔 새어나오고 있었다.

사태는 명백하고도 돌이킬 수가 없었다. 일어나서는 안 되는 일을 저지른 것이었다. 나는 삭풍이 부는 황량한 벌판으로 변한 마당가에 서서 힘이 쭈욱 빠져나간 두 어깨를 거느리며 고개를 젖혀 하늘을 바라보았다. 오오, 하느님 지금 무슨 일이 벌어진 것입니까! 그러나 무거운 눈을 밤새 다 털어버린 새벽하늘은 너무 높이 올라가 있어 내 혼잣소리가 도저히 닿을 수 없었다. 고개를 숙였다. 나는 시치미를 떼고 누워 있는 그 시커먼 빠루가 마치 마녀의 주문을 받아 밤새 뿌린 눈송이를 덮고 위장한 채 기다리다가 내 발길을 일부러 잡아채지나 않았는가 하는 엉뚱한 의심이 들 정도였다.

나는 어린애답지 않게 몹시 피로하다는 생각이 들었던 듯하다. 그것은 내가 그 순간 헐떡이고 있었던 이유를 적절하게 해명해줄 수 있었다. 피로하다는 것, 이루 말할 수 없는 피로감…… 하긴 어찌 피로하지도 않고 감쪽같이 기절할 수 있겠는가. 바로 그때 내가 피로해야 하는 목적은 두말할 나위 없이 기절하는 것이었다. 기절이라도 하고 나면 이 세상에 뭔가가 달라져 있겠지, 혹은 최소한 모면의 여지는 남겠지 하는 맹렬한 위안이 달라붙었다. 동시에 그 피로감은 어쨌든 세상에 대한 것이라는 게 명백해졌다. 변소에서 오줌보를 비우고 돌아서기까지 나는 너무나 생생했고, 빠루를 밟고 나서 갑자기 피로감을 느끼기까지 불과 십여 초가 흐르는 동안 나는 아무 일도 하지 않았다. 따라서 그 피로감이란 육체적 고단함에서 비롯된 게 아니라 정신적 흔들림에서 우러난 것이 분명했다. 그런 의미에서 그 피로감은 어른에게나 해당하는 피로였다.

한편으로는 그 피로감은 몹시 물리치기 어려운 불길함을 품고 있었다. 몇 해 전 길게 뺀 혓바닥 위에 거꾸로 올려놓은 박탄-D 병의 밑바닥을 손으로 탁탁 두들겨가며 쥐어짠 두어 방울의 알싸한 액체로는 도저히 풀 수 없을 것이라는 확신마저 어렸다. 그리고 무엇보다도 앞으로도 오랫동안 그 피로감을 떨쳐낼 수 없을 것이라는 지루한 예감이 그날 어슴푸레한 새벽에 덮친 절망감의 핵심이었다. 문간통에서 두번째 집구석에 사는 술주정뱅이 고물장수 순심이 아부지의 노상 흐느적거리는 두 팔과 술 때문에 항상 짓물러져 있는 눈자위가 눈앞에 어른거렸다. 아저씨도 나처럼 피로해서 그랬을까? 돌산 밑에서 개를 끄실리다가 덴 손가락에 약국에서 사온 가제를 칭칭 감고 소독을 한답시며 두 홉들이 소주를 다 따른 스뎅 주발 안에 질벅질벅 담그다가 홧김에 그 소주 주발을 잡아채 박탄-D처럼 벌컥벌컥 들이켜던 순심이 아부지도 되게 피로해서 그랬을까.

그런데 그토록 피로한 사람이 왜 뒤늦게 사팔뜨기 여자는 단칸
방으로 불러들여 국민학교도 다니지 못하고 실밥 따는 공장에 다
니던 순심이를 말이 기숙사지 공장의 골방으로 내보내고 배추장
수가 꿈이던 상준이를 이미 개가한 전처 집으로 억지로 떠맡겨 보
내 세상살이의 피로감을 되레 가중시켰는지 모를 일이었다. 그렇
게 새로 낸 살림이 채 일 년도 가지 못해 계집이 달아나 깨지고, 오
도 가도 못하게 된 순심이 아부지가 하필 겨울이 닥쳐 일도 안 나
가고 전세 보증금을 야금야금 까먹다 또 종무소식이 된 걸 두고,
엄마는 새로 온 여자가 수돗가에서 스뎅 요강을 부시다 내리쳐 찌
그러뜨렸기 때문이라며 끌탕을 했다.

엄마가 남의 딱한 사정에 어거지 비슷하게 푸념을 하며 동정의
여자를 누르는 이유는 사실 딴 데 있었다. 순심이 아부지한테 작정
을 하고 거금 칠백원을 들여 산 중고 석유곤로가 보름도 채 가지
않아 결딴이 났다. 제일 밑에 있는 연료통 바닥이 샜던 것이다. 순
심이 아부지는 자기가 넘길 때는 아무런 이상이 없었다고 모르쇠
를 딱 잡아뗐지만 엄마는 그렇게 생각하지 않았다. 습기 때문에 너
덜너덜 부식한 밑바닥에 난 구멍을 임시방편으로 삐빠질로 때운
흔적이 있다는 거였다. 그 일 때문에 순심이 아부지에 대한 엄마의
감정이 되돌이킬 수 없을 만큼 상해 있었다. 엄마는 새로 끼워넣은
하얀 심지를 꺼내 말렸고 됫병에 종이 깔때기를 꽂고 석유곤로에

남은 기름을 부어넣고 병 입에 신문지를 박박이 쑤셔넣었다. 그리고 고철값 이백원을 쳐서 줄 테니 자신한테 넘기라는 순심이 아부지의 말을 귓등으로 듣고 내게 누런 울릉도 호박엿으로 바꿔 먹도록 뜻밖의 승낙을 했었다.

아버지가 중풍으로 쓰러진 다음날 아침 제일 처음 들렀다가 한의원으로 가라는, 사실상의 진료 거부를 당한 신풍의원 맞은편의 동사무소 옆 골목길을 타고 꾸역꾸역 올라가다보니 길음초등학교 담벼락을 끼고서 마을버스 종점인 콘크리트 물탱크 밑 차부까지 올라갔다. 구 경계선인 한길을 따라 걸어내려가려니까 왼쪽으로는 임마누엘교회 하나와 구멍가게 한 채를 빼놓고는 이미 철거가 다 끝난 폐허의 등성이뿐이었다. 미처 챙겨가지 못한 망가진 가재도구들이 제멋대로 누워 있는 벽돌 무더기 사이로 사람들이 자근자근 밟고 다녔을 골목길들이 호젓한 산길처럼 구불구불 뻗어나 서로 얽히고설켜 있었다. 무너져 방구들이 내려앉은 집들은 터무니없이 작아 보였다. 사방 서너 발짝쯤이나 될까 한 장방형 방안에서 살을 맞부빈 식구들이 최소한 넷 아니면 우리처럼 여섯쯤일 수도 있었을 것이다. 이제 막 재개발이 결정된 셋집이 있는 오른편 기슭은 겉으론 아직 옛 모습 그대로인 듯했지만, 이상하게도 인적이 끊긴 듯 적조한 분위기를 풍겼다. 어쩌면 벌써 방을 빼 나간 집 주인도 있을지 모를 일이었다.

"어머닌 건강하시냐, 어때?"

한길가에서 구멍가게를 겸하고 있는 임씨 아저씨 집 앞을 지나는데 가게 반대쪽 터에서 귀에 익은 목소리가 들려왔다. 나는 반코트 호주머니에서 손을 빼 공손히 고개를 숙였다.

"예에…… 안녕하세요?"

머리가 허옇게 센 임씨 아저씨와 대충 얼굴은 알 만한 술꾼들 네댓이 가게 앞 철거된 집터에서 자그마하게 모닥불을 피우고 모여 앉아 있었다. 그 위에 걸친 프라이팬에서 삼겹살을 굽는 연기가 피어올랐다. 대충 짐작건대 예전의 88이발관 자리였다. 다들 불콰한 얼굴이었다. 철거하고 남은 터라 그런지 부서진 장롱, 의자 다리, 문설주 등등 모닥불에 넣을 나무 쪼가리 지천이어서 그저 안줏거리만 있으면 술추렴을 해서 한낮 거나하게 흔전만전 보내기 맞춤인 나날이었다.

"어딜 바쁘게 가?"

"아유, 아닙니다. 바쁘긴요. 그냥 한번 들렀습니다."

"그렇지. 이젠 들를 때가 되긴 됐지."

임씨는 고개를 무던하게 끄덕이다 프라이팬에서 올라온 연기에 눈가를 구기며 고기를 한 점 집어 깨소금 종지 안에 휘저었다. 옆에서는 고깃점을 양념빛이 좋은 김치에 싸서 길게 뺀 혓바닥 위에 실었다.

"형은 아랫집에 있죠?"

"지금 개 데리고 돌산에 똥 뉘러 갔을 게야. 보다시피 아래루다 말짱 바쉬놨으니깐 아무데서나 누이라고 해도 운동 삼아 간다니 뭐. 곧 올 게야. 그건 그렇고 정 바쁘지 않다고 했으니 이리 와서 술이나 한잔해라 너!"

"아, 예……"

방울 달린 벙거지를 쓴 사내가 엉덩이를 들었다 놓으며 모닥불 앞으로 끼어들 틈새를 열어주는 시늉을 했다. 나는 곱은 손을 숯잉걸 앞으로 들이밀었다.

"너 우리 창이 만난 지 꽤나 된 모양이구나. 그치?"

"아, 예 그동안 제가……"

"쩝, 이따 만나서 얘기 좀 나누면 되겠지."

흔적없이 무너져내린 집터에서 벽돌을 엉덩이 밑에 깔거나 듬성듬성 속이 터진 비닐소파에 뭉개고 앉아 벽돌 위에 프라이팬을 걸고 낮술을 마시는 광경이 전혀 어색하지 않고 오히려 잘 어울릴 지경이었다. 폐허와 술! 그 광경을 보지 못한 사람은 아마 어떤 허무적인 정조를 떠올릴지 모르나 그것은 야릇하게도 정반대의 느낌을 띠었다. 묘한 활력이라고나 할까. 기름기가 자글자글 흐르는 육질 안주 때문인지 술 한잔에 목을 빼고 걸근거리던 꾀죄죄한 술꾼들의 얼굴이 이미 아니었다. 그들의 얼굴에 궁기라고는 찾아볼 수 없었다. 앞으로 한 해, 아니 길게 잡으면 두 해쯤은 재개발 경기의 훈풍이 그들의 버즘꽃 핀 얼굴에 개기름이나마 번드르하게 발라줄 수 있을지 모른다.

"없어, 남은 거 없어……"

내가 귀기울이지 않는 사이에 누군가 입을 쩝쩝거리며 푸념했다. 딱지 거래 얘긴가 싶어 고개를 돌렸더니 빈 소주병을 잡고 흔들었다.

"이번엔 당신이 한 두어 병 사. 이참에 나 술장사 좀 하게."

임씨 아저씨가 농을 던지자 기다렸다는 듯 막 이발을 했는지 자를 대고 그은 듯 곧바르게 가르마를 탄 머리에 기름기가 번들거리는 사내가 호주머니에서 구깃구깃한 천원짜리를 두어 장 꺼내 던졌다. 임씨 아저씨가 아무렇지도 않은 표정으로 챙겨넣고는 가게로 가 소주병을 들고 돌아오며 가르마 탄 사내에게 물었다.

"웬 찍다 남은 벼루를 그렇게 많이 두고 갔어? 어제 그저께까지만 해도 애들이 벽돌 틈새를 안 뒤지나 난리들이었어."

"그럼 뭘 해? 그깟 세멘또 덩어리 짐만 되지."

그제야 나는 그 가르마 탄 사내가 88이발소 옆 담벼락 밑에 지붕이 푹 빠진 자그마한 가내 벼루공장 사내임을 알아보았다. 불과 며칠 전에 집을 허물고 딴 곳으로 옮긴 눈치였다.

"편지가 아직 여기 허물어진 집주소로 오는감?"

"에이구 딴 건 필요 없구…… 오늘니알중으로 거시키 받을 게 있어서 이렇게 자리를 지키는 거여, 커어."

그만 일어나야겠다고 생각하는데 마침 개를 끌고 내려오는 창이 형이 멀찌감치 보였다.

"민홍이 왔구나!"

나는 엉거주춤한 자세로 한 손을 높이 들었다.

"형 얼굴이 많이 좋아 보이는데요. 근데 이놈 그새 많이도 늙었네요."

"이젠 눈독들이는 사람도 없어."

"무슨 눈독이요? 종자 더 못 쳐요?"

그 개는 온 동네 암캐한테 흘레를 붙여주는 종자개였다.

"그것도 그렇고 요즘 여기 개가 흔해서 사람들이 심심찮게 개를 꼬실려 먹거든."

"아무래도 경기가 좋아지니까 그간 입에 못 대던 개고기가 날개 돋친 듯하나요?"

"그게 아니고 저 동네 집 다 부수고 나서 임자 잃은 개도 많고 하니깐 먼저 보고 때려잡는 놈이 장땡이지. 저건 뭔 거 같니?"

"그럼 저게……"

"헤에, 아침녘에 발발이 하나 잘못 걸려들어서 바로 매달았지. 냄새 맡아보면 알 텐데."

"멍멍이 고기도 돼지고기처럼 구워 먹어요?"

"그게 또 별미래. 이놈 빨리 집안으로 들여서 묶어놔야겠어. 같은 종족 살점 굽는 냄새 맡으니깐 흰자위가 돌아가고 뒷다리에 바들바들 힘주고 성질부리려 드는데. 참 어머니께서 집 내놓으셨다도로 거둬들이셨데?"

"아, 그거요? 그런 모양이던데 전 잘 몰라요. 어머니 명의로 돼 있잖아요."

"그거 잘하셨어. 파시더라도 내년까지 최고로 오를 때까지 기달려야지. 너랑 같이 사시니깐 당장 뭐 큰돈 필요한 건 없으시지?"

"아, 예…… 그것도 그렇구요, 전 그 셋집 아저씨가 보일러 고쳤다고 어쩌구 구시렁대기도 하고 또 아버지 영정 사진도 아직 거기 골방 구석에 처박혀 있고 그래서요…… 겸사겸사."

"아암, 아무튼 좋아."

그동안 형은 몸이 골골한데다 직장 없이 가끔씩 아버지 가게에서 석유나 연탄 배달을 해주며 개나 벗 삼고 지내온지라 낼모레 마흔 줄을 앞두고도 장가를 들지 못했다. 나는 그런 창이 형한테서 예전과 달리 풍기는 활력의 정체를 형이 따로 방을 내서 사는 데를 가보고서야 알았다. 올봄에 내가 들렀던 사랑방교회 위의 허름한 방이 아니었다. 형은 한길을 좀더 타고 내려가다 정육점과 슈퍼 비디오점 미장원이 모인 거리에 있는 연립주택의 반지하방으로 나를 이끌었다.

"형, 방 옮겼어요?"

"응. 너 점심이라도 먹고 가야지."

창이 형은 성실정육점에 들러 돼지고기 한 근을 썰어달라고 했다.

"형은 네발 달린 고기 잘 안 먹는 등 푸른 생선파잖아요?"

"식성이란 변하게 마련 아냐. 부쩍 근력이 달려서 요즘 육질을 입에 많이 대는 편이지. 사람 입이 간사해서 자꾸 먹어보니깐 또 먹을 만해져."

형의 뒤를 따라 현관문을 들어서는 순간 으레 코를 찌르던 쉬어 터진 홀아비 냄새가 풍기지 않았다. 그것보다 반짝반짝 빛나는 휴지통을 필두로 내 눈앞에 펼쳐진 규모 있는 살림집의 모습이 나를 잠시 당혹스럽게 만들었다. 부쩍 근력이 달린다는 형의 말이 무슨 뜻인지 알 듯했다.

"이 사람이 밥 먹고 또 자는 모양이지?"

"예에…… 아니 형 그럼 혹시……"

"올여름에 그냥 도둑장가 들어버렸지 뭐 헤헤."

"왜 연락을……"

"식은 안 올리고……"

나는 놀라움보다 반가움이 앞서서 입을 쩍 벌리며 뒤에서 형의 두 어깨를 끌어안았다. 그때 방문이 열리면서 아직 잠기가 가시지 않은 눈매를 한 여자가 부스스한 퍼머 뒷머리를 긁으며 원피스 잠옷 차림으로 나왔다. 나도 제법 안면이 있는 여자였다.

"형수님 안녕하세요? 인사 올립니다."

"어머나 챙피, 이를 어째! 오늘 아침따라 얼굴에 물칠도 못하고…… 아, 누군가 했더니 저기 가겟집 할머니 막내아들 아네요?"

"왜 아닙니까 하하. 늦었지만 두 분께 진심으로 축하드립니다."

나는 한껏 너스레를 떨었다.

"이거 목살 썰어온 거예요. 그냥 소금구이로 해주실래요?"

깍듯한 존대말을 붙이는 형의 얼굴에 어린애처럼 마냥 천진난만한 미소가 잠시 어렸다. 여자의 퍼머머리를 단발머리로 바꾸어 머릿속에 그려보자 비로소 이름이 떠올랐다. 국희일 것이다. 미아리 셋집 옆의 구둣집 문간방에 살던 효상이 엄마의 동생. 어머니가 국희라고 대뜸 이름으로 불렀던 그 단발머리 아가씨는 처음엔 재봉사였다.

우리집 뒤의 마당 넓은 집이 한때 바느질집을 할 때 효상이 엄마가 자신의 동생을 소개해서 효상이네 다락방에서 자면서 그 집 대문으로 한동안 들락거렸다. 땅딸막한 몸매에 얼굴도 오막오막하게 생겼지만 목덜미에 잔털이 비치도록 귀밑까지 바짝 깎아올린 단발머리가 인상적이었다. 당시 나는 대학생이었다. 이따금 엄마의 구멍가게에 와서 새참으로 단팥빵이나 알밤케익을 나한테 돈을 주고 사서 선 자리에서 눈만 깜짝깜짝거리며 먹곤 돌아갔다. 실밥이 잔뜩 묻은 헐렁한 면바지의 무릎은 풍덩 빠져 있었고 굵은 허리까지 내려온 옷의 밑단추가 가끔 하나씩 풀려 있었지만, 빵을 잔뜩 베문 뽀얀 양 볼따구니 밑으로는 파란 거머리 같은 실핏줄이 해맑게 비쳤다. 나는 그 볼따구니를 흘깃흘깃 훔쳐보느라 요구르트 하나 값을 계산에서 빠뜨릴 적이 많았다.

내가 미국 레이건 대통령 방한 반대 가두시위중 종로3가에서 연행돼 구류를 살고 나온 동안 그 처제는 어디론가 가고 없었다. 엄마는 내가 들을세라 말세라 어쩐지 그 입술 시퍼런 게 사내깨나 후리게 생겼더라 어쩌구 하면서 구시렁거렸다. 며칠간 동네를 세게 휘젓고 간 사건이 벌어진 모양이었다. 형부와 처제가 붙어먹었다는 내용이었다. 그 가공할 풍문 덕택에 내가 데모를 하다 나흘간 유치장에 있다 나온 사건은 동네에서 흔적도 없이 휩쓸려갔다. 나중엔 결국 정식으로 이혼을 했지만 그때 죽네 못 사네 하던 효상이네 부부도 겨우내 별거를 하더니 이듬해 봄에 다시 합방을 했다. 그뒤로 효상이 엄마는 자기 동생이 원래 품행이 방정치 못하다고 동네방네 입에 욕을 달고 다녔다.

몇 년 뒤 내가 방위생활을 할 때 단발머리는 돌아왔다. 아니, 긴 머리가 돼 있었다. 그리고 내가 유격훈련을 받느라고 도시락도 싸가지고 다니지 않던 여름철이었다.

"방우 학생, 히힛!"

그녀가 후줄근한 모습으로 부대에서 돌아오던 날 밤 날 불렀다. 알전구 빛이 쨍쨍하게 내비치는 호남상회 앞 나무 평상 위에 다리를 꼬고 걸터앉은 모습이었다. 석계역 앞 포장마차에서 동기들과 오백원 빵으로 소주를 한 병쯤 걸친 취기 때문인지 그날따라 심하게 받은 피티 체조 때문인지, 아무튼 오르막에 코를 박고 오르는 호흡이 거칠었다. 신경이 곤두서 있던 나는 땅바닥에 침을 퉤 뱉는 시늉을 하며 스스럼없이 다가서서 감자와 양파가 반쯤 담긴 라면 박스를 밀치고 평상에 엉덩이를 걸쳤다. 동네에서 오며가며 얼굴 마주칠 기회는 많았지만 서로 인사를 할 만한 숫기도 또 그럴 필요도 없었다. 그녀가 내 코앞으로 방금 딴 차가운 코카콜라 한 병을 내밀었다. 갑자기 목젖을 우그러뜨린 갈증이 나도 모르게 그 병의 잘록한 허리를 덥석 잡게 만들었던 것 같다.

"고생이 많은가봐요."

한번 반말이면 끝까지 갈 것이지 웬 또 경어람! 그녀가 여러 남정네들을 요정냈다는 소문은 이미 듣고 있었다. 요즘 말로 하자면 꽃뱀이었다. 유부남과 붙어놓고는 돈을 뜯었다는 것이다. 나는 대꾸 없이 병을 입속에 꽂고 난 뒤 사레가 들려 기침을 자지러지게 했다. 사실 콜라를 병째로 마시려고 시도한 건 그때가 처음이었다. 고통스런 기침이었지만 마음은 편했다. 그녀는 내 등을 시원스레 두들겨주지도 못하고 두 손을 마주 쥔 채 어쩔 줄 몰라했다. 나는 뭔지 모르지만 재미난 기분이었다. 그녀한테 질펀한 농지거리라도 하고 싶은 심정이었다. 만약 그때 어깨 위에 간신히 달라붙은 줄에 매달린 얇은 윗옷을 거추장스러운 듯 걸치고 있는 두 봉긋한 젖가슴이 벌름벌름 숨을 쉬고 있지 않았고, 그래서 내 아랫도리가 불끈 천막을 치지만 않았더래도 말이다. 나는 바짓주머니에서 동전 이백원을 꺼내 평상에 내려놓고 일어섰다. 뒤에서 욕이 튀었다.

"쌍새끼!"

욕과 동시에 동전 하나가 뒤통수를 알딸딸하게 파고들었다. 나는 입술을 종그렸다.

"쐐년!"

그러나 뒤돌아보진 않았다. 슬그머니 맥이 풀어졌기 때문이다.

창이 형이 그런 사실을 모를 리가 없었다. 내가 알고 있는 것은 벌써 형이 다 알고 있는 사실일 터이고, 형이 이미 알고 있다면 그건 어떻게 달리 부를 말이 없지 않을까. 운명이라고 할밖에는. 창이 형과 나는 소금구이에 맥주를 퍼마시고 또 놀러오라는 형수의 말을 뒤로하고 나왔다. 형은 파출소 건너편에 있는 재개발조합 사무실로 가기 위해 마을버스 돌산 종점으로 올라가는 길이었다.

"형, 늦은 신혼 재미가 어때요? 좋죠?"

순전히 술김이었다. 나는 돼지기름 때문에 더부룩한 배를 쓰다듬으며 물었다.

"헹, 좋냐구? 너도 알다시피 내가 개를 오래 길러봐서 아는데 사실은 사람도 짐승하고 크게 다르지 않을걸. 목숨이 끊어지지 않는 한 야만이면 야만인 대로…… 그런데 사람한테는 어쩔 수 없이 미운 정도 있고 고운 정도 있는 거니깐 그거 한 가지 다르다고나 할까……"

나는 으스스 끝에 몰려온 현훈眩暈 때문에 눈앞이 캄캄해졌다. 그 캄캄함 속에서 오래전에 내가 깬 짠지 단지가 두둥실 떠올라주었다. 나는 아직 다 쓰러지지 않은 길가의 전봇대에 시린 이마를 대며 중얼거렸다. 가자……!

그 한마디에 동화 속 같던 온 세상이 한순간에 흰빛 절망감의 구렁텅이로 변하던 장석조네 집 마당에서 어쩔 줄 모르던 소년의 모습이 환하게 떠올랐다.

나는 깨진 단지를 눈으로 찬찬히 확인하는 순간 입술을 파르르 떨었다. 어찌 떨지 않을 수 있었을까. 그 단지의 임자가 욕쟁이 함경도 할머니임에 틀림없으매라! 이 벼락 맞아 뒈질 놈의 아새낄 봤나, 하는 욕설이 귀에 쟁쟁해지자 등뒤에서 올라온 뜨뜻한 열기가 목덜미와 정수리께를 휩싸며 치솟아올라 추운 줄도 몰랐다. 눈을 비비고 또 비볐지만 이미 벌어진 현실이 눈앞에서 사라져줄 리는 만무했다.

집 안팎에서 귀청이 떨어져라 퍼부어질 지청구와 매타작을 감수하는 게 상수인 듯싶었다. 아무도 밟지 않은 첫길이라고 일부러 발끝에 힘을 주어 제겨딛고 가느라 우리집 앞에서 변소 앞까지 뚜렷이 파인 눈 위의 내 발자국은 요즘 말로 도주 및 증거인멸의 가능성을 일찌감치 봉쇄하고 있는 터였다. 이미 아홉 가구의 어느 방 안에서인지 잠에서 깨어난 사람들이 내 행동을 처음부터 끝까지 지켜보기라도 한 양 두런거리는 목소리들이 들려왔다. 나는 울기 전에 최후의 시도를 하기로 맘먹었다. 우랑바리나바롱나르비못다라까따라마까뿌라냐……

손오공이 부리는 조화를 기대하며 입속으로 주문을 반복해서 외었다. 그러고는 고개를 홱 돌려 깨진 단지를 내려보았다. 주문이

헛되지 않았는지 내 입가에 기쁨의 미소가 어렸다. 깨진 단지는 그 모양 그대로였지만 어떤 기발한 생각이 별똥별처럼 머릿속을 스치고 지나갔기 때문이었다. 그렇다 눈사람이다! 나는 가슴이 터질 듯 기뻐 하늘을 향해 두 팔을 쫙 벌렸다. 일단 이 아침만큼은 별일 없이 맞이할 수 있겠지. 나는 장갑도 끼지 않은 손으로 서둘러 주위의 눈을 긁어모으기 시작했다. 마침 찰기가 좋은 눈이어서 손이 한번 닿을 때마다 흙알갱이가 알알이 박인 눈덩이들이 붙어올라왔다. 나는 우선 항아리 주변에 눈사람의 아랫부분을 뭉쳐놓았다. 그러고는 조금 작은 눈덩이를 서둘러 올려놓았다. 그렇게 해서 깨진 단지를 감쪽같이 눈사람 속에 집어넣을 수 있었던 것이다.

"너 벌써부터 나와 노는구나. 부지런하구나."

바로 이웃방에 사는 현정이 아빠가 담배를 꼬나물고 변소에 가려고 내복 바람으로 나왔다.

"방학 숙제로 낼 일기를 쓰는데요. 눈사람 굴리기라도 해서 적어넣으려구요. 앞으론 날이 따듯해서 눈사람을 만들려 해도 그러지 못할 거예요. 이것도 금세 녹을걸요."

나는 빨리 집으로 들어가지 않고 내 앞에서 밍기적거려 자꾸 거짓말을 하게 만드는 그가 얄미워졌다. 그 감정을 눙친다고 하는 게 느닷없이 그가 보는 앞에서 눈사람의 귀때기를 조금 떼어내 입에 넣는 행위로 표출되었다. 찝찔한 것 같기도 하고 맹숭한 것 같기도 한 눈 녹은 물을 뱉으려 하자 혀 아래에 흙알갱이들이 서너 개 걸치적거렸다. 벌써 쉰 줄에 들어선 그가 몇 해 전에 면도사 하는 젊은 마누라를 새로 후려왔을 때 주변에서는 어떻게 다루려느냐는 시샘 어린 걱정이 많았다. 하지만 베니어판을 사이에 두고 그의 옆방에 살던 꼬마인 나는 한밤중에 자신을 불현듯 깨우곤 하는 숨죽인 앓는 소리의 정체를 알고 있었다. 변소가 떠나갈 듯이 소피를 보고 나온 그는 내가 세운 눈사람을 힐끗 보더니 두터운 입술 새에서 담배를 꺼내 눈사람의 입가에 꽂으며 호탕하게 웃었다. 나도 따라 웃었다. 그러자 기다렸다는 듯이 부엌문들이 차례로 열리기 시작했다.

그 현장을 더이상 지킬 수 없었던 나는 그날 하루 동안의 가출을 감행하지 않을 수 없었다. 왜냐하면 눈사람 속에 감춰진 비밀이란 영원할 수가 없어서 반나절만 지나면 오후의 찬란한 햇빛 아래 만천하에 드러나게 마련이기 때문이었다. 비밀이란 햇볕을 피해 곰팡이가 피도록 묻혀 있어야 제격인데, 기껏 푸석푸석한 눈덩이에 휩싸인 비밀이란 애초 성립하기 어려운 것이었다.

그 하루 동안 나는 주로 더러운 곳만 골라서 돌아다녔다. 개똥 천지인 돌산길을 돌아나와, 눈이 녹아 질척거리는 시장거리, 연탄재가 어지럽게 뒹구는 인수교회 뒤쪽의 좁은 골목들을 혼자 떠돌다 딱총용 화약이 숭숭 박인 종이를 두 장 사서 차돌로 터뜨린 다음 콧방울을 벌름벌름하며 한껏 화약내를 맡았다. 가끔 아버지의 아티반을 사러 가는 불란서약국 뒤의 연탄가스 냄새가 눈을 찌르는 어두운 단골 만홧가게에서 호주머니를 탈탈 털어 성인만화를 보며 지금쯤 녹아내렸을 눈사람에 대해 서너 번 생각했다. 마지막 만화책을 처음부터 세 번이나 되풀이 보고 덮고 나올 때 연탄난로 위에 끓고 있는 떡볶이를 보며 후회했다.

그길로 처음 볼 땐 한복집인 줄 잘못 알았던 길음천변의 음산한 텍사스 거리를 겁없이 걸어다녔다. 그런 용기를 준 것은 허기진 배와 눈사람 속에 묻힌 짠지 단지다. 텍사스 거리의 한쪽 끝에 있는 튀김집 거리를 지날 때는 싸구려 기름 냄새 때문에 뱃속의 내장들이 요동을 치다 못해 밖으로 꾸역꾸역 뛰쳐나올 듯했다. 하지만 설에도 집에 가지 못한 손톱이 긴 매춘부들이 건네주는 오징어 튀김의 유혹에 굴복하진 않았다. 나중에 떨어질 매와 꾸지람을 이겨내기 위해서라도 다른 것은 다 더럽혀져도 자존심만큼은 더럽힐 수 없었다.

그러곤 어느덧 해질녘…… 이미 비밀이 다 까발려졌을 아홉 가구 집으로 돌아갔다. 대문간 앞에서 나는 심호흡을 몇 번이고 했다. 엄마한테 연탄집게로 맞으면 안 되는데 싶은 생각뿐이었다. 하지만 내가 대문간 앞을 흐르는 시궁창을 가로지르는 돌다리를 건너갔지만 아무도 나를 보고 아는 체하는 사람이 없었다. 내게 일제히 안됐다는 시선을 던지며 몰려들었어야 할 사람들이 평소와 다름없이 냄비를 들고 왔다갔다했고, 문짝에 기대 입을 가리고 웃었으며, 수돗가에 몰려나와 쌀을 일며 화기애애하게 얘기를 나누고 있었다. 심지어 수돗가에서 시래기를 다듬다 마주친 엄마도 너 점심 굶고 어디 갔다 왔니, 하는 지청구조차 내리지 않았다. 나는 무척 혼돈스러웠다. 사람들이 나를 더 곤혹스럽게 만들기 위해 일부러 짜고 그러는 것도 같았다. 나는 얼른 눈사람을 천연덕스럽게 세워두었던 변소통 쪽을 돌아다보았다. 거기엔 아무것도 없었다. 눈사람은 깨끗이 치워져 있었다. 물론 흉칙한 몰골을 드러내고 있어야 할 짠지 단지도 눈에 띄지 않았다. 도대체 무슨 일이 일어난 것일까?

나는 나를 둘러싼 세계가 너무도 낯설게 느껴졌다. 내가 짐작하고 또 생각하는 세계하고 실제 세계 사이에는 이렇듯 머나먼 거리가 놓여 있었던 것이다. 그 거리감은 사실 이 세계는 나와는 상관없이 돌아간다는 깨달음, 그러므로 나는 결코 주변으로 둘러싸인 중심이 아니라는 아슴푸레한 깨달음에 속한 것이었다. 더이상 나를 상대하지도 혼내지도 않는 세계가 너무나 괴물스럽고 슬퍼서 싱거운 눈물이라도 흘려야 직성이 풀릴 듯했다. 하긴 눈물 서너 방울쯤 짜내는 것은 일도 아니었으니까. 난 시래기 줄기가 매달린 처마밑에 서서 몇 방울 떨구며 소리없이 울었다. 차라리 그 깨진 단지라도 제자리를 지키고 있었다면 혼은 나더라도 나는 혼돈스럽지도 불안해하지도 않았을 것 아닌가.

"뭘 잘했다고 소리없이 눈물을 꼭꼭 짜니? 정초부터 에밀 못 잡아먹어서 그러니? 넉살 좋게 단지를 깨뜨려 눈사람 속에 파묻을 생각은 어찌했담."

엄마가 물에 젖은 손으로 내 볼따구니를 야무지게 잡아 비틀며 어이가 없다는 듯 픽 웃음을 지었다. 그 얼얼함이 내 균형감각을 바로잡아주었다. 아주머니들의 웃음소리 사이에서 나는 울음을 딱 그쳤다. 그러고는 어른처럼 땅을 쿵쾅거리며 뛰쳐나와 이 골목 저 골목 헤집으며 어딘가를 향해 가슴이 터져라고 마구 달리고 또 달렸다. 그렇게 컸다.

"그래 딴 데는 안 들르고?"

"오다가 저기 전에 살던 기찻집이라고 있어요. 옛날 침례교회 밑에 말예요."

"으응, 있었지."

"거기 뭐 좀 볼 게 있어서 들어가려다 개조심이라고 씌어 있어 서 제대로 보지도 못하고 나왔어요. 보니깐 너무 바뀌었어요. 지붕 도 기와에서 슬래브로 바뀌고 마당 쪽까지 집을 새로 지어서 반지 하까지 치면 이층이나 다름없대요."

형이 고개를 건성으로 주억거렸다.

"형, 조합일 보면 보수는 좀 나와요?"

"돈?"

"예."

"정식으로 받는 급료는 한푼도 없지. 하지만 나야 큰돈은 못 만 지지만 청탁이 큰 이권사업이 물렸으니 잘만 하면 떡고물깨나 묻힐 수 있는 자리지, 그 자리가. 근데 너 참 아버님 틀사진 가지러 왔다며 아랫집엔 안 들를 거니?"

"그만둘까봐요. 대낮부터 벌겋게 술도 마시고…… 또 불쑥 찾아간다는 게 좀 그렇잖아요. 돈 삼만원 건네주는 건데 엄마가 말한 대로 온라인 이용하는 게 낫죠 뭐."

"그건 또 그래. 그럼 나랑 같이 마을버스 타고 내려갈래? 지하철 타려면. 아니면, 나랑 조합 사무실에 들러서 커피나 마시며 이곳 돌아가는 얘기나 좀 듣고 가든지."

"듣긴요 뭘. 형이 어련히 잘 알아서 해줄까."

"내가 해주긴 뭘. 네가 딱지를 팔고 싶다든지 아니면 그냥 입주를 하겠다든지 가부간에 결정을 내리면 내가 아무튼 최고 시세로 되도록 다리는 놔줄 순 있겠지. 내 생각엔 니가 어머니를 모시고 있으니까 당장 현찰이 필요한 게 아니라면 이리저리 굴려서 분양받을 때까지 기다렸다가 처분하는 게 장땡인데."

"예…… 엄마가 결정을 할 거예요. 전 심부름이나 몇 번 하면 되겠죠 뭐."

아무래도 마을버스 종점까지 가기는 그른 모양이었다. 거기까지 간다고 해서 변소가 어서옵쇼 하고 대령하고 있으라는 법도 없지 않은가. 나는 똥이 마려웠던 것이다. 아랫배가 이렇게 딱딱한 걸 보니 모르긴 몰라도 애들 팔뚝만한 걸로 한 자쯤은 뽑아낼 수 있을 듯했다.

"형 먼저 가세요. 전 다음에 또 올게요."

"왜? 버스 안 타?"

"예, 뭐가 갑자기 생각나서요."

나는 미주알에 힘을 잔뜩 주고는 형의 등을 떼밀어 마침 출발하려고 하는 마을버스 안으로 밀어넣었다. 그러고는 폐허 사이로 난 내리막길을 내달렸다. 반쯤 부서진 집들이 몇 채 보이자 나는 그리로 뛰어들었다. 아무리 사람이 버리고 간 집이지만 똥 눌 곳이 마땅치 않았다. 얼마 전만 해도 밥 먹고 잠자던 부엌이나 방이라고 생각하니 선뜻 바지춤을 까내릴 수가 없었다.

잠시 주춤거리는 새에 마침 세로로 절반쯤 깨진 큼직한 항아리가 눈에 띄었다. 그 안에는 아마 그 항아리의 반을 깨고 들어왔을 한 뼘짜리 벽돌이 들어 있었다. 크기로 봐서는 한 열 명쯤 되는 식구는 좋이 먹여 살렸을 장독 같았다. 나는 누렇게 마른 소금기 자국이 얼비치는 옹색한 항아리 안으로 엉덩이를 비집고 들어가 벽돌과 깨진 장독 쪼가리를 디디고 서서 허리띠를 풀었다. 귀밑이 달아오르도록 용을 쓰느라 기침이 터졌다. 기침이 끝나자 나는 서러운 아이처럼 입초리가 비죽비죽 위로 치켜져 올라가는 걸 알았다. 울고 싶은 모양이었다. 나는 구린내가 나는 두 가랑이 사이로 고개를 바짝 쑤셔박고 굵은 김이 무럭무럭 오르는 굵은 황금빛 똥을 쳐다보았다. 왠지 모르게 뿌듯했다.

그런데 나는 왜 구린내가 진동하는 깨진 항아리 속에서 똥을 누는데 울고 싶어졌을까? 늙은 어머니와 아내 그리고 이제 막 초콜릿맛을 안 네 살배기 아이, 이렇게 세 사람의 식솔을 거느린 가장이 비록 속눈썹이나마 이렇게 주책없이 적셔서야 되겠는가, 아아. 하지만 여태껏 나를 지탱해왔던 기억, 그 기억을 지탱해온 육체인 이 산동네가 사라진다는 것이 아니겠는가, 나를 이렇게 감상적으로 만드는 게. 이 동네가 포클레인의 날카로운 삽질에 깎여가면 내 허약한 기억도 송두리째 퍼내어질 것이다. 그런데 나는 기껏 똥을 눌 뿐인데…… 그것밖에 할 일이 없는데……

　똥을 다 누고 난 나는 빈집을 나와 모래주머니를 발목에서 풀어낸 달리기 선수처럼 가뿐하게 폐허 사이로 뚜벅뚜벅 걸어들어갔다. 뒤를 돌아다보니 냄새를 맡은 누렁이 한 마리가 내가 나온 집으로 코를 쑤셔박고 들어가는 모습이 보였다. 나는 입술을 굳게 다물었다. 그러고는 뭔가를 잃어버린 사람처럼 주위를 계속해서 두리번거리며 걷기 시작했다.

(1997)

'열린 사회'와 그 '적'들

—김소진 소설이 남긴 것과 불러올 것

류보선(문학평론가)

1. 김소진 소설과 한국문학의 오래된 미래

　아마도, 그것은, 김소진 소설의 시선이 줄곧 70년대 서울의 변두리에 머물러 있다는 느낌 때문이었을 것이다. 우리가 김소진 소설의 반시대성에 대해, 그리고 김소진 소설이 사실은 우리의 오래된 미래에 해당한다는 사실에 대해 너무 쉽게 잊은 것은. 그렇다면 이제 김소진 소설에 관해서라면 그의 소설이 지니고 있는 특이성과 그 특이점이 지니는 혁신성에 대해 말할 필요가 있다. 김소진의 소설에 대해서는 이미 적지 않은 분석과 해석이 이루어진 것이 사실이다. 변두리를 귀환시켰다거나 스러져가는 70년대의 주변부의 풍경을 치밀하게 기록해놓았다고 보거나 아니면 김소진의 소설을 '비루한 것들의 리얼리즘'이라고 규정하는 시도들은 있어왔다. 이 모두가 김소진 소설의 특이점에 해당하는 만큼 이 시도들은 충분히 주목에 값하는 성찰이라 할 만하다. 하지만 논의의 대부분이 이 지점에 멈추고 말았음도 지적되어야 한다. 사실 그 자리에서 한 걸음씩 더 갔어야 한다. 김소진 소설이 단순히 변두리를 귀환시킨 것이 아니라 중심보다도 더 핵심적인 모더니티의 증상을 담고 있는 변두리를 귀환시킨 것임이 치밀하게 논증되었어야 한다고나 할까. 그랬어야 한다. 그랬더라면 김소진의 소설은 21세기적 모더니티의 핵심적인 증상을 먼저 읽어냈을 뿐만 아니라 그것과 더불어 살아갈 수 있는 방법을 선취한 소설이라는, 스스로의 위상에 걸맞는 평가를 받을 수 있었을 것이므로.

김소진에 관해서라면 이미 한두 차례 쓴 적[1]이 있음에도 불구하고 다시 김소진론을 쓰는 까닭도 여기에 있음은 물론이다.

2. 밥풀때기들의 욕설과 열린 사회의 가능성

김소진 소설의 특이성과 그 특이성의 혁신성을 밝히려면 우선

---

1) 김소진의 소설에 관해서라면 이번이 처음이 아니다. 나는 이미 두어 차례 김소진의 소설에 대해 쓴 적이 있다. 이 글은 김소진 소설에 대한 그간의 변화된 생각을 반영해 새로운 맥락에서 김소진 소설을 읽고자 한 것이다. 그러나 김소진의 초기 소설을 집중적으로 분석한 3장의 경우는 다루는 대상이 같은 까닭에 김소진의 초기 소설의 특이성을 밝히고자 한 이전의 글(「변두리의 귀환」, 『김소진 전집1—열린 사회와 그 적들』에 수록)과 불가피하게 겹치는 부분이 적지 않음을 미리 밝혀둔다.

「열린 사회와 그 적들」로부터 시작하는 것이 좋겠다. 이유는 간단하다. 「열린 사회와 그 적들」은 김소진 소설의 원점이다. 동시에 김소진 소설의 필생의 화두가 담긴 작품이다. 「열린 사회와 그 적들」을 보면 김소진이 작품활동을 하는 내내 어떤 문제틀을 가지고 소설을 써나갔는지를 확인할 수 있다. 동시에 김소진 소설이, 비록 안타깝게도 그리 길지는 않았지만, 평생 추구했던 그 문제틀의 문제성과 혁신성을 미리 읽어낼 수 있다.

「열린 사회와 그 적들」이 김소진 소설의 원형이자 출발선이라고 해서 이 소설에 김소진 특유의 역사철학이나 어떤 출사표가 들어 있을 거라고 지레짐작할 필요는 없다. 어떤 편인가 하면 「열린 사회와 그 적들」은 어떤 역사적 현장에 대한 스케치에 가깝다. 스케치라는 말에 어폐가 있을 수 있겠다. 재구성이라고 하는 것이 적절한 표현일 수 있겠다. 「열린 사회와 그 적들」은 1991년, 김귀정 열사의 시신이 안치되어 있는 병원에서 일어난 하룻밤의 일을 시간 순서에 따라 서술한다. 이 하룻밤의 일 중 「열린 사회와 그 적들」은 크게 두 가지 장면에 집중한다. 한 장면은 병원 내 민주 진영 안에서 벌어진 의견 대립이랄까 노선투쟁 장면이다. 병원 밖에서는 김귀정 열사의 시신을 탈취하기 위해 김귀정 열사를 죽음으로 내몬 백골단이 진을 치고 있고, 병원 안에서는 김귀정 열사를 죽음으로 내몬 폭력적인 국가기구와 어떻게 싸울 것인가를 놓고 치열한 노선투쟁이 벌어진다. 그런데 이 노선투쟁이 단연 이채롭다.

"아, 그러니깐 그런 걸 위해서라도 열심히 싸워야 한다는 거 아뇨? 아무도 용감하게 나서서 싸우지도 않는데 누가 거저 나서서 그런 자유와 평화를 선뜻 돌리듯 집어준답디까? 이마빡이 터지도록 허벌나게 싸워도 될까 말까 한데……"

"그렇게 책임성 없는 말이 어디 있소? 모든 걸 적대시하고 파괴하려고만 하는 건 기회주의자의 또다른 측면일 뿐이오. 민주화시위도 이제는 마구잡이식으로 하는 게 아니고, 그렇다고 딱히 이렇다할 규칙이 있는 건 아니지만, 아무튼 어느 정도 룰을 지켜야 하는 경기나 마찬가지란 말이오."(「열린 사회와 그 적들」, 57~58쪽)

"여기서 열린 사회라는 건 계급이나 종족 그리고 이데올로기라는 신화가 더이상 개인에게 굴레가 되지 않고 개개인이 사회의 진정한 주인으로서 질적으로 더 많은 자유와 민주주의, 물질적 풍요와 평등을 이룰 수 있는 마당이며 소수에 의한 지배가 아니라 이성적으로 눈뜬 다수에 의한 착실하고도 양심적인 사회 운영이 기본 원리로 받아들여지는 사회를 가리키는 것이오."

"당신네들 지금 자꾸 어려운 말을 씀시롱 머릿속을 헷갈리게 하는데 한번 물어나봅시다. 우리, 우리 하는데 도대체 거기에 낄 수 있는 축은 누가 되는 거요? 이데올로기의 신화니 이성적 원리니 하며 거창하게 빚어내는 사회라면 우리 같은 못 배우고 빽줄 없는 떨거지들은 여전히 찬밥 신세를 면치 못할 게 불 보듯 뻔한데 뭐가 진정한 사회란 거요?"

(……)

"그만들 두지 못해! 이게 뭐하는 짓거리야. 더이상 두고볼 수가 없다구. 이따위로 나오면 우리는 당신들을 적으로 규정할 수밖에 없어. 어서 그 각목을 바닥에 놓고서 순순히 물러서라구. 아니면 이후로 당신들이 어떻게 되든 우리 책임이 아냐."(59~60쪽)

이 노선투쟁이 흥미로운 것은 노선투쟁의 한 축이 소위 '밥풀때기들'이라는 특이한 무리들이기 때문. 이 '밥풀때기들'은 자본주의적 질서로부터 이중, 삼중으로 소외받는 최하층계급으로 당시 거의 모든 민주화시위 현장에 나타나 지도부의 전략전술을 거부하고 오로지 폭력적 시위에 몰두했던 특이한 존재들을 일컫는 것으로, 그들은 (「열린 사회와 그 적들」의 표현을 빌리자면) '민주불량배' '거리시위꾼'으로 불리기도 한 적이 있다. 이 '밥풀때기들'을 바우만식으로 표현하자면 아마도 모더니티의 추방자들쯤 될 터인데, 「열린 사회와 그 적들」은 이 모더니티의 추방자들을 소설 무대에 적극적으로 끌어들일 뿐만 아니라 그들의 말을 지식인들의 언어와 나란히 펼쳐놓는다. 「열린 사회와 그 적들」이 만약 잘 짜여진 소설이라면 그것은 전적으로 이 두 이질적인 언어들 사이의 기묘한 대비 때문일 것이고 또한 두 이질적인 언어 사이에서 작동하는 아이러니 때문일 것이다. 위의 대화, 혹은 노선투쟁을 보면 우선 민주화 세력은 민주화의 주체들 같다. 사회 전체를 조망하며 그 때그때의 전략전술을 세우고 궁극적인 승리를 위해 투쟁을 끊임 없이 유예할 줄 알 정도로 인내심이 강하다. 표현 또한 논리적이고 어조는 차분하다. 반면 '밥풀때기들'은 즉자적이고 즉물적이다. 그들의 말투는 정제되어 있지 않을뿐더러 수시로 욕설과 은어가 섞인다. 이렇게 서로 품위가 다른 언어가 겹쳐지기에 표면적으로 이 논쟁은 민주화 세력의 일방적인 우위 속에서 진행되는 것처럼 보인다. 하지만 가만히 살펴보면 민주화 세력은 '열린 사회'를 말 하면서도 어투나 말투, 그리고 다른 방향성을 지닌 말을 수용하고 자 하지 않는다. 뿐만 아니라 상대방의 주장보다 더욱 고차의 내용 을 제시하여 상대방을 설득하기보다는 어떤 권위를 이용해 논쟁 을 일방적으로 중단한다. 표면적으로 이 논쟁의 승리자는 민주화 세력 쪽이다. 차분하고 이성적인 언어로 말하면서도 결정적인 순 간 상대방의 의견을 무시한 채 자신의 의견을 관철시킨 민주화 세 력 쪽이 결국 논쟁에서 승리하고 김귀정 열사의 시신을 둘러싼 투 쟁 방향 역시 민주화 세력 쪽의 논리대로 결정되기 때문이다. 하지 만 자세히 내용을 들여다보면 비민주적인 세상을 민주화된 세계 로 바꿀 수 있는 논리를 갖춘 쪽은 오히려 '밥풀때기들'로 보인다. '밥풀때기들'은 진정한 민주화란 민주화를 거부하는 세력이 만들 어놓은 반민주적 규칙을 바꾸지 않고는 이루어질 수 없다고 말하 며, 또한 민주화를 막기 위해 사람을 죽일 정도로 폭력적인 국가기

구에 대항해 그 상황에 제동을 걸 만한 어떤 행동을 행하는 것은 그것이 비록 폭력적일지라도 필요하다고 주장한다. 하지만 '밥풀때기들'의 언어는 정제된 언어가 아니었고 결국 내용 없는 정제된 언어에 떠밀려 이들의 주장은 폐기처분되며 급기야 '열린 사회'의 '적들'로 규정되기에 이른다.

그리고 「열린 사회와 그 적들」에서 주목할 만한 장면은 이 소설 속에 등장하는 또다른 죽음이다. 소설 속에는 김귀정 열사의 죽음 외에 또하나의 죽음이 등장한다. '밥풀때기들' 중의 하나였던 '박상선'이라는 인물의 죽음. 하지만 이 죽음은 김귀정 열사의 죽음과는 전혀 다른 방식으로 처리된다. 애도도 추모도 없다. 다만 두 줄짜리 기사로 역사의 저편에 묻혀간다. 민주화 세력 쪽은 "개개인이 사회의 진정한 주인으로서 질적으로 더 많은 자유와 민주주의, 물질적 풍요와 평등을 이룰 수 있는" '열린 사회'의 필요성과 필연성을 강조하지만 또다른 생명의 죽음은 거들떠보지도 않는다. 결국 이들의 '열린 사회'는 계급과 성분, 어투가 다르더라도 그 구성원의 생명과 언어를 소중하게 감싸안는 그런 사회가 아니라 '열린 사회'라는 룰을 공유하는 사람들끼리 서로를 받아들이겠다는 의미의 '열린 사회'임이 밝혀지는 순간이다.

「열린 사회와 그 적들」은 영원히 역사의 저편으로 사라져버릴 가능성이 높았던 소위 '밥풀때기들'을 역사의 무대로 다시 소환해내고, 두 개의 인상적인 장면을 통해 '밥풀때기들'의 삶을 역사철

학적으로 문맥화한다. 「열린 사회와 그 적들」은 이 두 개의 장면을 보여주기만 할 뿐 작가는 그 어떤 포폄褒貶도 절제한다. 때문에 말하고자 하는 바가 명확하게 읽히지 않는 대신 여러 측면에서 읽힌다. 우선 눈에 띄는 것부터 말하자면 소위 기층민중 혹은 하위주체 들의 질서화되지 않은 말들을 충분히 감싸안지 못한 8, 90년대 민중·민주 세력의 한계를 비판하는 것으로 읽을 수 있다. 그런가 하면 이성적 판단이라는 미명하에 하위주체들의 변혁에의 열정 혹은 혁명적 에너지를 오히려 억눌렀던 8, 90년대 민중·민주 세력의 기회주의나 비폭력 노선에 대한 냉소로 받아들여지기도 한다. 그런가 하면 폭력, 그것으로 중무장한 국가기구의 폭력 앞에서 과연 폭력을 없애기 위한 폭력은 어디까지 어떤 형태로 가능한가라는 문제[2]를 묻고 있는 듯도 하다. 그것도 아니면 이미 한 비평가가 날카롭게 지적했듯이 「열린 사회와 그 적들」의 저 밥풀때기들은 "민주주의의 필연적인 실패를, 체제와 시스템의 실패를 제 몸으로 보여주는 증상"이며 이들을 통해 「열린 사회와 그 적들」은 "민주주의가 안고 있는 근원적인 결여와 곤경을 들추어내고 있"[3]다고 볼 수도 있다. 또 모더니티에 의해 희생당하나 그 어

---

2) 흔히 세상은 세상을 바꾸기 위한 폭력에 대해 비난하지만 이러한 비판을 하기 위해서는 세상을 유지하기 위해 행하는 폭력에 대해 고려해야 한다는 견해는 슬라보예 지젝, 『멈춰라, 생각하라』(주성우 옮김, 와이즈베리, 2012) 154쪽 참조.
3) 김영찬, 「민주주의와 그 적들―1991년 밥풀때기, 그리고…… 2000년대에 다

느 누구의 애도도 받을 수 없는 모더니티의 추방자들 혹은 호모사케르적 존재들에 대한 관심을 촉구한 소설로도 읽을 수 있고, 작가 자신이 말했듯 "그들(밥풀때기들—인용자)은 배척한다고 해서 없어질 그런 존재가 결코 아니며, 그들을 함께 끌어안고 가는 노력이 우러나는 사회의 진정한 가치를 더불어 상기시키고자 한"[4] 작품일 수도 있다. 예컨대 진정으로 열린 사회란 모더니티의 추방자들을 적으로 규정하고 배제하는 그런 메커니즘 속에서는 불가능하고, 자신의 체제가 만들어낸 증상이자 희생양 들과 항상 더불어 갈 때만이 가치가 있다는 열린 사회에 대한 방법론을 제시한 소설일 수도 있는 것이다. 어쨌거나 「열린 사회와 그 적들」은 자칫 역사의 저편으로 스러져갈 가능성이 농후했던 모더니티의 추방자들을 역사의 전면으로 다시 불러내어 진정으로 열린 사회의 필수적인 조건을 제시했다는 점에서 단연 주목할 만한 문제작이라 할 수 있다.

그런데 「열린 사회와 그 적들」에서 우리가 또하나 주목해야 할 것은 뜻밖에 다음과 같은 장면인지도 모른다.

"니기미 씨펄, 그래 시민, 시민 해쌓는데 느그덜 판이 을매나 오

시 읽는 김소진」, 『소진의 기억』, 안찬수 외 엮음, 문학동네, 2007, 277쪽.
4) 김소진, 「밥풀때기가 살고 있었네—내 소설을 말한다:「열린 사회와 그 적들」」, 『김소진 전집 6—그리운 동방』, 문학동네, 2002, 14쪽.

래갈는지 두고보자고."

"어따 웬일이여. 가뜩이나 우리덜얼 바라보는 눈길들이 점점 사나워지는디 쌈박질까지 하고 나서면 워쩌자는 겨?"

"얼룩이 성님은, 말이라구 고로케 창알머리 없게 허믄 내가 섭하지라. 조것들 말하는 뽄새 좀 보고도 그라요? 같이 민주화투쟁 하며 기껏 고생함시러도 시상에 밥풀때기가 뭐라요. 얼통 터지게. 사람이 입성이 누추하고 행동이 거칠다고 그렇게 깔보는 경우가 제대로 된 경우라요? 아 우리가 뭐 기생충이라? 싸가지 없는 것들 같으니라구 (……)"

(……)

"애초에 왜 병원에다 대고 돌을 던진감? 이 안동답답이야."

"그건 제가 잘못했지라. 근디 저그 오줌 좀 싸려고 백인제 선생인가 뭔가 하는 동상 앞을 지나려는데 현관 벽에 뭔 동판이 붙어 있어서 보니, 거시키 '산업재해보상보험 지정 의료기관'이라는 글이 써 있더라구요. 그게 눈에 띄는 순간 가슴에서 불꽃이 파바박 일어납디다."

(……)

"쟤 숨소리가 왜 저리 거칠다냐? 여 재복아 상선이 좀 깨워봐."
(「열린 사회와 그 적들」, 41~43쪽)

'밥풀때기들'은 각기 다른 곳에서 뜨내기일을 하다가 이렇게 중차대한 투쟁의 현장이 생기면 모이는 이들이다. 그들은 각자 처지도 다르고 사는 방식도 다르지만 서로에 대한 배려나 우정이 대단하다. 뿐만 아니다. 즉자적이고 즉물적이어서 덜컥 일을 저지르지만 잘못된 일이라는 판단이 들면 철저하게 반성하기도 한다. 그런가 하면 누구보다 열심히 살 건만 자신들을 이렇게 모더니티의 추방자 혹은 하위주체로 전락시킨 사회질서를 바꾸려는 열망 또한 그 누구에 뒤지지 않는다. 이렇게 상처 속에서도 싸울 것과는 싸우고 반성할 것은 반성하는 인생들이 모여 서로를 배려하고 충분히 감싸안아주는 집단이 소위 '밥풀때기들'이라는 무리이다. 어떤가. 이미 이들이 '열린 사회'를 구현하고 있는 것 아닌가. 그렇게 보면 이들은 '열린 사회'의 '적'들이 아니라 이미 열린 사회의 구현자들이다. 이렇게 눈앞에 있는 열린 사회를 두고도 개념으로만 이념으로만 존재하는 '열린 사회'를 구축하기 위해 오히려 그들을 '열린 사회'의 '적'으로 규정하는 역설적인 상황이 벌어지는 셈이다. 이런 맥락에서 보자면 「열린 사회와 그 적들」은 정말 '민주주의의 근원적인 결여와 곤경'에 대해 말하고 있는지도 모른다. 민주주의라는 정치적 형식을 위해 이미 현실 속에서 구성되어 있는 민주적인 관계들을, 특히 하위주체들 사이에 형성되어 있는 그 끈끈한 연대관계들을 '쓸모없는 실존'으로 격하시키게 되며 경우에 따라서는 '적'으로 규정할 수도 있다는 것. 그런 상태에서만 '열린 사회' 즉 민주주의가 가능하다는 것. 한마디로 「열린 사회와 그 적들」은 단연코 특이한 소설이지만, 그러면서도 '민주주의의 (불)가능성'이라는 오래된 미래적 과제를 제시하고 있다는 점에서 동시에 혁신적인 소설이라 할 만하다.

「열린 사회와 그 적들」은 그러나 작품성 여부도 중요하지만 또 하나 중요한 것은 이 소설이 작가 김소진에게 갖는 의미이다. 김소진은 「열린 사회와 그 적들」을 쓰면서 필생의 화두를 부여받는다. 짐작했겠지만 그 개념화하기 힘든 불가사의한 존재들, 바로 '밥풀때기들'이다. 김소진은 당시 신문과 방송에서 그리고 사람들에게 회자되는 '밥풀때기'라는 말을 듣고 "내 어릴 적의 바로 그 사람들을 가리키는 말임을 단박에 깨달았다"[5]고 말한다. 그리고 잠시 잊었던, 아니면 모더니티라는 상징적 질서 탓에 비루하게만 다가와서 벗어나고 싶었던 그 사람들과의 생애 최악의 악몽과 생애 최고의 순간 들이 귀환하는 것을 경험한다. "곁엣 사람들이 틀림없이 성격파탄자나 알코올중독자라고 손가락질했을 아저씨들, 그리고 양아치 취급을 당했을 동네 형들 밑에서 우리 또래들은 그들을 본떠 연습하며 모르는 새에 그들을 닮아가고 있었다. 아, 닮 · 아 · 가 · 고 있었……/거짓말, 좀도둑질, 쌍소리, 깡다구부리기, 그리고 언젠가의 가출들. 어른들의 술주정, 마누라 두들겨패기, 젓가락 장단, 자포자기한 울부짖음들을 훔쳐보면서 이 세상엔

---

5) 김소진, 같은 글, 13쪽.

정말 '기똥찬' 꿈은 없다고 어린 마음에 감히 단정을 내리곤 했었다. (……) 그러나 그들만큼 내게 잘 대해준 사람을 찾기란 아마 쉽지 않을 성싶다."[6] 결국 김소진은 무슨 운명처럼 '밥풀때기들'의 충실한 서기관이 될 수밖에 없었던 것이다. 그가 기록해주지 않는다면 도대체 누가 소위 '밥풀때기들'의 말을 들어줄 것인가. 또한 들어준들 누가 김소진처럼 생생하고 역동적인 언어로 옮겨주고 문맥화해줄 것인가. '밥풀때끼들'의 고통과 희망, 분노와 환희, 비루함과 자존감, 지질함과 또다른 가치들을 충분히 상징적인 언어로 옮겨줄 수 있는 사람은 김소진이 유일했다고 해야 하리라. '밥풀때기들'의 아들이자 친구이며 또 어떤 면에서는 스스로가 '밥풀때기'인 김소진밖엔 그 역할을 할 사람이 없었던 것이다. 김소진 역시 이 역할을 마다하지 않는다. '밥풀때기들'이 스스로 역사의 현장으로 걸어나와 그 힘겨운 역사적 투쟁을 벌였을 때 그것의 의미를 읽어주는 사람이 아무도 없다는 것을 확인했고 따라서 그들의 날것의 언어를 들어줄 사람은 자신 외에 아무도 없다는 것을 이미 알고 있었으므로. 그리고 만약 그들의 언어를 기록해주지 않으면 「열린 사회와 그 적들」의 '밥풀때기들'과 마찬가지로 이들 모두의 실존적 기억과 기록 들이 흩어져버릴 것이고 그렇게 되면 그들의 흔적이란 영영 역사의 저편으로 사라져버릴 것이므로. 이렇게

---

6) 김소진, 같은 글, 12쪽.

'밥풀때기들'은 김소진에게 영원한 작가적 화두를 제공하고 또 김소진 소설은 '밥풀때기들'에게 인격과 가치를 부여함으로써 살아 있는 생명체로 거듭나게 한다. 이상이 김소진 소설의 출발선인 셈이다. 어떤가. 이쯤하면 꽤 괜찮은 출발이고 문제적인 출발이라 할 만하지 않은가.

3. 공감의 공동체와 '열린 사회'의 바로 그 적

작가 김소진은 「열린 사회와 그 적들」을 통하여 '밥풀때기들'이라는 필생의 화두를 만난다. 하지만 작가 김소진이 「열린 사회와 그 적들」처럼 사회적이고 역사적인 현장에서 자신들의 민주주의를 구현하며 열심히 투쟁하는 '밥풀때기들'을 찾아나선 경우는 많지 않다. 「지하생활자들」이 눈에 띄는 정도랄까. 멀리서 찾을 필요가 없었다고 해야 하리라. 이 정도면 충분한 화두다 할 만한 '밥풀때기들'이 김소진 주변에 널려 있었던 것이다. 김소진 소설은 드디어 자신의 주위에 흩뿌려져 있고 자신의 삶의 이력에 끈적끈적하게 붙어 있는 '밥풀때기들'의 즉물적인 삶과 날것의 언어를 거두어들여 소설화하기 시작한다.

작가 김소진이 그토록 '단박에' '밥풀때기들'을 역사적 공간의 중심 무대로 끌어들인 것(아니면 역사적 무대에서 마치 무슨 희극 배우마냥 조롱당하고 폄훼되고 무시당했을 그들을 민주 세력에 버금

가는 지혜와 용기의 소유자들로 '단박에' 맥락화한 것)은 어떤 부채 의식이나 죄책감 혹은 수치심 때문이었을 수도 있다. 좀더 자세하게 설명해보자면 이렇다. 김소진은 '밥풀때기들'에 대해 말하는 자리에서 "뿔뿔이 사라져버린 줄로만 알았던 그들이 어느덧 매스컴에 집중적인 조명(?)을 받으며 화려하게 등장하는 것을 덤덤히 목격해야 했"을 때 "서로 몸을 비벼대며 삶의 애환을 뒤섞고 살았던 그들에 대해 내가 어떻게 부채 의식을 갖지 않을 수 있을까"[7]라고 말한 적이 있다. 다시 말해 그들의 갑작스런 귀환 혹은 도래에 부채 의식을 가졌다는 것이다. 무슨 부채 의식인가. 의문을 품을 수도 있다. 그러나 김소진에게는 부채 의식일 수 있다. 「열린 사회와 그 적들」의 민주화 세력처럼 그들을 '힐난과 지탄의 대상'으로 삼지는 않았겠지만 김소진의 시각에서 보자면 김소진 자신이 '밥풀때기들'이 유령처럼 출몰하기 전까지는 그들을 '쓸모없는 실존'으로 위치시키며 자신의 인식론적 지평 바깥으로 밀어낸 것과 마찬가지였다고 할 수 있기 때문이다. 그것이 아니라면 그들이 세상의 중심에 등장하는 순간에도 그들의 활달하고 활력 넘치는 말을 들어보기 전까진 그들의 존재적 가치를 부정하고 있었을지도 모를 일이다. 아니면 정반대일 수도 있다. 김소진은 그들의 활달한 언어를 접하는 순간 그들의 상징질서를 폐기처분하고 살아온 자

---

7) 김소진, 같은 글, 13쪽.

기 자신을 원망했을 수 있다. 달동네 혹은 주변부의 활력 넘치고 원환적인 언어와 세계관을 미뤄두고 살았다는 것은 곧 '나' 없는 '나' 혹은 '나' 아닌 '나'의 삶을 살아온 것과 같았을 것이므로.

어쨌거나 김소진의 소설은 '밥풀때기들'에 대한 집중적인 기록을 시작한다. '밥풀때기들'이라는 외설적이고 실재적 존재들에 깃든 생명력과 참의미를 읽어주는 것, 그리고 그것을 상징적인 언어로 맥락화해주는 것이야말로 열린 사회를 위한 가장 중요한 작가적 윤리적 실천임을 깨달은 이후에 쓰여진 것들이기에 이 '밥풀때기들'에 대한 기록은 세심하게 이루어지며, 다른 대상을 다룬 김소진의 소설에 비하면 압도적이라 할 만하다. 김소진은 한편으로는 '밥풀때기들'의 전사前史이자 총서에 해당하는 『장석조네 사람들』을 쓰고, 다른 한편으로는 달동네 사람들의 현존 형식을 집중적으로 그려낸다.

김소진의 초기 소설 중 압도적인 문제성을 지니는 작품은 달동네 사람들이 '열린 사회', 말하자면 조화로운 운명 공동체를 만들어가는 과정을 다룬 소설들이다. 달동네 사람들이 만들어가는 공감의 공동체를 그리고 있다고 해서 이곳 사람들이 처음부터 서로를 이해하고 서로에 대해 친밀감을 느끼며 서로를 배려하는가 하면 그렇지 않다. 처음 이들의 관계는 친밀감이나 우정 따위와는 거리가 멀다. 달동네인 것이다. 달동네란 어떻게 보면 모더니티의 추방자들, 좀더 노골적으로 말하자면 모더니티의 쓰레기들이 몰려들어 우연히 그리고 인위적으로 구성된 공간이다. 여기 우리 시대의 지배적인 상징적 질서가 있다. 상품-화폐 경제라고도 부를 수 있고 교환경제라 부를 수도 있을 것이며 전 지구적 자본주의 질서라 부를 수도 있을 터이다. 전 지구적 자본주의 질서는 그 특유의 교환경제 그리고 고도화된 분업체계를 유지하기 위해 다수의 모더니티의 추방자들을 요구한다. 자본주의사회가 '시장을 위한 생산', 다시 말해 '생산자가 보지 못하고 전혀 알지 못하는 고객을 위한 생산'인 화폐경제를 유지하기 위해서는, 그리고 그 화폐경제를 효율적으로 운영하기 위한 고도의 분업체계를 유지하기 위해서는, 과잉의 인적 조건과 물적 토대가 필요하다. 실제적으로 필요한 인원 이외의 과잉의 노동력이 구비되어 있을 때만 화폐경제는 원활하게 작동하는 까닭이다. 이를 위해 전 지구적 자본주의 질서는 끊임없이 다수의 노동력을 (대)도시로 끌어들여야 하고 또 수많은 존재들을 (대)도시 주변에 잔류시켜야 한다. 양질의 노동력을 대량 유입하여 화폐경제를 유지하고 그렇게 사용하고 난 노동력을 냉정하게 추방할 수 있어야 하는 것이다. 전 지구적 자본주의 질서 안에서의 (대)도시는 거대 사물이 인간을 압도하는 곳만이 아니라, 바우만의 말처럼, 쓰레기가 되는/된 삶들의 집단거주지가 있어야만 하는 곳[8]이다. 이곳으로 떠밀려간 이들, 그

---

8) 자본주의에 대한 이러한 이해에 대해서는 지그문트 바우만, 『액체근대』(이일수 옮김, 강, 2009); 지그문트 바우만, 『쓰레기가 되는 삶들—모더니티와 그 추

러니까 모더니티의 추방자들은 쓰레기 같은 삶을 필연적으로 요구하고/강제하는 모더니티의 필수불가결한 존재들이기에 자본주의 질서의 가장 큰 희생자들이지만 오히려 그들은 자본주의사회의 '호모사케르적 존재'로 존재한다. 자본주의 질서는 반드시 쓰레기 같은 존재들을 통해 그들의 경제적 합리성을 실현하지만 이들을 경제적 합리성의 결과로도 또는 그러한 경제적 합리성을 유지하기 위한 필수불가결한 요소로도 인정하지 않는다. 대신 개인의 무능과 게으름, 안일함 때문에 스스로 인간 이하의 삶을 사는 존재들로 호명하고 고착시키며, 그들을 그런 물리적·정신적 게토로 몰아넣는다. 말하자면 그들은 자본주의 질서에 의해 희생당할 수밖에 없는 희생양들이지만 전혀 어떤 숭고한 존재로 인정받지 못한다. 말하자면 호모사케르적 존재로 전락하는 것이며, 이렇게 호모사케르적 존재들이 모여 일시적으로 정주하는 곳이 바로 달동네인 것이다. 그러니 이곳에서 어떤 공감의 공동체를 기대하거나 서로를 배려하는 친밀성의 관계를 형성해가기란 결코 쉽지 않을 터이다.

그런 까닭에 김소진 소설에 등장하는 '밥풀때기들' 사이의 관계는 처음에는 서로 좋지 않다. 심지어 한가족들 사이에서도 그렇다. 김소진 소설에 등장하는 모더니티의 추방자들, 우리식 용

방자들』(정일준 옮김, 새물결, 2008) 참조.

어로 하자면 '밥풀떼기들'은, 어떤 측면에서 아감벤이 말한 주인공의 조수들Gli aiutanti[9]과 성격이 유사하다. 그들은 상징적인 질서의 차원에서 보자면 "어리석은 행동과 어린아이 같은 짓만" 반복하고, "'해충'이며, 심지어 때로는 '파렴치'하고 '음탕'"한 그런 인물들이다. 게다가 불완전하고 무능하며 그러면서도 자족적이다. 세상의 궂은일은 도맡아 함에도 불구하고 외설적이고 비상식적인 행동 때문에 세상 사람들로부터 '벌레' 취급을 받는다. 하지만 보통 사람들이 차마 드러내지 못한 욕망, 스스로에게도 고백하지 못한 욕망을 노골적으로 드러내기도 한다. 물론 각자 이유는 있을 것이다. 갑자기 고향이 물에 잠겨 떠나올 수밖에 없었던 이도 있을 수 있고, 북녘에 있는 부모 형제나 아내와 자식을 끊임없이 그리며 이곳에는 잠시 머무는 것이라고 생각하며 사는 이가 있는가 하면, 가족 중흥의 사명을 띠고 고향의 소 팔고 논 팔아 올라왔으나 '출세한 촌놈'이 못 되고 '집안을 말아먹은 촌놈'이 된 이들도 있을 수 있을 것이다. 사연이 어쨌건 '밥풀떼기'들은 아감벤이 주목한 주인공의 조수들과 유사하며, 이 유사성은 아마도 두 부류 모두 다 역사와 사회 운영의 주인공이 아니기 때문에 형성된 특성일 수 있다.

이렇게 모더니티의 추방자들 혹은 중심 질서의 변방에서 질서

---

9) 아감벤의 조수들의 특성에 대해서는 조르조 아감벤, 『세속화 예찬』(김상운 옮김, 난장, 2010) 43~53쪽 참조.

의 조수 노릇을 하는 파렴치하고 불완전하고 무능한 이들이 사는 만큼 많은 해프닝과 오해와 싸움과 악다구니가 있을 수밖에 없다. 심지어 가족 사이에서 그렇다. 여기 한 아버지가 있다. 이 아버지는 북녘에 부모와 아내, 그리고 아들을 두고 내려온 이다. 자신의 가장 소중한 이를 저쪽에 두고 왔을 때는 뚜렷한 동기 혹은 강력한 정치 의식이라도 있을 법하건만, 아버지는 이렇게 남과 북이 갈릴 줄 몰라 잠시 이곳에 피해 있다는 기분으로 왔다가 붙잡힌 인물이다. 게다가 법이 보호해줘야 살 수 있는 순진하고 연약한 인물인데다 결코 혼자서는 살 수 없을 정도로 외로움을 많이 타는 존재다. '어쩔 수 없이'라기보다는 '어' 하는 사이에 이곳에서 결혼을 하고 아이를 낳고 가족을 이끌게 되지만, 그의 시선의 반쯤은 북녘을 향해 있다. 김소진의 아버지상은 거대한 역사적 수레바퀴와는 무관한 자리에서 주어진 삶을 살다가 어느 순간 그 거대한 역사적 수레바퀴에 매달려버린, 그러니까 파란만장한 한국 근대사의 격랑에 삶의 근거를 박탈당한 다만 순수한 영혼이었던 것이다. 말하자면 한국적 모더니티의 가장 처절한 희생자인 셈이며, 따라서 연민의 대상이어야 마땅한 존재이다.

만약 아버지가 이 정도였다면 그 무능을 원망했을지언정 성장하면서는 쉽게 이해하고 연민을 보냈을 것이다. 그런데 김소진 소설에 등장하는 아버지상은 여기서 그치지 않는다. 김소진 소설에 등장하는 아버지상은 하나같이 자본제적 합리성이나 냉정함과는 거리가 먼 인물이어서 가족에게 극도의 가난을 안겨준다. 「쥐잡기」「자전거 도둑」의 아버지마냥 구멍가게 하나 제대로 꾸려나가질 못하는가 하면, 「개흘레꾼」의 아버지상처럼 발정기가 된 암캐들의 중신애비 노릇을 무슨 대단한 일이라도 되는 양 도맡아 하는 인물이기도 하다. 「원색학습생물도감」의 아버지처럼 '벌레'를 잡아먹으며 자신을 벌레와 동일시하는 인물이기도 하다. 또 전기를 훔쳐 쓰다 오히려 그것이 빌미가 되어 외상술을 뜯거나 소주 두 병을 몰래 훔치다가 들키자 그 죄를 아들에게 전가할 뿐만 아니라 그것을 증명하기 위해 아들의 뺨을 올려붙이는 인물이다. 하지만 아버지에게 이런 '무능' 혹은 '무력감'만 있는 것은 아니다. 또다른 측면이 있는데, 그것은 다름아닌 '파렴치'하고 '음탕'스러운 측면이다. 달동네를 다룬 김소진 소설 속 아버지는 정신의 반쯤을 북녘에 두고 있을 뿐만 아니라 그것을 명분 삼아 상상하기 힘들 정도로 어리숙한 색념의 소유자가 된다. 아들의 중학교 입학금을 동네 들병이에게 갖다바쳐 아들의 중학교 입학을 망치는가 하면, 수많은 사람들 앞에서 그것을 돌려달라 애원하기도 하고, 폐가에서 동네 과부와 정사를 벌이기도 하며, 부엌 벽의 옹이구멍으로 옆집 아낙의 목욕 장면을 훔쳐보기도 하고, 뜨내기 약장수 여편네가 북녘에 두고 온 아내를 닮았다는 이유로 색념을 품는 것도 모자라 아들에게 그 여인네와 인연을 맺게 해달라고 부탁하는 인물이기도 하다. 이러니 이 아버지에 대한 가족들의 반응이 마냥 동정적일 리만은 없다. 이 무능한 남편은 아내에게 "이 씨를 말릴 함경도 종자들"(「쥐잡기」)이 되며, 아들에게는 "무조건 아버지라는 인간을, 아니 그 말 자체를 이 세상에서 지우고 싶었다. 그 위에 칼을 물고 고꾸라져 죽고만 싶었다. 그리고 춘하의 그 허연 살덩이를 한칼에 베어 으적으적 씹고 싶은 충동적 허기에 이후로 끊임없이 시달렸다"(「춘하 돌아오다」)거나 "차라리 죽는 한이 있어도 애비라는 존재는 되지 말자"(「자전거 도둑」)는 반응을 불러일으킨다.

무능한 (지)아비 탓에 어머니는 당연히 '억척 어멈'이 된다. 아버지의 비합리적이고 비계산적인 생활철학은 어머니를 현실적인 질서의 수호자로 만든다. 여자의 몸으로 그리고 어머니의 몸으로 생활을 책임져야 하는 만큼 어머니는 현실원칙의 엄중함을 절대화하며 또 (지)아비의 무능을 대물림하지 않아야 한다는 종교적 신념까지 갖게 된 터여서, 입법자로서의 어머니는 작중화자들이 유년기에 품음직한 그 어떤 꿈, 이상, 천진함, 모험 등도 허용하지 않는다. 어머니는 가족의 생사여탈권을 손에 쥔 절대권력으로 현실적 질서 이외에는 어떤 것에도 눈을 돌리지 못하도록 강요한다. "내가 죽으면 너희들은 거지 중에서도 아주 상거지가 된다. 차라리 그렇게 사느니 서로 쥐약이라도 먹고 일찌감치 몰사죽음을 하는 게 여러모로 깨끗하다. 어머니는 이런 말을 입버릇처럼 붙이고 살았다. 나도 속으로 그게 참으로 맞는 말이라고 생각했다."(「용두각을 찾아서」) 뿐만 아니라 그 어머니는 실제로 자식들에게 쥐약을 먹이는 시늉을 하는 단호한 존재이다. 신의 위치에서 어머니가 내리는 단 하나의 계율은 간단하다. 간단하므로 절대적이다. 단지 생존해야 한다는 것, 그리고 가족인 만큼 "우린 살아도 같이 살고 죽어도 같이 죽어야"(「용두각을 찾아서」) 한다는 논리이다. 이 계율은 아버지가 내리는 것이 아니라 아버지의 책무를 떠안은 어머니가 내리는 것이기 때문에 엄격하더라도 거부할 수 없다. "에미는 여자 몸이 되어 북두갈고리 손으로 먼짓가루 풀풀 날리는 공장 안에서 하혈을 죽죽 하면서도 살아보겠다고 발버둥쳐쌓는데 그 속에서 내질러진 애새끼는 뼈골이 녹아나도록 신탄진을 피우고 그랬구나 …… 더 살 필요가 없다."(「용두각을 찾아서」) 자식들은 이 냉정하고 차가운 모더니티 사회에서 어머니의 억척으로 행할 수 있는 일이 많지 않다는 것을 본능적으로 안다. 그것을 알므로 어머니의 정언명령을 도대체가 거부할 수 없다. 결국 자식들은 어머니의 계율—절대적인 권위가 있어서가 아니라 절대적으로 받들지 않으면 안 되므로 절대적인 것이 된—에 따라 자신들의 자유와 모험을 포기하고 스스로를 필연의 왕국에 가두어놓고 살게 된다. "개 칠 몽둥이도 없는 집구석에서 무슨 넘나게스리 나라일에 간섭을 하고 찡기고 한다는 건지…… 털도 없는 강아지 풍성풍성한 격이야"라는 어머니 말에 "아아, 저 유려한 풍자!" 하며 "고개를 외로 꼬"(「쥐잡기」)는 수밖에 없게 된다. 아니면 이 역사를 이해하지 못하는 이들에겐 '지독한 모성강박관념'이라는 감옥에 갇힌 죄수로 비칠 수 있다. "형은 정말 이상해. (……) 내게 형의 어머니에 대해서 영화 속의 주인공처럼 살인충동을 종종 느낀다고 진지하게 털어놓은 적이 있어. (……) 형은 지독한 모성강박관념에 빠져 있는 사람 같아. 흔히 말하는 오이디푸스콤플렉스 말이야. (……) 그 탑을 쌓아올린 신화를 허물어내지 않는 한 우린 기껏 허깨비 노릇에 불과해."(「용두각을 찾아서」)

작중화자들은 이처럼 아버지의 기능을 대신하는 '남근 달린 어머니'와 '거세된 아버지' 사이에서 성장한다. 이러한 전도된 관계는 '나'에게 두 사람에 대한 도착된 동경을 불러일으킨다. 달동네의 삶을 집중적으로 다룬 김소진 소설의 유년기 풍경에는 아버지, 어머니의 모습 외에 두 사람의 선명한 사진이 끼어 있다. 「춘하 돌아오다」의 상호, 「그리운 동방」의 광수, 「수습일기」의 육손이, 『장석조네 사람들』의 육손이 광수라는 이름으로 등장하는 인물이다. 이들은 모두 각각 작중화자들의 한때 우상이다. 그의 졸개가 되는 것 자체가 생의 환희이고, 그의 졸개에서 떨어져나간다는 것은 곧 꿈을 잃어버리는 것과 동질적인 의미로 다가온다. 상호 등은 모두 강한 남성성의 소유자이다. 그들의 품안은 공포의 대상인 어머니로부터 자유로울 수 있으며, 또한 아버지로부터는 발견할 수 없는 강한 남성성을 확인할 수 있게 해준다. 그들의 영향권 안에서만 화자는 모든 강박관념을 이겨낼 수 있다. 작중화자는 육손이 등과 같이 있을 때 "축 늘어진 고압선을 떠메고 우뚝 솟은 동방의 철탑 중턱까지 오르는 깡다구를 보여"주는 모험을 즐길 수 있었던 유년기의 유일한 "그 행복했던 기간"(「그리운 동방」)을 경험한다.

육손이 등이 거세된 아버지를 대신할 아버지의 대리인이라면 '춘하' 등은 어머니의 대리인이다. '남근 달린 어머니'는 작중화자들에게 그 어떠한 이자관계적 향유의 순간도 제공하지 않는다. 어머니이면서도 아버지의 기능을 수행하는 까닭이다. 아버지는 어머니가 될 수 없으므로 작중화자들은 두 명의 각기 다른 아버지로부터 감시받게 되고, 이는 작중화자들에게 또다른 어머니의 품을 찾아나서게 만든다. 이자관계로의 퇴행일 수도 있고 어떤 면에서는 가족로망스일 수도 있다. 하여간 이렇게 어머니의 품에 대한 열망이 끓어넘치는 순간 작중화자의 눈앞에 나타나는 것이 '춘화春花'로 잘못 알고 있었던 '춘하'이다. 그녀는 아버지를 꼬여서 작중화자의 중학교 입학금을 집어삼킨 요물이지만 작중화자는 너무도 강렬하게 그녀의 허벅지를 원한다. "춘하, 당신 허벅지를 내놓으라, 그렇지 않으면 불구대천이야."(「춘하 돌아오다」)

이렇듯 달동네의 인간관계는 가족관계에서부터 어그러져 있고 왜곡되어 있으며 친밀성과는 거리가 멀다. 하지만 이러한 갈등과 애증 들은 서서히 풀려간다. 달동네에서의 성장기를 다룬 김소진 소설을 자세히 보면 대부분의 소설에서 동일한 사건, 동일한 상황, 동일한 만남이 한두 차례 반복되는 것을 볼 수 있다. 첫번째 상황에서는 오해가 발생한다. 그리고 세월이 흘러 동일한 상황 속에서는 서로를 이해하게 된다. 이렇게 이들 사이의 갈등이 해소되고 오해가 풀리는 데에는 우선 '시간의 힘'이 중요한 역할을 한 것으로 되어 있다. 작중화자들이 성장하고 세상을 좀더 알고 아버지와 같은 입장에 되면서 아버지와 어머니가 작중화자들에게 가했던 억압이 사실은 과잉억압이 아니라 필수불가결한 억압이었음을 이해하기에 이른다. 작중화자들은 아버지와 어머니가 자신들의 자의에 의해 작중화자들의 자유와 모험을 억압했으며 그 때문에 자신의 꿈이나 열망, 그리고 재능 등을 마음껏 펼치지 못했다고 오해한다. 하지만 그것은 아버지나 어머니의 자의에 의한 것이 아니라 대타자의 질서를 대리로 수행한 것이며 오히려 그 과정에서 대타자의 지독한 억압을 막아세우려고 최선을 다했음을 이해하기에 이른다. 동시에 아버지와 어머니 역시 가해자가 아니라 피해자였음을 확인하기도 한다. 뒤늦은 이해 혹은 뒤늦은 복종을 시작한 작중화자들에 따르면 아버지와 어머니는 이중적인 의미의 피해자들이다. 한편으로는 자식들로부터 온 상처다. 아버지와 어머니는 자식들 때문에 각자의 자유를 희생하고 욕망을 억압한다. 그러나 자식들은 그것을 알아주지 않는다. 알아주기는커녕 오해한다. 자식들은 누군가의 시선에 노출되면 아버지와 어머니의 자식임을 부정하기도 하고 수시로 살인충동을 느끼기도 한다. 그것이 부모들에게 치유하기 힘든 상처를 안긴다. 또하나의 상처는 그들을 주변부로 떠밀어낸 모더니티로부터의 상처이다. 잉여이윤 혹은 과

잉여윤의 끝없는 추구가 있어야만 시스템이 유지되는 모더니티는 그들을 점점 더 압박해오고 아버지와 어머니는 그 모더니티로부터 더 후미진 곳으로 쫓겨가지 않기 위해 그야말로 안간힘을 쓴다. 시간이 흘러 자식들이 부모들과 같은 위치에 서는 순간 이들은 부모를 이해하고 부모들 역시 돌아온 탕아들, 뒤늦은 존경을 보이기 시작한 아이들을 끌어안는다.

또한 이들이 서로에 대한 오해를 풀고 '열린 사회'를 완성하는 계기에는 자식들의 부모-되기의 경험뿐만 아니라 그들 모두가 모더니티의 희생자들이라는 공감의 형성이 중요한 요소로 작용한다. 모더니티의 추방자들이 끊이지 않아야 유지되는 모더니티 바로 그것이 이들 사이에 발생한 오해와 상처의 중핵이며 사실 서로는 그 상처를 줄이기 위해 최선을 다했음을 확인하기에 이른다. 이러한 서로에 대한 이해와 공감은 이들을 진정한 '열린 사회'로 이끌고 동시에 '열린 사회'의 바로 그 '적(들)'인 모더니티와 준별되는 자신들만의 공감의 공동체를 구성한다.

"그저 서로를 구제한다는 마음에서 이리된 건데. 제가 보아하니 이 지겟다리가 둘이듯, 하나로는 제구실을 못하는 것이니깐 아무쪼록 합심해서 사는 날까지 넘 신세 안 지고 살겠습니다."

"여, 늙은 신부도 한마디해보도라고."

"지는 아무 헐말이 없어라우. 다만 지금 한지게를 타구 여기 들어왔듯이 앞으루두 한지게루다 잘살아볼랑께……"

"그럼 두 지게 탈 속셈이었나?" 하객들이 모두 고개를 뒤로 젖히
며 웃어제꼈다.

조무래기들이 시키지도 않았는데 부른 노래가 합창이 됐다.

> 퍼얼펄 눈이 옵니다
> 하늘에서 눈이 옵니다
> 하늘나라 선녀님들이
> 송이송이 하얀 송이
> 자꾸자꾸 뿌려줍니다
> 자꾸자꾸 뿌려줍니다

"춘하 니년은 그래두 나보다 백배는 낫다 (……)"(「춘하 돌아오
다」, 90쪽)

이러한 일련의 과정을 통해 김소진의 초기 소설은 흔히 말하는
'열린 사회'가 주변부 달동네에 이미 있었음을 밀도 있게 전달하
는 한편 그렇게 이미 구축되어 있는 '열린 사회'를 그 '적'인 모더
니티가 얼마나 치명적으로 훼손시키고 있는지를 설득력 있게 전
달한다. 이렇게 김소진의 (초기)소설들은 이미 70년대 변두리에
건설되었던 공감의 공동체를 놀랍도록 밀도 있게 제시하거니와

522

그를 통해 그곳은 단순히 그리워하는 추억 속의 옛 곳이 아니라 우리가 반드시 다시 도달해야 할 그곳임을 분명히 한다. 이것 역시 김소진 소설이 지나간 과거의 소설 정도가 아니라 우리 문학의 오래된 미래임을 알려주는 주요한 표지임은 물론이다.

4. '열린 사회' 바깥 혹은 이후

작가 김소진에게 주변부 달동네라는 '열린 사회'가 얼마나 압도적인가를 확인하려면 김소진의 소설 중 그 '열린 사회'가 직접적으로나 간접적으로 나타나지 않는 소설을 읽어보는 것으로 충분하다. 김소진은 등단하고부터 너무 일찍 세상을 등지기 전까지 쉴 새 없이 소설을 발표했다. 그중 많은 작품들이 주변부 달동네라는 '열린 사회'의 풍경을 담고 있지만, 그렇지 않은 소설도 제법 발표한 바 있다. 조금 더 구체적으로 말하면 후기로 가면 갈수록 '열린 사회' 이후 혹은 바깥의 이야기들이 많아진다. 이것은 오히려 쉽게 이해할 수 있다. 김소진 자신의 생활 터전이 '열린 사회' 바깥으로 옮겨졌고 또 도시 곳곳의 재개발 혹은 모더니티화로 인해 '열린 사회'가 하나둘 폐쇄되기에 이르렀기 때문이다.

'열린 사회' 바깥 혹은 이후를 다루기 위해 김소진이 쏟은 열정이나 공력을 생각하면 그것은 손을 모아야 할 정도이다. 정말 좋은 소재를 열심히 찾아다녔고 공부했고 연구했으며 그것을 좋은 작품으로 만들기 위해 그야말로 최선을 다한 것을 확인할 수 있다. 그렇게 「처용단장」은 우리가 익히 알고 있는 처용설화를 차용하고 새로운 향가까지 조자造字해낼 정도로 정성을 쏟는다. 「경복여관에서 꿈꾸기」는 요나콤플렉스까지 동원해가며 부가가치를 좇아가는 세상을 통렬하게 비판하는 한편 그 세상의 유혹에 서서히 빠져들어가는 자신에 대한 통렬한, 심지어 자기 처벌적인 반성을 행한 소설이다. 그런가 하면 「늪이 있는 마을」은 김소진이 기억하고 있는 그곳이 아닌 다른 곳의 '밥풀때기들'을 다룬 소설로 달동네의 '열린 사회'의 '밥풀때기들'의 이력에 결코 뒤지지 않는(?) 오히려 더 절망적이고 외설적인 인물들을 등장시킨다. 물론 보는 이들에 따라서는 그 평가가 충분히 갈릴 수 있을 터이나, 이 치열한 노력에도 불구하고 김소진의 '열린 사회' 바깥이나 이후를 다룬 소설들은 그 열도나 밀도에 있어서 '그리운 동방'을 다룬 소설들과 차이를 보인다. 그들의 삶 자체에 달동네 '밥풀때기들'의 카니발적 활력이 결여되어 있거나 아니면 김소진 스스로가 '열린 사회' 바깥이나 이후의 공간에서는 참다운 생기나 역동성을 발견하지 못했기 때문인지도 모른다.

그렇다면 이랬어야 했던 것이 아닐까. 비록 모더니티에 의해 이미 그 흔적이 지워졌다고 하더라도, 지나치게 동어반복적이라고 하더라도 달동네의 잔여물들을 좀더 적극적으로 찾아다니거나 아니면 또다른 '열린 사회'를 발견하는 것에 전력을 기울였어야 했을지 모를 일이다. 아마도 김소진에게 조금만 더 시간이 있었더라면 이 모든 것이 가능했으리라. 아니, 사실은 생애 마지막으로 남긴 그 작품들, 예컨대 「신풍근배커리 略史」 「눈사람 속의 검은 항아리」 「내 마음의 세렝게티」에는 이미 그러한 길이 찾아져 있기도 하다.

그런데 나는 왜 구린내가 진동하는 깨진 항아리 속에서 똥을 누는데 울고 싶어졌을까? 늙은 어머니와 아내 그리고 이제 막 초콜릿 맛을 안 네 살배기 아이, 이렇게 세 사람의 식솔을 거느린 가장이 비록 속눈썹이나마 이렇게 주책없이 적셔서야 되겠는가. 아아. 하지만 여태껏 나를 지탱해왔던 기억, 그 기억을 지탱해온 육체인 이 산동네가 사라진다는 것이 아니겠는가. 나를 이렇게 감상적으로 만드는 게. 이 동네가 포클레인의 날카로운 삽질에 깎여가면 내 허약한 기억도 송두리째 퍼내어질 것이다. 그런데 나는 기껏 똥을 눌 뿐인데…… 그것밖에 할 일이 없는데……(「눈사람 속의 검은 항아리」, 491~492쪽)

'열린 사회'의 기억을 잇기 위해 그 거대한 신도시 안에 똥을 남겨놓는 그 의지를 생각한다면 그 동네에 아무리 거대 사물이 덧씌워진다고 하더라도 김소진의 소설은 반드시 그 안에 '그리운 동방'을 찾고 '열린 사회'를 찾아내고 동시에 그것을 불가능하게 하는 적들과 싸웠으리라. 멈춤 없이.

그러나 이러한 암중모색은 더이상 이어지지 못했다. 당연히 우리는 그러한 모색이 소설사의 한 획을 긋는 일대 장관으로 폭발하는 장면을 볼 수 없었다. 우리 모두가 김소진의 그 정도 성과까지만을 볼 수 있는 운을 타고 태어났기 때문일 것이다. 야속하게도. 불행하게도.

1963년   12월 3일(음), 강원도 철원군 김화읍 학사리 미상번지에서
             아버지 김응수金應壽, 어머니 김영혜金英惠의 2남 2녀 중 막내
             로 태어남. 함경남도 성진이 고향인 아버지는 6 · 25 당시 원
             산의 한 병원에서 서무원으로 일하다가 국군이 올라오자 우
             익右翼치안대에 가입. 순전히 원활한 배급을 위해서였는데
             이 때문에 원산 대철수 때 예고 없이 원산 앞바다의 군함으로
             전격 소개疏開되는 바람에 처자식(아버지는 북쪽에서 결혼을
             한 상태였음)을 고스란히 포화砲火 속에 남기고 옴.

1967년   군부대에서 흘러나오는 군수품 장사가 어려워지자 서울로
             이사 와 미아리 산동네에 자리잡음. 서울에 첫발을 내딛던 때
             김치동이를 머리에 인 어머니의 손에 이끌려 시외버스 차부
             에서 미아리 산동네까지 오면서 길음시장의 간판숲에 넋이
             빠져 기웃거리느라 어머니를 생고생시키기도 했던 기억이
             있음.

1968년   아버지가 중풍으로 쓰러졌으나 거동은 비교적 원활함. 어머
             니가 삯바느질 등으로 생계를 떠맡음.

1970~75년 미아국민학교를 다님. 5학년 한때 아버지가 어머니말고 북쪽
             에서 결혼한 사람이 있다는 얘기를 듣고는 동네 양아치 형들

방에서 성인 만화 탐독.

1976년   추첨번호 14로 보성중학교에 입학. 중학교 2학년 겨울방학
         때 파출부로 다니던 어머니의 장기長期하혈이 시작됨. 요강
         에는 항상 불그죽죽한 개짐이 빠져 있었음. 아버지는 한 평짜
         리 구멍가게를 열어 매우 열성적으로 꾸려갔는데 이 구멍가
         게는 훗날 데뷔작 「쥐잡기」의 배경이 됐음.

1979년   서라벌고등학교 입학. 숨막히는 입시기를 보냄.

1982년   서울대학교 인문대 입학. 『해방전후사의 인식』과 백산서당의
         『경제사입문』 등을 읽고 충격을 받음. 이승만, 박정희 등 그
         동안 존경해왔던 인물들이 모두 반역사적이라고 기술돼 있
         었음. 영문과로 진입한 2학년 4·19 때 첫 데모를 해봄. 그 뒤
         졸업 때까지 웬만한 집회와 시위에는 거의 참여함. 하지만 갈
         수록 가투街鬪가 자신이 없어지면서 차선책으로 글쓰기를 염
         두에 둠. 주로 황석영, 이문구, 박완서의 작품들을 습작 테스
         트로 삼음.

1983년   이산가족 찾기 열풍이 몰아닥침. 아버지도 텔레비전 앞에서
         며칠씩 밤을 새우며 눈물을 흘림. 그 광경을 지켜보면서 그
         동안 아버지를 경제적 무능력자로 경원시했으나 마음을 돌
         려 화해하기로 작정함.

1984년   영문과 학회지 『생성』에 단편소설 「아버지의 슈퍼마켓」 「소
         외」와 시 「조명」 발표.

1985년   아버지 돌아가심. 휴학함.

1986~87년 일 년 반 동안 방위생활을 함. 신기철·신용철 공저 『새우리

말큰사전』을 독파하며 우리말 어휘·어구·속담 등을 대학 노트에 기록·정리함. 이때 습득한 어휘와 자라면서 어머니 곁에서 들어야 했던 입심이 합쳐져 소설 문체의 중요한 밑거름이 되어줌.

1990년   직장을 두 번 옮기고 한겨레신문 교열부에 자리잡음.

1991년   신춘문예에 연거푸 두 번 떨어지고 난 다음, 대학 복학생 때 대학신문 현상문예에 응모했던 「쥐잡기」를 개작해 경향신문 신춘문예에 투고한 것이 당선됨. 그해 등단하여 첫 작품 「키 작은 쑥부쟁이」를 『문학사상』 5월호에 발표했는데 서점에서 갓 나온 잡지에 실린 얼굴 사진을 보고 눈물이 글썽했음. 민족문학작가회의 소설분과에 가입. 단편소설 「수습일기」(『현대문학』 8월호), 「열린 사회와 그 적들」(『문예중앙』 가을호) 발표.

1992년   단편소설 「적리赤痢」(『문학사상』 5월호), 「춘하 돌아오다」(『민중문예』 여름호), 「그리운 동방」(『현대소설』 여름호), 「사랑니 앓기」(『문예중앙』 가을호), 「용두각을 찾아서」(『문학과사회』 겨울호) 발표.

1993년   단편소설 「처용단장」(『문예중앙』 봄호), 그리고 미발표작 「임존성 가는 길」 등 열한 편의 작품을 묶어 첫 소설집 『열린 사회와 그 적들』을 솔출판사에서 펴냄(3월). 이후 단편소설 「가을 옷을 위한 랩소디」(『민족문학』 4·5·6월호), 「고아떤 뺑덕어멈」(『샘이깊은물』 6월호), 「지하생활자들」(『지평의문학』 창간호), 「혁명기념일」(『실천문학』 가을호), 「파애」(『세계의문학』

가을호) 발표. 『소설과사상』 겨울호에 연작 장편 『장석조네
사람들』의 연재를 시작. 6월 6일 김윤식 선생의 주례로 소설
가 함정임과 결혼. 강남구 세곡동에서 신혼살림.

1994년   단편소설 「개흘레꾼」(『한국문학』 3·4월호), 「쌍가매」(『문학정
신』 6월호), 「세월의 무늬」(『동서문학』 가을호), 「늪이 있는 마
을」(『문예중앙』 가을호), 「첫눈」(『작가세계』 겨울호), 「아버지
의 자리」(『리뷰』 겨울호) 발표. 교열부에서 문화부로 자리를
옮겨 국악, 클래식, 무용 등의 공연 취재를 담당. 3월 20일 아
들 태형泰亨 태어남. 7월 일산 신도시로 이사. 한 분뿐인 형
세상을 뜸.

1995년   「파애」부터 「늪이 있는 마을」까지 아홉 편의 작품을 묶어 두번
째 소설집 『고아떤 빵덕어멈』을 솔출판사에서 펴냄(1월). 『소
설과사상』에 4회 연재했던 연작 장편 『장석조네 사람들』을 고
려원에서 펴냄(4월). 단편소설 「달개비꽃」(『현대문학』 4월호),
「문산행 기차」(『문학사상』 6월호), 「자전거 도둑」(『문예중앙』 여
름호), 「원색생물학습도감」(『문학동네』 가을호) 발표. 6월, 한
겨레신문사를 그만둠. 선배와 친구들이 일하는 서교동의 강출
판사 한켠에 자리를 얻어 소설 노동자 생활로 본격 진입.

1996년   중편소설 「경복여관에서 꿈꾸기」(『오늘의 문예비평』 봄호), 단
편소설 「마라토너」(『창작과비평』 봄호), 「길」(『문학사상』 3월
호) 발표. 「첫눈」부터 「길」까지 아홉 편을 묶어 세번째 소설집
『자전거 도둑』을 강출판사에서 펴냄(3월). 『작가세계』 봄호에
전재했던 장편소설 『양파』를 세계사에서 펴냄(7월). 아들 태

형이가 커서 읽어주기를 바라면서 짬짬이 써왔던 장편 창작
동화 『열한 살의 푸른바다』를 국민서관에서 펴냄(9월). 그간
매달 두세 편씩 사보의 청탁에 응해 썼던 콩트를 간추려 『바
람 부는 쪽으로 가라』를 하늘연못에서 펴냄(9월). 중편소설
「목마른 뿌리」를 『자유공론』에 3회 분재(2·4·5월호). 단편
소설 「갈매나무를 찾아서」(『월간 에세이』 6월호) 발표. 이 작
품을 개작하여 테마소설집 『서른 살의 강』(문학동네)에 수록
(7월). 단편소설 「쐬주」(『소설과사상』 여름호), 「건널목에서」
(『금호문화』 9월호), 「벌레는 단 과육 속에 깃들인다」(『현대문
학』 9월호), 「지붕 위의 남자」(『기업과문학』 9·10월호), 「부엌」
(『시와사람』 가을호), 「울프강의 세월」(『작가』 11·12월호), 중
편소설 「신풍근배커리 略史」(『문학과사회』 겨울호) 발표. 『실
천문학』 겨울호에 장편소설 『동물원』의 연재를 시작. 6월, 한
겨레신문사의 최인호, 현이섭 선배와 함께 중국 여행길에 올
라 장강을 구경. 10월, 문화의 날에 문체부가 수여하는 제4회
오늘의젊은예술가상을 수상. 서경석, 김만수, 진정석과 계간
『한국문학』 편집위원으로 참여. 가을학기부터 대전에 있는
중경공업전문대 문창과에 출강.

1997년   『실천문학』 봄호에 『동물원』 2회분 연재. 단편소설 「눈사람
속의 검은 항아리」(『21세기문학』 봄호) 발표. 3월 초 서교동
의 한 내과의원에서 내시경으로 위염 검사를 받음. 3월 9일
고양시 화정동에 있는 서영병원에 입원. 11일 신촌 세브란스
병원으로 옮김. 암종증 진단을 받음. 4월 8일 연희동 동서한

방병원으로 옮김. 4월 22일(음력 3월 16일) 새벽 3시 43분 같은 병원에서 눈을 감음. 4월 24일 용인 공원묘원에 묻힘.

미망인 함정임의 뜻에 따라 6월 9일(음력 5월 5일) 신촌의 봉원사에서 영가靈駕의 명복을 비는 천도의식薦度儀式인 사십구재四十九齋를 지냄. 이 자리에는 김성동, 김원우, 김사인, 임우기 등의 문단 선배들과 정홍수, 안찬수, 진정석, 정홍섭, 하영춘 등 오랜 지우, 그리고 가족과 친지를 비롯 평소 그의 글을 따르던 독자들이 지상에서 하늘로 길을 떠나는 그의 마지막을 지킴. 김성동 선생이 직접 붓으로 초草한 비문을 새긴 비석이 섬.

한국문학의 '새로운 20년'을 향하여

문학동네가 창립 20주년을 맞아 '문학동네 한국문학전집'을 발간한다. 1993년 12월 출판사 간판을 내건 문학동네는 이듬해 창간한 계간 『문학동네』와 함께 지난 20년간 한국문학의 또다른 플랫폼이고자 했다. 특정 이념이나 편협한 논리를 넘어 다양한 문학적 입장들이 서로 소통하는 열린 공간이고자 했다. 특히 세기말 세기초에 출현하는 젊은 문학의 도전과 열정을 폭넓게 수용해 한국문학의 활력을 높이는 데 이바지하고자 했다.

돌아보면 세기말은 안팎으로 대전환기였다. 탈이념화를 중심으로 디지털 기반 정보화와 신자유주의 세계화가 서로 뒤엉켰다. 포스트 시대의 복잡성은 광범위하고 급격했다. 오래된 편견과 억압이 무너지는가 싶더니 도처에 새로운 차이와 경계가 생겨났다. 개인과 사회를 하나의 개념으로 묶어내기 힘든 형국이었다. 많은 시대가 겹쳐 있었고, 많은 사회가 명멸했다. 과잉과 결핍이 롤러코스터를 타고 전 지구적 일극 체제를 강화했다.

지난 20년간 문학을 둘러싼 환경은 호의적이지 않았다. 새삼스럽지만, 문학의 위기, 문학의 죽음은 언제나 현재진행형이다. 그래서 문학의 황금기는 언제나 과거에 존재한다. 시간의 주름을 펼치고 그 속에서 불멸의 성좌를 찾아내야 한다. 과거를 지금—여기로 호출하지 않고서는 현재에 대한 의미부여, 미래에 대한 상상은 불가능하다. 한 선각이 말했듯이, 미래 전망은 기억을 예언으로 승화하는 일이다. 과거를 재발견, 재정의하지 않고서는 더 나은 세상을 꿈꿀 수 없다. 문학동네가 한국문학전집을 새로 엮어내는 이유가 여기에 있다.

이번 전집은 몇 가지 특징을 갖는다. 먼저, 한글세대가 펴내는 한국문학전집이라는 것이다. 문학동네는 전후 한글세대를 중심으로 1990년대 이후 한국문학의 주요 생태계를 형성해왔다. 이번 전집은 지난 20년간 문학동네를 통해 독자와 만나온 한국문학의 빛나는 성취를 우선적으로 선정했다. 하지만 앞으로 세대와 장르 등 범위를 확대하면서 21세기 한국문학의 정전을 완성해나가고자 한다.

문학동네 한국문학전집의 두번째 특징은 이번 문학전집이 1990년대 이후 크게 달라진 문학 환경에 적극 대응해온 결과물이라는 것이다. 문학동네는 계간 『문학동네』의 풍성한 지면과 작가상, 소설상, 신인상, 대학소설상, 청소년문학상, 어린이문학상 등 다양한 발굴 채널을 통해 새로운 문학적 징후와 가능성을 실시간대로 포착하면서 문학의 영토를 확장하는 데 기여해왔다. 그래서 이번 전집을 21세기 한국문학의 집대성을 위한 의미 있는 출발이라고 해도 좋을 것이다.

셋째, 이번 전집에는 든든한 동반자가 있다는 것이다. 김승옥, 박완서, 최인호, 김소진 등 작가별 문학전(선)집과 세계문학전집, 그리고 한국고전문학전집이 그것이다. 문학동네는 창립 초기부터 한국문학의 해외 진출을 위해 지속적인 노력을 기울여왔다. 문학동네 한국문학전집은 통상적으로 펴내는 작품집과 작가별 전(선)집과 함께 한국문학의 특수성을 세계문학의 보편성과 접목시키는 매개 역할을 수행해나갈 것이다.

새로운 한국문학전집을 펴내면서 '문학동네 20년'이 문학동네 자신의 역량만으로 이루어졌다고 자부하려는 것은 아니다. 문인, 문단, 출판계, 독서계의 성원과 격려가 없었다면 문학동네의 오늘은 불가능했을 것이다. 그러므로 오늘, 문학동네 성년식의 진정한 주인공은 문학인과 독자 여러분이어야 한다. 이 자리를 빌려 거듭 감사드린다. 창립 20주년을 맞아, 문학동네는 한국문학의 더 나은 미래를 위해 한국문학전집 1차분 20권을 선보인다. 문학동네는 해를 거듭할수록 그 가치를 더해갈 한국문학전집과 함께, 그리고 문학인과 독자 여러분과 함께 '새로운 20년'을 향해 한 걸음 한 걸음 나아가고자 한다. 많은 관심과 성원을 부탁드린다.

문학동네 한국문학전집 편집위원
권희철 김홍중 남진우 류보선 서영채 신수정 신형철 이문재 차미령 황종연

김소진

강원도 철원에서 태어나 서울대 인문대학 영문과를 졸업했다. 한겨레신문사에서 5년
동안 기자로 재직했고, 1995년부터 타계하기까지 창작에만 전념했다. 1991년 경향신문
신춘문예에 단편소설 「쥐잡기」가 당선되어 작품활동을 시작했다. 소설집 『열린 사회와
그 적들』 『고아떤 뺑덕어멈』 『자전거 도둑』 『눈사람 속의 검은 항아리』, 장편소설 『장석
조네 사람들』 『양파』, 장편 창작동화 『열한 살의 푸른 바다』, 짧은 소설집 『바람 부는 쪽
으로 가라』 『달팽이 사랑』, 미완성 장편소설 『동물원』, 산문집 『아버지의 미소』가 있다.
1996년 제4회 오늘의 젊은 예술가상을 수상했다.

문학동네 한국문학전집 012
열린 사회와 그 적들
ⓒ 김소진 2014

1판 1쇄 2014년 1월 15일
1판 5쇄 2024년 3월 27일

지은이 김소진

펴낸곳 (주)문학동네 | 펴낸이 김소영
출판등록 1993년 10월 22일 제2003-000045호
주소 10881 경기도 파주시 회동길 210
전자우편 editor@munhak.com | 대표전화 031) 955-8888 | 팩스 031) 955-8855
문의전화 031) 955-3576(마케팅) 031) 955-2653(편집)
문학동네카페 http://cafe.naver.com/mhdn
인스타그램 @munhakdongne | 트위터 @munhakdongne
북클럽문학동네 http://bookclubmunhak.com

ISBN 978-89-546-2334-6 04810
     978-89-546-2322-3 (세트)

www.munhak.com